HEYNE <

DAS BUCH

In Mithgar erzählt man sich die uralte Legende von einer Stadt aus Jade, verborgen in den Tiefen eines Dschungels. Keiner glaubt, dass diese Stadt tatsächlich existiert, denn noch kein Einziger ist erfolgreich von der Suche danach zurückgekehrt. Nach dem Ende des fünften Zeitalters und der Vernichtung des bösen Erzmagiers Gyphon dämmert langsam eine neue, friedliche Zeit herauf, und so beschließt der Elf Aravan, sich mit einer Schar von verwegenen Abenteurern auf die Suche nach der verschollenen Stadt zu machen. Zusammen mit seiner Geliebten, der Seherin Aylis, sticht Aravan auf seinem legendären Schiff *Eroean* in See. Doch böse Mächte schmieden erneut finstere Rachepläne, und die Gefährten ahnen, dass nicht alle von diesem Abenteuer lebend zurückkehren werden ...

Dennis L. McKiernans MITHGAR-Romane:

Bd. 1: Zwergenkrieger
Bd. 2: Zwergenzorn
Bd. 3: Zwergenmacht
Bd. 4: Elfenzauber
Bd. 5: Elfenkrieger
Bd. 6: Elfenschiffe
Bd. 7: Elfensturm
Bd. 8: Magiermacht
Bd. 9: Magierschwur
Bd. 10: Magierkrieg
Bd. 11: Magierlicht
Bd. 12: Drachenbann
Bd. 13: Drachenmacht
Bd. 14: Drachenbund
Bd. 15: Drachenkrieg
Bd. 16: Halblingsblut
Bd. 17: Halblingszorn
Bd. 18: Halblingsbund
Bd. 19: Elfenjäger

DER AUTOR

Dennis L. McKiernan, geboren 1932 in Missouri, lebt mit seiner Familie in Ohio. Mit seinen Romanen aus der magischen Welt Mithgar gehört er zu den erfolgreichsten Fantasy-Autoren der Gegenwart.

Mehr über Dennis L. McKiernan und Mithgar auf:

http://home.att.net/~dlmck/

DENNIS L. McKIERNAN

ELFENJÄGER

Roman

WILHELM HEYNE VERLAG
MÜNCHEN

Titel der amerikanischen Originalausgabe
CITY OF JADE
Deutsche Übersetzung von Wolfgang Thon

Verlagsgruppe Random House FSC-DEU-0100
Das für dieses Buch verwendete
FSC-zertifizierte Papier *Holmen Book Cream*
liefert Holmen Paper, Hallstavik, Schweden.

Deutsche Erstausgabe 12/2009
Redaktion: Angela Schilling

Printed in Germany 2009
Umschlagillustration: Arndt Drechsler
Umschlaggestaltung: Nele Schütz Design, München
Satz: C. Schaber Datentechnik, Wels
Druck und Bindung: GGP Media GmbH, Pößneck

ISBN 978-3-453-52608-2

www.heyne-magische-bestseller.de

Für Martha Lee McKiernan,
das Herz meiner Welt

Ein Teil von Mithgar

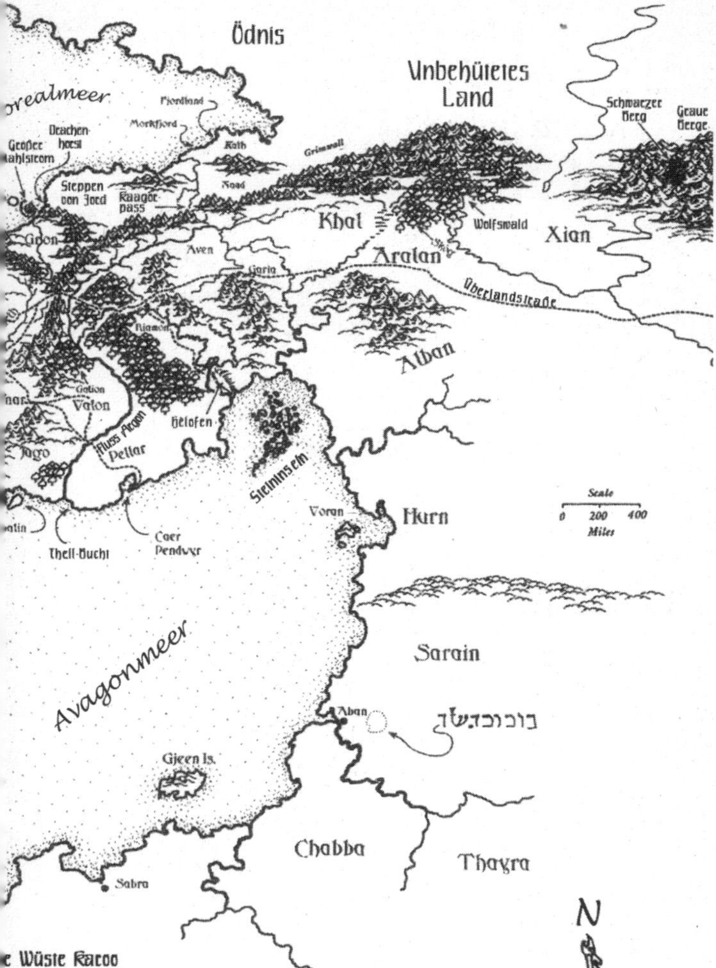

Ödnis
Unbehütetes Land
orealmeer
Fjordland
Morkfjord
Drachenhorst
Großer
ahlstrom
Kath
Noad
Grimwall
Steppen von Joed
Raagorpass
Khal
Wolfswald
Schwarzer Berg
Graue Berge
Xian
Gdon
Aven
Garia
Aralan
Überlandstraße
Alban
Rimmon
Gation
Valon
Jugo
Fluss Argon
Pellar
Helofen
Steininseln
Voran
Hurn
Scale
0 200 400
Miles
alin
Thell-Bucht
Caer Pendwyr
Sarain
Avagonmeer
Aban
Gjeen Is.
Chabba
Thagra
Sabra
Wüste Karoo
Khem
Nizari
N
W
O
S

Vorwort

Als ich damals die Mithgar-Reihe begann, wusste ich noch nichts über Aravan und sein Elfenschiff, die *Eroean.* Ich schrieb *Zwergenzorn, Zwergenmacht* sowie *Halblingsblut, Halblingszorn* und *Halblingsbund,* ohne auch nur die geringste Ahnung von diesem herrlichen Schiff zu haben. Dann schrieb ich *Zwergenkrieger,* dem die *Tales of Mithgar* folgten, und in diesem Band, in der letzten Geschichte mit dem Titel »When Iron Bells Ring«, tauchte der Name Aravan zum ersten Mal auf. Allerdings auch nicht viel mehr als der Name dieses Elfs.

Doch dann schrieb ich *Drachenbann* und *Drachenmacht,* und da war er: Aravan, ein wichtiges Mitglied bei der Suche nach Baron Stoke. Hier erfuhren wir zum ersten Mal etwas von der *Eroean* und einer nicht näher erläuterten Tragödie in Aravans Vergangenheit sowie von dem Verschwinden dieses prachtvollen Schiffes. Was geschehen war, blieb ungesagt ... aber in Aravans Augen schimmerte unterdrückte Trauer, und sein Schiff war verschwunden.

Als ich weiter in die Geschichte von Mithgar zurückging und *Elfenschiffe* sowie *Elfensturm* schrieb, gingen wir zum ersten Mal auf eine Seereise mit dem Elfenschiff, mit ihrer Mannschaft von vierzig Menschen und vierzig Zwergen, einem Pysk und zwei Magiern. Und wir segelten fast durch die ganze Welt. Hier erfuhren wir auch den Grund für Aravans tiefen Gram und wohin die *Eroean* gesegelt war, als sie vom Antlitz der Welt verschwand.

Als ich entdeckte, wo die *Eroean* war, wurde mir klar, dass Aravan auf ihr während des Winterkrieges gesegelt war, einem Krieg, der im Mittelpunkt der Geschichte steht, die ich in *Halblingsblut*, *Halblingszorn* und *Halblingsbund* erzählte. Als die drei Bände neu aufgelegt wurden, fügte ich einen Absatz ein, in dem von Aravans Mission während dieses kriegerischen Konflikts erzählt wurde.

Doch nach *Elfenschiffe* und *Elfensturm* segelten wir drei weitere Mithgar-Romane lang nicht mehr auf dem Elfenschiff, weder in *Elfenzauber* und *Elfenkrieger*, noch in *Magiermacht* und *Magierschwur*. In *Drachenbund* und *Drachenkrieg* jedoch gingen wir erneut an Bord dieses Schiffs, und dann wieder in *Red Slippers – More Tales of Mithgar*.

Wir haben also nur in einer knappen Handvoll Büchern über Mithgar tatsächlich Zeit mit der Mannschaft auf den Decks der *Eroean* zugebracht.

In diesem Buch nun wird dieser Mangel endlich behoben, denn ein unerzähltes Abenteuer in der verlorenen Stadt aus Jade wurde bereits im ersten Kapitel der *Red Slippers* erwähnt, und viele von euch Lesern haben mich bestürmt, diese Geschichte zu erzählen, weil ihr erneut auf dem schnellsten Schiff der Welt über die Meere von Mithgar segeln wolltet, zusammen mit seinem Elfenkapitän, der Magira und der Mannschaft aus vierzig Menschen und vierzig Zwergen sowie ihren Kundschaftern, einer fuchsreitenden *Pysk* und zwei Wurrlingen. Also setzt die Segel, achtet auf den Wind, und wir stechen in See.

Oh, und natürlich gute Reise, meine Freunde. Euch allen eine gute Reise.

Dennis L. McKiernan
Tucson, 2008

Anmerkungen des Autors

Ereignisse in den letzten Jahren der Fünften Epoche

Im Jahr 5E1009 träumten in den Waldsenken drei Wurrlinge denselben Traum – oder war es eine geisterhafte Erscheinung? Wie auch immer, sie sahen jedenfalls das Gespenst von Aurion Rotauge, der ihnen erzählte, dass er ein vor langer Zeit abgelegtes Gelübde erfüllte. Rotauge verlangte, dass die Wurrling-Kompanie des Hochkönigs erneut zusammengerufen wurde, wie damals im Winterkrieg, denn ein großer Sturm aus dem Osten stünde bevor, und der gjeenische Heller würde bald erneut an den Grenzen dieses kleinen Landes auftauchen und die Kompanie an die Seite des Hochkönigs rufen.

Die Nachricht verbreitete sich rasch, und die Wurrlinge strömten zusammen, um sich der Sache anzuschließen. Unter den Freiwilligen befanden sich auch zwei Bokker, Binkton Windrow und Pipper Willowbank, die sich von ihrem Onkel Arley fortschlichen, um sich im Dorf Rood dem dortigen Dorngänger Hauptmann anzuschließen. Der Hauptmann schickte sie jedoch wieder weg, denn Pipper Willowbank war erst dreizehn Sommer alt, und Binkton Windrow nur drei Monde älter. Wütend und enttäuscht begaben sie sich erneut in die Obhut ihres Onkels, der sie für ihre zukünftigen Berufe ausbildete.

Die Vergangenheit eben dieses Onkel Arley jedoch war von Geheimnissen umgeben; er sprach nur selten davon, obwohl die Fertigkeiten, die er seine Neffen lehrte, ihnen in vielerlei Hinsicht sehr zustattenkommen sollten.

Wie dem auch sei, Pipper Willowbank und Binkton Windrow beschlossen, wegzulaufen und sich der Kompanie des Königs anzuschließen, sobald sie sich in Marsch gesetzt hatte.

In ebendiesem Jahr 5E1009 erhob sich im Osten, wie von Rotauges Erscheinung vorhergesagt, eine fürchterliche Bedrohung für das Reich des Hochkönigs: Es war Kutsen Yong, der Drachenkönig, der mit seiner Goldenen Horde alles vernichten wollte. Unter sein Banner scharten sich die uralten Feinde des Hochkönigs: die Lakh von Hyree, die Chabbaner, die Rover von Kistan und die Fäuste von Rakka, allesamt Südländer. Aber der schrecklichste Gegner des Heeres des Hochkönigs waren weder die Südländer noch die Goldene Horde, sondern die Drachen, die sich dem Zepter des Drachenkönigs beugen mussten. Nichts konnte der Macht der Drachen widerstehen, nichts, außer den Göttern, bei denen andere Kräfte am Werk waren.

Der gjeenische Heller erreichte schließlich den Dornenwall, und die Wurrling Kompanie des Königs setzte sich in Marsch, um sich seinem Hauptheer an den Gestaden des Argon anzuschließen. Binkton und Pipper trafen ihre Vorbereitungen, um ihnen zu folgen. Doch ein gewaltiger Schneesturm vereitelte ihre Bemühungen, denn er schnitt die Waldsenken vollkommen von der Außenwelt ab, und als im Frühling des Jahres 5E1010 das Eis taute, war der Drachenstein Krieg bereits zu Ende.

Dennoch, das Ende des Krieges bedeutete nicht das Ende der Dinge, die getan werden mussten, denn ein Unmögliches Kind namens Bair schickte sich an, ebendiese Götter herauszufordern, damit sie aufhörten, sich in das Schicksal von Menschen, Elfen, Zwergen und Magiern und allen anderen Lebewesen einzumischen.

Aravan, Aylis und andere gerieten in die Nachwehen der Ereignisse, die Bair ausgelöst hatte, und später sollten auch Binkton Windrow und Pipper Willowbank darin verwickelt werden.

Dies ist ihre Geschichte.

»Nervös? Ich? Pah!
Ich meine, was kann letztlich
schon schiefgehen?«

Binkton Windrow
Frühherbst 6E6

1. Kapitel

KALTER ZORN

Finstere Absichten

(Spätherbst, 5E1010)

In einem hohen Turm tief im Grimmwall, der lang gestreckten und übel beleumundeten Gebirgskette, die sich quer durch einen großen Teil von Mithgar erstreckt, saß ein Schwarzer Hexer in seinem grausigen Refugium und sann auf Vergeltung. Seit dem Ende des Drachenstein Krieges war der Bann aufgehoben, und die Wege zwischen den Ebenen waren wieder freigegeben worden, obwohl die meisten dieser Übergänge jetzt von Elfen und Menschen und sogar von Magiern bewacht wurden, um zu verhindern, dass die Brut von Neddra in die Hohe und Mittlere Ebene eindringen konnte. Aber keines dieser Dinge beschäftigte die finsteren Gedanken von Nunde. Seine Wut richtete sich ausschließlich auf den üblen *Dolh*, den widerlichen Elf, der den Gott des Schwarzen Hexers niedergemetzelt und damit alle Pläne Nundes vereitelt hatte.

Er erinnerte sich noch sehr gut an diesen Tag, als Gyphons lautloser Todesschrei über die Ebenen kreischte; er hatte Nunde und alle anderen Schwarzen Hexer vor Qual auf die Knie gezwungen. Der unerträgliche Schmerz hatte alle *Drik*, *Ghok*, *Oghi* und *Vulpen* sowie alle anderen finsteren Geschöpfe gleichermaßen in Mitleidenschaft gezogen, kurz, alle Kreaturen des Dunklen Gottes.

Wie er Vergeltung üben, wie er Wiedergutmachung erlangen konnte, darauf konzentrierte Nunde alle seine Gedanken. *Aravan muss sterben, das ist gewiss. Nur wie ist die Frage; er ist von treuen und mächtigen Bundesgenossen umringt, und es wird nicht leicht sein, ihn niederzustrecken. Oh, sicher, es gibt natürlich Möglichkeiten, die* Dolh *einfach umzubringen, aber das steht hier nicht zur Debatte; denn Qualen, Gram und unerträgliche Verzweiflung sollen Aravan überwältigen, bevor er einen grauenvollen Tod erleidet. Also muss man ihn erst all dessen berauben, was ihm kostbar ist, und dies auf eine angemessene, oder wie andere sagen würden, unaussprechliche Art und Weise zu bewerkstelligen, muss dem Verscheiden des* Dolhs *vorausgehen.*

Wie jedoch dieses bewirken, wie erreichen, was unbedingt getan werden musste, das und eben das war die Frage, war das Problem, was den Nekromanten in jenen langen Nächten beschäftigte.

Gewiss, ich könnte eine Armee von Neddra nach Mithgar führen, aber wo läge das Vergnügen darin? Keine Finesse, kein eiserner Geschmack kalter Rache im Mund? Pah! Da die Wege zwischen den Ebenen jetzt offen sind, ist es nicht mehr so wie einst, als ich Zehntausende in Neddra abschlachtete, um genug Feuer *zu sammeln, damit ich eine Rotte Chûn und andere hinüber in den Tempel des Ödwaldes bringen konnte, trotz der Spaltung. Ah, wie köstlich war die Fassungslosigkeit auf den Gesichtern jener, die sich mühten, den Wald von Gyphons Handlangern zu befreien. Sie wussten nicht, dass etwas mithgarisches Blut in meinen Adern fließt, zusammen mit dem aus Neddra und aus Vadaria. Und keiner wusste, dass ich diese Rotte in mein* Feuer *hüllen konnte, da meine Aura durch den Tod all jener, die ich niedermetzelte, ungeheuer ausgedehnt war. Was haben wir für ein wundervolles Massaker unter jenen Menschen und Elfen veranstaltet! Wären nicht Aravans verfluchter Kristallspeer und Riathas verwünschtes Schwert aus Sternensilber gewesen, hätten wir sie alle dahingemeuchelt, bevor Silberblatt und die anderen eintrafen. Dann hätten wir diese ebenfalls töten können. Aber nachdem Aravan und Riatha alle Gûk, ihre Hèlrösser und die Vulpen niedergestreckt hatten, konnte der Rest meiner Chûn ihnen nicht mehr standhalten, und ich musste fliehen. Dabei wäre Riathas Schwert beinahe noch mein Untergang geworden.* Nunde hämmerte die Faust auf die Lehne seines dunklen Stuhls. *Ein weiterer Grund, Vergeltung an Aravan zu üben, und an allen, die er liebt.*

Als der Morgen am östlichen Himmel graute, erhob sich Nunde von seinem Stuhl an dem schmalen Fenster, das kaum mehr als ein Schlitz in der Wand war, und bereitete sich darauf vor, in sein Schlafquartier hinabzusteigen. Allerdings musste er nicht mehr vor dem Tageslicht flüchten; dank Bair, diesem närrischen Jüngling, diesem verfluchten Reiter zwischen den Ebenen, waren jetzt nicht nur die Wege des Dazwischen offen. Auch Adons Bann war aufgehoben. Dem Schwarzen Hexer und seinesgleichen drohte in der Sonne nicht mehr der Brennende Tod.

Nein; Nunde war stattdessen aufgrund der Macht eingefahrener Gewohnheiten, verfestigt im Laufe vieler Jahrtausende, eine Kreatur der Dunkelheit, so wie alle seine Handlanger und alle Wesen von Neddra.

Nunde stieg die steinerne schattige Treppe in sein von Fackeln beleuchtetes Quartier hinab, wo er in einen rastlosen Schlaf fiel. In seinem Verstand brannten immer noch die Gedanken an Vergeltung, wie sie es seit Wochen taten, seit er die Kunde erhalten hatte, dass es Aravan gewesen war, der mit einem silbernen Schwert, der Klinge des Morgengrauens, Gyphon tötete.

Aber als die Sonne an diesem Tag aufging, schob Nunde diese Gedanken beiseite und ruhte, denn bei Anbruch der Dämmerung am nächsten Abend würde er die lange Reise zum Übergang nach Neddra antreten, um sich mit einer kleinen Konklave Schwarzer Hexer zu treffen. Dort würde er, falls seine List Früchte trug, diese Konklave unter seine Knute zwingen. Schließlich plante er, den Hexern ihre Macht zu entreißen und sie für sich selbst zu nutzen.

Aravan konnte warten.

2. Kapitel

AUSBILDUNG

Die Waldsenken

(Spätherbst, 5E1010)

Es war ein stürmischer Tag in den Waldsenken; die hohen Kiefern neigten sich im Wind, und das hohe Gras der angrenzenden Felder wogte in goldenen Wellen. Ein älterer Bokker stand am Waldrand. Sein Umhang wehte im Wind. Hinter ihm saß ein gefesselter Jungbokker, dessen Hand- und Fußgelenke in Ketten geschlagen waren. Aber der Ältere achtete nicht auf den jungen Bokker am Boden, der sich wiederum keine allzu großen Sorgen um sein Schicksal zu machen schien. Stattdessen blickten beide Wurrlinge zu einem Seil hinauf, das zwischen zwei schaukelnden Kiefern gespannt war und im Rhythmus ihrer Bewegungen abwechselnd erschlaffte und sich spannte.

»Komm schon, Pip, los«, presste der schwarzhaarige Jungbokker zwischen den Zähnen hervor. »Du schaffst es.« Doch seine besorgte Miene strafte seine Worte Lügen.

Der ältere Bokker stand regungslos da, während er flüsterte: »Warte noch, Wurro, warte auf den richtigen Moment.«

Die Bäume richteten sich wieder auf, das Seil spannte sich, und in diesem Augenblick sprang ein blonder Jungbokker aus der rechten Kiefer und rannte auf das Seil. Er hastete über den Abgrund, doch kurz bevor er die andere Kiefer erreichte, trat er daneben, hielt inne und schwankte gefährlich auf dem

Seil. Gleichzeitig traf eine Windbö den Wurrling und die Kiefern. Noch während der Bokker fiel, erschlaffte das Seil und schwang zur Seite. Er griff hastig danach, verfehlte es jedoch, stürzte in die Tiefe und ... landete in dem Netz kurz über dem Boden.

»Rattenkot!«, fluchte der in Eisen geschlagene Wurrling. Er seufzte und machte sich dann mit einem Dietrich an dem Schloss seiner linken Fußfessel zu schaffen.

Der Ältere ging langsam über das Feld zu dem Netz, in dem der blonde Bokker auf dem Rücken lag und zu dem schwankenden Tau hinaufblickte.

»Und, Junge?«

»Ich hätte es fast geschafft, Onkel Arley, wenn ich nicht diesen einen blöden Fehltritt getan hätte.«

»Du hättest, wenn du nicht hättest, ganz recht.«

Der Bokker drehte sich um, krabbelte an den Rand des Netzes, packte ihn, schwang sich mit einem Purzelbaum herunter und landete mit den Füßen auf dem Boden.

»Das ist keine leichte Aufgabe, Pipper«, sagte der ältere Bokker. »Aber du musst sie bewältigen, denn es könnte der Tag kommen, wo du kein Netz unter dir hast.«

Pipper nickte und seufzte. »Ich versuche es noch einmal«, sagte er.

Onkel Arley knurrte zustimmend.

»Wie macht sich Bink?«, erkundigte sich Pipper.

»Weiß ich nicht.« Arley warf einen Blick auf den in Ketten geschlagenen jungen Bokker. »Er hat erst angefangen, nachdem du abgestürzt bist. Binkton macht sich Sorgen um dich, weißt du.«

»Weiß ich. Und ich mache mir Sorgen um Bink. Ich meine, diese Sache mit den Ketten und den Messern und der Aufgabe, die Kettenglieder zu zerbrechen ... Huh, ich bekomme jetzt schon eine Gänsehaut, wenn ich nur daran denke.«

Arley lächelte, drehte sich um und ging zu Binkton, während Pipper zu der Kiefer lief und sich anschickte, hinaufzuklettern.

Onkel Arley lächelte noch, als er langsam zu Binkton schlenderte. Die beiden Jungbokker hatten noch viel zu lernen, aber dennoch machten Pipper, der jetzt vierzehn Sommer zählte, und Binkton, der drei Monde älter war, gute Fortschritte. Sie würden bald die Berufe meistern, die Arley ihnen zugedacht hatte. Natürlich konnte er nicht hoffen, dass sie in seine Fußstapfen traten, oh nein, das war viel zu gefährlich. Dennoch, sie waren begabt, und ihre Fertigkeiten würden sich immer weiter entwickeln. Sie hatten beide geschickte Hände, vor allem Binkton, und sie waren sehr beweglich, besonders Pipper. Zudem konnten sie außergewöhnlich gut mit Schleuder sowie Pfeil und Bogen umgehen. Erst letztes Jahr hatten sie versucht, sich heimlich der Kompanie des Königs anzuschließen, und es wäre ihnen vielleicht sogar gelungen, wegzulaufen, wenn dieser Schneesturm nicht gewesen wäre.

Als Arley Binkton erreichte, hatte dieser es geschafft, seine Fußfesseln abzustreifen und arbeitete gerade an der Fessel an seinem linken Handgelenk. Vielleicht konnte Binkton sich in einem Jahr im Handumdrehen aller Fesseln entledigen, aber selbst jetzt war er schon für seine jungen Jahre sehr geschickt.

Arley nickte dem dunkelhaarigen Bokker zu, drehte sich um und blickte wieder zu den schwankenden Kiefern hinüber und zu dem Seil, das dazwischen gespannt war.

3. Kapitel

DIE ÖFFNUNG DER WEGE

Ardental

(Mittsommer bis Mitte Herbst, 5E1010)

Drei Monate nach dem Ende des Drachenstein Krieges und vier Tage nach seiner Rückkehr in den Elfenstützpunkt von Ardental schickte sich ein junger Mann, ein großer, schlaksiger Jüngling, der bereits mehr als einen Meter neunzig maß, an, einen anderen Gott herauszufordern. Der Name dieses Jünglings war Bair, Sohn einer Elfe und eines Baeron, Riatha und Urus. Bair war kein gewöhnliches Wesen, denn er war das Unmögliche Kind, der Reiter der Morgendämmerung, der Reiter zwischen den Ebenen. Und wie sein Vater war auch Bair ein Gestaltwandler; nur verwandelte er sich in einen Draega, einen Silberwolf, statt in einen Bären.

Er war zwar noch ein Jüngling, hatte jedoch bereits eine bewegte Vergangenheit, denn er und ein Elf namens Aravan hatten das lang verschollene Silberne Schwert aus den Tiefen der Schwarzen Feste am Nexus von Neddra geborgen. Gemeinsam hatten sie mit dieser Waffe nicht nur Mithgar gerettet, sondern die ganze Schöpfung; um das zu bewerkstelligen, hatten sie mit dieser Klinge des Morgengrauens den Gott Gyphon töten müssen.

Bair erhob sich mitten in der Nacht von seinem Lager und bereitete sich auf die Mission vor, die er sich vorgenommen hatte. Als er aus seiner Kammer trat, roch er den Duft frisch aufgekochten Tees.

»Möchtest du eine Tasse mit mir trinken?«, fragte Riatha aus dem Schatten. Sie schob sich ihr goldblondes Haar aus den Augen, die von einem so blassen Grau waren, dass sie beinahe silbern wirkten, und sah zu ihrem Sohn hoch. Die schlanke Elfe erschien mit ihren ein Meter fünfundsechzig neben ihm beinahe winzig.

Bair nickte, setzte sich hin, und sie goss ihm eine Schale Tee ein. Als der Jüngling das irdene Gefäß nahm, fuhr Riatha fort: »Du bist gekleidet wie für eine Reise, und mir scheint, als hätte ich in deinen Augen ein Funkeln gesehen, das noch vom Krieg herrührt.«

Bair nickte. »*Ythir*, die Mission, auf die ich mit Aravan gegangen bin, ist noch nicht erfüllt. Es gibt noch etwas, das getan werden muss, und das genauso wichtig oder vielleicht noch wichtiger ist als das, was wir bisher vollbracht haben.«

Riatha hob fragend eine Braue. »Ich muss mit Adon sprechen«, fuhr Bair fort.

Die Elfe riss ihre silberfarbenen Augen auf. »Du willst mit ...«

»Adon, *Ythir*. Mit Adon, ja.«

Riatha holte tief Luft und atmete beherrscht aus. »Über ...?«, erkundigte sie sich dann ruhig.

»Über Durloks Stab, den schwarzen Schaft, über Kristallopyr und den Drachenstein. Über Prophezeiungen, Wahrsagungen und *Reden*. Über einen Steinkreis und ein Schutzamulett und einen Kristall mit einem eingravierten Falken darin. Über Artefakte der Macht, die vor langer Zeit geschaffen wurden, und deren Bestimmungen sich erst in unseren Tagen auswirken. Über eine Debatte, die vor langer Zeit geführt wurde, und in der es um freie Entscheidung und Kontrolle ging. Und über das, was Rotklaue zu Dalavar bezüglich

Adons sagte; der Drache nannte Ihn ›Adon der Ebenen-Scheider‹. Über all das und mehr muss ich mit Ihm sprechen.«

Riatha hob fragend beide Hände. »Aber warum?«

»Um Ihn ins Gebet zu nehmen!«

Jetzt sprang die Elfe auf. »Was?«

»Um Ihn ins Gebet zu nehmen«, wiederholte Bair. »Verstehst du das denn nicht, *Ythir?* Rotklaue hatte recht, aber nur teilweise.« Bair streckte eine Hand aus, um Riathas Einspruch zuvorzukommen. »Hör mich zuerst an, *Ythir.* Ganz gleich, welche Absichten Adon hatte, wir alle, alle Elfen, die Verborgenen, die Wurrlinge, Baeron, Zwerge, Menschen, Drachen, Magier, Utruni und sogar die Brut, wir alle wurden nur als Spielsteine in einem gewaltigen Tokko-Spiel von jenen benutzt, die wir Götter nennen. Es wird Zeit, dass dies aufhört.«

»Aber Bair, du kannst doch nicht ernsthaft glauben ...«

»Genau das tue ich, *Ythir*, genau das glaube ich. Hör zu, wenn Adon und Gyphon diese Angelegenheit vor langer Zeit direkt miteinander geklärt hätten, wenn nötig durch einen Kampf auf Leben und Tod, wären wir nicht die ganze Zeit als bloße Figuren in diesem langen Spiel hin und her geschoben worden.«

Riatha runzelte nachdenklich die Stirn und setzte sich wieder hin. Sie trank einen Schluck Tee, bevor sie sprach. »Was du sagst, entspricht teilweise der Wahrheit, aber lass mich dich Folgendes fragen: Wäre es zu einem Kampf auf Leben und Tod gekommen, und Adon hätte verloren, was wäre dann wohl aus der Welt unter Gyphons Knute geworden?«

Bair sah sie erstaunt an. Offenbar hatte er so weit nicht gedacht. »Vielleicht, mein Junge«, sagte Urus, der in der Tür zum Nebenraum stand, »vielleicht waren all die Dinge, die du genannt hast, all das, was du und Aravan, wir und viele andere taten, in unserer Zeit und in der Vergangenheit, vielleicht war genau das Adons und Gyphons Kampf auf Leben und Tod. Möglicherweise konnte Adon Gyphon nur dadurch besiegen, dass er uns benutzte.«

Bair drehte sich zu seinem Vater um. Wie alle Baeron war auch Urus ein Hüne von Mann, gut zwei Meter groß, muskulös und fast einhundertdreißig Kilo schwer. Wie die Kreatur, in die er sich zu Zeiten verwandelte, hatte er braunes Haar, das an den Spitzen bereits ergraut war, und bernsteingelbe Augen.

Während Riatha eine dritte Schale Tee vollschenkte und für Urus auf den kleinen Tisch stellte, dachte Bair konzentriert nach. »Trotzdem, Da«, meinte er schließlich, »muss ich mit Adon sprechen, denn ich bin der Einzige, der das vermag und zurückkehren kann.«

»Und was genau willst du zu Ihm sagen?«, wollte Urus wissen.

»Nur dies: Es wurden Dinge getan, die jetzt rückgängig gemacht werden müssen; die Spaltung der Ebenen ist eines davon.«

Riatha rang nach Luft. »Oh, Bair!«, stieß sie dann hervor, »wenn die Wege zwischen den Ebenen wieder frei wären, dann könnten wir ... wir könnten sofort wieder ...« Tränen traten ihr in die Augen.

Urus nahm ihre Hand und streichelte sie. »Mir scheint, sie möchte, dass du es versuchst.«

Bair nickte. »Ich werde Aravan bitten, mich zu begleiten«, erklärte er. »Denn wie ich bereits sagte, ist dies nur eine Fortführung derselben Mission, auf die wir uns in der Vergangenheit begeben haben, und die er schon weit länger verfolgt als ich.«

Bair und Aravan waren fast drei Monate unterwegs. *Elar* und *kelan* reisten zum Eichenkreis im Weitimholz, um von dort ins Dazwischen zu gehen, Aravan, in Gestalt eines schwarzen

Falken, wurde von Bair hinübergetragen. Als sie zurückkehrten, begleitete sie eine Schar Elfenkrieger, unter ihnen Daro und Rein, Riathas Eltern, denn die Wege zwischen den Ebenen waren wieder passierbar ...

»Was?« Riatha sah Bair verwirrt an.

»Ich sagte, *Ythir*, dass auch die Wege von und nach Neddra wieder offen sind und der Bann aufgehoben wurde.«

»Aber warum?«

»Verstehst du das denn nicht, *Ythir*? Jede Einmischung unterläuft die freie Entscheidung, den freien Willen, und zwar nicht nur unseren, sondern den aller.«

Bair sah zu dem schwarzhaarigen Elf, der an der Wand lehnte. Wie alle Lian war auch er schlank, aber mit seinen ein Meter achtzig größer als die meisten seiner Art. »Hilf mir doch weiter, *kelan*«, bat Bair.

»Seine Argumente waren sehr wohl überlegt«, meinte Aravan, während er Riatha mit seinen saphirblauen Augen musterte. »Am Ende hat er nicht nur Adon überzeugt, sondern auch alle, die sonst noch an dem Gespräch teilnahmen: Lian, Dylvana und die Götter.«

Riatha wandte sich an Urus. »Aber der Brut die Freiheit zu lassen, ihre Willkür auszuleben ...?«

»Vielleicht sind sie ohne Gyphon und Seine Handlanger, die sie antreiben, weniger geneigt, ihre Missetaten zu begehen«, vermutete Urus.

»Außerdem hat Bair für diesen Fall ebenfalls einen Plan«, warf Aravan grinsend ein. »Und zwar einen, den ich aus ganzem Herzen unterstütze.«

»Was für einen Plan?«, erkundigte sich Faeril, eine Damman der Wurrlinge, die sich seit Bairs Geburt wie eine liebende Tante um ihn kümmerte. »Was für einen Plan?«

Bair fuhr mit den Fingern durch sein langes silberblondes Haar. »Ganz einfach, Amicula Faeril ...«

4. Kapitel

WOLF UND FALKE

Nexus

(Spätherbst und Frühwinter, 5E1010)

Der Draega, der ponygroße Silberwolf, rannte durch das herbstlich gelbe Gras und durch kleine Wälder mit braunblättrigen Bäumen über die Hügel Adonars. Hoch über ihm flog unter dem azurblauen Himmel ein schwarzer Falke. Um den Hals des Wolfs baumelte an einer Kette ein steinerner Ring, in dem ein schwarzer Stein schimmerte. Auch am Hals des Falken hoch oben in der Luft glitzerte etwas, das sich von seinem nachtschwarzen Gefieder wie Silber abhob, obwohl es stattdessen ein Kristall war. Ein kleiner blauer Stein an einem Lederband ruhte neben dem Kristall. Und wo immer der Draega auch hinlief, der Falke folgte ihm, denn, so schien es jedenfalls, sie reisten zusammen.

Der Wolf bahnte sich den Weg durch die Wälder, zwischen riesigen, bemoosten Bäumen hindurch, lief platschend durch murmelnde Rinnsale, während der Falke über ihm auf dem kühlen Wind ritt, der über das Land fegte. Sie verlangsamten ihre Geschwindigkeit nicht, Werst um Werst um Werst, bis der Abend in die Nacht überging. Dann kreischte der Falke einmal schrill auf und schwenkte nach links ab. Der Draega am Boden blieb stehen und beobachtete den dunklen Vogel.

Der Falke schwebte über einem Waldrand, schwenkte scharf nach rechts ab, segelte hinab und landete schließlich hoch oben in einer Eiche, deren braune, trockene Blätter in dem Wind raschelten, der den Winter ankündigte. Der Silberwolf trottete zu dem mächtigen Baum, auf den sich der Vogel niedergelassen hatte, und als der Draega ihn erreichte, erhob sich der Falke erneut in die Luft.

Nachdem der Wolf seinen Durst an einem kleinen murmelnden Bach gestillt hatte, legte er sich hechelnd und mit aufmerksam aufgerichteten Lauschern unter die Eiche und sah zu, wie der Vogel über dem hohen Gras auf dem Feld hin und her flog. Im nächsten Moment stürzte sich der Falke herab, die Flügel angelegt, allein mit den Spitzen steuernd. Unmittelbar über dem Grund breitete er die Flügel wieder aus, streckte die krallenbewehrten Füße aus und verschwand im Gras.

Der Draega sprang auf und eilte zu der Stelle, wo der Falke ein fettes Kaninchen erlegt hatte. Der Wolf bellte leise, doch der Falke rührte sich nicht. Seine wilden Augen glühten. Beim zweiten Bellen jedoch ließ der Vogel seine Beute los und erhob sich erneut in die Luft.

Der Draega packte das Kaninchen und lief zur Eiche am Fluss zurück. Er kam dort an, als der Falke gerade zur Landung ansetzte. Der Wolf ließ das Kaninchen fallen, und aus einem platinfarbenen Lichtblitz und einer dunklen Wolke tauchten Aravan und Bair auf: Aravan aus dem Licht, Bair aus dem Dunkel.

Erst ein Jahr zuvor hatte Aravan mit dem gestaltwandelnden Bair und einem geflügelten Phael namens Ala, einem der Verborgenen, und einem mächtigen Wesen, das die Phael den Wächter nannten, gelernt, die dem Kristall innewohnende Macht zu beschwören, die Macht des Kristalls mit dem Falken darin, der jetzt an der Kette hing, die Aravan um den Hals trug.

Vor mehr als vierundzwanzig Jahren hatte Riatha Faeril diesen Kristall geschenkt und der Damman die seherische

Kraft des Steins erklärt. Als Faeril ihn bekam, war noch kein Falke darin gewesen. Die Damman hatte sich im *Sehen* versucht, ebendiesen Kristall dafür benutzend, und als sie schließlich Erfolg hatte, wäre es fast ihr Untergang gewesen. Viel später traf sie innerhalb eines Kreises aus Kandraholz auf das Orakel Dodona, und dieser nahm ihren Geist mit in den durchsichtigen Stein. Dodona zeigte ihr viele Dinge und erklärte ihr auch, dass es ihr möglich war, in dem Kristall alle Formen anzunehmen. Damals sagte Faeril, dass sie schon immer hatte so fliegen wollen wie ein Falke, und sich unvermittelt in einen solchen Vogel verwandelt, was sie ebenfalls beinahe das Leben gekostet hätte. Doch Dodona hatte sie davor bewahrt, auf immer ein wildes Tier zu bleiben. Als Faeril schließlich in sich selbst zurückkehrte, war die Gestalt eines Falken in ihrem Kristall zurückgeblieben.

Nach ihrer Rückkehr nach Ardental befestigte Faeril den Kristall an einer Platinkette und schenkte ihn Bair zum Geburtstag.

Auf seiner Expedition mit Aravan, bei der sie den gelbäugigen Mörder Ydral suchten, hatte Bair den Kristall mit in das Jangdi-Gebirge genommen, wo der Wächter, die Phael und Bair zusammen mit Aravan daran gearbeitet hatten, den Elf zu lehren, die Kraft dieses Artefakts der Macht zu meistern, die es ihm erlaubte, die Gestalt eines schwarzen Falken anzunehmen.

Und als schwarzer Falke und Draega war es ihnen gelungen, Ydral schließlich zur Strecke zu bringen, der sich in einer von der Brut verseuchten schwarzen Feste in Neddra verkrochen hatte, einer Bastion, die an einem Nexus von vier Übergängen des Dazwischen lag. Genauer gesagt verbanden drei dieser Übergänge Neddra mit Mithgar, Adonar und Vadaria; wohin der vierte Übergang führte, wussten sie nicht. Vielleicht zu der Welt der Verborgenen, nach Feyer, oder zur Drachenwelt Kelgor, oder irgendwo ganz anders hin. Aber damals waren nur die Blutwege offen, und Bair konnte trotz seines steinernen Ringes den Übergang nicht bewerkstelligen, denn er hatte nicht das Blut in den Adern, das es ihm erlaubt hätte.

Ungeachtet dessen, wohin dieser vierte Übergang führte, war die Schwarze Feste das Ziel von Bairs und Aravans neuester Mission, denn sie kontrollierte die wichtigen Übergänge des Dazwischen, die der Brut erlaubte, in die Ebenen der Freien Völker einzudringen.

Bair und Aravan waren nach Adonar zurückgekehrt, um sich zu überzeugen, dass alles bereit war, um die letzte Phase von Bairs Plan einzuleiten. Die Heerschar der Elfen hatte sich bereits erwartungsvoll versammelt, und so wurde der Befehl gegeben, ins Dazwischen zu marschieren. Und jetzt reisten die beiden der Armee voraus, um sich zu überzeugen, dass noch mächtigere Bundesgenossen sich ebenfalls bereit gemacht hatten.

Aravan hatte das Kaninchen mit wenigen geschickten Schnitten ausgenommen und war dabei, es auf einem kleinen Feuer zu rösten.

»*Kelan*«, fragte ihn Bair, »wie weit ist es noch bis zum Übergang ins Dazwischen, was denkst du?«

»Dreißig Werst, nehme ich an«, antwortete Aravan.

»Dann dürften wir morgen gegen Mittag dort ankommen, richtig?«

»Aye, *elar*. Würdest du so schnell laufen, wie ich fliege, wäre es schon am Vormittag.«

»Ah«, meinte Bair grinsend. »Du hast es nur eilig, zu Aylis zu kommen, deucht mich.«

Aravan lachte. »Da hast du ganz recht.«

Sie saßen eine Weile schweigend da und sahen zu, wie das Kaninchen über dem Feuer briet. Bair erinnerte sich an seine letzte Begegnung mit Aylis und an die Strategie, die sie vorgeschlagen hatte. Alamar hatte sie bereitwillig akzeptiert, aber er wollte, dass ein anderer Seher den Plan durchführte. Davon jedoch wollte Aylis nichts wissen. Sie sagte, es wäre ihr Plan, also wäre sie auch diejenige, die ihn umsetzte. »Ich bin froh und traurig zugleich«, meinte Bair schließlich, »dass sie sich entschieden hat, mit uns in die Schlacht zu ziehen.«

»Ich ebenfalls«, antwortete Aravan. Dann fuhr er seufzend fort: »Nicht dass einer von uns es hätte verhindern können. Sie ist manchmal ziemlich leichtsinnig, weißt du? Das ist eines der Dinge, die ich an ihr liebe und gleichzeitig am meisten fürchte.«

Das Fett des Kaninchens tropfte zischend in die Flammen, deshalb drehte Bair den Spieß langsam um. Dann warf er einen Blick zu Aravan hinüber. »Ihr Plan hat mich überrascht.«

»Aye«, meinte Aravan. »Aber so werden wir in Erfahrung bringen, mit wem wir es zu tun bekommen, und außerdem finden wir vielleicht auch heraus, wann die beste Zeit für einen Angriff ist.«

Bair nickte und drehte weiter an dem Spieß. »Bevor Aylis ihren Vorschlag gemacht hat, habe ich immer geglaubt, dass ein Seher dadurch hilfreich wäre, dass er in die Vergangenheit blickt, herausfindet, wann Wachwechsel sind oder Wachposten am wahrscheinlichsten unachtsam werden, oder in die Zukunft sehen und uns sagen könnte, wann wir am besten angriffen.«

Aravan nickte. »Man hat mir gesagt, dass die Kunst der *Sicht* sehr schwierig ist und viele Gabelungen bereithält, die man sondieren muss.«

»Gabelungen?«

»Punkte der Entscheidung«, erwiderte Aravan. »Wenn wir uns für einen Weg entscheiden, bewirken wir dieses, und die Entscheidung für einen anderen Weg verursacht jenes. Mit jeder Person, die in die Angelegenheit verwickelt ist, wächst auch die Zahl der Möglichkeiten. Bei dem Abenteuer, das vor uns liegt, und an dem Hunderte und Aberhunderte beteiligt sind, ist die Zahl der Möglichkeiten unabsehbar, jedenfalls glaube ich das.«

»Ah, ich verstehe«, meinte Bair.

Kurz nach Mittag, während es in Adonar schneite, überquerte Bair das Dazwischen mit Valké auf der Schulter, Aravans Falkengestalt. Bair trug den Elf in dieser Gestalt, um dessen Weg nach Neddra zu vereinfachen; denn die beste Zeit für den Übergang in diese Welt war Mitternacht, so wie die beste Zeit, diese Ebene zu verlassen, die Mittagszeit war. Musste Aravan den Übergang zu einer anderen Zeit versuchen, wäre es schwierig für ihn geworden; aber der Steinring um Bairs Hals schien dem Jungen den Weg irgendwie zu vereinfachen, ganz gleich, ob es Tag oder Nacht war. Deshalb hatte sich Aravan in den Falken verwandelt und umhüllt von Bairs Aura, sein *Feuer* in dem Kristall versiegelt. Der Jüngling trug den Falken und das Artefakt der Macht scheinbar mühelos von der Hohen Ebene zur Unteren.

Neddras blutrote Sonne spendete nur wenig Licht, verdeckt von den ockerfarbenen Wolken. Auch in dieser Welt schneite es, aber die Flocken hatten eine gelblich-braune Färbung, als sie aus dem widerlichen schwefeligen Himmel fielen.

Bair warf Valké in die ätzende Luft und verwandelte sich in der Dunkelheit in Jäger, seine Gestalt als Silberwolf. Dann rasten Draega und Falke in einem weiten Bogen nach Nordosten, zum Übergang in die Magierwelt von Vadaria.

Sie sorgten dafür, dass sie von der Schwarzen Feste nicht gesehen werden konnten, dieser Bastion, die einen Werst und eine Meile entfernt im Tal vom westlichen Übergang entfernt lag. Valké blieb stumm, während er hoch über dem Silberwolf flog, denn er konnte keinen Verfolger erkennen, keine

Vulgs, keine Ghûls auf ihren Hèlrössern oder Rukhs, Hlöks oder Trolle. Also brauchte er den Wolf nicht zu warnen.

Die Feste selbst stand auf einem steilen Hügel in einem langen Tal, das von hohen Klippen umsäumt war. Die Festung war in etwa quadratisch, von einer äußeren, etwa sieben Meter hohen Mauer umgeben, die auf jeder Seite ungefähr hundert Meter lang und an ihrer Spitze fünf Meter dick war. Über ihre gesamte Länge verliefen Türme, im Abstand von etwa fünfzehn Metern. Im Süden stand über einem Tor mitten in der Mauer ein Vorwerk, im Norden ebenfalls, wenngleich ein kleineres. Von beiden verlief eine gewundene Straße zum Haupttor der inneren Festung. Eine ebensolche Straße führte vom gegenüberliegenden hinteren Tor zu dem Haupttor. Zwischen dem äußeren Bollwerk und der inneren Feste lag ein Stück freies Gelände, eine mörderische Ebene für jeden, der den Weg den Hügel hinauf erobert und die äußere Mauer überwunden hatte.

Innerhalb dieses Bollwerks stand die Schwarze Feste: Sie war gut zwanzig Meter hoch und ebenfalls quadratisch gebaut, maß siebzig Meter in der Länge und hatte einen großen Innenhof, der von großen und kleinen Türmen und einer gewaltigen Mauer geschützt wurde.

Im Hof gab es geräumige Stallungen, in denen die schuppigen Hèlrösser rastlos herumtrampelten, und auf die Anwesenheit von Ghûls im Burgfried hindeuteten.

Zwei äußere und zwei innere Türme standen auf einem kleinen, engen Hof und bewachten den Durchgang in die Schwarze Feste mit großen Toren und Fallgittern. An der nördlichen Mauer der Bastion bewachten vier eng zusammenstehende Türme den Hintereingang.

Mit den Türmen an jeder Ecke der Hauptfestung und den Türmen in der Mitte der äußeren Mauern konnten die Verteidiger wirkungsvoll sämtliche Angreifer zurückschlagen, die versuchen sollten, diesen Stützpunkt einzunehmen.

Außerdem wurden die Zinnen der Hauptfeste sehr gut bewacht. Hlöks und kleine Rotten von Rukhs waren auf jedem Turm stationiert und gingen häufig Patrouille.

All dies sah Valké, als er hoch über Jäger dahinsegelte.

Der Draega lief vier Werst und eine Meile, schlug einen großen Bogen um die Schwarze Feste bis in die Anhöhen im Norden. Er rannte hinauf, begleitet von dem Falken über ihm. Schließlich kam der Wolf an einen ziemlich steilen Hang, den er ebenfalls bezwang, und an den sich eine runde Ebene anschloss. Vor ihm erhob sich dann eine blanke Felswand, die sich bis zu den Seiten erstreckte und das kleine Plateau in ihre ungeheuren Arme zu schließen schien. Jäger lief auf die Mitte der Wand zu, während Valké in weiten Spiralen von oben herabsank. Dunkelheit umhüllte den Draega, eine Dunkelheit, aus der Bair trat.

Der Jüngling streckte den Arm aus, und Valké landete auf dem gepolsterten Lederärmel.

Bair sah nach Süden, wo einen Werst und eine Meile entfernt die Schwarze Feste stand, mitten im Schnittpunkt der vier Übergänge ins Dazwischen, im Nexus. Denn in gleicher Entfernung nach Norden, Westen, Süden und Osten lagen die Übergänge nach Vadaria, Adonar, Mithgar und einem ihnen bislang unbekannten Land.

Bair hob Valké auf sein Schulterpolster. Dann umfasste er den Ring, der jetzt an seiner linken Hand saß, begann zu rezitieren, schritt aus, drehte sich um, hielt inne, sang, glitt weiter, während Valké von seiner Schulter auf die ferne Bastion starrte. Wut glomm in den schwarzen Augen des Raubvogels ...

... dann waren sie aus Neddra verschwunden, und nur der gelblich-braune Schnee, der vom ockerfarbenen Himmel fiel, war Zeuge.

5. Kapitel

VADARIA

Nexus

(Ende Herbst und Anfang Winter, 5E1010)

Immer noch die Schritte des Ritus tanzend und die Anrufung singend, tauchten Bair und Valké auf einem Felsplateau auf, das nahezu identisch war mit dem, auf dem sie Neddra verlassen hatten. Doch statt des ockerfarbenen Himmels von Neddra war die Luft hier klar und duftete schwach nach dem Kiefernwald im Tal unter ihnen. Gipfel und Hügelkämme um sie herum waren von Schnee bedeckt, und das Weiß funkelte im Licht der strahlenden Sonne.

Valké schwang sich in den azurblauen Himmel, während eine dunkle Wolke Bair umhüllte, aus der einen Herzschlag später Jäger sprang. Der Draega rannte den Hang hinab und durch das Tal, strebte einer fernen Anhöhe zu, während unter seinen Läufen Schnee aufstob. Valké folgte ihm wachsam. Sie wollten zu einer Berghütte, in der eine Seherin lebte, Aylis, Aravans Geliebte.

Hier hatte sich eine Gruppe von Magiern versammelt, welche die Ankunft eines Falken und eines Draega erwarteten. Einige ruhten vor ihren Zelten, andere schlenderten über die Hänge, und vier saßen an einem Eichentisch vor der spitzgiebligen Kate. Aber alle ohne Ausnahme suchten den Himmel nach einem schwarzen Raubvogel ab.

In dem Moment trat Aylis mit einem Tablett, auf dem dampfende Becher standen, aus der Hütte. Sie war gertenschlank und trug braune Lederkleidung. Ihr hellbraunes Haar fiel ihr bis zu den Schultern, und in dem hellen, wärmenden Sonnenlicht schienen kupferne Strähnen darin aufzublitzen. Ihre helle Haut war makellos bis auf einige wenige Sommersprossen auf ihren Wangen. In ihren grünen Augen tanzten goldene Pünktchen. Für eine Magira war sie groß, maß beinahe einen Meter achtzig. Sie setzte das Tablett auf dem Tisch ab.

Dort saßen Alamar, Dalor und Branwen. Sie alle waren an dem Übergang des Dazwischen gewesen, als Bair und Aravan am Wintertag genau vor einem Jahr hierhergekommen waren. Valké hatte eine lebensgefährliche Verletzung davongetragen. Dalor, dem Heiler, war es gelungen, den Vogel zu retten. Branwen, die Weise, hatte herausgefunden, wie sie den bewusstlosen Falken wieder in einen Elf zurückverwandeln konnte, und dann erst hatte Dalor Aravan endgültig heilen können.

»Ein Silberwolf, ein Draega, sagt Ihr?«, fragte der Vierte am Tisch, ein ernster Magus, als Aylis die Becher verteilte. »Der Junge ist ein Gestaltwandler?«

»Aravan ebenfalls, Zauberer Cadir«, antwortete Aylis. »Obwohl er es nicht wie Bair von Geburt an war.«

»*Wildmagie* bei dem einen und ein Artefakt der Macht bei dem anderen«, erläuterte Dalor, der kleine korpulente Magier, während er Aylis einen Becher abnahm.

»Ich weiß nicht, warum wir auf sie warten müssen«, meinte der dunkelhaarige Alamar. Seine grünen Augen funkelten gereizt. »Wir sind versammelt und bereit zuzuschlagen, also sollten wir einfach beginnen.«

»Vater«, widersprach Aylis, »Bairs Plan ist sehr gut durchdacht.«

»Sie hat recht«, meinte Branwen, während sie einen Löffel Honig in ihrem Tee verrührte.

»Pah!«, fuhr Alamar hoch. »Ich allein könnte diese Feste vernichten.« Er deutete auf die Magier, die am Hang lagerten. »Ein Dutzend von uns könnte das allein schaffen.«

»Ah, und wenn es darin von Schwarzen Hexern wimmelt?«, warf Dalor ein. »Wer soll dann die Brut bekämpfen, während wir mit unseresgleichen kämpfen?«

»Schwarze Hexer sind nicht unseresgleichen«, knurrte Alamar. »Außerdem könnten wir, wenn es dazu kommt, einfach die Feste vernichten, wie ich schon sagte.«

Aylis seufzte. »Vater, unser Ziel ist es nicht, die Feste zu vernichten, sondern sie möglichst intakt zu erobern.«

»Das weiß ich, Tochter!«, fuhr Alamar hoch. »Ich sage ja nur, dass wir es tun könnten! Ich glaube, dass wir die Hilfe der Elfen nicht benötigen, um diese Bastion unversehrt zu erobern.« Er grinste. »Immerhin werde ich ihr Befehlshaber, wenn wir sie in den Händen haben.«

»Ko-Befehlshaber«, erwiderte Cadir. »Oder irre ich mich, was diesen Hauptmann der Elfen angeht? Wie war noch mal gleich sein Name ...?«

»Hauptmann Arandor, glaube ich«, sagte Branwen.

»Richtig«, bestätigte Aylis. »Arandor hat sich bereit erklärt, Ko-Befehlshaber der Schwarzen Feste zu werden.«

»Hauptmann der Wache, meinst du«, erwiderte Alamar.

»Und Ko-Befehlshaber, Vater«, verbesserte Aylis ihn.

»Ja, sicher, aber verstehst du ...«

»Falke!«, schrie jemand. Dalor und Branwen drehten sich um. Der dunkle Vogel hoch über ihnen glitt in einer Spirale langsam hinab.

Obwohl Aylis wusste, dass Valkés Sehvermögen unvergleichlich scharf war, und er sie in jeder Menge ausfindig machen konnte, wollte sie sich von den anderen absondern, um es ihm etwas leichter zu machen, sie zu erspähen. Also stand sie vom Tisch auf und schritt gelassen zur Schwelle ihrer Kate. Dort blieb sie wartend stehen, während ihr Herz voller Freude hämmerte.

»Draega!«, rief jemand anders. Ein großer Silberwolf stürmte aus dem Kiefernwald heraus und rannte zur Hütte. Der Schnee flog nur so unter seinen Läufen.

Doch der Falke erreichte die Kate als Erster, und noch während er landete, umhüllte ihn ein silbernes Licht, aus dem Aravan trat. Er nahm Aylis in die Arme und küsste sie lange und innig.

Einige der Magier lachten, während andere applaudierten. Alamar schnaubte. »Dieses Herumgeschmuse!«, meinte er.

Der Draega rannte ebenfalls zur Schwelle, und aus einer dunklen Wolke trat Bair. Er wartete, bis Aravan und Aylis voneinander ließen. Dann umarmte auch Bair die Seherin und küsste sie auf die Wange.

Währenddessen ließ Aravan den Blick seiner dunkelblauen Augen über die Versammelten gleiten. Er blieb schließlich an Alamar haften, der am Tisch vor der Kate Tee trank und mit Dalor, Branwen und einem Magus zusammensaß, den Aravan nicht kannte. Der Elf nickte ihnen zu, drehte sich zu Bair herum und sagte: »Alamar sitzt dort drüben.«

Lächelnd trat Bair von Aylis zurück und ging zu dem Magus, um mit ihm zu sprechen. Elf und Seherin folgten ihm. Als sie den Tisch erreichten, blieb Bair einen Augenblick stehen, betrachtete die Versammelten auf den Hängen und drehte sich schließlich zu Alamar herum. »Wie es scheint, sind die Magier bereit.«

Alamar sah zu dem Sechzehnjährigen hoch, dessen Plan sie umsetzen wollten. »Natürlich, du Dreikäsehoch. Immerhin bin ich ihr Anführer.«

»Immer noch schlecht gelaunt, wie ich sehe«, erwiderte Bair.

Dalor und Branwen johlten, Aylis kicherte und Aravan grinste. Nur Cadir sah den Jungen staunend an.

Alamar sprang auf die Füße. »Nun hör mal zu, Jüngelchen. Nur weil du dich erfolgreich mit einem Gott angelegt hast ...«

»Mit zwei Göttern, alter Mann«, warf Bair ein.

Jetzt konnte Alamar sich nicht länger verstellen und stimmte in das Gelächter der anderen ein, als er den Jungen umarmte.

Branwen stand ebenfalls auf und umarmte Aravan und Bair, während Dalor grüßend die Hand hob. Dann stellte Alamar ihnen Cadir, den Zauberer vor. »Sollten wir eine Vereinigung benötigen, wird Cadir unser Fokus sein.«

Erneut ließ Bair den Blick über die versammelten Magier gleiten. »Es scheinen nur fünfzig von Euch zu sein. Ist das genug?«

»Hier haben sich sieben Neunen versammelt, mein Junge«, erwiderte Alamar, »und das ist ganz bestimmt genug.«

»Und welcher Art ist ihre Magie ...?«, wollte Bair wissen.

Alamar deutete auf die Versammlung. »In jeder der Neunen befinden sich drei von uns, die Feuer oder Blitze schleudern, Wind und andere Elemente beherrschen können; ein Zauberer, der alles Mögliche zu zerstören vermag; ein Seher, der dorthin blickt, wohin niemand schauen kann und die Befehle der Feinde abfängt; einer, der das Licht und die Geräusche beeinflussen kann, um uns zu verbergen oder den Feind zu verängstigen, bis er den Verstand verliert, vorausgesetzt, die Brut hat Verstand; zwei können alle Bestien zurückschlagen, die die Feinde gegen uns schicken, Hèlrösser und dergleichen, vielleicht sogar Trolle, denn sie ähneln in ihrem Verstand den Tieren; ein Heiler, aus Gründen, die sich selbst erklären; und in einer der Neunen befindet sich statt einer Weisen ein Alchimist.«

»Ein Alchemist?«, fragte Bair.

»Mein Junge, man kann nicht wissen, was einen in einer Schwarzen Feste erwartet, schon gar nicht in der in Neddra.«

»Nun, dann möchte ich jeden der sieben Neunen kennenlernen, denn ich möchte ihnen allen meine Dankbarkeit dafür aussprechen, dass sie sich unserer Sache angeschlossen haben.«

»Junge«, meinte Alamar, »es ist schon genug, dass du für uns einen Weg gefunden hast, wie wir ungehindert über die Ebenen reisen können.« Der Magus deutete in die Richtung, aus der Valké und Jäger gekommen waren. »Und da der Weg nur durch Neddra führt, scheint es angemessen, wenn wir den Nexus kontrollieren.«

»Mit unseren Verbündeten, den Elfen und jedem, der sich sonst noch zu uns gesellt«, meinte Aylis und drückte Aravans Arm.

»Ja, Tochter, gewiss«, knurrte Alamar gereizt. »Mit unseren Verbündeten.«

»Wo wir von den Elfen sprechen«, mischte sich Cadir ein. »Sind sie bereits unterwegs?«

Bair nickte. »Hauptmann Arandor führt sie an. Zu der Kompanie gehören auch Vanidar Silberblatt, Loric, Phais, Tillaron Eisenjäger, Ancinda Einbaum, Ellisan, Inarion, Gildor Goldzweig und sein Vater, Talarin …«

Bair zählte sämtliche Elfen auf, während er mit Alamar und Cadir den Hang hinabschritt, damit ihn die beiden Magier den Mitgliedern der sieben Neunen vorstellten.

Aravan drehte sich zu Aylis herum. »Ich wünschte, ich hätte auch daran gedacht, die *Drimma* zu fragen, denn sie sind unvergleichliche Kämpfer, wie du ja auf der *Eroean* miterlebt hast.«

Aylis sah Aravan strahlend an. »Oh, Aravan, es waren wahrhaftig herrliche Tage, als ich mit dir auf diesem Schiff gesegelt bin.«

»Aye, das waren sie, wenngleich sie in einer Tragödie endeten und ich dich für immer verloren glaubte.«

Aylis nahm sein Gesicht zwischen ihre Hände. »Oh, mein Liebster, das tut mir so leid. Aber trotzdem, so leicht wirst du mich nicht los.«

»Ich werde dich …? Niemals!« Er küsste sie lange und zärtlich, ohne darauf zu achten, wer vielleicht zusah.

Schließlich beendeten sie den Kuss und rangen nach Luft. »Trotzdem«, meinte Aylis, »ich würde sofort erneut mit dir über diese unermesslichen Ozeane segeln.«

»Keine Sorge, Liebste, denn das Schiff ist in guten Händen und wartet auf der Arbalin-Insel auf uns.«

»Kümmert sich immer noch der Lange Tom um sie? Du hast von ihm gesprochen, als du letzten Frühling hier warst.«

»Eben der, *chier*. Du wirst ihn bald treffen, denn ich möchte dich bei mir haben und mit dir über Mithgars Ozeane segeln, wenn diese Sache hier erledigt ist.«

Dalor räusperte sich. »Wo wir gerade davon reden, Aravan. Ist der Plan immer noch derselbe?«

»Aye, Heiler«, antwortete der Elf. »Magier und Elfen gehen genau um Mitternacht am Wintertag hinüber, das ist in zwei Tagen.«

»Und wie viele Elfen sind bei dem Angriff dabei?«

»Mindestens fünfzig Zenturien, wie vorgesehen. Aber da auch andere von unserem Ziel erfahren haben, denke ich, dass die Zahl wächst. Sie kommen von der Hohen Ebene, denn wegen der Spaltung ist es schon lange her, dass jemand aus Adonar an einer Schlacht gegen die *Spaunen* teilgenommen hat. Und sie wollen mehr als nur ihren Anteil leisten. Aber auch die Elfen, die auf Mithgar geblieben sind, wollen nicht ausgeschlossen werden. Deshalb sind sie von der Mittleren Ebene zur Hohen gegangen, um sich dort den Truppen anzuschließen.«

»Gut«, erwiderte Dalor.

Branwen sah Aravan an. »Und Ihr hättet gern Zwerge bei dieser Schlacht dabei?«

Aravan nickte. »Aye. Die *Drimma* sind mächtige Krieger.«

»Aber wie sollten sie ins Dazwischen gelangen? Schließlich kennen sie das Ritual nicht.«

»Branwen, Ihr vergesst, dass die *Drimma* sich niemals verirren. Sind sie einen Weg einmal gegangen, kennen sie ihn für immer. Haben sie einmal die Schritte des Ritus des Übergangs getan, können sie ihn jederzeit fehlerlos wiederholen.«

»Oh, verstehe«, meinte Branwen. »Dann habt Ihr recht; wir hätten die Zwerge fragen sollen.«

»Und Ihr sagt, Ihr habt sie auf Eurem Schiff?«, erkundigte sich Dalor.

»Im Moment nicht«, antwortete Aravan. »Aber schon bald, wie ich hoffe. Eine Kriegsschar von vierzig *Drimma* wird mit uns segeln.«

»Oh ja, die *Eroean*«, sagte Aylis versonnen. »Ich erinnere mich noch sehr gut an sie.«

Sie saßen eine Weile schweigend da, bis Aylis schließlich sagte: »Komm, Aravan, da gibt es etwas in meiner Kate, das ich dir zeigen möchte.«

Sie schlenderten in die kleine Hütte, und als Dalor hörte, wie die Tür mit einem Klicken verschlossen wurde, drehte er sich zu Branwen herum. »Wie Alamar sagen würde: Herumgeschmuse.«

Sie lachten schallend.

In den dunklen Stunden der Dämmerung sangen Elfen auf Adonar und Magier auf Vadaria den Gesang, tanzten die Schritte und vollzogen den Übergang in die Untargarde, die Untere Ebene, die Welt Neddra. Als sie das Plateau erreichten, kniete sich Aravan hin und verwandelte sich, geschützt von Bairs Umhang, der den silbernen Blitz verdeckte, in einen schwarzen Falken. Im nächsten Moment erhob er sich in die Luft. Er stieg hoch hinauf, flog über die Klippen und nahm in einem weiten Bogen Kurs auf einen anderen wichtigen Punkt des Nexus, der vier Meilen westlich von der Schwarzen Feste lag. Dort landete er auf einer freien Fläche mitten in der Kriegerschar der Elfen, wo die Hauptleute bereits auf ihn warteten. Einer der Männer, Silberblatt, streifte seinen Umhang ab und lockte den wilden Vogel darunter. Der Falke keckerte gereizt, aber er gehorchte. Schließlich verwandelte sich Valké, geschützt von dem Gewand, in Aravan zurück, in einem silbernen Blitz, der unter dem Rand des Stoffes hervorleuchtete. Als das Licht erlosch, stand Aravan auf und sah sich um. Er erblickte nicht nur Lian Wächter, sondern auch Dylvana, die Elfenrasse der Wälder, die ebenfalls an dem Kampf teilnehmen wollten.

Aravan wandte sich an Arandor. »Die Magier haben sich in Illusionen gehüllt und sind auf dem Weg hierher.«

Arandor nickte. »Wie viele sind es?«

»Sieben Neunen.«

»Dann werde ich meine Streitkräfte ebenfalls in sieben Einheiten aufteilen«, antwortete der Befehlshaber. »Das macht anderthalb Hundertschaften für jede der Neunen.«

»Du hast über tausend Kämpfer?«, erkundigte sich Aravan. »Ich dachte, wir gingen von fünfzig Zenturien aus. Allerdings habe ich damit gerechnet, dass es etwas mehr sein könnten.«

»Aye, unsere Truppe ist gewachsen«, antwortete der Befehlshaber der Elfen grinsend. »Möchtest du vielleicht eine der Kompanien führen?«

Aravan schüttelte den Kopf. »*Nay*, denn Valké dient am besten als Kundschafter.«

Arandor spreizte die Hände. »Aravan, es ist ein Wunder, dass du so etwas vermagst.«

»Der Kristall befähigt mich dazu, Arandor.« Aravan hielt inne und fuhr dann fort: »Wenn Valké nicht länger gebraucht wird, werde ich mich einer Kompanie anschließen, und zwar der, in welcher Aylis marschiert.«

Arandor schüttelte den Kopf. »*Nay*, Aravan. Du bist ein zu wertvoller Kämpfer, um deine Zeit damit zu verbringen, dich um sie zu sorgen und sie zu beschützen.«

Sofort traten zwei der Elfen vor, beides Dylvana. »Vail und ich werden Aylis unter unsere Fittiche nehmen«, sagte Arin Flammenseherin. Sie hatte ebenso wie Vail ihren Bogen in der Hand.

»Ebenso wie wir es tun«, sagte Ruar, berührte seine Brust und deutete dann mit dem Kopf auf Rissa und Eloran.

Aravan war enttäuscht, verstand jedoch, warum Arandor nicht wollte, dass er zurückblieb und Aylis beschützte. Er brauchte ihn an der Front. Er lächelte. »Alles Dylvana, wie ich sehe. Ich könnte mir keine besseren Hüter wünschen.«

Arandor nickte zustimmend. »In sechs Kerzenstrichen graut auf dieser elenden Welt der Morgen. Bilden wir unsere sieben Kompanien, damit wir bereit sind, wenn die Magier auftauchen.«

Als Arandor sich anschickte, die einhundertfünf Zenturien in sieben Kompanien aufzuteilen, eine für jede der sieben Neunen, ging Aravan unruhig auf und ab, während er auf seine Geliebte wartete.

Währenddessen schob sich der unheimliche schwarze Mond von Neddra, schwach erleuchtet von den Sternen, über den dunklen Himmel.

6. Kapitel

AUFKLÄRUNG

Nexus

(Wintertag, 5E1010)

Sie kamen wie ein Wispern durch die Nacht, ein leichtes Murmeln, das dem des Windes ähnelte. Plötzlich tauchte vor der Elfenarmee ein Silberner Wolf auf, gefolgt von sieben Neunen der Magier. Zuerst waren sie nicht da, dann waren sie plötzlich da, als die Illusion leeren Landes von ihnen abfiel.

Noch während sich um den Draega der dunkle Schleier bildete, aus dem Bair trat, sah sich Alamar nach Arandor um, erblickte ihn und ging auf ihn zu.

Aylis schritt, gefolgt von den acht anderen ihrer Neun, an den restlichen Magiern vorbei an Aravans Seite und ließ sich von ihm in die Arme schließen. »Wie lange dauert es noch bis zum Morgengrauen, *chier?*«

»Vier Kerzenstriche.«

»Gut, dann sind wir genau im Plan, und ich habe reichlich Zeit, das Innere der Festung zu erkunden.«

Aravan seufzte. Obwohl sie diese Diskussion schon mehrmals geführt hatten, stellte er die Frage erneut. »Kann das nicht jemand anders für dich erledigen?«

Aylis schüttelte den Kopf. »*Nay*, Liebster, denn ich habe dafür trainiert. Keine Angst; deine Elfen und die acht meiner Neun werden mich beschützen. Und jetzt bring mich dichter heran.«

Aravan drehte sich um und gab seiner Abteilung ein Signal, während Aylis den acht Magiern ein Zeichen gab, die sie begleitet hatten. Sie versammelten sich rasch, denn alle kannten den Plan. Erneut verwandelte sich Bair in Jäger, und auf Aravans geflüstertes Kommando hin brachen sie nach Westen auf, zwanzig Elfen und neun Magier. Der Illusionist unter ihnen sorgte für ihre Tarnung, und ein Silberwolf führte sie an.

Alamar sah ihnen bekümmert nach. »Meine närrische Tochter«, murrte er.

»Seid Ihr besorgt?«, erkundigte sich Arandor. »Hätten wir jemand anderen entsenden sollen?«

Alamar schüttelte den Kopf. »*Nay*. Sie ist die Beste für diese Aufgabe.«

»Warum nennt Ihr sie dann eine Närrin?«

»Weil ich sie liebe!«, fuhr der Magus den Befehlshaber der Elfen an.

Dieser erwiderte zwar nichts, nickte aber verstehend.

Nach einem Kerzenstrich hatten Aylis und ihre Eskorte die Seite der Anhöhe erreicht, von der aus sie die Schwarze Feste auskundschaften wollte. Sie befand sich kaum fünfhundert Meter von der äußeren Mauer entfernt, welche die Bastion umringte.

Während zwei Dylvana zur Kuppe der Anhöhe krochen, verwandelte sich Jäger erneut in Bair.

»Jäger hat nur schwach die Witterung der Brut aufgenommen«, sagte der Junge.

Aravans Hand tastete nach dem blauen Stein an dem Lederband um seinen Hals. »Mein Amulett wird kalt, aber ich denke, der Grund dafür sind die vielen Rûpt innerhalb der Schwarzen Feste.«

»Darf ich den Stein einmal sehen?«, erkundigte sich Delynn, die Zauberin der Neun.

Aravan zog den Lederriemen über den Kopf und reichte ihr das Band, an dem ein kleiner blauer Stein baumelte. Das

Lederband führte durch ein Loch in der Mitte des Steins. »Es wird kalt, wenn Gefahr sich nähert«, erklärte Aravan.

Delynn betrachtete das Amulett lange. *»Wildmagie«,* sagte sie dann und gab es Aravan zurück.

»Es wurde mir von einem Fuchsreiter namens Tarquin geschenkt, nachdem ich ihn und seine Gefährtin vor einem Feuer gerettet hatte.«

»Das erklärt es natürlich«, erwiderte Delynn.

»Erklärt was?«, erkundigte sich Aravan.

»Warum es *Wildmagie* ist«, antwortete die Zauberin. »Es kommt von den Verborgenen, und sie beherrschen diese Form der *Magie*, die wir nicht verstehen können.«

»Oh.« Bair klang etwas enttäuscht, denn das hatte er bereits gewusst. Er hatte tiefere Einsichten von der Zauberin erwartet.

Ein Dylvana mit einem Speer in der Hand kam von der Kuppe der Anhöhe zurück. »In jener Festung ist alles ruhig, Aravan, bis auf die Patrouillen auf den Wällen. Vail hält oben weiter Wache.«

»Sehr gut, Melor«, erwiderte Aravan und drehte sich zu Aylis um. *»Chier.«*

Sie küsste ihn kurz, setzte sich dann auf den kalten öden Boden. Die restlichen ihrer Neun nahmen ebenfalls Platz und gruppierten sich in einem Halbkreis um sie herum. Delynn saß an seinem Scheitelpunkt.

Aylis sah Delynn an, nickte und schloss die Augen. Die Zauberin sah ihrerseits die Mitglieder der Neun an, nannte der Reihe nach ihre Namen, und ein Magus nach dem anderen murmelte ein Wort. *»Coniunge.«* Danach verstummten sie.

»Was tun sie da?«, erkundigte sich Melor.

Aravan sah Bair an, denn er war der Einzige unter den Zuschauern, der die Wirkung *sehen* konnte. »*Feuer* fließt von der Zauberin zu allen im Halbkreis, und sie kanalisiert es zu Aylis. Jeder in dem Halbkreis opfert etwas Lebensessenz, um die Macht des *Sicht*-Banns zu stärken.«

Melor nickte. Er wusste, dass es viel *Feuer* kostete, einen Bann zu wirken. Dieses *Feuer* war eine Art von Lebenskraft, dessen Verlust den Bannwirker altern ließ, es sei denn, das *Feuer* anderer wurde dafür verwendet. Die meisten Magier verbrauchten ihre eigene Lebenskraft, es sei denn, sie schlossen sich zusammen, um einen besonderen Bann zu wirken, und jeder von ihnen spendete dafür etwas *Feuer*. In diesem Fall jedoch war ein Zauberer vonnöten, der die Vereinigung kanalisierte. Es gab indes auch Magier, die ohne vorherige Zustimmung ihren Opfern Lebenskraft aussaugten, um ihre Zauber zu wirken. Die Magier, die solch üble Kunst wirkten, wurden »Schwarze Hexer« genannt.

»Und was macht sie?«, fragte Melor weiter.

»Sie schickt ihre Essenz, ihren Geist, die Seele, den Kern ihres Selbst in die Schwarze Feste, um die Zahl und die Art des Feindes herauszufinden«, erwiderte Bair.

»Das deucht mich recht gefährlich«, meinte Melor.

Bair nickte, sagte aber nichts weiter.

»Ich gehe wieder hoch und halte mit Vail Wache«, erklärte Melor nach einer Weile des Schweigens.

Als der Dylvana sich umdrehte und lautlos den Hang hinaufglitt, trat Bair neben Aravan und starrte auf den Halbkreis aus Magiern, in dem Aylis saß. Als ein Nimbus aus jadegrünem *Feuer* zu der Zauberin und von ihr aus zu der Seherin strömte, fragte er sich, was Aylis wohl sah.

Körperlos flog Aylis über die Anhöhe und die freie Fläche zu der Schwarzen Feste. Sie stieg hoch über die Äußere Mauer. Unter ihr stand die Brut Wache auf den Türmen. Eine kleine Rotte marschierte widerwillig über die Zinnen. Die Rukhs stießen sich gegenseitig und fluchten. Sie flog über das freie Feld zwischen den Mauern die Hauptmauer der Bastion hinauf. Dort hielten noch mehr Rukhs Wache, und eine andere kleine, mürrische Truppe marschierte über die Zinnen. Aylis erspähte eine geschlossene Tür in einem der kleinen Türme, aber diese konnte ihren Geist nicht aufhalten. Sie schwebte hindurch und in die Kammer dahinter.

Dort glitt sie hinter einen Schatten; sie drang nicht in die Wand hinter der Dunkelheit ein, noch in den Schatten, der auf dem Stein lag, sondern sie glitt zwischen den Schatten und den Fels, denn die *Sicht* konnte Fels nicht durchdringen. Wenn ein Hexer in der Feste war, würde er sie jetzt nicht entdecken. Dennoch konnte Aylis selbst ebenfalls nicht hinter die schwarze Mauer blicken, es sei denn, sie schob ihr Gesicht hinter dem Schatten hervor.

Dann glitt sie hinab, hielt ab und zu inne und spähte vorsichtig hinter dem Schatten hervor, um die Zahl und die Art ihrer Feinde festzustellen. Stockwerk um Stockwerk glitt sie hinab, schlüpfte durch Schießscharten und an Rukhs vorbei, die mit Knochen würfelten. Einige jubelten, während andere das Ergebnis des Wurfs mit Flüchen bedachten.

In den Fluren und hinter den Schatten an den Wänden machte Aylis auf jedem Stockwerk der Bastion eine komplette Runde, prüfte, zählte, und war dennoch zumeist sicher vor jedem, der *sehen* konnte. Sie glitt durch mehrere Ebenen, fünf, sechs, sieben Ebenen und noch mehr, und war gewiss bereits längst unter dem Erdboden. Korridore verzweigten sich, die sie durchmaß, sich hinter den Schatten haltend, während sie immer wieder anhielt, um hinauszuspähen. Dabei bemerkte sie Kasernen mit schlafenden Rukhs, eine Messe mit Hlöks und Rukhs, die aus Schalen dunkles, sehniges Fleisch verschlangen, das in einer ockerfarbenen Flüssigkeit schwamm. An einem anderen Ort, einer riesigen, unterirdischen Kammer, schienen sechs monströse männliche Trolle miteinander zu ringen. Doch als sie genauer hinsah, stellte sie fest, dass sie keineswegs miteinander rangen. Angewidert flog sie weiter und landete auf dem zentralen Innenhof. Als sie ihn umkreiste, stieß sie auf die Stallungen mit Hèlrössern, und in den Quartieren über den Ställen auf eine Gruppe regloser Ghûls. Jeder von ihnen saß mit dem Rücken an die Wand gelehnt und blickte mit starren Augen geradeaus. Und jeder hatte einen dieser Speere mit den grausamen Widerhaken in der Hand. Sie sahen genauso aus wie Leichenwesen, und so wurden sie auch genannt. Sie alle schienen leblos zu sein, aber Aylis wusste, dass dem nicht so war. Nach einem kurzen Blick flüchtete sie rasch aus dem Quartier der Ghûls, denn wenn es wirklich Untote waren, dann konnten sie sie sehen, auch wenn sie im Schatten blieb. Denn im Unterschied zu den Lebenden konnten die Toten nicht nur in der Dunkelheit sehen, sondern auch durch sie hindurch.

Als Aylis wieder in den Hof glitt, ertönte dort ein schreckliches Heulen. Sie folgte dem Geräusch zu einem Zwinger mit Vulgs, die sich um den Kadaver eines großen Tieres stritten, das so entstellt war, dass Aylis es nicht identifizieren konnte. Aber es ähnelte irgendwie einem Troll.

Sie flog erneut über den Hof, und als sie eingehüllt in Dunkelheit über die Pflastersteine glitt, spürte sie plötzlich eine uralte Macht darunter. *Endlich! Ein Anzeichen von Hexern! Diejenigen, die ich finden und zählen wollte.* Sie sickerte in den Boden ein und sank in eine große Kammer, eine Arena. Sie erinnerte sich an die Geschichten, die Bair und Aravan erzählt hatten, und erkannte sie. Es war die Paarungshalle der Brut. Aber jetzt war sie vollkommen leer, und es fanden keine wilden, ungezügelten Paarungen statt. Vielleicht waren die weiblichen Wesen ja nicht in Hitze. Aber die dunkle Kraft, die sie spürte, kam auch nicht aus dieser Halle. Also glitt sie tiefer hinab.

Sie tauchte in einer Kammer auf, in der verstümmelte Leichen herumlagen. Einige verfaulten bereits, andere waren noch frisch, einige abgehäutet, anderen fehlten Gliedmaßen oder Köpfe, wieder andere waren ausgeweidet oder Opfer unaussprechlicher Gräueltaten geworden, als hätten hier grauenvolle Experimente stattgefunden. Am Ende des Raumes befand sich ein von einem Vorhang versperrter Durchgang, und aus dem Gelass dahinter ertönte ein bedrohlicher Gesang.

Aylis näherte sich der Öffnung und spähte in einen von Kerzen beleuchteten Raum, in dem *schwarzes Feuer* loderte. Sie glitt hinter einen Schatten und tiefer in dieses widerliche Heiligtum hinein. Dann spähte sie über den Rand des Schattens hinweg, um zu *sehen*, was hier vorging.

Es war offenbar eine Zeremonie, ein Ritus, denn in einem Kreis war eine Gruppe von elf, nein, zwölf Hexern versammelt. Vor ihnen stand ein Magus mit langem schwarzen Haar, das bis zu seinen Hüften reichte, und sang uralte Worte. Die anderen zwölf waren auf großen geometrischen Figuren verteilt, die auf den Boden gemalt waren. Sie sahen wie ein Rad mit spitzen Dornen aus. Je ein Hexer stand auf einer der sechs Sprossen, und in den Zwischenräumen stand ebenfalls je einer. In der Nabe des Rades lag der Leichnam eines Hlök, und in den Kadaver strömte *schwarzes Feuer*, ein *Feuer*, das aus den Leibern von etwa zwanzig kreischenden Rukhs strömte, die an den Wänden angekettet waren.

Der Leichnam zuckte und schüttelte sich und richtete sich auf; sein Kiefer sackte schlaff nach unten, sein Kopf saß merkwürdig schief auf seinem Hals; offenbar war sein Genick gebrochen. Als er die Augen öffnete, waren die Augäpfel milchig und matt. Knochen knackten, als er den Schädel aufrichtete und die Hexer betrachtete. Dann drehte er den Kopf in Aylis' Richtung. Sie zuckte rasch hinter den Schatten zurück und hörte ein Geräusch, das klang, als würden tausend Stimmen gleichzeitig aufschreien, als würde eine Myriade toter Seelen durch den Mund dieses Leichnams eine Warnung schreien.

Noch während der Kadaver seine Warnung herauskreischte, sprang Aylis hoch und schoss davon. Als sie hinter den Schatten herausglitt und durch die Decke drang, sah sie, wie der Kadaver auf sie zeigte, während sie flüchtete. Die Hexer drehten die Köpfe oder hoben ihre Blicke in die Richtung, in die der Hlök zeigte, um zu sehen, was er sah; Aylis flog durch Fels und Kammern und Korridore und Erde und Pflastersteine und tauchte in der Mitte des Hofes wieder auf.

Dann raste sie zu der Anhöhe zurück, floh in ihren eigenen Körper und konnte, nachdem sie wieder Besitz von sich ergriffen hatte, noch herausschreien: »Entdeckt!«, bevor sie ohnmächtig wurde und vornübersackte.

Im selben Moment ertönte tief drinnen in der Schwarzen Feste ein gewaltiger Gong und schlug Alarm.

7. Kapitel

DIE SCHWARZE FESTE

Nexus

(Wintertag, 5E1010)

»Aylis!«, schrie Aravan, der vorsprang, noch während sie langsam zur Seite sank, bevor sie dalag, als würde sie schlafen.

Doch Bair packte Aravans Arm und hielt ihn fest. »*Nay, kelan*, das *Feuer* fließt noch. Ich halte es nicht für gut, den Strom zu unterbrechen.«

Obwohl Aravan erregt war, wartete er, trat von einem Fuß auf den anderen, bemühte sich, sich zu beherrschen, während vier Meilen entfernt der Alarm in der Schwarzen Feste dröhnte.

Die Zeit verstrich quälend langsam, bis Bair sagte: »Jetzt.«

Rasch trat Aravan durch den Halbkreis der Magier und zu Aylis. Er kniete sich neben sie und nahm sie in die Arme. »*Chier, chier*«, flüsterte er.

Die Magier standen auf, alle bis auf Delynn, die sitzen blieb. »Keine Sorge, Aravan«, sagte die Zauberin. »Was Aylis getan hat, hätte jeden Seher angestrengt, und es wundert mich, dass sie sprechen konnte, bevor sie ohnmächtig wurde. Aber sie wird bald aufwachen, denn ihr Geist ist jetzt wieder ganz in ihrem Körper.«

Weitere Momente verstrichen, dann endlich öffnete Aylis ihre grünen mit Gold gesprenkelten Augen und blickte in die saphirblauen von Aravan.

»Liebster?«, fragte sie und runzelte die Stirn.

»Ich habe nur die Sommersprossen auf deinen Wangen gezählt, *chier*«, antwortete Aravan lächelnd und küsste sie zärtlich.

Doch als er ihr auf die Füße half, riss Aylis besorgt die Augen auf. »Oh, meine Güte, ich bin entdeckt worden. Wir müssen zu meinem Vater gehen, denn da sind mehr, als wir angenommen haben.«

»Zwölf, Tochter? Zwölf?«

»Ja, Vater«, antworte Aylis, die sich jetzt ganz von der Anstrengung ihres Bannwirkens erholt hatte. »Zwölf Nekromanten. Ob es noch weitere Schwarze Hexer gibt, kann ich nicht sagen.« Sie stand in einer kleinen Gruppe von Elfen und Magiern, Aravan an ihrer Seite, Bair ihr gegenüber, die Verbündeten dicht in ihrer Nähe.

Der Alarmgong in der Feste dröhnte immer noch.

Cadir seufzte. »Wir haben mit einem oder zwei Hexern gerechnet, aber zwölf ...?«

Dalor schüttelte den Kopf. »So eifersüchtig, wie sie gewöhnlich aufeinander sind, so überraschend ist es, derart viele Nekromanten zusammen zu sehen. Ich frage mich, warum sie versammelt wurden.«

Fedor, ein großer hagerer Magus neben Alamar, sah zunächst Bair und dann Aravan an. »Vielleicht«, sagte er schließlich, »hat es etwas mit dem Tod von Gyphon zu tun. Vielleicht sind sie immer noch gierig nach Macht.«

»Natürlich sind sie das!«, fuhr Alamar ihn an. »Aber ohne einen Gott in ihrem Rücken sind wir den Nekromanten mehr als ebenbürtig.«

»Wir alle auf Vadaria können sie besiegen«, stimmte ihm Dalor zu. »Aber hier, und dann in dieser Zahl gegen uns?«

Fedor nickte mürrisch. »Zwölf Schwarze Hexer in der Feste sind sicherlich mehr, als wir erwartet haben, und wenn es noch andere gibt, tja, dann ...«

»Warum ist das ein Problem?«, erkundigte sich Ruar. »Ich meine, es sind sieben Neunen von Euch Magiern bei uns. Genügt das nicht, um zwölf Nekromanten in Schach zu halten?«

Aylis schüttelte den Kopf. »Es geht nicht um die Zahl der Magier, die wir zur Verfügung haben, sondern eher um die Menge des *Feuers*, auf das wir uns stützen können.« Sie seufzte und deutete auf die Schwarze Feste. »Diese Schwarzen Hexer werden alle Lebenskraft, die sie benötigen, aus der Brut ziehen, die in jener Festung ist, während wir nur unsere eigene benutzen können.«

Dalor nickte zustimmend. »Und da aus denen, die Qualen leiden, mehr *Feuer* gezogen werden kann, und weil es in der bevorstehenden Schlacht sehr viel Schmerz, Qualen und Gram geben wird, werden diese Nekromanten noch mehr *Feuer* für ihre Zauber zur Verfügung haben.«

»Also kann ein Dutzend Schwarzer Hexer selbst dreiundsechzig Magier überwältigen?«, erkundigte sich Ancinda Einbaum.

Fedor seufzte mürrisch. »Vielleicht«, meinte er.

»Wenn sie Euch besiegen, werden sie auch unsere Armee bezwingen können«, erklärte Arandor.

»Und sie haben einen Leichnam von den Toten erweckt?«, wollte Cadir wissen.

Aylis seufzte. »Allerdings. Einen Hlök.«

Cadir drehte sich zu Alamar herum. »Dann wissen sie alles über uns: Sie wissen, dass eine Armee aus Elfen und Magiern in Neddra ist, kennen unsere Anzahl und wissen, um wen genau es sich handelt.«

»Tatsächlich?«, erkundigte sich Ruar.

»Vor den Toten kann nichts verborgen werden«, antwortete Cadir.

»Das stimmt«, erklärte Branwen. »Aber nur, wenn sie die Stimme dieses einen ermordeten Hlök aus denen der Myriaden anderer Toten aussortieren können, die zu sprechen begehren.«

»Wir brauchen einen Plan«, sagte Bair.

»Und zwar vor dem Morgengrauen, denke ich«, meinte Arandor.

Aylis dachte angestrengt nach. »Wenn wir unseren Angriff auf die Feste aufschieben, bis die Nekromanten besiegt sind?«, fragte sie dann.

Aravan drehte sich herum. *»Chier?«*

»So haben sie die Qualen der Sterbenden nicht, um mehr *Feuer* aus ihnen zu ziehen«, erklärte Aylis.

»Sie würden es auch aus den Lebenden ziehen«, meinte Dalor.

»Aye, aber Aylis hat recht: Sie hätten in dem Fall weniger Lebenskraft zur Verfügung«, sagte Cadir.

»Hört zu!«, blaffte Alamar. »Ich sage, unsere Pläne haben sich nur wenig geändert. Unsere sieben Neunen, und vor allem die von uns, welche die Elemente beherrschen, Feuer, Wasser, Erde, Luft und Aethyr, nehmen sich je einen dieser Nekromanten vor, und wir überlassen die anderen den Elfen.«

Branwen holte tief Luft und atmete dann langsam aus. »Wir haben damit gerechnet, dass Schwarze Hexer in der Feste sind. Aber ich denke, es ist so, wie Alamar sagte: Die Pläne haben sich nur wenig geändert, ganz gleich, dass es jetzt zwölf Nekromanten sind. Dennoch sind ich und die Magier meiner Schule besser dafür geeignet, Hèlrösser und Vulgs zu bekämpfen, denn zu versuchen, Schwarze Hexer zu vernichten. Dalor und seine Kollegen sind ebenfalls besser dafür geeignet, zu heilen, denn mit Schwarzen Mächten zu ringen. Und diejenigen von uns, die Illusionen wirken können, kämpfen besser gegen die Brut. Denn die Schwarzen Hexer können solche Illusionen durchschauen, während die Brut das nicht vermag.«

Alamar nickte zustimmend. »Also werden ich und meinesgleichen sie direkt angreifen, während uns die anderen alle unterstützen.«

»Vergesst nicht«, warf Cadir ein, »dass meine Schule ebenfalls großen Schaden anrichten kann; deshalb werden wir euch im direkten Kampf zur Seite stehen.«

»Wir Seher«, meinte Aylis, »werden sie für euch aufspüren.«

Arandor sah Bair an. »Mich deucht, es sollte eine Änderung in meinem Plan erfolgen.«

»Wieso?«, fragte Bair zurück.

»Meine Streitkräfte sind in sieben Kompanien aufgeteilt, je eine für eine der Neunen. Statt einen direkten Angriff gegen die Feste zu führen, werden wir hierbleiben und die Magier vor Angriffen der Brut schützen, bis die Neunen die Nekromanten besiegt haben. Erst dann werden wir die Rûpt angreifen.«

»Und wenn die *Spaunen* uns eine Schlacht aufzwingen?«, fragte Tillaron.

»Dann müssen wir sie bekämpfen«, antwortete Arandor, »obwohl wir damit den Schwarzen Hexern *Feuer* für ihre widerlichen Zauber spenden.«

Bair nickte bedächtig. Dann drehte er sich zu den anderen Hauptleuten und den Sprechern der Neunen herum. »Sind wir uns einig?«

»Ich wünschte«, antwortete Silberblatt, »dass wir die Brut direkt angreifen könnten. Aber das muss warten, bis die größere Bedrohung besiegt ist. Es sei denn, natürlich, die Rûpt greift uns an.«

Andere Elfen-Hauptleute bedachten seine Worte mit einem zustimmenden Nicken und bestätigten damit, dass man weitermachen sollte, wie geplant.

Von den Magiern erhob ebenfalls keiner Einwände. »Also dann«, meinte Bair, »unsere Strategie, was die Nekromanten angeht, ist klar. Aber hört: Mir hat einmal jemand gesagt, dass ein Plan nur so lange gut ist, bis der erste Pfeil abgeschossen wurde. Danach kann man nur noch agieren und reagieren, wie der Moment es erfordert. In unserem Fall, so nehme ich an, ist der Plan nur gut, bis der erste Bann gewirkt ist.« Er drehte sich zu Aylis um. »Und jetzt erzähl uns, wie viele und welche Art der Brut du gesehen hast, damit wir wissen, mit wem wir es nach den Schwarzen Hexern zu tun bekommen.«

In den letzten Stunden vor dem Morgengrauen hatten die vereinten Streitkräfte der Elfen und Magier ihre Positionen auf dem flachen Hang bezogen, der dem Haupttor der äußeren Mauer gegenüberlag.

Als das rötliche Licht der Sonne die ockerfarbenen Wolken durchbrach, marschierten die sieben Kompanien weiter den Hang hinab.

Seher fielen in Trance und berichteten nur Augenblicke später, dass alle Nekromanten auf den Mauern standen und sich keiner von ihnen in der Feste befand. Doch noch bevor die Seher das berichteten, konnten Bair und die Magier das Glühen des *schwarzen Feuers* auf den Zinnen sehen.

»Bei Adon«, meinte Bair. »Haben wir genug Magier, um so viel Lebenskraft zu bekämpfen?«

»Wir werden alles geben müssen, was wir haben«, antwortete Cadir.

»Sie leuchten wie die Ziele, die sie sind«, murmelte Alamar, blickte in den ockerfarbenen Himmel und sagte ein einziges Wort. *»Adfligere.«* Ein gewaltiger Blitz zuckte aus dem Himmel und schlug auf den Zinnen ein. Er traf einen Hexer in der Mitte der Gruppe. Körperteile und Steinbrocken flogen herum, und ein wildes Glühen von freigesetztem *Feuer* zuckte über den Himmel, während ein gewaltiger Donnerschlag durch das Tal dröhnte und von den Klippen im Süden und den Gipfeln im Norden widerhallte.

»Ha!«, schnaubte Alamar verächtlich. »Einer ist weg, bleiben noch elf.«

Im nächsten Moment zuckte ein Blitz aus dem braunen Himmel und raste auf die Armee der Verbündeten zu. Doch bevor er hinabstieß, wirbelte ein Tentakel aus Aethyr aus dem Schlachtfeld zwischen den Mauern hinauf, fing den Blitzstrahl ab und lenkte ihn in die unfruchtbare Erde. Schnee und Schmutz peitschten in einer gewaltigen Fontäne hoch. Das meiste sank zurück auf die Erde, vieles jedoch wurde von der schwefligen Luft davongetragen.

»Lenk den Blitz das nächste Mal auf die Zinnen, Fedor!«, schrie Alamar dem Magus zu. »Töte sie durch ihren eigenen Bann.«

»Ich hatte kaum Zeit, nachzudenken«, schrie Fedor zurück.

Gewaltige Flammenzungen zuckten aus den Zinnen und schlugen in der Armee ein. Elfen und Magier starben. Als erneut Feuerspeere vorzuckten, wurden sie von gewaltigen Schleiern aus Wasser gelöscht, die aus dem Schnee beschworen worden waren.

»Adon!«, schrie Cadir, während er seinen Zauberstab ausstreckte. »Sie haben unglaublich viel Macht zur Verfügung!« Dort, wo er hinzielte, explodierte einer der Mauerzacken direkt vor den Hexern. Die Explosion schleuderte scharfe Trümmer zwischen die kreischende Brut, aber von den Magiern wurde keiner getroffen.

Blitze zuckten hin und her, wurden von aethyrischen Tentakeln abgefangen und umgelenkt; der Boden unter der Armee bebte; die Mauern der Zinnen explodierten; Fluten rauschten von den steilen Wänden und wurden von Erdwällen abgefangen, die aus dem Boden gerissen wurden. Zwischen den geschlossenen Reihen der Verbündeten explodierten Felsbrocken.

»Ausschwärmen!«, befahl Arandor, und die Elfenarmee sowie die Magier fächerten aus, um die Konzentration des Freien Volks auf einer Stelle zu vermeiden.

Doch noch während sie das taten, schlug plötzlich eine gewaltige Kriegstrommel, als hätte der Feind genau darauf gewartet. Die Portale der Feste schwangen auf. Ghûls auf ihren Hèlrössern ritten aus der Bastion und führten Reihen von Rûpt hinaus, Rhuks und Hlöks, die für die Schlacht gerüstet waren. In der Vorhut trotteten riesige Trolle, drei bis vier Meter hoch, und ein Rudel schwarzer Vulgs rannte vorweg. Doch als die Brut das Tor der Äußeren Mauer erreichte, konnten sie es nicht öffnen, weil die Zauberer unter den Verbündeten die Portale verschlossen hielten.

Dann jedoch stampften die Trolle vor, zertrümmerten die Tore, und die Brut stürmte hindurch, brüllte slûkische Schlachtrufe. Ghûls auf Hèlrössern und die Vulgs führten die Welle an.

Bair wurde von einer dunklen Wolke eingehüllt, und einen Moment später sprang Jäger heraus. Der Silberwolf stürzte sich mit lautem Heulen auf den uralten dunklen Feind.

Die Bogenschützen der Elfen feuerten eine Pfeilsalve nach der anderen auf die Schlachtreihen der Brut ab. Rukhs und Hlöks starben schreiend im Pfeilhagel; einige rannten zurück in die sichere Feste, aber die meisten stürmten mit lautem Gebrüll den Hang hinauf, wo die Elfenarmee wartete, während die große Kriegstrommel ihren Takt schlug.

Die Ghûls wurden von Pfeilen gespickt, aber die meisten zeigten keine Wirkung. Nur einige Pfeile landeten direkt in den Herzen der Leichen. Diese Ghûls stürzten jedoch tot zu Boden.

»Silberspitzen«, schrie Aravan. Eine Salve dieser Spezialpfeile flog auf die nahezu unbesiegbaren Ghûlka zu, und wenn die silbernen Spitzen trafen, brüllten die Leichenwesen auf, während schwarzer Eiter aus ihren Wunden strömte. Dennoch stürmten sie vorwärts, die grausamen Speere mit ihren Widerhaken zum Stoß erhoben.

Plötzlich jedoch wieherten die Hèlrösser schrill auf, bockten, warfen ihre Ghûl-Reiter ab, als die Weisen Magier, die

Tierbeschwörer, mit ihren Zaubern die reptilienschwänzigen, haarlosen, schuppigen, spalthufigen Reittiere trafen. Panik erfüllte ihre bestialischen Hirne, und sie flohen, einige mit Ghûl-Reitern auf dem Rücken, die sich verzweifelt am Sattel festhielten.

Und obwohl diese Qualen und der Tod der Brut Lebensessenz für die Nekromanten freisetzten, flogen die Pfeile, und die Brut erlitt hohe Verluste, während sie den Hang hinaufstürmte.

Die silberne Gestalt von Jäger stürzte sich zwischen die Vulgs, und die gesamte Meute der bösartigen schwarzen Bestien stürzte sich auf den Draega und umlagerte ihn in einem heulenden, schnappenden und kläffenden Rudel. Die Bogenschützen der Elfen feuerten auf die ponygroßen Kreaturen und töteten etliche von ihnen. Aber andere waren zu nah an Jäger, als dass sie hätten feuern können. Doch dann erfüllten die Zauber der Tierbeschwörer auch die Vulgs mit Furcht, so wie zuvor die Hèlrösser, und auch sie flohen, noch während Jäger einer der Kreaturen das Genick brach. Der Silberwolf stand knurrend zwischen toten Vulgs, denen er die Kehle zerfetzt oder das Genick gebrochen hatte. Dann jedoch lief der Draega rasch wieder zu den Elfen, wo erneut Bair aus einer dunklen Wolke heraustrat und seinen Morgenstern in die Hand nahm.

Die gewaltigen Trolle führten die Armee der Rûpt an und schwangen ihre riesigen Streitkolben. Die Pfeile prallten wirkungslos an ihrer Haut ab, während sie auf die geschlossenen Ränge des Freien Volks zustürmten.

Gildor trat vor und zog sein Schwert Bale. Die juwelenbesetzte Klinge der Waffe glühte in leuchtend rotem Wer-Licht, das die ganze Länge des Stahls zu überziehen schien, da die Brut nah war. Das Schwert war übernatürlich scharf und vor langer Zeit im Haus Arinor im Duellin geschmiedet worden, damit es im Großen Krieg benutzt werden konnte. Doch als

Gildor diese Klinge am Eisernen Turm einsetzte, stellte sich heraus, dass ihr Einsatz im Winterkrieg noch wichtiger war als im Bannkrieg, denn die Waffe konnte die Trolle trotz ihrer steinartigen Haut töten.

Die anderen hoben ebenfalls ihre Waffen: Schwerter, Morgensterne, Speere und Keulen. Als die brüllenden *Spaunen* den Hang hinaufstürmten, nahm Aravan seinen Speer zur Hand und musterte ihn kurz. »Auch wenn du von Elfen gemacht wurdest und eine gute Waffe bist, wünschte ich dennoch, du wärst Krystallopyr. Aber er liegt im Schlund und hat sein *Feuer* mit sich genommen. Also müssen wir beide allein zurechtkommen.« Er senkte die Spitze der Waffe und wartete auf den heranstürmenden Feind.

Die johlende Woge aus Rukhs und Hlöks und Trollen krachte auf die Reihen der Elfen. Die Trolle schwangen brüllend ihre Streitkolben. Die Elfen stellten sich dem Feind frontal. Ihre Schwerter hielten blutige Ernte, die Speere durchbohrten die Feinde, und mit ihren Schilden zertrümmerten sie Schädel und Gliedmaßen. Dabei tanzten sie zurück und wichen den gefährlichen Schlägen der Streitkolben aus. Doch die schrecklichen Waffen der Trolle trafen auch viele von ihnen, etliche davon tödlich. Während Rukhs und Hlöks an ihm vorbeistürmten, wartete Gildor, bis der gewaltige eiserne Streitkolben des Trolls vor ihm an ihm vorbeipfiff. Dann trat er vor und rammte Bale mit beiden Händen durch die Haut des Trolls. Die Klinge trat am Rücken der Kreatur wieder aus, und die dampfenden Eingeweide quollen auf den Boden. Der Troll starrte ungläubig an sich herab und stürzte dann tot zu Boden. Aber noch etliche andere dieser monströsen Feinde marschierten, gefolgt von Wellen von Rukhs und Hlöks, durch die Reihen der Verbündeten und schlugen mit ihren Waffen eine Bresche in ihre Reihen. Sie allein hätten die Armee der Elfen vernichten können. Aravan stieß derweil grimmig mit seinem Speer zu, bahnte sich einen Weg durch die Brut und zu einem der Trolle. Doch während er sich ihm näherte, erblickte der Unhold ihn, knurrte, drehte sich zu ihm um und hob seinen Streitkolben, um dieses winzige Wesen zu vernichten. Dabei starrte der Troll den Elf triumphierend aus seinem einen Auge an, in das sich im gleichen Moment ein Pfeil bohrte. Als der Troll zu Boden stürzte, das Gehirn von dem Pfeil durchbohrt, sah Aravan zur Seite und erblickte Silberblatt, der gerade wieder einen Pfeil in seinen mit Silber beschlagenen knochenweißen Bogen einnockte, während er sich umdrehte und eine weitere dieser fürchterlichen Kreaturen suchte, die so blutige Ernte unter den Verbündeten hielten. Ein kreischender Hlök griff die Magier an, wurde jedoch von Vail durchbohrt und fiel tot vor Alamars Füße. Der Magus riss seinen Blick von den Zinnen los und starrte den toten Hlök an. Dann sah er über das Schlachtfeld und bemerkte, wie die Trolle die Elfenarmee dezimierten. *»Dicere!«*, schrie Alamar, wirkte einen Bann und brüllte dann: »Fedor! Bremar! Cadir!« Er schrie noch andere Namen, und trotz des ungeheuren Schlachtenlärms, der Schreie, des Gebrülls und des Gekreisches, hörten die Angesprochenen seine durch den Zauber verstärkte Stimme. »Trolle! Die Trolle! Wir müssen uns um die Trolle kümmern!« Im selben Moment wurden die Titanen von Flammen umhüllt, als die Magier einen Moment in ihrer erbitterten Schlacht mit den Schwarzen Hexern pausierten und Feuer auf die Unholde schleuderten. Deren fettige Gewänder gingen sofort in Flammen auf. Die Monster kreischten vor Panik und flohen, rissen sich dabei die brennenden Gewänder von den Leibern. Denn sie fürchteten das Feuer und liefen davon, verfolgt von Feuerillusionen, die von den Magiern gewirkt wurden. Sie flohen nicht in die Feste zurück, sondern rannten zu den fernen Klippen.

Doch da die Magier von dem Kampf mit den Trollen abgelenkt waren, trafen die tödlichen Feuerstrahlen und Blitze der Schwarzen Hexer die Reihen der Verbündeten und fügten ihnen schwere Verluste zu. Rasch nahmen Alamar, die Elementalisten und die Zauberer erneut den Kampf gegen die Nekromanten auf den Zinnen auf, schleuderten Feuer und Blitze, die das Mauerwerk in Trümmer legten.

Als die Trolle flohen, sich rücksichtslos durch die Brut drängten, und als die Ghûls, die zu Fuß kämpften, von den mit silbernen Spitzen bestückten Pfeilen gefällt wurden, verließ die Rukhs und Hlöks der Mut. Sie rannten schreiend davon; die meisten flüchteten durch die zertrümmerten Portale der Äußeren Mauer über den Todesstreifen zur anderen Seite der Feste. Einige jedoch versuchten, sich in die Bastion selbst zu retten.

Doch während die *Spaunen* durch die Reihen der Verbündeten flohen, töteten Elfenschwerter und Speere und Bairs Morgenstern viele von denen, die der Schlacht zu entkommen suchten.

Als schließlich die letzten Feinde, dezimiert durch einen Pfeilhagel, den Hang hinabflüchteten, wischte Gildor das eitrige Blut der Rûpt von Bales Klinge und schob das Schwert in die Scheide. Die Elfen standen wachsam da, obwohl der Feind verschwunden war. Denn der Kampf der Magier gegen die Nekromanten tobte mit ungeminderter Wucht weiter; Wasser löschte Feuer, dunkle, stürmische Winde tosten aus den Bergen heran und wurden von heulenden Stürmen abgefangen; Hagelstürme und Eis prasselten aus dem Himmel, begleitet von Blitzen und Donner und Erdstößen und explodierendem Mauerwerk. Magier fielen, Elfen starben, und Nekromanten wurden trotz der Glut ihres *Feuers* getötet, denn es standen einfach zu viele Bannwirker gegen sie; allesamt Magier, die über größere Macht als sie verfügten.

Während dieser uralte Kampf tobte, gingen Heiler zwischen den Verwundeten umher und entrissen so manchen den Fängen des Todes. Andere dagegen konnten sie nicht mehr retten.

Schließlich jedoch erlosch auch der magische Widerstand von den Zinnen, als der Letzte der Nekromanten fiel.

Jetzt griff die Elfenarmee die Feste an, deren Portale vor ihnen gähnten.

Aber die Brut war aus dem hinteren Tor geflohen und davongelaufen. Die Elfen eroberten eine verlassene Feste, in der sie nur einige kreischende Rûpt vorfanden, denen sie rasch den Garaus machten.

Dann wurden die Toten gezählt. Nahezu tausend *Spaunen* waren niedergemetzelt worden, die Hälfte war den Pfeilen auf dem Schlachtfeld zum Opfer gefallen, die andere Hälfte dem Stahl der Verbündeten.

Aber auch vierhundertachtundneunzig Elfen hatten ihr Leben verloren, etliche durch die Trolle, einige durch Rukhs und Hlöks, die meisten jedoch durch die Zauber der Hexer. Und auf Adonar, Mithgar und selbst auf Neddra trauerten Elfen, denn sie hatten den Todessermon derer erhalten, deren Leben ausgelöscht worden war ... den Todessermon, jene einzigartige Elfengabe, sowohl ein Fluch als auch ein Segen jener Rasse, ein endgültiges Lebewohl von einem sterbenden Elf an einen geliebten anderen. Auch wenn die Wege zwischen den Ebenen jetzt wiederhergestellt waren, hatte nicht einmal ihre Spaltung verhindern können, dass eine solche Botschaft den Empfänger erreichte. Der Tod eines Elfen war besonders tragisch; denn ganz gleich, wie viel Jahre ein Elf zählte, die Anzahl seiner Lebensjahre markierte nur einen Schritt auf dem Weg eines endlosen Lebens.

Zweiunddreißig Magier hatten ebenfalls ihr Leben verloren, und keine Schule war verschont geblieben. Doch zu Aravans Erleichterung hatten sowohl Aylis als auch Alamar überlebt.

Obwohl es nur zwölf Nekromanten gewesen waren, hatten sie durch die Glut ihres *Feuers* verheerenden Schaden angerichtet. Wären es mehr gewesen, hätte das Ergebnis dieser Schlacht auch anders aussehen können. Doch bei der letzten Zählung wurden nur zwölf tote Schwarze Hexer gezählt. Der Nekromant mit dem schwarzen, bis zur Hüfte reichenden Haar, fand sich nicht unter den Toten.

8. Kapitel

FLUCHT

Finstere Absichten

(Wintertag, 5E1010)

Der Nekromant floh durch einen langen, niedrigen und sehr schmalen Tunnel, zutiefst erschüttert von dem unerwarteten Angriff auf die Schwarze Feste. Bis zu dem Moment, an dem dieser aethyrische Eindringling, der körperlose Spion, entdeckt worden war, hatte keiner der Schwarzen Hexer gewusst, dass eine entsetzliche Streitmacht aus Elfen und Magiern auf Neddra war und die Bastion angreifen wollte. Doch der tote Hlök, den der Nekromant wiederbelebt hatte, hatte alles berichtet. Obwohl er mit seinen okkulten Künsten die abgeschlachteten *Drik*, *Ghok* und *Oghi* zurück in die Schlacht hätte schicken können, hatte der Nekromant die Geschicklichkeit und Macht der feindlichen Magier und die Kühnheit der Elfenarmee gesehen und gewusst, dass es zwecklos gewesen wäre. Seine Furcht war durch den Angriff bestätigt worden, und rasch hatte er die Vergeblichkeit jedes Versuchs erkannt, zu verhindern, dass die Feste in die Hände der Feinde fiel. Also war er im Tumult der Schlacht geflohen. Doch unmittelbar, bevor der Kampf begann, hatte er denjenigen erblickt, der seinen Gott gemeuchelt hatte, hatte den Mörder in der Vorhut der *Dolhs* erblickt: Aravan, den Mörder Gyphons.

Aravan und seinesgleichen hatten alle Pläne des Nekromanten vereitelt, indem sie seinen Gott getötet und damit die

Gewissheit des Schwarzen Hexers zunichtegemacht hatte, die Herrschaft über einen großen Teil von Mithgar zu erlangen. Und heute Nacht hatten sie die Konklave der Schwarzen Hexer unterbrochen. Der Nekromant war fest davon ausgegangen, auf dieser Konklave zum ersten Anführer des ersten *Siniihi apo Thatheha* gewählt zu werden, zum Bündnis der Schwarzen Hexer.

Irgendwann jedoch, irgendwann würde er an diesem *Dolh* dafür Vergeltung üben; irgendwann würde Aravan seinem Verhängnis begegnen, das schwor Nunde, der Nekromant erneut, noch während er durch den langen Fluchttunnel um sein Leben rannte.

9. Kapitel

TASCHENSPIELEREIEN

Waldsenken

(Wintertag, 5E1010)

Während der Schnee in dichten Flocken fiel und ein kalter Wind an den Seiten der Scheune rüttelte und eisige Luft durch die Ritzen presste, lief Pipper über das lange Seil, das zwischen der ersten Box und der Tenne am anderen Ende gespannt war. Binkton beobachtete seinen Cousin, ohne auf die fünf Bälle zu achten, mit denen er jonglierte. Sie kreuzten elegant ihre Bahnen, ohne sich zu berühren.

»Schön und gut, Binkton«, meinte Onkel Arley. »Gib sie mir, dann trainieren wir ein wenig die Geschicklichkeit deiner Finger.«

Binkton wartete, bis Pipper die Tenne erreicht hatte, sich umdrehte und sich vor einem unsichtbaren Publikum verbeugte. Dann warf er die Bälle einen nach dem anderen Arley zu. Der ältere Bokker fing jede der bunten Kugeln geschickt auf und legte sie in eine Schachtel neben sich.

Pipper rutschte derweil das Seil hinab und landete mit einem Salto rückwärts auf dem Boden.

»Man behauptet häufig«, meinte Arley, während Pipper sich neugierig näherte, »dass die Hand schneller wäre als das Auge. Aber dem ist nicht so. Ich sage stattdessen, dass die Kunst erfolgreicher Taschenspielerei zwiefältig ist: Es geht um Ablenkung und verstohlene Berührung. Hoppla!« Arley ließ eine Handschelle fallen, die mit lautem Klirren auf dem Boden landete. Binkton und sein Onkel bückten sich beide, um sie aufzuheben. Als sich der Jungbokker mit der Schelle in der Hand aufrichtete, bedankte sich Arley bei ihm. »Vielen Dank, Wurro«, sagte er, nahm die Handschelle entgegen und reichte dem jungen Bokker gleichzeitig dessen eigenen Gürtel.

Pipper klatschte lachend in die Hände. »Gut gemacht, Onkel.«

Binkton runzelte ein wenig verlegen die Stirn, als er den Gürtel durch die Schlaufen seiner Hose schob.

»Da ihr zu zweit seid«, meinte der ältere Bokker, »kann der Dieb das erbeutete Objekt dem anderen geben, und wenn er beschuldigt wird, kann er beweisen, dass er es nicht hat.«

Arley zeigte ihnen, wie man es machte, und benutzte diesmal Pipper als ahnungsloses Opfer.

Während des nächsten Kerzenstrichs probierten die beiden Cousins diesen Trick, bis Arley mit ihren Fortschritten zufrieden war. Dann wandten sie sich anderen Taschenspielertricks zu.

Immer wieder ließ Arley die beiden Jungbokker die Tricks üben, wie er es getan hatte, seit sie zu ihm gekommen waren. So jedenfalls schien es ihnen. Als die beiden Cousins ihre Eltern bei einem Überfall auf Steinhöhe vor vier Jahren verloren hatten, hatte Arley die beiden Racker sozusagen geerbt, da er ihr einziger Verwandter und dazu noch ihr Großonkel war. Nachdem er ihnen einige seiner Taschenspielertricks gezeigt hatte, wollten sie alles lernen, was er wusste, und danach, so sagten sie, wollten sie sich die Welt ansehen.

Oh ja, vielleicht würden sie das eines Tages auch tun, aber Arley hoffte sehr, dass sie unter anderen und weniger gefährlichen Umständen in die Ferne zogen, als er es damals getan hatte.

So machte er sich daran, ihnen alles zu zeigen, was er über das Öffnen von Schlössern, von Ablenkung, Verstohlenheit und List wusste, brachte ihnen bei, wie sie auf Seilen balancieren oder sich an ihnen durch die Luft schwingen konnten, lehrte sie auch andere artistische Künste, Fingerfertigkeit und Taschendiebstahl, und vor allem, wie sie es anstellen mussten, dass etwas anders aussah, als es in Wirklichkeit war.

»Also gut, Wurros«, meinte er schließlich. »Das genügt für heute. Essen wir etwas warme Suppe.«

Sie verließen die Scheune und gingen zu der Steinkate daneben, einem kleinen Häuschen, das etwa fünf Meilen nördlich der kleinen Siedlung Rood in Mitteltal in den Waldsenken lag.

10. Kapitel

WACHAUFSTELLUNG

Nexus

(Wintertag, 5E1010 bis zum Ersten Tag des Jahres, 6E1)

In der Langen Nacht des Jahres hielt die Elfenbrigade in der Schwarzen Feste keine Feier ab, um den Wechsel der Jahreszeiten zu begehen. Stattdessen hatten sie tagsüber die Toten gesammelt und auf drei große Scheiterhaufen auf dem Todesstreifen zwischen den Mauern gelegt: einen Scheiterhaufen für die gefallenen Elfen, einen zweiten für die toten Magier und den dritten für die niedergestreckten Schwarzen Hexer und die Leichen der *Spaunen*, einschließlich der verstümmelten Kadaver, die sie in dem widerlichen unterirdischen Heiligtum gefunden hatten. Die Heiler kümmerten sich um die Verwundeten und brachten einige von ihnen über das Dazwischen an einen weniger abstoßenden Ort als Neddra, um sie dort weiter zu behandeln.

In dieser Nacht sangen die Elfen unter dem schwarzen Mond ihre Gefallenen in den Himmel; die Magier trauerten um ihre Toten, indem sie Abbilder der Verstorbenen im Feuer beschworen, die mit dem Rauch emporstiegen und entschwanden. Um die Nekromanten und die Brut dagegen vergoss niemand eine Träne.

Am folgenden Tag wurden Boten ins Dazwischen entsendet. Magier kamen, um die Gefallenen und auch jene, die zu viel von ihrem *Feuer* verbraucht hatten, zu ersetzen. Letztere kehrten nach Vadaria zurück, um zu *ruhen* und ihre Lebensessenz aufzufüllen. Aylis gehörte nicht zu jenen, die viel von ihrem *Feuer* verbraucht hatten, denn die Vereinigung ihrer Neun für ihre aethyrische Spionagemission hatte ihr viel Kraft erspart. Deshalb blieb sie mit Aravan in der Feste, um ihm so gut zu helfen, wie sie konnte. Es kamen auch neue Elfen an, um jene zu ersetzen, die gestorben waren, und außerdem wurde die Schwarze Feste mit Vorräten ausgestattet, denn es wurde vielerlei benötigt, um diesen Vorposten halten zu können.

Bair war nach Adonar gegangen, wo der schnelle Jäger zu einem anderen Übergang ins Dazwischen rannte, einem schwierigen Übergang, der den Kreis der Steine mit seinem Gegenstück auf Mithgar verband. Bair hatte geplant, dass Jäger auf dem Weg dorthin in jedem Elfenhort haltmachte. Dort verwandelte er sich kurz in Bair, um die Kunde von dem Sieg auf Neddra zu verbreiten. Im Steinkreis auf Adonar angekommen, trat Bair durch das Dazwischen ins Land Lianon, das jetzt als Rell bekannt war. Dort wandte sich Jäger nach Norden, nach Ardental, wo er von der Einnahme der Feste berichtete und die Namen der Toten nannte. In Ardental warteten Riatha und Urus, denn sie hatten die Aufgabe übernommen, das Tal zu hüten, da sich Inarion und andere den Streitkräften angeschlossen hatten, welche die Schwarze Feste stürmten.

Noch während die Kunde des Sieges sich in Adonar, Mithgar und Vadaria verbreitete, verbrachten die Verbündeten zwölf ganze Tage, den ganzen Yule damit, die Schwarze Feste bewohnbar zu machen. Tierbeschwörer schlugen das allgegenwärtige Ungeziefer in die Flucht. Ratten und Mäuse huschten panisch davon, Insekten, Schlangen, Würmer und Spinnen folgten ihnen hastig, und zum Schluss suchte eine bemerkenswerte Schar von Läusen und Flöhen das Weite. Die Elfen hatten alle möglichen Gegenstände ins Freie geschleppt und verbrannt, nützliche Möbelstücke dagegen wurden verschont. Während die Kammern kurzzeitig leer geräumt waren, reinigten Alamar und die Magier seiner Schule sie mit Strömen kochenden Wassers. Während die Feste so gesäubert wurde, untersuchten Alchimisten und Seher die zurückgelassenen Folianten, Schriftrollen und andere Schriftstücke sowie die Gerätschaften und Instrumente, die sie in Laboratorien und diversen Gelassen fanden. Einige behielten sie, andere wurden vernichtet und wieder andere zwecks weiterer Untersuchung gelagert. Die Seher setzten ihre Macht des *Sehens* ein, um Korridore, Flure und Räume auf Geheimtüren zu untersuchen. Dabei entdeckten sie auch den Fluchttunnel, der erst kürzlich von einem langhaarigen Schwarzen Hexer benutzt worden war. Niemand wusste zwar, wohin er sich gewendet hatte, aber sie konnten seine Flucht aus der Feste nach Süden *sehen*, zum Übergang ins Dazwischen nach Mithgar. Danach hatte er seine Macht benutzt, um seine Spur zu verwischen.

Als die Feste schließlich sauber genug war, um darin wohnen zu können, brachten die Elfen die Möbel in die Kammern zurück, und alle widmeten sich den ihnen zugewiesenen Pflichten.

Die Schlacht hatte am Ersten Yule begonnen und auch geendet, der Langen Nacht des Jahres, und jetzt war es der letzte Tag des Yule, der Erste Tag des Jahres und zugleich der erste Tag des ersten Jahres der Sechsten Ära. Nach dem Abendessen an diesem Neubeginn setzten sich Arandor und Alamar zusammen, um zu überlegen, was zu tun war. Aravan und Aylis leisteten ihnen Gesellschaft.

Alamar schenkte ihnen ein Glas des dunklen Vanchan-Weines ein, den er extra für diese Gelegenheit aufgehoben hatte.

»Auf den Sieg«, meinte Alamar und hob seinen Pokal.

»Aye, auf den Sieg«, antwortete Arandor und hob seinen Becher. Aravan sah in sein Glas und setzte hinzu: »Und auf die abwesenden Freunde.«

Arandor trank einen Schluck. »Wir werden diese Feste nicht halten können«, meinte er dann, »wenn wir nicht wachsam bleiben und gut ausgerüstet sind.«

Alamar nickte, sagte jedoch nichts.

»Logistik«, fuhr Arandor fort. »Nahrungsmittel und Getränke kommen von Adonar, zusammen mit einem Vorrat an Pfeilen und anderen Waffen. Vadaria schickt ebenfalls Waren. Dennoch, Alamar, seid Ihr sicher, dass die Magier keine Pferdewagen durch das Dazwischen transportieren können? All diese Dinge auf dem Rücken und auf Pferden zu transportieren, ist eine außerordentlich mühsame Angelegenheit, und wenn wir stattdessen Planwagen benutzen könnten ...«

Alamar schüttelte den Kopf. »Hauptmann, ich kenne keinen Zauber, der die Ausdehnung der Essenz von jemandem, der zwischen den Ebenen wechselt, so vergrößern würde, und wie Ihr wisst ...«

»Bis auf Artefakte der Macht«, übernahm Aylis den Faden, »kann nichts das Dazwischen passieren, das nicht von der Aura desjenigen, der hinübergeht, umhüllt wird.«

»Zu schade«, erwiderte Arandor, »dass die Götter keine Pferdekutschen der Macht geschaffen haben.« Alle brachen in Lachen aus, und Alamar toastete dem Hauptmann mit seinem Pokal zu.

»Da wir gerade vom Übergang ins Dazwischen sprechen«, meinte Aylis. »Wurden die nächsten Schritte schon eingeleitet?«

Alamar nickte. »Im Moment bereiten sich die Magier darauf vor, zur Hohen und Mittleren Ebene zu reisen. Dort werden Seher nach Übergängen nach Neddra suchen, und Illusionisten werden sie mit schrecklichen Zaubern und Phantasmen blockieren, die von der Brut ausgelöst werden. Einige Übergänge werden wohl auch vernichtet, indem wir die Ähnlichkeit zwischen ihnen auslöschen.«

»So wie wir den Tempel im Dhruousdarda vernichtet haben, während der Reinigung dieses widerlichen Ortes«, meinte Aravan.

»Genau so«, bestätigte Alamar.

»Und was wird aus den Dazwischen, die wir offen lassen?«, erkundigte sich Aylis.

»Wir werden sie bewachen«, antwortete Arandor. »Vor allem hier am Nexus. Aber die gegenüberliegenden Seiten müssen ebenfalls bewacht werden.« Der Hauptmann deutete in das Tal. »Während wir hier sitzen, wird auf Adonar ein Elfenhort zu einem Gegenstück des westlichen Dazwischen umgebaut. Es ist ein Tal in der Nähe des Durynian Massivs in der Nähe des Lyslyn-Sees, sodass auch diese Seite bewacht wird. Außerdem habe ich einen Abgesandten nach Mithgar geschickt, der Hochkönig Ryon bitten soll, eine Garnison auf der Mittelebene in der Nähe des Nexus zu errichten. Außerdem bitte ich ihn, angemessene Vorräte zu entsenden, und zwar jährlich, Lebensmittel und Getränke und dergleichen.«

»Sorgt vor allem dafür, dass auch Wein aus Vancha dabei ist«, meinte Alamar grinsend, während er allen nachschenkte.

»Das steht vollkommen außer Frage«, erwiderte Arandor lächelnd.

»Wir erfüllen auch unseren Teil.« Alamar drehte die Flasche um und leerte den letzten Tropfen des dunklen Weins in seinen Pokal. »Ein Magiernest wird auf Vadaria unmittelbar nördlich des Dazwischen errichtet. Wir werden es mit einigen unserer besten Bannwirker ausstatten.«

»Drimma!«, rief Aravan, während Alamar die leere Flasche absetzte.

Arandor hob fragend eine Braue. *»Drimma?* Was sollen die Zwerge denn tun?«

»Sie können sich nicht verirren. Sobald sie einmal den Ritus des Übergangs erlernt haben, beherrschen sie ihn für immer.«

»Wurde das schon einmal versucht?«, erkundigte sich der Hauptmann.

Aravan nickte. »Aye. Bekki hat den Ritus im Großen Krieg von Phais und Loric erlernt.«

Der Hauptmann hob eine Hand. »Aber die Ebenen zu überqueren erfordert mehr Wissen als nur die Kenntnis der Schritte. Man muss auch zur richtigen Zeit am Dazwischen sein und sich in dem Ritus verlieren.«

»Die richtige Trance«, meinte Aravan nach kurzem Nachdenken, »beherrschen die Zwerge meiner Meinung nach, denn sie kennen den Zustand, wenn sie Elwydd beim Wechsel der Jahreszeiten ehren. Wenn ja, dürfte es keine Schwierigkeit sein, sie dazu zu bringen, den Ritus beim Übergang ins Dazwischen zu wiederholen.«

»Ich stimme meinem *chier* zu«, sagte Aylis. »Der Lobgesang an Elwydd wird die Zwerge genau in den Trancezustand versetzen, der für den Übergang ins Dazwischen erforderlich ist.«

Alamar nickte. »Ich glaube, meine Tochter hat recht. Außerdem sind die Zwerge würdig, es zu lernen.«

»Dem stimme ich zu«, sagte Aravan.

»Und das soll heißen?«, erkundigte sich Arandor.

»Ganz einfach, Hauptmann«, antwortete Aravan. »Wir wollen lieber nicht, dass die Menschheit lernt, wie man von einer Ebene zur anderen gelangt. Wie ich einst Damman Faeril sagte, seht, wie die Menschen das Land zerstören. Obwohl die Menschheit Neddra schwerlich schlimmer ruinieren kann, als die Brut das bereits getan hat, möchte ich mir nicht ausmalen, was passiert, wenn wir sie auf die Hohe Ebene loslassen ...«

»Verstehe.« Arandor nickte.

»Deshalb schlage ich Folgendes vor«, fuhr Aravan fort. »Das Einverständnis der *Drimma* vorausgesetzt, lehren wir sie die notwendigen Schritte und Gesänge, und wenn sie sich in die erforderliche Trance versetzen können, um den Übergang zu vollbringen, werden sie den Transport des Nachschubs von Mithgar hierher übernehmen. Wenn das funktioniert, erklären sich außerdem einige von ihnen vielleicht bereit, als Besatzung in der Schwarzen Feste zu bleiben. Wie ich bereits oft betont habe, sind sie mächtige Krieger.«

Arandor nickte. »Also gut. Die Menschen besetzen die Garnison auf der Seite von Mithgar, in dem Tal nördlich von Inge, aber die *Drimma* schaffen die Vorräte herüber.«

»Genau so«, stimmte Aravan zu.

Arandor dachte einen Moment nach. »Kachar ist der Zwergenhort, der diesem Übergang am nächsten liegt. Wer ist der dortige DelfHerr?«

»Borak«, antwortete Aravan.

»Gut«, meinte der Hauptmann. »Dann werde ich einen Gesandten zu DelfHerr Borak schicken.«

Aravan wandte sich an Alamar. »Wollt Ihr nicht einen der Seher mit entsenden? Zusammen sollten sie Borak überzeugen können, unserem Plan zuzustimmen. Immerhin bieten wir einen wahrhaft großen Bonus an.«

Arandor runzelte die Stirn. »Einen Bonus?«

»Die Art und Weise, wie sie zwischen den Ebenen wandeln können«, meinte Alamar.

»Ah, ja, natürlich«, gab Arandor zurück.

Alamar sah Aylis an. »Was diesen Seher angeht, der die Mission begleiten soll …«

»Ich gehe, Vater.«

»Nein, Tochter. Ich sehe doch, dass ihr beide, du und dieser Jüngling von einem Kapitän, begierig darauf seid, die *Eroean* zu bemannen und wer weiß wohin in See zu stechen. Ich werde Delen bitten, mitzugehen. Er will ohnehin unbedingt Mithgar besuchen.«

»Wie du wünschst, Vater«, erwiderte Aylis und senkte sittsam den Blick, aber unter dem Tisch drückte sie entzückt Aravans Hand.

»Dann sind wir uns also einig«, meinte Arandor. »Wenn Hochkönig Ryon und DelfHerr Borak zustimmen, haben wir den Rahmen geschaffen, durch den wir die Schwarze Feste halten können, und außerdem sind die Pläne geschmiedet, wie die Wege nach Mithgar, Adonar und Vadaria vor den *Spaunen* geschützt werden können, die aus Neddra zu fliehen suchen.«

Alamar betrachtete trübselig die leere Weinflasche vor sich. »Wir würden einen Toast darauf ausbringen, wenn wir eine Flasche guten Branntweins hätten.« Dann lachte er und setzte hinzu: »Oder auch nur eine Flasche Fusel.«

11. Kapitel

WACHEN

Nexus

(Mitte des Winters, 6E1)

Sieben Tage später, als die matte rote Sonne in ihrem Zenit stand, nicht mehr Morgen und noch nicht Nachmittag, sondern die Zeit des Dazwischen, in der man von Neddra nach Vadaria gelangte, stimmten Aravan und Aylis den Gesang an, der sie zur Magierwelt bringen würde. Sie wollten einige Habseligkeiten von Aylis holen, Karten für das Wahrsagen, eine Schüssel mit dunkler Flüssigkeit, eine Suchnadel, eine kleine Kristallkugel und andere Ausrüstungsgegenstände für Seher. Denn sie und Aravan brachen zu der ersten Etappe ihrer Reise nach Mithgar auf, nach Händlermark in Jugo, wo das Elfenschiff *Eroean* vertäut lag und seine Mannschaft geduldig auf die Rückkehr ihres Kapitäns wartete.

Als die beiden auf das Plateau in Vadaria traten, hörten sie das helle Hämmern eines Meißels auf Stein, das von schillernden Flüchen untermalt wurde. Aravan runzelte die Stirn und sah sich um. Auf den Anhöhen rund um die Ebene hielten einige Magier Wache. Aylis winkte ihnen zu, und einer grüßte sie zackig, während andere nickten oder grüßend die Hände hoben. Dann schritten Aravan und sie weiter. Als sie die Flanke des Felsplateaus umrundeten, sahen sie auch den Grund für die Flüche. Magier schleppten mit Flaschenzügen und Seilen einen großen Steinquader auf ein Gestell über ihnen. Unter ihnen brachten andere mit Hammer und Meißel den nächsten Steinblock in Form. Wieder andere kamen mit Pferdefuhrwerken den Hang hinauf und lieferten weitere Quader an. Die Magier errichteten einen Turm, von dem aus sie das Dazwischen bewachen wollten.

Aravan blickte zu der Baustelle hoch und lachte. »Ich hätte erwartet, Steinquader durch die Luft schweben zu sehen, bis sie genau an ihren Platz manövriert würden. Stattdessen jedoch sehe ich hohe Gestelle und Seile, Flaschenzüge und Mörteleimer, Hämmer, Meißel und schwitzende, hart arbeitende Leute.«

Aylis lächelte. »Es würde zu viel *Feuer* kosten, solch einen Turm durch Zauberei zu errichten. Das Ergebnis könnte den Verlust nicht rechtfertigen.«

Aravan runzelte die Stirn. »Ich glaube, die Magier hätten die *Drimma* bitten sollen, den Turm zu bauen.«

Aylis hob bedauernd eine Hand. »Du hast recht, *chier*. Vermutlich hat keiner daran gedacht.«

»Ein weiterer Grund, Dureks Geschlecht zu lehren, wie sie ins Dazwischen gehen können.«

»Ich nehme an«, meinte Aylis, »dass jenseits des Nexus in Adonar die dortigen Befestigungen auch nicht von den Zwergen errichtet werden.«

Aravan lachte und schüttelte den Kopf. »Ich nehme an, dass auch dort keiner daran gedacht hat, die *Drimma* darum zu bitten.«

»Lass uns demjenigen, der hier die Leitung hat, vorschlagen, die Zwerge zu fragen.«

Als sie den Hang hinabgingen, lächelte Aravan. »Wie ich die *Drimma* kenne, werden sie alles, was sie hier vorfinden, einfach niederreißen, weil es ihnen zu schäbig ist, und vom Felsboden aus neu anfangen und einen Turm errichten, der bis zur Spitze zwergenfest ist.«

Aylis und Aravan verbrachten den gesamten nächsten Monat in ihrer Kate. Sie redeten, liebten sich, lachten, liebten sich, kochten, liebten sich, schliefen, liebten sich, schmiedeten Pläne und liebten sich, als versuchten sie, die vielen Jahrtausende nachzuholen, die sie getrennt gewesen waren. Zweiundsiebzig Hundert und neunundzwanzig Jahre lagen zwischen der Vernichtung von Rwn und dem Zeitpunkt, zu dem Aravan und Bair nach Vadaria gegangen waren, unmittelbar nachdem sie das Silberne Schwert wiederbeschafft hatten.

Am Tag, bevor Aravan und Aylis Vadaria verließen, saßen sie an dem Tisch vor der Kate. Aravan blickte in das funkelnde Wasser des Baches, der an dem Haus vorbeiströmte. »Es ist eine vollkommen unmögliche Aufgabe«, sagte er.

Aylis sah ihren schwarzhaarigen Geliebten an. »Eine unmögliche Aufgabe?«, fragte sie.

»Das nachzuholen, was wir versäumt haben.«

Aylis lächelte. »Wie das alte Sprichwort sagt: ›Man kann nie aufholen und gleichziehen, und schon gar nicht vorauseilen. Trotzdem können wir jeden Moment genießen, an dem wir uns bemühen, es zu tun.‹« Noch während sie das sagte, errötete Aylis bis unter die Haarwurzeln.

Aravan lachte und sah sie an. In seinen Augen war ein Funkeln, als er aufstand und ihr die Hand hinhielt. »Sollen wir, meine sittsame Jungfer, diese alte Weisheit einer weiteren Prüfung unterziehen?«

Am Ende dieses Monats nahm Aylis ihr kleines Bündel und Aravan seinen Speer, als der helle Mond von Vadaria im Zenith stand, eine Zeit des Dazwischen, nicht mehr gestern und noch nicht morgen und folglich die einfachste Zeit, den Übergang zu vollziehen. Die beiden stimmten die Gesänge an, tanzten die Schritte, und nach wenigen Augenblicken standen sie unter dem schwarzen Mond von Neddra, der zwischen dunklen, zerfetzten Wolken dahinsegelte.

Ferne Schreie und Hörnerklang drangen an ihre Ohren; denn etwa vier Meilen entfernt im Süden glühten Feuer und zuckten Blitze von den dunklen Mauern der Schwarzen Feste, während ein strahlendes Licht den Todesstreifen und das Gelände davor erleuchtete, und die riesige rûptische Armee zeigte, welche die Bastion belagerte.

Eine nächtliche Schlacht war im Gange.

Pfeile flogen von den Mauern und wurden von Pfeilsalven erwidert. Hunderte der *Spaunen* lagen tot auf dem Todesstreifen, und weitere von ihnen starben kreischend in den Pfeilsalven der Bogenschützen auf den dunklen Zinnen. Magier neben ihnen schossen Blitze und Feuerkugeln ab, und Heiler huschten umher und behandelten verwundete Verbündete.

Die *Spaunen* legten lange Sturmleitern an die Mauern und stiegen hinauf. Die Elfen oben auf der Bastion warteten, bis die Rûpt fast die obere Spitze erreicht hatten, bevor sie mit langen gegabelten Stangen die Leitern zurückstießen. Die Rukhs und Hlöks stürzten kreischend in den Tod.

Im Schutz eines Dachs wuchteten Trolle einen gewaltigen Mauerbrecher an die Tore. Feuer regnete auf sie herunter. Sie zuckten zusammen und kauerten sich hin, aber das mit Wasser getränkte und mit Häuten überzogene Dach schützte sie. Außerdem waren sie und ihre Kleidung ebenfalls durchtränkt, sodass sie nicht brannten. Also rappelten sie sich auf und hämmerten weiter gegen das Portal. Brennendes Öl floss unter dem Tor heraus, aber die Rukh hatten Eisenplatten keilförmig in die Erde gerammt, die das brennende Öl ablenkten.

In dem schwach erleuchteten Hof hinter dem Tor stand eine Elfenarmee kampfbereit da, falls das Portal fallen sollte.

»Meine Verwandten.« Aravan trat von einem Fuß auf den anderen und umklammerte grimmig seinen Speer. »Ich muss etwas unternehmen. Ich kann nicht einfach hier herumstehen. Valké muss zum westlichen Übergang fliegen und Verstärkung aus Adonar holen. Dann können wir den Feind von hinten angreifen. Aber ich kann dich auch nicht ohne Schutz hier zurücklassen.«

Aylis schüttelte den Kopf. »Ich bin nicht in Gefahr, *chier*, aber jetzt ist nicht die rechte Zeit des Dazwischen für den Übergang von Neddra nach Adonar.«

»Rach!«, fluchte Aravan.

Die Schlacht tobte derweil ungezügelt weiter.

Doch dann tauchten aus den Wolkenfetzen über der Feste vier brüllende Drachen auf. Ihre Schlachtrufe übertönten sämtlichen Kampfeslärm. Sie fegten durch die Luft und stürzten sich auf die johlenden Schlachtreihen der rûptischen Armee, welche die Schwarze Feste umringte.

Aravan keuchte. »Wie kommen Drachen hierher?«

Aylis sprach ein magisches okkultes Wort, *»Evulgare!«*, und musterte die Drachen scharf. »Es sind Illusionen, *chier*«, erklärte sie dann. »Die Drachen, meine ich. Das Feuer und die Blitze, die sie speien, sind echt, aber die Drachen selbst nicht. Es ist eine Täuschung, welche die Magier wirken.«

Als die Drachen sich mit ausgestreckten Krallen und Flammen speiend auf die *Spaunen* stürzten, hämmerte Aravan den Schaft seines Speeres auf den Boden. »Aylis, ich muss irgendetwas unternehmen. Ich kann dich nicht einfach hier stehen lassen, aber ich kann auch nicht einfach hierbleiben und tatenlos ...«

»*Nay*, Liebster, aber sieh doch«, antwortete sie. »Der Feind wird zurückgeschlagen.«

Angesichts der Drachen zerbrach die Schlachtordnung der Rukhs, Hlöks, Ghûls und Trolle. Die Brut floh, verfolgt von brüllenden Drachenillusionen, die echtes Feuer spien, das von Feuermagiern gewirkt wurde. Rûpt verbrannten kreischend, andere rannten brennend weiter. Dann jedoch schwenkten die Drachen ab, gaben die Verfolgung auf und kehrten zur Feste zurück, wo sie sich auf die vier Ecktürme niederließen und herausfordernd brüllten. Ihre Schreie hallten wie Donnergetöse von den Klippen und Felswänden zurück.

»Es kostet viel Lebensenergie, einen Drachen zu beschwören«, meinte Aylis, »jedenfalls, wenn er sich bewegt, Feuer spuckt und brüllt. Die Illusionisten, die das vollbracht haben, müssen von anderen Magiern abgelöst werden, und zwar schnell.« Noch während sie das sagte, erhoben sich die Drachen in die Luft und verschwanden zwischen den Wolken.

Aylis lächelte. »Sehr gut. Die Drachen sind wie echte Drachen davongeflogen und nicht einfach verblasst. Das wird dem Feind zu denken geben, und er wird es sich überlegen, ob er die Feste noch einmal angreift.«

Sie drehte sich zu Aravan herum, der offensichtlich sehr erregt war, weil er an dieser Schlacht nicht teilgenommen hatte. Aylis nahm seine Hand. »Komm, Liebster«, sagte sie, »gehen wir zur Feste und feiern wir mit den anderen den Sieg.«

Aravan holte tief Luft, atmete dann langsam aus und schüttelte den Kopf. »Die Rûpt haben sich in alle Richtungen zerstreut. Warten wir, bis auf dieser üblen Welt der Tag angebrochen ist, bevor wir zur Feste gehen. Ich möchte keinen versprengten Resten der Brut begegnen.«

Kaum einen Kerzenstrich später hörten Aravan und Aylis schwere Schritte auf dem Hang unter ihnen.

»Trolle«, murmelte Aravan.

Einige Augenblicke später vernahmen sie die Schritte vieler Füße in dem engen Tal hinter ihnen.

»Rukhs?«, wisperte Aylis.

»*Rucha* oder *Loka* oder beides«, flüsterte Aravan.

Den Rest der Nacht lauschten die beiden wachsam, aber sie hörten keine *Spaunen* mehr in der Dunkelheit ihren Standort passieren.

Schließlich graute ein blasser Morgen, und Valké erhob sich in die Luft. Er stieg hoch in den ockerfarbenen Himmel empor, sank wenige Momente später wieder hinab und landete am Ende des Plateaus. Aus einem silberfarbenen Blitz tauchte Aravan auf.

»Es ist alles frei. Gehen wir zur Festung.«

Aravan und Aylis eilten gemeinsam den Hang hinab zu dem dunklen Bollwerk, wo vor den Wällen Scheiterhaufen loderten, auf denen Hunderte und Aberhunderte *Spaunen* brannten.

»Wie viele Schlachten habt ihr geschlagen, während wir fort waren?«, erkundigte sich Aravan.

»Das war die erste«, erwiderte Alamar, »wenngleich ich bezweifle, dass es die letzte war.«

»Sie werden eine Weile brauchen, bis sie sich gesammelt und noch mehr *Spaunen* für einen neuerlichen Angriff auf die Bastion zur Verfügung haben«, meinte Arandor.

»Es war nicht einmal eine ganze Horde«, stellte Aravan fest.

»Nächstes Mal könnte es aber eine sein«, erwiderte der Hauptmann.

Aravan trank einen Schluck Wein und sah Alamar und Arandor an. »Die Übergänge des Dazwischen hier auf Neddra müssen ebenso bewacht werden wie die Feste, sonst könnte die Brut Fallen für jene aufstellen, die nach Neddra kommen oder von hier ins Dazwischen gehen wollen. Aber es bringt zwei Nachteile mit sich, wenn wir das Dazwischen bewachen. Das würde den Rûpt zeigen, wo genau sich die Übergänge befinden, und es würde die Wächter in Gefahr bringen. Deshalb schlage ich vor, dass zu den kritischen Zeiten der Übergänge, mitten in der Nacht, wenn man auf Neddra ankommt, und mitten am Tag, wenn man diese Ebene verlassen will, Patrouillen ›zufällig‹ in der Nähe dieser Punkte des Nexus vorbeikommen.«

Alamar schüttelte den Kopf. »Das ist nicht nötig, mein Junge.«

Aravan runzelte die Stirn. »Es ist nicht nötig?«

»Das sagte ich doch!«, brauste der Magus auf.

»Vater«, mahnte Aylis mit einem tadelnden Blick auf ihren Sire, »du solltest dich lieber erklären.«

Alamar knirschte mit den Zähnen und atmete einmal tief durch. »Ein Seher, der einen oder auch nur einen halben Tag *voraussieht*, genügt vollkommen.«

Aylis dachte nach und nickte dann. »Wenn man nur die Zeiten der Übergänge kontrolliert und ob Feinde in der Nähe sind, ist die Aufgabe einfach genug.«

»Ich sagte doch, dass es nicht nötig ist«, erwiderte Alamar voller Stolz und wirkte sehr selbstzufrieden. »Wir haben die Lage vollkommen im Griff.«

Aylis sah ihn an und schüttelte seufzend den Kopf. »Im Griff oder nicht, Vater, ich glaube, ein guter Anführer legt seine Karten auf den Tisch, bevor er jemandem an die Kehle springt.«

Alamar verdrehte die Augen, als wollte er sagen: *Das macht doch keinen Spaß.*

Arandor lachte. »Lady Aylis«, meinte er, »wir haben durch einen Seher von dem bevorstehenden Angriff erfahren. Deshalb waren wir darauf vorbereitet. Mein Bataillon stand bereit, und die Bogenschützen warteten auf den Mauern, zusammen mit den Magiern.«

»Die Drachen waren meine Idee«, warf Alamar selbstzufrieden ein. »Sie haben ihnen eine Todesangst eingejagt.«

»Aber wir haben nicht vorhergesehen, dass die Trolle vor dem Feuer geschützt sein würden«, gab Arandor zu bedenken.

Alamar machte eine wegwerfende Handbewegung. »Pah! Nächstes Mal bitten wir die Zauberer, ihren Schutz zu vernichten, und dann versengen wir ihre haarigen Hintern mit Blitzen.«

Sie saßen einen Moment schweigend da, bis Aravan fragte: »Glaubst du, dass sie wieder angreifen werden?«

Alamar zuckte mit den Schultern. »Wie gesagt, ich bezweifle, dass dies ihr letzter Versuch war, aber wenn sie das nicht entmutigt hat, werden wir ihnen beim nächsten Mal noch härter zusetzen.«

»Wir können bleiben, Vater«, meinte Aylis mit einem Seitenblick auf Aravan, der zustimmend nickte. »Ich kann sehr gut mit Bogen und Speer umgehen.«

Alamar schnaubte verächtlich. »Was? Glaubst du, wir würden es nicht ohne euch beide schaffen? Ich sagte euch doch, dass wir alles vollkommen im Griff haben.« Dann wurde der Blick, mit dem er Aylis bedachte, weicher. »Zieht ihr beide nur weiter. Die *Eroean* wartet bereits, und ich will nicht, dass die Feste zwischen euch und dem Schiff steht.«

»Bist du sicher?« Aravan sah zu Arandor.

»Aye, Aravan«, bestätigte der Hauptmann. »Du hast mehr als dein gerüttelt Maß bei der Verteidigung der Ebenen erfüllt. Es wird Zeit, dass ihr aufbrecht, über die Meere von Mithgar zu segeln.«

Aylis und Aravan blieben noch zwei Tage in der Schwarzen Feste, doch am Mittag des dritten Tages fanden sie sich an dem westlichen Übergang ein, und in dem gedämpften Licht, das durch die ockerfarbene Wolkenschicht drang, verschwanden sie im Dazwischen.

12. Kapitel

GELÜBDE

Reise zur *Eroean*

(Später Winter, 6E1)

Aravan und Aylis tauchten in Adonar in einem Wäldchen auf, das in einer kleinen Senke lag, in einem Tal des Durynian-Gebirges. Anders als in dem Tal auf Neddra war die Luft hier jedoch kristallklar, die Erde fruchtbar. Das winterliche Gras unter ihren Füßen war noch zart, eher grüne Keime, die den Hang überzogen, und keine toten, braunen Halme in einem kargen Dickicht aus kahlen Bäumen, wie in dieser unfruchtbaren Unterwelt.

Elfen standen zwischen den Bäumen, die Bögen gespannt. Sie bewachten das Dazwischen. Aravan hob eine Hand und rief den Lian einen Gruß zu, der trotz der Geräusche von Sägen und Hämmern zu hören war. *»Hál, valagalana! Vio Aravan! Vi estare Dara Aylis, vo chier!«* Die Krieger ließen ihre Bögen sinken, während sie die Sehnen entspannten, lächelten und grüßten das Paar.

»Deine Liebe, eh?« Ein Lächeln erschien auf Aylis' sommersprossigem Gesicht.

Aravan grinste, nahm ihre Hand und zog sie den Rand der Senke hinauf. »Anders würde ich es nicht wollen.«

Jetzt lachte Aylis und schüttelte den Kopf. »Du hast mich ›Dara‹ genannt, obwohl ich doch keine Elfe bin.«

»Du bist und du wirst immer meine *Dara* sein, Aylis.«

»Und du mein Alor, Aravan.«

Hand in Hand stiegen sie aus der Senke und traten aus dem Wäldchen in ein ergrünendes Tal hinaus, das geschützt von bewaldeten Bergen auf der einen und bemoosten Klippen auf der anderen Seite lag. Vor sich sahen sie Elfen, die eine große, mit Palisaden bewehrte Festung errichteten. Die Mauer bestand aus schweren Baumstämmen, und sowohl in der Mitte der Wälle als auch an den Ecken der Bastion standen Türme. Von Schießscharten aus konnte man das Gelände vor sowie innerhalb des Bollwerks bestreichen. Drinnen war ein Gebäude im Bau, an dem elfische Zimmerleute eifrig werkten. Einige bohrten Löcher in die mächtigen Hölzer, während andere Holzpflöcke hineinschlugen. Ein schweres Haupttor in der Mauer vor Aravan und Aylis stand gähnend offen. Dahinter sahen sie auf einer quadratischen Fläche flache Kasernen und andere Gebäude.

Und wie der Turm in Vadaria lag auch diese Festung weit genug von dem Dazwischen entfernt, dass sie das Aussehen des Gegenstücks nicht veränderte.

Als Aravan und Aylis durch das Tor auf das Gelände der Festung gingen, trat eine schlanke goldblonde Dara aus einem der Gebäude und näherte sich ihnen.

»Faeon!«, rief Aravan.

Als sie ihren Namen hörte, lächelte die Elfe strahlend und beschleunigte ihren Schritt.

Aylis beobachtete ihren Gang, der vollkommene Anmut auszustrahlen schien.

Schließlich umarmte Aravan Faeon herzlich, und sie küsste ihn auf die Wangen. »Wie gut, dich zu sehen«, sagte Aravan, der sie dann auf Armlänge von sich hielt.

Faeon lächelte ihn an und richtete den Blick ihrer klaren blauen Augen auf Aylis. »Und Ihr müsst diejenige sein, die sein Herz besitzt.«

»Ehm …« *Adon, habe ich gerade ehm gesagt?* Aylis kam sich neben dieser eleganten Elfe linkisch, ja tollpatschig vor. Aylis überging rasch ihr »ehm«, lächelte und setzte hinzu: »Das sagt er jedenfalls.«

Aravan ließ Faeon los, die zu Aylis trat und sie ebenfalls umarmte. »Ich bin so froh«, flüsterte sie, »dass er Euch wiedergefunden hat.«

»Ich auch«, murmelte Aylis, und während sie das sagte, fiel ihre Verlegenheit von ihr ab.

»Dara Faeon«, meinte Aravan, »ich möchte Euch Dara Aylis vorstellen. Aylis, Faeon ist Gildors *jaian* ... seine Schwester.«

»Er ist Euer *jarin?*«, fragte Aylis. »Einen prachtvollen Bruder habt Ihr.«

Faeon lächelte. »Ich stimme Euch zwar zu, Aylis, aber ich würde Euch bitten, das in Gildors Gegenwart nicht zu häufig zu sagen. Ich möchte nicht, dass er zu eingebildet wird.«

Sie lachten, dann sagte Faeon: »Als wir Euch kommen sahen, hat Eiron mich gebeten, Euch zu ihm zu bringen.«

»Eiron?«, fragte Aylis.

»Mein Schwurgefährte«, erwiderte Faeon. »Er überwacht den Bau des Forts.«

»Ah«, meinte Aravan. »Genau mit ihm wollte ich sprechen.«

Faeon führte sie in das Gebäude, aus dem sie gekommen war. Drinnen stand an einem Tisch ein schwarzhaariger Elf und blätterte in irgendwelchen Zeichnungen. Als sich die Tür schloss, sah er hoch, und seine scharfen grauen Augen leuchteten warm auf, als er Aravans ansichtig wurde. Doch Aylis spürte hinter dieser Zuneigung eine tiefe Traurigkeit. Als sie zu Faeon blickte, bemerkte sie dieselbe Trauer auch in deren Blick.

»Aravan«, sagte der Alor und trat hinter dem Tisch hervor, um sie zu begrüßen.

»*Coron* Eiron«, sagte Aravan und verbeugte sich leicht.

»Ah, mein Freund, ich bin kein König mehr. Meine Tage im Darda Galion sind lange vorbei.« Er umarmte Aravan, und

Aylis bemerkte, dass die beiden fast gleich groß waren. Dann ließ Eiron den Elf los und drehte sich zu Aylis herum. »Und das ist ...?«

Aravan stellte die beiden einander vor. »Sie ist meine *chier*«, setzte er hinzu, »und meine zukünftige Schwurgefährtin.« Aylis riss die Augen auf und errötete. *Zukünftige Schwurgefährtin?*

Ihr Herz hämmerte wild, als sie knickste, aber Eiron trat rasch zu ihr, nahm ihre Hände und zog sie hoch. »Nein, meine Liebe. Ich habe all das hinter mir gelassen, als ich nach dem Winterkrieg nach Adonar zurückkehrte.«

»Wie Ihr wünscht, Mylord«, sagte Aylis, nachdem sie die Sprache wiedergefunden hatte.

Eiron lächelte. »Habe ich recht gehört?«, meinte er. »Ihr seid Aravans zukünftige Schwurgefährtin?«

»Ich habe es bis eben noch nicht gewusst«, antwortete Aylis.

Faeon sah zu Aravan, schüttelte den Kopf und lachte schallend. »Und da hatte ich Aravan immer für einen empfindsamen Mann gehalten, dabei ist er genauso wie alle anderen.«

Aravan wirkte verwirrt und hob hilflos die Hände. »Was denn?«, fragte er.

»Hast du sie gefragt?«

»Nein, aber ...«

»Woher weißt du dann, ob sie ja oder nein sagen wird?«

»Ich bin immer ...«

»Ja, Aravan, ich werde dich heiraten«, mischte sich Aylis rasch ein und drehte sich zu Faeon herum. »Es stand niemals infrage, dass ich es tun würde.«

»Ah, aber ich habe ihn nur ein wenig geneckt, Aylis. Ich habe Aravan noch nie so verdutzt erlebt. Er sah aus wie ein Fisch auf dem Trockenen.« Faeons silberhelles Lachen erfüllte den Raum, und Eirons tiefes Gelächter gesellte sich dazu, während Aylis ein Grinsen unterdrücken musste. Aravan seufzte und rang sich ein gequältes Lächeln ab.

»Faeon, Liebste«, sagte Eiron schließlich. »Würdest du den beiden ein angemessenes Quartier zeigen?« Er deutete auf die Zeichnungen. »Ich muss mich um diese Pläne kümmern.«

»Willst du das Fort nicht lieber aus Stein errichten?«, mischte sich Aravan ein. »Genauer gesagt, von Zwergen aus Stein bauen lassen?«

»In der Tat«, antwortete Eiron. »Niemand versteht sich besser auf das Bauen mit Stein als die *Drimma.* Das wäre mir sehr willkommen.«

»Dann höre mir zu, denn Alamar, Arandor, Aylis und ich haben einen Plan ...«

Als Aylis in dieser Nacht in Aravans Armen lag, sagte sie: »Ich habe eine tiefe Trauer in Eiron gespürt, und einen Widerhall dieser Traurigkeit auch in Faeon.«

»Sie trauern um ihren *arran*«, antwortete Aravan.

»Um ihren Sohn?«

»Aye. Es war Galarun«, erklärte Aravan. »Er war wie ein *jarin* für mich, wie der Bruder, den ich nie hatte. Trotzdem ist meine Trauer nur ein Schatten neben der ihren, denn Eiron ist Galaruns *athir*, und Faeon seine *ythir.*«

»Galarun? Den Ydral tötete, um das Silberne Schwert zu erbeuten?«

Aravan seufzte. »Ja. Es geschah in den Tagen des Großen Bannkrieges.«

Sie lagen lange schweigend da, bis Aylis schließlich fragte: »Wenn es dich nicht zu sehr schmerzt, kannst du mir dann erzählen, wie es passiert ist?«

»Es wird mich immer schmerzen, *chier*, aber ich werde es dir dennoch erzählen.

Wir waren auf dem Weg vom Schwarzen Berg im entlegenen Xian, wo die Magier Galarun das Silberne Schwert gegeben hatten, damit er es zum Darda Galion brachte. Unsere kleine Truppe hatte eine lange Reise hinter sich und endlich das Dalgor Moor erreicht, in den Marschen östlich des Grimmwall und westlich des Argon, etwa sechzig Werst nördlich des Lerchenwaldes. Dort stieß eine Kompanie Lian zu uns, die in diesem Teil von Riamon patrouillierte. Riatha und ihr *jarin* Talar waren unter ihnen. Als wir das Sumpfland des Mündungsdeltas des Dalgor durchquerten, kurz bevor er in den Großen Argor mündet, hüllte uns ein merkwürdiger Nebel ein, vermutlich von einem Bann gewirkt. Und da ...«

Im silbernen Licht des Morgens ritten sie in das Sumpfland des Mündungsdeltas. Die Pferde trabten platschend durch Schilf und Wasser, und Schlamm saugte an ihren Hufen. Der Weg war flach und mühsam, und sie kamen nur langsam voran, aber er war gangbar; anders als die reißenden Wasser des Dalgor flussaufwärts, wo sie vom Grimmwall im Westen hinabströmten. Sie ritten tief in dieses feuchte Tiefland, saßen häufig ab und führten ihre Pferde am Zügel, um ihnen Ruhe zu gönnen.

Kurz vor Mittag an diesem späten Herbsttag wurde der blaue Stein um Aravans Hals plötzlich eiskalt. Er informierte Galarun, dass Gefahr im Verzug wäre, und dann wurde die Warnung an alle weitergegeben. Sie ritten weiter, während eine blasse Sonne über ihnen stand, bis einer der Kundschafter zurückkam. Galarun nickte, und Aravan ritt voraus, zwischen die hohen Schilfgräser, um zu sehen, was passiert war. Er erreichte den Kundschafter, Eryndar. Der Elf deutete nach Osten. Vom Argon rollte eine Nebelwand wie eine dicke Welle über das Sumpfland und hüllte sie schon bald ein. Der Nebel war so dicht, dass sich selbst Eryndar und Aravan kaum noch sehen konnten, obwohl sie nur eine Armlänge voneinander entfernt waren. Dann ertönten hinter ihnen plötzlich das Klirren von Schwertern und die Schreie eines Kampfes.

»Zu mir! Zu mir!«, schrie Galarun, aber sein Ruf wurde von dem Nebel im Dalgor Moor verzerrt, und die Richtung war nicht auszumachen.

Obwohl Aravan nichts sehen konnte, gab er seinem Pferd die Sporen und ritt seinem Kameraden zu Hilfe, folgte dem Klirren von Stahl auf Stahl, obwohl auch diese Geräusche gedämpft waren und Echos erzeugten, wo keine Echos sein sollten. Er stürmte durch einen tiefen Sumpf. Das Pferd verlor den Boden unter den Füßen, und Aravan wäre fast aus dem Sattel gerutscht. Im selben Moment erhob sich ein gewaltiger dunkler Schatten aus dem Wasser, und eine mit Schwimmhäuten besetzte Hand schlug nach ihm. Klauen zischten dicht an Aravans Gesicht vorbei, während das Pferd schrill wieherte und sich aufbäumte. Der Elf wich dem Schlag aus. »Krystallopyr«, *flüsterte Aravan und nannte den Wahrnamen des Speeres. Dann stieß er die so aktivierte Klinge in das kaum zu erkennende* Ding, *das sich neben ihm erhob. Ein grauenvolles Brüllen ertönte, als die kristallene magische Spitze in dem kalten Fleisch der Kreatur knisterte und brannte. Mit einem gewaltigen Platschen versank das Geschöpf wieder im Schlamm.*

Doch der erbitterte Kampf im Nebel ging weiter, Waffen klirrten, und Schreie gellten. Erneut folgte Aravan den Geräuschen, vertraute darauf, dass das Pferd den Weg in diesem tückischen Sumpf finden würde. Gestalten erhoben sich aus dem Schilf und griffen an; es waren Rucha *und* Loka, *aber der Kristallspeer durchbohrte und verbrannte sie. Sie flohen kreischend oder starben, verwandelten sich in Asche.*

Unvermittelt hörte der Kampf auf. Der Feind wich in den Nebel zurück, verschwand in dem grauen Dunst. Und es schien, als wäre auch das merkwürdige Echo verschwunden, und sie hörten alle Geräusche wieder deutlich. Schließlich erwärmte sich auch der blaue Stein um Aravans Hals.

»Galarun!«, rief Aravan. »Galarun ...!« Andere Elfen nahmen den Ruf auf.

Langsam sammelten sich die zerstreuten Überlebenden dieses Kampfes, ritten auf Zuruf zueinander. Aber Galarun war nicht unter ihnen.

Die Sonne vertrieb schließlich den Nebel, und die Kompanie suchte nach ihrem Hauptmann. Am Ende fanden sie ihn, niedergestreckt von einem Armbrustbolzen und einem dieser grausamen mit Widerhaken bestückten Speere. Er lag im Wasser zwischen dem Schilf; er und sein Pferd waren beide tot. Und das Silberne Schwert war verschwunden.

Drei Tage lang suchten sie nach diesem Artefakt der Macht, dort im Dalgor Moor, und auch nach Spuren derjenigen, die diese schreckliche Tat begangen hatten. Am Ende fanden sie nur ein verlassenes Lager der Ruchen, *ein Lager, das kaum einen Tag lang benutzt worden war, und von dem keine Spuren irgendwohin führten. »Vielleicht ist ein Dazwischen nah«, meinte Eryndar, »und sie sind nach Neddra zurückgekehrt.«*

Schließlich nahmen sie voller Wut und Trauer den toten Galarun und ihre fünf anderen Gefallenen und ritten über die weite Marsch zum Darda Galion. Zwei Tage lang ritten sie, bis sie am dritten Tag schließlich den Rothro am Rand des Greisenbaumwaldes überquerten. Sie ritten zwischen den gewaltigen Stämmen dieser Baumriesen hindurch, überquerten am folgenden Tag auch den Quadrill und später den Cellene, bis sie schließlich die Coron-Halle im Waldherz erreichten, den größten Elfenhort in jenem gewaltigen Wald, dem Darda Galion.

Aravan selbst trug Galaruns in eine Decke gehüllten Leichnam in die Halle, wo die Lian sich bereits trauernd versammelt hatten. Durch einen Gang von Elfen schritt Aravan zum Coron. Tiefstes Schweigen begrüßte ihn. Eiron trat von seinem Thron herab, als sein Sohn auf diese Weise nach Hause gebracht wurde, ging auf Aravan zu und streckte die Arme aus, um den Leichnam in Empfang zu nehmen. Reine Ver-

zweiflung sprach aus Aravans Blick, als er den leblosen Elf in die Arme seines Vaters legte. Eiron nahm seinen Sohn behutsam entgegen, drehte sich um und ging die wenigen Stufen zu seinem Thron hinauf, vor dem er sein totes Kind niederlegte.

»Ich habe ihn im Stich gelassen, mein Coron«, stieß Aravan erstickt vor Gram heraus. »Ich war nicht an Galaruns Seite, als er mich am dringendsten benötigt hätte. Und dich und Adon habe ich auch enttäuscht, denn dein Sohn ist tot, und das Silberne Schwert ist verschwunden.«

Untröstlich blickte Coron Eiron von dem verhüllten Leichnam auf. Seine Augen schwammen in Tränen, und seine Stimme war nur mehr ein Flüstern. »Nimm keine Schuld auf dich, Aravan, denn Galaruns Tod war prophezeit ...«

»Prophezeit!«, rief Aravan.

»... von den Magiern des Schwarzen Berges.«

»Wenn du das wusstest, wieso hast du dann deinen Sohn entsendet?«

»Ich wusste es nicht.«

»Aber wie ...?«

»Galaruns Todessermon«, erklärte Eiron. »Die Magier haben ihm gesagt, dass derjenige, der die Waffe als Erster berührte, innerhalb eines Jahres sterben würde.«

Aravan erinnerte sich an Galaruns grimmige Miene, als er aus dem Magiernest des Schwarzen Berges kam.

Der Coron kniete nieder, löste langsam die Bänder der Decke, schlug die Ecken zurück und enthüllte Galaruns Gesicht. Seine Züge waren blass und blutleer. »Er hat niemanden das Schwert auch nur berühren lassen«, meinte Aravan leise. »Jetzt weiß ich, warum.«

Coron Eiron stand auf und winkte Helfer heran, die Galaruns Leichnam aus der Coron-Halle trugen.

Als sie gegangen waren, wandte sich Aravan erneut an Eiron. »Sein Todessermon ... gab es da noch etwas?«

Der Coron setzte sich auf den Rand des Podests. »Aye: eine Vision des Mörders. Das Gesicht des Feindes, der meinen Galarun erschlug, war blass und weiß; er sah aus wie ein Mensch, aber er war kein Sterblicher. Vielleicht war er ein Magus oder ein Dämon. Mehr weiß ich nicht. Bleich war er, groß, hatte schwarzes Haar und lange, feingliedrige Hände, dazu wilde gelbe Augen. Sein Gesicht war lang und schmal, seine Nase gerade und dünn, und seine weißen Wangen waren bartlos.«

»Und das Schwert; hat Galarun ...?«

Aravan verstummte, als Eiron verneinend den Kopf schüttelte. »Das Silberne Schwert war noch im Besitz meines Sohnes, als er starb.«

Enttäuschung und Wut mischten sich in Aravans Stimme. »Und nun ist es verschwunden. Wir haben lange vergeblich danach gesucht.«

Nach einem Moment sprach Eiron weiter: »Wenn es nicht in den Sümpfen verschwunden ist, wurde es gestohlen. Und wenn jemand die Klinge des Morgengrauens besitzt, dann er: der Blasse mit den gelben Augen. Finde ihn, dann magst du auch die Klinge finden.«

Aravan trat zurück, nahm den Speer von seinem Schulterharnisch, stemmte den Schaft der Waffe auf den Holzboden und fiel auf ein Knie. »Mein Coron, ich werde nach dem Mörder und dem Schwert suchen. Wenn er oder die Waffe gefunden werden kann ...«

Aravans Worte wurden jedoch von den Tränen des Coron unterbrochen. Also legte der Elf den Kristallspeer zur Seite, setzte sich neben seinen Herrn, ebenfalls mit Tränen in den Augen, und hub an, ihm von den letzten Tagen seines tapferen Sohnes zu berichten.

Aravan holte tief Luft. »Das hat sich vor fünf Jahrtausenden zugetragen, und erst vor einem Jahr haben Bair und ich gemeinsam dieses Gelöbnis erfüllt.«

Aylis nickte. »Du hast das Silberne Schwert gefunden und Galaruns Mörder getötet, ganz zu schweigen davon, dass du Gyphon vernichtet hast.«

»Genau genommen«, antwortete Aravan, »hat Bair Galaruns Mörder Ydral zur Strecke gebracht.«

Aylis küsste ihn auf die Wange. »Ich denke mir, dass du zu der Zeit alle Hände voll mit Gyphon zu tun hattest.«

Aravan zog Aylis fester in seine Arme. »Oh, *chier*, wir hätten fast alles verloren; nicht nur das Gelübde und unser Leben, sondern auch die ganze Schöpfung.«

»Aber das habt ihr nicht.« Aylis küsste ihn erneut. »Und jetzt lass uns über etwas Schöneres sprechen«, schlug sie vor. »Über unser Schwurgelöbnis, vielleicht, hm?«

Umgeben von Winterespen und Silberbirken lag das kristalline Wasser des Lyslyn-Sees spiegelglatt in der kühlen Bergluft. Auf der anderen Seite des Sees ragte ein Massiv aus alabasterfarbenem Stein hoch in den Himmel empor, und zwischen den Bäumen am Ufer des Sees waberte Dunst. Der Boden war verschneit, doch der breite, träge See war nicht vereist. Klar spiegelten sich in ihm Fels, Bäume und Himmel.

Auf einem glatten Vorsprung aus blassgrauem Granit an seinem Rand stand eine Gruppe Elfen, zwischen ihnen eine Magira. Die Pferde, mit denen sie zu diesem Ort geritten waren, hatten sie an den Birken angebunden. Ihr Atem bildete Wolken in der eiskalten Luft. Rechts neben Aravan stand Eiron, denn er würde für den Alor zeugen, und links neben Aylis Faeon, die dasselbe für die Magira tun wollte.

Den vieren und den restlichen Elfen gegenüber stand Valar, der stellvertretende Befehlshaber des Forts. Dieser Lian Wächter war erwählt worden, die Zeremonie durchzuführen. Er hatte die ehrwürdigen Worte des Gelübdes gesprochen, die vor langer Zeit ersonnen und seitdem von Schwurgefährten gesprochen wurden. Er kam bereits zu den letzten Worten und ihren Antworten und Bestätigungen. »... um also Euer Band stark zu halten, müsst Ihr ebenso die Gemeinsamkeit teilen wie auch die Pflichten, die Euer Gelübde Euch auferlegt; Ihr müsst alle Pflichten willig und gänzlich teilen, die geteilt werden können.«

Dann nahm Valar Aylis' rechte Hand und Aravans linke. »Versteht Ihr alles«, fragte er dann leise, »was ich soeben erklärt habe?«

Aravan und Aylis sahen sich in die Augen. »Das tun wir«, erwiderten sie unisono.

»Dann sprecht die Wahrheit: Schwört Ihr, die Gemeinsamkeit zu pflegen und die Gelübde zu ehren, die Ihr Euch gegeben und erhalten habt?«

»Ich schwöre«, erwiderten beide gleichzeitig.

»Dann sprecht die Wahrheit: Werdet Ihr geloben, Euch treu zu sein und alles zu vermeiden, was zwischen Euch kommen könnte?«

»Ich schwöre.«

Valar legte Aylis' Hand in Aravans und umfasste mit seinen Händen ihre beiden. »Dann, Dara Aylis und Alor Aravan, da jeder von Euch wahrgesprochen hat, geht von nun an gemeinsam, teilt die Freuden und die Bürden in gleichem Maße, bis Eure individuellen Schicksale etwas anderes bestimmen.«

Valar umarmte die beiden, erst Aylis, dann Aravan, und wandte sich dann an die Versammelten. *»Alori e Darai!«*, rief er. *»Dara Aylis e Alor Aravan avan taeya e evon a plith.«*

Während Aravan und Aylis sich küssten, stieg ein lauter Jubelschrei von den Versammelten auf und hallte von den Felswänden des Durynian-Gebirges zurück.

Sie ritten zum Fort zurück. Die Elfen sangen, sodass die Zeit schnell verging, und als sie durch das Haupttor ritten, wurden sie von den Zurückgebliebenen mit Jubelrufen begrüßt.

Dann wurde das neu geschworene Paar in die bereits halb fertiggestellte Versammlungshalle geführt, wo ein Fest auf sie wartete. Die Feierlichkeiten dauerten recht lange. Elfenbarden wechselten sich ab, während Lyra, Laute, Trommel und Flöte die Halle mit Musik erfüllten. Gedichte wurden deklamiert und Lieder gesungen, und Tänze wurden getanzt, langsame und wilde. Alle Alori tanzten mit Aylis, und alle Darai mit Aravan, und es wurde viel gelacht und gejubelt. Aber schließlich wurden selbst die Elfen müde, und sie führten Aravan und Aylis in ihr Quartier und sangen ihnen ein Nachtlied.

Zwei Tage später verabschiedeten sich Aravan und Aylis von den Elfen und ritten, gefolgt von Packpferden, zum Greisenbaumwald von Darda Falain, der mehrere Hundert Werst entfernt war. Dort würden sie ins Dazwischen und zum Greisenbaumwald Darda Galion auf Mithgar gehen, der auf dem Weg zu ihrem geliebten Elfenschiff *Eroean* lag.

Auf den Zinnen der Palisaden standen Eiron und Faeon und sahen ihnen nach. Als die letzten Packpferde zwischen den fernen Bäumen verschwunden waren, nahm Eiron Faeon an die Hand, sie wandten sich um und gingen die Rampe hinab, um sich erneut ihren Angelegenheiten zu widmen.

13. Kapitel

DARDA GALION

Reise zur *Eroean*

(Frühjahr, 6E1)

Auf einer winzigen Lichtung an einem kristallinen See im Morgengrauen auf Mithgar ritten Aylis und Aravan singend und betend aus dem Dazwischen, während ihre Pferde einen uralten, merkwürdigen Schritt gingen, und tauchten ein in den Greisenbaumwald von Darda Galion. Über ihnen trillerten Silberlerchen. Ihr Lied begrüßte den neuen Tag, denn es war wahrhaftig ein neuer Tag angebrochen. Es regnete sanft, aber ein milder Frühlingswind wehte zwischen den riesigen Baumgiganten, deren ausladende Zweige den Wald unter ihnen in ewiges Zwielicht tauchten. Denn in dem Lerchenwald lebten die Elfen, die die Greisenbäume spüren konnten, und auf die sie reagierten.

Aylis und Aravan waren noch etwa dreihundert Werst von Händlermark im Süden entfernt, wo die *Eroean* vor Anker lag. Aber das Elfenschiff war nicht ihr erstes Ziel, sondern der Zwergenhorst von Drimmenheim, denn Aravan wollte eine Kriegerschar der Zwerge für sein Schiff anwerben, und außerdem gab es in Drimmenheim noch einen anderen Schatz, den er ebenso benötigte wie die Krieger, die er zweifellos bekommen würde.

Er sah Aylis an und lächelte. »Hier entlang, *chier.*« Damit setzte er sein Pferd in Bewegung und ritt nach Osten, fort von dem See. Sie ritten durch lange dämmrige Hohlwege, die von den gewaltigen Zweigen und Blättern der Bäume über ihnen gebildet wurden. Sie schützten sie vor dem sanften Regen, der eher wie ein Dunst denn wie ein Regenschauer in der Luft hing. Ab und an jedoch sammelte sich das Wasser, wo das Laubwerk einen undurchdringlichen Baldachin bildete, und ergoss sich schließlich an einer Stelle in einem breiten, prasselnden Wasserfall auf den Boden.

Aylis staunte über die Größe dieser ungeheuren Bäume, von denen etliche sich mehr als dreihundert Meter hoch in die Luft erhoben. Der Umfang ihrer Stämme maß viele Schritte, und ihre massiven Zweige erstreckten sich weit über den Weg. Sie wusste auch, wie wertvoll das Holz dieser Greisenbäume war, kostbarer als alles andere, und fragte sich, wie man es wohl gewann. »Keiner dieser Bäume ist jemals vom Freien Volk gefällt worden«, meinte Aravan, als hätte er ihre Gedanken gelesen. »Obwohl vor langer Zeit, in der Ersten Ära, einige von ihnen von den Rûpt geschlagen wurden, aus reiner Bosheit. Das war das Fällen der Neun; aber die Elfen rächten sich schnell und ohne Gnade. An denen, welche die Äxte geschwungen hatten, wurden Exempel statuiert, und ihre Überreste wurden den *Spaunen* in ihren Berghöhlen in ganz Mithgar gezeigt. Seitdem wurde im Darda Galion nie wieder ein Greisenbaum geschlagen.«

»Aber ich habe kostbare Dinge gesehen, die aus diesem Holz gemacht wurden«, meinte Aylis. »Wenn sie nicht geschlagen werden, wie …?«

Aravan deutete auf den Wald. »Manchmal finden Versammlungen hier statt, denn es kommt vor, dass Blitzschlag oder Stürme aus dem Süden, aus Valon, Zweige und Äste abbrechen. Diese werden gesammelt, von Lian, den Sturm-Säuberern, und anschließend werden kostbare Stücke aus diesem wertvollen Holz gefertigt.«

»Und was ist mit Bäumen, die durch den Sturm gefällt werden?«, erkundigte sich Aylis. »Oder jenen Bäumen, die einfach aufgrund ihres hohen Alters umstürzen? Denn sicher fallen in diesem Wald doch auch ab und zu Greisenbäume.«

Aravan nickte. »Da hast du recht, meine Liebste. Auch Greisenbäume sterben manchmal. Und wir trauern um jeden, der stirbt, denn die Bäume wissen auf ihre Art, wann Elfen in ihrer Nähe wohnen und ihren Tod im Zwielicht betrauern. Und es gibt etliche unter uns Elfen, die auf diese Bäume eingestimmt sind, und das Dahinscheiden jedes einzelnen wahrnehmen.«

»Einige von euch können den Verlust eines solchen Baumgiganten spüren?«

»Aye. Arin Flammenseherin war eine Dylvana, die es vermochte. Sie hat auch den Tod der Neun gespürt, oder vielmehr sollte ich sagen, die Ermordung der Neun.«

Sie ritten eine Weile schweigend weiter. »Wenn ein Greisenbaum fällt«, fuhr Aravan schließlich fort, »dann studieren die Meisterschnitzer lange jeden Ast und jeden Zweig, jede Wurzel und jedes Astloch, jeden einzelnen Zentimeter des gewaltigen Stammes, ertasten die Maserung, erahnen die Formen, die darin schlummern, bevor sie sich ans Werk machen.«

»Wachsen diese Bäume noch woanders hier auf Mithgar?«

»Bis auf den einsamen Greisenbaumwald in Ardental nicht«, antwortete Aravan und fuhr fort: »Der gesamte Wald wurde von Adonar hierher verpflanzt. Es war das Werk von Silberblatt.«

»Meine Güte«, stieß Aylis hervor. »Das muss ja eine Ewigkeit gedauert haben.«

Aravan lachte. »Nicht ganz, *chier*. Nicht ganz.« Dann wurde er wieder ernst. »Es gibt jedoch einige Ereignisse, die ewig wirken, und das Fällen der Neun war eines davon.«

»Bedeutsame Ereignisse«, meinte Aylis. »Obwohl einige nicht, wie du sagst, auf ewig andauern, gibt es sie in jedem Leben.

Und manchmal verändern sie auch die Schicksale derer, die darin verwickelt sind.«

Aravan nickte. »Einige Ereignisse reißen viele in ihrem Kielwasser mit sich, Kriege zum Beispiel, während andere nur eine einzelne Person betreffen.«

Aylis sah ihn an. »Was waren denn in deinem Leben solche bedeutsamen Ereignisse?«

»Als ich das erste Mal das Meer erblickte«, antwortete Aravan. »Das war eines.«

»Auf Adonar?«

»*Nay*, auf Mithgar. Ich ritt im Morgengrauen von Adonar nach Mithgar, damals in den ersten Tagen der Ersten Ära, und kam in eine junge, wilde neue Welt, ließ die feierliche Anmut und Schönheit des uralten Adonar hinter mir. Als ich aus dem Dazwischen ritt, fand ich mich, wie ich es nicht anders erwartet hatte, in einer nebligen, sumpfigen Senke wieder, mit grasigen Erdhügeln, denn, wie immer bei diesen Übergängen im Dazwischen, glich das Gelände sehr dem, das ich in Adonar verlassen hatte. Was ich jedoch nicht erwartet hatte, war das schwache Geräusch, das an meine Ohren drang. Ein zischendes Grollen. Fasziniert ritt ich in die Richtung dieses Brausens, nach Süden, über immer flacher werdende Hügel. Der Weg führte bergauf, auf einen langen, flachen Hang, und die Geräusche wurden stärker. Der Wind schmeckte nach Salz. Schließlich erreichte ich eine hohe Kreideklippe, deren weiße Flanke steil abfiel. Vor mir lag, so weit ich sehen konnte, blaues Wasser. Es reichte bis ans Avagon-Meer, dessen azurblaue Wellen unter mir donnernd an den Strand schlugen. Die Gischt glitzerte wie Diamanten in der Morgensonne. Mein Herz sang bei diesem Anblick, und mir traten Tränen in die Augen. In diesem Moment schien etwas in meine Seele zu gleiten. Es fühlte sich gut an, und mir schien, dass ich endlich zu Hause war.«

»Oh, Aravan, wie wundervoll.«

Aravan grinste. »Und doch nicht so wundervoll wie du, als du über die Reling der *Eroean* geklettert bist. Das war das bedeutsamste Ereignis in meinem Leben.«

Wie damals an jenem Tag errötete Aylis bis unter die Haarwurzeln, als sie sich erinnerte. Denn sie hatte Aravan schon vorher gesehen ... beziehungsweise sein Bildnis. Als Neophyte, als Magierlehrling, in ihrem ersten Jahr am Magierkolleg in Kairn, der Stadt der Glocken auf Rwn, hatte sie wie viele andere Jungfrauen, welche die Gabe des *Sehens* besaßen, einen Bann an einem kleinen silbernen Spiegel gewirkt und das Bild ihrer wahren Liebe beschworen. In ihrem Fall hatte sich Aravans Gesicht gezeigt. Als sie dann viele Jahre später die *Eroean* abgefangen hatte und über die Reling geklettert war, und ihr Blick auf ihn fiel, war sie zutiefst errötet, und ihr Herz hatte wie verrückt geschlagen. Aravan hatte die Hand ausgestreckt, um sie zu stützen, und ein Funke war zwischen ihnen aufgeflammt, ein so starker Funke, dass sie beide zusammenschraken. Deshalb war dieses erste Zusammentreffen auch für sie ein bedeutsames Ereignis gewesen.

Noch während Aylis sich erinnerte, erlosch Aravans Lächeln, und Trauer schimmerte in seinen Augen. »Aber das zweitbedeutsamste Ereignis in meinem Leben war der Moment, als ich glaubte, du wärst für immer für mich verloren, in der Tiefe versunken mit Rwn. Der Verlust von Galarun hat mich hart getroffen, aber dein Verlust war noch viel schlimmer. Damals habe ich das Meer aufgegeben, gleich, nachdem dein ›Tod‹ gerächt war.«

»Oh, Aravan, ich hätte nicht gewollt, dass du dem Ozean entsagst und ganz gewiss nicht der *Eroean*.«

»Bis auf den Winterkrieg lag die *Eroean* in der Verborgenen Grotte im Thell-Busen.«

»Du bist im Winterkrieg mit ihr gesegelt?«

»Aye. Ich habe mit einer Mannschaft die Rover von Kistan während dieser schrecklichen Zeit bekämpft. Aber danach haben wir sie in die Grotte zurückgebracht, und dort lag sie, bis der Wolfsmagier sie herausholte und mit ihr nach Port Arbalin gesegelt ist, damit Bair und ich sie in der Zeit der Trinität benutzen konnten.«

»Nie wieder, Aravan, tue das nie wieder«, meinte Aylis. »Du musst mir versprechen, dass du, falls etwas geschieht …«

»*Chier*, mein Herz ist mir fast aus der Brust gesprungen, als ich dich für immer verloren wähnte. Ich empfand keine Liebe mehr, für nichts, nicht einmal für das Meer oder mein Schiff.«

Sie ritten schweigend weiter, und Aylis drehte sich von Aravan weg und wischte sich verstohlen die Tränen aus den Augen.

Aravan bemerkte ihren Versuch, ihre Betroffenheit über seine langen Jahrtausende der Trauer zu verbergen. »Doch dann ereignete sich noch etwas, etwas vielleicht noch Bedeutsameres als unser erstes Zusammentreffen. Denn vor zwei Wintern erfuhr ich, dass du noch am Leben warst und nicht mit Rwn untergegangen bist. Mein Herz und meine Liebe wurden mir dadurch wiedergegeben.«

Aylis lächelte, und erneut traten ihr Tränen in die Augen, doch diesmal waren es Freudentränen. »Für mich war es auch so, obwohl ich dachte, du würdest sterben, weil du so schwer verletzt warst.«

Aravan berührte kurz ihre Hand, und sie ritten Seite an Seite schweigend weiter. Nur das Geräusch des Wassers, das in der Nähe von dem Baldachin über ihnen zu Boden plätscherte, störte den Frieden ihrer gemeinsamen Einsamkeit.

»Wo wir von der Zeit der Trinität sprechen«, brach Aylis das Schweigen. »Was ist mit Gyphons Tod? Ist das nicht auch ein bedeutsames Ereignis in deinem Leben?«

Aravan lächelte bedauernd und nickte. »Das war es, *chier*. Doch noch bedeutsamer war, was Raudhrskal anschließend tat. Das wird mir auf immer im Gedächtnis bleiben.«

»Raudhrskal, der Drache?«

»Aye. Er hat nicht nur Bair und mich gerettet, sondern auch ganz Mithgar.«

»Erzähl es mir, Liebster.«

Aravan holte tief Luft. »Gyphon war tot«, hub er dann an, »und Ydral ebenso, und die Kristallhöhle stürzte zusammen. Bair und ich flohen, aber der Große Schlund gähnte noch und schickte sich an, die ganze Welt zu verschlingen ...«

Zweihundert Meter vor dem Dazwischen, gerade als Aravan seine Geschichte beendet hatte, passierten sie Lian Wächter und gelangten ins Waldherz, den Elfenhort im Herzen von Darda Galion, wo reetgedeckte weißgestrichene Katen zwischen den Bäumen des riesigen Lerchenwaldes standen.

Noch während sie vor der Großen Halle abstiegen, wurden sie von dem frisch gekrönten Coron aller Elfen auf Mithgar empfangen, dem flachsblonden Tuon mit den eisblauen Augen. Vom Podest der Großen Halle sprach Aravan zur Versammlung der Elfen von der Eroberung der Schwarzen Feste auf Neddra durch ein Bataillon Elfen und sieben Neunen der Magier. Er sprach von der Besetzung dieses Stützpunktes und den Plänen, den Nexus zu bewachen und zu kontrollieren, um ihn nicht mehr den Rûpt zu überlassen, weil einer der Übergänge des Dazwischen der einzige bekannte zur Magierwelt von Vadaria war, und ihn zu verlieren wäre ein zu großer Verlust.

Aylis sprach dann von den massiven Versuchen fast einer ganzen Horde *Spaunen*, die Feste sieben Tage später zurückzuerobern, und verkündete den Sieg der Verbündeten, durch Klugheit, Tapferkeit und Magie und die imaginären Drachen, deren irreale Flammen durch die Feuerspeere der Feuermagier real wurden. Sie setzte jedoch hinzu, dass die *Spaunen* auch ohne diese fantastischen Drachen zurückgeschlagen worden wären. Denn Arandors Kompanie aus Lian und Dylvana hielten diese Feste auf der Anhöhe. Aber die *Feuer*-Reserve von Magiern sei immer noch beträchtlich. Außerdem bedeutete, so sagte sie, die Beschwörung einer Illusion von Drachen nur, dass die Magier, die den Bann wirkten, weniger *Lebensessenz* dafür benutzen mussten.

»Was ist mit den Trollen unter der Brut?«, erkundigte sich die schlanke schwarzhaarige Dara Irilyn. »Könnten sie die Tore nicht zertrümmern, wenn sie den Rammbock hätten, den sie Mauerbrecher nennen?«

Aylis lächelte. »Gewiss, das könnten sie. Aber mein Vater meint, wenn erneut Trolle kämen und an diese Tür klopften, würden sie von sengenden Blitzen begrüßt, die in ihre Haut einschlügen. Daraufhin würden alle Überlebenden schreiend in die Berge fliehen.«

Nachdem das Gelächter erstarb, stand eine andere Dara auf. »Waren auch Draedani unter dem Feind?«

Aylis schüttelte den Kopf. »*Nay*, aber es gibt genug Magier in der Feste, die so viel Macht besitzen, einen Gargon wieder in die Welt der Dämonen zurückzusenden. Sollte das nicht möglich sein, können die Heilkundigen Magier unter den Verbündeten Zauber wirken, die Ruhe unter unseren Streitkräften verbreitet, sodass die Elfen an den Katapulten Spieße auf diese Fürchteriche schleudern können, so wie die von einer solchen Schleuder abgeschossene Lanze, die den Gargon vor Dendor während des Bannkriegs tötete.«

»Trotzdem«, meinte die Dara. »Würden so viele Draedani unter den Feinden nicht ein hohes Risiko darstellen?«

»Allerdings«, antwortete Aylis. »Aber mein Vater meint, es erforderte einen sehr mächtigen Schwarzen Hexer, um auch nur einen Gargon aus Grygar zu rufen; eine Vielzahl dieser Fürchteriche zu beschwören, würde sehr viele mächtige Nekromanten brauchen. Modru, Durlok, vielleicht sogar Ordrune, sie alle waren mächtig genug dafür. Aber sie waren etwas Besonderes, und alle drei sind jetzt tot. Vielleicht gibt es keinen Schwarzen Hexer mehr, der mächtig genug ist, auch nur einen Gargon von der Dämonenwelt zu beschwören, ganz zu schweigen mehrere.«

Erleichterung zeigte sich auf den Mienen der Versammelten, denn sie alle kannten das Entsetzen sehr gut, das diese Wesen verbreiten konnten.

Ein rothaariger Alor meldete sich zu Wort. »Aravan, wie sehen die Pläne für die Wachablösung der Lian und Dylvana in der Elfenkompanie der Schwarzen Feste aus? Es kann schließlich nicht sonderlich erfreulich sein, auf Neddra zu leben.«

»Einstweilen, Theril, obliegt diese Pflicht unseren Verwandten auf der Hohen Ebene: Sie berufen sich darauf, dass sie schon lange keine Schlacht mehr gegen die Rûpt haben führen können, wohingegen die Dylvana und Lian hier auf Mithgar bei zwei großen Kriegen gegen sie gefochten haben, im Winterkrieg gegen Modru und im Krieg des Drachensteins gegen die Fäuste von Rakka und die Goldene Horde des sogenannten Drachenkönigs. Während sie tatenlos auf Adonar herumsaßen ... wenn auch nicht aus eigener Schuld, möchte ich hinzusetzen, denn damals waren die Ebenen voneinander gespalten.«

Tuon, der neben Aravan stand, ergriff das Wort. »Wie gern hätten wir aus dem Darda Galion an diesen Schlachten mitgewirkt, jedenfalls die von uns, die damals hier waren. Aber wir konnten den Lerchenwald nicht schutzlos zurücklassen.« Tuon lächelte und schüttelte den Kopf. »Obwohl wir bestimmt Schwierigkeiten gehabt hätten, mit der kleinen Kompanie, die mir geblieben war, nachdem Eiron und die anderen zur Hohen Ebene zurückgekehrt waren, dieses Reich gegen irgendeinen Feind zu verteidigen.«

»Du warst hier im Greisenwald, als Bair und ich aus Adonar zum Lerchenwald kamen?«, erkundigte sich Aravan.

Tuon nickte. »Aye, aber ich war auf Patrouille, als der Reiter der Morgendämmerung und du und die Silberlerchen kamen. Aber Silberblatt hat uns danach erzählt, was er und die Dylvana hier in Waldherz gesehen hatten.«

Als die Fragen schließlich von Aravan und Aylis alle so gut es ging beantwortet waren, befahl Tuon eine Pause, denn es war Mittagszeit. Aylis und Aravan leisteten ihm beim Mittagsmahl Gesellschaft. Als sie sich unter die breiten Zweige eines dieser Baumgiganten zurückzogen, deutete Aylis auf den dunklen Speer, den Tuon neben sich stellte. »Die Aura Eurer Waffe, Tuon, hat ein seltsames *Feuer.*«

»Er heißt Schwarzer Galgor«, antwortete Tuon. »Manche sagen, er hätte eine Bestimmung zu erfüllen, aber keiner weiß, um welche es sich handelt.«

»Was war mit der Zisterne von Uâjii?«, erkundigte sich Aravan.

Tuon zuckte mit den Schultern. »Vielleicht war das die Bestimmung des Speers, obwohl Silberblatt behauptet, seine Pfeile hätten den Wyrm erledigt, und Halíd schwor, dass seine große List das Wesen erledigt hätte.«

»Diese Geschichte müsst Ihr mir erzählen«, meinte Aylis neugierig.

»Aye, das werde ich«, erwiderte Tuon, schüttelte dann jedoch den Kopf. »Aber sie wird neben der Geschichte der Klinge des Morgengrauens verblassen. *Hai,* ich wünschte wahrlich, ich hätte diese Waffe einmal gesehen.« Er musterte den Schwarzen Galgor und sah dann Aylis an. »Ich nehme an, dass seine Aura bis zum Platzen mit dem gefüllt war, das Ihr *Feuer* nennt.«

»*Nay*, nicht dieses Schwert«, antwortete Aylis. »Obwohl es ein Artefakt der Macht war, besaß es keinerlei *Feuer.*«

»Aber es tötete doch Gyphon!«, protestierte Tuon.

»Aye, das stimmt«, meinte Aravan. »Aber auch Bair sah keinerlei *Feuer* oder Aura darin.«

»Ebenso wenig wie mein Vater«, fuhr Aylis fort. »Ebenso wenig wie Dalor und Branwen, die ebenfalls dort waren. Vater glaubt, dass genau dies seine Macht gewesen sein könnte, denn alle anderen Dinge, die ich jemals gesehen habe, hatten zumindest einen Funken des Aethyrs an oder in sich. Dieses Schwert jedoch besaß gar keinen. Vielleicht konnte Gyphon es deshalb nicht abwehren, weil es keinerlei Aura besaß. Deshalb konnte es seinen *Schild* durchdringen und ihm sein *Feuer* entziehen.«

»Wo ist diese fabelhafte Klinge jetzt?«, erkundigte sich Tuon.

Aravan zuckte mit den Schultern. »Für immer verschwunden, tief unten im Schlund, zusammen mit Gyphon und Ydral, der Kristallgrotte und dem größten Teil des Großen Mahlstroms und einem gewaltigen Schluck aus der Sindhu-See.«

Zwei Tage danach verließen Aylis und Aravan Waldherz und ritten nach Norden. Sie waren unterwegs nach Drimmenheim, oder, wie die Zwerge selbst es nannten, Kraggen-cor. Sie überquerten aufs Neue den Cellene und kamen spät am Abend desselben Tages zum Quadrill. Sie folgten diesem Strom zwei Tage lang, bis sie den Wald verließen und die Grimmwall-Berge vor sich sahen, die etwa zwölf Meilen westlich lagen. Die dunklen Spitzen wurden jedoch von den gewaltigen Baumstämmen verdeckt. Die Gebirgskette verlief im Norden und Süden, bis man sie nicht mehr sehen konnte. Sie war grimmig und gewaltig, und angeblich gab es dort jede Menge Höhlen, in denen die Brut hauste. Aber diese stinkenden Löcher lagen nicht in der Nähe des Greisenbaumwaldes oder in Reichweite von Kraggen-cor, denn weder Elfen noch Zwerge ließen es zu, dass die Brut in ihrer unmittelbaren Nähe ihr Unwesen trieb. Das Gebirge verlief nach Süden bis zum Großen Abbruch, wo sich die Bergkette teilte. Der Hauptausläufer führte nach Westen, zum weit entfernten Gothon und Tugal und Basq, bis er schließlich in Vancha endete. Der andere verjüngte sich zum Gûnarring, der sich um das Land Gûnar bog und sich schließlich erneut erhob, um wieder in das Hauptgebirge zu münden. Die Gipfel im Nordwesten führten nach Gron und Jord, dann schwenkte das Gebirge nach Osten ab und reichte bis Jinga, bevor es schließlich fast das Spiegelmeer erreichte. Aber in der Ferne, vielleicht noch drei oder vier Tagesritte entfernt, sahen sie vier hohe Gipfel, die alle anderen weit überragten. Das war der Quadra mit seinen Gipfeln Grauturm, Grimmhorn, Dachspitz und Sturmhelm, der die anderen drei um etliches überragte.

Unter diesen vier mächtigen Berggipfeln lag ihr Ziel, der Zwergenhort Drimmenheim oder Kraggen-cor. Aravan und Aylis trieben ihre Pferde an, ritten weiter und ließen den Darda Galion hinter sich.

14. Kapitel

KRAGGEN-COR

Reise zur *Eroean*

(Spätes Frühjahr 6E1)

»Jetzt verstehe ich, woher der Grauturm seinen Namen hat.« Aylis deutete auf den grauen Fels des Gipfels. »Und der schwarze Fels scheint dem Grimmhorn seinen Namen zu geben. Aber nach der Färbung seines Gesteins hätte man Dachspitz eher Blauspitz oder Himmelsspitz nennen sollen, und den zerklüfteten Sturmhelm Bluthelm oder dergleichen.«

»Die Menschen haben ihnen diese Namen gegeben, deshalb kenne ich die Gründe dafür nicht. Die Elfen nennen sie anders, nämlich *Garlon*, *Aevor*, *Chagor* und *Coron*.«

»Coron wie den König der Elfen?«

»Aye, denn der Quadra ist der mächtigste Berg im Grimmwall.«

Aylis lachte. »Du hältst wohl viel von den Elfen, wenn du ihn so nennst.«

»Ah, *chier*, ich habe nicht gesagt, dass der Quadra der mächtigste Berg auf ganz Mithgar wäre. Im Jangdi-Gebirge habe ich ebenfalls wahre Giganten von Bergen gesehen.«

Wieder lachte Aylis. »Ich nehme an, dass die Elfen also nicht die mächtigste Rasse in Mithgar sind.«

»Oh, Liebste, das würde ich ganz bestimmt nicht behaupten«, antwortete Aravan und stimmte in ihr Lachen ein.

Aylis betrachtete erneut die vier Gipfel. »Wie nennen die Zwerge sie denn?«

»Uchan, Aggarath, Ghatan und *Ravenor.«*

»Und Drimmenheim liegt unter diesen vier Gipfeln?«

»Aye«, bestätigte Aravan. »Diese Zwergenfeste konnte kein Feind besiegen, bis der Gargon aus dem Vergessenen Gefängnis befreit wurde. Er trieb die *Drimma* hinaus, und der Hort lag offen da. Aber nur die Rûpt nutzten diesen Vorteil, denn sie waren von Modru entsendet worden, um die Zwerge zu bekämpfen. Er hatte auch den Draeda befreit, um die *Drimma* zu besiegen.«

»Ah, wieder diese Gargons«, meinte Aylis.

»Soll ich dir die Geschichte erzählen? Wie die *Drimma* die Wälle des Gefängnisses schwächten, in dem der Gargon eingesperrt war, als sie Sternensilber schürften? Ich kenne aber nur einen Teil davon, nicht alles.«

»*Nay*, Liebster, lass es mich selbst *sehen*, dann kann ich dir den Rest der Geschichte auch noch erzählen.«

»Ah, da habe ich doch tatsächlich diesmal deine Gabe vergessen«, erwiderte Aravan lächelnd.

Aylis' Blick glitt über die vier Gipfel des Quadra. »Eine beeindruckende Feste, sagst du?«

Aravan nickte. »Nahezu uneinnehmbar.«

»Hoffen wir, dass sie uns überhaupt Einlass gewähren.«

»Oh, keine Angst, *chier*«, sagte Aravan. »Ich bin ihr *Châk-Sol*, ein Zwergenfreund. Diesen Titel hat mir vor langer Zeit Tolak verliehen. Nach vielen gefährlichen Erlebnissen auf der Suche nach den Materialien, die für die Erbauung der *Eroean* benötigt wurden, hat er verkündet, dass ich ein *Châk-Sol* wäre. Und er hat für mich gebürgt, als ich zu dem dritten Khana Durek in Drimmenheim ging, um ein Pfund Sternensilber zu erwerben, das ich für den Rumpf der *Eroean* benötigte. Das Material hält nämlich Muscheln und andere Schädlinge von ihrer Außenwand fern. Außerdem habe ich vor,

DelfHerrn Balor um ein weiteres Pfund des Materials zu bitten, wenn wir dort ankommen.«

»Das war aber ein unschätzbar wertvolles Geschenk, das sie dir gaben«, meinte Aylis.

Aravan zuckte mit den Schultern. »Es wurde mehr als zehnfach durch die Erfahrung und das Wissen zurückgezahlt, das die *Drimma* auf den Reisen sammeln konnten, ganz zu schweigen von ihrem Anteil an den Schätzen, die am Ende der Reise aufgeteilt wurden. Ich möchte allerdings hinzufügen, dass jeder einzelne der Kriegerschar, die auf meinem Schiff diente, seinen Anteil wahrhaft verdient hatte.«

»Und jetzt rekrutieren wir eine neue Mannschaft?«, erkundigte sich Aylis.

»Das machen wir«, bestätigte Aravan.

Und sie ritten weiter.

Drei Tage verstrichen, und am Mittag des vierten Tages ritten Aravan und Aylis die Steigung hinauf, den langen Hang, der zum Quadra hinaufführte, zu diesen vier Bergen, die ein mehr oder weniger genaues Quadrat bildeten. Links der aschgraue Grauturm, westlich davon der schwarze Grimmhorn, rechts davon der bläuliche Dachspitz, und direkt vor ihnen lag der zerklüftete Sturmhelm. Auf diesen hielten sie zu, denn dort befand sich das Morgentor, der östliche Eingang nach Kraggen-cor.

Sie passierten dabei einen mit Runen bedeckten Grenzstein, der verkündete, dass sie sich von jetzt an auf Zwergengebiet befanden.

Sie kamen kurz darauf an einem anderen Grenzstein vorüber, der jedoch zerbrochen war. Die obere Hälfte des Monolithen fehlte. Er stand auf einem Felsvorsprung über einem kleinen Bach, der vom Schmelzwasser gespeist wurde, das von den Flanken zwischen Sturmhelm und Dachspitz herunterrann. »Hier am Quadsee hat der Erste Durek verkündet, dass dieses Reich den *Drimma* seines Geschlechts gehörte«, erklärte Aravan, der den zerborstenen Pfeiler betrachtete.

Aylis runzelte die Stirn und bog lauschend den Kopf nach rechts. »Was ist das für ein fernes Tosen?«

»Der Vorvor, Dureks Rad. Ein gewaltiger Strudel in einem Felsbecken, an der Flanke des Dachspitz. Dort bricht ein reißender Fluss aus dem Berg und rauscht in ein Becken, wo er einen Strudel bildet, bevor er durch einen Hohlraum verschwindet, wie durch einen Abfluss in einem Fass. Woher er kommt, weiß niemand. Angeblich wurde der Erste Durek von den Rûpt in diesen Strudel geworfen und von ihm tief unter die Erde gezogen. Damals begann der Krieg der *Drimmen* gegen die *Spaunen*, und er wird seitdem erbittert geführt.«

»Das ist nicht gerade eine angenehme Art, sein Leben zu verlieren«, meinte Aylis.

»Oh, er hat angeblich überlebt«, widersprach Aravan. »Aber ob er nun wirklich gestorben ist oder nur an die Schwelle des Todes kam, wird selbst unter den Zwergen hitzig diskutiert. Einige behaupten, er wäre in dieses Reich eingetreten, hätte sich aber den Weg hinaus erkämpft. Angesichts der Sturheit der Zwerge möchte ich dieser Behauptung nicht widersprechen.«

Aylis lachte. Sie ritten weiter und überquerten nach einer Meile einen felsigen Hof vor dem östlichen Eingang nach Drimmenheim. Das massive eherne Tor stand offen und wurde von vier bewaffneten und gepanzerten Zwergen bewacht.

Sie wurden von dem Hauptmann der Wache ins Innere eskortiert, einem dunkeläugigen und dunkelhaarigen Zwerg namens Brekk. Er führte sie an den ehernen Portalen vorbei, die als Morgentor bekannt waren, und in eine Eingangshalle. Die Hufe ihrer Pferde klapperten laut auf dem felsigen Boden. Die riesige Kammer vor ihnen war aus dem roten Granit des Sturmhelm geschlagen worden, und es roch darin auch nach

Stein. Sie erstreckte sich fast zweihundert Meter im Geviert, war gewiss zehn Meter hoch und von Mordlöchern gespickt, Schießscharten, aus denen der Tod in Form von brennendem Öl, geschmolzenem Blei, Armbrustbolzen, Pfeilen und dergleichen auf jeden Eindringling herunterregnete, für den unwahrscheinlichen Fall, dass es Feinden gelingen würde, jene beeindruckenden ehernen Portale zu durchbrechen. An den Wänden befanden sich noch mehr Schießscharten, durch die ebenfalls Bolzen und Pfeile auf Feinde abgefeuert werden konnten. Sie waren jetzt von innen mit stählernen Läden verschlossen.

An diesen beeindruckenden Verteidigungsanlagen vorbei folgten Aravan und Aylis Brekk zu einem Ausgang am gegenüberliegenden Ende der Halle, von dem aus sie in einen breiten Korridor traten, der sanft abfallend ins Innere von Drimmenheim führte. Sie gingen den Tunnel hinab; die Schritte der beschlagenen Hufe der Packpferde hallten von den Felswänden wider. Aylis blickte nach oben, als würde sie ihre *Sicht* benutzen. Dort befand sich ein breiter Spalt, in dem sie den unteren Rand einer großen Platte aus schwarzem Eisen bemerkte. Tiefe Rillen in den Wänden führten hinab zum Boden, über den quer eine weitere Rinne verlief.

»Ein Tor, eine Eisenplatte«, flüsterte Aylis, »die man hinablassen kann, und die so den Weg versperrt?«

Aravan nickte.

»Aber wie können sie sie verschließen und anschließend wieder hinaufziehen?«

»Ich nehme an, sie haben in dem Korridor über uns eine Winde, mit der sie die Platte hochziehen können«, antwortete Aravan.

Sie gingen durch den breiten Tunnel, der von grünlichblauen Laternen der *Châkka* erleuchtet wurde, die alles in ein gespenstisches Licht tauchten. Während sie in diesem fahlen Leuchten den Gang hinabmarschierten, bemerkten sie weitere Mordlöcher über sich, aus denen ein schwacher Geruch nach Öl zu ihnen herabdrang. Sie folgten dem Gang etwa zweihundert Meter, bis er schließlich vor einem weiteren Eisentor in der Decke endete. Dann traten sie auf einen breiten Felsvorsprung hinaus, an dessen Ende eine kurze breite Treppe zu einem anderen breiten Vorsprung führte, der unvermittelt vor einem weiten Spalt im Fels endete. Dieser tiefe Schlund versperrte ihnen schwarz und gähnend den Weg. Der Spalt reichte von einer Felswand über den Boden bis zu der Wand auf der anderen Seite. Es war eine gewaltige Barriere. Die Kluft maß an ihrer schmalsten Stelle fast zwanzig Meter und an ihrer breitesten mehr als dreißig. Diesen ungeheuren Abgrund überspannte eine breite hölzerne Zugbrücke, die von einer gepanzerten Winde auf der anderen Seite bedient wurde. Dort befand sich das Gegengewicht, mit dem man sie nach Bedarf senken oder heben konnte. Zwergenkrieger bewachten die Winde und die Brücke.

Hinter dem Spalt ging der Felsboden weiter, und im Licht der Zwergenlaternen in den Steinnischen sah Aylis die gewaltige Felskammer. Sie erstreckte sich mehr als eine Meile nach rechts und links und maß vielleicht eine halbe Meile in der Breite. Ihre hohe Decke schwebte fast hundert Meter über ihren Köpfen und wurde von vier Reihen gigantischer Steinpfeiler gestützt, die sich über die gesamte Länge erstreckten.

»Dort drüben befindet sich die Kriegshalle«, meinte Aravan. »Eine Sammelstelle, wo sich die Krieger einfinden, sollte ein Feind den Falanith hinaufmarschieren und diesen Hort bedrohen.«

»Falanith heißt der Hang vor dem Hort?«

»Aye«, bestätigte Aravan.

Brekk nickte zustimmend. »Wir haben uns hier häufig versammelt, als die *Grg* versuchten, diesen Ort zu erobern. Einigen ist es gelungen, die äußeren Tore zu durchbrechen, aber keiner hat es jemals geschafft, die Große *Deôp* zu überwinden, um gegen die versammelten Châkka zu kämpfen.«

»Man hat mir erzählt«, meinte Aylis, »dass eine Armee der *Spaunen* einmal Drimmenheim eingenommen haben.«

»Aye, das stimmt.« Brekk warf einen kurzen Seitenblick auf den Châk-Sol Aravan, dann sah er Aylis an. Er holte tief Luft, als müsste er einen Entschluss fassen, bevor er antwortete. »Das war damals, nachdem der *Ghath*, der Gargon, befreit wurde und wir aus diesem Hort vertrieben wurden. Im Winterkrieg hat Modru eine Horde *Squam* nach Kraggen-cor entsendet, um diesen Teil von Mithgar zu erobern. Aber sein *Ghath* wurde von den Grubengängern getötet, und danach wurde Modru bezwungen. Es verstrichen mehr als zweihundert Jahre, bis der Siebte Durek schließlich eine Armee um sich scharte, um unseren Hort zurückzuerobern. Die *Squam* wurden in der Schlacht um Kraggen-cor schließlich besiegt.«

»Grubengänger?« Aylis sah Aravan an.

»Ich könnte dir diese Geschichte erzählen, *chier*, aber in der Bibliothek der *Eroean* befindet sich ein Exemplar des *Buch des Raben*, in dem die ganze Geschichte aufgezeichnet ist. Es ist eine packende Saga, die dir zweifellos gefallen wird.«

»Dann warte ich gern«, meinte Aylis. »Aber die Geschichte des Gargons in diesem Hort werde ich selbst herausfinden.«

Brekks Miene verfinsterte sich, als würde es ihn mit Scham erfüllen, von diesen lange vergangenen Ereignissen zu sprechen. Denn wie in der Geschichte vom Zwergenhort Schwarzenstein, in der erzählt wurde, wie die *Châkka* aus jenem Hort flohen, vertrieben vom Drachen Sleeth, hatten auch hier die Zwerge ihre Heimat aufgegeben, waren vor einem Feind geflohen, den sie nicht hatten besiegen können.

»Kommt«, sagte er jetzt. »Vielleicht hat DelfHerr Balor Zeit. Wenn nicht, führe ich euch in eure Quartiere, wo ihr warten könnt, bis er euch empfängt.«

Brekk wollte den Pferden die Treppe nicht zumuten und wandte sich nach links. Sie gingen über eine Rampe hinab, bogen nach rechts ab und näherten sich dann der Zugbrücke. Als sie diese überquerten, blickte Aylis in die Tiefe. Die Wände des Abgrundes waren glatt und steil, soweit sie sehen konnte, und verschwanden schließlich in der schwarzen Tiefe. »Wie tief ist dieser Schlund?«, erkundigte sich Aylis.

»Das weiß ich nicht«, erwiderte Aravan, und Brekk, der vor ihnen ging, hob eine Hand, als wollte er sagen: *Wer weiß das schon?*

Als sie die Kriegshalle erreichten, winkte Brekk einen Zwerg zu sich und bat ihn, die Pferde in die Stallungen zu führen und die Habseligkeiten der Besucher in die Gästequartiere zu bringen. Dann wandte er sich nach rechts und führte die Besucher durch die Halle zu einer der vielen Passagen, die in den Fels gehauen waren. Unterwegs passierten sie zwei der vielen gigantischen Pfeiler aus rotem Granit, die das Dach der gewaltigen Felshöhle stützten. Auf jedem Pfeiler war das Relief eines Drachen eingemeißelt, der sich um die riesige gerillte Säule wand.

Sie passierten den Durchgang, gingen mehrere Treppen hinauf, wandten sich nach links und gelangten am Ende einer weiteren Treppe in eine lange, schmale Kammer, die in der Mitte von einem Bogengang überspannt wurde, in den Runen eingraviert waren. Aylis sah sich um; Konzentration zeichnete sich auf ihren Zügen ab. »Der Aethyr dieses Steines unterscheidet sich von dem, den wir bisher passiert haben.«

»Bair sagte etwas ganz Ähnliches, als wir hier gewesen sind«, bemerkte Aravan.

»Das ist die Halle des Grabbogens«, erwiderte Brekk. »Hier haben Braggi und seine Kriegerschar ihre letzte Stellung bezogen, doch dann kam der *Ghath* und hat ihn und seine tapferen Mitstreiter niedergemetzelt. Einige Jahre später, während des Winterkrieges, haben die Grubengänger den Bogen zertrümmert, um den *Ghath* aufzuhalten, sodass die Decke eingestürzt ist. Zweihunderteinunddreißig Jahre nach dem Krieg haben wir Kraggen-cor von den *Grg* zurückerobert und etwa ein Jahrzehnt später diese Kammer wieder aufgebaut.«

»Ich nehme an, dass diese Geschichte ebenfalls im *Buch des Raben* zu finden ist«, meinte Aylis.

»Nicht Braggis Geschichte, aber die der Grubengänger«, antwortete Aravan. »Außerdem wird in dem Buch auch die Geschichte der Schlacht um Kraggen-cor beschrieben. Letzten Sommer hat Faeril mir eine Kopie des Folianten gegeben. Ich habe ihn mittels eines Boten zum Langen Tom geschickt, damit er sie in der Bibliothek der *Eroean* aufbewahrt. Du kannst es dort lesen.«

Sie verließen die Halle des Grabbogens und bogen nach links in einen Korridor ein. »Hier sind wir auf der Sechsten Erhebung«, meinte Brekk. »Die Große Halle liegt direkt vor uns.«

Sie betraten eine riesige schwach erleuchtete Kammer, eine halbe Meile lang und eine Viertelmeile breit. In der Mitte der Halle, umringt von den fahlen fluoreszierenden Laternen auf einem steinernen Podest, inmitten von Bewaffneten und zur Schlacht gerüsteten Zwergen stand DelfHerr Balor, der gerade dabei war, eine besondere Kriegstaktik zu erläutern.

»Hier trainieren wir«, erklärte Brekk.

Balors schwarzes Haar war von silbernen Strähnen durchzogen. Er war in einen schwarzen Kettenpanzer gewandet, begrüßte Aravan herzlich und wurde Aylis vorgestellt. Der DelfHerr überließ es Brekk, die Lektion fortzusetzen, und führte die Besucher in eine Nebenhalle, in der ihnen Tee und Brötchen serviert wurden, um ihren Appetit bis zum Abendmahl zu stillen. »Was führt euch zu meinem Hort?«, erkundigte sich Balor, nachdem die Bediensteten sie allein gelassen hatten.

»Mit Eurer Erlaubnis, DelfHerr, ich bin gekommen, um eine Kriegerschar zu rekrutieren, die mit mir auf der *Eroean* segelt«, antwortete Aravan.

Balor lächelte. »Also kehrst du aufs Meer zurück.« Doch dann musterte er den Elf verblüfft. »Aber warum Kraggen-cor? Hast du deine letzte Kriegerschar nicht aus dem Hort der Roten Hügel rekrutiert?«

»Aus zwei Gründen fiel meine Wahl auf Kraggen-cor, Mylord. Erstens stammten viele *Drimma* der Roten Hügel von hier, nachdem Ihr diesen Hort von den Rûpt zurückerobert habt. Und ich hätte gern die Nachfahren von den Zwergen, die mir in der Vergangenheit dienten, auch als Besatzung in der Gegenwart. Denn oft bewahrheitet sich die Kraft von Blutlinien.«

Balor nickte. »Allerdings. Und du kannst gern vierzig meiner Krieger auswählen. Die Erfahrung wird ihnen guttun, denke ich.«

»Ich danke Euch, Mylord.«

Balor runzelte nachdenklich die Stirn, als versuchte er, eine schwache Erinnerung einzufangen; dann strahlte er. »Hauptmann Brekk kann dir ebenfalls dienen, Aravan, denn ich glaube, dass einer seiner Vorfahren einst auf der *Eroean* segelte.«

»Oh. Erinnert Ihr Euch an seinen Namen?«, erkundigte sich Aravan.

»Er hieß Bokar, glaube ich.«

»Ah, ja. Waffenmeister Bokar. Ich erinnere mich noch sehr gut an ihn«, meinte Aravan.

»Ich auch«, warf Aylis ein. Denn Bokar war vor all den Jahrtausenden der Anführer der Kriegerschar gewesen, als sie vor der Vernichtung Rwns auf der *Eroean* gesegelt waren.

Aravans Blick richtete sich in die Ferne, als er sich ebenfalls an die Vergangenheit erinnerte. »Ein mächtiger Krieger war Bokar, und wenn Brekk seinem Vorfahren auch nur im Entferntesten gleicht ...«

»Er ist einer meiner besten Hauptleute«, warf Balor ein.

»Dann ist es beschlossen«, sagte Aravan. »Brekk wird mein neuer Waffenmeister.«

Balor hob eine Braue. »Und der zweite Grund, aus dem du hier bist …«?

»Ich brauche ein Pfund Sternensilber«, meinte Aravan grinsend.

Balor lachte schallend auf. »Wie du es bei Khana Durek gemacht hast, machst du es auch bei mir. Aber muss es wirklich ein ganzes Pfund sein?«

»Aye. Es wird Zeit, dass der Kiel und der Teil des Rumpfes der *Eroean*, der unter Wasser liegt, neu gestrichen wird.«

Balor schüttelte den Kopf und seufzte. »Sternensilber als Zutat für die Farbe eines Schiffsrumpfs. Eine ungeheure Verschwendung, so scheint mir.«

»Es ist alles andere als das, Mylord«, widersprach Aravan. »Denn die Muscheln können sich nicht an Sternensilber festsetzen, und außerdem weist es Algen und jedes andere Wachstum ab. Also wird mein Schiff mit seinem silbernen Boden umso schneller segeln. Und wie Ihr wisst, werdet Ihr weit über den Wert dieses Silberons hinaus davon profitieren.«

Balor lächelte. »Wir arbeiten gerade an einer Ader in der Nähe der Höhle des *Ghath*. Ich lasse dir ein Pfund Sternensilber bringen und es verfeinern, damit es dir besser dient.«

Unmittelbar nach dem Frühstück am nächsten Morgen machte sich Aravan daran, mit Brekks Hilfe eine Kriegerschar zusammenzustellen. Aylis suchte derweil Balor auf.

»Sternensilberabbau und Verfeinerung. Darf ich vielleicht zusehen, wie das gemacht wird?«, erkundigte sich Aylis bei dem DelfHerrn. »Außerdem sagte Aravan, dass der Gargon dort aus seinem Gefängnis ausgebrochen ist, und den Ort würde ich auch gern sehen, wenn ich darf.«

Balor machte eine schwungvolle Handbewegung. »Es wäre mir ein Vergnügen, dich selbst dorthin zu führen.«

Sie sattelten zwei Ponys und ritten auf eine Hauptdurchgangsader, die auf der einen Seite am Morgentor endete, und deren anderes Ende das Dämmertor bildete. Die sanft gewundene Felsstraße, die sich hob und senkte, führte sie dicht an die Silberonader heran, die etwa sechsunddreißig Meilen entfernt war. Während des Rittes schilderte Aylis die Eroberung der Schwarzen Feste und sprach davon, warum es notwendig wäre, dass die Châkka den Ritus des Übergangs zwischen den Ebenen erlernten. Der Morgen verstrich, aber da sie sich unter der Erde befanden, konnte Aylis die Tageszeit nur erraten. Trotzdem glaubte sie Balor, als er feststellte, es wäre Mittag. Sie machten an einem unterirdischen Strom Rast, um zu essen und die Ponys zu füttern und zu tränken, ritten jedoch alsbald weiter. »Selbst wenn wir uns beeilen«, meinte Balor, »werden wir die Ader erst zwei Kerzenstriche nach Sonnenuntergang erreichen. Mylady, ich möchte dich nicht überstrapazieren, deshalb werden wir morgen dort bleiben und erst am folgenden Tag zurückkehren.« Sie ritten weiter, und Aylis erzählte von den Tagen, als Aravan und sie mit der *Eroean* gesegelt waren.

Schließlich kamen sie zu einer kleinen unterirdischen Siedlung, wo die Minenarbeiter wohnten, die das Silberon abbauten. Als sie eintrafen, nahmen zwei junge Zwerge, vermutlich noch keine zwanzig, denn ihre Wangen waren vollkommen bartlos, ihnen die Ponys ab und führten sie in die Ställe, wo sie die Tiere versorgten. Balor führte Aylis zu einer Messe, wo sie mit den Minenarbeitern speisten. Danach schilderte Aylis den Versammelten erneut, wie die Schwarze Feste erobert worden war, und diesmal sprach sie fließend Châkur.

Am nächsten Morgen führte Balor sie über einen Pfad und eine Brücke, unter der ein Bach murmelte, auf eine Plattform, zum Fundort des Sternensilbers. Vor ihnen war eine Bresche in den Fels geschlagen worden, hinter der eine Kammer lag, durch deren Wände sich gezackte Silberonadern zogen. Als Aylis die Kammer betrat, fiel ihr der faulige Gestank auf, der von einer riesigen Steinplatte auszugehen schien, die mitten in dem Raum stand. Sie war rechteckig, hatte eine flache Oberfläche und wirkte wie ein Podest. An den Seiten waren Symbole eingemeißelt und Runen mit einer dunklen Flüssigkeit aufgemalt. Aylis runzelte die Stirn, sagte etwas, und übersetzte es laut. »Tuuth Uthor.«

»Das war der Name des *Gharth*«, bestätigte Balor.

»Dann ist dies hier die Höhle des Gargons?«

»Aye.«

»Und Ihr habt seinen Namen nicht entfernt?«

»Er erinnert uns an unsere Schande«, antwortete Balor. »Wir sind geflohen.«

»Es ist keine Schande, vor einem Gargon zu fliehen«, widersprach Aylis. »Es sind Furchtwirker.«

»Trotzdem«, meinte Balor.

Am Ende der Höhle gähnte ein breiter steinerner Torweg, und in dem Raum dahinter hörte man das Klirren von Hämmern auf Meißeln und die Geräusche einer Mine, in der gearbeitet wurde.

Balor führte Aylis durch die Öffnung. Sie sah, wie Zwerge das mit Silberon durchsetzte Erz aus den Wänden brachen.

»Hier liegt ein Metall, das wertvoller ist als Diamanten«, erklärte Balor und deutete durch den Raum.

»Und Ihr gebt Aravan ein ganzes Pfund davon«, stellte Aylis fest.

Balor nickte nur.

Nach einem Moment sah Aylis wieder zur Höhle des Gargons zurück. »Und doch baut ihr das Sternensilber dort nicht ab?«

Balor schüttelte den Kopf. »Wie ich sagte, die Höhle soll uns an unsere Schande erinnern. Vielleicht fliehen wir dann nicht, sollte sich solch ein Ereignis wiederholen.«

Oder aber ihr sterbt unnötigerweise, dachte Aylis, sprach diesen Gedanken jedoch nicht laut aus.

Auf eine Geste von Balor hin brachte einer der Arbeiter dem DelfHerrn einen kleinen Stein, der ihn Aylis reichte. Sie betrachtete den Brocken, dessen Silberon glitzerte, und gab ihn dann zurück.

»Das Silberon existiert in fünf verschiedenen Arten«, erklärte Balor. »Als Ader, als Flocken, Scheiben und Brocken, die wenig oder kaum Verfeinerung benötigen. Aber das hier«, er hob den Stein hoch, »ist am schwierigsten vom Fels zu trennen. Wir zermahlen es zu einem feinen Staub und waschen es in einem sehr langen Kanal. Das schwerere Sternensilber sinkt zu Boden und wird dort von Rillen gefangen, während das leichtere Steinpulver weggespült wird.«

»Ich verstehe.« Aylis sah erneut zu der Höhle zurück.

»Möchtest du das Vergessene Gefängnis inspizieren?«, erkundigte sich Balor.

»Sehr gern. Tatsächlich würde ich gern meine Macht der *Sicht* anwenden, wenn Ihr nichts dagegen habt.«

Balor hob eine Hand und nickte zustimmend.

Als Aylis in die Höhle trat, folgte Balor ihr und blieb schweigend neben ihr stehen.

Aylis legte eine Hand auf den senkrechten Felsblock und murmelte ein okkultes Wort. »Vier«, sagte sie nach einem Moment. »Vier bedeutende Ereignisse haben sich hier zugetragen.«

Sie verstummte und schloss die Augen. Nach mehreren Herzschlägen lächelte sie. »Ah«, sagte sie. »So wurde es gemacht.«

Kurz darauf keuchte sie. »Da kommt er, der Gargon!« Ihr Herzschlag beschleunigte sich, denn sie hatte einen solchen Dämon erst einmal gesehen, in einem Traumgang mit der Fuchsreiterin Jinnarin. »Es ist nur eine Vision lange vergangener Ereignisse«, murmelte Aylis wiederholt, und das Mantra beruhigte ihren schnellen Puls. Dann lächelte sie erneut. »Die Falle ist aufgestellt.«

Dann jedoch keuchte sie und starrte blicklos in die Höhle. »Oh, Adon!«, rief sie. »Es ist frei! Es ist frei! Nein, nein, welch ein Gemetzel! Was für ein schreckliches Gemetzel!« Weinend riss sich Aylis aus ihrer Vision, drehte sich zu Balor herum und lehnte sich schluchzend an ihn.

Hilflos blieb Balor einen Moment stocksteif stehen, bis er die Seherin schließlich umarmte und sie stumm hielt, bis ihr Schluchzen verebbte.

Aylis holte tief Luft, und Balor ließ sie los. Sie trat von ihm zurück. »Verzeiht mir, DelfHerr, aber was ich *sah*, war einfach schrecklich!«

»Die Châkka konnten nichts ausrichten?«, fragte er.

»Gar nichts«, antwortete Aylis. »Der Blick des Furchtwirkers hat sie erstarren lassen.«

»Wie wir es uns gedacht haben«, meinte er.

Sie schwiegen lange, bis Aylis fortfuhr: »Es gibt noch ein Ereignis, das ich gern *sehen* möchte, das vierte und jüngste der Vorkommnisse, die ich wahrgenommen habe.«

Balor hob warnend die Hand. »Mylady, bist du sicher, dass du das sehen willst? Ich möchte nicht, dass du erneut leidest.«

Aylis' Herz erwärmte sich für diesen aufmerksamen Zwerg, der versuchte, sie vor einer traurigen Vision zu bewahren. »Lord Balor, ich danke Euch, aber ob es eine traurige oder freudvolle Enthüllung ist, ich muss sie *sehen.*«

Balor seufzte und senkte zustimmend den Kopf.

Aylis wappnete sich, legte eine Hand auf den Stein und flüsterte erneut ein Wort in dieser uralten, geheimen Sprache. Erneut weinte sie, leise diesmal, als sie sieben Gefährten *sah*, die in dieser Höhle gefangen waren, der Brut und dem Feuer entkamen, aber es dennoch nicht alle lebendig hinaus schafften.

Am nächsten Tag kehrten Aylis und Balor zum östlichen Ende des Zwergenhorts zurück. Aber Aylis war mit ihrer *Sicht* noch nicht fertig. Sie besuchte die Halle des Grabbogens, wo sie zwei weitere Ereignisse *sah*. Beim ersten brach sie erneut in Tränen aus, denn sie wurde Zeuge, wie Braggi und seine Schar im Kampf starben. Das zweite Ereignis zeigte ihr die Grubengänger und die Vernichtung der Halle; diese führte sie zu einem dritten Ort der *Sicht*: zur Brücke über die Große Kluft. Hier *sah* sie, wie der Gargon vernichtet wurde, aber es war ein Kampf auf Messers Schneide, und es brauchte alle vier Grubengänger, um den Dämon zu vernichten. Ihr Sieg schließlich verdankte sich eher dem Zufall, als einem Plan.

Aravan und Brekk brauchten drei Tage, um die neununddreißig anderen Zwerge der Schar auszuwählen, und sie hatten gerade erst ihre Vorbereitungen für ihre Reise nach Süden zur *Eroean* begonnen.

»Du warst verschwunden, *chier*«, meinte Aravan in dieser Nacht. »Ich habe gestern und die Nacht davor allein geschlafen.«

»Ich habe viel über das Sternensilber gelernt, Liebster, und bedeutsame Ereignisse *gesehen*. Vielleicht werde ich dir eines Tages erzählen, was ich in Erfahrung gebracht habe. Außerdem warst du beschäftigt, also wie hätte ich besser meine Zeit verbringen können? Und allein geschlafen habe ich auch.«

»Du bist noch nicht bereit, mir zu erzählen, was du herausgefunden hast?«

Aylis lächelte. »Noch nicht.« Aravan bemerkte jedoch, dass ihr Tränen in den Augen standen. Er sagte nichts, zog sie in seine Arme und drückte sie an sich.

In dieser Nacht liebten sie sich sehr zärtlich. Am nächsten Morgen verließ Aravan den Hort, um als Falke zum Darda Erynian zu fliegen, dem Großen Grünsaal, der fast fünfzig

Werst von Kraggen-cor entfernt lag, hinter dem gewaltigen Strom Argon. Dort hoffte Aravan, einen besonderen Kundschafter rekrutieren zu können.

Und an ebendiesem Morgen setzte sich Aylis mit dem DelfHerrn und den Schriftgelehrten, den der alten Sagen Kundigen zusammen, und berichtete ihnen, was sie in der Höhle des Gargons und zu den Ereignissen, die seiner Befreiung folgten, in Erfahrung gebracht hatte. Selbst jetzt noch füllten sich ihre Augen mit Tränen, ebenso die der Châkka, die ihrem Bericht lauschten. Sie zogen ihre Kapuzen über ihre Köpfe, als Aylis ihnen schilderte, wie der Gargon ausgebrochen war und die Minenarbeiter gemordet hatte, die sein Gefängnis aus Versehen öffneten. Sie weinten auch, als sie erzählte, wie Braggi und seine Schar von diesem fürchterlichen Monster niedergemetzelt wurden. Aber dann setzten sie ihre Kapuzen ab und schrien stolz, »Châkka shok! Châkka cor!«, und »Brega, Bekkis Sohn!« und »Hál, Grubengänger!«, als sie schilderte, wie dieser Furchtwirker sein Ende gefunden hatte.

An diesem Abend kehrte Aylis in ihr Quartier zurück. Doch in Gedanken versunken nahm sie eine falsche Abzweigung und geriet in Flure, in denen sie noch nie gewesen war. Als sie in einen weiteren Gang abbog, bemerkte sie am Ende des Tunnels einige verschleierte anmutige Wesen, die eine Zahl von plappernden Châkka-Kindern durch die Gänge trieben. Ohne nachzudenken, sprach Aylis ein okkultes Wort und aktivierte ihre *Sicht.*

Meine Güte, dachte sie. *Es sind alles männliche Kinder, und diejenigen, die bei ihnen sind ... sind Frauen, und sie haben ihre Kindheit lange hinter sich. Doch ihr* Feuer *ist vollkommen anders als das der männlichen Châkkas. Sind das die Châkia? Nach der Farbe ihres* Feuers *zu urteilen, scheinen sie von der Art der Wesen zu sein, von denen ich hörte, als ich in der Stadt der Glocken studierte. Wenn ja, was machen sie dann hier?*

Plötzlich begriff Aylis, dass diese Wesen tatsächlich Châkia waren, und sie wusste auch genau, wer und was diese anmutigen Wesen waren. *Meiner Seel, kann das eine Strafe sein, die Elwydd ihnen für eine lang vergangene, finstere Tat auferlegt hat?* Doch dann wurde ihr klar, warum sie in dem Zwergenhort waren, und sie fragte sich, ob die männlichen Zwerge diese Dinge wussten, oder ob es stattdessen ein lange gehütetes Geheimnis war.

All dies erfasste Aylis mit einem einzigen Blick, und sie wandte sich hastig ab und sprach ein weiteres okkultes Wort, um die Kraft ihrer *Sicht* zu schmälern. Denn sie wollte nicht weiter in die Privatsphäre jener Wesen eindringen, die sie gesehen hatte.

Als sie den Weg zu ihrem Gemach zurückverfolgte, wusste Aylis, dass sie vermutlich niemals jemandem erzählen würde, was sie unbeabsichtigt herausgefunden hatte.

Am nächsten Morgen sammelten sich Aylis und zweiundvierzig bewaffnete und gerüstete Châkka in der Osthalle am Morgentor, mit Aylis' Pferd und allen Ponys, Packpferden und Vorräten, die sie für die Reise benötigten. Vierzig Zwerge bildeten die Kriegerschar, die auf der *Eroean* dienen würde; die beiden anderen würden die Pferde zum Zwergenhort zurückbringen, wenn sie das ferne Ziel erreicht hatten. Sie würden in einem Tross nach Osten reiten, zur Fähre bei der Insel Olorin und dem Darda Erynian, wo sie sich in den Ruinen von Caer Lindor mit dem Kundschafter treffen würden, den Aravan rekrutiert hatte. Das hieß, falls er damit Erfolg gehabt hatte. Von dort aus würden sie sich nach Süden wenden und zu der verborgenen Grotte im Thell-Busen reiten, wo sie auf die *Eroean* treffen würden, die der Lange Tom von Port Arbalin dorthin segeln würde.

Als Aylis sich verabschiedete, umarmte sie Balor. »Danke Euch, DelfHerr«, flüsterte sie, »dafür, dass ich die Höhle des Gargons sehen durfte, und dafür, dass Ihr da wart, als ich einen Freund brauchte.«

Balor erwiderte verlegen ihre Umarmung und brummte unwirsch. »Ich habe dir zu danken, Seherin«, knurrte er. »Für deine Visionen, die uns viel von dem berichtet haben, was wir über das Vergessene Gefängnis nicht wussten, und auch nicht vom Tod Braggis und seiner Kämpfer oder der Vernichtung des *Ghath.*«

Dann trat der DelfHerr zurück und nickte Brekk zu. Auf dessen Kommando stiegen die Zwerge in die Sättel ihrer Ponys. Aylis trat zu ihrem Pferd und stieg ebenfalls auf.

Balor machte einen Schritt auf sie zu. »Vergiss dies nicht«, sagte er und reichte Aylis einen sorgfältig verschnürten Lederbeutel mit einem Pfund Sternensilber, das zu einem feinen silbernen Pulver zermahlen war. »Öffne das niemals im Wind«, setzte er hinzu, »sonst kommt dein schwarzhaariger Elf zu mir und will mehr davon.«

Aylis lachte und spielte kurz mit dem Gedanken, den Beutel in ihrer Satteltasche zu verstauen. Doch da sie wusste, dass sein Inhalt kostbarer war als selbst Diamanten, verknotete sie ihn lieber an ihrem Gürtel.

Dann verließen sie das mächtige Kraggen-cor und ritten den Hang Falanith hinab, den die Zwerge *Baralan* nannten, und weiter durch das Vorgebirge und das ausgedehnte Hochland, zum mächtigen Strom Argon, hinter dem der Große Grünsaal wartete.

15. Kapitel

KUNDSCHAFTER

Reise zur *Eroean*

(Frühsommer 6E1)

Am Abend des siebten Tages, etwa fünfzig Werst von Kraggen-cor entfernt, erreichten Aylis und die Kriegerschar der Zwerge die Ufer des Argon flussaufwärts von der Insel Olorin. Etwa fünf Werst weiter südlich lag der gewaltige Darda Galion. Doch dieser dämmrige Forst war nicht ihr Ziel; stattdessen wollten sie zum Darda Erynian, dem Großen Grünsaal, der gegenüber auf der anderen Seite des breiten Stroms lag. Sie lagerten am Ufer, direkt an der Anlegestelle der Fähre, denn sie wollten lieber im Licht des Morgens übersetzen statt im Dunkel der einbrechenden Nacht.

Wie jeden Tag bei Sonnenuntergang errichteten sie ein Lager in einem Kreis aus Zwergenwachen und aßen Dörrfleisch und Zwieback. An einem der kleinen Feuer saßen Brekk und Aylis. Der Zwergenhauptmann wandte sich an sie. »Mylady, wer ist der Kundschafter, den wir in den Ruinen von Caer Lindor treffen werden?«

Aylis hatte den Mund voller Zwieback und schüttelte den Kopf. Als sie den Bissen heruntergeschluckt hatte, trank sie einen Schluck Tee. »Das weiß ich nicht«, antwortete sie dann. »Aravan hat mir nichts verraten, sondern nur gesagt, dass es eine angenehme Überraschung für mich wäre.«

»Aber, Mylady, du bist eine Seherin. Kannst du es nicht herausfinden?«

»Gewiss, Brekk, aber ich liebe angenehme Überraschungen. Außerdem ist es schwierig, in die Zukunft zu blicken, und sie zeigt viele Gabelungen. Die richtige zu erkennen, ist nicht so einfach.«

Brekk knurrte, erwiderte sonst jedoch nichts.

Aylis blickte über den Fluss auf die Insel mitten im Strom, die etwa fünf Meilen entfernt war. Von der nördlichen Spitze der Insel erhob sich Rauch in die Luft, denn dort lagen einige Häuser. »Wer bedient die Fähre?«, fragte sie.

»Dieses Jahr sind es die Baeron«, antwortete Dokan, Brekks Leutnant, der ihr gegenüber am Feuer saß. »Nächstes Jahr fällt uns diese Pflicht zu. Uns Châkka, meine ich.«

»Baeron und Zwerge wechseln sich ab?«

Dokan nickte. »Aye. Vor langer Zeit haben die mörderischen Flussleute die Fähre betrieben. Aber sie waren Diebe und Räuber und Anhänger Gyphons. Sie haben Schiffen weiter flussaufwärts aufgelauert, sie geentert, die Ladung über Bord geworfen und es ihren Familien auf der Insel überlassen, sie aus dem Wasser zu fischen. Strandgut, behaupteten sie, und versuchten, alles auf die Stromschnellen zu schieben. Sie liegen etwa fünfundzwanzig Werst stromaufwärts, eine gefährliche Flussenge, wo der Argon über gewaltige Felsen durch eine kleine Schlucht rauscht. Aber sie wurden schließlich als das bösartige Volk überführt, das sie waren, und dann ...«, Dokan ballte die Faust, »haben Châkka und Baeron sich ihrer angenommen.

Trotzdem haben einige von ihnen ihre Unschuld beteuert, und sie wurden verschont. Anschließend ließen wir sie die Fähre bedienen. Aber während des Großen Bannkrieges kamen Flussleute nach Caer Lindor und behaupteten, die Brut wäre flussabwärts gekommen, hätte ihre Insel überfallen und dort gewütet. Sie baten um Schutz in der Festung. Es waren dieselben Flussleute, die der Brut halfen, die Festung auszuliefern, die ein Dorn in Modrus Seite gewesen ist.« Dokan hielt inne und knirschte vor Wut über die widerlichen Taten jener Leute mit den Zähnen, Gräueltaten, die vor langer Zeit während der Epoche seiner fernen Vorfahren begangen worden waren. Schließlich holte er tief Luft und fuhr fort. »Nachdem der Krieg zu Ende ging, haben wir Châkka und die Baeron den Fährdienst übernommen.«

Aylis nickte. »Ist es denn überhaupt nötig, hier eine Fähre zu betreiben?«

Breek deutete vage stromauf- und stromabwärts. »Außer für Boote ist es die einzige Möglichkeit, an das andere Ufer zu gelangen zwischen hier und der Argon Furt weit im Norden und der Argon Fähre weit im Süden. Wir brauchen die Fähre für den Handel, so wie die Lian im Lerchenwald und die Dylvana im Grünsaal dort drüben.«

»Nur Zwerge und Baeron betreiben die Fähre, keine Elfen?«

Dokan lachte bellend. »Diese dürren Elfen?«, meinte er dann. »Pah! Genauso gut könnten sie Frauen schicken! Nein, nur die Châkka und die Baeron haben genug Kraft, um die Fähre zu betreiben.«

Aylis betrachtete Dokan, dessen Schultern gewiss anderthalbmal so breit waren wie die eines Menschen, und seine Muskeln sahen aus wie eiserne Stränge, obwohl er völlig entspannt dalag. »Aber waren denn die Flussleute stärker als die Elfen?«

Dokan runzelte die Stirn, als wäre ihm dieser Gedanke noch nie gekommen. Schließlich zuckte er mit den Schultern. »Vielleicht hatten die Flussleute ein paar kräftige Menschen unter ihresgleichen«, räumte er dann ein.

Aylis lachte. Als sie verstummte, hörte sie von der Spitze der Insel Olorin einen leisen Gesang, der über das Wasser wehte. Die Worte konnte sie jedoch nicht ganz verstehen. Sie trat vom Lager weg, um besser hören zu können, und blieb lange am Ufer stehen, um zu lauschen. Lied um Lied trieb sacht über den langsam dahinströmenden Fluss, und es waren kühne Taten, von denen tiefe männliche Baritonstimmen und weibliche Sopranstimmen kündeten.

Aylis war immer noch hingerissen von den Gesängen des Vorabends, als die Fährboote schließlich am frühen Morgen die weit entfernte Anlegestelle flussabwärts erreichten. Riesige Baeron luden Maultiere ab und zogen die Barke fast zwei Werst den Leinpfad flussaufwärts, bis sie den Steg erreichten. Als die Baeron die Fähre am Steg sicherten und eine Laufplanke hinüberschoben, staunte Aylis über die Größe dieser Männer. Sie alle maßen deutlich über zwei Meter, und jeder von ihnen war mindestens so groß wie Bair. Auf eine Geste und eine freundliche Aufforderung eines der Baeron gingen Aylis und ihr Pferd und zehn Zwerge sowie fünfzehn Ponys an Bord. Die Laufplanke wurde eingezogen, und die Barke legte ab. Ruderer schoben ihre Riemen heraus, um die Fähre zu einem Steg auf Olorin zu bringen. Sie lag fünf Meilen stromaufwärts, aber die Strömung trug sie nach Süden. Die Männer hielten ab und an mit dem Rudern inne, um abzuschätzen, ob sie am richtigen Ort anlegen würden. Sie hielten Kurs auf einen Landesteg an der nordwestlichen Seite der Insel, wo Aylis und die Zwerge von Bord gingen und auf die andere Seite ritten. Als sie durch das Dorf der Baeron an der nördlichsten Spitze der Insel kamen, liefen ihnen schlaksige plappernde Kinder hinterher und bestürmten sie mit Fragen. Große Baeron-Frauen und hünenhafte Männer hielten in ihrer Arbeit inne, als sähen sie eine Parade vorbeiziehen. Als Aylis und die Zwerge schließlich den östlichen Landesteg erreichten, bestiegen sie die Barke, die dort bereits auf sie wartete.

Als die Fähre ablegte, wandte sich Aylis an Brell. »Was passiert, wenn wir durch einen Zufall das Ufer nicht erreichen? Was ist, wenn wir die Ruder verlieren?«

»Das wäre schlimm«, erwiderte Brell. »Ctor – was du vielleicht als die Bellon-Fälle kennst – liegt stromabwärts, Mylady. Ein dreihundertfünfzig Meter hoher Wasserfall am Großen Abbruch. Der ganze Fluss strömt dort hinab. Wir wären nur noch Splitter, wenn das geschähe.«

»Wie weit stromabwärts?«

»Mylady?«

»Wie weit stromabwärts liegen diese ungeheuren Wasserfälle?«

»Dreiunddreißig Werst.«

»Ah, dann hätten wir Zeit, ans Ufer zu schwimmen, wenn die Fähre sinkt.«

Brekk lachte. »Ja, das hätten wir wohl.«

Erneut setzten die Baeron die Ruder ein, bis sie das östliche Ufer erreicht hatten. Sie legten ein Stück flussabwärts von der Insel an. Aylis führte ihr Pferd über die Laufplanke an den Strand, während die Zwerge die Ponys an Land brachten. Zwei Baeron mit Mulis am Seil folgten ihnen. Die Fährleute banden die Mulis an der Barke fest und zogen die Fähre stromaufwärts zum Anlegepunkt nördlich von Olorin, wo sie dann wieder in die Strömung rudern würden, die die Fähre zur Insel zurückbrachte. Dort warteten sie auf die nächste Gruppe der Zwerge.

Alles in allem kostete es fast den ganzen Tag, um die Kriegerschar überzusetzen, denn der Fluss war sehr breit, und es brauchte viel Zeit, die Barke zwischen dem Anlegepunkt stromabwärts und dem stromaufwärts zu schleppen. Aylis, die Kriegerschar und die Tiere kampierten den Rest des Tages und die Nacht in einem Lager am östlichen Ufer.

Die Kriegerschar folgte einigen Kundschaftern der Zwerge durch den langen dämmrigen Großen Grünsaal. Vögel zwitscherten und flatterten zwischen den Ästen und Zweigen umher, Insekten summten, während sie ihrer Beschäftigung nachgingen, und ab und an kreuzte ein Tier ihren Weg oder brach krachend durchs Unterholz; Rehe, Füchse, Kaninchen und dergleichen, während geschickte Kletterer über ihnen keckerten und schimpften. Schließlich erreichten sie den Fluss Rissanin. Sie folgten dem Ufer stromaufwärts nach Norden. Dokan ritt neben Aylis. »Etwas schleicht durch das Unterholz links von uns und hält mit uns Schritt.«

Aylis drehte sich um, sah lange hin, stieß schließlich ein Wort in der okkulten Sprache aus und ... keuchte.

Als sie so plötzlich Luft holte, zuckte Dokans Hand zu seiner Armbrust, aber er entspannte sich etwas, als sie murmelte: »Oh, wie wunderbar!«

»Was ist es?«, knurrte der Zwerg, die Hand immer noch an der Waffe.

»Es ist ein Verborgener, ein Wächter des Waldes. Ein Woodwer, in dem Fall ein weiblicher, eine Woodwa. Die Dylvana nennen sie Vred Tre.«

»Ich habe diesen Namen schon gehört, Vred Tre, aber ich sehe nur ein Gewirr aus Blättern, Zweigen und Ranken«, murmelte Dokan, der seine Armbrust endgültig losließ.

»Dieses Gewirr ist sie«, erwiderte Aylis. »Sie überzeugt sich nur davon, dass ihr bösen Axtträger nicht gekommen seid, ihre Mündel abzuschlachten.«

»Wir bö... bösen Axt...?«, stammelte Dokan, und sagte dann etwas leiser: »Oh, verstehe.«

Die Woodwa folgte ihnen den ganzen Tag, doch als der Abend nahte, war nichts mehr von ihr zu sehen. Trotzdem befahl Hauptmann Brekk den Zwergen, auf Aylis hartnäckigen Wunsch hin, totes Holz für die Lagerfeuer zu sammeln, keine Axt mitzunehmen und nichts abzuschlagen.

Am späten Nachmittag des folgenden Tages kamen Aylis und die Kriegerschar, die immer noch dem Fluss folgten, zu den Ruinen von Caer Lindor. Auf einer Insel mitten im Rissanin standen die Reste der Zitadelle. Sie waren nur noch von Efeu überwucherte Trümmer zerstörter Granitquader.

Brekk hob die Hand und ließ die Kavalkade anhalten. In dem Moment trat einer der Zwergenkundschafter aus den Trümmern und stieß einen gellenden Pfiff aus.

»Huah!«, knurrte Brekk. »Alles klar.« Er trieb sein Pony an und bedeutete den anderen, ihm zu folgen.

Sie ritten über eine Pontonbrücke auf die Insel. Die Hufe der Tiere klapperten laut auf den Steinplatten.

»Eine ganze Horde der Brut«, sagte Dokan, der erneut neben Aylis ritt, »hat sich an den Ufern des Rissanin entlanggeschlichen, vorbei an der Grenze des südlichen Großwaldes und des nördlichen Grünsaals. Caer Lindor wurde verraten, und ihre Wachen wurden von den mörderischen Flussleuten abgeschlachtet. Dann haben sie die Tore weit geöffnet, sodass die gesamte Horde, die sich zwischen den Bäumen versteckt hatte, eindringen konnte. Sie sind in den Hof gerannt und auf die Zinnen gestiegen. Sie haben nahezu alle Bastionen besetzt, bevor die Verteidiger sich sammeln konnten. Tapfer hat das Freie Volk gefochten, aber es wurde überwältigt. Dennoch, einige wenige konnten entkommen. Die Horde hat sie nicht verfolgt, sondern stattdessen auf den Zinnen gejohlt. Dann haben die Trolle ihre gewaltigen Hämmer geschwungen und die Bastionen von innen heraus zerstört. Innerhalb eines Tages war Caer Lindor geschleift.«

»Was ist danach geschehen?«, fragte Aylis, während sie abstieg.

Dokan glitt ebenfalls aus dem Sattel und lächelte. »Die Horde hatte sich einen zu großen Bissen ausgesucht und sich daran verschluckt. Denn alarmiert von den Stöhnenden Steinen haben sich die Verborgenen gesammelt, Mylady. Sie waren ergrimmt, dass die Brut es gewagt hatte, in den Großwald einzudringen, und jetzt sogar an der Grenze zum Großen Grünsaal stand. Sie haben sich alle versammelt, so hat man mir erzählt. Fuchsreiter, Lebende Hügel, Schlurfer, Vred Tres, Sprygt, Tomté, Ände – Feenvolk und Geheime aller Art. Man sagt, dass nur sehr wenige von der Brut lebendig entkommen sind, und diejenigen, die aus den Wäldern entkamen, sind brüllend und wahnsinnig vor Angst davongerannt.«

Während Aylis ihr Pferd absattelte, trat Brekk zu ihr. »Mylady, wo mag dieser Kundschafter sein? Ich sehe nur überwucherte Ruinen und finde keine Spur eines Lagers, wo er hätte warten können.«

Aylis holte tief Luft und sah sich um. Dann sprach sie ein okkultes Wort und benutzte ihre *Sicht.* Schließlich sagte sie: »Ich weiß nicht, Hauptmann. Aravan sagte, der Späher würde uns hier erwarten, aber ich sehe keine Spur irgendeiner Person. Ich nehme an, wir müssen einfach warten.«

Brekk knurrte, drehte sich auf dem Absatz herum und kommandierte Wachen ab, bevor er Anweisungen gab, das Lager aufzuschlagen.

Mitten in der Nacht weckte ein Flüstern Aylis. Im schwachen Licht der Glut eines fast erloschenen Lagerfeuers sah sie drei kleine Schatten neben sich stehen. Als sie ihre *Sicht* benutzte, sah sie »Jinnarin! Farrix!« Und noch einen, den sie nicht kannte. Die drei Pysks, die Fuchsreiter, trugen gefleckte graue Lederkleidung. Es waren winzige Kreaturen, zwei Frauen und ein Mann, die kaum größer waren als fünfundzwanzig Zentimeter. Und zwei von ihnen kannte sie.

Ein Zwerg, der von Aylis Ausruf geweckt worden war, stützte sich auf den Ellbogen und sah sich um. Aber er bemerkte nichts Verdächtiges und hörte auch nichts, also legte er sich wieder hin und schlief weiter.

»Aylis«, murmelte Jinnarin, in deren Augen Tränen schimmerten. »Es ist lange her, seit ich dich gesehen habe, Schwester.«

Es war am Ende der Ersten Ära vor fast sieben Jahrtausenden gewesen, während ihrer ersten und einzigen Reise auf der *Eroean.* Damals war Aylis zwei Jahre lang mit Jinnarin gesegelt, die verzweifelt nach Farrix gesucht hatte, ihrem verschollenen Partner. Auf dieser Reise waren Jinnarin und Aylis trotz ihrer unterschiedlichen Statur geschworene Schwestern füreinander geworden. Ihre Mission war am Ende von Erfolg gekrönt. Zusammen mit Aravan und Aylis' Vater Alamar hatten sie Farrix schließlich gefunden. Aber es war eine sehr gefährliche Mission gewesen, und nur Adon schien es zu verdanken zu sein, dass sie überlebt hatten. Doch dann war die Insel Rwn in den Fluten des Westonischen Ozeans versunken, und mit ihr waren Aylis und ihr Vater von Mithgar verschwunden. Danach hatten Aravan, Jinnarin, Farrix und die Mannschaft der *Eroean* blutige Vergeltung an dem Verantwortlichen genommen, dem Schwarzen Hexer Durlok.

»Oh, Jinnarin, Farrix«, sagte Aylis leise. »Ich würde euch gern umarmen, aber ich fürchte ...«

Farrix, der männliche Pysk, lachte leise. »Dass du uns zerquetschst? Das würdest du wahrscheinlich tun, ja.«

Jinnarin grinste. »Aylis, ich möchte, dass du unsere Tochter kennenlernst, Alyssa. Sie ist natürlich nach dir benannt, obwohl wir sie meist Lissa nennen. Lissa, das ist deine Tante Aylis, genauer, deine geschworene Tante.«

»Ich kenne die Geschichte gut«, flüsterte Aylissa. Sie war etwas weniger als fünfundzwanzig Zentimeter groß, hatte mausbraunes Haar und sah ihrer Mutter sehr ähnlich. Denn auch Jinnarin hatte mausbraune Haare, während die von Farrix rabenschwarz waren. Ein winziger funkelnder Stein hin an einer Silberkette um ihren Hals. Er enthielt ein seltsames *Feuer.* Aylis fragte sich, ob es ein Amulett der Macht war oder nur etwas beinhaltete, was eine ihr unbekannte Essenz hatte.

»Ich bin so froh, euch zu sehen«, sagte Aylis. »Aber woher wusstet ihr, dass wir hier sind? Hat die Woodwa es euch erzählt?«

Farrix unterdrückte ein Lachen und schüttelte den Kopf. »*Nay*, Aylis. Es war ein dunkler Vogel ...«

»Aravan?«

»Kein anderer. Wir dachten, er wollte einen von uns schnappen, dieser schwarze Falke dort im Wald, und hatten schon unsere Bogen bereit, falls er näher kam. Doch er landete auf einem dicken Ast oben in den Bäumen. Und dann stell dir unsere Überraschung vor, als er sich in einem silbernen Blitz in Aravan verwandelte. Ich bin vor Schreck fast umgefallen.«

»Weil er dachte, dass wir ihn vielleicht für einen gestaltwandlerischen Schwarzen Hexer halten würden, ist er oben im Baum geblieben, außerhalb der Reichweite unserer Pfeile, bis er uns erklärt hatte, warum er gekommen ist«, nahm Jinnarin den Faden auf.

»Und das war gut so«, meinte Aylis. Denn sie wusste, wie tödlich diese winzigen Pfeile waren, deren Spitzen in ein nahezu augenblicklich wirkendes Gift getaucht waren.

»Allerdings«, bestätigte Jinnarin.

»Ich bin sehr froh, dass er euch hergeschickt hat, damit ihr mich besucht«, meinte Aylis. »Aber ich fürchte, die Kriegerschar kann nicht allzu lange bleiben.«

»Oh, das ist nicht nur ein Höflichkeitsbesuch, meine Liebe«, meinte Farrix.

»Nicht?«

»Nay.« Farrix deutete auf Aylissa. »Ich möchte dir gern den neuen Kundschafter der *Eroean* vorstellen.«

Die winzige braunhaarige Aylissa grinste über ihr ganzes winziges Gesicht, als sie fröhlich knickste.

16. Kapitel

GROSSWALD

Reise zur *Eroean*

(Mittsommer 6E1)

»Wie wundervoll!«, stieß Aylis hervor. »Du bist also Aravans neue Kundschafterin!«

»Ja, mit Vex, natürlich«, antwortete Lissa. »Sonst wäre ich kein sonderlich guter Scout.«

»Vex?«

»Mein Fuchs.«

»Ah, natürlich, du brauchst dein Reittier.« Aylis lächelte, als sie sich vorstellte, wie Lissa zu Fuß kundschaftete und sich durch Schlingpflanzen und dergleichen kämpfte, ähnlich jemandem von menschlicher Größe, der sich durch einen dichten Dschungel arbeiten musste. Nein, ein Fuchsreiter ohne seinen Fuchs wäre allem Möglichen hilflos ausgeliefert, und Pflanzen waren dabei noch die geringste Bedrohung. »Wo wir gerade von Füchsen sprechen«, sagte Aylis und sah sich um. »Wo stecken sie denn?«

Lissa deutete nach Westen, auf den dunklen Darda Erynian. »Rux und Rhu und Vex warten am Waldrand. Wir wollten vermeiden, dass einer dieser dummen Zwerge mit seiner Armbrust auf sie schießt, weil er sie für Ungeziefer hält.«

Aylis prustete und schlug die Hand vor den Mund, um nicht laut herauszulachen. Sie riss sich jedoch rasch zusammen. »Dumme Zwerge? Ich kann mich nicht erinnern, dass einer von ihnen jemals etwas so Dummes getan hätte.«

»Das stimmt«, erwiderte Jinnarin, »aber wenn sie getrunken haben, können sie ziemlich grob werden.«

Aylis lächelte und nickte.

»Wann hast du denn betrunkene Zwerge gesehen?«, erkundigte sich Farrix.

»Im Winter in Port Arbor auf Gelen«, antwortete Jinnarin. »Es war der zwölfte Yule, der erste Tag des Neuen Jahres, nach der Zeitrechnung des Hochkönigs. An dem Abend hatte ein sachter Schneefall eingesetzt. Das Loch im Rumpf der *Eroean* war endlich repariert worden, und als alle sich zwei Tage später von der Mühe erholt hatten, wurde im Schankraum der *Blauen Meerjungfrau* eine große Feier abgehalten. Die gesamte Mannschaft des Elfenschiffs war da, Seeleute und auch die Kriegerschar, und auch Aylis sowie ihr Vater Alamar. Oh, und ich und Rux. Ich hockte in der Dunkelheit oben auf der Treppe. Unten wurde gesungen und getanzt, Lobbie spielte seine Konzertina, Rolly die Flöte und Burden schlug die Trommel. Die Seeleute und Krieger tanzten den Rhythmus und klatschten in die Hände, während Aylis und Aravan einen wilden Fling zum Besten gaben. Sie wirbelten umher und sahen sich dabei lachend in die Augen. Châkka sangen Marschlieder mit ihren kräftigen, barschen Stimmen. Der Magus Alamar zauberte Glitzer in den Farben des Regenbogens in die Luft und erzeugte ein unweltliches musikalisches Pfeifen, das sich wie melodisch klingende Windspiele anhörte. Dann spielte Aravan Harfe und deklamierte dazu faszinierende Sagas; Oden, bei denen einem das Herz bis in den Hals schlug, und die das Blut erhitzten. Aylis sang danach mit ihrer hohen süßen Stimme, und als sie endete, war kein Auge trocken geblieben. Während Zwerge und Menschen abwechselnd am Fuß der Treppe Wache standen und keinem Städter erlaubten, die Stufen hochzusteigen, dorthin wo ich saß, kamen viele von der Mannschaft zu mir in die Dunkelheit, leisteten mir Gesellschaft, scherzten und lachten mit mir und brachten mir Süßigkeiten. Die Zwerge begannen bald, sich mit jedem im Armdrücken zu messen. Wetten wurden abgeschlossen, und Schlachtrufe gellten durch den Raum, und sie wurden recht ausgelassen.

Die Feier ging erst in den frühen Morgenstunden zu Ende. Es war ruhig geworden, bis auf das Schnarchen, denn Seeleute und Krieger schliefen auf Stühlen, auf Bänken, auf und unter den Tischen, und auch auf und hinter dem Tresen. Draußen hatte sich der Schneefall mittlerweile zu einem richtigen Sturm ausgewachsen. Es war der zweite Januar, und die zwölf Tage des Yule waren zu Ende.«

Während Jinnarin erzählte, war Aylis in Erinnerungen versunken, und ihr lief eine Träne über die Wange.

»Geht es dir gut?«, erkundigte sich Jinnarin.

»Es war eine wundervolle Zeit«, erwiderte Aylis.

»Ich wäre gern dabei gewesen«, meinte Farrix, »statt in meinen Träumen in einer Kristallhöhle gefangen zu sein.«

»Ich wünschte das auch, Liebster.« Jinnarin zog Farrix an sich und küsste ihn auf die Wange.

Lissa seufzte und sah Aylis an. »Vielleicht passiert so etwas Wundervolles ja auch auf unserer Reise.«

»Das bleibt uns nur zu hoffen«, antwortete Aylis.

»Da wir von der Reise sprechen«, meinte Jinnarin. »Sind die Zwerge der Kriegerschar schon eingeschworen worden?«

Aylissa sah ihre Mutter fragend an. »Eingeschworen?«

Jinnarin nickte. »Sie müssen einen Schwur leisten, dass sie unsere Existenz geheim halten, beziehungsweise die Existenz aller Fuchsreiter, und zwar vor jedem, der nicht zur Mannschaft gehört.«

»Wirklich?« Lissa sah ihren Vater Bestätigung heischend an.

»Niemand soll erfahren, dass wir real sind«, sagte Farrix lächelnd.

»Aber alle wissen doch, dass Pysks wirklich existieren«, protestierte Lissa.

»Sie kennen sie nur aus den Legenden, Tochter«, widersprach Farrix.

»Wenn sie wüssten, dass wir tatsächlich existieren«, erläuterte Jinnarin, »vor allem, wenn die Menschen das erführen, könnten sie versuchen, uns zu fangen. Weißt du, sie glauben, wir könnten Magie wirken, und sie würden uns bedrängen, ihnen drei Wünsche zu erfüllen.«

Aylissa sah Aylis fragend an, die nickte. »Manchmal können Menschen wirklich albern sein«, erklärte sie. Dann wandte sie sich an Jinnarin. »Wenn die Zwerge nicht schon von Aravan eingeschworen wurden, werde ich das tun, bevor wir ihnen unsere Kundschafterin zeigen.«

»Gut«, erklärte Jinnarin zufrieden.

Die Pysks und Aylis unterhielten sich noch eine Weile. »Wir müssen jetzt unsere Schwester und unsere Tochter schlafen lassen«, meinte Farrix schließlich. »Denn es liegt eine lange Reise vor ihnen. Außerdem reiten wir ja mit ihnen in den kommenden Tagen durch den ganzen Großwald, und wir haben gewiss genug Gelegenheit, uns alles zu erzählen, was seit unserem letzten Zusammentreffen geschehen ist.«

Dann hüllten sich die drei Pysks mit ihrer *Wildmagie* in ihre Schatten und schlüpften unbemerkt von den Zwergenwachen zu ihren Füchsen zurück, um mit ihnen am Rand des Darda Erynian den Morgen zu erwarten.

Auf Aylis' Bitte hin versammelte Brekk am nächsten Morgen die gesamte Kriegerschar. Sie stellten sich in mehreren Reihen hinter ihm auf, bis auf die beiden Wachposten, die auf den Mauerresten hockten. Aylis fragte Brekk, ob die Zwerge eingeschworen waren.

»Ja«, antwortete der stämmige Zwerg. »Aravan hat uns in Kraggen-cor eingeschworen, uns und auch die beiden Châkka, die unsere Ponys zurückbringen werden. Was die *Eroean* angeht, halten wir sowohl die Einzelheiten ihres Baus geheim als auch ihre Geschwindigkeit. Außerdem hat Kapitän Aravan noch hinzugefügt, dass wir niemandem ohne seine Erlaubnis etwas von dem erzählen dürfen, was uns auf der Reise widerfährt. Unser Gelöbnis beinhaltet außerdem den Schwur, dass wir die Anwesenheit jeglicher fremdartiger Kreaturen oder Wesen, die als Mannschaftsmitglieder mit uns segeln, für immer in unserem Gedächtnis versiegeln. Wir haben das geschworen, und weder Folter noch Trunk, noch Tod, Fieber oder irgendeine andere Macht wird uns diese Worte entlocken können, auf dass wir unseren Schwur brächen. Wir haben es geschworen bei der Ehre der Châkka, und auch bei Elwydd oben im Himmel.«

Aylis lächelte. »Ich würde sagen, Hauptmann Brekk, das war mehr als ausreichend.«

Brekk runzelte die Stirn. »Dann, Mylady, kannst du uns vielleicht sagen, worum es hier geht?«

»Allerdings.« Aylis deutete einladend mit der Hand auf einen gewaltigen umgestürzten Quader. »Ich möchte Euch Eure Kundschafterin vorstellen, Lady Aylissa.«

Plötzlich verschwand einer der Schatten am Fuß des gewaltigen Granitquaders, und im Licht der Morgensonne stand ein Fuchs. Er war rot mit schwarzen Pfoten. Auf dem Rücken des Tieres ritt eine winzige Maid. Sie trug graues geflecktes Leder, hatte einen Bogen um die Schultern geschlungen und einen Köcher mit Pfeilen an der Hüfte. Ohne dass der Fuchs angetrieben wurde, so schien es jedenfalls, trat dieser über die Pflastersteine der Ruinen von Caer Lindor vor. Das Mädchen hatte blaue Augen, einen blassen Teint, und ihr braunes Haar, das sie mit einem mit Runen geschmückten Lederband um die Stirn zurückgebunden hatte, fiel bis auf ihre Schultern. In diesem Moment waren nur das sachte Raunen des Windes und das Rascheln der Blätter im Unterholz zu hören, denn es schien keiner der Anwesenden auch nur Luft zu holen. Als er den Stein vor Hauptmann Brekk erreichte, blieb der Fuchs stehen, und Aylissa blickte zu dem Zwerg hoch.

»Lady Aylissa«, sagte Aylis. »Ich möchte dir Hauptmann Brekk vorstellen; Hauptmann Brekk, das sind Lady Aylissa und ihr Fuchs Vex.«

Brekk kniete sich vor die Pysk, als er seine Stimme wiedergefunden hatte. »Lady Aylissa«, sagte er. »Jetzt verstehe ich, dass Kapitän Aravan uns diesen Schwur abgenommen hat. Und eines möchte ich noch hinzufügen: Wir könnten uns keinen besseren Kundschafter wünschen. Sei willkommen in unserer Kriegerschar.«

Brekk hob eine Hand, woraufhin die versammelten Zwergenkrieger mit ihren dröhnenden Stimmen schrien: *»Châkka shok! Châkka cor!«*

Bei diesem Donnerhall zuckte selbst Vex zusammen, und aus einem Reflex heraus zuckte Lissas *Wildmagie* Schatten um Fuchs und Reiterin hoch und tauchte sie in Dunkelheit.

Gerade als Brekk sich entschuldigen wollte, weil er die winzige Pysk erschreckt hatte, ertönte ein silberheller Ruf. »Ich habe dir doch gesagt, dass sie eine raue Bande sind!«

Im selben Moment verschwanden zwei weitere Schatten am Fuß des Granitquaders, und Lady Jinnarin sowie Farrix tauchten mit ihren Füchsen aus den Schatten auf.

Sie ritten durch den Großwald und hielten sich grob nach Süden. Ab und an sahen sie zwischen den Bäumen einen Bären oder einen Wolf, der ihnen folgte; manchmal auch einen Falken oder einen Habicht. Aylis erkannte an ihrem *Feuer,* dass es keine gewöhnlichen Tiere waren, sondern Gestaltwandler. Als sie mit den Pysks darüber sprach, erklärte Jinnarin, dass es sich um Baeron handelte.

»Einige dieser Leute«, erläuterte sie, »besitzen die Macht, sich in die Tiere zu verwandeln, die du da siehst.«

»Und einige werden nie wieder Menschen«, setzte Farrix hinzu.

»Andere dagegen verwandeln sich nie in die Kreaturen, die sie werden könnten«, warf Aylissa ein.

Aylis lächelte. »Ich habe am Magierkolleg auf Rwn von ihnen gehört, aber bis ich Bair kennenlernte, habe ich keinen von ihnen gesehen, keinen Gestaltwandler, meine ich.«

Am Nachmittag des fünften Reisetages hörten sie ein fernes, unablässiges Rauschen. Es wurde lauter, je weiter sie ritten.

»Was kann das sein?«, erkundigte sich Aylis, die neben Brekk ritt.

Der Zwerg lächelte. »Warte nur, dann wirst du es sehen.«

Sie setzten ihren Weg fort, und das Rauschen schwoll zu einem Tosen an. Schließlich traten sie zwischen den Bäumen hervor und fanden sich am Rand des Großen Abbruchs, einer steilen Bergflanke, die mehr als dreihundertfünfzig Meter in die Tiefe reichte, wo ihr Fuß an die Ufer des Großen Argon stieß. Aylis sah sich um und folgte mit dem Blick dem Lauf des Abbruchs. Dreißig Meilen im Westen sah sie einen gewaltigen Wasserfall, der über den Rand der blanken Klippe stürzte. Nein, es war nicht ein Wasserfall, sondern es waren deren zwei. Und selbst aus dieser Entfernung war der Lärm beachtlich.

»Der große Wasserfall ist der *Ctor*, der Brüller, auch bekannt als die Bellon-Fälle«, sagte Brekk. »Dort stürzt sich der Mächtige Argon in die Tiefe. Der kleinere Wasserfall heißt Silber-Fälle oder *Vanil*, wie die Elfen ihn nennen.«

»Jetzt verstehe ich, warum niemand überleben würde, wenn die Olorin Fähre bis hierher abtriebe«, sagte Aylis.

In dieser Nacht lagerten sie an der schmalen Landzunge zwischen den Bäumen des Großwaldes und dem Rand des Abbruchs. Das stetige Tosen des Wasserfalls lullte sie in den Schlaf.

Während der nächsten Tage verlief der Weg zwischen dem Wald und dem Rand des Abbruchs Werst um Werst leicht nach unten. Die gewaltige Klippe senkte sich immer mehr hinab, bis sie schließlich in der Ebene versank. Sie ritten weiter nach Süden, am Rande des Großwaldes entlang, der im Osten lag, während der Argon die westliche Seite säumte.

Gut drei Wochen, nachdem sie die Ruinen von Caer Lindor verlassen hatten, erreichten sie die Glave-Hügel in Pellar, und hier hörte auch der Großwald auf.

Am nächsten Morgen verabschiedeten sich Aylis, Lissa und die Kriegerschar von Jinnarin und Farrix. Aylis, Jinnarin und Lissa hatten Tränen in den Augen, Farrix schniefte verdächtig, und seine Stimme bebte, als er seine Tochter in die Arme schloss und ihr Ratschläge und Abschiedsworte ins Ohr flüsterte.

Dann nahm die Kriegerschar Kurs nach Südwesten zu der grasigen Steppe von Pellar. Eine Magira, eine Pysk und zweiundvierzig Zwerge, dazu sechsundsiebzig Ponys, ein Pferd und ein Fuchs.

Jinnarin und Farrix ritten auf eine Hügelkuppe und sahen ihnen nach. Als die Kriegerschar schließlich in der Ferne verschwand, sagte Farrix nach einer Weile: »Also, meine Liebste?«

Jinnarin drehte sich zu ihm herum und lächelte unter Tränen. »Ja, mein Liebster.«

Sie wendeten Rux und Rhu, verließen die Hügelkuppe und ritten in den Wald hinein.

17. Kapitel

GROTTE

Reise zur *Eroean*

(Spätsommer bis Frühherbst, 6E1)

Die Kriegerschar ritt, mit Aylis und Aylissa in ihrer Mitte, über die Steppen von Pellar. Wo sie konnten, machten sie Rast bei Kleinbauern, um ihre Vorräte aufzufrischen. Vor allem suchten sie Hafer für die Ponys. Vex dagegen versorgte sich selbst. Die Füchsin ernährte sich von Maulwürfen, Feldmäusen, Wachteleiern und dergleichen, wenn Aylissa ihr erlaubte, auf die Jagd zu gehen. Sie lagerten häufig am Rand kleinerer Siedlungen oder Ortschaften und nutzten jede sich bietende Gelegenheit, ein heißes Bad zu nehmen oder warme Mahlzeiten zu verzehren, dazu einen oder zwei Krüge gutes Bier; oder auch schlechtes. Aber jeden Morgen machte sich die Gruppe auf, ihre Reise fortzusetzen.

Achtzehn Tage, nachdem sie sich von Lissas Eltern verabschiedet hatten, kreuzten sie die Pendwyr Straße in der Nähe der Fian Dünen und ritten in südwestlicher Richtung weiter.

Fünfzehn Tage später erreichten sie die Bucht des Thell-Busens. Aylis blickte nach links, und genau wie Aravan es gesagt hatte, sah sie in der Nähe am Ufer einen langen Felsvorsprung, der von Efeu überwuchert war. Sie führte die Kriegerschar zu der Stelle, wo der blanke Fels sich erhob. Dort legten sie den Ponys Fußfesseln an. Sie warteten, bis die

Ebbe einsetzte, dann führte Aylis die Gruppe gemäß Aravans Anweisungen über den hohen Felsvorsprung, vorbei an dem herabbaumelnden Efeu. Brekk folgte Aylis auf dem Fuß. Er hatte Aylissa auf den Schultern und trug Vex in den Armen. Die Füchsin hatte sich erst bereit erklärt, sich tragen zu lassen, nachdem Aylissa lange mit ihr gesprochen hatte. Die Zwerge waren dem Gespräch staunend gefolgt, denn Lissa posierte, blaffte, winselte, drehte und wendete sich, und Vex antwortete auf dieselbe Weise. Aylis lächelte, denn vor vielen Jahrtausenden, in der Ersten Ära, hatte sie gesehen, wie Jinnarin sich mit Rux ebenso unterhalten hatte. Schließlich sah Lissa zu Brekk hoch. »Sie ist bereit. Aber ich würde an Eurer Stelle auf Eure Finger achten. Vex wird bestimmt danach schnappen.«

Brekk jedoch bückte sich, kraulte die Füchsin unter dem Kinn, packte dann ihre Schnauze und drückte sie ganz sanft. Anschließend ließ Vex sich vollkommen widerstandslos in die Arme heben.

Die Kriegerschar folgte Aylis und watete über einen langen, flachen Unterwasservorsprung zu einer eigenartigen Spalte in dem von Efeu überwucherten Stein. Dort ragte die Bergflanke ins Meer hinein; sie bildete einen tiefen Kanal, der in ein undurchdringlich scheinendes Pflanzendickicht zu führen schien.

Aylis blieb stehen und deutete auf die Spalte. »Aravan sagt, dass dieser Spalt im Fels von der Bucht aus nicht zu sehen ist. Dadurch ist der Eingang zu der Grotte unsichtbar.«

Sie gingen weiter bis zu dem Vorhang aus Kletterpflanzen. Aylis schob sich hindurch und fand sich in einer riesigen, von Laternen erhellten Höhle wieder, in der hallende Stimmen und Geräusche von arbeitenden Männern sich in das Rauschen eines kleinen Wasserfalls mischten. Über ihr, in einer von Zwergen gehauenen Nische, standen mit Armbrüsten bewaffnete Menschen, Angehörige der Mannschaft der

Eroean. Als Aylis und die anderen durch den Spalt gingen, hob einer der Wachposten ein Horn an die Lippen und gab ein Signal.

Stimmen und Hämmern verstummten, und nur das Rauschen des Wassers war zu hören.

»Lady Aylis?«, fragte einer der Männer.

»Wer zum *kruk* wohl sonst?«, knurrte Brekk.

Der Wachposten lachte und wandte sich zu seinen Kameraden um. »Die Kriegerschar ist da«, erklärte er.

Am Ende der Grotte sah Aylis die schimmernde Oberfläche eines flachen Damms vor einem breiten Vorsprung, der sich bis zum hinteren Ende der Höhle erstreckte. Auf dem Damm bedienten Männer Pumpen, ähnlich wie jene, mit denen man die Bilge aus einem Schiff pumpte. Wasser strömte aus zwei Öffnungen aus den Pumpen über den Damm, über den sich ein Teil des Hecks der *Eroean* erhob. Das Schiff schien in einer Art großem Schlipp, einer Rutsche gigantischen Ausmaßes zu stehen. Seine Masten ragten hoch in die Dunkelheit hinauf.

Die Zwerge und Aylis wateten weiter über den Vorsprung, der an der Wand der Grotte entlangführte. Er stieg an, bis sie sich über dem Niedrigwasser befanden. Als sie trockenen Fels erreichten, folgten sie dem Weg, bis sie zu der breiten Felsplatte kamen. Dort war ein breiter, hoher Spalt in den Fels gehauen, von Steinmetzen der Zwerge, und dort hing die *Eroean* in einer Art Trockendock über einem sanft ansteigenden Sandstrand. Das Dock war vor dem Brackwasser der Bucht durch den Damm geschützt, in den geschmiedete eherne Pforten eingelassen waren, zweifellos ebenfalls von Zwergen gefertigt. Aylis und die anderen sahen jetzt, dass das Brackwasser auch durch das Pumpen niedrig gehalten wurde. Und sie bemerkte, dass die *Eroean*, in Erwartung der Erneuerung ihres silbernen Rumpfs, vom Bug bis zum Heck auf der Rutsche lag, gestützt von ehernen Pfeilern, die auf Steinsäulen montiert waren. Insgesamt waren es zweiundzwanzig, wie Aylis später erfahren sollte. Als sie über den Laufsteg auf das Deck des Schiffes gingen, begrüßte Aravan Aylis mit einem Lächeln und einem Kuss. Brekk setzte Vex ab, und Lissa sprang von seiner Schulter, um die Füchsin zu trösten, die ein bisschen mürrisch war, weil sie so lange getragen worden war.

Neben Aravan stand ein Hüne von Mann mit sandfarbenem Haar und breiten Schultern. Aravan stellte ihn den Neuankömmlingen vor; es war der Lange Tom, der Erste Maat der *Eroean*. Er trat von einem Fuß auf den anderen und zerknautschte seine Mütze in der Hand, als er Aylis mit seinem gelenischen Akzent begrüßte. »Bin mächtig erfreut, Euch sehen zu tun, Miss Aylis. Ich un' meine Mannschaft tun Euch und die andern auf dem mächtig feinen Schiff hier begrüßen, hm.«

»Danke«, erwiderte Aylis, während sie dachte, dass dieser Hüne mit seinen gewaltigen Händen seine bereits recht zerknautschte Mütze noch in Fetzen wringen würde.

Einer nach dem anderen wurden Aylis, Aylissa, Brekk und Dokan verschiedenen Mannschaftsmitgliedern vorgestellt, dem Zweiten Maat Nikolai, den Steuerleuten Fetter Jimm und Wooly, dem Koch, den Zimmerleuten, den Segelmachern und den anderen, bis hin zum Schiffsjungen Noddy. Und alle staunten nicht schlecht, als sie jetzt eine echte Pysk in ihrer Mitte stehen sahen, und darüber, wie winzig sie war. Aber der Lange Tom versicherte Lissa, dass sie alle Vorsichtsmaßnahmen ergreifen würden, damit sie »nicht auf Ihr winziges Selbst treten tun, hm, aber wenn ich Ihr sein täte, würde ich sicherheitshalber besonders wachsam sein tun, weil wir, hm, so tapsige Dummköpfe sind, ja.«

Aravan legte ein Viertel des Silberons zur Seite, für den Fall, dass er es später brauchte. Nach der Formel, die ihm vor langer Zeit Dwynfor gegeben hatte, der legendäre Elfenwaffenschmied auf Atala, mischte er das restliche Sternensilber in die Zutaten, die für diese besondere Sternensilberfarbe benötigt wurden. Dann machten sich Aravan und etliche andere Seeleute daran, den unterhalb der Wasserlinie liegenden Rumpf der *Eroean* damit zu überziehen. Die Mannschaft staunte, dass keinerlei Algen oder Muscheln am Rumpf hingen, und fanden, dass die Schicht aus Silberon gar keine Auffrischung brauchte. Aber ihr Kapitän bestand darauf, also verstrichen sie die Farbe. Wenn sie zu den Stellen kamen, wo der Rumpf auf den ehernen Stützen ruhte, hämmerten sie eine zur Seite, damit sie den Rumpf darunter streichen konnten, und hämmerten die Stütze wieder in ihre Ausgangsposition, wenn die Farbe dort getrocknet war. Bei jeder Stütze wiederholten sie dieses Vorgehen.

Es dauerte vier Tage, den Rumpf zu streichen. Während dieser Tage überholte die Kriegerschar die Speerschleudern und Katapulte am Bug, mittschiffs und achtern, und überzeugten sich, dass die gelagerten Spieße und Speere solide und vor allem die Feuerkugeln intakt waren. Außerdem prüften sie sämtliche Waffen in der Waffenkammer der *Eroean*. Sie polierten, ölten, schliffen und balancierten sämtliche Waffen aus und erneuerten alle verschlissenen Teile.

Sieben Tage, nachdem Aylis, Lissa und die Kriegerschar eingetroffen waren, war die *Eroean* bereit, in See zu stechen. Die Matrosen schleppten die Pumpen vom Damm und kurbelten zwei Öffnungen in den ehernen Portalen auf, um Wasser ins Trockendock fließen zu lassen.

Langsam füllte sich die Schlippe, und am Vormittag erhob sich die *Eroean* sacht von den Stützen und dümpelte auf dem Wasser. Dann wurden die großen Portale des Damms geöffnet, und die Männer zogen das Schiff rückwärts mit Seilen und Ruderbooten aus dem Dock in die Grotte.

Die wenigen Männer, die noch an Land waren, gingen zu dem mit Efeu verdeckten Eingang und zogen mit Klüsen den Vorhang aus Kletterpflanzen beiseite.

Matrosen in kleinen Beibooten manövrierten das Schiff aus der Grotte in offenes Wasser, wo Aravan der Mannschaft befahl, Anker zu setzen.

Die Ruderer lösten die Zugseile, die an Bord geholt wurden, und ruderten dann zur Grotte zurück, um die letzte Handvoll Matrosen zu holen, die an Land geblieben war. Als sie zur *Eroean* zurückruderten, betrachteten die Männer in den Booten das Elfenschiff beinahe ehrfürchtig. Es war ein Dreimaster, und so schnell wie eine Windbö. Der Bug der *Eroean* war so schmal und scharf wie eine Messerklinge, um die Wogen zu durchschneiden, und ihr Rumpf war eben und endete in einem runden Heck. Sie maß vom Bug bis zum Heck fünfundsiebzig Meter, und ihre Masten waren etwas nach hinten geneigt. Sie hatte keinen Heckaufbau und auch keine Kajüte auf dem Bug. Stattdessen war sie niedrig geschnitten und maß an ihrer breitesten Stelle nur zwölf Meter. Außerdem hatte sie selbst voll beladen nur zehn Meter Tiefgang. Ihr Hauptmast ragte achtundzwanzig Meter vom Deck empor. Besan- und Vormast waren nur unwesentlich kürzer und ihre Rah nur eine Spur schmaler. Ihr Rumpf oberhalb der Wasserlinie war dunkelblau, darunter silberfarben, aber ihre Masten und seidenen Segel waren azurblau, um mit der Farbe des Himmels zu verschmelzen. So war sie nahezu unsichtbar, bis sie das Heck eines anderen Schiffes erreichte, Kurs darauf hielt oder längsseits ging. Und kein Schiff war schneller, nicht einmal die Drachenboote der Fjordlander. Aye, das war das Elfenschiff von Kapitän Aravan, und auf ihr dienen zu dürfen, war ein sehr seltenes Privileg. Diejenigen, denen es gestattet wurde, hatten Tränen des Stolzes in den Augen und die anderen Tränen des Neides.

Als alle an Bord und die Beiboote an den Davits aus dem Wasser gehoben worden waren, blickte Aravan zu Aylis zurück, die an der Heckreling lehnte. Lissa stand neben ihr und sah sich neugierig um. Sie war noch nie auf einem Schiff gewesen. Vex war nirgendwo zu sehen, denn die Füchsin war unter Deck und jagte Ratten. Aravan lächelte, zwinkerte Aylis zu und fragte sie lautlos: *Fertig?* Aylis grinste und erwiderte ebenso lautlos: *Oh ja*. Dann drehte sich Aravan herum zu seinem Ersten und seinem Zweiten Maat, dem Steuermann und dem Bootsmann, die neben ihm standen. »Tom, setzt den Besan, damit sie dreht, und richtet die Segel nach Steuerbord aus. Dann hoch mit dem Anker.« Aravan betrachtete den Windwimpel, der hoch über ihnen am blauen Himmel flatterte. »Wir bringen sie dicht an den Wind und nehmen Kurs auf den Ausgang des Thell-Busens und das Avagon-Meer.«

»Aye, Käpt'n«, erwiderte der Lange Tom. Er sah den Bootsmann an. »Du hast den Käpt'n gehört, hm, James; pfeif das Segelkommando. Nikolai, an die vordere Winde, zum Ankerlichten. Fetter Jimm, ans Ruder und Kurs Avagon. Würde sagen, ist Kurs ziemlich nach Süden, hm.«

Während James die Befehle pfiff und die Männer die Webeleinen enterten, um die Segel zu setzen, rutschte Nikolai die Leiter herunter und rannte nach vorn zu den Leuten an der Winde. Langsam brachte das Besansegel das Schiff herum, und der Anker wurde klappernd eingeholt. Der Fette Jimm drehte das Ruder, und langsam und majestätisch setzte sich das Schiff in Bewegung. Es wurde rasch schneller, als die seidenen himmelblauen Segel selbst das kleinste Lüftchen einholten. Schon bald durchschnitt sein Rumpf die Wogen und ließ schäumendes Kielwasser hinter sich.

Aylis blickte einen Moment zurück, suchte nach dem Eingang zu der versteckten Grotte. Aber es war genauso, wie Aravan gesagt hatte: Der von Efeu überwucherte Vorsprung wirkte wie ein einziges Stück Fels. Der Spalt und der Tunnel waren nicht zu sehen. Sie runzelte die Stirn und bediente sich ihrer *Sicht*. Jetzt, aber erst jetzt konnte sie herausfinden, wo der Eingang lag; ohne diese Gabe wäre er vollkommen unmöglich zu erkennen gewesen. Eines Tages wollte sie Aravan fragen, wie er ihn jemals hatte finden können.

Sie drehte sich herum und sah nach vorn, senkte den Blick dann auf Lissa. »Komm, Liss, gehen wir zum Bug. Vielleicht schwimmen ja Delfine neben uns her, oder gar die *Kinder des Meeres.*«

Sie gingen nach vorn und wichen dabei Matrosen aus, die Fallleinen einholten, um die Segel am Besanmast zu trimmen, damit sie den ganzen Wind ausnutzen konnten.

Und die *Eroean* beschleunigte immer noch, als sie dahinfuhren …

… Während weit hinter ihnen am Strand zwei ziemlich junge Zwerge zusahen, wie das Schiff davonsegelte. Beide wünschten sich sehnlichst, zu Brekks Kriegerschar zu gehören. Das Elfenschiff wurde kleiner, als es immer weiter fortsegelte, und ihr Rumpf schien im Meer zu versinken, bis sie ihn nicht mehr sehen konnten, obwohl die Masten und die himmelblauen Segel sich noch vor dem Horizont abhoben. Sie waren gerade noch zu erkennen, aber auch nur, wenn man wusste, wo sie war. Schließlich wandte sich einer der jungen Zwerge an den anderen. »Fertig?«, fragte er auf Châkur, der Zwergensprache. Der zweite seufzte und nickte, erwiderte jedoch nichts. Dann stiegen sie auf, wendeten ihre Pferde und ritten langsam zu den vierundsiebzig Ponys und dem einsamen Pferd zurück, um die lange Rückreise nach Kraggen-cor anzutreten.

18. Kapitel

RÄNKE

Finstere Absichten

(Mitte Herbst, 6E1)

Ziemlich mitgenommen von seiner Flucht hatte Nunde mehr als sechshundert Werst, insgesamt über eintausendachthundert Meilen, zu seinem Dunklen Turm zurückgelegt, der in den unwirtlichen Klippen des Grimmwall lag, direkt östlich des Jallor-Passes, wo die westlichen Gebiete von Aven an die weiten Steppen Jords grenzten. Vom Nexus war er nach Süden nach Khal geflohen, aus den Bergen aufgetaucht und dem gefürchteten Skög und dem Wolfswald recht nahe gekommen, wo der widerliche Dalavar, der Wolfsmagier, hauste. Nunde war rasch nach Westen abgebogen, weg von dieser schrecklichen Gefahr, hatte Kahl, Garia und Aven durchquert und war endlich in seinem Reich angekommen. Vor Wut hatte er dort fast einhundert *Chûn* niedergemetzelt, und beinahe sogar seinen Schüler Malik. Denn all seine Pläne waren vereitelt worden, dank Aravan und seinesgleichen. Doch selbst das Blutvergießen hatte Nundes schrecklichen Zorn nicht mildern können.

Einschließlich seiner langen Flucht in die Sicherheit hatte Nunde beinahe neun Monate damit verbracht, einen Plan zu ersinnen, der den Fluch seiner Existenz auslöschen konnte. Er hegte keinerlei Zweifel daran, dass die Ränke dieses widerlichen Elfs zum Fall der Schwarzen Feste und dem Ruin von Nundes finsteren Absichten geführt hatten. Und dazu in ein Desaster, aus dem der Nekromant nur mit Mühe sein Leben hatte retten können.

Als an jenem Tag der Morgen graute, stieg Nunde die steinerne Treppe in sein Schlafgemach hinab, wo er in einen rastlosen Dämmerschlaf fiel, während sein Geist, immer noch glühend, Rachepläne schmiedete, wie er es seit Monaten tat.

Als die Sonne ihren Zenit erreichte, obwohl keiner ihrer Strahlen seine Kammer erreichte, richtete sich Nunde mit einem Ruck auf.

»Radok, zu mir!«, brüllte er, ohne nachzudenken, bis ihm wieder einfiel, dass Radok tot war. Er war bei einem Angriff auf Ardental vor etlichen Jahren gefallen.

»Ja, Meister Nunde!«, rief dagegen Malik aus einem angrenzenden Gemach. Er hastete mit einer brennenden Kerze an das Bett des Nekromanten. Auf dem Gesicht des korpulenten Schülers zeichnete sich ein nicht sonderlich gut verhüllter Ausdruck der Angst ab. Denn er wusste nie, gegen wen sich der Zorn seines Meisters richtete.

»Heureka!«, verkündete Meister Nunde. Seine dunklen Augen glühten, als er mit seinen langen knochigen Fingern durch sein langes Haar fuhr und es zurück über die Schultern warf; es fiel fast bis zur Hüfte hinab.

»Heur... Was habt Ihr gefunden, Meister?«

»Den Plan, du Narr!«, zischte Nunde. Ärger zuckte über sein hageres Gesicht mit der Hakennase. »Der Plan für diesen *Dolh* Aravan. Der Weg, wie ich ihm alle nehmen kann, die ihm teuer sind. Und wenn ich mit seinen Gefährten fertig bin, werde ich ihn erledigen. Danach werde ich seinen Leichnam erwecken«, der Nekromant ballte die Faust; seine Fingernägel waren geschwärzt. »Und er wird auf immer bereuen, was er getan hat. Denn ich werde meine Rache noch weiter auskosten, indem ich seinen verfaulenden Kadaver aussende, um alle diejenigen, die er liebt, abzuschlachten. Er wird nicht in der Lage sein, mich zu verraten, obwohl er von dem, wozu ich ihn zwinge, entsetzt sein wird.«

Während sein Assistent um ihn herumhuschte, verließ Nunde seine Kammer und ging durch einen von blakenden Fackeln erleuchteten Gang zu einem von Leichen übersäten Laboratorium. Die Kadaver auf den vielen Tischen befanden sich alle in unterschiedlichen Stadien der Verwesung und Zerstückelung. Aber Nunde nahm sich nicht die Zeit, seine Kunstfertigkeit zu bewundern, sondern trat an einen großen runden Tisch, der aus einem esoterischen grauen Holz gefertigt war, und setzte sich. Malik blieb neben ihm stehen und fragte sich, was sein Meister wohl vorhatte. Als Nunde jedoch ein Pergament aus einer Schublade nahm und zu schreiben begann, mit einer rasiermesserscharfen Feder, die über das Pergament kratzte und eine blutrote Schrift hinterließ, runzelte der Lehrling verwirrt die Stirn. Der Nekromant braute keinen Trank, mischte kein Pulver, wirkte keinen Bann, wiederbelebte keine Leiche, und dieses Pergament schien auch keine okkulte Schriftrolle zu sein, die der Lehrling kannte. Wie Nunde damit also seine Rache verwirklichen wollte, überstieg Maliks Horizont.

Schließlich schob Nunde Malik das Pergament hin. »Bring mir die Zutaten!«

Malik blickte auf die Liste, und jetzt endlich dämmerte es ihm, denn diese Dinge kannte der Lehrling. Nur hatte er nicht den geringsten Schimmer, wie das die Pläne seines Meisters weiterbringen sollte.

In der nächsten Nacht trank Nunde, nachdem er sich in seiner Kammer eingeschlossen hatte, den frisch gebrauten Trank. Nach einer Weile versank er in eine Ohnmacht und schickte sein aethyrisches Selbst nach Osten, weit, weit nach Osten.

19. Kapitel

PLÄNE

Waldsenken

(Spätherbst, 6E1)

»Also, Wurros, ihr habt dieses vergangene Jahr besonders hart trainiert, und Pip, du bist jetzt fünfzehn Sommer alt ...«

»Und ich bin drei Monde älter«, warf Binkton ein, während Pipper zurückgab: »Und Bink ist drei Monde älter.«

Arley lachte. »Das wollte ich gerade sagen, Jungs.«

»Oh«, meinte Bink, während Pipper in das Lachen seines Onkels einstimmte.

Doch dann sah er ihn fragend an. »Also, ich bin fünfzehn?«

»Natürlich bist du fünfzehn, Pipper!«, fuhr Binkton ihn an. »Hast du nicht mehr alle Becher im Schrank?«

»Nein, Bink, ich meinte: Ich bin fünfzehn, und du bist drei Monde älter, gut; aber was hat das mit irgendetwas zu tun?«

Arley lächelte. Denn Pipper machte immer wieder Bemerkungen, die Binkton zur Verzweiflung trieben. Pipper schien nie zu sagen oder zu fragen, was er sagen oder fragen wollte, und Binkton reagierte immer gereizt, wenn er Pippers Gedankensprüngen nicht folgen konnte. Der eine war ein Träumer, der andere war mehr pragmatisch.

»Oh«, meinte Binkton und wendete sich an Onkel Arley. »Also, was hat unser Alter zu bedeuten?«

»Nur das, Wurros: Nächsten Frühling, wenn ihr euch dem sechzehnten Sommer nähert, wird es Zeit, denke ich, dass ihr euer Wissen auf der Straße erprobt und selbst ein bisschen Geld damit verdient.«

»Ja!«, rief Pipper.

»Pah!«, schnaubte Binkton. »Ich glaube, wir waren letzten Frühling auch schon so weit.«

»Oh nein«, widersprach Arley. »Es gibt noch so viel, was ich euch lehren muss, und dafür haben wir diesen Winter genug Zeit. Außerdem sehe ich noch genug Dinge, wo ihr mehr Geschicklichkeit braucht. Du, Binkton, indem du Schlösser nur mit einem Draht öffnest, während du kopfüber in der Luft hängst, und du, Pipper, brauchst mehr Übung im Taschendiebstahl. Außerdem könntest du deine Fähigkeiten im Jonglieren noch verbessern. Und ihr braucht beide noch Übung darin, all diese Tricks bei jedem Wetter zu vollbringen, ob ihr in der Hitze schweißnass seid und eure Hände glitschig vor Feuchtigkeit sind oder ob eure Finger und Zehen und jeder Muskel in euren Körpern taub vor Kälte ist. Man weiß nie, wann plötzlich eine Windbö kommt oder Regen herunterprasselt oder herumwirbelnder Staub und Sand euch blenden. Und ihr müsst auch dann sicher auf dem Seil sein oder euch aus der Falle befreien können, in die ihr geraten seid.«

»Hoy!«, rief Binkton. »Das klingt ja mächtig gefährlich.«

Der ältere Bokker nickte gedankenverloren. »Aye. Häufig genug habe ich ...« Im selben Moment kam Arley wieder zur Besinnung und räusperte sich lautstark. »Nun, man kann eben nie wissen.«

»Oh, ich werde besonders hart üben, Onkel Arley«, erklärte Pipper. »Ich meine, ich versuche, die Münze noch geschickter über meine Knöchel wandern zu lassen, obwohl ich das natürlich nie so gut können werde wie Bink, und meine Geschicklichkeit beim Taschendiebstahl muss auch besser werden, und ich könnte auch ...«

»Ja, ja, Pip, schon gut!«, unterbrach Onkel Arley Pippers Redeschwall. »Ich werde euch dabei helfen, und im nächsten Frühjahr und Sommer, und vor allem im Winter danach, wenn die Ernte eingefahren ist und die Schankräume von Gästen überquellen, geht es ab in die Tavernen und Wirtshäuser in den Waldsenken, wo lohnende Beute auf euch wartet.«

»Oh, wäre das nicht das Beste?«, fragte Pipper in dieser Nacht.

»Und was«, knurrte Binkton gereizt, »geht dir jetzt wieder durch den Kopf?«

»Dass wir selbst unser Kupfer und Silber verdienen, und vielleicht sogar ein oder zwei Goldstücke.« Pippers strahlende Augen verrieten seine Begeisterung.

»Das wird auch langsam Zeit«, murrte Binkton. »Ich meine, wir haben lange genug von Onkel Arleys Geld gelebt. Wir müssen allmählich auf eigenen Füßen stehen.«

»Onkel Arleys Geld«, hauchte Pipper und sah sich um, als würde er den älteren Bokker suchen.

»Ach, komm schon, Pip, du willst doch jetzt nicht schon wieder davon anfangen!«

»Puh, es war immer ein Geheimnis, Bink, und ...«

»Und du kannst einfach keine Ruhe geben!«, fuhr Bink ihn an. Der Jungbokker schüttelte sein Kopfkissen auf und zog sich die Decke über den Kopf. »Es ist Onkel Arleys Geld, und es ist mir egal, woher es stammt. Und jetzt schlaf endlich!«

Pipper lag einen Moment ruhig da. »Aber Finley Tutwillow in Rood«, sagte er dann, »hat gesagt, dass jedes Jahr ein mysteriöser Reiter, ein Außenstehender, und zwar ein Mensch, am Mittsommertag kommt und einen Beutel mit Münzen auf der Bank der Waldsenken abgibt. Und immer zur selben Zeit sagt Onkel Arley dann, dass seine Pension gekommen wäre. Was glaubst du, hat es damit auf sich, Bink? Ich meine, warum sollte ausgerechnet ein Mensch ...?«

Binktons leises Schnarchen war jedoch die einzige Antwort, die Pipper bekam, wie gewöhnlich, wenn er und Binkton im Dunkeln über Onkel Arleys noch dunklere Vergangenheit spekulierten.

20. Kapitel

UNTER SEGELN

Elfenschiff

(Mitte Herbst, 6E1)

In der Kapitänskajüte stand der Lange Tom zwischen Aravan und Aylis am Kartentisch. Nikolai, Brekk und Dokan standen ihnen gegenüber. Die kleine Lissa saß auf dem Tisch und nippte Tee aus einem fingerhutgroßen Becher, während Noddy Aylis einen Becher einschenkte.

»Wohin tun wir segeln, Käpt'n?«, erkundigte sich der Lange Tom.

Aravan deutete mit einem Finger auf die Karte. »Hierhin.«

Lissa sprang auf und ging zu der Stelle, um sie näher zu betrachten. Alle anderen, einschließlich Noddy, sahen ebenfalls dorthin, wohin der Finger des Kapitäns deutete.

Dort waren viele Punkte, Flecken und unregelmäßige Schleifen auf der Karte verzeichnet, und sein Finger ruhte auf einem der größeren Umrisse.

»Verstehe«, erklärte der Lange Tom. »Eine der Zehntausend Inseln von Mordain, eh?«

»Was suchen wir dort, Kapitän?«, erkundigte sich Nikolai.

»Weißen Tee«, antwortete Aravan.

Lissa runzelte die Brauen. »Weißer Tee?«

Aylis lächelte. »Sehr junge Teeblätter, die von der Spitze der Pflanze gepflückt werden. Sie geben einen köstlichen Geschmack, der in den Hallen von Caer Pendwyr sehr beliebt war, jedenfalls vor langer Zeit.«

»Er ist immer noch sehr begehrt, Liebste«, erklärte Aravan. »Und er wird der Mannschaft einen sehr guten Preis bringen.« Er sah den Langen Tom und Nikolai an. »Mehr als genug für die Kriegerschar und die Mannschaft, selbst für die, welche die langen Monate nur faul herumgesessen haben.«

Das Gesicht des Langen Tom verzog sich vor Entrüstung. »Faul herumgesessen, Käpt'n? Faul? Ich muss Euch wissen lassen tun, dass wir die ganze Zeit das Schiff gesäubert und gestrichen und ...«

Aravan lachte schallend, und Nikolai ebenso. Der Lange Tom sah finster von einem zum anderen, bis er begriff. »Ah. Kapiere. Ihr habt mich hochgenommen, habt Ihr, richtig? Mann, Ihr habt mich aber richtig erwischt, habt Ihr. So richtig, Käpt'n.«

Es klopfte leise an der Tür, und Tarley trat in die Kajüte. »Kapitän, wir erreichen das Avagon-Meer, Sir, und verlassen die Bucht.«

Sie segelten in westlicher Richtung und nahmen Kurs auf die ferne Inselgruppe im Westlichen Ozean, der gemessen am Flug einer Möwe etwa zweitausendneunhundert Seemeilen entfernt lag. Abhängig vom Wind jedoch, der im Moment in nordwestliche Richtung wehte, würde das Schiff mehr Seemeilen zurücklegen müssen, da die *Eroean* hart am Wind segelte.

Aber das Elfenschiff war jetzt endlich auf dem Meer, und die Mannschaft blieb den ganzen Tag und bis tief in die Nacht an Deck. Obwohl es immer später wurde, zögerten selbst die Matrosen, die keine Wache hatten, sich schlafen zu legen, denn sie waren nun wieder auf See und genossen es.

Und wie aufs Stichwort lieferte das Avagon-Meer ihnen ein wunderbares Schauspiel: Schwärme fluoreszierender Fische ließen das Wasser leuchten, in dem sich außerdem Myriaden von Sternen spiegelten.

In dieser Nacht schliefen Aravan und Aylis zum ersten Mal seit mehr als siebentausend Jahren wieder gemeinsam in der Kapitänskajüte an Bord der *Eroean* auf dem Meer. Sie liebten sich zärtlich und flüsterten sich Kosenamen zu, denn sie waren endlich wieder zu Hause.

Lissa und Vex schliefen ebenfalls gut, in ihrem eigenen Quartier. Die Pysk hatte die winzige Kabine bezogen, die vor langer Zeit von vier Mannschaftsmitgliedern der *Eroean* für ihre Mutter Jinnarin gebaut war: von Finch und Carly und Arlo und Rolly, dem Schiffszimmerer, dem Segelmacher, dem Böttcher und dem Blechschmied. Während des letzten Jahrtausends hatte Jinnarin Lissa häufig erzählt, wie liebenswürdig diese vier Männer gewesen waren ...

Unterdeck beendete der Schiffszimmerer Finch in einer Kabine achtern, die Jinnarin und dem Magier Alamar zugewiesen war, seine Arbeit. »So, Mistress Jinnarin, alles sicher und solide, und eine schöne Arbeit ist das geworden, wenn ich das sagen darf.« Obwohl der Mann mit Jinnarin sprach, mied er scheu ihren Blick.

»Dieses kleine Schott unter Alamars Koje schwingt in beide Richtungen auf, damit Ihr und Euer Fuchs in den Gang gehen könnt, wann immer Ihr wollt. Diese kleinen Hebel ... dreht sie so herum, wenn Ihr das Bullauge bei rauer See verschließen wollt. Ich habe schon gesehen, wie sie hereingeschlagen ist, und durch den Flur draußen strömte.

Und sobald ich das Holz vorgeschoben habe ...« Finch montierte drei breite Nut-und-Feder-Bretter über die Öffnungen unter der Koje, in denen sich vorher Schubladen befunden hatten, und befestigte sie mit dünnen Messingnägeln. »So. Jetzt habt Ihr Eure eigene abgetrennte Lady-Kemenate unter der Koje, mit einem eigenen Zugang zum Flur und einem anderen zu der Kabine. Und, meiner Seel, wer außer Euch könnte sie wohl benutzen?«

Finch stand auf. »Was das Licht angeht ... eine Wachskerze sollte genügen, und ich habe diese verschließbaren Bullaugen angefertigt, damit Ihr genug Luft bekommt.

Arlo, der Segelmacher macht Euch gerade eine Koje ... aus weichen Decken. Und auch eine für Euren Fuchs.

Und was Eure persönlichen Bedürfnisse angeht ...«, Finch errötete bis unter die Haarwurzeln, »damit Ihr Euch waschen und erleichtern könnt, arbeitet Rolly, der Blechschmied gerade an einer Vorrichtung, aber ich werde jetzt gehen und ihm helfen.«

Jinnarin lächelte zu dem bescheidenen Mann hinauf. »Ich danke Euch sehr, Mr. Finch. Rux und ich wissen sehr zu schätzen, was Ihr für uns getan habt. Und ...« Die Pysk trat rasch in die winzige Kammer unter der Koje und kam dann wieder heraus. »Diese Kemenate ist einfach perfekt für all meine Bedürfnisse.«

Finch trat verlegen von einem Fuß auf den anderen, tippte an seine Mütze, drehte sich um und stürmte aus der Kabine.

Bevor der Tag sich dem Ende neigte, hatten Zimmerer, Segelmacher, Böttcher und Blechschmied Jinnarin alles geliefert, was sie benötigte, um die Kabine zu möblieren. Und alles war auf ihre Körpergröße abgestimmt: das Bett für Rux und sie; ein winziger Kerzenleuchter aus Messing, eine Zunderbüchse und etliche Wachskerzen; ein kleiner Waschtisch mit einem winzigen Zinnbecken und einem ebenso kleinen Zinnkrug für Wasser; eine Miniaturseekiste für ihre Kleidung und einen winzigen Nachtstuhl mit einem winzigen Nachttopf mit Deckel, ebenfalls aus Zinn.

Die vier Männer standen in der Kabine, hatten ihre Mützen in den Händen und grinsten, während Jinnarin staunte.

»Meiner Treu, das ist besser als alles, was ich zu Hause habe.«

Finch entfernte eines der Bretter von den Wänden. »Jetzt baut Ihr es so auf, wie Ihr es haben wollt, Mistress Jinnarin, und ich befestige es dann, damit es bei schwerer See nicht herumrutscht, einverstanden?«

In den folgenden Nächten kamen Menschen und Zwerge des Nachts häufig in den Gang und lugten um die Ecke, in der Hoffnung, einen Kerzenschimmer durch das winzige Fenster von Lady Jinnarins Kemenate fallen zu sehen. Vor allem Finch und Carly und Arlo und Rolly hielten danach Ausschau, obwohl sie wussten, dass sie die Feen-Sicht besaß und die Kerzen vermutlich gar nicht benötigte. Trotzdem hofften sie, dass sie sie anzündete, einfach nur, um der Mannschaft eine Freude zu machen. Und genau das tat sie. Das gelbliche warme Licht der Kerzen schimmerte durch den Flur, und die vier Männer sahen sich an, grinsten und nickten. Manchmal jedoch waren die kleinen Bullaugen dunkel, dann seufzten sie. Aber dennoch staunten sie immer über ihre eigene Pysk.

Rux gewöhnte sich sehr rasch an seine neue Tür und den Ein- und Ausgang zu seiner Höhle, wo zufällig auch seine Herrin lebte. Trotzdem verbrachte er sehr viel Zeit unter Deck, um zu jagen. Allerdings war seine Ausbeute eher bescheiden, vielleicht eine oder zwei Ratten oder Mäuse am Tag. Denn im Vergleich zu anderen Schiffen, auf denen er gewesen war, gab es auf der Eroean nur sehr wenig Nager. So jagte Rux durch das ganze Schiff und wurde für die Mannschaft bald ein gewohnter Anblick. Vom Binnenkiel bis zum Mannschaftsquartier, vom untersten Deck bis zu den Spinden, vom Ruder am Heck bis zu seinem Gegenstück im geschützten Steuerhaus vor den Achterdeckquartieren, vom Bug bis zum Kielraum durchstreifte der Fuchs das Schiff. Dass sein Jagdrevier rollte und schwankte und sich je nach Wind nach Back- oder

Steuerbord neigte, schien Rux nichts auszumachen. Das Einzige, was ihn interessierte, waren Ratten, Mäuse und Entdeckungsreisen.

Und jetzt bewohnte Jinnarins Tochter Aylissa dasselbe Quartier, das heißt, sie und Vex. Sie bezogen die Kemenate unter der Koje, auf der jetzt Nikolai schlief. Und genau wie damals sollte die Mannschaft in den folgenden Monaten unter allen möglichen Vorwänden am Abend in den Gang gehen, um zu sehen, ob Kerzenlicht aus den winzigen verschließbaren Bullaugen schien, und herauszufinden, ob ihre *eigene* Pysk zu Hause war.

Neun Tage später standen Aravan, Aylis und Brekk im Bug am Vordersteven. Im Süden, kaum zu erkennen und eher einem dunklen Fleck am Horizont ähnlich, erhoben sich die Hügel der Insel von Kistan. Im Norden und noch lange nicht in Sicht, jenseits der Kurve der Welt, lag ein breites Flussdelta, das die Grenze zwischen Tugal und Vancha bildete. Und als der Rumpf der *Eroean* die gefährlichen Gewässer durchschnitt, die zwischen der Insel an Backbord und dem Festland an Steuerbord gefangen waren, drehte sich Aravan zu Brekk herum. »Auch wenn wir in die Nördliche Meerenge segeln, kann die Kriegerschar ausruhen, bis der Ausguck ein Schiff meldet.«

Während Brekk den Horizont absuchte, knurrte er und nickte, sagte jedoch nichts. Er wusste, dass die Rover diese Meerenge kontrollierten, durch die sie segelten.

Kistan war eine ziemlich runde Insel, aber sie war riesig, fast tausend Meilen lang und achthundert Meilen breit. Sie lag in dem Avagon-Meer wie ein nicht ganz herausgezogener Korken, und zwar ein Stück östlich von dem Kanal, wo das indigofarbene Avagon-Meer und der tiefblaue Westliche Ozean aufeinandertrafen. In den Meerengen nördlich sowie südlich dieses »Stöpsels« segelten die Rover ihre Dhaus mit den kastanienbraunen oder blutroten Segeln, Farben, die sie absichtlich gewählt hatten, um allein durch ihren Anblick Entsetzen bei den Männern auf den Kauffahrtschiffen hervorzurufen.

In der gesamten Geschichte war Kistan ein Dorn in der Seite des Hochkönigs. Denn die Piraten setzten der Schifffahrt heftig zu, störten Handel und Reisen. Es waren häufig Strafexpeditionen gegen diese Freibeuter durchgeführt worden, und die Flotte des Hochkönigs hatte ganze Legionen ausgespien, um die Briganten zu vernichten. Aber um den Klingen der Königstreuen zu entkommen, waren die Rover einfach nur in die zerklüfteten Hügel und dichten Dschungel ihres ungeheuren Inselreichs geflohen.

Die nördliche Meerenge, welche die *Eroean* durchsegelte, bildete einen langen Schlauch, einen siebenhundert nautische Meilen langen Engpass, dessen Breite zwischen siebzig bis knapp über fünfundachtzig Seemeilen schwankte.

Die südliche Meerenge auf der anderen Seite der Insel lag zwischen Kistan und dem tückischen Reich von Hyree. Der Kanal dort war zwar genauso lang, aber doppelt so breit. Die Schiffe von Hyree gingen dort zusammen mit den Rovern auf Beutezug, und gemeinsam machten sie diese Handelsroute unsicher.

Westlich der Insel vereinten sich die beiden Meerengen und strömten dann dreihundertfünfzig Seemeilen lang in den Westlichen Ozean und verengten sich erneut zu einer Breite von fünfundachtzig nautischen Meilen. Dort lauerten viele Piraten der Kistaner und Hyrinianer, weil jedes Schiff, ganz gleich ob es aus Norden oder Süden kam, durch diese Meerenge zwischen See und Ozean segeln musste.

Auch die *Eroean* kreuzte in diese gefährlichen Gewässer, wo etwa Tausend mit Rovern verseuchte Seemeilen vor ihr lagen. Doch der Westwind kam von vorn, und gegen den

Wind zu kreuzen bedeutete, dass sich die Strecke fast um die Hälfte verlängerte.

»Wie lange werden wir in diesen Gewässern kreuzen?«, erkundigte sich Brekk, ohne den Horizont aus den Augen zu lassen.

Aravan warf einen Blick auf das Wasser am Bug und sah dann hinauf zu dem Windwimpel. »Als wir zuletzt gemessen haben, betrug unsere Geschwindigkeit elf Knoten. Wenn der Wind weiterhin stetig aus Westen weht, dann höchstens sechs Tage.«

Brekk lachte barsch. »Hai! Jetzt verstehe ich, warum wir uns entspannen sollen. Wenn wir sechs Tage lang kampfbereit bleiben, könnte das die Moral ein wenig zermürben.« Er warf einen Blick auf die Châkka Krieger, die sich in Grüppchen um die Katapulte und Speerschleudern drängten und seufzte. »Zeit, alle wegtreten zu lassen.«

Vier Tage lang kreuzten sie durch den nördlichen Kanal, ohne auch nur ein einziges rotes Segel zu Gesicht zu bekommen. Aravan lehnte an der Heckreling und beobachtete, wie Aylis am Ruder stand. Der Fette Jimm deutete auf den Windwimpel und unterwies sie darin, das Ruder zu bedienen. Schließlich runzelte Aravan die Stirn. »Ich bin noch nie so lange durch diese Meerenge gesegelt, ohne irgendeinen Rover zu sehen. Wo können sie nur stecken?«

Der Lange Tom stand neben ihm und zuckte mit den Schultern, doch dann hellte sich seine Miene auf. »Drachen!«, platzte er heraus, als würde das alles erklären.

»Drachen?«, fragte Lissa. Die Pysk saß auf dem Kompass und trank ihren Tee aus einem Fingerhut.

Aravan sah seinen Ersten Maat an und nickte. »Ach ja. Jetzt erinnere ich mich wieder. Es hatte sich in Port Arbalin längst herumgesprochen, als Bair, Ihr und ich mit unserer Mannschaft vom Großen Strudel zurückkehrten, vielmehr dem, was von ihm übrig war.«

»Was hatte sich herumgesprochen?«, erkundigte sich Lissa neugierig.

»Vor zwei Frühlingen, an der Sonnengleiche im Jahr 5E1010 des Hochkönigs«, antwortete Aravan, »am Ende des Drachenstein Krieges, haben die Drachen nicht nur die Goldene Horde, die Lakh von Hyree und die Fäuste von Rakka vernichtet, sondern sämtliche Schiffe auf dem Argon in Flammen gesetzt, die der Kistaner, Hyrinianer und selbst die des Hochkönigs. Sie machten keine Unterschiede.«

»Die Rover waren auf dem Argon?«

»Aye. Angeblich hat die gesamte Flotte der Rover die Invasoren aus den Südlanden den Fluss hinaufgebracht, um der Armee des Hochkönigs entgegenzutreten, dort an den Gestaden des Argon. Sie waren noch auf dem Fluss, als die Drachen die Feinde vernichteten. Allerdings fand dieses Gemetzel an der Stelle statt, wo die Roten Hügel auf die Steppen von Valon trafen. Nach diesem schrecklichen Massaker flogen die Drachen nach Osten und vernichteten die Flotten mit ihrem Feuer.«

Aravan sah den Langen Tom an. »Mir scheint, Ihr habt ins Schwarze getroffen, Tom. Die Drachen sind der Grund, warum wir noch keine Rover gesichtet haben.«

Der Lange Tom grinste. »Puah, Käpt'n, könnte sein, hm, dass wir durch die Meerenge segeln tun, ohne einen von denen zu Gesicht zu bekommen, hm?«

Als die Sonne am folgenden Spätnachmittag dem Horizont entgegensank, ertönte ein Schrei vom Ausguck. »Segel ahoi!«

»Wo und welche Farbe?«, brüllte der Lange Tom zurück.

»Sir, ein Strich Steuerbord voraus. Viereckig und rot.«

Der Lange Tom wandte sich an Noddy. »Das is' ein Rover, Junge; schlag Alarm!«

»Aye-aye, Sir.« Noddy läutete das Signal für Alarm. Wenige Augenblicke später stürmte die gesamte Mannschaft an

Deck. Die Châkka bemannten die Katapulte und Schleudern, und die Matrosen traten an die Leinen und Winschen.

»Noch ein Segel, ahoi, Tom!«, rief der Ausguck. »Auch rot!«

Aravan trat mit Nikolai aus der Kabine und aufs Achterdeck. Der Fette Jimm folgte ihnen keuchend, obwohl Wooly am Ruder stand. Aylis und Aylissa hatten ihr Tokko-Spiel unterbrochen und waren unter Deck gegangen, damit sie niemandem im Weg standen. Vex saß trotz des geschäftigen Treibens um sie herum ruhig neben Lissa. Aber Aylis hielt ihren Bogen in den Händen und hatte einen Köcher mit Pfeilen an der Hüfte. Lissa war ebenfalls bewaffnet. Ihr winziger Bogen und die Pfeile waren tödliche Waffen, falls einer der Feinde in ihre wenn auch begrenzte Reichweite kommen sollte.

»Drei, nein vier rote Segel!«, schrie der Ausguck. »Zweimastige Dhaus. Und ein weißes Segel vorweg, dreimastig, eine Barke, glaube ich. Sie verfolgen sie, Tom.«

»Mit Eurer Erlaubnis, Käpt'n«, meinte der Lange Tom. »Ich tu die Mannschaft bewaffnen. Diese dummen Rover könnten vielleicht auf die Idee kommen tun, die *Eroean* zu entern.«

Aravan lächelte und nickte. »Es ist wahrscheinlicher, dass wir sie entern, Tom. Aber wir brauchen auf jeden Fall Krummschwerter.«

»Ich veranlasse es, Kapitän«, sagte Nikolai und polterte die Leiter hinunter.

Auf Deck befahl er einem halben Dutzend Matrosen, ihm zu folgen, verschwand mit ihnen unter Deck und tauchte Augenblicke später mit Krummschwertern in den Armen wieder auf. Diese schweren und relativ kurzen Waffen waren ideal für den Nahkampf unter beengten Bedingungen.

Als Nikolai und seine Leute die Waffen unter den Matrosen verteilten, bezogen die Zwerge, bereits bewaffnet, an den Katapulten Stellung. Zwei der gewaltigen Speerschleudern standen am Bug, zwei am Heck und drei an jeder Seite. Aber sie spannten sie und luden sie auch nicht.

Die *Eroean* pflügte weiter durch die Wogen ...

... und die Sonne sank immer tiefer zum Horizont.

Wie die stillen Schatten der Masten und Segel des Elfenschiffs, die die Sonne im Westen auf das Meer warf, näherte sich die *Eroean* den Rovern. Und immer noch warteten die Zwerge.

Alle an Bord des Elfenschiffs schienen die Luft anzuhalten. Die einzigen Geräusche rührten von den Wellen der indigofarbenen See, die der Bug teilte, und dem leisen Zischen des Kielwassers her sowie von den Elfentauen, die an Pinns, Rahen und Rollen zogen.

Während sich die azurblauen Segel langsam den blutroten näherten, sagte Aravan zum Bootsmann: »James, wenn ich das Kommando gebe, dann pfeif ›Segel nach Backbord‹. Wir nehmen Kurs auf die beiden hinteren Piraten. Wir kreuzen ihr Heck und entern ihre Decks.«

Die Rover, die nur Augen für ihre Beute zu haben schienen, hatten keine Ahnung, dass sie als Jäger plötzlich selbst zu Gejagten wurden.

Aravans Vorhaben wurde flüsternd über das Deck weitergegeben. Die Zwerge an Steuerbord murrten leise, weil sie an dem Kampf nicht teilnehmen durften, während die an Backbord ihre Waffen spannten und Feuerkugeln luden.

Die *Eroean* glitt unbemerkt hinter den Feind.

»Jetzt!«, zischte Aravan, und James pfiff den Befehl.

Während die Matrosen das Schiff auf Kurs brachten, sahen sich die Rover auf den beiden Schiffen plötzlich um, begannen zu gestikulieren und hasteten über die Decks. Ihre Schreie hallten über das Wasser, als sich die Kistaner voller Entsetzen der Gefahr bewusst wurden, in der sie schwebten.

Sie rissen ihre langen viereckigen Segel herum, aber es war viel zu spät. Feuerkugeln segelten vom Elfenschiff auf die Dhaus zu und landeten auf dem Deck des ersten Piratenschiffs, wo sie explodierten und ihr Feuer auf die Takelage und die Masten verspritzten. Taue und Segel gingen in Sekundenschnelle in Flammen auf. Erneut wurden auf der *Eroean* die Katapulte gespannt, und als das Elfenschiff das Heck des zweiten Piratenschiffs kreuzte, flogen fünf weitere Feuerbälle hinüber. Dann war die *Eroean* an beiden vorbei, und Aravan gab den Befehl, die beiden anderen Dhaus anzugreifen.

Als der Bug sich in den Wind wendete, flog eine Feuerkugel von einem der Rover auf das Elfenschiff zu. Aber der Schuss war zu kurz, und die Feuerkugel landete platschend und zischend in der See.

Die *Eroean* ließ die beiden brennenden Schiffe hinter sich, deren Mannschaften versuchten, die Flammen an Masten, Segeln und Deck zu löschen, und machte sich auf die Verfolgung der beiden anderen Dhaus, deren Beute unmittelbar vor ihnen segelte.

Die Sonne küsste den Horizont und versank allmählich im Meer.

Das Elfenschiff verkürzte rasch die Entfernung zu den Kistanern, aber die Kapitäne hatten aufgrund der Flammen und der Schreie ihrer Kameraden die *Eroean* bereits gesehen. Sie schrien Befehle, die Mannschaft zerrte an den Leinen der Segel, und sie nahmen Kurs nach Süden, um zum Hafen von Kistan zu fliehen. Nur wenige Kapitäne des Inselstaates wagten es, sich Aravans Schiff zu stellen.

»Soll ich die Segelkommandos pfeifen, Käpt'n?«, erkundigte sich James.

»Nein, Bootsmann«, erwiderte Aravan. »Wir lassen die beiden entkommen.«

Der Lange Tom seufzte, sagte aber nichts, während Nikolai schnaubte und auf das Deck hinabstieg, um die nun nicht mehr benötigten Krummschwerter einzusammeln. Brekk stürmte an ihm vorbei hinauf auf das Achterdeck. »Kapitän, du bist mein Kommandeur, aber lassen wir sie einfach entkommen? Das gefällt mir ganz und gar nicht!«

Aravan betrachtete den Anführer seiner Zwergenkriegerschar. »Waffenmeister, würdet Ihr einer Schlange folgen, die ins Dunkle flieht?«

Brekk schüttelte den Kopf. »*Nay*, würde ich nicht. Aber wäre es ein *Ükh*, würde ich ihn verfolgen und zerschmettern.«

»Das ist kein Rûpt, Brekk.«

»*Nay*, ist es nicht, Kapitän, aber der Unterschied ist nur sehr gering, so wie sich ein Splitter eines schlechten Steins kaum von einem anderen unterscheidet.«

»Dann wisst Ihr auch, Brekk, dass es vielerlei Arten und Formen von Steinen gibt. Einige können geformt werden, andere zerbrechen unter der Berührung.«

»Du, ein Elf, willst einen Châk über Steine belehren?«

»*Nay*, Brekk, denn ich weiß, dass Ihr Meister darin seid.«

»Worauf willst du dann hinaus, Kapitän?«

»Ganz einfach, Waffenmeister. Die *Rûtcha* wurden im Geist Gyphons gezeugt und sind folglich unfähig, sich zu ändern. Menschen dagegen sind formbar und können ihr Verhalten ändern, zum Guten wie zum Schlechten, das räume ich gern ein. Aber dennoch, vielleicht haben die Rover, die jetzt wie fliehende Schlangen wirken, doch so viel Angst bekommen, dass sie ihr bösartiges Verhalten aufgeben. Denn anders als Vipern und *Spaunen* können Menschen sich wahrlich ändern. Aber ich verspreche Euch das, Brekk: Ich habe sie mir gut gemerkt. Sollte eines dieser Schiffe diese Meerengen kreuzen, wenn wir zurückkehren, dann werden wir sie jagen, am Tag oder in der Nacht, und ihre Besatzung bis auf den letzten Mann zur Strecke bringen.«

Der Waffenmeister knurrte und starrte finster auf die blutroten Segel der fliehenden Dhaus. »Vielleicht waren es tödliche Vipern, die ich auf der Stelle zerschmettern würde, damit sie kein unschuldiges Opfer mehr beißen können. Ich glaube, diese widerlichen Rover verdienen dasselbe Schicksal, denn anders als die Schlangen, von denen du sprichst, suchen sich diese Briganten die Unschuldigen aus, um ihnen zu schaden.«

Aravan nickte. »Viel von dem, was Ihr sagt, trifft zu, Brekk. Vielleicht habe ich einen Fehler gemacht. Aber vor uns ist ein Schiff, das unsere Hilfe braucht, um den Ozean zu erreichen.«

Brekk knurrte und nickte dann einmal, weil er endlich Aravans wahre Absicht begriff. Die *Eroean* fuhr weiter nach Westen, während die roten Segel der Rover nach Süden flüchteten.

Das Elfenschiff überholte die dreimastige Barke, als das Zwielicht sich herabsenkte. Als die *Eroean* die Segel reffte und längsseits ging, rief Aravan den Kapitän auf dem anderen Schiff an. »Wir segeln voraus und klären den Kurs.«

»Ist das Kapitän Aravan auf der *Eroean?*«, erwiderte der Handelskapitän.

Noddy schnaubte. »Wer zum Teufel sollen wir denn sonst sein, hm?«, knurrte er.

»Aye, ich bin Aravan.«

»Danke, Kapitän Aravan. Ich bin Allson, Kapitän des *Grauen Sturmvogels* aus Gelen. Wir bedanken uns für Euer Angebot, aber wir waren nach Osten unterwegs, nach Arbalin, als wir die Briganten gesichtet haben.«

»Dann segelt weiter, Kapitän Allson. Der nördliche Kanal war frei, als wir hindurchgesegelt sind. Und ich glaube kaum, dass Ihr von diesen Rovern noch einmal belästigt werdet. Wir segeln nach Westen und kommen hier nicht so bald wieder vorbei.«

»Sehr gut, Kapitän Aravan!«, rief Allson. »Der Kanal in westlicher Richtung war ebenfalls frei, als wir hindurchkamen. Und, Kapitän, solltet Ihr jemals nach Lindor kommen, dann lade ich Euch und Eure Mannschaft auf ein gutes Essen und einen kräftigen Trunk ein.«

»Wir nehmen Euch beim Wort, Kapitän«, erwiderte Aravan. Dann gab er James ein Zeichen, und der Bootsmann stieß in seine Pfeife. Die Mannschaft richtete die Segel aus, und die *Eroean* schwenkte von dem *Grauen Sturmvogel* ab, als das Schiff erneut Kurs nach Osten nahm.

Als die Nacht über die Welt sank, und die Sterne einer nach dem anderen am dunklen Firmament aufblitzten, segelte das Elfenschiff nach Westen, während die Dreimastbarke hinter ihnen an zwei brennenden Schiffen vorbeisegelte, die nie wieder die Meere unsicher machen würden.

21. Kapitel

REISEN

Elfenschiff

(Später August, 6E1 bis Mitte Frühjahr 6E7)

Während sie durch die Kistanische Meerenge segelten und schließlich den Westlichen Ozean erreichten, trafen sie auf keinen Feind mehr. Aravan stand neben Aylis an der Steuerbordreling. »Hier habe ich dich das erste Mal gesehen, *chier*, als du über die Reling klettertest. Ich habe mich im selben Augenblick in dich verliebt.«

Aylis lächelte, als sie sich an diesen schicksalhaften Tag in ihrem ersten Jahr auf dem Magierkolleg von Kairn, der Stadt der Glocken, erinnerte. Damals hatte sie einen Bann an einem silbernen Spiegel gewirkt und gesehen, wer ihre wahre Liebe sein würde. Aber diese Tage waren lange verflossen, und die Stadt Kairn gab es nicht mehr. Sie war im Meer versunken, als die Insel Rwn von den Wellen verschlungen wurde.

Jetzt sah sie in Aravans saphirblaue Augen. »Und ich habe dich schon geliebt, lange bevor wir uns begegnet sind.«

»Käpt'n.« Die Stimme des Langen Tom störte ihre Erinnerungen.

»Aye?«

»Welchen Kurs tun wir nehmen?«

»West-Südwest, Tom. Wir segeln so lange wie möglich mit den Winden und der Küstenströmung und hoffen, dass sie uns über die Äquatorial-Kalmen bringen.«

»Aye, Käpt'n, also West-Südwest, hm?«

»Nehmen wir dieselbe Route«, fragte Aylis, als der Lange Tom wieder verschwand, »wie damals, als wir zur Kristall-Höhle gesegelt sind?«

»Fast dieselbe«, gab Aravan zurück. »Wenn wir die Kalmen überquert haben, haben wir eine lange Tour zu den Ziegen-Kalmen vor uns, wo wir, so Rualla will, hoffentlich nicht in eine Flaute geraten. Dann nehmen wir Kurs nach Südosten und segeln zum Kap der Stürme, durch die Tosenden Vierziger und die Polar-Westwinde. Sobald wir das Kap hinter uns gelassen haben, segeln wir nach Nordosten, mit direktem Kurs auf die Zehntausend Inseln von Mordain.«

»So Rualla will, natürlich«, sagte Aylis.

Aravan lachte. »Allerdings. Denn so launisch die Herrin der Winde auch sein mag, sie hat letztlich den Befehl über die *Eroean* und sogar über mich.«

Als sie die Äquatorialgewässer erreichten, wehte ein leichter, böiger Wind. Die Mannschaft hatte alle Hände voll zu tun, das Beste aus diesem unberechenbaren Wind zu machen.

»Sagte ich nicht, dass Rualla launisch ist?«, meinte Aravan.

»Kapriziös würde ich sie nennen«, antwortete Aylis. »Verspielt.«

»Eure Herzensdame, Käpt'n, tut ganz recht daran, hm, sie so zu schimpfen«, meinte der Lange Tom und sah sich um, als erwartete er, dass Rualla sich jeden Moment auf dem Deck des Elfenschiffs manifestieren würde. »Ich meine, he, Ladys tun es nicht sonderlich mögen, wenn man sie launisch schimpft, hab ich recht, hm? Ich meine, he, kapriziös ist ein viel netteres Wort, jawohl, ein sehr viel netteres Wort. Ich glaube, dass Rualla das Wort viel mehr leiden tut, das glaub ich, denk ich, wirklich, ja.«

Aravan lachte und nickte. »Allerdings, Langer Tom. Kapriziös und verspielt.«

Sie segelten weiter in diesem kapriziösen und verspielten Wind, der ebenso launisch wie schwierig zu segeln war.

Aber nachdem sie die Äquatorial-Kalmen hinter sich gelassen hatten, segelten sie rasch zu den Ziegen-Kalmen weiter, wo sie in eine totale Flaute gerieten. Drei volle Tage lang ruderten Zwerge und Männer das Elfenschiff nach Süden. Die glühende Sonne brannte auf sie herunter, und der Schweiß rann ihnen über den ganzen Körper. Aber am frühen Morgen des vierten Tages blähte ein Hauch die seidenen Elfensegel, und noch vor dem Mittag segelte die *Eroean* in einem frischen Wind.

Die Winde wurden immer kräftiger, je weiter sie nach Süden kamen, und obwohl es dort im Süden auf die warme Jahreszeit zuging, wurden die kurzen Nächte immer kälter. Die Kühle hielt sich auch an den länger werdenden Tagen. Die Geschwindigkeit des Schiffes nahm zu; es machte manchmal sechzehn bis siebzehn Knoten und legte mehr als dreihundertfünfzig Meilen an einem Tag zurück. Dann schlug das Wetter um; es regnete, und Hagel prasselte auf das Schiff herab, während gewaltige Wellen über die südlichen Breiten des Westlichen Ozeans rauschten. Die *Eroean* durchschnitt die Wogen, und das eiskalte Wasser wusch über ihre Decks hinweg.

In dem schwankenden Licht der Laternen blickte Aravan über den Tisch hinweg auf den Langen Tom und auf Nikolai, seinen zweiten Stellvertreter. Vor ihnen lagen Aravans kostbare Seekarten, die Winde und Strömungen auf allen Ozeanen der Welt anzeigten. Noddy stand dahinter im Schatten. Jemand klopfte an die Tür des Achterquartiers, und Noddy lief rasch durch den kurzen Gang, um sie zu öffnen. Mit einem Schwall von Gischt kamen der Fette Jimm und Brekk herein, dicht gefolgt von James, dem Bootsmann der *Eroean*. Sie alle trugen Ölzeug, Stiefel und Kapuzen.

Noddy nahm ihnen das tropfnasse Ölzeug ab und hängte es an einen Wandhaken in einer Ecke. Dann versammelten sich alle, einschließlich des Schiffsjungen, um den Kartentisch.

Aravan tippte auf die Karte. »In ein bis drei Tagen werden wir die Wasser des Kaps erreichen, und ich möchte, dass Ihr der Mannschaft noch einmal klarmacht, was uns dort erwartet.«

»Stürme«, hauchte Noddy. »Wilde, brutale, grausame Stürme.«

Aravan lächelte den Jungen an. »Aye, Noddy, allerdings. Stürme. Herbststürme, die jedoch nicht so brutal sind, wie die Stürme in der kalten Jahreszeit hier im Süden.«

Brekk knurrte. »Diese albernen südländischen Jahreszeiten. Einfach anders herum! Hier im Süden ist Sommer, wenn im Norden der Winter herrscht und umgekehrt.«

Der Lange Tom lachte. »Hoy, Brekk, umgekehrt oder nicht, das Polarreich ist immer kalt, obwohl die Sonne am Himmel steht, un' es aussieht, als täte es ein netter, friedlicher Tag sein.«

Nikolai nickte. »Dieses Kap ist ein übler, verfluchter Ort. Ist hart für jede Mannschaft, ganz gleich in welcher Jahreszeit. Schnee, Eis, Graupel, all das macht Segel und Taue schwer. Im Herbst gibt es immer Schnee, Graupel oder Hagel oder irgendwas, und dasselbe gilt für den Frühling. Selbst zur wärmsten Zeit des Jahres ist das nicht viel anders. Ha! Meistens hämmert Eisregen auf das Schiff herunter. Aber im Herbst, so wie jetzt, scheinen die Stürme immer Hagel und Graupelschauer mitzubringen, und es gibt riesige Wellen, Graubärte, *Diabolos!*, manchmal dreißig Meter vom Kamm zum Wellental.«

»Trotzdem, Nikolai«, meinte der Fette Jimm, »ist es nicht so schlimm wie in der Winterzeit. Dann ist alles doppelt so schlimm.«

Aylis stand etwas abseits und nickte jetzt bei seinen Worten, denn sie war vor Jahrtausenden hier gesegelt, als sie Jinarins Partner Farrix gesucht hatten.

Aravan blickte auf die Karte. »Dieses Polarreich lässt der grimmige Vater Winter nur selten aus seinen Klauen, ganz gleich zu welcher Jahreszeit.«

Noddy starrte ebenfalls auf die Karte. »Und die Winde, Käpt'n? Was ist mit den Winden? Wehen sie genauso wie vorher, oder wie damals, als Ihr und Bair und wir anderen zum Großen Strudel gesegelt sind?«

»Aye, sie wehen sehr ähnlich. Es sind Westwinde, und sie haben die Stärke von Stürmen, oder jedenfalls fast. Diese Winde legen sich nur selten, und die *Eroean* wird von ihnen davongetragen werden.« Aravan betrachtete die Gesichter um sich herum. »Deshalb möchte ich, dass Ihr alle die Mannschaft daran erinnert, was uns bevorsteht: donnernde Orkane, Eis, Hagel, lange Tage, kurze Nächte, in denen wir uns durch dieses Wetter kämpfen. Jeder von uns muss äußerste Umsicht walten lassen, auf dass er nicht über Bord gespült werde. Denn sehr wahrscheinlich ist jeder, der ins Meer fällt, verloren. Erinnert alle daran, dass sie sich immer an die Taue haken, die an Deck gespannt sind. Was Lissa und Vex angeht – sie müssen unter Deck bleiben, sonst werden sie und die Füchsin einfach ins Meer geweht.«

»Ich werde Lissa warnen«, sagte Aylis, »und dafür sorgen, dass sie bei mir unten bleibt.«

»Die Segel, Käpt'n«, meinte James, während Aravan Aylis zunickte. Die dunklen Augen des Bootsmannes glänzten im Licht der Laternen. »Soll ich etwas Besonderes veranlassen?«

»Die Bramsegel sind schon unten«, antwortete Aravan. »Wir werden auch die Sternsegel und die Mondsegel reffen, sobald wir das Kap umrundet haben ... ebenso die Oberbramsegel. Ich denke, dass wir nur Stays, Klüver und Hauptsegel setzen, obwohl wir sie vermutlich etwas reffen müssen. Ich bin vor langer Zeit mit allen Segeln gefahren, nicht hier, sondern im Silbernen Isthmus, und habe zwei Masten bei einer einzigen Bö verloren. Das riskiere ich nicht noch einmal.«

»Was ist mit dem Besansegel, Käpt'n?«, erkundigte sich Noddy.

Aravan lächelte den Schiffsjungen an, der bereits ahnen ließ, dass er einmal ein guter Bootsmann werden könnte. »Aye, Noddy«, antwortete der Elf und fuhr dem Jungen durch das widerborstige Haar. »Das Besansegel reffen wir auch.«

»Kapitän«, meinte Nikolai, »ich glaube, Ihr solltet zu der Mannschaft sprechen, was die Tour um das Kap angeht. Sie wollen sicher ein Wort aus Eurem Mund hören.«

Ein zustimmendes Murmeln lief um den Tisch.

»Aye, Nikolai, das hatte ich vor. Versammelt die Männer. Und Ihr, Brekk, ruft die *Drimma* zusammen. Sagen wir, zum Wachwechsel morgen früh?«

Graupel prasselten auf das Schiff, während Aravan auf einer Seekiste im Vordeck stand und zu der Mannschaft der *Eroean* sprach. Das Wetter war zu widrig, um oben auf Deck eine Versammlung abzuhalten. Während das Schiff durch die rollende See pflügte und das Wasser über alle Decks peitschte, sammelten sich Männer und Zwerge um ihren Elfenkapitän, alle, bis auf drei, die in dem geschützten Ruderhaus geblieben waren – der Fette Jimm, Wooly und Tarley.

Aravan sprach über das Kap und erinnerte sie alle an das Wetter um diese Jahreszeit. Denn obwohl die meisten diese Passage schon einmal bewältigt hatten, waren anderthalb Jahre vergangen, und es war eine andere Jahreszeit. Diesmal würden sie, wie damals, das Kap von Westen nach Osten umschiffen, mit dem Wind, mit dem Sturm. Aravan sprach von dem Eis, das sich auf den Tauen absetzen würde, von dem Schnee, der sie blenden und der die Segel schwer machen würde, falls er kam. »Trotzdem«, so schloss er, »haben wir diesen Törn schon einmal gemacht. Die *Eroean* ist ein solides Schiff, und Ihr seid eine feine Mannschaft. Ich habe keine Angst, dass wir die Sindhu-See nicht in einer Woche erreichen können. Dennoch möchte ich Euch ermahnen, äußerste Vorsicht walten zu lassen, denn wenn jemand in dieser See verloren geht, können wir bei dem Wind nicht rechtzeitig wenden, um ihn aus dem eiskalten Wasser zu retten. Außerdem würde ein solches Manöver das ganze Schiff gefährden. Also schnallt Euch gut fest, wenn Ihr auf Deck geht, denn ich möchte Euch alle wiedersehen, wenn wir das Kap umrundet haben.

Gibt es noch Fragen?«

»Was ist mit dem Geisterschiff, der *Grauen Lady?*«, fragte Billy, der Gehilfe des Kochs. »Ich meine, Kapitän, man hört, dass sie bei einem solchen Wetter gern segelt.«

Die Männer sahen sich unbehaglich an, denn sie kannten die Legende dieses Schiffes mit seinen zerfetzten Segeln sehr gut. Es war dazu verflucht, auf ewig in diesen Gewässern zu kreuzen und nach dem Sohn des Besitzers zu suchen, der in einem wilden Sturm über Bord gespült worden war.

Aravan sah Billy an. »Ich halte die Legende für falsch. Aber sollte sie stimmen und die *Graue Lady* auftauchen, dann seht einfach in die andere Richtung.«

Jetzt murmelten die Männer zustimmend, denn alle wussten auch, dass ein Geisterschiff einem nicht die Seele rauben konnte, wenn man es nicht lange ansah. Andererseits würde es für jeden, der über Bord gespült wurde, anhalten, den Unglücklichen an Bord nehmen und ihn zwingen, auf immer in dieser eiskalten See zu segeln, vor allem bei wilden Stürmen.

»Noch mehr Fragen?«, erkundigte sich Aravan.

Niemand hatte eine Frage, da sie alle diesen Törn schon einmal gemacht hatten. Also rief Kapitän Aravan nach einer Runde Rum, ein Befehl, der mit lautem Jubel begrüßt wurde.

Schließlich erreichten sie das Südliche Polarmeer und umsegelten das Kap. Eisregen und Graupel hämmerten auf das

Schiff, auf die Masten, auf Segel und Takelage, und machten das Deck gefährlich glatt. Die Männer verbrachten so wenig Zeit wie möglich an Deck, und der Fette Jimm, Wooly und Tarley steuerten die *Eroean* von dem kleinen geschützten Ruderhaus aus, nicht vom Achterdeck.

Die Westwinde peitschten das Schiff voran, obwohl ihre Segel halb oder sogar dreiviertel gerefft waren, und das galt auch nur für die Stays, die Klüver, die Topsegel und die Hauptsegel. Der Rest war eingerollt und verstaut oder vollkommen gerefft.

Und die Wogen, über die sie ritten oder die über sie hinwegfegten, waren zwanzig, fünfundzwanzig, ja dreißig Meter hoch, vom Wellental bis zum Kamm, oder entsprechend tief, je nachdem, wo die *Eroean* gerade fuhr, während sie Kurs Südost und dann Ost hielt.

Schließlich umrundeten sie das Kap, und Aravan nahm mit seinem Elfenschiff Kurs auf Ost-Nordost. Trotzdem hämmerten Eisregen und Graupel auf das Schiff herunter, aber je weiter nach Norden sie segelten, desto weniger schlimm war das Wetter.

Die *Eroean* segelte von den Polar-Westwinden in die Brüllenden Vierziger, bis schließlich ein Tag kam, an dem sie in die Sonne segelte. Die Mannschaft feierte an Deck und genoss die Wärme und den klaren blauen Himmel.

Zwei Wochen später segelten sie zwischen bergigen grünen Inseln hindurch, denn sie hatten die von Teeplantagen überzogenen Hänge der Zehntausend Inseln von Mordain erreicht.

Sie verbrachten fast einen ganzen Monat damit, den Tee einzukaufen, und die Mannschaft genoss den Landgang, musste sich aber reichlich plagen, als die kostbare und gut versiegelte Ladung an Bord gebracht wurde.

Dann traten sie ihre lange Heimreise an und umrundeten das Kap diesmal gegen den Wind.

Sie brachten eine Schiffsladung weißen Tees von den Hängen eines schlafenden Feuerberges auf einer der Inseln von Mordain mit, und sie sahen keine Rover, als sie erneut durch die Nördliche Meerenge von Kistan segelten.

Ihre nächste Reise führte sie nach Ryodo, wo sie edle Valonische Pferde an den Hof des Kaisers dieser Insel lieferten.

In den folgenden fünf Jahren segelten sie nach Westen, durch die gefährlichen Gewässer des Silbernen Isthmus im südlichen Polarmeer, zur Großen Insel im Spiegelmeer. Dort nahmen sie nur eine einzige Kiste als Ladung an Bord. Sie war mit Feueropalen gefüllt, einem unermesslich kostbaren Schatz.

Sie segelten nach Norden, durch das Spiegelmeer zu einer kleinen Insel, wo Lady Katlaw in ihrem Turm lebte, und tauschten einen der Opale gegen ein besonderes Kartenspiel für Aylis, dessen Gebrauch für ihre *Sicht* hilfreich war.

In Bharaq handelten sie Karten bei Dharwah ein, einem Kartenhändler im Hafen von Adras, wo sie eine Ladung Teakholz an Bord nahmen, um sie an die Drechsler und Möbelmacher in Lindor zu verkaufen. Dort suchten sie Kapitän Allson auf, um sein Versprechen auf ein feines Essen und Getränke einzulösen. Doch der *Graue Sturmvogel* war auf See verschollen, und niemand wusste etwas über das Schicksal der Mannschaft.

Sie machten einige Ausflüge ins Inland, zu verschiedenen einsamen Stränden, wo den Gerüchten zufolge angeblich vergessene Schätze lagen. Hier kundschafteten Aylissa und Vex, während Brekk und seine Kriegerschar sowie Aravan und Aylis ihr folgten. Doch alles, was sie fanden, waren uralte Ruinen, meist Trümmer, in denen sich nichts fand, was ihre Mühen gelohnt hätte. Doch diese Expeditionen an entlegene Gestade waren der eigentliche Grund, aus dem die *Eroean* die Meere befuhr.

Wie Aravan eines Abends im Salon zu Aylis und Lissa sagte: »Es spielt keine Rolle, ob die Legenden stimmen, denn das Suchen ist der Gewinn bei diesem Spiel. Hätten wir nur Wohlstand gewollt, dann wären wir auf immer Händler der Meere, denn mit nur wenigen Reisen der *Eroean* könnte jeder von uns ein ungeheures Vermögen anhäufen.

Nein, Luxus und Reichtum interessiert niemanden hier an Bord, mich nicht, euch nicht, und auch nicht diese handverlesene Mannschaft. Wir segeln nur, um unsere Suche zu finanzieren und etwas für später zurückzulegen, wenn so mancher aus der Mannschaft von Bord gehen und ein ruhigeres Leben führen wird. Aber das kommt später, nicht jetzt, und schon gar nicht in naher Zukunft, denn die Legenden und Fabeln locken die Leute, singen mit süßer Stimme in unseren Herzen und unseren Köpfen und treiben uns an. So segeln wir über die Meere, die Frachträume bis zu den Luken beladen, bis wir irgendwohin gehen können, wohin wir gerufen werden und vielleicht finden, was uns dorthin gezogen hat. Wenn nicht, dann sei dem so, denn hinter dem Horizont liegen unzählige Abenteuer, deren Sirenengesänge uns locken.«

Lissa sah von ihrem Fingerhut Branntwein auf und hob ihn zum Toast. »Darauf trinke ich, Kapitän. Führt uns dorthin, führt uns an.« Sie stand auf und plumpste auf ihren Hintern. Dann sah sie in ihren Fingerhut und murmelte: »Vielleicht hatte ich schon genug Branntwein.«

22. Kapitel

GEFAHR IM VERZUG

Finstere Absichten

(Mitte Frühjahr, 6E7)

Nunde schloss sich erneut in sein Quartier ein und trank noch einmal das bittere Gesöff. Nach wenigen Augenblicken sank er wie tot auf sein Lager. Doch sein aethyrisches Selbst wurde freigesetzt, verließ seinen Körper, und zum fünften Mal in ebenso vielen Jahren schoss er nach Osten. Er flog über Land, und in seiner astralen Sicht waren alle Schattierungen und Farben in ihr Gegenteil verkehrt: Dunkel war hell, Rot schimmerte grün, Saphire leuchteten ocker, Amethyste bernsteingelb, Ebenholz wirkte wie Alabaster und umgekehrt. Der nächtliche Himmel schimmerte hell und war von dunklen Sternen gesprenkelt, der Mond war schwarz wie der auf Neddra. Nunde flog schneller als ein Adler, selbst als eine Sternschnuppe. Als er sein Ziel erreichte, graute dort schon der Morgen. Der Himmel verdunkelte sich, und der schwarze Streif der aufgehenden Sonne verdunkelte den Rand der Welt. Rasch flog er dorthin, wo ein Mann schlief, und dann sah Nundes aethyrisches Selbst, dass dort auf der Werkbank die Arbeit endlich vollendet war.

Er flog rasch aus dem Gemach in eine angrenzende Kammer, wo ein anderer Mann neben einer Frau schlief. Sie zuckte hoch, als Nunde eintrat, und er achtete sorgfältig darauf, dass seine spektrale Essenz sie nicht berührte. Doch nach einem Augenblick schlief sie weiter. Vorsichtig verschmolz Nunde mit dem Mann, verließ jedoch nach ein paar Herzschlägen den fremden Körper.

Dann flog er weiter, nach Westen, denn er spürte, wie seine aethyrische Kraft nachließ. Er verließ das Land, flog über Xian und Aralan und über Alban hinweg, nach Caer Pendwyr. Dort kam er an, verschmolz kurz mit einem weiteren Mann, einem, der weit weg vom Palast lebte. Denn der Schwarze Hexer wusste, dass der Palast gegen solche Kreaturen wie ihn geschützt war. Der Nekromant löste sich erneut aus dem Körper und floh in sein widerliches Refugium, bevor seine aethyrische Energie gänzlich versiegte.

Er ruhte zwei ganze Tage und ging dann in sein Laboratorium, wo er mehrere *Drik* abschlachtete und ihre Essenz in sich aufsog.

Dann entrollte er eine Karte und rief Malik zu sich. Als sein Schüler eintraf, verkündete Nunde: »Meine Rache wird bald Früchte tragen.«

»Tatsächlich, Meister«, erwiderte Malik, der sich vor dem fürchtete, was jetzt kam.

»Es wird Zeit. Nimm die *Drik*, *Chûn* und *Ghok*, die ich dir zugewiesen habe, und marschiere nach Osten, hierhin.« Nunde tippte auf die Landkarte. »Dort werden du oder meine Auserwählten Aravan und alle, die bei ihm sind, niederstrecken. Es interessiert mich nicht, ob er verstümmelt wird, solange du mir seinen Leichnam bringst.«

Dann lachte Nunde gellend, und Malik lachte mit ihm, obwohl dem Zauberlehrling die Furcht im Magen brannte, Furcht vor dem, was an dem Ort auf ihn wartete, an den zu gehen ihm befohlen worden war.

23. Kapitel

RISKANTES UNTERNEHMEN

Einbrecher

(Mitte Frühjahr, 6E9)

Hunde. Rûck liebende, Ratten fressende Hunde. Binkton glitt von der mit Stacheln gespickten Spitze der mondbeschienenen Mauer herunter in die schattige Gasse und landete neben seinem Cousin. »Du hast mir nicht erzählt, dass sie Hunde haben«, zischte er.

»Wie?« Pipper blickte von dem Seil hoch, das er sorgfältig zusammengerollt hatte, und an dessen Ende er gerade einen Greifhaken befestigte, dessen Spitzen gepolstert waren.

»Leise, Pip«, flüsterte Binkton, »sonst hören sie uns.«

»Wer hört uns?«, erwiderte Pip im Flüsterton.

»Die Hunde. Du hast mir nicht gesagt, dass sie hier Hunde haben.«

»Hunde?«, hauchte Pipper.

Binkton stöhnte gereizt. »Hörst du mir überhaupt zu, Pip? Im Garten sind Wachhunde, zwei riesige Monster mit Kiefern, die alles zermalmen und Zähnen, die alles zerfetzen. Wenn wir den beiden in die Pfoten fallen, zerfetzen sie uns, als wären wir zwei Stücke Schinken.«

Pipper runzelte die Stirn und schüttelte den Kopf. »Hunde?«

»Ja, Pip!«, zischte Binkton durch die Zähne. »Hunde. Du hast keine Hunde erwähnt, als wir das hier geplant haben.«

Pipper ließ den Haken fallen und kletterte ohne Hilfsmittel die fast vier Meter hohe Mauer hinauf, wobei er Finger und Zehen in winzige Lücken zwischen den Steinen schob. »Bist du wirklich sicher? Es waren keine Hunde zu sehen, als ich ...«

»Arggh!« Binkton glitt mit dem Rücken an der Mauer herab.

Einige Augenblicke später ließ sich Pipper neben seinem Cousin auf den Boden fallen. »Du hast recht, Bink«, murmelte er. »Es sind tatsächlich zwei große Hunde im Garten. Und am Rand steht ein neuer Zwinger.«

Binkton stieß zischend die Luft aus, gab aber keinen weiteren Kommentar von sich.

»Sie waren nicht da, als ich das Haus ausspioniert habe«, flüsterte Pipper. »Nirgendwo lag Hundekot herum, und der Zwinger war auch noch nicht da. Gar nichts. Schließlich würde ich Hunde ja nicht übersehen.«

»Ach nein? Aber du hast sie übersehen, obwohl du das Haus fünf Tage lang beobachtet hast.«

Binkton atmete mehrmals tief durch. »Also gut, Pip, ich glaube dir. Vielleicht sind sie noch nicht lange hier, aber ich bin einfach frustriert. Rackburn besucht das Flussende-Theater, und wir haben nicht allzu viel Zeit. Selbst wenn wir den Zähnen der Hunde entgehen, werden sie mit ihrem Gekläffe die Dienerschaft alarmieren, zweifellos Rûck liebende, Ratten fressende Schläger. Sie werden uns einfach in den Knast stecken, und wir können Lady Jane ihr Geld nicht zurückbringen.«

Pipper schüttelte den Kopf. »Das können wir nicht zulassen, Bink. Sehen wir uns die Lage noch einmal genauer an.«

Pipper wollte die Mauer hinaufklettern, aber Binkton blieb einen Moment nachdenklich sitzen. Schließlich stand er mit einem Seufzer auf und folgte Pipper, der sich gerade an zwei Stacheln festhielt und den Kopf über den Rand schob, um in den Garten zu blicken. Im nächsten Moment duckte er sich hastig. »Oh, Himmel!«, flüsterte er.

»Was? Was ist denn?«, murmelte Binkton leise.

»Noch einer«, erwiderte Pipper leise.

»Noch ein Hund?«

»Ja.«

Binkton hielt sich ebenfalls an zwei Stacheln fest und zog sich so weit hoch, dass er über die Mauer sehen konnte.

Drei riesige Mastiffs lagen in der Nähe vom Hintereingang des Anwesens.

Binkton zog hastig den Kopf zurück.

Erneut streckte sich Pipper, um die Szenerie zu betrachten. »Ich glaube, wir haben genug Seil, damit wir den Balkon erreichen können.«

»Und ...?«

»Und ich kann den Greifhaken hinüberwerfen, sodass er sich am Geländer einhakt; dann binden wir das Ende an einen Stachel und gehen hinüber.«

»Bist du verrückt geworden, Pip? Du bist Akrobat, aber ich nicht.«

»Oh, Bink, auf einem Seil zu balancieren ist genauso einfach, wie von einem Brett zu fallen.«

»Gutes Beispiel, Pip, weil ich schon beim ersten Schritt herunterfallen würde. Außerdem wollten wir das Seil und den Haken benutzen, um auf den Balkon zu klettern, nachdem wir den Garten durchquert hatten.«

»Aber Bink, doch nur, damit wir nicht durch das Haus schleichen müssen, um in den Raum mit dem Geldschrank zu kommen.«

»Das war der Plan, genau«, erwiderte Binkton. »Über die Mauer, durch den Garten, auf den Balkon, durch das linke Fenster und zur Schatztruhe. Die Hunde haben den Plan vereitelt, und außerdem machen sie uns auch einen Strich durch deinen neuen Plan. Selbst wenn ich über das Seil balancieren könnte, würden sie bellen, sobald du den Haken schleuderst, und das würde die Schläger alarmieren, die daraufhin zwei

Dummköpfe fangen: einen, der auf einem Seil balanciert, und einen anderen, der schreiend in die aufgerissenen Rachen dieser Bestien fällt. Selbst wenn ich nicht fallen würde, Pip, würden die Hunde Alarm schlagen, ganz gleich, was wir uns ausdenken.«

Pipper runzelte die Stirn, doch dann hellte sich seine Miene auf. »Du hast recht, Bink. Aber mir ist eingefallen, was Onkel Arley immer sagte: Man muss Nachteile zu Vorteilen umkehren, so wie man Zwischenrufer in das Stück einbauen muss.«

»Also ...?«

Pipper kletterte langsam die Mauer herunter.

Binkton folgte ihm, und als er neben Pipper auf dem Boden stand, wiederholte er die Frage. »Also ...?«

»Also, Wurro, werden wir diese Zwischenrufer in das Stück einbauen.«

»Wovon bei allen blauen Blitzen redest du da?«

»Bink«, meinte Pipper grinsend, »ich weiß, wo wir zwei Hühner herbekommen.« Damit marschierte er los, die Gasse hinunter.

Binkton blieb einen Moment stehen, doch dann dämmerte es ihm. »Oh, verstehe. Im ersten Moment dachte ich ja, das wäre eine weitere von seinen haarsträubenden Ideen, aber es könnte tatsächlich funktionieren.« Er lief rasch hinter seinem Cousin her. Als er ihn einholte, sahen sie sich im Mondlicht an und lächelten. Fast hätten sie laut gelacht. Sie würden Lady Janes Geld zurückholen, und wenn es die ganze Nacht dauern würde.

Während sie die gewundene Gasse entlanggingen, dachte Pipper nach. Es war jetzt fast zweieinhalb Jahre her, genau gesagt seit dem Frühherbst 6E6, dass sie sich aufgemacht hatten, ihr eigenes Geld zu verdienen. Und er fragte sich, wie zwei junge Bokker es geschafft hatten, nach diesem Anfang bis hierher zu kommen, zu dieser ungebührlichen Beschäftigung als Einbrecher ...

24. Kapitel

AUF UND DAVON

Waldsenken

(Frühherbst 6E6)

»Da kommt sie«, erklärte Großonkel Arley, als die Rote Kutsche von der Querlandstraße in die Außenbezirke von Rood einbog. Er saß auf dem Bock des Ponykarrens neben seinen Neffen.

Pipper sah Binkton an, und in seinen saphirblauen Augen spiegelte sich seine Sorge, als wollte er fragen: *Ich weiß, dass es meine Idee war, aber wollen wir das wirklich tun?*

Binkton legte seinen Arm um Pippers Schultern. »Es geht nur nach Waldkreuz, Pip. Wenn es uns nicht gefällt, und wir kein Geld für die Rückfahrt mit der Roten Kutsche haben, können wir im schlimmsten Fall nach Hause wandern.«

»Aber ich habe die Waldsenken noch nie verlassen.«

»Ich auch nicht, Wurro. Aber he, hast du nicht gesagt: ›Lass uns dieses Schauspiel zur Aufführung bringen‹?«

»Ja, aber ich habe allmählich Bedenken.«

»Dann schlag sie dir aus dem Kopf, Pip«, meinte Binkton, dessen grüne Augen funkelten. »Immerhin fließt das Blut von Helden in unseren Adern. Vergiss nicht, Beau Darby ist einer unserer Vorfahren.«

»Mag sein, Bink, aber nach fünftausend Jahren dürfte Darbys Blut allmählich ziemlich dünn sein.«

Onkel Arley lachte, sagte aber nichts.

»Ach, Pip«, meinte Binkton, »wir werden viel Spaß haben.«

Pipper sah den alten Bokker an, der sie in das Dorf in Mitteltal gebracht hatte. »Wird es Spaß machen, Onkel?«

»Mir hat es damals jedenfalls Spaß gemacht«, erwiderte Arley.

Die Rote Kutsche hielt vor der Zwischenstation. Menschen stiegen aus, um sich die Beine zu vertreten, sich zu erleichtern oder etwas zu essen und zu trinken. Während Wurrlinge frische Pferde aus den Stallungen holten, um das müde Gespann auszutauschen, bereiteten der Kutscher und seine drei Gehilfen den Wechsel vor.

Die Passagiere und Kutscher waren nicht die ersten Menschen, die Pipper und Binkton sahen. Die Rote Kutsche kam regelmäßig durch die Waldsenken, und Rood war eine Wechselstation. Die Zweifurt-Straße führte aus der Stadt in nordöstlicher Richtung zur Feste Challerain, und in südöstlicher Richtung führte der Gabelweg nach Steinhöhe und noch weiter. Im Westen lag das Land Wellen, und dahinter lagen weitere Reiche.

Trotzdem schüchterte der Anblick der Menschen die beiden Wurrlinge ein wenig ein. Sie waren fast zweimal so groß wie ein durchschnittlicher Wurrling. Und Binkton und Pipper würden mit diesen Riesen reisen. Sie waren auf Geheiß von Graden Finster, dem Besitzer der *Herberge zum Schwarzen Hund* unterwegs nach Südosten, würden den Dornwall durchqueren und zu der kleinen Ortschaft Waldkreuz reisen, wo der Gabelweg auf die Poststraße stieß.

Als Onkel Arley Pippers Zögern bemerkte, sagte er: »Pip, ich habe dich und Bink alles gelehrt, was ich weiß, und ihr werdet ein willkommener Anblick für die Zuschauer sein, auf den Straßen einer Stadt oder in einer Schänke oder auf der Bühne eines Theaters. In den Städten tauchen nur selten Wurrlinge auf, und schon deshalb werdet ihr beiden ein Spektakel sein, genauso wie ich damals. Ich bin in Hovenfest und Flussende und sogar in Caer Pendwyr aufgetreten, und außerdem in zahllosen Weilern und Siedlungen des Reiches unseres Hochkönigs. Solltet ihr mit eurer Vorführung keinen Erfolg haben, dann bedenke, dass Bink ein ausgezeichneter Schlosser ist, während du ein sehr begabter Kesselflicker bist. Wenn es nicht anders geht, könnt ihr beiden durchs Land reisen, Töpfe und Pfannen reparieren, Scheren und Messer schleifen, Geldkassetten reparieren und was sonst noch getan werden muss. Dafür habt ihr mein altes Handwerkszeug. Pip, du und Bink, ihr werdet euch gut halten, und da draußen wartet eine ganze Welt auf euch. Und der *Schwarze Hund* wird euch einen kleinen Vorgeschmack auf das geben, was es hinter den Grenzen dieses Dornwalls zu entdecken gibt.«

Pipper seufzte. »Vermutlich hast du recht, Onkel. Ich meine, die Leute in den Waldsenken schienen uns zu mögen, also finden vielleicht die draußen auch Gefallen an uns.«

»So ist's recht«, meinte Binkton und sah zu den beiden Segeltuchbeuteln und der großen Truhe auf der Pritsche des Ponykarrens. Die Truhe war stahlgrau gestrichen, und auf den Seiten waren rotgelbe Flammen aufgemalt. »Schaffen wir unser Zeug in die Kutsche.«

Arley schnalzte mit der Zunge und fuhr die zweirädrige Karre an die Seite der Roten Kutsche. Dort nahm einer der Kutschburschen die Segeltuchbeutel der Jungbokker und warf sie ohne viel Federlesens dem Mann auf dem Dach der Kutsche zu. Doch als er die Truhe anhob, knurrte er überrascht. »Pass auf, William«, stieß er mit gepresster Stimme hervor, als er sie hochhob. »Ich glaube, die ist bis zum Rand mit Eisenblech gefüllt.«

Pipper lachte. »Kein Eisen, nein, aber Ketten und Schlösser, Seile und Flaschenzüge und andere Ausrüstungsgegenstände, und dazu Werkzeug zum Flicken.« Der Kutschbursche sah die Wurrlinge verwundert an, als fragte er sich, was sie mit einer solchen Ausrüstung wohl anfangen wollten.

Die Kutsche hatte einen längeren Aufenthalt, damit ihre Passagiere ihren Bedürfnissen nachgehen konnten, während die neuen Passagiere ihr Gepäck einluden. Aber schließlich rief der Kutscher allen zu, wieder einzusteigen. Nachdem Onkel Arley sie ein letztes Mal umarmt hatte, stiegen die beiden kleinen Wurrlinge (Binkton maß einen Meter und fünf und Pipper genau einen Meter) mit den Menschen in die Kutsche und suchten sich einen Platz.

»Hopp, hopp!«, rief der Kutscher, »hopp, Jungs.« Die acht Pferde zogen an, die große Kutsche setzte sich ruckend in Bewegung, rumpelte in südöstlicher Richtung aus Rood hinaus und bog auf den Gabelweg ein.

Die Rote Kutsche war riesig und durch eine Trennwand in zwei Abteile unterteilt. Insgesamt fanden achtzehn Passagiere darin Platz. Pipper und Binkton saßen im hinteren Teil zwischen zwei riesigen Männern. Zwei weitere Männer und eine Matrone saßen ihnen gegenüber. Das Kleid der Frau schien fast nur aus Rüschen und Schleifen zu bestehen. Sie beugte sich vor. »Also wirklich, ihr beiden seid ja wahrhaftig süß.«

Binkton seufzte.

»Ja, Madam, das sind wir«, antwortete Pipper.

Die Matrone klimperte mit den Wimpern. »Und wieso reist ihr beiden Kinderchen denn so ganz allein in die große, weite Welt?«

»Ki... Kinderchen?«, stammelte Binkton. »Kinder? Madam, ich muss Euch mitteilen, dass mein Cousin hier ein Jungbokker ist und soeben seinen zwanzigsten Sommer vollendet hat, während ich noch drei Monde älter bin als er.«

»Zwanzig?«, rief sie erstaunt aus. »Zwanzig Jahre, sagt Ihr?«

»Das sind Wurrlinge«, mischte sich der Mann links von den Bokkern ein. »Kleines Volk, Helden des Bannkrieges, des Winterkrieges und der Schlacht um Kraggen-cor. Außerdem haben sie ehrenvoll im Drachenstein Krieg gedient.«

Die Lady riss vor Überraschung die Augen auf. »Meiner Seel, all das habt Ihr getan?«

»Na ja, nicht wir persönlich«, räumte Pipper ein. »Aber unsere Cousine Trissa Kreuzdorn hat unter zwei Hochkönigen gedient, unter Garon und seinem Sohn Ryon, im Drachenstein Krieg, ganz zu schweigen von unserem Urahn Beau Darby, der mit Hochkönig Blaine im Großen Bannkrieg gefochten hat.«

»Meine Güte, das wusste ich nicht«, erwiderte die Frau. »Und ich kannte auch keine ... wie nennt Ihr Euch? Wurrlinge? Ja, richtig, Wurrlinge. Ich glaube nicht, dass es in Lindor auf den Gelen-Inseln Wurrlinge gibt.«

»Nur wenige von uns verlassen die Waldsenken«, erklärte Pipper.

»Oder die Grenzen des Weitimholz«, setzte Binkton hinzu.

Die Matrone runzelte die Stirn. »Das Weitimholz?«

»Hinter Steinhügel«, meinte Binkton und deutete nach Osten. »Ein düsterer alter Wald zwischen Rian im Norden und Harth im Süden.«

»Ich bin Raileigh Bains«, sagte der Mann, der sich für die beiden eingesetzt hatte, »ein Historiker, und reise nach Caer Pendwyr, um in der dortigen Bibliothek einen Bericht über den Drachenstein Krieg zu verfassen. Wenn es Euch nichts ausmacht, könntet Ihr mir vielleicht einige Einzelheiten über die Wurrlinge verraten, die zu dieser schrecklichen Zeit dem Hochkönig gedient haben.«

»Wir alle dienen dem Hochkönig«, erwiderte Binkton, »aber ich nehme an, Ihr meint die Kompanie des Königs.«

»Unsere Cousine Trissa Kreuzdorn war die Befehlshaberin dieser Kompanie«, sagte Pipper. »Dreiundvierzig Wurrlinge, allesamt Bogenschützen, die dem Hochkönig folgten, wenn er sie rief. Was möchtet Ihr denn gern wissen?«

Der Mann zog eine Kiste unter dem Sitz hervor und öffnete sie. Darin lagen viele leere Blätter Pergament, und am Rand stand ein sorgfältig verschlossenes Tintenfass in einer Aussparung. Daneben lagen, in langen Rillen, einige angespitzte Federkiele. Raileigh nahm das Pergament, klappte ein Schreibbrett herunter, zog den Korken aus dem Tintenfass und tauchte den Federkiel ein. »Ich bin bereit«, sagte er.

Pipper drehte sich zu Binkton um. »Wo sollen wir anfangen? Beim gjeenischen Heller?«

Binkton schüttelte den Kopf. »Nein, fang beim Großen Bannkrieg an, als Tipperton Thistledown dem sterbenden Prinzen geholfen hat.«

»Und dann, wie Tuck, Danner und Patrel an ihre Rüstungen gekommen sind?«

»Oh, ich weiß«, meinte Binkton. »Wir fangen damit an, wie der Geist von Aurion Rotauge Trissa und Kipley und Danby erschienen ist.«

»Er meint Trissa Kreuzdorn und ...«

»Wer erzählt die Geschichte?«, fuhr Binkton ihn an. »Du oder ich?«

»Du natürlich, Bink. Ich wollte nur helfen.«

Bevor Binkton antworten konnte, beugte sich die Matrone fasziniert vor. »Habt Ihr von dem Geist von Aurion Rotauge gesprochen, dem Hochkönig aus uralten Tagen?«, fragte sie. »Sein Geist ist erschienen? Sein echter Geist?«

»Allerdings«, sagte Binkton und warf Pipper einen scharfen Blick zu, weil der ebenfalls gerade antworten wollte.

Als Pipper verstummte, keuchte die Frau. »Meiner Seel!« Sie sank gegen die Rückenlehne der Bank und fächerte sich Luft zu, als wollte sie eine Ohnmacht abwenden.

Binkton wandte sich an den Historiker. »Ihr erinnert Euch sicher daran, dass Aurion Rotauge zu Beginn des Winterkrieges vor tausend Jahren der Hochkönig war. Und vor gut sieben Jahren ist sein Geist Trissa und Kipley und Danby erschienen, weil er einen Schwur einlösen wollte, der vor langer Zeit gemacht worden war ...«

Raileighs Feder kratzte über das Pergament, während Binkton und Pipper abwechselnd die Geschichte der Wurrling Kompanie des Königs erzählten: Wie sie aufgestellt wurde, wie Tuck und Danner und Patrel an die silberne, die schwarze und die goldene Rüstung kamen, und welche Bedingungen Aurion Rotauge daran knüpfte, dass er ihnen diese Rüstungen lieh. Dann schilderten die Bokker den Besuch von Rotauges Geist, tausend Jahre später, als er diese Bedingungen einforderte, und wie Trissa, Kipley und Danby zu dem fernen Grabmal am gefürchteten Eisernen Turm im schrecklichen Land Gron reisten, um die schwarze Rüstung zu beschaffen. Danach folgte die Geschichte der Rückkehr des Trios zu den Waldsenken, wo sie das Kommando über die Kompanie des Königs übernahmen und mit ihr zur Argon Fähre marschierten, wo sie und das Heer des Hochkönigs in der Schlacht besiegt wurden.

Die Passagiere folgten der Erzählung der Wurrlinge fasziniert, denn die beiden kannten die Geschichte gut, und während sie vom Rückzug und dem Angriff der Drachen sprachen, rumpelte die Rote Kutsche weiter zur fernen Furt über die Spindel.

Zehn Werst südlich von Rood machte die Kutsche einen weiteren Halt an einer Zwischenstation, um erneut die Pferde zu wechseln. Spät am Abend hielt sie dann an der Herberge *Am Rain*, wo die Passagiere übernachteten. Die Herberge lag an einer Kreuzung, wo die Kutschstraße nach Thimbel den Gabelweg kreuzte. Die von Wurrlingen geführte Herberge an der Strecke der Roten Kutsche hielt Räume für Passagiere jeder Größe bereit, und auch Stallungen für die Pferde.

Als Denby Willowdell Binkton und Pipper eintreten sah, begrüßte er sie herzlich. Denn die beiden waren schon oft in seiner Herberge aufgetreten. Er fragte sie, ob sie wieder einen Auftritt planten.

»Wir würden gern bleiben und auftreten«, erwiderte Binkton, »aber wir werden in zwei Tagen im *Schwarzen Hund* in Waldkreuz erwartet.«

»Jenseits des Dornwalls?«

»Ja«, meinte Pipper. »Onkel Arley hat es mit Graden Finster abgesprochen.«

»Ihr werdet Graden mögen«, antwortete Denby. »Er ist ein guter Mann und so ehrlich, wie der Tag lang ist.«

Pipper grinste. »Und was ist mit der Nacht?«

Denby lachte. »Oh, er ist auch in der Nacht aufrichtig.«

»Also dann«, sagte Pipper, »bleiben nur noch das Morgengrauen und das Zwielicht, denn sie sind weder Tag noch Nacht.«

Die drei Wurrlinge lachten, und Denby schlang jedem einen Arm um die Schulter. »Ah, ich habe euch zwei Wurros vermisst. Es tut mir leid, dass ihr nicht einen Tag bleibt. Aber wie dem auch sei, kommt, ich spendiere euch etwas zu trinken.«

Zwei Abende später hatten Pipper und Binkton weitere dreiunddreißig Werst der Strecke zurückgelegt. Sie waren gerade in der Herberge *Zur Gabel* im Dorf Stickel nah des Dornwalls abgestiegen.

Raileigh sah sich um. »Und hier hat sich die Kompanie des Königs versammelt und auf den gjeenischen Heller gewartet?«

Pipper nickte. »Ja. Er kam am Ersten Yule.«

»Was hat es mit diesem gjeenischen Heller auf sich?«, erkundigte sich die Matrone, Madam Harper. »Ich dachte, gjeenisches Geld wäre nahezu wertlos, und ein gjeenischer Heller wäre die wertloseste Münze von allen.«

»Nun, seht Ihr, damals im Großen Bannkrieg«, sagte Binkton, »hat Tipperton Thistledown von einem tödlich verwundeten Prinzen den Auftrag übernommen, einen gjeenischen Heller zu einem gewissen Agron zu bringen. Er wusste nicht, wer oder was Agron war, und seine einzige Instruktion lautete, nach Osten zu gehen. Der Prinz starb, bevor er Tipperton mehr verraten konnte.«

»Wie sich herausstellte«, nahm Pipper den Faden auf, »repräsentierte dieser gjeenische Heller einen Treueschwur, den ein König einem anderen gegeben hatte, und der besagte, dass jeder dem anderen mit einer Armee zu Hilfe kommen würde, ganz gleich, was es kostete. Und alles, was es kostete, war nur ein ...«

»Ein gjeenischer Heller!«, platzte Madam Harper heraus. »Oh, wie ungeheuer amüsant!«

»Ich würde es nicht unbedingt amüsant nennen, Ma'am«, antwortete Binkton. »Der Anblick dieses Hellers bedeutete nämlich, dass viele gute Leute sterben würden, und zwar zumeist durch die Hände der Brut.«

Bestürzung überzog Madam Harpers Gesicht. »Oh, verstehe«, antwortete sie beklommen, als sie an die Folgen dachte, die mit der Überbringung dieser Münze verbunden waren.

»Jedenfalls«, fuhr Pipper fort, »am Ende des Bannkrieges leisteten sich der Hochkönig und die Wurrlinge denselben Schwur. Sollten wir also jemals in Schwierigkeiten geraten, brauchen wir dem Hochkönig nur einen gjeenischen Heller zu senden. Und für ihn gilt dasselbe.«

»Wie viele sind denn ausgetauscht worden?«, erkundigte sich Raileigh, der eifrig mitschrieb.

»Wir haben während fast viertausend Jahren seit dem Großen Bannkrieg keine dieser Münzen gesehen, doch dann kam ein solcher Heller im Winterkrieg. Und dann haben wir erst tausend Jahre später wieder eine zu Gesicht bekommen, als Kutsen Yongs Goldene Horde Mithgar bedrohte.«

»Das war während des Drachenstein Krieges vor sechs oder sieben Jahren«, erklärte Pipper.

Binkton nickte. »Wie es der Geist von Rotauge vorhergesagt hatte, als er erschien, um die Rüstungen wieder in Dienst zu nehmen.«

Pipper lachte. »Ich werde niemals den Tag vergessen, als wir von der Kompanie des Königs gehört haben. Bink und ich sind zum Hauptmann der Dorngänger in Rood gegangen, um uns der Kompanie anzuschließen. ›Tut mir leid, Wurros, aber ihr seid noch Frischlinge‹, hat er uns gesagt. ›Wie alt seid ihr, zehn Sommer?‹ Während ich ihn verblüfft anstarrte, schäumte Bink: ›Was? Was? Zehn Sommer? Ich möchte Euch mitteilen, dass Pip hier dreizehn Sommer zählt und ich volle drei Monate älter bin!‹ Der Hauptmann erwiderte: ›Dann müsst ihr noch sieben Sommer warten, weil man ein Jungbokker sein muss, wenn man Dorngänger werden will.‹ Dann brüllte Binkton: ›Welcher Rûck liebende, Ratten fressende Idiot hat diese Vorschrift denn erlassen?‹ Aus einem nicht erfindlichen Grund wurde der Hauptmann da plötzlich grob und hat uns einfach hinausgeworfen.«

Während die Passagiere lachten, kritzelte Raileigh eifrig mit, und Binkton meinte finster: »Es ist eine Rûck liebende, Ratten fressende Vorschrift.« Dann sah er Madam Harper an. »Entschuldigt meine Ausdrucksweise, Ma'am.«

Die Matrone kicherte und sah Binkton mit einem Blick an, der deutlich besagte: *Meiner Treu, bist du niedlich!*

Bink verengte gereizt die Augen, aber Pipper kam seiner Erwiderung zuvor. »Jedenfalls waren die Waldsenken eingeschneit, und wir beschlossen, wegzulaufen und uns Cousine Trissa anzuschließen, wenn es getaut hätte. Das tat es im nächsten Frühling, aber da war der Krieg bereits vorbei.«

Raileigh sah von seinem Pergament hoch. »Das ist also die Geschichte dieses Hellers?«

Binkton nickte. »Und auch der Grund, aus dem die Kompanie des Königs hier in der Herberge *Zur Gabel* auf ihn wartete. Als er dann kam, genau am Ersten Yule, wie prophezeit, marschierte die Kompanie zur Argon Fähre, wo Tausende und Abertausende des Freien Volks in der Schlacht starben. Unter den Toten waren auch sehr viele Wurrlinge.«

»Meiner Seel!«, meinte Madam Harper. »Ich werde einen solchen Heller nie wieder mit denselben Augen ansehen.«

»Tja«, meinte Raileigh, während er weiterschrieb, »hoffen wir, dass nach Gyphons Tod nie wieder ein gjeenischer Heller entsendet werden muss, um jemanden zu Hilfe zu holen.«

»Darauf trinke ich«, meinte Binkton, und er und Pipper hoben ihre Krüge zum Toast.

Am nächsten Morgen verließ die Rote Kutsche rumpelnd Stickel, und nach einer Meile erreichten sie den mächtigen Dornwall.

Er war sehr dicht; nicht einmal Vögel konnten in dem Gestrüpp nisten. Die Zweige waren mit Dornen bewehrt, großen, sehr spitzen Dornen, lang, scharf und so eisenhart wie lebende Dolche. Er war hoch: Er ragte zehn, dreizehn und an manchen Stellen sogar fünfzehn Meter über die Flusstäler empor, aus denen er wuchs. Und auch breit: Er erstreckte sich über breite Flussbetten und war an keiner Stelle schmaler als eine Meile, an manchen maß er sogar über zehn. Und erst seine Länge: Alles in allem erstreckte er sich über tausend Meilen, denn er umringte die Waldsenken ganz und gar, vom Nordwald die Spindel entlang und von den Hochdünen den Wenden hinab, bis sich die beiden Flüsse trafen. Nach ihrer Vereinigung wuchs der Dornwall nicht weiter nach Süden. Angeblich konnte nur die Erde des Waldes in diesen beiden Flusstälern diese große Barriere nähren. Aber den Wurrlingen war es gelungen, einen langen Abschnitt davon zu kultivieren. Er erstreckte sich vom Nordwald zu den Hochdünen und schloss somit den Ring. Warum er jedoch nicht den Rest des Landes überzog und alles andere erstickte, blieb ein Geheimnis. Die Großmütter meinten, es wäre Adons Wille, während die Großväter in der Erde die Ursache sahen. Aber keiner wusste es genau.

Die Kutsche fuhr über den Gabelweg auf diese mächtige Bastion zu, und die Passagiere spähten neugierig aus dem Fenster, um diese gewaltige dunkle Masse zu sehen, die in den Himmel emporragte und ihnen den Weg versperrte. Sie erstreckte sich so weit das Auge reichte nach Norden und Süden. Die Straße führte durch diese gewaltige Barrikade, durch einen von Wurrlingen geschlagenen Tunnel, ein schattiges Gewölbe von Dornen, das zu dem Flusstal hinabführte, dem die dornenbewehrte Barriere entsprang.

Die Rote Kutsche rollte in die dämmrige Passage und rumpelte lange durch diese dornenbewehrte Düsternis.

Schließlich sahen die Reisenden einen Lichtbogen und fuhren erneut ins Tageslicht hinaus, als die Strecke über die Gabelfurt der Spindel führte. Hinter dem Fluss wuchs die Barriere weiter, und erneut fuhren sie durch einen Tunnel. Sie waren fast zwei Meilen bis zu der Furt durch diesen Dornwall gefahren und würden bis zur anderen Seite weitere drei Meilen zurücklegen müssen, bevor sie ihm entkamen.

Sie rollten ins Wasser, und die Räder der Roten Kutsche rumpelten über das steinige Flussbett. Die Insassen starrten erstaunt auf den massiven Damm, dessen gefährlich wirkende Dornen sich nach oben bogen, als würden sie nach dem blauen Himmel greifen. Schon bald hatten sie die Furt überquert und verschwanden erneut in der Dunkelheit.

Alles in allem brauchten sie fast zwei Stunden, um den Dornwall vollkommen zu unterqueren, aber schließlich tauchten sie auf der anderen Seite in der Sonne auf. Die Passagiere beugten sich aus den Fenstern, froh, die klauenbewehrte Barriere hinter sich gelassen zu haben. Die Landschaft vor ihren Augen war hügeliges Ackerland, und die Straße wand sich nach Osten, bis sie über einer Anhöhe verschwand, nur um auf der nächsten Anhöhe wieder aufzutauchen.

»Jetzt haben wir es getan«, erklärte Binkton, dessen Gesicht kalkweiß war.

Pipper nickte, sagte aber nichts, während sein Gesicht sein Unbehagen verriet.

»Ihr habt was getan?«, erkundigte sich Madam Harper.

»Wir haben die Waldsenken verlassen«, antwortete Pipper flüsternd.

25. Kapitel

DER SCHWARZE HUND

Feuer und Eisen

(Anfang Herbst, 6E6)

Kurz nachdem die Sonne ihren Zenit überschritten hatte, rollte die Rote Kutsche in Waldkreuz ein und hielt vor der dortigen Station, um die Pferde zu wechseln und den Passagieren Gelegenheit zu geben, sich die Beine zu vertreten, etwas zu essen und anderen Bedürfnissen nachzugehen.

Nachdem sich der Staub gelegt hatte oder von dem lauen Wind weggeweht worden war, luden die Kutschknechte das Gepäck der Wurrlinge auf einen Handkarren. Pipper und Binkton verabschiedeten sich von Madam Harper und Raileigh Bains, der ihnen für ihre Geschichten über die Kompanie des Königs im Drachenstein Krieg dankte. Madam Harper erstickte die beiden Bokker fast, als sie sie zum Abschied lange an ihren ausladenden und mit Schleifen bedeckten Busen drückte.

Als sie die Wurrlinge wieder losließ, trotteten die beiden mit dem Karren zur *Herberge Zum Schwarzen Hund.* Sie kamen an Geschäften vorbei, die ihre Waren auf Gestellen davor feilboten: Fässer, Töpfe, Textilien und dergleichen. Sie gingen an einem Barbier und einem Badehaus vorbei, an einem Geschäft für Lederwaren, das direkt neben einem Schuh- und Stiefelschuster lag, und an vielen anderen Läden. Ein Hämmern erfüllte die Luft, und schon bald erreichten die

Wurrlinge einen großen Stall, an dessen Seite ein Schmied seine Werkstatt hatte. Dort hämmerte ein Mann eine glühende Eisenstange in eine gebogene Form. Auf der anderen Straßenseite und zwischen den Ladengeschäften lagen auch einige Wohnhäuser, aber die meisten Gebäude an der Poststraße waren Werkstätten oder Geschäfte. Diese Straße war die Hauptroute zwischen der Feste Challerain und der Endstation weit oben im Norden und Caer Pendwyr und der noch viel weiter entfernten Endstation im Süden. Obwohl Waldkreuz nicht gerade als eine richtige Stadt bezeichnet werden konnte, war die Ortschaft doch erheblich größer als das Wurrling Dorf Rood, und zwar nicht nur, was die Größe der Häuser betraf, denn sie waren für Menschen gebaut, sondern allein schon durch ihre Zahl. Die Straßen, welche die Poststraße kreuzten oder parallel zu ihr verliefen, säumten ebenfalls viele Gebäude. Ihre Ausdehnung verdankte die Ortschaft nicht nur ihrer Lage an einem der wichtigsten Handelswege, sondern auch der Garnison in den Außenbezirken, in der eine Kompanie Königstreuer stationiert war. Die Soldaten patrouillierten die Straßen, denn obwohl die Übergänge nach Neddra zumeist blockiert waren, wurden gelegentlich Briganten und andere unangenehme Zeitgenossen, die das Land unsicher machten, gesichtet, manchmal sogar die Brut.

Die Wurrlinge gingen über die breite Straße und staunten über die Pracht ringsum, während die Leute nach der Ankunft der Roten Kutsche hastig an ihnen vorbeieilten.

»Himmel, Bink«, meinte Pipper, »hast du schon jemals so viele vom Großen Volk gesehen?«

»Wie sollte ich wohl?«, fuhr Bink ihn an. »Es ist für mich genauso wie für dich das erste Mal, dass ich ...«

»Ach Bink, ich meinte nur, dass dies hier wirklich ein großer Ort ist.«

Binkton atmete tief durch und schluckte seinen Ärger herunter. »Da hast du recht, Wurro.«

»Ich glaube, dass wir hier unser Glück machen werden«, meinte Pipper grinsend.

»Das würde ich nicht sagen, Pip. Vielleicht haben wir ein bisschen Glück, und das Schicksal ... Oh, sieh nur, da vorn.« Binkton streckte eine Hand aus, und der Karren wackelte bedenklich. Hastig packte er den Griff wieder. »Ich glaube, dort sollen wir hin.«

Die Bokker sahen nicht weit vor sich ein bemaltes Schild, das an einem Balken vor einem großen scheunenartigen Gebäude hing und leicht im Wind schaukelte. Die Worte darauf verkündeten, dass es sich bei dem Etablissement um die *Herberge Zum Schwarzen Hund* handelte, Inhaber Graden Finster. Auf dem Balken oberhalb des Schildes stand ein pechschwarzer Hund mit gespitzten Ohren, der offenbar erfreut mit dem Schwanz wedelte, als würde er einen Freund oder seinen Herrn sehen.

»Himmel, wie bekommen sie einen Hund dazu, so etwas zu machen?«, erkundigte sich Pipper.

»Oh, Pip, sei doch nicht albern. Er kann nicht lebendig sein«, meinte Binkton. Aber er antwortete zögernd und schien unsicher.

Als sie sich dem Gebäude näherten, sahen sie, dass es ein hölzerner Hund war, dessen Schwanz an einem Gelenk befestigt war und im Wind wackelte.

»Siehst du, ich hab's dir doch gesagt«, meinte Binkton überlegen.

»Pah, du hattest zuerst auch Zweifel«, erklärte Pipper.

»Hatte ich nicht.«

»Hattest du wohl.«

Sie zankten immer noch, als sie die Herberge erreichten. Und als sie den Karren an den Rand einer überdachten Veranda schoben, auf der Tische standen, an denen Leute aßen, sprang ein dunkelhaariger Junge hoch. »Seid ihr das?«

»Was?«, fragte Binkton.

»Seid ihr das?«, wiederholte der Junge. »Ihr müsst es sein, weil ihr Wurrlinge seid.«

Dann drehte er sich um, stürmte durch die Schwingtüren und schrie: »Da! Da! Sie sind hier!«

Als der Junge in dem Gebäude verschwand, blickten Gäste von ihren Mahlzeiten auf. Ein stämmiger Mann sah seinen Tischnachbarn an, einen kleinen, hageren Kerl. »Hau mich tot, Quieker, aber es sieht fast so aus, als hätten diese beiden halben Portionen aus den Waldsenken sich verlaufen.«

Der dünne Mann lachte. »Allerdings, Tark«, erwiderte er fistelnd, »ich glaube, du hast recht. Sie haben sich verlaufen und sind zufällig hinaus in die Welt marschiert.«

Binkton reckte sich gereizt. »Ich möchte Euch versichern, dass die meisten von uns keineswegs so hinterwäldlerisch sind, wie Ihr offenbar annehmt.«

»Bink hat recht«, mischte sich Pipper ein, während er sich theatralisch vor den anderen Gästen verbeugte. »Wir sind wagemutige Abenteurer, und durch unsere Adern fließt das Blut von Helden.«

»Helden? Pah!«, schnaubte Tark. »Ihr schwächlichen Knirpse wollt von Helden abstammen?«

Der Schmächtige, Quieker, johlte, als hätte sein Kumpan einen Sieg errungen.

»Rûck liebende, Ratten fressende Idioten«, knurrte Binkton und bückte sich nach einem Stein, aber im selben Moment packte sein Cousin seinen Arm. »Vergiss nicht, was Onkel Arley gesagt hat: ›Bezieht Zwischenrufer in euer Spiel mit ein.‹« Dann richtete sich Pipper zu seiner vollen Größe von einem Meter auf. »Wir stammen von dem großen Helden und Heiler Beau Darby ab, und Hauptmann Trissa Kreuzdorn von der Kompanie des Königs ist unsere Cousine.«

Bei diesen Worten blickten zwei Soldaten in scharlachroten Waffenröcken mit dem Emblem eines Greifs von ihren Mahlzeiten hoch.

»Und?«, höhnte der Schmächtige.

»Und«, antwortete Pipper, »wir sind Abenteurer und ziemlich kühn, da das Blut von Kriegern in unseren Adern fließt. Wovon Ihr Euch selbst überzeugen könnt, wenn Ihr heute Abend in den *Schwarzen Hund* kommt und uns zuseht.«

»Pah!«, spottete der Hagere. »Wie Tark sagte, ihr seid nur halbe Portionen. Ha! Als wenn Ihr gegen irgendjemanden kämpfen könntet!«

Noch während des Wortwechsels war einer der Uniformierten aufgestanden und zu dem Tisch geschlendert, an dem Quieker und Tark saßen. Jetzt maß er die beiden mit einem harten Blick. »Ich habe neben Hauptmann Kreuzdorn und ihrer Kompanie im Drachenstein Krieg gefochten, und habe nie bessere oder edlere Krieger gesehen. Wenn ich Ihr wäre, würde ich also meine große Klappe halten.«

Während Quieker sofort den Kopf einzog, blickte Tark hoch. In seinen Augen glühte unterdrückte Wut, aber er sah zu dem anderen Königstreuen hinüber, der ebenfalls aufgestanden war, aber noch abwartete.

In dem Moment stürmte der Junge wieder durch die Tür, ein Blatt Papier in der Hand. Ihm folgte auf dem Fuß ein kleiner korpulenter und kahlköpfiger Mann. »Binkton Windrow und Pipper Willowbank, nehme ich an? Willkommen in meinem Etablissement. Ich bin Graden Finster, zu Euren Diensten. Wer von Euch ist wer, wenn ich fragen darf?«

»Ich bin Pipper, und das ist Binkton«, antwortete Pipper.

»Willkommen, herzlich willkommen.« Graden nickte begeistert. »Habt Ihr Eure Ausrüstung mitgebracht ... Oh, wie ich sehe, habt Ihr sie dabei. Ja, ja, ausgezeichnet, ganz ausgezeichnet. Wenn Ihr Eurem Onkel Arley auch nur im Entferntesten gleichkommt, dann ...« Er drehte sich zu den Gästen herum. »Madams und Sirs«, sagte er, obwohl keine Frau anwesend war, »ich lade Euch alle ausnahmslos ein, heute Abend in den *Schwarzen Hund* zu kommen und sich die Vorstellung der beiden anzusehen. Sie sind aus den geheimnisvollen und exotischen Waldsenken gekommen, um uns zu erfreuen. Die Vorstellung beginnt ...«, er sah die Bokker an, »... kurz nach Sonnenuntergang?« Pipper nickte. »Also heute nach Sonnenuntergang werden sie im *Schwarzen Hund* auftreten, und zwar nur hier. Das solltet Ihr Euch nicht entgehen lassen.« Dann wandte sich Finster an den Jungen. »Pud, verteil die Handzettel. Und sorg dafür, dass alle in der Stadt einen bekommen, bring welche zur Kutschstation und ...«, er warf einen Seitenblick auf die Königstreuen, »bring auch einige zur Garnison.«

Als der Junge davonrannte, wandte sich Graden an die Wurrlinge. »Bringen wir Eure Ausrüstung hinein.«

»Meister Finster«, antwortete Pipper, »wir brauchen Hilfe bei der Truhe. Sie ist ziemlich schwer.«

»Klar«, sagte Finster, doch bevor er reagieren konnte, blickte der Uniformierte auf den Bokker herunter und lächelte. Dann wandte er sich zu Tark und Quieker herum. »Die beiden hier werden Eure Truhe nur zu gern hineintragen, stimmt's?«

Quieker sprang sofort auf.

»He!«, protestierte Tark. »Wir müssen die Rote Kutsche erwischen.«

»Keine Sorge.« Der Uniformierte legte gelassen die Hand auf den Knauf seines Schwertes. »Ihr habt genug Zeit.«

Tark fletschte die Zähne, und seine Hand zuckte zu dem Dolch an seinem Gürtel. Aber der stämmige Mann hielt in der Bewegung inne und erhob sich knurrend. Dann trat er mit seinem Kumpan zu dem Handkarren. Beide packten die Lederschlaufen an den Seiten der eisengrau bemalten Truhe und hoben sie hoch. Quieker grunzte überrascht über ihr Gewicht. Sie folgten Finster die Treppe hoch und in die Schänke. Der Königstreue begleitete sie, und Binkton und Pipper, die ihre Segeltuchtaschen über die Schultern geschlungen hatten, beendeten die Parade.

Das Innere des *Schwarzen Hundes* war riesig. »Es war früher einmal ein Heuschober, bevor Waldkreuz eine Kutschstation wurde«, erklärte Finster. Dann sog er tief die Luft ein. »Es riecht manchmal immer noch nach Klee. Jedenfalls wollten sie die Scheune niederreißen, und da hat mein Urgroßvater sich gesagt, dass es eigentlich eine feine Herberge sein könnte. Also hat er sie gekauft und umgebaut. Seitdem gehört sie meiner Familie.«

Als sie zwischen den Tischen hindurchgingen, blickte Pipper zu den Dachbalken hoch. »Perfekt«, meinte er murmelnd zu Binkton.

»Genau wie Onkel Arley gesagt hat«, antwortete Binkton und deutete auf eine Bühne, die einmal eine kleine Tenne gewesen sein musste.

An einer Seite stand ein Tresen, hinter dem sich eine Schwingtür befand, die, wie die Bokker vermuteten, in die Küche führte.

Sie durchquerten den großen Schankraum und traten durch eine Tür neben der Bühne, hinter der ein Flur lag. Graden führte Tark und Quieker hindurch zu einer bescheidenen Kammer.

Als die beiden die Truhe absetzten, drehte sich Finster zu den Wurrlingen herum. »Ich habe vor einer Weile diesen Lagerraum zu einer Garderobe umgebaut, als sich herausstellte, dass hier immer wieder Barden und Tänzer und ähnliche Gaukler durchreisen. Sie wird häufig benutzt und gehört die nächsten sieben Tage Euch.«

Binkton sah sich um. »Ich sehe keine Pritschen. Wo schlafen wir denn?«

Finster lachte. »Die Herberge liegt in einem anderen Gebäude. Dort wartet eines der Gästezimmer auf Euch. Kommt, ich führe Euch hin.«

»Aber zuerst«, meinte Pipper, »müssen wir den Karren zur Kutschstation zurückschieben.«

»Oh«, meinte der Uniformierte. »Ich bin sicher, dass Meister Quieker und sein Helfer, Meister Tark, das nur zu gern für Euch erledigen. Immerhin wollen sie eine Rote Kutsche erwischen.«

»Jawohl, Sir«, antwortete Quieker und stürmte hinaus, während Tark, der zum Gehilfen seines eigenen Gefolgsmanns degradiert wurde, den Uniformierten böse ansah und dann ebenfalls hinausging. »Irgendwann«, murmelte er, als er an den Wurrlingen vorbeikam. »Irgendwann, ihr halben Portionen.«

»Ach ja?«, höhnte Binkton, als der Mann weiterging.

»Das Blut von Helden rauscht durch unsere Adern!«, rief Pipper Tark nach.

Der Uniformierte lachte und sah den empörten Binkton an. »Das glaube ich Euch gern.«

An diesem Abend war der große Schankraum des *Schwarzen Hundes* überfüllt. Die Dorfbewohner und Soldaten drängten sich sogar an den Wänden. Unter den Zuschauern befanden sich auch die meisten Passagiere, die auf die Roten Kutschen warteten, die sie zu ihren unterschiedlichen Zielen bringen sollten. Einige wollten nach Norden, durch Harth und nach Rian und zu den Jillian Hügeln oder zu den Ebenen von Dalara; andere Reisende warteten auf die Kutsche, die nach Süden fuhr, und würden in Gûnar, Valon, Jugo und Pellar aussteigen. Einige wenige Passagiere würden nach Westen fahren, durch die Waldsenken, und hatten Orte in Wellen, Thol, Jute oder Gothon zum Ziel oder würden sogar noch weiter reisen, über das Avagon-Meer nach Gelen. An diesem Abend jedoch dachten Einwohner, Soldaten und Passagiere nicht an solche Dinge. Stattdessen waren sie hier im *Schwarzen Hund*, um sich eine Vorstellung anzusehen. Es reisten ziemlich häufig Barden und Minnesänger durch Waldkreuz, und gelegentlich sogar Tänzerinnen, und viele Zuschauer kamen, um sie singen und tanzen zu sehen, vor allem, wenn es Elfen waren. Aber dieses Schauspiel würde anders werden, denn es waren weder Sänger noch Musiker, noch Tänzer, sondern Gaukler einer ganz anderen Art. Mehr noch, diese Veranstaltung rühmte sich damit, die legendären Wurrlinge zu präsentieren, ein Volk, das nur selten außerhalb der Waldsenken auftauchte, außer in Zeiten des Kampfes.

Deshalb war der Schankraum förmlich überfüllt, und Graden und seine Leute eilten geschäftig umher, servierten Platten mit Speisen, Tabletts mit Krügen schäumenden Bieres aus den Hügeln von Vorn und Pokale dunklen Weins aus Vancha.

Einige Zuschauer waren bereits ungeduldig, und viele fragten, wann die Vorstellung denn endlich begänne.

»In einem Kerzenstrich oder so«, sagte einer.

»Und, einem der alten Kerzenstriche oder einem der neuen von Hochkönig Ryon?«

Diese einfache Frage entzündete einen Disput unter den Anwesenden, die hitzig die Vorzüge der alten Maßeinheit gegenüber der neuen diskutierten. Dieser Streit wurde jetzt bereits seit sieben Jahren geführt, seit König Ryon die Veränderung vorgenommen hatte.

Am Ende des Drachenstein Krieges hatte der Kindkönig erklärt, dass mit dem Beginn des Anfangstages des Jahres, mit dem Beginn der Sechsten Ära also, ein neuer Kerzenstrich eingeführt würde. Ab sofort galten vier alte Kerzenstriche als ein neuer. Er sagte, dass es durch diese Veränderung statt sechsundneunzig Kerzenstriche an einem ganzen Tag jetzt nur noch vierundzwanzig gäbe. Niemand wusste genau, warum man überhaupt sechsundneunzig Kerzenstriche als Maßeinheit der Zeit von Mittag bis Mittag gewählt hatte, und es gab mehrere Erklärungen dafür, die allesamt unbefriedigend waren. König Ryon dagegen wollte den Tag in besser zu merkende Abschnitte unterteilen, und er entschied sich für ein vier-zu-eins Maß. Das war leicht einzuführen, da die Kerzendreher einfach ihre bereits vorhandenen Waren mit einem roten Strich auf jedem vierten schwarzen kennzeichnen konnten. Langsam wurde diese neue Zeiteinheit, vierundzwanzig Kerzenstriche, akzeptiert, außer von den besonders Bornierten. In der Realität brannten die meisten Kerzen, abhängig von der Qualität des Wachses und des Dochts, zwischen einundzwanzig und siebenundzwanzig Stunden.

Im *Schwarzen Hund* trat während dieser Diskussionen über die Zeiteinteilung Graden Finster auf die leere Bühne und bat lautstark um Ruhe. Als es bis auf gelegentliches Murmeln still wurde, verkündete der Inhaber der Herberge: »Meine edlen Lords und Ladys, Sirs und Madams, Soldaten und Jungfern, ich präsentiere Euch allen, aus dem verborgenen Land der Waldsenken, den Unglaublichen Pip und den Bemerkenswerten Binkton und ihre Wanderschau: Feuer und Eisen!« Graden machte eine ausholende Geste mit der Hand und deutete auf die Dachbalken, wo Stricke gespannt waren, Stangen von Balken zu Balken führten, und Trapeze von zierlichen Seilen gehalten wurden. Und auf einem Dachträger hoch oben im Schatten stand Pipper. Als die Menge sich umdrehte und zu ihm hinaufsah, sprang Pipper hinaus ins Licht und ins Leere. Frauen kreischten und Männer schrien, als der Bokker durch die Luft schoss wie eine rote Flamme, der ein orangefarbener Schweif zu folgen schien. Es sah aus, als würde er in den sicheren Tod springen. Doch im letzten Moment erwischte er eine der Trapezstangen, schwang in einem großen Bogen daran herum, hinauf zu den Deckenbalken, wo er eine andere packte, wieder hinabschwang und dicht über den Köpfen der Zuschauer hinwegsauste. Erneut flog er hoch, ließ die Stange los, schlug einen doppelten Salto in der Luft und packte eine der fest installierten Stangen, an der er herumwirbelte. Dann rutschte er daran herunter auf ein Hochseil, lief darauf und sprang auf ein anderes. Die ganze Zeit schien der in Orange gekleidete Wurrling einen Feuerschweif hinter sich herzuziehen. Der Eindruck entstand durch die gelben und orangefarbenen Bänder an Rücken, Armen und Beinen und sein blondes wehendes Haar. Er flog durch die Luft, sprang und wirbelte um Trapeze und Stangen, in Rot, Gold und Safran gewandet.

Die Zuschauer staunten und schrien vor Angst um das Leben des kleinen Kerls. Die Frauen fächerten sich Luft zu und keuchten, während die Männer aufsprangen und brüllten.

Dann schwang sich Pipper an einer Leine herunter und wieder hinauf, ließ sie los und landete auf einem Tau, das mit dem einen Ende an einem hohen Deckenbalken befestigt war, und dessen anderes Ende zur Bühne hinabführte. Er glitt hinab, sprang von dem Tau, schlug einen Purzelbaum, streckte sich, und zuckte wie ein Blitz durch die Luft, um auf einer großen eisengrauen und mit Flammen bemalten Truhe zu landen, die noch nicht auf der Bühne gestanden hatte, als Graden die beiden angekündigt hatte.

Dort verbeugte sich der Wurrling unter lautstarkem Jubel und stürmischem Applaus der Zuschauer. Er verbeugte sich immer wieder, während der Beifall immer mehr anschwoll. Dann, urplötzlich, gab es einen Blitz, einen Knall und eine riesige Rauchwolke. Einige Zuschauer schrien vor Schreck auf, während andere unwillkürlich zu ihren Waffen griffen. Als der Rauch sich verzog, war Pipper verschwunden, aber hoch über der Bühne drehte sich kopfüber und von dunklen Ketten gefesselt, die mit Schlössern gesichert waren, ein Wurrling, der in ein eisengraues Kostüm gehüllt war. Zwei Männer liefen hastig auf die Bühne, packten die Truhe und trugen sie zur Seite, während zwei andere Männer, von denen einer Graden war, mit einem Seil ein langes, mit großen Dornen gespicktes Brett auf die Bühne zogen und es direkt unter dem gefesselten Wurrling platzierten.

Noch während die Männer von der Bühne gingen, ertönte ein helles *Pling*, und ein großes silbernes Kettenglied fiel klappernd auf die Bühne. Der Wurrling ruckte ein Stück hinab, auf die Dornen zu, wurde jedoch von der Kette gehalten.

Während er sich langsam drehte, wie eine Fliege, die von einer Spinne eingewickelt worden war, schrie jemand auf: »Seht doch!« Es war Graden. »Seht euch die silbernen Ringe da oben an!« Hoch über dem Wurrling baumelte die dunkle Kette, die den Kleinen hielt, in den beiden restlichen großen silbernen Ringen, die von zwei noch größeren, silbern schimmernden Reifen gehalten wurden, die in die dunklen Kettenglieder eingearbeitet waren. Einer dieser silbernen Reifen gab langsam nach.

Pling!

Das Glied bog sich auseinander und fiel ebenfalls auf die Bühne. Und unter lautem Kettengeklirr sackte der Wurrling erneut ein Stück zur Bühne hinab, auf die glänzenden Dornen zu.

Und hoch oben wurde der Spalt in dem letzten silbernen Reif ebenfalls größer.

»Oh, bitte, bitte, holt ihn da raus!«, rief jemand, der Stimme nach eine Frau.

Männer sprangen auf, und einige setzten sich in Bewegung, auf die Bühne zu.

In dem Moment jedoch begann der Wurrling, die Schlösser zu öffnen und die Ketten abzustreifen.

Aber der silberne Reif gab immer weiter nach, während die Ketten von dem Wurrling herabfielen und auf den Dornen landeten.

»Beeil dich! Oh, beeil dich doch!«, schrie jemand, offenbar dieselbe Frau wie vorher.

Das silberne Kettenglied dehnte sich, und nur noch ein kleines Ende hielt den Wurrling.

Aber der war jetzt frei, und während weiße und schwarze Bänder um ihn herumwehten, kletterte der dunkelhaarige, in Grau gewandete Bokker die Kette hinauf. Doch da gab der silberne Reif endgültig nach und fiel auf die Bühne.

Der Wurrling stürzte auf die Dornen zu.

Frauen kreischten und hielten sich die Augen zu.

Männer brüllten verzweifelt.

Mit einem metallischen Knall straffte sich die Kette, und der Wurrling baumelte sicher kurz über den scharfen Spitzen der langen glänzenden Dornen.

Das Publikum explodierte förmlich vor Erleichterung, und Binkton schwang sich über die Dornen hinweg und landete sicher auf der Bühne. Dort verbeugte er sich unter lautem Jubel der Zuschauer, in den sich bei vielen sicherlich auch Tränen der Erleichterung mischten.

Nachdem sich Binkton mehrmals verbeugt hatte, trat Pipper auf die Bühne, während Helfer die Dornen und Ketten wegtrugen. Graden sprang ebenfalls auf die Bühne. »Das sind sie, Leute, Feuer und Eisen!«, verkündete er.

Während sich die beiden Wurrlinge verneigten, flüsterte Pipper Binkton aus dem Mundwinkel zu: »Das war ganz schön knapp.«

»Pah«, murmelte Binkton, während er ins Publikum lächelte, »ich wäre auf der sicheren Stelle gelandet, wenn es schiefgegangen wäre.«

Bevor Pipper antworten konnte, hob Binkton die Hand und bat um Ruhe. Als es still im Saal wurde, sagte er: »Augenbinde, bitte.«

Pud eilte auf die Bühne, genoss seinen Moment des Ruhms und hielt ein schwarzes Tuch in den Händen. Dann begannen Feuer und Eisen mit dem zweiten Teil ihrer Vorstellung. Pipper streifte durch die Zuschauer und hielt verschiedene Dinge hoch, die ihm von einzelnen Zuschauern gegeben wurden, und forderte Binkton, der sich das Tuch vor die Augen gebunden hatte, auf, sie zu identifizieren. Binkton tastete sich umständlich an die Dinge heran und kreiste ihre Beschaffenheit ein; es waren Broschen, Dolche, Mantelspangen, Münzen, Schwerter und dergleichen, und es schien, als würde er sich bemühen, die Objekte, die er nicht sehen konnte, ausschließlich mit seinen mentalen Fähigkeiten zu erkennen. In Wirklichkeit wusste er aufgrund der mit Pipper abgesprochenen Kodewörter sehr genau, worum es sich handelte.

Die meisten Zuschauer im *Schwarzen Hund* hatten eine solche Vorstellung noch nie erlebt. Zwei Soldaten unter ihnen hatten bereits etwas Ähnliches gesehen, amüsierten sich aber trotzdem über die Vorstellung der Wurrlinge, so auch, als Pipper den Gänsekiel eines Buchhalters für die Zuschauer hochhielt, und Binkton erklärte, er glaubte, Pipper hielte da etwas Kleineres als ein Pferd in der Hand. Das Publikum brüllte vor Lachen.

Am nächsten Abend führte Pipper erneut seine waghalsigen akrobatischen Nummern vor, sprang durch die Luft, durch brennende Reifen und jonglierte mit Feuerstäben, die ihn eigentlich hätten zu Asche verbrennen müssen.

Als er diesmal am Ende seiner Darbietung nach einigen Überschlägen rückwärts auf der Truhe landete und sich verbeugt hatte, griff er hinab, zog ein großes Tuch hoch, in das er sich wickelte, und ließ es sofort wieder fallen. Nur war es nicht Pipper, der dort stand, sondern Binkton.

Als die Männer die Truhe von der Bühne trugen, sprang ein Mann hoch und rief: »Ich wette, dass der andere Wurrling in der Truhe ist.«

Binkton bat die Männer, die Truhe abzusetzen, sie zu öffnen und sie nach vorn zu neigen, damit die Gäste hineinsehen konnten. Dann fuhr er mit der Hand durch die eindeutig leere Truhe und rief: »Bist du da drin, Pip?« Als er keine

Antwort erhielt, sagte er: »Wie Ihr seht, mein skeptischer Freund, ist die Truhe vollkommen leer.« Der Mann brummte verwirrt und setzte sich wieder hin.

Während die Helfer die Truhe wieder schlossen und nach hinten trugen, lud Binkton zwei Soldaten ein, auf die Bühne zu kommen und ihn in Ketten zu legen. Während sie das taten, gab er dem ersten Soldaten das Schwert des zweiten und die Börse des ersten dem zweiten Soldaten, sehr zur Verblüffung der beiden. Zum Publikum sagte er, er dachte, er hätte gehört, dass der eine dem anderen sein Schwert gegen eine gute Summe Geldes verkaufen wollte. Dem wäre aber nicht so, und er wollte sich entschuldigen und den beiden rechtmäßigen Besitzern ihr Eigentum zurückgeben. Noch während der eine Soldat eine Handschelle um Binktons Handgelenk schnappen ließ, stellte er fest, dass er sich selbst gefesselt hatte. Außerdem verloren die beiden Soldaten aus Versehen ihre Gürtel, sodass ihre Hosen herunterfielen. Ständig sagte Binkton: »Hoppla, verzeiht, bitte« oder »Oh, das tut mir so leid« oder »Meiner Seel, wie konnte das nur passieren?«, und die Zuschauer lachten Tränen.

Schließlich gelang es den beiden Soldaten, Binktons Hände in Ketten zu legen, und als sie sich hinknieten, um seine Knöchel zu fesseln, beugte sich der Wurrling herunter und half ihnen, und gab einem der Soldaten die Handschellen, damit er sie festhielt, während Binkton dem anderen bei den Fußfesseln half.

Als die Soldaten schließlich zu ihren Sitzen zurückkehrten, rief der Hauptmann der Garnison Binkton zu: »Ich glaube, mein Guter, dass Ihr Trickfesseln benutzt.«

»Also gut«, antwortete Binkton. »Habt Ihr zufällig eigene Fesseln dabei?«

»Nein, aber wenn Ihr morgen zur Garnison kommt, dann hätte ich welche für Euch. Ich würde Euch auch in eine meiner Zellen sperren, und ich wette um die beste Mahlzeit im

Schwarzen Hund und um den besten Wein, dass Ihr da niemals herauskommt.«

Binkton zögerte einen Moment, und der Hauptmann rief: »Sehe ich da Furcht auf Eurem Gesicht?«

Binkton fuhr empört hoch. »Furcht? Pah! Kein Verlies kann mich halten, geschweige denn der Kerker einer Garnison. Ich akzeptiere Eure Herausforderung gern, Hauptmann. Sagen wir, um die Mittagszeit?«

»Ich werde Zeuge sein!«, rief jemand anders. Als er aufstand, sahen alle, dass es der Priester der Stadt war, ein Mann, den alle als absolut vertrauenswürdig kannten.

Die Vorstellung ging weiter, und als sie sich verbeugten, flüsterte Pipper: »Bist du verrückt geworden, Bink? Du bist noch nie aus einem Gefängnis ausgebrochen.«

»Keine Sorge, Cousin. Ich meine, wie schwer kann das schon sein, hm?«

»Das sind Worte des Verhängnisses, fürchte ich«, gab Pipper zurück.

»Nein, Wurro«, meinte Binkton. »Denn ich habe einen Plan, weißt du.«

Die Sonne stand hoch am Himmel, und fast alle Bürger von Waldkreuz sowie einige Passagiere, die auf ihre Rote Kutsche warteten, und die Soldaten der Garnison waren da. Sämtliche Geschäfte waren geschlossen, und ein Kutscher der Roten Kutsche und seine Kutschknechte sowie die Passagiere, die eigentlich nach Norden reisen wollten, sahen ebenfalls zu.

Der Hauptmann und der Priester begrüßten Binkton auf den Stufen des Haupteingangs vor dem Kerker, einem einfachen, aber soliden Gebäude. Der Königstreue hielt eine kleine Handschelle in der Hand.

»Darf ich erst einmal durch Euren Kerker gehen?«, erkundigte sich Binkton.

Der Hauptmann führte den Wurrling und alle Zuschauer durch den bescheidenen Kerker, erklärte, dass die beiden eisenbeschlagenen Türen vorn und hinten verschlossen und alle Fenster mit Eisenstangen versperrt waren.

Als sie zum Haupteingang zurückkehrten, führte der Offizier Binkton die Treppe hinauf. Oben legte er ihm die Handschellen an, während Pipper danebenstand und sich grämte. Er war nervös, das konnten alle sehen. »Niemand ist jemals aus der Zelle entkommen, in die ich ihn jetzt einsperren werde!«, verkündete der Hauptmann.

»Pah!«, erwiderte Binkton. »Das schaffe ich im Nu.«

»Das werden wir ja sehen«, meinte der Hauptmann, nahm einen Schlüsselring vom Gürtel und öffnete die verrammelte Vordertür. Er führte Binkton ins Innere, gefolgt von dem Priester, der als Beobachter fungierte. Einige Augenblicke später tauchten der Hauptmann und der Priester wieder auf, verschlossen die Tür und wandten sich dem Publikum zu.

»Ist er sicher eingesperrt, Prälat?«, rief jemand.

»Allerdings«, antwortete der Priester. »Er ist gefesselt und sitzt in einer Zelle, aus der es kein Entkommen gibt.«

»Woher wisst Ihr, dass er keinen Dietrich dabeihat?«, fragte ein anderer.

»Ich habe ihn gründlich durchsucht«, erwiderte der Hauptmann. »Er hat nichts bei sich gehabt, was ihm bei einer Flucht helfen könnte, nicht mal eine Stecknadel.«

»Habt Ihr auch in seinem Mund nachgesehen?«

»Das habe ich.«

»Und im unteren Bereich?«

»Da auch.«

Ein Viertel-Kerzenstrich brannte herunter, und die Menge wurde unruhig. Pipper saß mürrisch auf den Stufen. Der Hauptmann blickte hoch zur Sonne und dann wieder auf das Publikum. »Ich glaube, ein Nu ist jetzt vergangen.« Er drehte sich zu dem Priester herum. »Kommt, Prälat, lasst uns sehen, wie es ihm ergeht.« Dann grinste er und meinte: »Ich werde die Mahlzeit genießen, die er mir schuldet.«

Doch nach wenigen Augenblicken kamen der Hauptmann und der Prälat mit verblüfften Mienen wieder heraus. Der Soldat hielt die Handschellen in den Händen. »Er ist weg!«, erklärte er.

»Wo kann er denn sein?«, rief jemand.

»Ja, wo ist er?«, schrie ein anderer.

Die Zuschauer redeten aufgeregt durcheinander, doch Pipper, der jetzt plötzlich fröhlich grinste, sprang auf und hob Ruhe gebietend die Hände. Als es still wurde, sagte er: »Na, er sitzt natürlich im *Schwarzen Hund* und wartet auf seine Mahlzeit.«

Die Menge strömte zurück zur Herberge, und tatsächlich: Dort saß Binkton an einem Tisch, stand auf und lud den Hauptmann ein, sich zu ihm zu setzen und ihm bei der besten Mahlzeit und dem besten Wein des *Schwarzen Hundes* Gesellschaft zu leisten.

Graden Finster und seine Leute hatten zur Mittagszeit noch nie so viele Gäste gehabt wie an diesem Tag.

»Also wirklich«, meinte Pipper, als er und Binkton sich an diesem Abend bettfertig machten. »Wir sollten das in jeder Stadt machen.«

»Was?«, meinte Binkton gähnend.

»Sie herausfordern, dich in den Kerker zu sperren, aus dem du dann entkommst. Hast du gesehen, wie viele Zuschauer gekommen sind?«

»Natürlich habe ich das gesehen. Ich war schließlich da, Dummkopf.«

»Nein, Bink, was ich meine, ist: Es zieht Publikum an.«

»Hmm …« Binkton runzelte nachdenklich die Stirn.

»Und wir könnten Handzettel von uns in die nächste Stadt vorausschicken und Broschüren verteilen und dann …« Pipper vollendete den Satz nicht, aber Binkton wusste, was er sagen wollte.

Er runzelte die Stirn. »Es hätte schwierig sein können, aus diesem Kerker zu entkommen, wenn wir uns nicht gestern Nacht dort hineingeschlichen hätten, sodass ich ihre Schlösser ausprobieren konnte.«

»Ja, aber du hattest keine Schwierigkeiten und hast sogar im Dunkeln gearbeitet. Bei Tageslicht war das bestimmt kein Problem.«

Erneut gähnte Binkton und stieg in sein Bett. »Vermutlich ist das eine gute Idee, Pip. Aber jetzt blas die Kerze aus und lass uns schlafen.«

Das siebentägige Engagement im *Schwarzen Hund* verging wie im Fluge, und Binkton und Pipper führten jeden Abend neue Variationen ihrer »Feuer und Eisen«-Schau auf. Sie jonglierten, scherzten, stahlen den Leuten unbemerkt Dinge, die sie freilich zurückgaben, lasen Gedanken, schwangen sich an Seilen durch die Luft, turnten, entkamen, tauchten auf und verschwanden. Aber schon bald hatte fast jeder in Waldkreuz ihre Vorstellung gesehen, und die Zuschauer wurden weniger.

»Wohin geht Ihr jetzt?«, erkundigte sich Graden, als die Bokker ihm sagten, dass sie weiterziehen würden.

»Wir reisen langsam nach Fährstadt am Argon weiter«, erwiderte Pipper. »Wir haben gehört, dass es seit dem Krieg gewachsen und mittlerweile eine wohlhabende Handelsstadt ist.«

»Ich würde mich an Eurer Stelle vor den Flussleuten hüten«, riet Finster ihnen.

»Keine Sorge«, gab Pipper zurück. »Wir wissen, was sie damals im Großen Bannkrieg getan haben. Und was sie davor an den Schnellen und auf der Olorin-Insel taten.«

»Es sind Räuber und Verräter«, meinte Binkton und nickte.

Am nächsten Tag luden die Wurrlinge mithilfe der Kutschknechte ihre eisengraue, mit Flammen bemalte und doppeltem Boden ausgestattete Truhe mit Ketten, Schlössern, Seilen und ihrer ganzen Ausrüstung auf die Rote Kutsche, die nach Süden fuhr. Die Knechte warfen auch die Segeltuchtaschen der Wurrlinge hinauf, in denen sich neben ihren persönlichen Dingen auch Kleidung und die Kostüme für ihre »Feuer und Eisen«-Schau befanden. Schließlich verabschiedeten sie sich von Graden Finster und seinem Sohn Pud sowie von einer kleinen Gruppe von Einwohnern und einigen Soldaten aus der Garnison, einschließlich des Hauptmanns. Die Wurrlinge stiegen in die Kutsche und machten sich auf die Reise, um Ruhm und Ehre zu sammeln – und natürlich genug von dem guten Silber des Königs.

Als die Kutsche aus der Stadt rumpelte, drehte sich Pipper zu Binkton herum. »Nervös?«, fragte er.

Binktons Miene verfinsterte sich. »Nervös, ich? Pah! Ich meine, was kann letztlich schon schiefgehen, hm?«

26. Kapitel

UNTERWEGS

Feuer und Eisen

(Mitte Herbst, 6E6)

Drei verregnete Tage und siebenunddreißig Werst weiter, nachdem sie Waldkreuz verlassen hatten, kamen Binkton und Pipper in Luren an, einer Stadt am Zusammenfluss des Hâth und des Caire, die von dort an den Inselstrom bildeten, dessen Wasser nach Westen flossen und schließlich den Ryngar-Meeresarm des Westlichen Ozeans erreichten.

Während ihres Aufenthalts nahmen sie sich ein Zimmer in der Herberge zur *Luren Furt*, die zwei Brüdern gehörte, die nach einer kurzlebigen Rebellion aus Gothon geflüchtet waren; angeblich, weil sie sich auf die falsche Seite geschlagen hatten. Andere munkelten, die Brüder wollten sich der harten Justiz Gothons entziehen, nachdem sie einige Mitglieder des Königshauses betrogen hatten. Wie auch immer, als die Brüder herausfanden, dass Binkton und Pipper die beiden Wurrlinge waren, von denen ihnen einige Passagiere der Roten Kutsche, die zuvor durch Luren gekommen waren, erzählt hatten, baten sie die Bokker, ein paar Tage zu bleiben und auch in ihrer Herberge aufzutreten. Obwohl die Decke nicht annähernd hoch genug für Pippers Luftakrobatik war und auch nicht für Binktons »Dornen des Unheils«, hatte ihre »Feuer und Eisen«-Schau genug Nummern, die keine hohe Decke erforderte. Nach kurzen Verhandlungen erklärten sich

Binkton und Pipper bereit, sechs Tage zu bleiben, denn dann würde die nächste Rote Kutsche nach Süden vorbeikommen, vorausgesetzt, das Wetter wurde nicht schlechter. Also luden sie ihre Ausrüstung ab und bezogen ihre Gemächer in der Herberge.

Am selben Abend begeisterten sie ihre Zuschauer in einer kurzen Vorstellung mit einigen Taschenspielertricks und ihren Scherzen. Pipper jonglierte, und Binkton befreite sich aus festgezurrten Seilen, und sie verkündeten anschließend, dass sie an den folgenden Abenden eine ausführliche Vorstellung geben würden.

Am nächsten Tag besuchten sie das örtliche Verlies, und während Pipper die Wache unterhielt, schlenderte Binkton scheinbar ziellos umher, lud am Ende aber den Hauptmann der Wache und seine Soldaten ein, zu der Vorstellung zu kommen und ihre besten Handschellen mitzubringen, aus denen er sich zu befreien gedachte.

An dem Abend zeigte der blonde Pipper in seinem Kostüm aus rotem, safranfarbenem und goldenem Stoff einige akrobatische Kunststücke, schlug Flickflacks rückwärts durch brennende Reifen, landete auf der Truhe und verschwand, während der schwarzhaarige Binkton plötzlich auftauchte. Wie üblich behauptete einer der Zuschauer, Pipper würde sich in der Truhe verbergen, aber als sie geöffnet und so gekippt wurde, dass die Zuschauer hineinsehen konnten, befand sich kein Pipper darin. Während Helfer die Truhe von der Bühne schleppten, fesselten die Wachen Binkton an Händen und Füßen und steckten ihn in einen Sack. Sie verknoteten das letzte Seil und kehrten dann auf ihre Plätze zurück. Der Sack wand sich und hüpfte herum, bis er schließlich zur Ruhe kam und eine klägliche Stimme darin bat: »Würde mich bitte jemand hier herausholen?«

Noch während die Wachsoldaten triumphierend grinsten, rief eine Stimme aus dem hinteren Teil des Schankraums:

»Das mache ich!« Als die Zuschauer sich umdrehten, marschierte der dunkelhaarige Wurrling in einem schwarz-weißen Kostüm zwischen den Tischen zur Bühne, wo er einen blonden und gefesselten Wurrling in einem roten, goldenen und safranfarbenen Kostüm aus dem Sack befreite.

»Wie ist der andere Wurrling da reingekommen?«, rief jemand. »Und wie ist der erste da rausgekommen?«, schrie ein anderer, während der dunkelhaarige Bokker sich vorbeugte, dem Blonden die Eisen abnahm und sie dem Hauptmann der Stadtwache zurückgab.

Die Wurrlinge verbeugten sich unter tosendem Applaus und gingen von der Bühne, kehrten jedoch nach einem Augenblick zurück und verbeugten sich erneut vor dem begeisterten Publikum. »Wie Ihr seht, bin ich einfach nur aus dem Sack entkommen, als jemand nicht aufgepasst hat, während Pipper meinen Platz eingenommen hat.« Während einige der Zuschauer lachten und andere sich ratlos den Kopf kratzten, wandte sich Binkton an die Wachsoldaten. »Hauptmann«, fragte er, »ist Euer Kerker genauso unsicher wie dieser Sack?«

»Noch nie ist jemand aus unseren Zellen entkommen«, erwiderte der Offizier pikiert.

Binkton lächelte. »Wollen wir um die beste Mahlzeit in dieser Herberge wetten, dass ich im Handumdrehen herauskomme?«

»Diese Wette nehme ich an.«

»Wir brauchen einen verlässlichen Zeugen«, meinte Binkton, »um zu beweisen, dass Ihr und ich nicht unter einer Decke stecken.«

»Ich bin der Zeuge!«, schrie jemand.

»Und ich auch«, sagte ein anderer, dessen Stimme wie Kies knirschte.

Der erste Freiwillige war der Bürgermeister von Luren, und der mit der rauen Stimme ein breitschultriger Zwerg, der jetzt aufstand. »Brekka Eisenbein, zu euren Diensten.«

Brekka war der erste Zwerg, den Binkton und Pipper sahen. Er war ganz in Leder gekleidet und maß etwas über einen Meter fünfunddreißig, hatte walnussbraunes Haar und einen gegabelten Bart. Seine Schultern waren vielleicht anderthalbmal so breit wie die eines Menschen.

Die Zuschauer stimmten begeistert für den Zwerg, denn die Ehrlichkeit der Châkka war legendär. Was nicht bedeutete, dass sie ihrem Bürgermeister nicht vertraut hätten, aber ein Zwerg, nun ja, dessen Wort war einfach unanfechtbar.

Brekka trat zwischen den Tischen hindurch, stieg auf die Bühne und baute sich neben den Wurrlingen auf. Dann verbeugte er sich vor dem Publikum. Als er sich umdrehte und den Bokkern die Hand schüttelte, sagte er leise: »Netter Trick, die Kleidung zu wechseln und Perücken aufzusetzen, denn die meisten Menschen glauben, dass alle Waeran gleich aussehen, und bemerken die Unterschiede zwischen euch nicht.«

Pipper sah Binkton an und zuckte mit den Schultern. Der Zwerg hatte offensichtlich bemerkt, dass er und Binkton ihre Identität getauscht hatten, um den Trick »Bokker im Sack« aufzuführen. Binkton hatte sich im Sack in Pipper verwandelt, während Pipper sich neben der Bühne in Binkton verwandelt hatte.

Am Mittag des folgenden Tages versammelten sich wie in Waldkreuz die Zuschauer vor dem Kerker, während Brekka und der Hauptmann der Wache sowie ein gründlich durchsuchter und an Händen und Füßen mit Handschellen gefesselter Binkton hineingingen. Der Wurrling schlurfte. Pipper blieb draußen, ging auf und ab, biss sich auf die Unterlippe, rang die Hände und ließ den Kopf hängen, als wäre er besorgt.

Aus dem Kerker ertönte ein metallischer Knall, als die Zellentür verschlossen wurde, dann klapperten Schlüssel, und ein schweres Schloss wurde geschlossen. Einen Moment später tauchten der Hauptmann und der Zwerg wieder auf. Der Hauptmann ließ den Schlüsselbund um einen Finger wirbeln und verkündete dem Publikum: »Er ist sicher eingesperrt und in Eisen gelegt.«

»In diese Eisen?«, fragte jemand.

Brekka trat überrascht zur Seite, und hinter ihm stand Binkton, die Hand- und Fußfesseln in den Händen.

Die Zuschauer johlten vor Vergnügen.

Ein paar Tage später bestiegen Pipper und Binkton zusammen mit Brekka die nächste Rote Kutsche nach Süden. Es war ein bewölkter, grauer Tag. Unter dem düsteren Himmel rumpelte die Kutsche aus Luren hinaus über die Furt und in den Wald von Flusshorst, einem ausgedehnten Forst, der fast siebzig Meilen die Straße säumen würde. Der Weg zwischen Luren und der Gûnarring-Schlucht hieß Ralo Chaussee und war fast dreihundertfünfzig Meilen lang. Doch bevor sie die Schlucht erreichten, mussten sie durch das Grimmwall-Gebirge, das etwa achtzig Meilen entfernt war. Dort führte der Ralo-Pass über diese mächtige Gebirgskette. Danach würden sie durch Gûnar reisen, einem nur dünn besiedelten Land.

Als sie an einem düsteren Morgen durch den Forst fuhren, sah Pipper aus dem Fenster. »Oh, Bink, es sieht so düster draußen aus, als würde der Wald uns nicht hier haben wollen. Es scheint, als würden die Bäume gleich nach uns greifen. Und wer weiß, was sie dann mit uns machen?«

»Was?«, fragte Binkton. »Bäume, die uns packen wollen?« Er schüttelte den Kopf. Woher Pipper solch seltsame Ideen kamen, wusste Binkton einfach nicht. Was nicht heißen sollte, sein Cousin hätte nicht ganz ausgezeichnete Ideen, denn er hatte mehr als einmal verrückte Pläne ausgeheckt, die sich letztlich als sehr gerissen herausgestellt hatten. Aber schon in ihrer Kindheit und bis zu diesem heutigen Tag hatte Pipper sich immer wieder haarsträubende Dinge eingebildet und sich dann oft gefürchtet, und Binkton hatte immer versucht, ihn zu beruhigen. Andererseits hatte Pipper auch Dinge ersonnen, die Binkton bewunderte, Dinge, die er sich vielleicht in seinem ganzen Leben niemals auch nur hätte vorstellen können, Kunststücke, Streiche oder einfach nur praktische Dinge. Außerdem war Pipper immer voll von Geschichten, und seine Neugier schien grenzenlos. Binkton freute sich meist darauf, was Pippers Einbildungskraft als Nächstes hervorbringen würde, wenn er es auch manchmal missbilligte.

Jetzt seufzte er. »Pip, das sind ganz gewöhnliche Bäume.«

»Bist du sicher?«, erkundigte sich Pipper, der immer noch mit großen Augen aus dem Fenster starrte. »Mir kommen sie eher bedrohlich vor.«

»Brekka, würdet Ihr diesen Bokker zur Vernunft bringen?«, fragte Binkton. »Sagt ihm, dass Bäume nicht nach jemandem greifen.«

Brekka schüttelte langsam den Kopf. »Im Gwasp, einem Sumpf in Gron, gibt es angeblich Bäume, die wie Frauen kreischen. Wehe dem, der ihnen zu Hilfe eilt, denn sie haben Tentakel zwischen den Wurzeln, mit denen sie nach dem Möchtegern-Helden greifen und ihn festhalten. Dann fressen diese sogenannten Bäume mithilfe ihrer Tentakel den Gefangenen.«

»Oh, Himmel!«, stöhnte Pipper. »Ich werde heute Nacht bestimmt von diesen schrecklichen Dingen träumen.«

»Er nimmt uns nur auf den Arm«, meinte Binkton. »Das tut Ihr doch, Brekka, oder?«

»*Nay*, Kleiner. Was ich sage, stimmt. Jedenfalls hat man es mir so erzählt.« Als Binkton und Pipper erschreckt nach Luft rangen, deutete Brekka auf den Forst. »Aber das sind gewöhnliche Bäume, keine tödlichen Geschöpfe wie im Gwasp. Also fürchtet euch nicht, Pipper und Binkton, diese Bäume hier sind eher gütig.«

»Sicher?«, erkundigte sich Pipper und warf einen zweifelnden Blick aus dem Fenster.

Doch in diesem Moment brach die Sonne durch die Wolken, tauchte den Wald in ihr goldenes Licht und vertrieb die Düsternis.

»Ah.« Pipper seufzte vor Erleichterung.

Binkton entspannte sich ebenfalls.

Nachdem sie einen Moment schweigend weitergefahren waren, fuhr Pipper fort: »Wohin wollt Ihr, Brekka?«

»Ich reise zurück in mein Heim in den Roten Hügeln«, erwiderte der Zwerg. »Ich komme von einer dreijährigen Lehre in dem Hort Schwarzenstein wieder, im Rigga-Gebirgsmassiv, hoch oben im Norden. Dort habe ich unter anderem gelernt, wie man Juwelen in Schwert- und Axtklingen einlässt.«

»Oh, die Klingen von Bane und Bale waren mit Juwelen geschmückt«, erklärte Pipper. »Bane wurde nach dem Drachenstein Krieg Der Wurzel zurückgegeben.«

»Ich habe von diesen Waffen gehört«, antwortete Brekka. »Das eine ist ein Schwert, das andere ein Langmesser.«

»Bane ist das Langmesser«, antwortete Pipper. »Aber für einen Wurrling, der so groß ist wie wir, ist es wie ein Schwert.«

Brekka lachte.

»Macht Ihr Waffen wie Bane und Bale?«, erkundigte sich Binkton.

»Ich wünschte, das könnte ich«, gab Brekka zurück. »Aber diese beiden Waffen wurden von Dwynfor, dem Elf gemacht, und sie sind magisch. Sie glühen in einem okkulten Licht, wenn sich *Grg* nähern, und eine solche Magie beherrsche ich nicht.« Brekka seufzte und klopfte auf die doppelschneidige Axt, die er nie weit außer Reichweite ließ. »Aber ich fertige sehr gute stählerne Waffen, so wie diese, in der Waffenschmiede des Châkkahorts von den Roten Hügeln.«

»Und jetzt könnt Ihr sie mit Juwelen schmücken«, meinte Pipper.

»Genau.«

»Sagt«, Pippers Augen leuchteten auf, »könntet Ihr vielleicht auch Binks Bogen mit einem Edelstein schmücken? Er ist ein ausgezeichneter Bogenschütze, wisst Ihr ... vielleicht wisst Ihr es ja auch nicht, aber das spielt hier keine Rolle. Ich benutze die Schleuder. Aber ein Edelstein in einem Bogen, das sähe prachtvoll aus.«

Binkton runzelte die Stirn. »Ich brauche keinen Edelstein in meinem Bogen, Pip. Er würde wahrscheinlich nur die Wirkung der Waffe beeinträchtigen.«

»Nicht, wenn es ordentlich gemacht wird«, erwiderte Brekka. »Ich würde ihn direkt über deinen Handgriff einsetzen, nicht am Rand. Siehst du, so ...«

Den Rest des Tages erklärte Brekka den beiden die Feinheiten, Juwelen in Waffen einzusetzen, in Griffe, Hefte, Knäufe, Klingen und dergleichen, und Pipper und Binkton schliefen während der ausführlichen Erläuterung ein. Andere Passagiere schliefen ebenfalls ein, aber Brekka erklärte die Einzelheiten trotzdem weiter, als die Straße langsam zu den fernen Bergen anstieg. Der Zwerg redete ebenso mit sich wie zu den anderen.

Drei Tage und etliche Pferdewechsel später erreichten sie die Station im Vorgebirge am Fuß des Spalts. Am Morgen würden sie frische Pferde anspannen und ein zweites Gespann mitnehmen, denn der Pass war von einem zum anderen Ende ungefähr zwanzig Werst lang, und bis auf ein paar Pausen, um zu essen, die Pferde zu tränken und zu füttern und zu tauschen, würden sie keine Rast machen. Es sei denn, ein Rad bräche.

»Und es sei denn, die *Grg* überfallen uns«, knurrte Brekka, während er an diesem Abend seine Armbrust ölte.

»Ihr meint die *Spaunen*?« Pipper sah ihn fragend an.

»Natürlich meint er die *Spaunen*!«, fuhr Binkton hoch.

»Was ich meinte, Bink, war, ob es wahrscheinlich ist, dass sie dort sind.«

Brekka legte die Armbrust weg und nahm seine doppelschneidige Axt hoch. »Wir sind im Grimmwall, Pip, einem der Zufluchtsorte der *Grg*.«

Pippers Augen weiteten sich. »Rûcks und Hlöks und Ogrus meint Ihr?«

»Was soll er denn sonst meinen?«, knurrte Binkton.

»Vergiss die *Khôls* nicht«, erwiderte Brekka.

»Ghûls«, erklärte Binkton, bevor Pipper fragen konnte.

»Wir haben noch nie welche gesehen«, erklärte Pipper. »Weder Rûcks noch Hlöks noch Ogrus noch Ghûls. Wie sehen sie aus?«

Binkton stöhnte. »Du hast doch von ihnen gelesen, Pip.«

»Ja, aber ich möchte, dass mir jemand, der sie aus erster Hand kennt, von ihnen erzählt.«

Binkton wollte protestieren, aber Brekka unterbrach ihn. »*Ükhs* sind etwa einen Kopf größer als euer Volk. Sie sind dunkelhäutig, haben dünne Arme und krumme Beine, Fledermausohren und Augen wie Reptilien. Einige Menschen, besonders die Harlingar, nennen sie auch Goblins. Sie benutzen zumeist Keulen als Waffen, obwohl einige auch mit Bogen umgehen können. Sie verschießen Pfeile mit schwarzen Schäften, deren Spitzen zumeist vergiftet sind. *Hröks* sehen fast genauso aus wie ihre kleineren Artgenossen, aber ihre Gliedmaßen sind gerader. Sie sind so groß wie Zwerge oder ein bisschen größer und benutzen Krummsäbel und Bogen als Waffen. Trolle, nun, die ähneln den *Ükhs* und *Hröks*, aber sie sind ungefähr drei Meter groß. Ihre Haut ist wie Stein und kann von Pfeilen nicht durchdrungen werden, aber ein Pfeil in den Mund oder ein Auge kann sie töten. Ihre Fußsohlen sind ihre wunde Stelle, und Fußangeln sind sehr wirkungsvolle Waffen gegen sie. Sie fürchten Feuer. Wie alle von der Brut hatten sie auch Adons Brennenden Tod zu fürchten, aber das ist jetzt nicht mehr so. Ah, und die Knochen von Trollen sind so schwer wie Stein, deshalb fürchten sie auch Wasser, weil sie ersaufen, wenn sie hineinfallen und es über ihren Kopf reicht. Sie benutzen große lange dicke und schwere Eisenstangen, Streitkolben, die sie einfach gegen ihre Feinde schwingen und diese damit ummähen wie ein Schnitter den Weizen. Die *Khôls*, sie sind etwa so groß wie Menschen, so weiß wie Leichen. Sie benutzten Speere mit grausamen Haken und reiten auf Hèlrössern. *Khôls* sind sehr Furcht einflößende Feinde, denn gewöhnlicher Stahl, ob man sie damit schlägt, stößt oder aufspießt, kann ihnen nicht viel schaden. Aber eine silberne Klinge oder eine Waffe mit *Macht* kann sie töten, ebenso wie ein Holzpflock ins Herz und auch Feuer, Köpfen oder Zerstückelung.«

»Also, Pipper«, meinte Binkton, »das alles wusstest du bereits.«

»Das stimmt«, erwiderte Pipper mit zitternder Stimme. »Aber zu hören, wie Brekka die *Spaunen* laut beschreibt, macht mir eine Gänsehaut.« Nach einer kurzen Pause setzte er hinzu: »Ich werde vermutlich die ganze Nacht furchtbare Dinge träumen.«

Binktons Blick wurde weicher. »Wenn du einen Albtraum hast, Pip«, sagte er, »dann wecke ich dich und warte, bis du wieder eingeschlafen bist.«

Pipper drückte seinem Cousin den Arm. »Danke, Bink. Auf dich kann ich immer zählen.«

Sie schwiegen eine Weile, dann wandte sich Pipper an Brekka. »Habt Ihr schon einmal gegen sie gekämpft, Brekka?«

»Aye«, erwiderte der Zwerg. »Etliche Male, denn der Krieg gegen die *Grg* endet niemals.«

»Wie kommt Ihr gegen Ogrus an?«

»Wir benutzen Speerschleudern mit Spießen, die stählerne Spitzen haben.«

»Wurfschleudern?«

»Große Armbrüste, die wir auf Karren montieren. Aber wenn es nicht anders geht, dann stürzen sich fünfzig Châkka auf einen Troll und versuchen, ihn zu Fall zu bringen, indem wir ihm mit den Äxten die Sehnen in den Knien oder Knöcheln durchtrennen.«

Pipper sah Binkton an. »Himmel, ich hoffe, wir treffen auf dem Pass nicht auf Ogrus.«

»Wenn doch«, erwiderte Brekka, »dann werden die Kutscher die Pferde antreiben, und wir werden fliehen. Oder wir opfern eines der angeleinten Pferde, um die Trolle abzulenken. Sie lieben Pferdefleisch, und jeder Troll würde sofort das Pferd verfolgen.«

»Das arme Pferd«, meinte Pipper, und er griff erneut nach Binktons Hand.

»Besser ein Pferd als wir, Pip«, meinte dieser. Pipper nickte düster.

»Wir werden aber kaum einen Troll oder einen *Khôl* auf einem Hèlross auf dem Pass treffen«, beruhigte Brekka ihn. »*Ükhs* und *Hröks* schon eher.«

»Rûcks und Hlöks, ja?«, fragte Pipper und holte tief Luft. »Dann solltest du besser Pfeil und Bogen holen«, riet er Binkton. »Und ich meine Schleuder und die Geschosse.«

Binkton nickte. Die Wurrlinge verließen die Kutsche, kletterten aufs Dach und öffneten ihre Truhe. Binkton nahm seinen Bogenkasten und den Köcher, während Pipper sich einen Beutel mit Geschossen griff und hineinsah. Zufrieden band er den Beutel an seinen Gürtel. Dann schlossen Binkton und er die Truhe und zurrten sie wieder auf dem Dach fest.

Früh am nächsten Tag, einen Kerzenstrich vor dem Morgengrauen, verließ die Rote Kutsche die Station, gefolgt von den Ersatzpferden. Zwei zusätzliche Kutschknechte saßen auf dem Dach. Alle waren bewaffnet.

Dann fuhren sie ins Vorgebirge.

Kurz nach Sonnenaufgang sanken die ersten Schneeflocken vom Himmel herab, denn obwohl es noch nicht ganz Mitte Herbst war, kam der Winter in dieser Höhe früher.

»In etwa zwei Wochen«, meinte Brekka, »wird dieser Pass zugeschneit sein.«

»Was machen dann die Roten Kutschen?«, fragte Pipper, und bevor Binkton etwas sagen konnte, fuhr er fort: »Ich meinte, wie werden sie dann zwischen Caer Pendwyr und der Feste Challerain verkehren?«

»Über die Gap-Straße und durch den Gûnar-Schlitz«, erwiderte Brekka, »dann über den Alten Rellweg nach Luren, bis diese Strecke ebenfalls einschneit. Dann können die Roten Kutschen den Grimmwall gar nicht mehr passieren.«

Sie erreichten in dem Moment den zerklüfteten Eingang zu der Schlucht, und einer der Kutschknechte schwang sich herunter und klopfte an ein Fenster. Pipper und Binkton erschraken, ebenso die anderen Passagiere. »Seid wachsam«, sagte der Mann, als Brekka den Vorhang zur Seite schob. Dann kletterte er wieder hinauf, während Brekka seine bewährte mit Stahl verstärkte Armbrust spannte und einen Bolzen einlegte.

Brekka und Binkton waren die Einzigen, die Schusswaffen hatten, also bezogen sie Posten auf den beiden Seiten der Kutsche.

Es war eine junge Frau unter den Passagieren, ein neunzehnjähriges Mädchen namens Rebecca. Sie war schlank, schwarzhaarig, hatte blaue Augen und war sehr hübsch. Sie setzten sie in die Mitte, und zwei Männer wollten Pipper neben sie setzen. Aber Brekka meinte, ein Wurrling mit einer Schleuder wäre fast ebenso wertvoll wie einer mit einem Bogen. »Außerdem möchte ich euch daran erinnern, dass die tödlichsten Kämpfer in einer Schlacht Waerans sind.«

Pipper nickte stolz. »Tucker Sunderbank hat mehr als achtzig Rûcks in nur drei Tagen zur Strecke gebracht.«

Die Männer sahen die beiden kleinen Wurrlinge staunend an, und keiner erhob Einwände dagegen, dass die Bokker am Fenster saßen.

Als sie die hohen dunklen Felswände der Schlucht erreichten, die sich durch die Gebirgskette zog, betrachtete Pipper den düsteren Stein. »Himmel, ich wünschte, wir hätten Bane bei uns.«

»Ich auch«, stimmte Binkton ihm zu. Er hielt den Bogen in einer und einen Pfeil locker in der anderen Hand.

»Wir sind vor Morgengrauen losgefahren, und wir werden erst nach Einbruch der Nacht das andere Ende erreichen«, erklärte Brekka, »aber den größten Teil der Reise legen wir im Sonnenlicht zurück. Die *Grg* hassen das Tageslicht. Trotzdem, seid auf der Hut.«

Sie fuhren Meile um Meile den Pass hinauf, die blanken steilen Felswände neben sich. Die Sonne stand hoch am Himmel, und es war keine Bedrohung zu sehen. Erschöpft von seiner Wache schlief Pipper schließlich ein und wurde erst wach, als der Kutscher auf halber Strecke anhielt, um die Pferde zu wechseln. Den Passagieren wurde erlaubt, auszusteigen, sich die Beine zu vertreten und sich zu erleichtern, aber man schärfte ihnen ein, wachsam zu sein. Rebecca ging hinter einen großen Felsbrocken, während Brekka davor Wache hielt.

Schon bald waren die Pferde getränkt und gewechselt, und die Kutsche fuhr weiter.

»Schlaf nur, Bink«, meinte Pipper. »Ich wecke dich, wenn es nötig ist.«

Binkton sah Brekka an, der nickte, also rollte er sich neben Pipper zusammen. Aber er wälzte sich unruhig hin und her. »Ach! Ich kann nicht schlafen!«, meinte er nach einer Weile und nahm seine Wache am Fenster wieder auf.

Kurz nach Mittag überquerten sie den Scheitelpunkt des Passes, wo sie erneut eine Pause einlegten und die Pferde wechselten. Dann machten sie sich an die Abfahrt.

Pipper schlief ein. Binkton sah Brekka an und deutete auf seinen Cousin. »Ein toller Wächter, was?«

Brekka lächelte. »In dem niemals endenden Krieg gegen die *Grg* habe ich neben Kameraden gefochten, die auf der Stelle einschlafen konnten, obwohl die Schlacht in nur wenigen Momenten beginnen sollte. Dazu kann ich Folgendes sagen: Ein ausgeruhter Krieger ist weit nützlicher als einer, der durch Erschöpfung ausgelaugt ist. Ich glaube, dein Pipper wird sich wacker schlagen, sollte es nötig sein.« Und er fügte hinzu: »Nicht alle sollten allerdings schlafen, denn wir brauchen jemanden, der Wache hält und Alarm schlägt, falls der Feind sich nähert.«

Die Kutsche fuhr den langen Pass hinab, und die Pferde mussten fast so viel arbeiten wie beim Anstieg. Deshalb hielt der Kutscher ein drittes Mal an, um sie zu wechseln.

Schon bald waren sie wieder unterwegs, während die Sonne langsam am Himmel herabsank. Es dämmerte bereits, als der Pass sich verbreiterte und sie das Vorgebirge und dahinter die Ebenen von Gûnar sahen.

Dennoch war es bereits stockfinster, als sie die Station erreichten. Als die Reisenden ausstiegen, sah einer der Männer zum Grimmwall zurück. »Na, das war ja gar nichts«, sagte er.

Brekka warf ihm einen grimmigen Blick zu. »Sei froh«, knirschte er warnend, »dass es diesmal nichts war. Und seid froh, dass wir nicht nur vier Kutschwachen auf dem Dach hatten, sondern auch drei Krieger in der Kutsche. Wenn du das nächste Mal durch die Schlucht fährst, schlage ich vor, du reist gut bewaffnet, mit Bogen und Armbrust und Schwert oder Axt. Sonst würdest du irgendwann in der Schlucht deinen Leichtsinn bereuen, falls du lange genug lebst.«

Zwei Tage später am Nachmittag standen fünf Wegelagerer in einem kleinen Waldstück auf dem Weg nach Gûnar an einem gefällten Baum, mit dem sie die Kutsche stoppten. Sie waren mit Keulen und Klingen bewaffnet.

Als die Reisenden auf Befehl des Anführers ausstiegen, feuerte Brekka einen Bolzen ab, der den höhnisch grinsenden Briganten tötete. Binkton streckte zwei weitere mit seinen Pfeilen nieder, Pipper erledigte einen mit einem Geschoss seiner Schleuder. Der fünfte Wegelagerer flüchtete, wurde jedoch von einem Pfeil eines der Kutschknechte niedergestreckt.

Brekka sah den Mann an, den er zuvor gemaßregelt hatte. »Die beiden Waeran haben drei erledigt, wir anderen alle zusammen zwei.«

27. Kapitel

RAUDHÖLL

Feuer und Eisen

(Mitte August, 6E6)

Brekka trat zu einem der gefallenen Strauchdiebe und zog den Bolzen aus dessen Körper. Außerdem rettete er auch einen von Binktons Pfeilen; der Schaft des anderen war zerbrochen, als der Mann zu Boden gestürzt war. Pippers Schleudergeschoss konnte man nicht bergen, denn es steckte im Schädel des dritten Toten.

Binkton und Pipper wirkten beide ein wenig elend, denn bisher hatte noch keiner von ihnen jemals etwas anderes getötet als Kaninchen und andere kleinere Wildtiere. Und diese Toten waren Menschen, auch wenn sie Strauchdiebe gewesen waren. Sie waren plötzlich und gewaltsam gestorben, und der Kampf war vorbei, bevor er richtig angefangen hatte.

»Ich ... ich habe noch nie jemanden getötet«, erklärte Pipper. »Es ist furchtbar.«

Er sah Binkton an, weil er ein Gesicht sehen wollte, das genauso bleich war wie seines. Binkton nickte, ohne Pipper anzusehen. Sein Blick blieb auf die beiden Männer gerichtet, die er niedergestreckt hatte.

»Ich meine«, fuhr Pipper fort, »eben noch haben sie gelacht und geredet und im nächsten Moment sind sie ... sind sie einfach tot.«

»Vergesst es«, riet ihnen Brekka, der Binkton seinen Pfeil hinhielt. »Sie sind nicht mehr wert als *Ükhs*.«

»Aber Brekka, selbst Rûcks oder *Ükhs*, wie Ihr sie nennt, gehen auf zwei Beinen, reden ...« Pipper verstummte.

»Alle *Grg* sind widerwärtig«, meinte Brekka. »Sie haben kein Gewissen, kein Einziger von ihnen, und sie verhalten sich noch genau so, wie Gyphon sie vor langer Zeit geschaffen hat. Und diese Strauchdiebe sind noch schlimmer, denn sie haben, anders als die *Grg*, eine Wahl. Hört, die Justiz der Châkka ist schnell und klar, und die da ...«, Brekka deutete abfällig auf die toten Wegelagerer, »haben nichts Besseres verdient.«

Binkton nahm den Pfeil entgegen, starrte lange darauf, schluckte, sah zu dem Zwerg hoch und nickte. Dann trat er an den Straßenrand und reinigte Schaft und Spitze des Pfeils im Gras.

Der Kutscher rief allen zu, wieder einzusteigen.

»Sollten wir sie nicht wenigstens anständig begraben?«, fragte einer der Reisenden und deutete auf die Toten.

»Hast du mich nicht gehört?«, knurrte Brekka. »Sie sind nicht mehr wert als *Ükhs*. Überlasst sie den Aasfressern.«

Der Mann sah zum Kutscher. Dieser nickte. »Ihr habt den Zwerg gehört«, sagte er zu seinen Knechten. »Legt sie in den Graben und überlasst sie den Raben.«

Während die Kutschknechte sich mit den Leichen abmühten, küsste die neunzehnjährige Rebecca die beiden Wurrlinge auf die Wangen, was sie ein wenig aufzumuntern schien. Doch als sie sich Brekka näherte, hob er eine Hand. »Es war nicht mehr, als Ungeziefer zu vernichten.«

Die Kutschknechte zogen den Baumstamm von der Straße, und die Kutsche setzte ihren Weg fort.

Als die beiden Bokker sich in dieser Nacht in ihrer Kammer in der Station bettfertig machten, meinte Pipper: »Mir hat das

Gefühl nicht gefallen, das ich hatte, als ich diesen Mann getötet habe.«

Binkton seufzte und streifte sein Hemd über den Kopf. »Mir auch nicht. Aber ich habe an das gedacht, was Brekka gesagt hat.«

»Über die schnelle und harte Justiz der Châkka?«, wollte Pipper wissen, während er seine Stiefel auszog.

»Nein. Sondern dass diese hinterhältigen Männer nicht mehr wert waren als die Brut. Ich glaube, er hat recht gehabt.«

»Wie das?«

»Denk an all das, Pip, was wir über Tipperton, Beau und Rynna gehört haben, über Tuck und Danner und Patrel und Merrilee, Perry und Cotton, oder über Gwylly und Faeril, wie auch über Cousine Triss und Danby und Kipley.«

»Das ist aber viel zum Denken, Bink.«

Der Bokker nickte. »Und dann sind da noch Aravan und Brega und Gildor und Vanidor und Vanidar und Riatha und Urus und ein Haufen anderer Leute, ganz zu schweigen von den vielen Hochkönigen.«

»Worauf willst du hinaus, Bink?«

»Ganz einfach, Pip. Keiner von ihnen hat jemals gezögert, Übeltäter sofort zu bestrafen.«

Pipper dachte eine Weile über Binktons Worte nach, während die beiden Wurrlinge sich weiter auszogen. Dann setzte er sich auf den Rand seines Bettes, das für Menschen ausgelegt war. Seine Füße baumelten ein gutes Stück über dem Boden. »Schon, aber wir haben nur einfache Wegelagerer getötet, Strauchdiebe. Wer weiß? Vielleicht waren es einfache Menschen, die harte Zeiten erlebt haben, und die nur Banditen geworden sind, um ihre Familien zu ernähren.«

»Möglich, Pip, aber es gibt ehrlichere Wege, mit harten Zeiten fertig zu werden. Nein, ich glaube, Brekka hatte recht: Sie waren nicht besser als die Rûcks.«

»Aber hätten wir sie nicht einfach gefangen nehmen und sie in der nächsten Stadt dem Gericht des Königs übergeben können? Oder warte, das ist vielleicht nicht sehr praktisch. Ich meine, Gefangene den ganzen Weg zum nächsten Kerker mitzuschleppen.«

»Allerdings, Pip«, meinte Binkton. Er gähnte und zog sich die Decke über den Kopf. »Das wäre sehr unpraktisch. Es waren Übeltäter, und sie hatten ganz sicher eine harte Strafe verdient. Aber sie zu vollziehen bedeutet nicht, dass man das auch mögen muss; nur, dass es getan werden muss. Und jetzt blas die Kerze aus und lass uns schlafen.«

Pipper löschte die Kerze, und es wurde dunkel im Zimmer, aber es dauerte lange, bis der Schlaf kam; beide Bokker lagen in der Dunkelheit wach und fragten sich, ob sie nur Entschuldigungen dafür suchten, dass sie diese Männer getötet hatten, ganz gleich, ob es Banditen gewesen waren oder nicht.

Drei Tage später rollte die Rote Kutsche nach Gapton, einer Stadt an der Kreuzung hinter der Gûnaring-Schlucht. Sie lag in einer breiten Öffnung in dem ringförmigen Vorgebirge des Grimmwall. In Gapton teilte sich die Straße, und ihre Namen änderten sich. Die Reichstraße führte nach Osten, nach Vanar, der Hauptstadt von Valon; die Pendwyr verlief nach Südosten, zu den Roten Hügeln, über die Argon Fähre bis nach Caer Pendwyr.

Brekka und die Wurrlinge stiegen in Gapton aus. Der Zwerg wollte ausruhen und sich amüsieren, die Bokker wollten versuchen, ein Engagement in einer der örtlichen Herbergen zu bekommen. Erneut stellten Binkton und Pipper fest, dass ihr Ruf ihnen vorausgeeilt war. Sie wurden vom Besitzer des *Roten Fohlens* für die nächsten fünf Tage gebucht, im Austausch für Unterkunft, Verpflegung und ein bisschen Silber des Königs.

Brekka stieg in derselben Herberge ab, und er sorgte auch dafür, dass der Hauptmann der Stadtwache bei der ersten Aufführung dabei war.

Erneut faszinierten Feuer und Eisen die Gäste, und auch hier bewies Binkton, dass kein Kerker ihn halten konnte.

Die Tage verstrichen wie im Flug, und als die Zeit nahte, an der die Bokker die Rote Kutsche nehmen und weiterziehen mussten, stritten sie, ob sie nach Vanar, einer recht großen Stadt fahren oder sich an ihren ursprünglichen Plan halten sollten, nach dem ihr nächstes Ziel Fährstadt am Argon wäre. Sie fragten Brekka um Rat.

»Sicherlich würden die Reiter von Valon, die Harlingar, in Valon eure Vorstellung genießen. Und ich glaube, ihr würdet dort ein kleines Vermögen verdienen. Stattdessen jedoch bitte ich euch zu erwägen, ob ihr mit mir in die Roten Hügel kommt und vor Dalek spielt, dem DelfHerrn meines Châkkahorts.«

»Wir sollen eine Vorstellung vor einem König geben?«, platzte Pipper heraus.

»DelfHerren sind keine Könige«, knurrte Binkton.

»Weiß ich doch, Bink, aber sie sind die Anführer eines mächtigen Horts, und wenn wir dort unsere Vorstellung gäben, wäre es genauso wie vor einem königlichen Publikum. Und selbst wenn er kein König ist, gibt es kaum einen Unterschied.«

»Schon, aber er ist kein König.«

Brekka hörte dem Disput der beiden einen Moment zu, dann gebot er ihnen Schweigen. »Ich nehme an, man könnte sagen, es ist eine Wahl zwischen Ruhm und Geld. In Vanar würdet ihr ein Vermögen verdienen, in den Roten Hügeln dagegen würdet ihr Ruhm ernten, jedenfalls in dem Zwergenhort, in dem ich geboren wurde.«

Binkton sah Pipper an. »Was denkst du?«

»Wir können jederzeit in eine größere Stadt fahren, Bink, aber wie oft bekommen wir schon die Chance, vor einem König zu spielen?«

»DelfHerrn, meinst du.«

»Also gut, von mir aus DelfHerr. Aber meine Frage bleibt dieselbe.«

Binkton drehte sich zu Brekka um. »Dann auf in die Roten Hügel.«

Acht Tage später hielt die Rote Kutsche an einem gepflasterten Kutschweg, der rechts von der Pendwyr-Straße abbog und in die zerklüfteten Hügel dahinter führte. Zwei Grenzsteine der Zwerge neben dem Weg markierten die Grenze des Châkkahorts. Im Schatten eines Baumes wartete ein Planwagen. Auf dem Bock saß ein Zwerg. Binkton, Pipper und Brekka stiegen aus der Kutsche und luden mithilfe der Kutschknechte die Truhe und ihre Segeltuchtaschen ab und stellten sie neben die Straße. Die Rote Kutsche fuhr weiter, während der Kutscher des Planwagens abstieg und die Ponys und den Karren zu den dreien führte.

»Brekka!«, rief er.

»Anvar!«, antwortete Brekka.

Als Anvar sie erreichte, stellte Brekka ihm die Bokker vor. Binkton und Pipper betrachteten den zweiten Zwerg, den sie in ihrem Leben sahen. Anvar war von der Statur fast identisch mit Brekka, aber sein Haar war rotblond, und seine Augen waren blassblau. Außerdem schien er ein bisschen jünger zu sein als Brekka.

Die beiden Zwerge luden die Truhe der Wurrlinge auf den Wagen. »Scheint mir ein bisschen schwer für euch beide«, bemerkte Anvar dazu.

»Das ist sie auch«, antwortete Pipper. »Wenn wir sie allein transportieren müssen, laden wir sie aus und tragen die Dinge einzeln.«

»Darin befindet sich die Ausrüstung, die sie für ihre Aufführung brauchen«, erklärte Brekka.

»Aufführung?«

»Wir sind Feuer und Eisen«, erklärte Binkton. Er deutete auf Pipper. »Er ist Feuer, ich bin Eisen.«

»Ich habe sie eingeladen, eine Vorstellung für Dalek zu geben«, meinte Brekka. »Sie sind ziemlich gut, Pip mit seiner Akrobatik und Bink mit seinen Entfesselungskünsten.«

»Kein Kerker kann mich halten«, meinte Binkton strahlend.

Anvar hob eine Braue, und Brekka grinste. »Ich würde davon absehen, das in Raudhöll zu behaupten, wenn ich du wäre, Bink. Denn da bekommst du es mit Châkka-Schlössern zu tun.«

»Raudhöll?«, fragte Pipper.

»Der Name unseres Châkkahorts«, antwortete Anvar. »Oder, wenn es euch lieber ist, Rothalle.«

Sie stiegen in den Planwagen, Anvar schnalzte mit der Zunge, und die Ponys setzten sich in Bewegung. Sie fuhren über die gepflasterte Straße in die Roten Hügel, zwischen Klippen und Schluchten, umgeben vom rötlichen Fels. Hier bauten die Zwerge das ergiebige Eisenerz ab, schmolzen es in ihren Hochöfen zu feinstem Stahl, aus dem sie Waffen und Rüstungen schmiedeten, die viele für die besten in ganz Mithgar hielten. Sie machten auch außerordentlich gute Geräte: Pflugscharen, Äxte, Schwengel und Brechstangen, Sägen und andere derartige Werkzeuge. *Von Zwergen geschmiedet* galt im ganzen Reich des Hochkönigs als Gütesiegel für höchste Qualität, und ein Werkzeug oder eine Waffe oder eine Rüstung mit dem roten Siegel des Zwergenhorts aus den Roten Hügeln galt als eines der besten Produkte überhaupt.

»Woher wusstet Ihr, dass wir kommen?«, erkundigte sich Pipper.

Anvar lachte. »Das wusste ich nicht. Aber wenn die Rote Kutsche vorbeikommt, ganz gleich ob aus dem Norden oder dem Süden, wird immer einer von uns hierher geschickt, für den Fall, dass ein Châkka ankommt. Und diese Woche war es meine Aufgabe.«

»Oh.« Pipper runzelte die Stirn. »Bekommt Ihr häufig Besuch?«

»Gelegentlich.«

»Nun, ich bin jedenfalls froh, dass Ihr an der Straße auf uns gewartet habt, sonst hätten Bink und ich uns ganz schrecklich mit der Truhe abmühen müssen.«

Binkton nickte zustimmend, und Anvar grinste. »Allerdings«, meinte er.

Die Straße schlängelte sich über die Steigung und führte gelegentlich an einem Dickicht vorbei, das sich an einen Hang schmiegte oder in eine tiefe Schlucht duckte. Im Abstand von einer Meile standen mit Runen beschriftete Grenzsteine, die den Reisenden klarmachten, dass sie sich auf Zwergengebiet befanden.

Es war schon spät am Tag, und die tief stehende Sonne war hinter den westlichen Bergspitzen verschwunden, als sie um eine weite Kurve bogen und das Tor von Rothalle sahen. Die großen ehernen Portale waren geschlossen. Der Eingang war breit, mindestens zehn Meter, und sehr hoch, fast sieben Meter. Hoch oben in dem schweren Metall befanden sich Schießscharten. Die Oberfläche war mit Runen übersät, die laut Brekkas Übersetzung besagten, dass dies der Châkkahort von Raudhöll war. Vor dem Portal standen zwei Zwerge Wache. Einer verschwand durch einen Seiteneingang ins Innere, als der Planwagen in Sicht kam.

Anvar fuhr auf den großen gepflasterten Vorplatz und hielt dort an. Nach einem Moment öffnete sich das rechte Portal, eine große eherne Platte, und gab den Blick auf eine riesige Kammer frei. Im Schatten an deren Ende erhob sich ein weiteres Tor, das vielleicht drei Meter breit und ebenso hoch war.

»Hier sammeln sich die Krieger«, erklärte Brekka, »falls es nötig ist, einen Feind vor den Toren anzugreifen.«

Der Wagen überquerte diese Versammlungsfläche und fuhr bis zum Tor am anderen Ende.

Erneut öffneten Wachposten das Portal, hinter dem ein schmaler Tunnel lag, der ein Stück geradeaus führte und dann scharf nach links abbog. Sie fuhren hinein. Der Tunnel wurde von Zwergenlaternen erhellt. Pipper stieß Binkton mit dem Ellbogen an und deutete nach oben. Dort klafften Mordlöcher, und hoch oben an beiden Seiten des Tunnels waren Schießscharten eingelassen.

Der Tunnel bog erneut nach links ab, dann nach rechts und wieder nach links, bis sie ein weiteres Eisentor erreichten. Als es geöffnet wurde, erstreckte sich dahinter eine riesige, gut erleuchtete Höhle, in der geschäftiges Treiben herrschte. Zwerge tauchten aus Gängen rechts und links auf oder verschwanden darin.

Anvar hielt den Wagen vor einer der Öffnungen an, und Brekka sprang auf den Steinboden. »Wir sind da«, erklärte er. Während die Bokker von dem Karren kletterten, luden Anvar und Brekka ihre Truhe und die Segeltuchtaschen ab.

»Lasst die Truhe stehen«, meinte Brekka. »Ich sorge dafür, dass jemand sie abholt. Aber zuerst führe ich euch in eure Quartiere, und wenn ihr baden wollt, zeige ich euch, wo das möglich ist. Dann stelle ich euch DelfHerrn Dalek vor, damit wir Arrangements für eure Vorstellung treffen können.«

»Wohlan denn.« Dalek strich sich seinen schwarzen Bart, der von silbernen Strähnen durchzogen war, und seine dunklen Augen glitzerten erwartungsvoll. »Wie können wir euch bei der Vorbereitung für eure Vorstellung helfen?«

Pipper sah sich im Thronsaal um und warf dann Binkton einen vielsagenden Blick zu. »Habt Ihr eine Kammer mit hohen Decken, viel höher als diese hier?«

»Die Ausbildungskammer, DelfHerr?«, schlug Brekka vor.

Dalek dachte einen Moment nach. »Oder die Bankett-halle?«

»Ah, ja«, meinte Brekka. »Die Châkia.«

Pipper sah Brekka fragend an, aber der Zwerg erklärte sich nicht weiter.

»Könnten wir vielleicht beides sehen?«, fragte Binkton.

Dalek stand auf und bedeutete ihnen, ihm zu folgen. Er und Brekka gingen voraus durch die gewundenen Korridore.

Die Banketthalle war zwar geeignet, aber die Ausbildungskammer war noch viel besser. Denn in ihr standen Tribünen an den Wänden, die verrückt werden konnten, und auf denen eine große Zahl von Zuschauern Platz fand. Dalek informierte die Bokker, dass weitere Bänke herangebracht werden würden, um mehr Zuschauern Platz zu bieten. Brekka und Dalek traten dann beiseite und flüsterten kurz miteinander. Schließlich drehte sich Dalek zu den Wurrlingen herum. »Also nehmen wir die Ausbildungskammer, aber ihr müsst schwören, niemals zu verraten, was ihr dort seht.«

Binkton sah Pipper an, der mit den Schultern zuckte. Gemeinsam akzeptierten sie die Bedingung.

Den größten Teil des folgenden Tages trieben Zwerge unter Anleitung der Wurrlinge Haken in verschiedener Höhe in die Steinwände und die Felsdecke, spannten Leinen dazwischen und hängten Trapeze daran oder befestigten Stangen in den Wänden. Sie konstruierten auch einen Käfig mit Flügeln und eine Plattform hoch oben unter der Decke, die hinter einem langen Vorhang versteckt wurde und zu der eine Leiter führte, die noch höher hinaufging. Die Tribünen wurden von den Wänden gezogen und in einem langen Halbkreis vor der Bühne aufgestellt. Vor den Tribünen wurden weitere Bänke ebenfalls im Halbkreis aufgebaut, sodass alle in der Halle die Vorstellung sehen konnten. Und wie in Waldkreuz und Luren und Gapton hatten die Bokker sich die Hilfe zweier Bühnenarbeiter gesichert, Brekka und Anvar, und sie über ihre Aufgaben aufgeklärt.

An dem Abend versammelten sich zur ersten Vorstellung viele Zwerge in der Halle, aber keiner setzte sich hin. Pipper und Binkton spähten hinter dem Vorhang auf der hohen Plattform hervor und sahen sich dann verwundert an.

»Was soll das?«, flüsterte Pipper.

»Woher soll ich das wissen?«, fuhr Binkton ihn an.

»Ich meine, Bink, warum setzen sie sich nicht hin?«

Binkton atmete einmal tief durch. »Ich glaube«, erwiderte er schließlich, »sie warten auf etwas.«

»Ja, aber worauf?«

Binkton stöhnte. »Hältst du mich vielleicht für einen Experten in zwergischen Sitten?«

»Vielleicht warten sie auf Dalek.«

»Vielleicht.«

Aber auch nachdem Dalek eingetreten war, setzte sich keiner der Zwerge hin.

Dann jedoch hallten helle Stimmen durch die Gänge, und einige Momente später tauchten Zwergenkinder in den Eingängen auf. Sie verstummten, als sie zwischen den versammelten Erwachsenen hindurch zum vorderen Ende der Halle gingen. Aber auch sie setzten sich nicht.

Schließlich trat eine große Gruppe schlanker Wesen ein, die allesamt von Kopf bis Fuß in wirbelnde Schleier gehüllt waren. Sie gingen leise und bewegten sich sehr elegant. Alle Zwerge, bis auf Dalek, sanken auf ein Knie, als sie an ihnen vorbeigingen. Diese anmutigen Geschöpfe waren ausnahmslos einen halben Kopf größer als die meisten Zwerge.

»Châkia!«, flüsterte Pipper. »Das müssen die Châkia sein.«

»Du meinst, die Zwerginnen?«, fragte Binkton.

»Ja. Erinnerst du dich an die Tagebücher von Beau Darby?«

Binkton nickte. »Weibliche Zwerge.«

»Sei dir da nicht zu sicher, Bink«, meinte Pipper. »Beau selbst wusste es nicht genau, und Tipperton hat gesagt, sie wären wunderschön gewesen. Ich kann mir aber keinen Zwerg vorstellen, weder männlich noch weiblich, der wunderschön wäre. Und sieh doch, siehst du, wie man sie verehrt? Wer würde so viel Respekt auslösen?«

Binkton schnaubte. »Warum sollte sich jemand, der kein Zwerg ist, mit einem Zwerg paaren?«

Pipper zuckte mit den Schultern. »Immerhin sagt man, dass Eyln von Jord einen Zwerg geliebt hätte.«

»Das ist nur eine Legende, Pip.«

»Mag sein. Vielleicht aber auch nicht. Oh, Bink, vielleicht sollen wir das geheim halten.«

»Das Elyn Thork liebte?«

»Nein, natürlich nicht. Die Châkia dieses Horts. Und die Kinder. Vielleicht sollen wir niemandem sagen, wie viele es sind. Und auch über die Zahl der Zwerge Stillschweigen bewahren.«

»Ich weiß nicht, was wir geheim halten sollen, außer alles, was wir hier sehen, wie wir es geschworen haben. Und jetzt mach dich bereit, denn es sieht so aus, als würden sich endlich alle setzen.«

Als die Châkia sich in die vordersten Reihen direkt vor der Bühne gesetzt hatten, neben sich die Zwergenkinder, alles Jungen, verteilten sich die Zwerge auf die Bänke und Tribünen hinter ihnen. Sie setzten sich hin, als Dalek Platz nahm, der ganz vorn saß.

Anvar trat auf die Bühne und kündigte in der Zwergensprache Châkur »Feuer und Eisen« an.

Pipper, der oben auf der Leiter wartete, beobachtete durch einen Spalt des Vorhangs Anvar, der sich umdrehte und nach oben deutete. Das war Pippers Stichwort.

In seinem roten und orangefarbenen und safrangelben Kostüm rannte Pipper zum Ende des Sprungbretts und stürzte sich in die Tiefe, begleitet vom Schreien der Châkia, dem Gebrüll der Châkka und dem gellenden Kreischen der Kinder.

Als Pipper und Binkton auf die Bühne liefen, um sich zu verbeugen, sah Pipper mitten in dem Applaus und den Jubelrufen zu seinem Cousin. »Ich dachte schon, die Zwerge würden die Bühne stürmen und dich vor den Dornen des Todes retten.«

Sie richteten sich auf und verbeugten sich dann erneut unter donnerndem Beifall. »Ich glaube, sie wollten einfach nur verhindern, dass die Châkia aus Furcht um mein Leben zitterten.«

Bei der nächsten Verbeugung meinte Pipper: »Ich dachte, einer der Zwerge würde mich erwürgen, als ich während der Nummer mit der Augenbinde beinahe aus Versehen eine Châkia berührt hätte.«

»Dann denk fürs nächste Mal daran, Wurro«, sagte Binkton. »Und jetzt sei still, während ich meine Herausforderung überbringe.«

Binkton stand auf, hob um Ruhe heischend die Hände, und als es still wurde, rief er: »Mylord Dalek, keine Eisen und kein Kerker können mich halten. Habt Ihr zufällig so etwas in Eurem Hort?«

Am nächsten Tag führten sie Binkton zu einem selten genutzten Verlies, das jetzt hauptsächlich dafür gebraucht wurde, Zwerge zu verwahren, die zu tief in den Becher geschaut hatten und aggressiv wurden. Allerdings kam es unter den ehrenwerten Châkka nur selten vor, dass einer in dieser Zelle landete. Normalerweise wurde Gewalt mit Gegengewalt beantwortet, wobei Fäuste die bevorzugten Waffen waren. Aber gelegentlich randalierte der Gewinner einer solchen Prügelei. In dem Fall zerrten einige Châkka den Täter in das winzige Gefängnis und sperrten ihn ein, was den Schuldigen sehr ergrimmte, sobald er ausgenüchtert war.

Wie alle Gefängniswärter durchsuchten auch die Zwergenwachen Binkton sorgfältig, fanden jedoch keine Dietriche oder ähnliche Hilfsmittel, und sperrten ihn ein. Wie vereinbart ließen sie ihn dann allein. Als sie gegangen waren, zog er den langen Draht aus seinem Gurt. Das eine Ende des Drahtes war zu einem Dietrich gebogen, und diesen benutzte Binkton als Erstes, aber vergeblich. Daraufhin inspizierte er seinen Kerker, so gut er es in dem dämmrigen Licht konnte, bog das andere Ende des Drahtes in eine besondere Form und versuchte es erneut. Binkton brauchte vier Kerzenstriche, um sich von den Handschellen und aus dem Kerker zu befreien, aber es gelang ihm schließlich. Als die Schmiede der Châkka ihn fragten, wie er das bewerkstelligt hatte, zeigte er ihnen, welche Schwachstellen er am Ende bei ihren Handschellen und dem Türschloss entdeckt hatte. »Die Eisen waren einfacher zu öffnen als die Tür, aber beides war ziemlich schwierig«, räumte er ein. »Trotzdem stehe ich zu meiner Behauptung, dass mich kein Verlies halten kann, nicht einmal ein von Zwergen erbautes.«

Die Schlosser knurrten, und einer von ihnen sagte: »Nächstes Mal, Waeran, nächstes Mal!«

Fünf Tage und vier voll besuchte Vorstellungen später warteten die Wurrlinge an der Pendwyr-Straße auf die Rote Kutsche nach Süden. Brekka und Anvar waren bei ihnen.

»Wohin fahrt ihr?«, erkundigte sich Anvar.

»Nach Fährstadt am Argon«, erwiderte Pipper.

»Und dann vielleicht nach Flussende«, meinte Binkton.

»Aber ganz zum Schluss nach Caer Pendwyr«, sagte Pipper. »Wir hoffen, dort unser eigenes Varieté eröffnen zu können.«

»Dafür braucht ihr die Lizenz des Königs«, meinte Brekka. »Und die ist schwer zu bekommen.«

»Ganz zu schweigen von den Kosten«, setzte Anvar hinzu.

»Nun, wenn alle Leute uns so fürstlich entlohnen, wie Euer DelfHerr es getan hat, dann sollte die Summe nicht so schwer zu beschaffen sein«, meinte Binkton.

»Da kommt eure Kutsche.« Brekka deutete auf die Straße.

Die Rote Kutsche kam rumpelnd an der Kreuzung zum Stehen, und niemand stieg aus. Anvar und Brekka reichten dem Kutschknecht auf dem Dach die Truhe an und traten dann zurück.

»Passt auf euch auf, meine Freunde«, meinte Anvar. »Vor allem in Flussende. Man sagt, es wäre ein rauer Ort, auf dessen Straßen Flussleute und ihresgleichen ihr Unwesen treiben.«

»Ich glaube, die beiden kommen schon zurecht«, meinte Brekka. »Immerhin habe ich gesehen, wie sie kämpfen.« Er drehte sich zu den Bokkern herum und fuhr fort: »Trotzdem ist Anvars Ratschlag gut, also achtet auf jene, die euch Schaden zufügen könnten.«

»Keine Sorge, das machen wir«, erwiderte Pipper. Dann stiegen Binkton und er in die Rote Kutsche, der Kutscher schnalzte mit der Zunge, ließ die Peitsche knallen, und das Gefährt setzte sich rumpelnd in Bewegung, in Richtung des mächtigen Argon.

28. Kapitel

WEST BANK

Feuer und Eisen

(Mitte Herbst, 6E6)

Als die Rote Kutsche in Fährstadt am Argon einfuhr, baten Pipper und Binkton den Fahrer, am *Strammen Ruder* anzuhalten, einer Herberge, die Brekka ihnen empfohlen hatte. Sie luden ihre Ausrüstung ab und nahmen ein Zimmer. Nach dem Frühstück am nächsten Morgen fragten sie den Wirt, Tarly Oates, einen großen, hageren Mann, ob es Theater in der Stadt gab. »Am ganzen Westufer gibt es so was nicht«, meinte er lachend, »und auch nicht an der Ostbank. Nein, da müsst Ihr stromabwärts reisen, nach Flussende, oder übersetzen und bis nach Caer Pendwyr fahren, um das zu finden.«

»Und«, fragte Pipper weiter, »gibt es eine Herberge mit einer Bühne und einer hohen Decke?«

Der Wirt kratzte sich am Kopf. »Das *Klarwasser*«, meinte er dann.

»Das *Klarwasser?*«, echote Pipper.

»Das hat er gesagt, ja«, knurrte Binkton.

»Was ich meinte, Bink, wo genau ist diese Herberge, das *Klarwasser?*«

»Ist keine Herberge nicht, denn es hat keine Zimmer, sondern eine Schänke, und die ist unten am Wasser, an der Ecke Schlammweg und Leinpfad. War mal ein Lagerhaus, ja, bis sie ein neues an den Landestegen gebaut haben. Aber ich warne Euch lieber gleich vor dem *Klarwasser*. Wir nennen es *Bilgewasser*, weil die Getränke, die sie dort servieren – Bier und dergleichen – längst nicht so fein sind wie hier im *Ruder*, und die Kunden, na ja, die meisten sind eine gesetzlose Bande, Flussleute, das sind sie, ja.«

Binktons Miene wurde lang. »Oh. Flussleute, was?«

»Das hat er gesagt, Bink!«, grinste Pipper.

»Ich habe gehört, was er gesagt hat«, knurrte Binkton zurück und sah wieder Tarly an. »Besuchen nur Flussleute die Schänke?«

»Nein. Ab und an finden die Gecken und ihre Ladys und ihre Leibwächter es lustig, daran vorbeizuflanieren, sie machen eine richtige Parade daraus, und die Gentlemen und die Ladys gehen sogar manchmal rein, um das Gesöff zu kosten.«

»Sie flanieren daran vorbei? Ihr meint, auf der Promenade?«

»Genau.«

»Wie finden wir die Schänke?«

Der Mann deutete nach links. »Geht bis zum Schlammweg. Dann zum Fluss runter. Am Ufer geht der Leinpfad ab, und auf der rechten Seite liegt das *Bilgewasser*.«

»Warum willst du das überhaupt wissen, Bink?«, erkundigte sich Pipper.

»Ich dachte, wir sehen es uns mal an.«

»Aber da sind Flussleute, Bink. Gesetzlose. Hast du nicht gehört, was der Mann gesagt hat?«

»Ich habe ihn gehört.« Binkton ging zur Tür. »Aber er hat auch gesagt, dass die Adligen und ihre Ladys ebenfalls die Schänke aufsuchen. Also werde ich sie mir trotzdem ansehen.«

»Er sagte, dass sie manchmal auf der Promenade vorbeimarschieren. Das heißt nicht, dass sie jede Nacht da wären.«

Binkton schüttelte einfach nur den Kopf und verließ das *Ruder*.

»Das ist ein Riesenfehler«, murrte Pipper, folgte seinem Cousin aber auf die Straße.

Die Wurrlinge zankten immer noch, als sie nach links abbogen und zum Schlammweg gingen.

Der Schlammweg war im Unterschied zu den meisten Durchgangsstraßen der Stadt nicht gepflastert, und die Wurrlinge folgten der schmalen Lehmstraße zu einer Straße, die an dem steilen Ufer des Flusses entlangführte.

»Oh, Himmel, Bink, sieh dir den Argon an«, staunte Pipper. »Dagegen wirkt der Talbach wirklich wie ein Rinnsal.«

Sie blieben stehen und betrachteten den mächtigen Strom: Er war zwei Meilen breit und mäanderte nach Süden, wo er in dem dreihundert Meilen entfernten Avagon-Meer mündete. Fährstadt am Argon wurde durch diesen mächtigen Fluss mehr oder weniger in zwei gleiche Teile getrennt. Die Hälfte, in der Binkton und Pipper standen, nannten die Einheimischen das Westufer, und das Ostufer lag gegenüber.

Die Bokker drehten sich um, gingen nach links und sahen auf beiden Seiten des Flusses, mindestens zwei Meilen stromaufwärts, die Hafenanlagen, wo die Fähren vertäut waren, während andere gerade den Fluss überquerten. Weder Pipper noch Binkton kannten die Schiffe. Einige waren schnelle Pinnassen, aber die meisten waren Barken. Sie hatten Segel am Bug und am Heck, aber sie waren auch mit Rudern bestückt, die bei Flaute von kräftigen Männern bedient wurden.

Und an den Piers, wo die Fähren lagen, sahen die Wurrlinge geschäftiges Treiben. Karren und Planwagen kamen an und fuhren ab, aber die Bokker konnten nicht genau erkennen, was dort los war. »Vermutlich«, meinte Pipper, »werden Passagiere an Land gesetzt und an Bord genommen, glaubst du nicht?«

»Wahrscheinlich hast du recht, Pip«, stimmte Binkton ihm zu. »Und vermutlich auch Fracht. Es sieht aus, als würden

Güter in die Lagerhäuser geladen oder aus ihnen herausgekarrt.«

Die Wurrlinge drehten sich langsam um und nahmen so viel auf, wie sie von beiden Seiten des Flusses sehen konnten. Nach Süden führten zwei Pfade am Ufer entlang, fast zwölf Meilen lang. Das waren die Leinpfade, welche die Zugleute und ihre Pferde benutzten, um Schiffe gegen die Strömung zu den Piers zu ziehen, falls das nötig war. Vor allem an Tagen, an denen keinerlei Wind wehte. Deshalb hieß der Weg, auf dem die Wurrlinge standen, einfach der Leinpfad.

Und an seinem südwestlichen Ende, Ecke Schlammweg, stand die *Klarwasser* Schänke, eindeutig ein ehemaliges Lagerhaus.

Pipper drehte sich um und betrachtete sie. »Komm, Bink, sehen wir uns das *Bilgewasser* an.«

Die Schänke eignete sich perfekt für Pippers Luftakrobatik. Sie hatte zahlreiche Dachbalken, und an einer Wand stand eine Plattform, die sie als Bühne nutzen konnten. Binktons Nummer *Dornen des Unheils* würde ebenso gut funktionieren, denn von einem Kreuzbalken hing eine Segeltuchbahn herunter, die wie ein hoher Vorhang wirkte, und dahinter befand sich ein anderer Kreuzbalken, von dem Binkton herunterbaumeln konnte. Und mit etwas mehr Segeltuchbahnen, die sie als Kulisse benutzen konnten, konnten sie auch ihre mit Flammen bemalte Truhe verwenden, in deren Geheimfach sie verschwinden konnten.

Sie verbrachten den Rest des Tages damit, ihre Vorstellung zu planen, und verhandelten dann den ganzen Abend mit Tager Lynch, dem Besitzer des *Klarwassers*. Schließlich wurden sie sich einig. Die Wurrlinge willigten ein, für die Segeltuchvorhänge zu zahlen, sollte die Vorstellung der Schänke keine guten Einnahmen bringen. Außerdem zahlten die Bokker auch die Handzettel und Nachrichtenblätter, unter denselben Bedingungen. Sollte ihre Vorstellung jedoch genug zusätzliches Einkommen in die Kasse bringen, würden die beiden Jungbokker ein Viertel des Geldes bekommen. Über Letzteres feilschten sie am längsten, denn ihnen schien, als hätte Tager seine abendlichen Umsätze höher angesetzt, als sie wirklich waren. Aber Binkton musterte die wenigen Gäste und handelte ihn herunter.

Am nächsten Tag gingen die Bokker zu einem Drucker und gaben die Handzettel und Nachrichtenblätter in Auftrag. Der Mann bot ihnen an, sie von einer Gruppe Straßenjungen in der ganzen Stadt verteilen zu lassen, vor allem unter den Adligen. Natürlich gegen eine Gebühr. Außerdem zahlten die Wurrlinge die Gebühren für die Fähren, mit denen die Jungen auf die andere Stadtseite übersetzen mussten, damit sie die Zettel auch dort verteilen konnten. Am selben Tag kauften Binkton und Pipper das Segeltuch und heuerten Männer an, die ihnen halfen, alles vorzubereiten.

Einen Tag später waren die Blätter gedruckt und wurden auf den beiden zentralen Plätzen der Stadt und sämtlichen Marktplätzen verteilt. Die Handzettel wurden im West und Ost Ufer verteilt.

Darauf stand, dass in drei Tagen die außergewöhnlichen Wurrlinge Feuer und Eisen, aus dem geheimnisvollen Land der Waldsenken, ihre erste bemerkenswerte Vorstellung geben würden, mit erstaunlicher Luftakrobatik und unglaublichen Entfesselungsnummern, Letztere von einem geschickten und listigen Wurrling, den kein Kerker halten konnte.

Anschließend gingen Pipper und Binkton zum Hauptmann der Stadtwache und luden ihn zur ersten Vorstellung ein.

»Ich habe von Euch gehört, Binkton Windrow«, erwiderte der Hauptmann, ein großer Mann mit einem kantigen vernarbten Gesicht und einem schmalen Schnurrbart. »Die Gerüchte reisen rasch mit der Roten Kutsche.«

»Ich fühle mich geschmeichelt«, erwiderte Binkton. »Aber es sind keine Gerüchte, müsst Ihr wissen, sondern Tatsachen.

Es ist die Wahrheit, dass mich kein Kerker halten kann, nicht mal der Eure.«

»Ha! Ihr fordert mich und mein Gefängnis heraus, hm? Also gut, ich akzeptiere. Aber hört genau zu: Anders als diese lächerlichen Pappkarton-Verliese, aus denen Ihr bisher ausgebrochen seid, werdet Ihr weder meine Fesseln noch meine Schlösser öffnen, denn ich werde Euch ausziehen lassen, jede Körperöffnung untersuchen und Euch dann splitternackt in eine Zelle werfen. Dann werden wir ja sehen, ob Ihr entkommt.«

Binkton wurde blass.

»Was denn?«, höhnte der Hauptmann. »Sehe ich Euch etwa erbleichen?«

»Niemals«, erwiderte Binkton trotzig, obwohl seine Stimme ein wenig zittrig klang.

»Dürfen wir Euren unüberwindlichen Kerker vielleicht sehen, Hauptmann?«, fragte Pipper.

»Gewiss.« Der Hauptmann grinste beim Anblick des offensichtlich eingeschüchterten Binkton und führte sie herum. Pipper schien fasziniert zu sein und bombardierte den Offizier mit Fragen, wodurch er dessen Aufmerksamkeit in Anspruch nahm, während Binkton sich zurückfallen ließ und scheinbar ziellos hierhin und dorthin schlenderte. Seine Miene verriet völlige Mutlosigkeit.

Als sie den Kerker verließen, meinte Pipper: »Himmel, Bink, was hast du vor? Immerhin hat er gesagt, er würde dich ganz nackt einsperren, bis auf die Fesseln und Ketten.«

»Keine Sorge, Pip, denn weißt du, ich habe einen Plan.«

Wie in jeder Stadt, in der die beiden bisher aufgetreten waren, war auch das *Klarwasser* bis auf den letzten Platz besetzt, und sogar an den Wänden standen Menschen. Alle wollten die außergewöhnlichen und sehr seltenen Wurrlinge aus dem geheimnisvollen Land der Waldsenken sehen. Viele Zuschauer waren ganz gewöhnliche Leute, andere waren etwas zwielichtige Hafenbewohner, doch, wie man den Wurrlingen versichert hatte, waren auch viele Adlige mit ihren Ladys und Leibwächtern gekommen.

Und das Publikum schrie aus Angst um Pippers Leben, als er sich durch die Luft schwang und hoch oben herumwirbelte wie ein Blitz, hinabflog, haarscharf über ihre Köpfe segelte, sich hinaufschwang und durch den leeren Raum zischte, um eine Stange zu erwischen, sich darum zu drehen, dann hinabzuspringen und über dünne Taue zu laufen.

Dann schrien die Zuschauer erneut auf, als Binkton sich langsam über den großen glänzenden Dornen des Unheils drehte und schaukelte, einmal herabsank, dann noch einmal, den tödlichen Spitzen immer näher kam, und dann noch einmal absackte, seinem sicheren Tod entgegen.

Sie lachten über die Nummer mit der Augenbinde, schnappten nach Luft, als Pipper durch brennende Reifen sprang, und hielten den Atem an, als Binkton sich aus festgezurrten Seilen befreite.

Schließlich behauptete Binkton, dass kein Verlies ihn halten könnte, und forderte den Hauptmann der Stadtwache heraus, indem er behauptete, dass er auch aus dessen Kerker entkommen würde. Der Hauptmann nahm die Herausforderung an.

Wie angekündigt wurde Binkton splitternackt und nach einer eingehenden Untersuchung mit auf dem Rücken gefesselten Händen und zusammengeketteten Füßen in eine Zelle geschoben, deren Tür hinter ihm zugeworfen und abgeschlossen wurde.

Die Gefängniswärter überließen Binkton sich selbst und gingen hinaus, wo sie sich auf der Treppe aufbauten. Pipper lief rastlos hin und her, grämte sich und hielt Binktons Kleidung.

In der Zelle schob Binkton seine gefesselten Hände unter den Füßen nach vorn, setzte sich und schälte den hautfarbenen weichen Lederflicken von seiner Fußsohle, bog den Draht gerade, der sich darin befunden hatte, und formte ein Ende zu einem Dietrich.

Derweil musterte der Hauptmann vor der Tür die Zuschauer, grinste, nickte und strich seinen Schnurrbart glatt. Er war sichtlich in seinem Element. Seine Selbstzufriedenheit jedoch zerbarst in tausend Stücke, als das verschlossene Eingangsportal des Kerkers sich einen Spalt öffnete und Handschellen und Fußketten klappernd auf die Stufen fielen. Und als eine Stimme rief: »Könnte ich jetzt meine Kleidung wiederbekommen?«

Nachdem sie ihr vierzehntägiges Engagement im *Klarwasser* erfolgreich beendet, ihre Ausrüstung zusammengepackt und für die Verschiffung fertig gemacht hatten, gingen die beiden Bokker zum Frühstück ins *Stramme Ruder.* Sie planten, alle anderen Städte und Ortschaften einfach auszulassen und direkt nach Caer Pendwyr zu gehen, um dort ihre Vorstellung zu geben. Sie setzten darauf, dass Hochkönig Ryon und Königin Dresha und ihre Kinder vielleicht sogar selbst zu ihrer Aufführung kamen. Aber während sie ihre Zukunft planten, platzte plötzlich Bandy, einer der Straßenjungen des Druckers, ins Foyer. »Pip! Bink!« Er entwischte Oates, dem Besitzer der Herberge, der vergeblich versucht hatte, ihn zu packen, und schrie: »Lasst mich! Lasst mich! Ich will doch nur …!«

Pipper erkannte die Stimme des Jungen und rief ihm zu, er möge in den Speisesaal kommen, was Tarly Oates ziemlich schockierte. Er hob die Hände zum Himmel und fragte sich laut, was ein Herbergsbesitzer tun sollte, wenn plötzlich jeder diese Straßenjungen so einfach hereinlassen konnte!

Bandy stürmte in den Speisesaal und zu dem Tisch, an dem die Bokker saßen. »Ich hab's gesehen, Pip, Bink! Ich habe sie vorbeischwimmen sehen. Die, die sie genommen haben, haben sie auf eine Barke geschafft! Sie ist unterwegs nach Flussende!«

»Was ist unterwegs nach Flussende, Bandy?«, erkundigte sich Pipper.

»Na was, Eure Kiste, Pip, die mit den Flammen und allem ...!«

29. Kapitel

BESTOHLEN

Feuer und Eisen

(Mitte Herbst 6E6)

Die beiden Wurrlinge sprangen auf. »Was?«, schrie Binkton.

Obwohl Bandy mehr als einen Kopf größer war als der Bokker, zuckte er zurück, als erwartete er, geschlagen zu werden.

»Er sagte, Bink, dass unsere ...«

»Ich habe gehört, was er gesagt hat, Pip«, schnappte Binkton. »Nämlich dass ein Rûck liebender, Ratten fressender Dieb unsere Truhe gestohlen hat.«

»Unsere ganze Ausrüstung ist da drin, Bink«, sagte Pipper.

»Das weiß ich selbst!«, fuhr Bink ihn an. »Ich habe sie schließlich gepackt, schon vergessen?«

»Ich wollte eigentlich sagen, Bink, dass Feuer und Eisen eher Asche und Schlacke ist, bis wir sie wiederbekommen.«

Binkton hämmerte mit der Faust auf den Tisch, sodass das Geschirr darauf klirrte. »Das weiß ich, Pip, das weiß ich!«

»Also dann, Bink, sollten wir besser losgehen.«

»Wohin wollt Ihr gehen?«, erkundigte sich Bandy.

»Ins *Klarwasser*«, erwiderte Pip, »und dann zum Hafen. Wir müssen ...«

»... diese Rattenfresser finden, die sie gestohlen haben!«, spie Binkton hervor.

Als die beiden Wurrlinge zur Tür liefen, meinte Bandy: »Rattenfresser? Na, ich würde sagen, geröstete Ratte schmeckt gar nicht so schlecht, was?« Dann trottete er hinter den Wurrlingen her.

»Wir müssen im *Klarwasser* so viel wie möglich herausfinden«, sagte Pipper auf der Straße. »Danach buchen wir eine Passage nach Flussende und holen uns unsere Ausrüstung zurück.«

»Und machen mit den Dieben kurzen Prozess«, setzte Binkton hinzu.

»Hoy!«, meinte Pipper und blieb stehen. »Warte mal kurz.«

Binkton ging noch ein paar Schritte weiter, bevor auch er zum Halten kam. »Was?«

»Bin gleich wieder da!«, rief Pipper und rannte ins *Stramme Ruder.*

Binkton blieb einige Augenblicke unschlüssig stehen und ging dann zur Treppe, als Pipper wieder herauskam, ihre Segeltuchtaschen über der Schulter.

»Ich habe nur kurz die Rechnung bei Tarly beglichen.«

»Warum?«

»Falls zufällig ein Schiff oder eine Barke jetzt nach Flussende ablegt. Es wäre zu schade, wenn wir die nächste Möglichkeit verpassen würden.«

»Genau, Pip, gute Idee.« Binkton nahm seinen Segeltuchbeutel und legte ihn sich über die Schulter. »Komm, gehen wir.«

Sie eilten über den Schlammweg zum Leinpfad, Bandy an ihrer Seite. Binkton stürmte mit Pipper auf den Fersen ins *Klarwasser* und blieb direkt hinter der Tür stehen. »Tager!«, schrie Binkton, »Tager Lynch!«

Einige Stammgäste blickten trübe von ihren Krügen auf. Sie waren bereits trotz der frühen Stunde betrunken und offenbar bereits eine Weile hier. Das *Klarwasser* wurde vor allem von den Hafenarbeitern benutzt und schloss nie, weil die Fähren über den Argon Tag und Nacht verkehrten, auch wenn der Verkehr während der Hochwassersaison etwas abnahm. Die Kunden beäugten also diese kleine Person, ah, ja, das war einer der Wurrlinge, und offenbar war er aufgebracht. Sie sahen interessiert zu, wie Binkton zum Schankkellner sah, der mit dem Daumen über die Schulter zeigte. Binktons Blick zuckte in die Richtung, und er erblickte den Besitzer der Schänke an einem Tisch im rückwärtigen Teil nahe den Lagerräumen. Tager sah von seinem Kontobuch hoch und hob eine Braue, als Binkton durch den Raum stürmte, dicht gefolgt von Pipper. »Welcher Rûck liebende, Ratten fressende Sohn eines Trolls hat unsere Truhe gestohlen?«, wollte der Bokker wissen.

Vorsichtig legte Tager den Gänsekiel weg und schloss das Buch, als wollte er nicht, dass die Wurrlinge irgendeinen Eintrag darin sahen. Dann sah er Binkton an. »Eure Truhe wurde gestohlen?«

»Genau das habe ich gesagt«, knurrte Binkton.

Tager hob ratlos die Hand. »Ich weiß nichts von Eurer Truhe.«

»Vielleicht hat Bandy sich ja geirrt!«, platzte Pipper heraus, lief in den Flur und in die kleine Kammer, die Binkton und er als Garderobe benutzt hatten. Wenige Augenblicke später war er wieder da. »Sie ist weg, Bink.«

Tager sah zum Schankkellner. »Jess, hast du gesehen, was mit ihrer Truhe passiert ist?«, rief er.

»Die mit den aufgemalten Flammen?«, rief Jess.

»Welche andere Rûck liebende Truhe wohl sonst?«, fuhr Binkton wütend hoch.

Jess wischte den Tresen mit einem Tuch ab und schlenderte zu ihnen. »Vor zwei oder höchstens drei Kerzenstrichen kamen zwei Flussleute und haben sie mitgenommen. Sie sagten, Ihr hättet sie geschickt.«

Binkton warf Pipper einen vorwurfsvollen Blick zu, aber der Wurrling schüttelte den Kopf. »Das war ich nicht, Cousin.«

Daraufhin richtete Binkton seinen anklagenden Blick auf Jess. »Und Ihr habt einfach zugelassen, dass sie die Truhe nehmen?«

»Sie sagten, Ihr hättet sie geschickt. Und wir wussten ja, dass Ihr abreisen wolltet.«

Binkton presste vor Wut die Lippen zusammen. »Flussleute!«

»Wisst Ihr, wer sie waren?«, erkundigte sich Pipper.

Jess schüttelte den Kopf.

»Wie sahen sie aus?«, wollte Pipper wissen.

»Was nützt uns das denn?«, knurrte Binkton.

»Wenn wir unsere Truhe finden wollen, müssen wir zuerst die Diebe finden«, erklärte Pipper.

»Ah, richtig.« Binkton seufzte. »Wenigstens behält einer von uns einen klaren Kopf.«

»Also«, meinte Pipper und wandte sich an den Schankkellner. »Wie sahen sie aus?«

Jess zuckte mit den Schultern. »Der eine war groß und stämmig, der andere klein und hager.«

»Haarfarbe, Augenfarbe?«

Wieder zuckte Jess mit den Schultern. »Darauf habe ich nicht geachtet.«

»Pah!«, knurrte Binkton. »Groß und stämmig, klein und hager. Das passt auf die Hälfte aller Einwohner.«

»Das stimmt«, meinte Pipper, »aber vielleicht wissen die Arbeiter am Fähranleger, wer sie sind. Gehen wir, Bink.«

Binkton schulterte seine Segeltuchtasche, warf Tager Lynch einen bösen Blick zu, drehte sich auf dem Absatz herum und marschierte zur Tür, gefolgt von Pipper. Noch bevor die beiden Wurrlinge sie erreichten, rief Jess: »Oy, da fällt mir noch etwas ein.«

Pipper blieb stehen und sah zu dem Mann zurück.

»Einer von ihnen, der Große, nannte den andern Pieker oder Rieka oder so ähnlich.«

»Rattenkot!«, murmelte Binkton. »Das hilft uns auch nicht weiter.«

»Danke, Jess!«, rief Pipper, und die beiden Wurrlinge traten mit Bandy auf den Leinpfad hinaus.

Tager sah den beiden Wurrlingen nach, öffnete sein Kontobuch und blickte auf die Zahl, die er heute Morgen hineingeschrieben hatte. Ein Lächeln überzog sein Gesicht.

Pipper und Binkton verbrachten fast den ganzen Tag damit, den Leuten Fragen zu stellen. Aber sie ernteten nur ratloses Achselzucken, bis Bandy vorschlug, mit dem Molenmeister zu reden. Judd Leeks war ein sehr beschäftigter Mann, und seine Antworten waren knapp und bündig. Aber er erzählte ihnen, dass die Schute, die kurz nach dem Sonnenaufgang flussabwärts gefahren war, vom *Roten Karpfen* geschoben wurde, einer Barke, die diese flache Schute in der Strömung halten und sie zur Anlegestelle nördlich von Flussende bugsieren sollte. Und nein, er wusste nichts von einer mit Flammen bemalten Truhe und kannte auch niemanden namens Pieker oder Rieka. Und ja, es würde gleich morgen früh ein weiteres Schiff dorthin auslaufen, die *Otter*, ebenfalls eine Barke.

Binkton und Pipper buchten eine Passage auf der *Otter*. Sie wollten Bandy eine Silbermünze geben, weil er sie alarmiert und ihnen geholfen hatte, aber er ließ sich stattdessen zehn Kupfermünzen geben. »So verliere ich vielleicht nicht gleich alles auf einmal, Jungs, wenn jemand herausfindet, dass ich so viel Geld besitze.«

In dieser Nacht auf der *Otter*, die noch an dem Pier vertäut lag, schreckte Pipper aus dem Schlaf hoch. Er schwang sich behände aus seiner Hängematte und tappte leise zu Binkton hinüber. »Bink«, zischte er. »Bink.«

»Was ...?« Binkton fuhr hoch und tastete hastig nach der schweren Segeltuchplane an den Seiten seiner Hängematte.

Binkton war nicht so akrobatisch veranlagt wie Pipper und hatte schon bei dem Versuch, in dieses schwingende Bett zu klettern und nicht wieder herauszufallen, in erheblicher Gefahr geschwebt. Als wollte er jedes Schaukeln vermeiden, hielt er die Seiten fest und drehte vorsichtig den Kopf zu seinem Cousin, während das Mondlicht durch die Bullaugen schien. »Was hast du denn, Pip?«

»Ich glaube, ich weiß, wer unsere Truhe gestohlen hat.«

»Und wer?«

»Der Name des kleinen Diebes war nicht Pieker oder Rieka. Ich glaube, er war Quieker. Erinnerst du dich noch an diese beiden Kerle aus dem *Schwarzen Hund*? Wenn ich recht habe, dann heißt der stämmige Dieb Tark, und sie ...«

»Rûck liebende, Ratten fressende ...!«, schrie Binkton, setzte sich ruckartig auf, verlor das Gleichgewicht, die Hängematte schlug um, und der Wurrling stürzte auf die harten Bohlen des Decks.

30. Kapitel

FLUSSFAHRT

Feuer und Eisen

(Ende August, 6E6)

Die *Otter* setzte kurz nach Morgengrauen Segel und schob eine Schute vor sich her, die mit gesägten Holzstämmen beladen war. Das Holz stammte aus dem Großwald, diesem riesigen Wald in Süd Riamon, den die Baeron verwalteten.

Pipper und Binkton standen im Bug der Barke und sahen zu, wie das Schiff hin und her kreuzte und die Schute so bugsierte, dass sie mehr oder weniger mitten in der Strömung des Argon blieb.

Kapitän Vení stammte von der Insel Arbalin, hatte diese jedoch schon vor langen Jahren verlassen, um Binnenschiffer und schließlich Kapitän zu werden. Jetzt trat er neben die beiden Wurrlinge.

»Wann erreichen wir Flussende?«, erkundigte sich Pipper.

»Die Stadt, die liegt ein paar Hundert Werst stromabwärts; der Argon, der fließt etwa einen Werst pro Kerzenstrich, das heißt, vierundzwanzig Kerzenstriche am Tag ohne Pause. Wenn alles wie geplant verläuft, sind wir insgesamt hundert Kerzenstriche auf dem Fluss unterwegs.«

»Etwas mehr als vier Tage«, meinte Binkton.

»Ihr kennt Euch mit Zahlen aus, wie ich sehe«, meinte Vení.

»Wir wurden gut unterrichtet«, meinte Pipper. »Von Onkel Arley, in den Waldsenken.«

»Ah, die Waldsenken. Ich bin dort nie vor Anker gegangen. Stimmt es, dass eine mit Dornen gespickte Barriere das ganze Gebiet umringt?«

»Allerdings«, bestätigte Pipper. »Der Dornwall. Er hat das ganze Land vor Ärger bewahrt, außer im Winterkrieg.«

»Wo wir gerade von Ärger sprechen«, meinte Binkton. »Was meintet Ihr mit ›wie geplant verläuft‹?«

»Wir müssen an einigen Inseln vorbeifahren, aber ab und zu setzt es sich eine eigensinnige Schute in den Kopf, da zu landen.«

»Ist Euch das schon einmal passiert?«, wollte Pipper wissen.

»Nein, bisher noch nicht. Aber andere erzählen viele Geschichten über die Widerspenstigkeit des Argon.«

»Die Widerspenstigkeit des Flusses?«

»Ja. Manchmal beschließt der Fluss, eine Schute ans Ufer zu schieben. Andere behaupten, dass es die Flussschlange ist.«

Binkton sah den Kapitän skeptisch an. »Eine Flussschlange, sagt Ihr?«

»Nein, nicht ›eine‹ Flussschlange, sondern ›die‹ Flussschlange.«

Binkton schnaubte, sagte aber nichts, während Pipper staunte. »Wie sieht sie denn aus, diese Flussschlange?«

»Angeblich soll sie gelb sein«, meinte Vení und deutete auf die Schute. »Drei- oder viermal so lang wie diese Schute, so dick wie ein Baum, mit glühenden grünen Augen so groß wie Speiseplatten, und einem Kamm aus blutrotem Fell, der über die ganze Länge ihres schwarz gefleckten Rückens läuft. Ihr Maul ist so groß, dass sie damit eine Kuh verschlingen könnte, ihre Zähne sind spitz, nach hinten gebogen und gegabelt, sodass sie nichts mehr loslassen kann, wonach sie einmal geschnappt hat. Das behauptet man jedenfalls.«

Erneut schnaubte Binkton ungläubig. »Oh, der möchte ich lieber nicht begegnen«, meinte Pipper immer noch staunend.

»Und ich möchte auch nicht, dass sie in meinen Albträumen auftaucht, die ich jetzt sicher haben werde.«

Kapitän Vení lächelte. »Ich auch nicht. Aber ich hoffe, dass weder die Schute noch die Flussschlange sich ungehörig benehmen, und wir Flussende ohne Zwischenfälle erreichen. Wenn Ihr mich jetzt entschuldigen würdet, ich glaube, die Schute braucht einen kleinen Schubs.«

Kapitän Vení trat ans Heck und gab seinem Bootsmann einen entsprechenden Befehl. Kurz darauf war die *Otter* auf die gegenüberliegende Seite der Schute gekreuzt und gab ihr einen leichten Stoß.

Nur wenige Augenblicke später lachten der Kapitän und der Bootsmann und sahen zu den Wurrlingen hinüber.

»Siehst du, Pip, ich wusste doch, dass der Kapitän sich über uns lustig machte. Eine Flussschlange gibt es einfach nicht!«

»Ich weiß nicht, Bink. Er wirkte ganz ernsthaft.«

»Ach!«, knurrte Binkton. »Du glaubst auch wirklich alles.«

»Vielleicht beweist das nur, dass ich eine lebhaftere Vorstellungskraft habe als du, Bink.«

»Allerdings. Das heißt, ich habe auch viel Fantasie!«, protestierte Binkton.

»Warum hältst du es dann nicht für möglich, dass es eine Flussschlange gibt?«

»Weil, Pip ...«

Die Bokker zankten weiter, während der mächtige Argon unbeeindruckt nach Süden strömte. Große majestätische Bäume säumten die Ufer, an denen ab und an kleine Boote ankerten, die in den Wellen dümpelten. Die Fischer, die darin saßen, hatten nur Augen für die rot bemalten Korken ihrer Angelschnüre. Ab und zu konnte man hinter den Bäumen auch Gebäude sehen. Sie standen normalerweise auf Anhöhen, um in der Hochwassersaison Schwierigkeiten zu vermeiden. Manchmal segelte die *Otter* auch zwischen hohen Klippen hindurch, aber meistens bestand das Land rechts und links von dem Ufer aus sanft geschwungenen Hügeln und hohen Plateaus. Nicht allzu weit in westlicher Richtung sahen sie den Gipfel eines der Berge der Roten Hügel, zwischen denen Raudhöll lag. Pipper und Binkton fragten sich, was Brekka und Anvar und der DelfHerr Dalek wohl gerade taten, und spekulierten über die Châkia. Letzteres aber nur flüsternd, denn sie hatten ja schließlich Geheimhaltung geschworen.

Die Sonne zog über den Himmel, bis sie am Abend langsam hinabsank. Die Seile knarrten, und die Segel klatschten, weil sie meistens gerefft waren. Das Schiff musste nur selten Segel setzen und der Schute einen Schubs geben. Binkton und Pipper lagen während dieser idyllischen Flussfahrt faul an Deck herum und pausierten mit ihrem trägen Geschnatter nur während des Mittagessens und später, wenn es Abendessen gab.

In dieser Nacht prasselte ein heftiger Regen auf die *Otter* herab, aber es gab keinen Sturm, sodass die Barke die Schute problemlos mitten im Strom halten konnte.

In dieser Nacht entdeckte Binkton auch, dass es gar nicht schwer war, in der Hängematte zu schlafen, wenn er sich entspannte, statt sich zu verkrampfen. Trotzdem blieb das Ein- und Aussteigen für ihn eine Herausforderung. Pipper dagegen hüpfte einfach hinein und heraus, als wäre es nur ein ganz gewöhnliches Bett.

Am nächsten Morgen war der Himmel klar, und die Luft duftete frisch. Es war ein ganz ähnlicher Tag wie der davor, nur konnten die Bokker jetzt die Gipfel der Roten Hügel nicht mehr sehen. Stattdessen lagen hinter den Bäumen am Fluss im Westen die Ebenen von Jugo und im Osten die von Pellar.

Erneut ließen sie sich den ganzen Tag von der Strömung treiben. Pipper fragte Kapitän Vení, ob er ins Krähennest hinaufklettern und sich umsehen dürfte. »Gern, aber passt auf, Kleiner«, antwortete Vení. »Ich möchte nicht, dass Ihr auf mein Deck fallt.« Vení lachte. »Wir müssten mehrere Kerzenstriche lang schrubben.«

»Keine Sorge.« Pipper kletterte so geschickt die Taue hoch, als wäre er sein Leben lang ein Ausguck gewesen. Binkton folgte Pipper vorsichtig und in gemessenerem Tempo.

»Hoy, hier oben kann man ja mehrere Werst weit sehen!«, schrie Pipper und beugte sich zu Binkton hinab, um festzustellen, dass der direkt unter ihm war.

Binkton kletterte ebenfalls in das Krähennest und sah sich anschließend um. »Ja, du hast recht, Pip. Mehrere Werst weit.«

»Sagt mir, wenn Ihr die Flussschlange seht!«, rief Kapitän Vení zu ihnen hoch. »Wir würden ihr gern aus dem Weg gehen, wenn wir können!«

»Oh, Himmel«, meinte Pipper. »Ich hätte die Flussschlange fast vergessen!« Er drehte sich um und blickte stromabwärts.

Die Bokker verbrachten den größten Teil des Tages im Krähennest. Pippers Aufmerksamkeit ließ langsam nach, und schon bald lehnte er müde an der Reling, obwohl er weiterhin mit Binkton plauderte.

Am Abend waren die Wurrlinge wieder an Deck und spielten Tokko mit der Besatzung. Einer der Matrosen namens Pick war besonders gut in diesem Spiel und eroberte häufig den Thron.

Kurz nach Morgengrauen des dritten Tages ihrer Flussfahrt hockten Pipper und Binkton wieder im Krähennest und erblickten in der Ferne, östlich von Pellar, einige Königstreue in ihren roten und goldenen Wappenröcken. Sie verfolgten eine Handvoll Reiter. Die Hufe ihrer Pferde wirbelten dichte Staubwolken auf. Sie ritten über die sanft geschwungenen Hügel, gerieten in den Senken dahinter außer Sicht und tauchten dann auf dem nächsten Kamm auf, nur um wieder zu verschwinden.

»Puh«, knurrte Binkton. »Ich frage mich, worum es da wohl geht.«

»Vielleicht sind es ja Schmuggler. Oder Banditen. Oder sie haben die Kinder des Königs entführt, oder es sind Rûcks und Hlöks, die jetzt, da der Bann nicht mehr existiert, den Brennenden Tod nicht fürchten müssen.«

»Nein«, widersprach Binkton. »Das sind keine Rûcks und Hlöks. Die begehen ihre Missetaten nur des Nachts.«

»Ja, aber wenn ihre Höhle jetzt ausgeräuchert worden ist und sie flüchten mussten?«

»Dann würden sie nicht reiten«, meinte Binkton. »Denn Rûcks und ihresgleichen essen Pferde.«

»Oh, richtig«, stimmte Pipper zu. »Nun, vielleicht sind es ja Juwelendiebe oder Rover von Kistan oder Chabbaner, oder Hyrinianer oder sogar die Fäuste von Rakka. Vielleicht sind sie aber auch ...«

Pipper redete unaufhörlich weiter und zählte endlose Möglichkeiten auf. Binkton schnaubte ab und zu bei besonders haarsträubenden Vermutungen seines Cousins. Und er lachte schallend, als Pipper spekulierte, die Königstreuen könnten hinter wilden blauäugigen Frauen aus dem Norden her sein, um sie zu fangen und zu ihren Frauen zu machen.

Während Pipper so plapperte, setzte sich Binkton plötzlich gerade auf und starrte auf das Wasser unter ihnen. »Das ... das glaube ich einfach nicht!«

»Was glaubst du nicht?«, wollte Pipper wissen.

Binkton streckte die Hand aus, und Pipper folgte ihr mit dem Blick.

Unter der Wasseroberfläche schien ein dunkler welliger Schatten stromaufwärts zu gleiten. Vielleicht war es jedoch nur eine Woge, die auf der Oberfläche des Argon merkwürdig reflektierte.

Pipper zögerte hegte keinerlei Zweifel. »Kapitän Vení!«, schrie er. »Kapitän Vení! Die Flussschlange; es ist die Flussschlange!«

»Was?« Vení sah zum Krähennest hoch.

Jetzt streckte auch Binkton die Hand aus. »Die Flussschlange!«, schrie er.

»Die Flussschlange?«

»Ja, ja! Das sagte ich doch!«

»Wo genau?«

»Voraus und ein Stück rechts.«

»Alle Mann nach Steuerbord!«, brüllte der Kapitän. »Stäbe und Speere bereithalten!«

Die Mannschaft schnappte sich Lanzen und lange Stöcke mit Widerhaken an der Spitze und stürmte zur Steuerbordreling. Sie erreichten sie in dem Moment, als das Wasser längsseits anschwoll und die Schute nach Backbord drängte. Dann war nichts mehr zu sehen. Die Gestalt war abgetaucht, oder vielleicht hatte sich die merkwürdig rollende Woge einfach geglättet. Die Bokker wussten nicht genau, was es gewesen war, auch wenn Pipper behauptete, dass es die Flussschlange gewesen wäre. Binkton war sich dessen überhaupt nicht sicher.

»Ich habe noch nie gehört, dass sie so weit stromaufwärts auftaucht«, meinte Kapitän Vení an dem Abend beim Essen. »Normalerweise jagt sie um die Oberen Inseln herum, und die erreichen wir erst morgen früh kurz vor Sonnenaufgang.«

Pipper lächelte Binkton triumphierend zu, als wollte er sagen: *Siehst du, habe ich doch gesagt,* Binkton dagegen zuckte nur beiläufig mit den Schultern.

Am nächsten Morgen passierten sie vor Morgengrauen die Oberen Inseln, ohne dass sich ein Zwischenfall ereignet hätte. Die etwa ein Dutzend Felseninseln lagen mitten im Strom. Zwei von ihnen waren mehr als drei Meilen lang und von hohem Gras und Bäumen bewachsen.

Kurz vor dem nächsten Morgen passierten sie die Unteren Inseln, ebenfalls ohne besondere Vorkommnisse. Diese Inselgruppe war etwas kleiner als die andere, obwohl eine von ihnen auch über eine Meile lang war.

Als die Sonne hoch am Himmel stand, meinte Binkton: »Heute erreichen wir Flussende. Dort werden wir diese Rattenfresser finden, die unsere Truhe gestohlen haben, und, wie Brekka sagte, kurzen Prozess mit diesen Leuten machen, die noch schlimmer sind als Rûcks.«

»Bink, ich weiß nicht genau, wie ich es dir sagen soll ... Dein Bogen und deine Pfeile sind in der Truhe, ebenso meine Schleuder und Geschosse.«

»Und, Pip? Dann holen wir uns eben neue Waffen in Flussende.«

»Richtig. Aber sollten wir nicht lieber einen Stadtbeamten oder den Hauptmann der Stadtwache aufsuchen, der dort das Gesetz vertritt?«

Kapitän Vení war gerade in Hörweite gekommen, und lachte bei Pippers Worten. »Gesetz? In Flussende? Ich glaube kaum, dass es dort so etwas gibt. Das heißt, die Gesetze, die es dort gibt, werden von denen gemacht, die die Stadt regieren.«

Noch während er das sagte, kam eine Barke in Sicht. Sie segelte stromaufwärts, und Kapitän Vení trat nach Backbord und wartete. Als das Schiff vorübersegelte, rief er etwas in einer Sprache hinüber, die keiner der Wurrlinge kannte. Jemand antwortete in derselben Sprache. Das Schiff segelte weiter flussaufwärts, während die *Otter* ihren Weg stromabwärts fortsetzte.

Der Kapitän wandte sich wieder zu den Bokkern herum. »Das war mein Bruder, der Kapitän des *Roten Karpfens*.«

»Der *Rote Karpfen*?«, platzte Pipper heraus. »Das war das Schiff, dass die Schute mit unserer gestohlenen Truhe flussabwärts bugsiert hat.«

»Euch wurde eine Truhe gestohlen?«

»Von Ratten fressenden Flussleuten!«, knurrte Binkton.

»Wir wollten den Kapitän des *Roten Karpfens* fragen, was mit unserer Truhe passiert ist.«

Kapitän Vení seufzte. »Tut mir leid, Ihr Kleinen. Hätte ich das gewusst, hätte ich ihn fragen können. Aber vielleicht weiß ja jemand an der Anlegestelle etwas. Oh, und wenn ich Ihr wäre, würde ich die Flussleute nicht beleidigen. Denn es sind eine Menge von ihnen in Flussende. Sie kontrollieren die Stadt.«

Binkton sah Pipper an. »Ist es da ein Wunder, dass es kein Gesetz in dieser Stadt gibt?«

Der Argon wurde breiter und floss langsamer. Die Barke und ihre Schute kamen in gemächliche Gewässer mit niedrigen, von Schilf überwucherten Inseln. Zypressen und Rohrkolben säumten die Ufer, und in dichten Dickichten in den Marschen wuchsen Mangroven. Sie befanden sich im Flussdelta und näherten sich der Stelle, wo der Argon in das Avagon-Meer mündete.

Hier hatten der Kapitän und seine Mannschaft alle Hände voll damit zu tun, die Schute durch die flachen schlammigen Wasser zu dirigieren, weil sie nur wenig Platz zum Manövrieren hatten. Aber schließlich kam vor ihnen auf der rechten Seite ein langer Streifen gerodetes Land in Sicht, und weiter stromabwärts sahen die Wurrlinge den Rand von Flussende, dessen Gebäude sich weit ins Landesinnere erstreckten.

»Himmel, Bink«, meinte Pipper. »Ich dachte, Fährstadt am Argon wäre groß, aber gegen diese Stadt hier sieht sie wie ein Weiler aus.«

Die Barke manövrierte zur Backbordseite der Schute und drängte sie zum Ufer. Pipper und Binkton sahen, wie Arbeiter Kähne auseinandernahmen, deren Ladung gelöscht war und deren Holz nun andere Verwendung fand. Die Bokker vermuteten, dass der gerodete Streifen Land die Anlegestelle war, Schuten Ende, wie der Kapitän sie genannt hatte.

Schließlich schob die *Otter* die Schute in flacheres Wasser, wo sie auf eine der Untiefen auflief. Männer legten Planken von der Schute zur Barke und sicherten den Lastkahn mit Tauen an Pfosten, die tief in die Erde eingelassen waren.

Die *Otter* selbst legte an einer der Molen flussabwärts an.

Kapitän Vení traf sich mit dem Kaimeister und fragte nach einer grauen Truhe, die mit Flammen bemalt war, und zwei Männern namens Tark und Quieker; hatte vielleicht jemand von ihnen gehört?

Der Kaimeister schüttelte den Kopf und schickte einen Laufburschen los, der die Mannschaften fragen sollte, ob sie etwas von der Truhe gesehen oder gehört hätten. Oder von einem stämmigen Kerl namens Tark und einem hageren namens Quieker.

Einen halben Kerzenstrich später kehrte der Junge zurück. Angeblich hatte niemand etwas von der mit Flammen bemalten Truhe oder den Männern gesehen.

Die Wurrlinge seufzten enttäuscht, nahmen ihre Segeltuchtaschen über die Schulter, bedankten sich bei Kapitän Vení und verabschiedeten sich von der Mannschaft. Dann gingen sie an Land und machten sich auf den Marsch über den von Schilf gesäumten Knüppeldamm, der etwa eine Meile am Ufer entlang zur Stadt Flussende führte.

31. Kapitel

GASSENJUNGEN

Einbrecher

(Ende Herbst 6E6 bis Frühjahr 6E7)

Die beiden Wurrlinge gingen über den Argonweg in die Stadt. »Himmel, Pip«, meinte Binkton. »Hier sind ja überall Leute! Wie kann man nur in einer solchen Menschenmenge leben?«

»Niemals allein«, meinte Pipper grinsend.

»Was?«

»Du hast gefragt, Bink, wie man in einer solchen Menschenmenge …«

»Oh, Pip, du weißt, was ich gemeint habe! Die Leute drängen sich hier ja förmlich aufeinander. Kein Wunder, dass dies eine gesetzlose Stadt ist, wenn so viele Menschen einander ständig stoßen und anrempeln.«

»Ich sehe aber nicht viele Streitereien«, erwiderte Pipper.

»Selbst wenn man keine sieht, müsste es welche geben!«, fuhr Binkton hoch.

Die beiden Bokker hatten sich ihre Segeltuchbeutel umgehängt und drängten sich durch das Gewühl. »Ich weiß nicht, wie wir Tark und Quieker in diesem Chaos finden sollen«, meinte Pipper.

»Das weiß ich auch nicht«, knirschte Binkton, »aber wir werden sie finden.«

Sie gingen ein Stück weiter, bis Binkton plötzlich hervorstieß: »Ah! Ich muss von dieser Menschenmenge weg!«

»Bink, es ist nicht anders als in einem der gut besuchten Schankräume, in denen wir aufgetreten sind. Ich meine, bei unseren Vorstellungen drängen sich immer die Leute und …«

»Das ist etwas anderes«, knurrte Binkton. »Ich meine, in einer voll besetzten Schänke oder Herberge können wir immer noch rausgehen. Aber hier ist draußen, und es ist schlimmer als in jedem Schankraum, in dem wir jemals gewesen sind. Komm, gehen wir in eine dieser Seitenstraßen und befreien uns von diesem Mob aus riesigen Menschen. Ich meine, wir sind wie Elritzen unter Forellen, und ich habe das Gefühl, dass ich gleich verschluckt werde.«

Pipper seufzte. »Also gut. Aber wir müssen in den Strom zurückkehren und mit den Fischen schwimmen, wenn wir eine Möglichkeit zum Übernachten finden wollen. Ich bezweifle, dass auf dieser Straße irgendwelche Herbergen liegen.«

Sie drehten sich um und gingen zu einer der verschlungenen Gassen, die nach rechts abbogen. Die schmale Straße war von Geschäften gesäumt, die Kuriositäten, Bücher, Stiefel, Kleidung und dergleichen anboten.

Je weiter sie gingen, desto weniger Menschen kamen ihnen entgegen, und schließlich seufzte Binkton erleichtert auf, als er sich endlich bewegen konnte, ohne ständig ausweichen zu müssen, damit er nicht überrannt wurde.

»Ich verstehe dich nicht, Bink«, sagte Pipper. »Man legt dich in Ketten, legt dir Handschellen an, verschließt dich in kleine Kisten, bindet dich mit Seilen, und das alles scheint dir nicht das Geringste auszumachen. Aber kaum steckt man dich in eine Menschenmenge, bekommst du keine Luft mehr. Andersherum würde ich es normaler finden.«

»Vielleicht würde es mich nicht so stören, wenn es Wurrlinge wären statt Menschen«, erwiderte Binkton. »Aber das Große Volk, die Menschen, sie sind einfach eine Bedrohung. Wie können sie nur so leben, wenn sie sich sozusagen ständig die Ellbogen in die Seiten stoßen?«

»Da muss ich an das denken«, erwiderte Pipper, »was Onkel Arley gesagt hat, als ich ihn bat, die besonderen Gaben der verschiedenen Völker aufzuzählen.«

Binkton sah Pipper fragend an.

»Er sagte«, fuhr Pipper lächelnd fort, »die Gabe der Elfen wäre Anmut und ein altersloses Leben, die der Zwerge, sich niemals zu verirren, weil sie jeden Weg, den sie einmal gegangen sind, wiederfinden. Und er sagte, die Gabe der Wurrlinge wäre Mut.«

»Mut?«

»Ja. Es scheint, wir hätten den Mut und den Willen, etwas zu Ende zu bringen, sobald wir uns einmal einer Sache verschrieben haben.«

»Und was ist mit den Menschen?«

»Onkel Arley sagte, ihre Gabe wäre ihre Fruchtbarkeit, deshalb gäbe es so viele von ihnen.« Pipper deutete auf den Argonweg. »Siehst du, Bink, an diesem Ort sind wir Zeugen der menschlichen Gabe.«

Binkton drehte sich um und sah zum Mittelpunkt der Stadt, und obwohl die verschlungene Gasse, der sie gerade folgten, seinen Blick blockierte, meinte er: »Wenn sie die Welt genauso füllen wie diese Stadt, dann wird bald kein Platz für uns andere mehr da sein.«

»Das sagen die Elfen auch, Bink. Jedenfalls hat Onkel Arley mir das erzählt.«

Sie schlenderten ein Stück weiter. »Bink«, meinte Pipper, »wir müssen zurück und uns eine Bleibe für die Nacht suchen.«

»Zurückgehen, Pip? Niemals!«

»Sollen wir auf der Straße schlafen wie diese Gassenjungen in Fährstadt am Argon?«

»Nein, Pip.« Binkton streckte eine Hand aus. »Wir steigen genau hier ab.«

Pipper folgte Binktons ausgestreckter Hand. Über einem kleinen Geschäft, das ein Schild als »Lady Jane's Hutmacherei – feinste Kopfbedeckungen für Feine Ladys« auswies, erklärte ein zweites Schild in einem Fenster im ersten Stockwerk: »Zimmer zu vermieten.«

»Ich hatte noch nie Leute aus Eurem Volk in einem meiner Zimmer«, sagte die matronenhafte Frau, in deren Haar bereits silberne Strähnen schimmerten.

»Wir werden Euch keinerlei Ungelegenheiten bereiten, Lady Jane«, meinte Binkton.

»Oh, das habe ich auch nicht gemeint«, antwortete sie. »Im Gegenteil, ich fühle mich geehrt, Waldana unter meinem Dach zu beherbergen, Helden des Drachenstein Krieges und dergleichen. Mein Grady, mein Sohn, Ihr versteht, wurde im Krieg verwundet. Hat einen Pfeil ins Bein bekommen, und seitdem humpelt er. Aber er hat weitergekämpft und es bis zu den Roten Hügeln geschafft, zum letzten Gefecht. Jedenfalls sagt mein Grady, als die Drachen kamen, wollte das gesamte Heer weglaufen, aber dann hat die kleine Waldan in der goldenen Rüstung in ihr silbernes Horn gestoßen, und als die Männer sich umsahen, bemerkten sie, dass die ganze Kompanie des Königs, alle Waldana, stehen geblieben waren, und dann hat sich das Heer ein Herz gefasst und ebenfalls Widerstand geleistet.«

»Das war unsere Cousine Triss, die das Horn geblasen hat!«, erklärte Pipper.

»Tatsächlich? Nun, dann bin ich umso stolzer, dass Waldana mein Zimmer genommen haben. Wartet nur, bis ich es ...«

Pipper hob rasch die Hand. »Madam, ich wünsche, dass Ihr niemanden wissen lasst, dass Ihr Wurrlinge in Eurer Residenz beherbergt. Ihr müsst verstehen, wir sind in einer Art Mission unterwegs. Und zwar eine, über die wir lieber Stillschweigen bewahren würden.«

Binkton starrte Pipper verblüfft an, aber Lady Jane sah sich um, als fürchtete sie Lauscher. Da sie niemanden sah, flüsterte sie: »Ohhh, eine Mission. Sicher für den Hochkönig!«

»Das möchten wir nicht verraten«, antwortete Pipper.

»Nun, ich bin so schweigsam wie eine Mumie«, erwiderte die Frau. »Und wenn ich darf, möchte ich Euch helfen, Eure Anwesenheit hier geheim zu halten. Ich könnte Euch Hüte machen, oder Kappen, damit Ihr Eure spitzen Ohren verbergen könnt.« Dann runzelte sie die Stirn. »Aber ich habe keine Ahnung, wie wir Eure saphirblauen und smaragdgrünen Augen verbergen sollen. Das heißt, wartet, ich weiß! Hüte mit hohen Kronen und breiten Krempen. Sie beschatten Eure Gesichter. Ich habe da einige wirklich entzückende Stoffe.«

Pipper schnippte mit den Fingern, als wäre ihm plötzlich eine Idee gekommen. »Wir würden lieber wie Gassenjungen wirken.«

Binktons Kinn klappte ein Stück hinunter.

Lady Jane runzelte die Stirn. »Gassenjungen? Ah, verstehe. Um Euch besser unters Volk zu mischen, da Ihr ja so klein seid. Also gut. Ich werde schon etwas Passendes finden.«

Damit rauschte Lady Jane geschäftig davon. Binkton sah Pipper an. »Was in Adons Namen sollte das eben?«

»Hör zu, Bink, weder Tark noch Quieker dürfen erfahren, dass wir in der Stadt sind. Wenn doch, könnten sie einfach weiterziehen.«

Binkton runzelte einen Moment die Stirn, doch dann hellte seine Miene sich auf. »Ah, verstehe. Sie haben gehört, wie wir kurzen Prozess mit den Strauchdieben gemacht haben, was?«

»Nein, Bink. Ich dachte eher ...«

»Da bin ich wieder«, erklärte Lady Jane und rauschte in das Zimmer. Sie hielt ein Maßband in der Hand und wickelte es um Binktons Kopf. »Hmm, für jemanden Eurer geringen Größe habt Ihr einen beachtlichen Kopfumfang. Also gut, schon gut. Zappelt nicht so.« Sie notierte sich etwas auf einem Block, den sie aus ihrer Tasche gezogen hatte, drehte sich zu Pipper herum und nahm auch bei ihm Maß.

Als sie wieder hinausstürmte, sagte Pipper: »Komm, lass uns auspacken und uns etwas zu essen besorgen.«

»Ohne unsere Verkleidung als Gassenjunge?«, meinte Binkton verächtlich. »Wir wollen schließlich nicht auffallen.«

»Oh, richtig«, meinte Pipper. »Dann müssen wir warten.«

Mit dunklen breitkrempigen Hüten, tief über die Ohren gezogen, damit ihre Form nicht zu erkennen war, traten Binkton und Pipper aus dem Seiteneingang der Hutmacherei und machten sich auf den Weg zu der kleinen Schänke, die laut Lady Jane von Menschen mit eher geringem Einkommen besucht wurde. »Das Essen ist gut, und Ihr passt perfekt zu den Gassenjungen, die sich dort herumtreiben. Lasst nur Eure Hüte auf und passt auf, dass niemand Eure Augen sieht, und werft nicht mit Silber und Goldmünzen herum.«

Auf der Straße blieb Binkton stehen und betrachtete Pipper prüfend, der unter seinem Hut hervorsah wie eine Maus, die aus ihrem Loch lugt. »Himmel, Pip, wir sehen aus wie zwei Einfaltspinsel.«

»Einfaltspinsel oder nicht, Bink, ich glaube, wir brauchen schmuddeligere Kleidung. Wir sehen im Moment viel zu wohlhabend aus. Warte, wir brauchen nur ein bisschen Schlamm und Dreck darauf zu schmieren und auch auf unsere Gesichter. Dann fallen wir überhaupt nicht mehr auf.«

Binkton starrte auf die Gosse, in der Wasser über eine graubraune Schlammschicht lief. »Dreck?«

»Nein, Bink, nicht aus der Gosse. Wir suchen uns saubereren Schlamm.«

Einen Viertel-Kerzenstrich später betraten zwei Gassenjungen den Schankraum der *Gelben Laterne*.

»Zwei Näpfe Eures Eintopfs«, sagte Pipper, als sie auf dem Weg zu einem freien Tisch an dem Schankkellner vorbei gingen.

»Erst muss ich Euer Geld sehen, Jungs«, antwortete der Mann.

Pipper warf zwei Kupferstücke auf den Tresen. Danach setzten Binkton und er sich an den Tisch und warteten darauf, bedient zu werden.

»Wann holen wir uns neue Waffen, Pip?«, erkundigte sich Binkton. »Du eine Schleuder und Geschosse und ich einen Bogen mit Pfeilen?«

»Bink, ich glaube nicht, dass ein Gassenjunge mit Bogen und einem Köcher voller Pfeile unauffällig wäre.«

»Rattenkot! Da hast du recht!«

»Aber wir können beide Schleudern nehmen«, meinte Pipper.

Binkton seufzte. »Ich kann nicht annähernd so gut mit der Schleuder umgehen wie du, Pip, und schon gar nicht so gut wie mit dem Bogen. Aber ich muss mich wohl mit einer Schleuder begnügen.«

Die Bokker schwiegen, als ihr Eintopf und das Brot serviert wurden. Doch sobald der Schankwirt verschwunden war, meinte Pipper: »Also, mein Plan sieht so aus ...«

Jeden Tag und bis in den Abend hinein trieben sie sich auf den Straßen von Flussende herum und freundeten sich innerhalb von vierzehn Tagen mit den Gassenjungen an. Manchmal luden sie ein unterernährtes Kind zu einer Mahlzeit in der *Gelben Laterne* ein oder saßen ruhig in Torwegen und beobachteten den Verkehr, Fußgänger, Kutschen und Karren sowie Reiter. Dabei plauderten sie müßig mit ihren neuen Bekannten, allesamt Bettler, und brachten gelegentlich die Sprache auf Tark und Quieker, aber keiner der Straßenjungen kannte ihre Namen, obwohl die Beschreibung der beiden ihnen bekannt vorkam.

Meistens jedoch redeten sie über die Geschäfte, in die eingebrochen worden war; einige waren auch verwüstet oder in

Brand gesteckt worden. Sie sprachen auch über die scheinbare Ohnmacht der Stadtwache, dem Einhalt zu gebieten. Viele Geschäfte hatten angefangen, für den Schutz vor solch unglücklichen Vorfällen zu zahlen, was den Gerüchten über einen unbekannten Verbrecherlord in Flussende Nahrung gab, aber keiner der Straßenjungen wusste, wer diese graue Eminenz sein mochte. Und gerade an diesem Morgen war in einen Laden eingebrochen worden, dessen Waren überall verstreut herumlagen.

»Natürlich steckt der Verbrecherlord dahinter«, meinte Cricket, der kleinste Gassenjunge, der etwa so groß war wie Pipper. »Das war eine Warnung, das Schutzgeld zu zahlen.«

»Vielleicht hat Tark es ja gemacht«, meinte Binkton. »Das sähe ihm ähnlich.«

»Den Gerüchten nach soll der Verbrecherlord selbst aus den besseren Kreisen stammen«, meinte Wiesel. Der schmächtige Junge deutete mit dem Finger in den Himmel, um seinen Worten Nachdruck zu verleihen.

»Damit scheiden Tark und Quieker aus«, meinte Pipper.

»Was habt ihr noch mal gegen diesen Tark und Quieker?«, erkundigte sich Tope und fuhr sich mit dem Ärmel über seine Nase, die immer zu laufen schien.

»Sie haben unsere Bündel gestohlen«, meinte Pipper. »Und uns fast alles geraubt, was wir hatten.«

»Diese dreckigen Ratten!«, knurrte Cricket. »Kein Wunder, dass ihr nach ihnen sucht.«

Wiesel nickte. »Meine Freunde und ich werden euch helfen.«

»Genau«, stimmte Tope zu.

»Wir halten die Augen auf«, meinte Cricket.

»Genau«, wiederholte Tope.

Aber es vergingen volle sechs Monate, ohne dass sie eine Spur von Tark oder Quieker fanden, und die Bokker waren inzwischen ziemlich mutlos. Die Berichte über irgendeinen Verbrecherlord, der sich im Dunkeln hielt, kursierten weiter, aber weder die Gassenjungen noch die Wurrlinge hörten jemals auch nur gerüchtweise einen Namen.

Obwohl sie entmutigt waren, kamen weder Pipper noch Binkton jemals auf die Idee, in die Waldsenken zurückzukehren. Trotz ihrer Rückschläge war Binktons Zorn ungebrochen, und er erklärte immer wieder: »Wir können diese Rûck liebenden, Ratten fressenden, diebischen Schläger nicht gewinnen lassen, Pip.« Dann seufzte Pipper und nickte, obwohl seine Wut schon lange verraucht war. Trotzdem, ein Schwur war ein Schwur, und Pipper war ein Wurrling durch und durch. Folglich war er, wie es bei seiner Art üblich war, einer Mission mit jeder Faser verschrieben, bis sie zu Ende gebracht worden war. Immerhin hatte es ein Jahrtausend gebraucht, bis Gwylly und Faeril, die Letztgeborenen Erstgeborenen, die Mission zu Ende geführt hatten, die von Tomlin und Petal, ihren fernen Vorfahren, begonnen wurde.

Also beobachteten sie die Straßen weiter und erbettelten dabei ein paar Münzen von Passanten, um für die Miete und das Essen zu zahlen …

Binkton war es, der schließlich Quieker sah. Der hagere Mann betrat gerade ein Geschäft für Lederwaren.

»Komm schon, Pip«, knurrte Binkton und tastete in seiner Tasche nach seiner Schleuder. »Kaufen wir uns diesen Sohn eines Rûck.«

»Nein, Bink, nicht!«

Binkton wirbelte zu Pipper herum. »Was?«

»Wir müssen ihm folgen, damit er uns zu unserer Truhe führt.«

Binkton starrte Pipper finster an, atmete dann jedoch tief durch und nickte. »Du hast recht, Pip. Danach machen wir kurzen Prozess mit ihm.«

»Genau«, meinte Pipper. »Außerdem führt er uns bestimmt auch zu Tark.«

Binkton nickte, doch im nächsten Moment verfinsterte sich seine Miene. »Wo wir gerade von Tark sprechen, da ist er ja.«

Der stämmige Schläger stand draußen vor dem Fenster des Lederwarengeschäfts und betrachtete die Auslagen.

»Komm schon, Bink, finden wir raus, was sie vorhaben.«

Wie zwei uninteressierte Gassenjungen drückten sich die beiden Bokker auf der anderen Seite der verwinkelten Gasse herum. Sie sahen, wie Quieker in dem Geschäft mit einer jungen Frau sprach, die sichtlich bestürzt wirkte. Dann deutete Quieker über die Schulter auf Tark. Momente später reichte sie dem hageren Mann einen kleinen Beutel. Quieker trat wieder auf die Straße hinaus und ging in das nächste Geschäft, wo Tark erneut vor der Scheibe stehen blieb und Quieker hineinging.

Die beiden Bokker sahen durch die Scheiben des Ledergeschäftes, wie die Frau darin weinte.

»Behalt du sie im Auge, Bink«, meinte Pipper. »Ich gehe rein und rede mit ihr.«

Nur wenige Augenblicke später stand Pipper wieder neben Binkton. »Wie wir uns gedacht haben«, meinte er. »Sie sammeln Schutzgeld ein.«

Die beiden Wurrlinge folgten den beiden Schlägern den ganzen restlichen Nachmittag und hielten sich in Hauseingängen und Gassen versteckt. Schließlich schienen Tark und Quieker fertig zu sein, denn sie schlenderten durch eine gewundene schmale Gasse, ohne weitere Geschäfte zu betreten. Endlich kamen sie zu einem kleinen gelben Haus, schlossen auf und gingen hinein.

»Dort wird unsere Truhe sein«, knirschte Binkton.

»Möglich«, meinte Pipper. »Aber wir müssen abwarten.«

Sie bezogen Posten an einer Stelle, von der aus sie die Fassade des Gebäudes im Auge behalten konnten.

Einen Kerzenstrich später, bei Einbruch der Dunkelheit, tauchten Tark und Quieker wieder auf. Letzterer schloss die Haustür ab, und dann gingen er und sein stämmiger Kumpan wieder in Richtung Stadt davon. Tark pfiff dabei vor sich hin.

»Und jetzt?«, flüsterte Binkton. »Sollen wir ihnen noch weiter folgen? Ich würde lieber unsere Truhe holen, falls sie da ist.«

»Ich auch, Bink. Aber wenn wir können, sollten wir vielleicht auch das erpresste Geld finden und es an die Händler zurückgeben.«

»Gute Idee«, flüsterte Binkton und zog einen langen Draht aus seinem Gürtel.

Sobald sie sich davon überzeugt hatten, dass Tark und Quieker sie weder sehen noch hören konnten, glitten die beiden Bokker durch die Schatten und überquerten die Straße. Binkton betrachtete in dem dämmrigen Licht das Schloss. Es war neu und aus Messing. Nur wenige Augenblicke später klickte es leise, als das Schloss aufsprang.

Sie gingen rasch hinein und schlossen leise die Tür hinter sich. Pipper fand eine Kerze sowie eine Zunderbüchse und entzündete die Kerze, deren Licht das dämmrige Innere des Hauses kaum erhellte. Es gab noch drei andere Räume: eine nur selten benutzte Küche, wovon der Staub zeugte, der überall lag, außer auf den beiden Stühlen und dem Tisch, auf dem ein Kartenspiel ausgebreitet war. Dann gab es noch zwei Schlafzimmer, eines etwas größer als das andere. Aber in keinem von beiden stand ihre mit Flammen bemalte Truhe.

»Rattenkot!«, fluchte Binkton.

Pipper seufzte. »Ich hätte es nicht besser formulieren können. Trotzdem, wenn sie das Geld von den Kaufleuten hier verstecken ...«

»Sag kein Wort mehr, Pip.«

Sie gingen in das größere der beiden Schlafzimmer, in dem Kleidung, die eindeutig einem stämmigen Mann gehörte, in einem offenen Schrank an der Wand hing.

»Das muss Tarks Zimmer sein«, meinte Binkton.

»Dann dürfte hier auch das Geld sein«, erklärte Pipper.

Aber auch eine gründliche Suche förderte nichts zutage.

Dasselbe galt für Quiekers Zimmer.

Und in der Diele fanden sie ebenfalls nichts.

Schließlich gingen sie, der Verzweiflung nah, in die Küche.

Als sie den Raum durchsuchten, runzelte Pipper die Stirn und blickte auf den verschlissenen Teppich unter dem Tisch. »Bink, überall liegt Staub, nur auf dem Tisch nicht ...«

»Genau!«

Die beiden Wurrlinge zogen den Tisch zur Seite und fanden unter dem runden Teppich ein lockeres Fußbodenbrett und darunter ...

»Ah!«, rief Binkton beim Anblick der sechzehn Geldbörsen. Jede davon enthielt fünf Silberlinge.

»Wie viele Geschäfte haben sie heute ausgeraubt?«, erkundigte sich Pipper.

»Ich würde sagen sechzehn«, meinte Binkton und grinste.

»Machen wir, dass wir hier wegkommen«, sagte Pipper und raffte im flackernden Licht der Kerze acht Geldbörsen auf, während Binkton die andere Hälfte nahm.

Sie legten vorsichtig das Bodenbrett zurück, dann den Teppich, und schoben schließlich den Tisch wieder an seinen alten Platz. Pipper blies die Kerze aus und stellte sie wieder dorthin, wo er sie gefunden hatte. Wenige Augenblicke später waren sie wieder draußen in der Dunkelheit, hatten die Haustür verriegelt und gingen davon, zu ihrem eigenen gemieteten Zimmer.

In dieser Nacht waren sie Einbrecher geworden, obwohl sie keinerlei Profit damit machten, denn das Geld wurde von Gassenjungen auf Geheiß eines anonymen Spenders den beraubten Kaufleuten zurückgegeben.

32. Kapitel

AN LAND

Elfenschiff

(Frühjahr 6E7 bis Frühjahr 6E8)

Im Verlauf des nächsten Jahres lief die *Eroean* mehrmals entlegene Strände an, wo Aravan, Aylis, Lissa und die Kriegerschar sowie verschiedene Mannschaftsmitglieder längere Expeditionen unternahmen oder im Inland nach Wasser, Früchten und anderen Lebensmitteln suchten. Viel mehr fanden sie nicht.

Aber am Rand des Westlichen Ozeans passierten sie ein kleines Atoll, das in tropischen Gewässern lag. Auf einer der Inseln sahen sie eine zerfetzte Fahne von Gelen, die kopfüber an einen Baum gebunden war.

»Das ist eine Seenot Flagge«, erklärte Aravan. »Segel reffen!«, rief er. Sobald das Schiff sanft driftete, ruderten Aravan, Dokan und vier Matrosen mit einem Skiff zur Insel, wo sie ein altes Lager und die sterblichen Überreste von sieben Männern fanden. Verwitterte Wasserflaschen lagen dicht neben ihnen. Dokan tippte sie an. »Sie sind alle leer«, meinte er. »Vermutlich ist die Mannschaft verdurstet.« Auf der Seite der Lagune lagen zwei stark zerstörte Dingis.

»Kapitän«, fragte Nikolai. »Die gelenische Fahne ... kann das die Mannschaft des *Grauen Sturmvogels* sein?«

»Das weiß ich nicht, Nikolai«, sagte Aravan. Er drehte sich zu Noddy herum, der mittlerweile zum zweiten Bootsmann der *Eroean* befördert worden war. »Holt Aylis.«

Noddy und zwei Matrosen ruderten zum Schiff zurück, und sofort stiegen Aylis, Lissa und Vex in das Skiff. Die Matrosen wendeten das Boot und nahmen Kurs auf die Insel. Vex stand im Bug und starrte in das kristallklare Wasser, während sie näher kamen.

Aylis und die anderen stiegen aus, während Aravan einen langen Knochen aus den uralten Aschresten des Feuers nahm.

Vex wimmerte und posierte. Lissa beruhigte sie. »Schon gut, Vex, schon gut.« Sie sah zu Aravan hoch, der sich hingehockt hatte und den Knochen untersuchte. »Hauptmann, Vex sagt, das Atoll selbst wäre leblos: Nirgendwo gibt es Vögel, und selbst von den Fischen, von denen es zwischen diesen Riffen normalerweise nur so wimmelt, war nichts zu sehen, als wir hergerudert sind. Und seht Euch die Pflanzen an: Es sind nur Büsche und verkrüppelte Bäume. Vex glaubt, dass wir besser zum Schiff zurückrudern und rasch weitersegeln sollten.«

Bei ihren Worten bemerkte Aravan, dass sein blaues Amulett aus seinem Wams gerutscht war und davor baumelte. Er legte die Handfläche darauf. »Es fühlt sich ein bisschen kühl an.« Dann stand er auf, sah sich um und setzte hinzu: »Irgendwo hier lauert eine Gefahr.«

Dokan nahm seine Streitaxt vom Rücken und sah sich um, während die anderen Matrosen ihre Hände auf die Griffe ihrer Krummschwerter legten.

Aylis betrachtete den Knochen prüfend. »Lasst mich die *Sicht* anwenden.« Sie murmelte ein okkultes Wort, sah auf den Knochen und dann auf die sterblichen Überreste der Gestrandeten. Dann keuchte sie entsetzt auf, während ihr Tränen in die Augen traten. »Meiner Seel!«

»Was denn? Was hast du?«, fragte Lissa.

»Sie haben sich dem Kannibalismus ergeben und gelost, wer ihnen als Nächster als Nahrung diente«, meinte Aylis.

Lissa wurde blass, drehte sich zu Vex herum und vergrub ihr Gesicht in dem weichen Fell der Füchsin.

»Ist es die *Sturmvogel?*«, erkundigte sich Nikolai.

Aylis schüttelte den Kopf.

Aravan sah Aylis, Lissa und Vex an und berührte erneut das steinerne Amulett. »Es wird kälter. Noddy, kehrt mit Aylis und Lissa zur *Eroean* zurück.«

Noch während Noddy sich in Bewegung setzte, protestierte Lissa. »Nein, Kapitän Aravan«, meinte sie. »Ihr werdet meine Pfeile brauchen.«

»Und meine *Sicht*«, meinte Aylis.

Aravan seufzte. »Dann kehren wir alle zum Schiff zurück.«

Sie stiegen in das Skiff und ruderten zur *Eroean* zurück. Noch während sie an Bord gingen, rief der Ausguck auf dem Hauptmast: »Käpt'n, Ihr solltet hochkommen und Euch das ansehen!«

»Was denn, Finn?«

»Ich weiß es nicht genau, Käpt'n. Irgendwie sehe ich da eine Art von Dunkelheit, mehr kann ich nicht sagen.«

Aravan stieg rasch über die Wanten in das Krähennest. »Wo, Finn?«

»Da drüben«, erwiderte der Ausguck und deutete auf die Gewässer mitten im Atoll.

Im Mittelpunkt der Lagune veränderte sich die Farbe des Meeres von einem blassen durchsichtigen Grün zu einem breiten Kreis aus dunkelblauem Wasser.

»Bereit machen, in See zu stechen!«, rief Aravan dem Langen Tom zu. »Setzt alle Segel! Wir müssen vielleicht so schnell segeln, wie die *Eroean* nur kann!«

Während James die Befehle pfiff, fragte der Lange Tom zurück: »Worum tut es sich denn handeln, Käpt'n?«

»Ein blaues Loch!«, rief Aravan zurück.

»Oh, Himmel!«, stieß der Lange Tom hervor und blaffte Befehle, während das Schiff wendete und langsam Fahrt aufnahm.

»Was ist das?«, erkundigte sich Lissa. »Was ist ein blaues Loch?«

»Das weiß niemand so genau«, antwortete Tarley, der neben dem Ruder stand, für den Fall, dass der Fette Jimm Hilfe brauchte. »Es wird zwar selten gesehen, aber man sagt, es gäbe recht viele davon. Es sind riesige Löcher und kreisrund, als wären sie von einem gigantischen Bohrer gemacht worden. Und sie sind tief, abgrundtief, einige behaupten sogar, sie wären bodenlos. Und sie kommen fast immer in einem Ring von Inseln vor. Außerdem sollen angeblich ... Kreaturen darin leben, tödliche Kreaturen.«

»Warum hat Finn uns dann nicht schon früher gewarnt?«, wollte die Pysk wissen.

»Das ist Finns erste Reise. Wir haben ihn Anfang dieses Jahres an Bord genommen, nachdem Bri das Schiff verlassen hat. Er weiß vermutlich noch nichts über Blaue Löcher, denke ich.«

Während die *Eroean* Abstand zwischen sich und das Atoll brachte, beobachtete Aravan das kreisförmige Blaue Loch in der Lagune, das von dem Ring der Inseln begrenzt wurde. Mit seinen scharfen Elfenaugen bemerkte er einen zerbrochenen Schiffsmast, der am Rand des Ringes aus dunklem Wasser aufragte. Seine Splitter schienen wie eine zermalmte Hand in den Himmel zu greifen.

Die *Eroean* segelte auf gradem Kurs fort von dem Atoll.

»Was ist das, Käpt'n?«, erkundigte sich Finn.

»Vielleicht lebt ein Furcht einflößendes Wesen in diesem Loch«, meinte Aravan. »Habt Ihr die Schiffsmasten gesehen, direkt am Rand des dunkelblauen Wassers?«

Finn sah lange hin. »Käpt'n«, meinte er dann, »meine Augen sind zwar scharf, aber Eure sind zweifellos besser.«

»Passt gut auf, Finn, denn ich fürchte, unsere Reise zu der Insel könnte das, was darin lebt, aufgescheucht haben, und ich möchte nicht, dass es die *Eroean* in die Krallen bekommt.«

Als das Atoll nach einer Weile achtern über den Rand des Horizonts verschwand, kletterte Aravan wieder aus dem Krähennest herunter auf das Hauptdeck. Weder er noch der Ausguck sahen, wie das Wasser im Atoll sprudelte, als ein ungeheures grünes Ding aus den Tiefen des Blauen Lochs emporstieg, nur um dann wieder hinabzusinken und zu verschwinden.

Drei Monate später erreichte das Elfenschiff nach seiner erfolglosen Reise die Insel Arbalin, und dort wartete bereits eine Nachricht auf Aylis ... eine Nachricht von Königin Dresha. Aylis hatte einst, als die *Eroean* in Caer Pendwyr angelegt hatte, der damaligen Königin einen Höflichkeitsbesuch abgestattet.

33. Kapitel

HÜHNERDIEBE

Einbrecher

(Frühsommer 6E9)

Ah, so sind wir also zu Einbrechern geworden, dachte Pipper, als er mit Binkton verstohlen durch die Gasse huschte.

»Wo sind die Hühner, von denen du geredet hast?«, zischte Binkton und unterbrach damit Pippers Gedankengänge.

»Direkt vor uns«, erwiderte der Bokker. »Sie sind mir aufgefallen, als ich Rackburns Anwesen beobachtet habe. Ich habe gesehen, dass sie ab und zu aus dem Stall entkommen, also sollte es nicht so ungewöhnlich sein, wenn Hühner durch den Garten laufen.«

Binkton schnaubte. »Glaubst du nicht, dass es ungewöhnlich ist, wenn Hühner nachts frei herumlaufen?«

»Da hast du nicht ganz unrecht, Bink, aber wir sind nicht weit vom Stadtrand entfernt, und wer sagt denn, dass hier nicht ein Fuchs in den Hühnerstall einbrechen und sie hinaustreiben kann?«

»Ha! Wir sind also jetzt Füchse, ja?«

»Wohl eher Frettchen, würde ich meinen«, erwiderte Pipper.

Nach ein paar Metern flüsterte Pipper: »Ah, da seid ihr ja.« Er blieb an einem hölzernen Zauntor stehen. »Wir müssen die Hühner ruhig halten, sonst wird ihr Besitzer zweifellos mit Pfeilen auf uns schießen.«

»Sollen wir sie in unsere Umhänge wickeln?«, meinte Binkton. »Die Hühner, meine ich, nicht die Pfeile.«

»Gute Idee«, murmelte Pipper, streifte seinen Umhang ab und hob den Riegel des Zauntores.

Sekunden später standen sie wieder auf dem Weg. Jeder von ihnen hatte zwei Hühner in seinen Umhang gewickelt.

Als sie verstohlen zurückschlichen, verfiel Pipper erneut ins Grübeln und rief sich die vergangenen zwei Jahre ins Gedächtnis ...

34. Kapitel

KRIMINELLE

Einbrecher

(Frühling 6E7 bis Frühsommer 6E9)

Mit der Hilfe von Wiesel und Cricket und einigen ihrer anderen Freunde schafften Binkton und Pipper es, sehr vielen Schutzgeld-Eintreibern zu folgen. Und dann erschütterte eine Welle von Einbrüchen Flussende. Selbst die korrupte Stadtwache wurde bald damit beauftragt, herauszufinden, wer diese Diebe waren. Einige der Häuser, in denen eingebrochen worden war, hatten die neuesten Schlösser und die besten Geldschränke, aber sie wurden dennoch alle geöffnet, und sämtliches Geld wurde geraubt. Andere Anwesen hatten stachelbewehrte Mauern und Wachen, aber sie wurden ebenfalls heimgesucht. Die Kaufleute zuckten derweil nur mit den Schultern und behaupteten, sie wüssten von nichts. Sie wussten nur, dass sie ihr Schutzgeld zahlten. Was dann passierte, war ihnen ein völliges Rätsel. Aber unter der Hand begannen sie, jedem der Gassenjungen, der ihnen ihre Silbermünzen zurückbrachte, fünf Kupferstücke dafür zu zahlen.

Als Tark und Quieker irgendwann auf einem belebten Marktplatz ihre Runde zwischen den Buden drehten, rannte eine Gruppe von acht Gassenjungen, die offenbar gerade ein Spiel spielten, kreischend an ihnen vorbei und drängten und schubsten sich. Erst später bemerkte Tark, dass von seiner Geldbörse nur noch die Enden des Lederstricks übrig waren, mit der er sie an den Gürtel gebunden hatte. Er knöpfte sich mit Quieker jeden bekannten Taschendieb auf dem Marktplatz und in der Stadt vor, aber sie alle behaupteten, sie wären unschuldig, sogar als Tark einigen die Finger brach.

Mittlerweile verteilte Binkton amüsiert das Geld unter den Gassenjungen und schickte sie los, den Händlern die Silbermünzen zurückzubringen, die sie den Eintreibern gezahlt hatten.

Mit den Kupfermünzen, die sie als Belohnung bekamen, konnten sich die Jungen in dieser Nacht einmal mehr satt essen.

Einige der Kaufleute fürchteten, dass die Schutzgeld-Eintreiber einfach nur mehr verlangen würden, aber wer hinter diesem Plan steckte, schien zu begreifen, dass er kein Blut aus einem Stein wringen konnte, und ließ sie in Ruhe. Aus lauter Verzweiflung jedoch begannen die Schutzgeld-Eintreiber jetzt, die kleinsten Läden zu bedrohen, die sie zuvor niemals belästigt hatten. So verlor Lady Jane fünf Silberstücke an die Rüpel.

Die beiden Bokker waren fuchsteufelswild und setzten ihre kleine Bande in den folgenden Tagen auf die Spur dieses Eintreibers. Sie führte zu einem Anwesen, das von einem tragenden Pfeiler der Gesellschaft von Flussende bewohnt wurde: Largo Rackburn, einem sehr begüterten Mann. Allerdings schien niemand genau zu wissen, woher sein Wohlstand eigentlich kam.

Pipper und Binkton und ihre Gassenjungen bewachten Rackburns Anwesen, und als Eintreiber um Eintreiber seine Beute dorthin brachte, bemerkten sie auch Tark und Quieker unter ihnen.

Einer der Jungen erfuhr, dass Lily Francine, Schauspielerin am Flussende Theater, eine Favoritin von Largo war. Er ging ohne Ausnahme zu jeder Premiere eines Stückes, in dem Lily die Hauptrolle hatte.

»Ich glaube, sie ist seine Tochter«, meinte Tope und wischte sich die Nase am Ärmel ab. »Oder sie ist seine Geliebte.«

»Und wann findet die Premiere statt?«, wollte Binkton wissen.

»In einer Woche«, erwiderte Tope.

»Dann haben wir noch sieben Tage Zeit, einen Plan zu schmieden«, meinte Pipper.

»Du bist der Akrobat«, antwortete Binkton. »Also musst du dir einen Weg ausdenken, wie du reinkommst.«

»Genau«, erwiderte Pipper und wandte sich an Cricket, der in dem halben Jahr, seit die Bokker ihn kannten, etwas gewachsen war. »Cricket, du und Wiesel, ihr überzeugt euch, ob die Premiere wirklich an diesem Tag stattfindet. Das soll nicht heißen, dass ich dir nicht trauen würde, Tope, aber wir müssen sichergehen. Und da du bereits früher schon da gewesen bist, könnte jemand auf die Idee kommen, dass du da herumschnüffeln würdest.«

Tope nickte und wischte sich erneut die Nase am Ärmel ab. »Alles klar, Hauptmann, ich bin nicht beleidigt.«

Also machte sich Pipper daran, Rackburns Anwesen sehr genau zu beobachten und sämtliches Kommen und Gehen aufzuzeichnen. Außerdem machte er Skizzen von der rückwärtigen Mauer, dem Balkon und dem hinteren Teil des Herrenhauses, und notierte auch die Zahl der Wachen. Von der Mauer aus konnte er durch die hinteren Fenster blicken und sah ein Zimmer, das Rackburns Büro zu sein schien. Dort war der wahrscheinlichste Ort für einen Geldschrank, und man konnte den Raum vom Balkon aus erreichen. Die Stacheln auf der Mauer waren kein großes Hindernis für den Bokker. Und das Fenster zu dem Zimmer sollte für jemanden mit Binktons Fähigkeiten ebenfalls keine Hürde sein.

Pippers Plan war vollkommen einfach. Über die Mauer, durch den Garten, eine gepolsterte Greifklaue auf den Balkon, das Seil hinauf, durch das Fenster und zum Geldschrank.

Und selbst wenn sie nicht durch das Fenster kamen, war da ja noch die Balkontür.

Am Abend der Premiere im Flussende Theater beobachteten Pipper und Binkton, wie Largo Rackburn in seine Kutsche stieg und davonfuhr.

»Jetzt sind wir dran«, meinte Binkton. »Holen wir Lady Janes Geld zurück.«

»Genau«, sagte Pipper. Er und sein Cousin huschten zur hinteren Mauer. Während Pipper die Greifklaue polsterte, kletterte Binkton vorsichtig auf die Mauer, blickte hinüber und entdeckte etliche große Hunde, die das Gelände bewachten.

35. Kapitel

JADESCHNITZEREI

Elfenschiff

(Frühling 6E8 bis Ende Frühjahr 6E9)

Die Nachricht, die in Port Arbalin auf Aylis wartete, war in Königin Dreshas unverwechselbarer feiner Handschrift verfasst.

Meine teure Aylis,
vor etwas mehr als zwei Jahren erhielten Wir eine kleine Kiste aus schwarz lackiertem Holz zum Geschenk, die mit exotischen Blattgoldmustern von jingarischen Drachen, Landschaften und dergleichen geschmückt war. Sie stammt ursprünglich aus Janjong, um genau zu sein. Es ist ein ganz wundervolles Stück, und es würde Uns ausgesprochen freuen, wenn Ihr Uns eine Auswahl von schwarz lackierten Holzgegenständen – Schalen, Truhen, Vasen und dergleichen, was auch immer Euch hübsch erscheint – von ähnlicher Machart mitbringen könntet, wenn Ihr und Euer Kapitän Aravan das nächste Mal in diese Hafenstadt kommt.

Mit Unseren herzlichsten Grüßen,
Dresha,
Königin von Mithgar

Also kam es, dass Aravan im Frühling des Jahres 6E8 Segel setzte und nach Jinga aufbrach, um dort lackierte Waren,

Schüsseln, Truhen, Vasen und dergleichen zu erstehen, wie auch eine Ladung feinstes Porzellan.

Sie legten in Janjong an, der wichtigsten Hafenstadt dieses Reiches. Noch während das Elfenschiff am Pier festmachte, stürmten Händler und Kaufleute den Kai und riefen der Mannschaft der *Eroean* zu, zu kommen und ihre Waren anzusehen.

Als Aylis beschloss, nach diesen Lackgegenständen zu suchen und sich gleichzeitig die Stadt anzusehen, verbarg sich Lissa in ihrer Kapuze, denn auch sie wollte die Stadt sehen. Vex trottete gehorsam an Aylis' Seite, eine sehr leichte Leine um den Hals, die eher ein Faden als eine Leine war. Es hatte eine Weile gedauert, bis die Füchsin sich bereit erklärt hatte, sich an einem solch schimpflichen Ding führen zu lassen.

Noch während sie von Bord gingen, stürzten sich die Händler auf sie, wichen jedoch im selben Moment wieder zurück, und nicht nur beim Anblick der Füchsin, sondern auch wegen der beiden gepanzerten und bewaffneten Zwerge, die diese Person und ihren Schutzgeist eskortierten, denn angesichts derartig ungewöhnlicher Leibwächter und mit einer wilden Füchsin als Begleiterin musste sie doch eine *Nyuwu* sein, eine Hexe.

Ein junger Mann jedoch trotzte der Eskorte aus Zwergen und Füchsin, trat diskret neben sie und sagte: »Ich habe auf Euch gewartet, Lady Fuchs, denn ich habe geträumt, dass Ihr kommen würdet. Ihr müsst Euch ansehen, was mein Vater geschnitzt hat.«

Aylis lachte. »Ein Traum, sagt Ihr?«

»Oh, ja, ja. In meinem Traum sah ich ein großes Schiff anlegen, und Ihr gingt von Bord; allerdings hattet Ihr in meinem Traum keine Füchsin dabei.«

Wieder lachte Aylis, denn noch nie hatte ein Straßenhändler sie mit einer derartig ausgefeilten Geschichte amüsiert. »Und diese Schnitzerei ist …?«

»Jade, Mylady, Jade. Der feinste Edelstein, und geschnitzt von Meister Luong, meinem Vater. Ihr müsst es Euch ansehen.«

»Gehen wir hin und sehen es uns an«, wisperte Lissa Aylis ins Ohr.

»Ich muss zugeben, dass ich fasziniert bin«, meinte Aylis, allerdings mehr zu Lissa als zu dem Jüngling.

Also folgte »Lady Fuchs« dem jungen Mann durch die Straßen von Janjong. Der Kaufmann ging zu seinem Laden, und die beiden Zwerge folgten ihnen auf dem Fuß, während sie aufmerksam nach jeglicher Gefahr Ausschau hielten, die ihrer Schutzbefohlenen drohen könnte.

Schließlich kam Aylis in der Bude an, in welcher der junge Mann namens Huang ihr einen geschnitzten Jadeturm zeigte. Es war weniger der Turm selbst, der ihre Neugier weckte, obwohl er irgendwie dem Turm der Seher im Magierkolleg ähnelte; nein, es war die Inschrift in einer merkwürdigen Sprache, die um den Fuß der Statuette eingraviert war. Nachdem sie leise ein okkultes Wort geflüstert hatte, las sie:

Dreimal träumte ich den Traum
Dass ich der Stadt aus Jade entfloh
Wo jetzt nur Schatten hausen.

Es war eine besondere Form der Poesie aus Ryodo, nur war das keine ryodische Arbeit. Der Turm war von einem jingarischen Jademeister geschnitzt worden, jedenfalls sagte das Huang, der dazu noch behauptete, es wäre sein eigener Vater gewesen, Luong. Aylis kaufte die Statuette, aber unter der Bedingung, dass sie den Künstler kennenlernte. Der junge Mann beschrieb ihr den Weg zu dem Haus, wo er mit seiner Frau und seinem Vater lebte, aber er warnte sie. Meister Luong wäre ein Einsiedler. Unerschrocken machte sich Aylis mit dem Jadeturm auf den Weg und mietete eine Jin-Rikscha.

Der Mann, der das Fahrzeug zog, schien sowohl überrascht als auch geehrt zu sein, Lady Fuchs zu befördern. Denn die Kunde von der Hexe und ihrem Schutzgeist hatte sich bereits in dem Viertel herumgesprochen. Der Mann machte sich in einem zügigen Tempo auf den Weg zur angegebenen Adresse.

Hinter Aylis stiegen die beiden Zwerge in eine andere Jin-Rikscha und folgten ihr.

Die Tatsache, dass eine Lady, dazu noch eine Hexe, und eine Füchsin Luong besuchten, gaben den Ausschlag, dass der Jademeister die beiden mit eigenen Augen sehen wollte.

Der Mann trug Seide und weiche Sandalen, war etwa sechzig Jahre alt, hatte langes weißes Haar und einen ebensolchen Bart, und seine Augen waren so dunkel, dass sie fast schwarz schimmerten. Als Aylis ihm sagte, dass sie Näheres über die Statuette in Erfahrung bringen wollte, staunte er, dass sie, eine Fremde, ein so fehlerfreies Jingarisch sprach.

»Es ist mir in einem Traum erschienen«, meinte Luong, nachdem sie auf Reismatten Platz genommen hatten, einen schmalen Teetisch zwischen sich, auf dem eine Kanne dampfenden Tees stand. Während er zwei Schalen mit dem hellen Getränk füllte, fuhr Luong fort: »Ich weiß nicht, was es bedeutet. Aber ich vermute, dass es sich um eine Art von Poesie handelt, die ich noch nie zuvor gesehen habe.«

»Es ist Ryodisch«, erwiderte Aylis. »Eine merkwürdige Form, die nie von ihrer Silbenzahl abweicht. Sieben-neun-sieben, versteht Ihr?«

»Es mag Ryodisch sein, aber es ist nicht die Sprache, die jetzt dort gesprochen wird, denn das würde ich erkennen; das Ryodische und Kingarische sind sich sehr ähnlich. Wie dem auch sei, wisst Ihr, was es bedeutet?«

»Ihr kennt die Bedeutung nicht?«

»Ich erkenne nicht einmal die Sprache.«

»Wie seltsam, dass Ihr es dann habt schnitzen können«, meinte Aylis.

»Das habe ich, obwohl ich die Bedeutung nicht kannte. Wie ich sagte, es kam in einem Traum zu mir, und ich fühlte mich gezwungen, es in Jade zu setzen.« Luong hob eine Hand zu der Statuette und sah Aylis erwartungsvoll an.

»Die Worte bedeuten Folgendes«, erklärte sie.

Dreimal träumte ich den Traum
Dass ich der Stadt aus Jade entfloh
Wo jetzt nur Schatten hausen.

»Wie geheimnisvoll«, meinte Luong. »Solche Worte würde ich bewusst niemals schnitzen, und ich würde auch einen solchen Traum nicht so gern träumen, glaube ich.«

»Nur können wir uns unsere Träume nur sehr selten aussuchen«, erwiderte Aylis, die sich an die Zeit erinnerte, in der Jinnarin und sie gelernt hatten, traumzuwandeln. Aylis trank einen Schluck Tee. »Vielleicht war es ja eine Botschaft.«

»Eine Botschaft? Was für eine Botschaft? Sind solche Botschaften gefährlich? Mein Sohn Huang hatte ebenfalls einen Traum.«

»Tatsächlich?«

Luong nickte. »Er sagte, eine Lady würde von einem großen Schiff kommen und meine Schnitzerei sehen wollen. Von einer Füchsin hat er allerdings nichts gesagt.«

Aylis nickte. »Das hat er mir ebenfalls erzählt.« Sie lachte. »Ich habe es erst für ein List gehalten, um mich zu locken, mir diese wundervolle Jadeschnitzerei anzusehen.«

»Nein, es war ein Traum, genau wie meiner. Ihr nennt sie Botschaften. Was sind es für Botschaften?«

»Von jemand anderem, einem Geist, einer verlorenen Seele, einem Magus, jemandem, der aus der Stadt aus Jade geflüchtet ist. Sollte dem so sein, kann ich die Spur leider nicht zurückverfolgen, denn die Quellen von Träumen aufzuspüren, liegt außerhalb meines Vermögens.«

Luong riss die Augen auf. »Ihr seid jemand, die das *chiji* beherrscht?«

Aylis lachte und schüttelte den Kopf. »Ich besitze nur die Gabe des *yanli*.«

»Wieso könnt Ihr dann diese Worte lesen?«

In dem Augenblick nieste Aylis' Kapuze, wie es schien. Luong wich sichtlich beunruhigt zurück.

»Na gut«, meinte Lissa und trat aus der Kapuze heraus auf Aylis' Schulter. »Ich habe mich also verraten. Außerdem hätte ich auch gern einen Tee.«

Luong starrte sie fassungslos an. »Ich ... ich traue meinen Augen nicht!« Er wich zurück und warf sich dann vor den beiden zu Boden. »Verzeiht mir, Herrin, ich wusste nicht, dass Ihr solche *nengli* besitzt ... solche Macht.«

Aylis musste sich alle Mühe geben, Luong dazu zu bringen, sich wieder auf seine Matte zu setzen. Als sie sagte, dass Lissa ebenfalls einen Tee wollte, rief Luong nicht seine Dienerschaft, sondern stürmte selbst hinaus, um ein Gefäß für Lissa zu holen. Einige Augenblicke später tauchte er mit einem Fingerhut aus Porzellan wieder auf und schenkte zitternd ein bisschen Tee in die improvisierte Tasse, die er anschließend der Pysk hinhielt, die jetzt auf dem kleinen Tisch saß.

In dem Moment runzelte Aylis die Stirn, sprach ein okkultes Wort und sah die Statuette an. Dann seufzte sie. »Es hat keinen Zauber gegeben, denn die Statuette enthält keinerlei Spuren von *Macht*.«

»Was enthält keine *Macht*?« Lissa sah von ihrem Tee auf.

»Die Statuette.«

Luong sah zwischen den beiden Frauen hin und her.

»Ich sagte«, erklärte Aylis, »dass sie keinerlei *nengli* enthält.«

»Ah, Ihr könnt also die Macht sehen. Vielleicht habt Ihr deshalb eine solche Gefährtin und könnt solche Worte lesen, hm, und vielleicht auch ein so wundervolles Jingarisch sprechen.«

Aylis senkte zustimmend den Kopf, und Luong lächelte, obwohl sich in seinem Blick immer noch Ehrfurcht spiegelte.

»Erinnert Ihr Euch noch an etwas anderes aus Eurem Traum?«, erkundigte sich Aylis.

»Nur an das, was ich in den Boden eingraviert habe, aber das verstehe ich ebenfalls nicht.«

Stirnrunzelnd hob Aylis die Statuette an und betrachtete den Boden. Dort waren geschwungene Linien eingraviert, aber sie hatte keine Ahnung, was sie bedeuten mochten. Sie sprach ein weiteres okkultes Wort, aber ihre *Sicht* enthüllte keinerlei weitere Erkenntnisse.

Luong sah Lissa an. »Wie werdet Ihr genannt? Von welchem Volk stammt Ihr?«

Lissa zuckte mit den Schultern und sah Aylis an. »Er will wissen«, erklärte die Magira, »was für ein Geschöpf du bist.«

»Sagt ihm, dass ich ein Geist mit großer Macht bin, und sollte er jemals mit jemandem über mich sprechen, würde ich in einer wirbelnden Wolke erscheinen und ihn davontragen, in eine finstere, lodernde Grube, in der er für immer im Schatten brennen wird.« Um ihren Worten Nachdruck zu verleihen, verhüllte plötzlich ein schwarzer Schatten die Pysk.

Mit einem Schreckensschrei fuhr Luong zurück und konnte gerade noch seine Schale festhalten.

»Ihr dürft mit niemandem über sie sprechen«, sagte Aylis.

»Nein, nein. Ich gelobe Stillschweigen.« Erneut warf er sich vor den beiden auf den Bauch.

Aylis nickte in Richtung des Schattens, der wieder verschwand, und aus dem die Pysk auftauchte.

Erneut musste Aylis Luong überreden, auf seine Reismatte zurückzukehren. Danach unterhielten sie sich lange, doch er konnte über den Traum oder die Statuette nichts weiter berichten.

Schließlich verabschiedeten sich Aylis, Lissa und Vex, sehr zu Luongs Erleichterung. Denn Personen in seinen Gemächern zu bewirten, die so viel Macht besaßen, überstieg seine bescheidenen Fähigkeiten. Aber nur wenige Augenblicke, nachdem sie den Jademeister verlassen hatten, begann er sofort eine neue Schnitzerei. Es war die einer sehr kleinen Person – vielleicht jedoch war es auch nur eine winzige Statuette.

»Stadt aus Jade, hm?« Aravan betrachtete den kleinen geschnitzten Turm. »Hmm ... Es gibt tatsächlich eine uralte Legende. Aus der Zeit, als ich zum ersten Mal meinen Fuß nach Mithgar setzte. Sie handelt von einer Stadt, die aus Jade besteht, und die einem schrecklichen Schicksal anheimgefallen sein soll. Vielleicht hat diese Jadeschnitzerei ja etwas mit dieser Legende zu tun.«

Er drehte die Statuette um und betrachtete die Linien auf dem Boden. »Hm ... Das könnte eine Karte sein, denn die Linien ähneln einem Küstenstrich. Aber es gibt Tausende von Orten an vielen Gestaden, die dem hier ähneln. Trotzdem, vielleicht finden wir einen Hinweis in den Archiven der Bibliotheken von Caer Pendwyr. Wenn ja, werden wir nach dieser Stadt aus Jade suchen, sobald wir die Fracht für Königin Dresha abgeliefert haben.«

»Gut.« Lissa trank einen kleinen Schluck Branntwein aus ihrem fingerhutgroßen Becher. »Sollten wir nach einer verschollenen Stadt suchen, können Vex und ich vielleicht etwas tun, um unseren Unterhalt zu verdienen.«

Wieder betrachtete Aravan die Statuette. Dann sah er Aylis an. »Dem hier dorthin zu folgen, wohin es uns führt, gefällt mir sehr gut, denn, wie ich sagte, ist diese Mannschaft auf Abenteuer aus, sucht die Wahrheit alter Legenden und Fabeln. Vielleicht führt diese Statuette uns ja zu etwas Seltenem.«

Sie segelten mit ihrer Fracht aus feinem Porzellan und schwarz lackiertem Holz mit exotischen goldenen Blätter- und Drachenmustern durch die Alacca-Engen. Kurz bevor sie die zerklüfteten Felsen erreichten, die man als Drachenzähne kannte, versenkten sie zwei Dschunken und drei Hausboote mit jungarischen Piraten, die dumm genug gewesen waren, die *Eroean* anzugreifen. Diesmal durfte auch die Zwergenmannschaft auf der Steuerbordseite ihre Feuerkugeln abfeuern. Sie setzten die Piratenschiffe in Brand. Dann enterten die Matrosen mit Krummschwertern und Streitäxten in den Händen eines der brennenden Schiffe, nachdem sie es mit Haken und Tauen gesichert hatten. *»Eroean! Eroean!«*, schrien die Menschen, und die Zwerge brüllten *»Châkka shok! Châkka cor!«* Die Piraten zogen es vor, ins Meer zu springen, statt sich den Wilden von dem Elfenschiff zu stellen.

In der Nacht feierte die Besatzung der *Eroean*, die nach Südwesten zum fernen Kap der Stürme segelte.

Schließlich erreichte die *Eroean* das Kap. Der Wind war stärker geworden und fegte brüllend über das Meer, während die *Eroean* in dem Sturm von Luv schwankte. Denn obwohl es mitten in der warmen Jahreszeit war, war es eiskalt und sehr stürmisch, als wenn Vater Winter und Rualla sich verschworen hätten, um zu zeigen, wer Herr und Herrin in diesem Polarreich waren. Gewaltige graue Wogen mit Schaumkronen brachen über Bord und krachten donnernd aufs Deck, griffen nach Holz und Seilen, nach Tauwerk und Segeln, und die riesigen Graubärte zerrten an allem, was sie fanden, was vielleicht gelockert und mitgerissen werden konnte.

Als der Orkan am schlimmsten wütete, befahl Aravan, alle Segel bis auf die Stays, die Klüver und Besansegel zu reffen. Die Männer kämpften sich über die überfluteten Decks, während eiskalte Wellen an ihnen zerrten und versuchten, sie von den Füßen zu holen, sie über Bord zu schleudern in das eisige Meer. Aber die Sicherungsleinen hielten, und die Mannschaft kämpfte sich in die Takelage, wo der eiskalte Wind sie wegzuwehen drohte. Doch sie hielten den Elementen stand, holten die seidenen Segel ein und banden sie um die Rahe, während um sie herum die Takelage wie gigantische gequälte Harfensaiten im Sturm sang, gespielt von dem wütenden Orkan.

Während der nächsten Wache verstärkte sich der Wind noch, und erneut wurde die Mannschaft auf die Decks geschickt und hinauf in die Wanten, diesmal auf Nikolais Befehl, wo sie sämtliche Klüver und die Hauptsegel einholte. Schließlich segelte das Schiff nur noch unter den Stays und den oberen und unteren Topsegeln, das hieß, die *Eroean* flog mit kaum einem Drittel ihrer seidenen Segelfläche dahin.

In der nächsten Wache übernahm Aravan das Kommando, und nach einer Stunde wurde der Wind noch stärker. Der Elfenkapitän befahl der Mannschaft, die Hauptsegel und Tops vollkommen einzuholen.

»*Diabolos*, Kapitän!«, schrie Nikolai gegen den Wind. »Wenn das so weitergeht, segeln wir bald nur noch mit den Rahen.«

Aravan grinste den Zweiten Offizier an. »Vielleicht, Nikolai, vielleicht. Aber wenn wir nur noch mit Quermasten segeln, dann werden wir wohl rückwärts reisen.«

Obwohl die Kombüse in dem schweren Sturm geschlossen und das Feuer gelöscht blieb, gelang es Nelon, dem Smutje, einen Tee zu brauen. Noddy kämpfte sich durch die Falltür in das kleine Ruderhaus, ein Tablett mit dampfenden Teebechern in der Hand. Er schaffte es durch seine Wendigkeit und Geschicklichkeit, die Becher zu tragen, ohne auch nur einen einzigen Tropfen zu verschütten. Grinsend hielt er Aravan, dem Fetten Jimm und Nikolai die Becher hin und verschwand dann wieder unter Deck.

Als Aravan seinen Tee schlürfte, wischte er das Kondenswasser von der Scheibe und spähte auf das tosende Meer hinaus. »*Vash!* Da kommt eine Wand!« Rasch stellte er den Becher in den Halter. »Die Mannschaft an Deck, Nikolai! Wir müssen den Kurs ändern!« Er packte das Ruder an einem Ende, während der Fette Jimm die Speichen gegenüber festhielt. »Vorbereiten zur Wende. Ein Viertel Steuerbord.«

Als Nikolai die Falltreppe öffnete, um nach unten zu gehen und die Mannschaft zu rufen, hüllte ein blendendes Weiß die *Eroean* ein. Das Kap der Stürme machte seinem Namen alle Ehre, als der windgepeitschte Schnee horizontal über das Elfenschiff fegte.

Neun Tage dauerte es, das Kap zu umrunden, und manchmal schien die *Eroean* zurückgetrieben zu werden, während sie zu anderen Zeiten förmlich vorwärtsflog. Die ganze Zeit riss dabei der Wind an ihr, während die Graubärte sich alle Mühe gaben, sie herunterzuziehen. Schnee und Eis lasteten auf ihrer Takelage, und Männer und Zwerge wurden hinauf in die Takelung geschickt, um die Flaschenzüge von Eis zu befreien, damit die Seile laufen konnten. Sie kreuzten nordwestlich gegen den Wind und südwestlich mit ihm, und Aravan konnte den Kurs nur schätzen. Denn sie sahen weder Sterne noch Mond in den kurzen Nächten, noch die Sonne an den langen Tagen. Auch das südliche Polarlicht konnte er am dunklen Himmel nicht erkennen, diese Vorhänge aus Spektrallicht, die hoch oben am eisigen Himmel wehen, als würde ein eigenartiger Wind von der Sonne bis hierher wehen und die Polarnächte erhellen.

Doch die *Eroean* brauchte neun Tage, bis sie einen klaren nordwestlichen Kurs segeln konnte und das Kap endlich hinter sich gelassen hatte. Aravans Berechnungen hatten gestimmt, die Mannschaft hatte das Schiff großartig gesegelt, und sie hatten keinen Mann und keinen Zwerg an das Meer verloren. Trotzdem waren sie alle erschöpft von dieser ungeheuren Anstrengung, einschließlich ihres Kapitäns, was die Mannschaft nur selten erlebt hatte. Aber schließlich kehrte wieder Normalität in die Schiffsroutine ein, obwohl der Wind immer noch stürmte. Aber jetzt segelte das Elfenschiff stetig weiter, Hauptsegel und Klüver gesetzt, hinauf in den Westlichen Ozean. Das Log maß neunzehn Knoten, und die *Eroean* flog förmlich über die Wellen.

Nachdem sie die Gefahr hinter sich gelassen hatten, fiel Aravan in einen tiefen Schlaf, und Aylis sah ihn zwei Tage lang nicht erwachen.

Eine Woche später segelte die *Eroean* über die Ziegen-Kalmen, diesmal nach Norden. Das Schiff hatte alle Segel gesetzt, bewegte sich jedoch nur langsam in dem lauen Lüftchen. Sie brauchten drei Tage, um die Kalmen zu überqueren, drei Tage, bevor der Wind auffrischte, der jetzt von achtern kam. Sie segelten nach Nord-Nordwest, durch die Küstengewässer des großen Reiches von Hyree.

Fünf Tage segelten sie unter vollen Segeln, während der Wind mäßig, aber stetig wehte, bis sie erneut auf die Äquatorial-Kalmen stießen, wo sie die Gigs zu Wasser ließen, um die *Eroean* durch die Flaute zu rudern.

Als die Winde wieder auffrischten, segelten sie durch den Spalt zwischen Hyree im Süden und Vancha im Norden und erreichten das Avagon-Meer in Höhe des Isthmus von Kistan. An einem Tag wurde der Himmel grau, und Vancha lag weiterhin im Norden, während im Süden jetzt Kistan lag.

»Segel voraus, rot!«, rief der Ausguck vom Fockmast. »Segel voraus, Backbord voraus!«

Nikolai suchte den Horizont auf der linken Seite des Schiffs ab und hielt inne. Einen Herzschlag später rief er: »Schlag Alarm, Noddy, und halte dich bereit, die Befehle an die Mannschaft zu pfeifen.«

Noddy hämmerte rasch ein Signal auf die Schiffsglocke, und Augenblicke später stürmten Mannschaft und Kriegerschar an Deck, während Aravan ans Steuer trat. James trat neben Noddy, ließ dem Jungen jedoch die Bootsmannspfeife.

»Wo genau, Nikolai?«

»Dort, Kapitän!«, antwortete der Erste Offizier, der von den Steininseln kam, und streckte die Hand aus.

Am Horizont konnte man rote Segel ausmachen. Eine zweimastige Dhau hielt mit dem Wind Kurs auf das Elfenschiff.

»Nikolai, bringt die *Eroean* auf einen nordöstlichen Kurs. Der Rover soll auf unserer Steuerbordseite liegen.«

»Aye, Kapitän.«

Aravan drehte sich zu dem Steuermann um. »Wooly, macht Euch bereit, sie auf Kurs zu bringen.«

»Aye, Käpt'n.«

»Noddy, pfeif die Befehle und hol anschließend Brekk.«

»Aye, Käpt'n«, antwortete der Schiffsjunge, blies das Kommando, gab dann James die Pfeife und rannte los.

Als die *Eroean* auf ihren neuen Kurs einschwenkte, trat Brekk ans Ruder, zum Kampf gerüstet. »Wo?«

Aravan streckte den Arm aus.

Brekk sah lange zu dem Rover und blickte dann hinauf auf die blassblaue Elfenseide der Segel, die sich vor dem grauen Himmel abhoben.

»Waffenmeister, wir werden in einem halben Glasen wissen, ob dieser Rover klug oder dumm ist«, meinte Aravan.

Brekk knurrte. »Wir sind auf beides vorbereitet«, erwiderte er.

Dann machte er eine kurze Inspektion bei allen Katapulten und bereitete die Mannschaften an den Geschützen auf den Kampf vor.

Das kistanische Schiff segelte mit dem Wind nach West-Südwest, und ebenso stetig segelte die *Eroean* quer zum Wind, nordöstlich und auf das Kielwasser des Freibeuters zu. Die Zeit verstrich, und der Rover hielt Kurs, die *Eroean* ebenso.

»Haltet sie auf unserer Seite, Nikolai.«

»Aye, Kapitän.«

»Wooly?«

»Aye. Kapitän. Ich bin bereit.«

»James?«

»Auch bereit, Kapitän.«

»Dann gebt den Befehl.«

Langsam änderte die *Eroean* in dem steifen Wind den Kurs und segelte schließlich nach Osten. Der Pirat mit seinen roten Segeln hielt nach wie vor Kurs Südwest, mit dem Wind, und näherte sich dem Elfenschiff.

Doch dann änderte der Freibeuter plötzlich den Kurs und floh zur Insel Kistan.

»Kruk!«, blaffte Brekk auf dem Hauptdeck. »Feiglinge, alle miteinander. Sie haben Angst, es mit der *Eroean* aufzunehmen.«

»Ich glaube, der Kapitän der Rover hat uns nicht mal gesehen, bis er unmittelbar neben uns war.«

Erneut blickte Brekk zu den blauen Segeln, die sich von dem grauen Himmel abhoben, und auf den dunkelblauen Rumpf. Dann sah er dem fliehenden Schiff nach und seufzte. »Manchmal wünschte ich mir, wir wären noch schwerer zu sehen.«

Zehn Tage später erreichte die *Eroean* mitten in der Nacht die breiten Wasser der Hile-Bucht und ankerte an einem der steinernen Piers unterhalb der Stadt Caer Pendwyr.

Während des gesamten nächsten und auch des übernächsten Tages wurde die Fracht entladen, und neuer Ballast wurde an Bord genommen, denn es war nicht gut, die *Eroean* der Gefahr auszusetzen, beim ersten kräftigen Wind oder der ersten großen Welle zu kentern. Als das Schiff sämtliche Ladung gelöscht und den Ballast an Bord genommen hatte, steuerte Aravan es von dem Pier weg und ließ es in der Bucht ankern.

Er gab der Mannschaft Erlaubnis, die Stadt zu »erobern«, und da er seine Leute kannte, wusste er, dass die meisten von ihnen genau das versuchen würden.

Am nächsten Morgen erwiesen Aravan, Aylis, Lissa und Vex Hochkönig Ryon und seiner Gemahlin Königin Dresha ihren Respekt. Aylis und Lissa und Vex standen daneben, als Dresha staunend die wundervollen Muster auf den Lackdosen und Kisten bewunderte, während Aravan und Ryon in den Hof traten und ein wenig mit Pfeil und Bogen übten.

Nach einem privaten Mittagsmahl mit dem Hochkönig und der Königin statteten Aravan, Aylis und Lissa, die erneut in Aylis' Kapuze versteckt war, während die Füchsin an ihrer dünnen Leine ging, den Bibliotheken von Caer Pendwyr einen Besuch ab und versuchten, etwas über die Stadt aus Jade herauszufinden.

Sie hatten eine kleine Jadestatuette, einen Turm, bei sich, auf dem ein Spruch in einer fremdartigen Sprache eingraviert war:

Dreimal träumte ich den Traum
Dass ich der Stadt aus Jade entfloh
Wo jetzt nur Schatten hausen.

36. Kapitel

ÜBER DIE MAUER

Einbrecher

(Frühsommer, 6E9)

Pipper riss sich von seinen Erinnerungen los, während er mit Binkton leise durch die Gasse schlich, die gestohlenen Hühner unter ihren Umhängen versteckt. Oh ja, dachte er. Wir sind gemeine Einbrecher geworden. Ich der Planer und Kundschafter und Bink der Schlossknacker. Er warf seinem Cousin einen kurzen Seitenblick zu und erinnerte sich an ihre Zeit auf dem Marktplatz. Und natürlich Taschendieb. Oh, wie Tark deswegen getobt haben muss.

Pipper kicherte leise. »Einbrecher und Hühnerdiebe sind wir, Bink, und du bist darüber hinaus noch ein Taschendieb.« Dann wurde er wieder ernst. »Was ist nur aus uns geworden?«

Binkton knurrte leise. »Wir rauben die Räuber aus, Pip. Wir üben Vergeltung und geben den Opfern ihr rechtmäßiges Eigentum zurück, vergiss das nicht.«

»Schon, aber wir nehmen das Gesetz in unsere eigenen Hände, Bink, und das ist nicht rechtens.«

»Was sollen wir in einer gesetzlosen Stadt sonst tun, Pip?«

»Wir sollten den Hochkönig benachrichtigen«, meinte Pipper. »Das sollten wir tun. Ich meine, er wird doch sicher seine Königstreuen schicken, um hier aufzuräumen.«

Binkton nickte. »Da wir den Verbrecherlord jetzt identifiziert haben, ist das eine ganz gute Idee. Denk an das, was im *Buch des Raben* steht.«

»Da steht eine Menge drin, Bink.«

»Ich meine den Teil, in dem Brega Tuck und den anderen erzählt hat, dass eine Schlange stirbt, wenn man ihr den Kopf abschneidet. Wenn der König Rackburn und seine Handlanger verhaftet, einschließlich der Stadtwache, dann wird Flussende besser dastehen.«

»Allerdings«, meinte Pipper. »Und wenn wir Lady Janes Silbermünzen geholt haben, gehen wir nach Caer Pendwyr und erzählen alles dem Hochkönig. Er wird sicher die Herrschaft von Rackburn und seinen Flussleuten über diese Stadt beenden.« Pipper blieb stehen und hielt Binkton fest. »Wo wir gerade von Lady Janes Silbermünzen reden. Ich finde, wir sollten folgendermaßen vorgehen ...«

Nachdem Pipper seinen Plan erklärt hatte, verstummten sie beide, als sie sich Rackburns Haus näherten. Binkton behielt die Hühner im Griff, während Pipper auf die Mauer kletterte. Als er die Eisendornen erreichte, spähte er vorsichtig hinüber. Zwei Hunde lagen im Mondschein auf dem Gras, von dem dritten war nichts zu sehen. *Macht nichts, wenn mein Plan funktioniert, wird er bald auftauchen.* Pipper drehte sich um, gab Binkton ein Zeichen und zeigte ihm, wo die Hunde lagen. Binkton griff in den Umhang, zog ein Huhn an den Beinen heraus und warf es über die Mauer. Während es gackernd durch die Luft flog, warf Binkton rasch ein zweites und drittes hinterher. Im nächsten Moment herrschte reiner Tumult im Garten, als die Mastiffs die drei Hühner verfolgten. Laternen wurden angezündet, eine Tür flog auf, und einige Wachen stürmten heraus. In dem Gekläff der Hunde und dem Gackern der Hühner schrie jemand: »Was zum ...?«

Ein anderer unterbrach ihn. »Ach, die Hühner von diesem blöden Wingard sind schon wieder ausgebüxt.«

»Rip! Slash! Render!«, brüllte ein dritter Mann in dem Versuch, die Hunde unter Kontrolle zu bekommen.

In dem ganzen Durcheinander glitt Pipper wieder in die Gasse zurück und schlug die Hände vor den Mund, um nicht laut zu lachen, kicherte jedoch hinter den Fingern.

»Ha! Ich habe eine Henne erwischt!«, jubelte einer der Männer. »Heute Nacht machen wir ein Festmahl!«

Dann ertönte ein dunkles Knurren, ein Knacken, und Knochen splitterten wie Zweige, als ein Huhn sein letztes Gegacker ausstieß. Im selben Moment flatterte ein Huhn über die Mauer in Sicherheit. Ihm folgte lautes Gekläffe, als würde einer der riesigen Mastiffs mit den Pfoten an der Mauer stehen.

Dann hörten sie zwei Hunde miteinander kämpfen, vielleicht um die Reste der toten Hühner, und Männer schrien, um die Tiere zu trennen.

In den Häusern an der Gasse wurden Laternen entzündet, Schiebefenster heruntergelassen, und dann hallten laute Protestrufe durch die Nacht, als sich aufgebrachte Bürger darüber beschwerten, dass sie aus dem Schlaf gerissen worden waren.

Schließlich ebbten das Knurren und das Geschrei ab. Kerzen und Laternen wurden gelöscht, Fenster wieder hochgezogen, und in der Gasse kehrte Ruhe ein.

In diesem Moment warf Binkton das letzte Huhn über die Mauer.

Erneut herrschte Aufruhr, und als es schließlich wieder ruhig wurde, wurden die Hunde in ihren Zwinger gesperrt, und die Wachen waren dabei, sich ihr Abendessen zuzubereiten, das jetzt aus zwei Hühnern bestand.

Pipper warf die gepolsterte Greifkralle über die Mauer auf den Balkon, wo sie mit einem leisen Plumps landete. Dann wickelte er vorsichtig das Seil auf, bis die Haken am Geländer festklemmten. Er zog das Seil straff und befestigte es an einem der Dornen auf der Mauer.

»Aber Pip«, flüsterte Binkton, »warum machen wir es nicht einfach so wie zuerst geplant? Über die Mauer, durch den Garten und dann das Seil hoch?«

»Weil die Hunde uns dann sehen, auch wenn sie im Zwinger sind. Wir müssen über sie hinweg klettern, ohne dass sie uns bemerken und Alarm schlagen.«

Binkton knurrte, sagte aber nichts.

»Komm«, meinte Pipper, »gehen wir.« Er stellte sich auf die Mauer und lief behände über das Seil zum Balkon.

Binkton folgte ihm, sich an Händen und Füßen an dem Seil entlangziehend. Er hatte den Balkon fast erreicht, als die Tür unter ihm aufging.

Binkton erstarrte. Er hing immer noch am Seil unmittelbar am Rand des Balkons.

Einer der Hauswächter, ein stämmiger Kerl, pfiff vor sich hin, ging über den Hof und warf den Hunden die Hühnereingeweide hin. Als die Mastiffs sich knurrend um ihren Anteil balgten, ging der Mann durch das Gras zurück zum Haus, ohne auch nur einmal hochzusehen.

Binkton kletterte hastig über das Geländer und blieb einen Moment zitternd stehen. Pipper legte Binkton eine Hand auf die Schulter, sagte aber nichts. Schließlich atmete Binkton tief durch, trat leise zum linken Rand des Balkons und untersuchte das Fenster.

Kurz darauf hatte er das Fenster geöffnet, und die Bokker kletterten lautlos hinein.

Sie warteten, bis sich ihre Augen an die Dunkelheit in dem Zimmer gewöhnt hatten.

»Jetzt zum Geldschrank«, murmelte Pipper und drehte sich zur gegenüberliegenden Wand um. »Ich nehme an, dass er hinter dem Schreibtisch ist.«

Sie gingen leise dorthin und um den Tisch, als plötzlich ... »Bink!«, zischte Pipper. »Sieh doch!« Sie konnten in dem Dämmerlicht die orangegelben Flammen sehen, die auf die Seite einer großen Truhe gemalt waren. »Das ist unsere Truhe!«

»Diese Ratten fressenden, Rûck liebenden Söhne eines Trolls ...!«, begann Binkton, aber Pipper bedeutete ihm, still zu sein.

Noch während sich Binkton niederkniete, um das Schloss zu öffnen, flog die Tür auf, und vier Männer stürmten in den Raum. Einer hielt eine Laterne in der Hand.

Pipper hätte es fast zum Fenster geschafft und Binkton zur Tür, aber dann wurden sie am Kragen gepackt von Fäusten, deren Griff sie nicht entkommen konnten.

Als man sie ins Licht zerrte, knurrte einer der Männer spöttisch. »Wenn das nicht diese beiden halben Portionen sind«, höhnte Tark.

37. Kapitel

VERDERBEN

Einbrecher

(Frühsommer, 6E9)

»Ha!«, schrie Quieker und hielt die Laterne noch höher. »Was machen die beiden denn hier, was? Suchen nach ihrer Kiste, was glaubst du?« Quieker lachte näselnd, während Binkton und Pipper versuchten, sich zu befreien.

»Was meinst du, Tark?«, erkundigte sich der riesige Kerl, der Pipper an seine Brust drückte. »Sollen wir sie umbringen? Ihnen ihre kleinen dürren Hälse umdrehen?«

Tark nickte, doch in dem Moment betrat ein älterer grauhaariger und gelehrt aussehender Mann den Raum. »Sie töten? Nein. Wir warten, bis Largo zurückkehrt. Er wird uns sagen, was wir zu tun haben.«

Tark schnaubte verächtlich, sagte jedoch nichts.

»Oi!«, rief Quieker plötzlich aus. »Vielleicht haben die beiden uns ja unser Silber genommen!«

Tark sah Quieker verblüfft an. »Verdammich, aber ich glaube, du hast recht!« Noch während Quieker sich aufblies und herumstolzierte, wandte sich Tark an den Grauhaarigen. »Brander, ich glaube, Quiekie hier hat den Nagel auf den Kopf getroffen: Das sind die Diebe, die uns ausgeraubt haben.«

Binkton knurrte und wollte etwas sagen, aber Pipper kam seinem Cousin zuvor. »Silber? Was für Silber sollen wir gestohlen haben? Wir wollten nur unsere Truhe holen.«

Tark schnaubte verächtlich. »Diese Kiste? Pah! Als wenn die wichtig wäre!«

Quieker lachte krähend. »Oh, Tark, Largo wird uns lieben. Immerhin haben wir die Diebe selbst gefangen.«

»Ihr seid die Diebe, nicht wir!«, schrie Binkton.

»Runter mit ihnen«, sagte der Mann namens Brander. »Wir werfen sie ins Loch, bis Largo zurückkommt.«

Während Binkton fluchte wie ein Rohrspatz und Pipper und er um sich traten und schlugen, schleppten die beiden Schläger die Wurrlinge nach unten. Sie trugen sie in ein Zimmer, wo Quieker einen Teppich zurückschlug und Tark eine Falltür anhob. Die beiden Männer ließen die Bokker in eine kleine, unbeleuchtete Felskammer fallen und schlugen die Tür zu.

Während Binkton Beleidigungen hinaufschrie, erreichte Pipper nach einem Schritt die Wand und begann die Ausmaße des Kerkers abzumessen: sechs Schritte mal sieben, Wurrling-Schritte, wohlgemerkt. In einer Wand war eine Nische eingelassen, und an der anderen standen ein leerer Nachttopf mit Deckel und ein Eimer, wahrscheinlich für Wasser.

»Das ist ein Verlies, Bink«, meinte Pipper, als sein Cousin eine Pause in seiner Schimpftirade machte und Luft holte. »Hat die Falltür ein Schloss?«

Binkton schäumte noch einen Moment, beruhigte sich dann, atmete durch und antwortete: »Ja, aber sie hat einen Riegel in einer Vertiefung, mit einer Öse und einem Vorhängeschloss. Ich habe es gesehen, als sie uns hineinwarfen. Ich komme nicht ran, es sei denn, wir sägen ein Loch in diese Ratten fressende Tür.«

Pipper nickte, obwohl Binkton ihn nicht sehen konnte. »Hast du etwas?«

»Ob ich etwas habe?«

»Als sie uns nach unten getragen haben, hast du dem, der dich getragen hat, etwas stehlen können?«

»Oh, Pip, entschuldige, ich war so wütend, dass ich nicht mal daran gedacht habe.«

»Keine Sorge, Bink. Ich glaube, ich habe auch nichts.«

Binkton tastete sich in Richtung von Pippers Stimme. Er saß auf der Pritsche. Binkton hockte sich neben seinen Cousin. »Wir müssen ausbrechen, wenn sie uns herausholen.«

»Falls sie uns rausholen«, meinte Pipper.

»Oh, Pip, glaubst du, dass sie uns hier unten lassen?«

»Wer weiß schon, was diese ...«, Pipper grinste grimmig, »Ratten fressenden, Rûck liebenden Söhne von Trollen mit uns machen werden?«

Die Wurrlinge überlegten, was sie als Waffe benutzen könnten, aber bis auf den Nachttopf und den Wassereimer fanden sie nichts. Und außerdem hatte keiner von beiden auch nur einen Henkel. Die Pritsche war in die Wand eingelassen, und man konnte nichts abbrechen, was man hätte als Keule benutzen können. Sie fanden nicht einmal einen einzigen lockeren Felsen. Binkton hatte zwar immer noch den Draht in seinem Gürtel, aber das kleine Etui mit den Dietrichen hatte er bei dem Kampf oben verloren. Weder Pipper noch er besaßen auch nur eine Umhangnadel, denn die lagen mit den Kleidungsstücken auf der anderen Seite der Grundstücksmauer.

Es kam den Bokkern wie eine Unendlichkeit vor, bis sie schließlich Schritte über ihren Köpfen hörten, denen ein Klappern folgte und ein Klacken, als ein Schloss geöffnet und eine Lasche zurückgeklappt wurde. Die Falltür wurde angehoben, und das Licht einer Laterne blendete sie. Als die Wurrlinge in die Helligkeit blinzelten, wurde eine Leiter in das Loch heruntergelassen.

»Also gut, ihr zwei«, knurrte jemand, der Stimme zufolge Tark. »Hoch mit euch!«

Als sie sich der untersten Sprosse näherten, flüsterte Pipper: »Wenn du eine Chance hast, Bink, dann nutze sie.«

Als sie aus dem winzigen Verlies kletterten, sahen sie, dass ein Mann vor der geschlossenen Zimmertür Posten bezogen hatte und ein anderer vor dem Fenster. Beide hatten einen Mastiff an der Leine. Pipper sank der Mut, denn er wusste, dass sie die Hunde nicht abschütteln konnten, und wenn sie es auch nur versuchten, würden sie ebenso mit einem Biss zur Strecke gebracht werden wie die Hühner, die durch den Hof gelaufen waren.

Sobald die Bokker das Verlies verlassen hatten, traten Quieker und Tark zur Seite und sahen nach links. Dort stand der grauhaarige Brander neben einem Lehnstuhl, in dem Rackburn saß. Largo trug immer noch die exquisite Garderobe, in der er zum Theater gegangen war. Er hatte schwarzes Haar, dunkle Augen und eine lange gerade Nase über einem Mund, der sardonisch lächelte. Mit einer eleganten Bewegung legte er seine Finger aneinander, Spitze an Spitze, neigte den Kopf und sah die Wurrlinge an. »Das sind also die Einbrecher?«

»Das stimmt, Mr. Rackburn, Sir«, erwiderte Quieker. »Wir haben sie erwischt, weil sie nicht wussten, dass die Fenster und Türen über dünne Schnüre mit den Glöckchen im Wachraum verbunden sind. Und wir ...«

Largo hob die Hand, ohne den Blick von den Bokkern zu nehmen, und unterbrach Quiekers Gerede. Dann faltete er die Hände. »Und ihr glaubt, dass die beiden hier unseren ... Zins genommen haben?«

»Ja, Sir, das tun wir«, meinte Tark.

»Hmm ...« Largo musterte Binkton und Pipper. »Was habt ihr beide zu eurer Verteidigung zu sagen?«

»Diese Ratten fressenden ...!«, begann Binkton, aber Pipper fiel ihm ins Wort. »Tark und Quieker haben unsere Truhe gestohlen. Wir haben nur versucht, unser Eigentum zurückzubekommen.«

Rackburn nickte lächelnd. Dann griff er in die Innentasche. »Wenn ihr nur deshalb hier seid, weshalb habt ihr dann das hier dabei?« Er hielt Binktons Etui mit den Dietrichen hoch.

»Weil ihr Lady Janes Silbermünzen genommen habt!«, platzte Binkton heraus. »Ihr seid ein Haufen von Trollen gezeugter, Rûck liebender ...«

Tark zog Binkton den Handrücken durchs Gesicht. Der Wurrling segelte zur Seite und stürzte zu Boden. Einer der Mastiffs knurrte und wollte sich auf den Bokker stürzen, wurde jedoch von seinem Führer an der Leine zurückgehalten.

Largo hob die Hand, schnippte mit den Fingern und hielt die Handfläche hoch.

Brander legte zwei kleine Phiolen hinein, die mit einer dunklen Flüssigkeit gefüllt waren.

»Verabreicht ihnen das«, sagte Rackburn und hielt Quieker die Phiolen hin. Der sprang vor und nahm sie entgegen.

Tark riss Binkton hoch, und Quieker entkorkte eine Phiole, während Tark den Kopf des Bokkers zurückbog. Quieker beugte sich mit der Phiole in der Hand vor, aber Binkton schlug sie zur Seite. Sie segelte durch die Luft, und das dünne Glas zerbarst, als sie gegen die Wand prallte. Die dunkle Flüssigkeit lief daran herunter.

Tark hämmerte Binkton seine Faust gegen die Schläfe, und der Bokker fiel bewusstlos zu Boden.

»Bink!«, schrie Pipper und sprang zu seinem Cousin. Aber Tark packte ihn, griff ihm ins Haar und riss seinen Kopf zurück. Diesmal hielt Quieker die zweite Phiole fest, flößte den Inhalt Pipper ein und hielt ihm dann den Mund und die Nase zu.

Pipper wehrte sich verzweifelt und versuchte, die bittere Flüssigkeit nicht zu schlucken, aber es war vergeblich. Die Männer waren einfach zu stark. Am Ende konnte er nichts dagegen tun, und die Flüssigkeit lief brennend seine Kehle hinunter und in seinen Magen.

Beinah im gleichen Moment schienen die Wände des Raumes sich nach innen zu wölben. Es wurde dunkel, seine Knie gaben nach, und ihm drohte schwarz vor Augen zu werden. Er konnte zwar nichts mehr sehen, aber er hörte, wie einer der Männer fragte: »Was jetzt?«

»Legt ihnen Ketten an, rudert sie aufs Meer hinaus und werft sie hinein«, befahl Rackburn.

»Aufs Meer, Boss?«, fragte einer der Handlanger.

»Warum denn?«, erkundigte sich Tark. »Warum schneiden wir ihnen nicht einfach die Gurgel durch und werfen sie in den Schlamm des Deltas, wo die Krabben sich ihrer annehmen?«

Rackburns Stimme siedete vor unterdrückte Wut. »Denk nach, du Narr! Benutz dein Hirn! Das Letzte, was wir brauchen, sind zwei ermordete Wurrlinge, die in der Nähe von Flussende gefunden werden. Das würde die Aufmerksamkeit des Hochkönigs auf uns lenken, und das ist das Letzte, was wir wollen!«

»Er hat recht, Tark«, meinte Quieker. »Seit dem großen Drachenstein Krieg höre ich, dass die Wurrlinge die Lieblinge von König Ryon sind!«

Pipper hörte noch, wie Tark mit den Zähnen knirschte, doch dann verlor er das Bewusstsein.

Binktons Schläfe schmerzte höllisch, wo Tark ihn getroffen hatte. Er hörte wie durch Watte das Klirren von schweren Ketten und fühlte, wie etwas an seinem Knöchel befestigt wurde. Dann wurde eine Handschelle um seine linke Hand gelegt. Jemand hob ihn hoch und sagte: »Wirf sie über Bord, Tark. Los, mach schon.« Dann flog er durch die Luft.

Binkton kam zu sich, als er in das kalte Wasser fiel. Er bemerkte, noch während ihm klar wurde, dass sein Handgelenk an das von Pipper gefesselt war, dass eine lange Kette neben ihm platschend ins Wasser glitt. Sie riss Binkton an seinem linken Knöchel mit sich in die Tiefe, und er zog Pipper hinter sich her. Rasch zog Binkton den Draht aus seinem Gürtel, bog die scharfe Spitze um und schob sie in das Schloss an seinem Knöchel. *Komm schon, Wurro, los!*

Er fühlte, wie der Haken einrastete, und mit einer kurzen Drehung öffnete er das Schloss. Die Fessel sprang auf, und die Kette sank weiter in die Tiefe, während Binkton den Draht zwischen die Zähne klemmte und mit den Füßen und einer Hand nach oben ruderte. Er zog Pipper an der Handschelle, die sie zusammenhielt, mit sich.

Binkton musste dringend Luft holen, aber es gab keine.

Über sich sah er einen Lichtschein, als wäre der Morgen angebrochen.

Schwimm, Wurro, sonst werden Pipper und du ertrinken.

Er ruderte weiter nach oben, während Pipper wie ein Sack an ihm hing, aber Binkton ruderte und trat, und seine Lungen brannten, aber er atmete nicht ein, denn er hatte den Mund fest zugepresst.

Dann tauchte er auf und holte tief Luft, an dem Draht vorbei, den er zwischen den Zähnen hielt, während er Pipper herauf über die Wasseroberfläche zog.

Der war zwar bewusstlos gewesen, hatte jedoch kein Wasser geschluckt und atmete jetzt von allein.

Binkton nahm den Dietrich aus dem Mund und öffnete damit die Handschelle an seinem Gelenk. Als sie aufsprang, hörte Binkton Lachen aus der Ferne ... Quiekers nasales Kichern und Tarks dunkles Dröhnen. Er sah ein weißes Segel auf einem kleinen Skiff, das davonsegelte, dem Land entgegen, das Binkton gerade noch sehen konnte.

Ich muss Pip an Land bringen, aber Quieker und Tark dürfen mich nicht sehen. Oh Adon, hoffentlich sehen sie sich nicht um!

Binkton hielt Pipper über Wasser, zog sich dabei Stiefel und Hemd aus und behielt nur die Hose an. Dann zog er Pipper ebenfalls bis auf die Hose aus, legte sich auf den Rücken und schwamm auf die Küste zu, während er Pipper hinter sich herzog. Er schwamm eine Weile, bevor er sich herumrollte, um nach dem Land zu sehen. Diesmal war das Skiff bereits weit entfernt, und er hatte keine Angst mehr, dass Tark oder Quieker ihn sehen könnten.

Erneut legte er sich auf den Rücken und schwamm eine Weile weiter, doch als er sich dann wieder umdrehte, sah er weder Land noch das Skiff, sondern nur noch dessen Mastspitze.

Was ist denn das, Wurro? Wohin ist das Land verschwunden?

Wieder drehte er sich auf den Rücken und schwamm, wie er schätzte, einen viertel Kerzenstrich lang. Als er sich dann erneut umsah, war nicht nur kein Land zu sehen, sondern auch die Mastspitze war nirgendwo zu erkennen.

»Was ist los, Pip?«, fragte er laut, aber natürlich antwortete Pipper nicht.

Denk nach, Wurro. Denk nach. Du kommst bestimmt darauf.

Und einen Moment später wusste er die Antwort. *Der Argon! Der mächtige Argon; er fließt hier in das Avagon-Meer, und wir sind in der Strömung gefangen. Adon, ich kann gegen die Kraft dieser Strömung nicht anschwimmen. Was soll ich tun? Was soll ich tun? Oh, komm schon, Pip, wach auf. Ich brauche dich, damit du uns mit einem deiner haarsträubenden Pläne aus dieser Lage befreist.*

Ein ganzer Kerzenstrich verging, und Binkton war zu Tode erschöpft. Er hatte bereits Schwierigkeiten, sich und Pipper über Wasser zu halten.

»Oh, Pip, Pip!«, rief er laut. »Bitte, wach auf! Ich glaube nicht, dass ich noch viel länger durchhalten kann!«

Während Binkton sich mühte, seinen und Pippers Kopf über Wasser zu halten, schob ihn die erbarmungslose Strömung des Argon immer weiter in das tiefblaue Avagon-Meer hinaus.

38. Kapitel

NAHENDE VERGELTUNG

Finstere Absichten

(Frühling, 6E9)

Nundes schlaffer Körper lag in seinem sicher verbarrikadierten Refugium auf seinem Lager, vollkommen regungslos bis auf seine flache Atmung. Jeder, der die Gabe der *Sicht* besaß, konnte den dünnen aetyhrischen Tentakel sehen, kaum dicker als ein feines Haar, der Verbindung mit Nundes Geist hielt, der weit, weit entfernt war.

Der Nekromant beobachtete, wie Malik und seine Kohorte aus *Drik* und *Chûn*, angeführt von vier *Oghi*, sich den Weg durch die letzte Meile des dichten Dschungels hackten, der zwischen ihnen und ihrem Ziel lag. Dass Malik vergeblich versuchte, den Schwarm von blutsaugenden Moskitos und Fliegen zu verscheuchen, summende Mücken erschlug und Blutegel von seinen Beinen zupfte, interessierte Nunde nicht. Schließlich war Malik sein Schüler, wertvoll, vielleicht, aber im Zweifel entbehrlich. Eines Tages würde Malik genug Wissen besitzen, um sich allein durchzuschlagen, aber dieser Tag lag noch weit in der Zukunft. Und bis dahin war Nunde selbst so mächtig, dass weder Malik noch irgendjemand anders eine ernste Bedrohung für ihn darstellte. Pah, Nunde würde ihn ebenso leicht zerschmettern, wie Malik diese aufgeblähte Zecke auf seiner Wange zerquetscht hatte. Sie hinterließ nur einen roten Fleck und dunkle Tropfen Blut, die aus dem Loch in seiner Haut sickerten.

Nachdem Nunde sah, dass sich Malik dem Ziel näherte, eilte sein aetyhrisches Selbst voraus. Vor ihm ragte der unberührte Turm auf. Er war aus einem so glatten und fugenlos zusammengesetzten Stein erbaut, dass keine Pflanze, nicht einmal Flechten oder Moos, auf seiner makellosen Oberfläche hatten Fuß fassen können.

Nunde flog zur Spitze des Turms, durch einen der vier Hauptbögen, die in die Kuppel eingelassen waren, und in die offene Kammer darunter. Ah, ja, sein Erwählter lag immer noch auf dem Platz auf dem Podest.

Ich werde dich rufen, wenn du gebraucht wirst, summte Nunde, während sein aethyrisches Selbst das Podest umkreiste. Er wusste, dass er sehr viel *Lebenskraft* aufwenden musste, wenn er die Kreatur befreien und wieder bändigen wollte. Sie würde Nundes Astralkörper entsetzlich schwächen. Aber er würde nicht denselben Fehler machen wie einst jener Narr von Hexer, denn damals war die Stadt von einem schlecht gewirkten Bann vernichtet worden. Nur den Bemühungen vieler Schwarzer Hexer war es zu verdanken gewesen, dass der Wächter erneut hatte eingesperrt werden können. Und der Dummkopf, der ihn mit seinem Bann freigesetzt hatte, hatte mit seinem Leben für seine Stümperhaftigkeit gezahlt. Nunde würde sehr viel *Essenz* verbrauchen müssen, um zu verhindern, dass ihm dasselbe widerfuhr.

Dann flog er zurück in sein Refugium. Nunde hätte gern Aravan gesucht und herausgefunden, was dieser dumme *Dolh* gerade tat. Sicher hatte er mittlerweile den Köder geschluckt. Aber Nunde würde nichts riskieren, denn Aravan hatte nicht nur dieses verwünschte blaue Amulett, das ihn vor Nundes Präsenz warnte, sondern er wurde auch von dieser Metze Aylis begleitet, einer Seherin, die über die Gabe der *Sicht* verfügte. Nunde würde sich hüten, ihr sein aethyrisches

Selbst zu zeigen. Immerhin hatte sie in jener grauenvollen Nacht in Neddra Aravan geholfen, Nundes sorgfältig ausgeheckten Pläne zu vereiteln, als der *Dolh* mit seiner Armee die Schwarze Feste angegriffen hatte.

Nunde lächelte. Tatsächlich verließ er sich jetzt darauf, dass dieses dumme Flittchen ihm half, die Falle zuschnappen zu lassen, die er vorbereitet hatte. Denn sie war ja eine *Seherin.*

Wie viel Zeit war vergangen, seit er seinen brillanten Plan ersonnen hatte? Sieben, acht Jahre?

Das mochte wie eine lange Zeit erscheinen.

Aber Nunde war geduldig.

Es spielte keine Rolle, wie lange Malik und seine Kohorte in diesem schwülen Dschungel warten mussten. Immerhin waren sie nur Lakaien, und Nundes Launen und seiner Willkür zu gehorchen, war der Grund ihrer Existenz.

All das und mehr bedachte Nunde, als er in sein Refugium zurückkehrte.

Seine Falle war fast fertig.

Aravan würde seinem Verhängnis begegnen.

39. Kapitel

UNTERWEGS

Elfenschiff

(Ende Frühling bis Frühsommer, 6E9)

Aravan, Aylis und Lissa verbrachten Tage um Tage in den uralten Archiven der Bibliotheken von Caer Pendwyr, welche die Brände und die Zerstörung während des Winterkrieges überstanden hatten. Damals war Caer Pendwyr an die Südlinge gefallen, an Hyrinianer, Kistaner, Chabbaner und die Fäuste von Rakka. Sie alle hatten unter der Knute von Gyphons Stellvertreter Modru gefochten. Aber das war bereits mehr als ein Jahrtausend her, und die Bibliotheken hatten einen großen Teil des zerstörten Wissens neu beschafft, obschon natürlich etliche uralte Schriftrollen auf immer verloren waren.

Die Bibliothekare hatten nicht schlecht gestaunt, als Aylis einen angeleinten Fuchs in das Gebäude geführt hatte, aber der Hochkönig selbst hatte sie davon in Kenntnis gesetzt, dass alles, was Aravan und Aylis taten, seine Billigung hatte. Also hatten die Bibliothekare zwar gemurrt, weil sich ein solcher Schädling in ihren heiligen Hallen breitmachte, hatten jedoch nichts gesagt. Und nachdem Vex eine Vielzahl von Ratten und Mäuse getötet hatte, überlegten sich die Angestellten, ob sie sich nicht selbst einen Fuchs anschaffen sollten. Denn Ratten und Mäuse vernichteten Dokumente, um sich ihre Nester zu bauen, was Füchse nicht taten. Andererseits gab es diese Katzen in den Städten von Khem, die angeblich auch Jagd auf diese Nager machten, also ...

Die Gefährten saßen in den untersten Gewölben der Zentralbibliothek, in die sie ein sehr alter Archivar geführt hatte. »Sieh«, flüsterte Aylis, um Aylissa nicht zu wecken. Die Pysk schlief in einem Schubfach eines Schreibpults. Vex döste neben ihr. »Dieser Text erwähnt die Stadt aus Jade.«

Aravan und sie standen an einem hüfthohen Tisch, der mit Schriftrollen übersät war, und auf dem eine Laterne stand.

In deren gelben Licht betrachtete Aravan die uralte zerbrochene Lehmtafel, die Aylis hielt. »Welche Sprache ist das?«

»Ich bin mir nicht sicher«, sagte sie, »aber sie ist der ähnlich, die am Fuß der Statuette stand.«

Aravan runzelte die Stirn. »Wenn ich darüber nachdenke, kommt mir diese Schrift ein wenig so vor wie die Runen von Jûng. Die Sprache kann ich lesen und sprechen, denn ich bin auf meiner Suche nach dem gelbäugigen Mann häufig durch dieses Reich gereist. Dennoch scheint das hier eine weit ältere Form der Runen zu sein, die ich kenne. Uralt, glaube ich. Was steht da?«

»›Im nahen Westen liegt die Stadt aus Jade, ein Ort reich an Schätzen, aber mit einer schrecklichen ...‹« Aylis blickte hoch. »Mehr steht da nicht. Der Rest ist abgebrochen.«

»Also lauert dort etwas Schreckliches?«

»Das steht hier.«

»Das scheint mir der Warnung auf der Statuette zu entsprechen. Ich vermute, dass diese Tafel vielleicht verraten hätte, warum die Stadt aufgegeben wurde, und was darin so Schreckliches geschehen sein könnte.«

Aylis nickte.

Dreimal träumte ich den Traum
Dass ich der Stadt aus Jade entfloh
Wo jetzt nur Schatten hausen.

Sie hatten lange über den letzten Vers dieses Haiku spekuliert, aber nicht herausfinden können, wovor in dieser Stadt jemand geflohen war, ob vor einer Seuche, einer Dürre, Invasoren, Wahnsinn oder Ähnlichem.

Aravan blickte auf das Bruchstück. »Kannst du etwas *sehen?*«

»Ich wollte das gerade vorschlagen.« Aylis lächelte.

Aravan sah tief in ihre gold gefleckten Augen. »Ich möchte dich nicht über Gebühr in Anspruch nehmen, *chier.*«

»Das tut es auch nicht, obwohl die Tafel sehr alt zu sein scheint, und es deshalb eine Weile dauern kann.«

Aravan nahm zärtlich ihre Hand. »Ich möchte nicht, dass du ohnmächtig wirst, meine Liebste.«

»Das werde ich vielleicht.« Aylis erwiderte seinen besorgten Blick, »aber wie sonst sollen wir herausfinden, worum es sich hier handelt?«

Aravan betrachtete die Regale, die mit verstaubten Trümmern übersät schienen, und hob ergeben die Hand.

Aylis setzte sich auf die Fliesen, weil sie so, wie sie sagte, weniger tief fallen würde, falls sie das Bewusstsein verlor. Dann nahm sie die Scherbe zwischen ihre Handflächen und sprach ein okkultes Wort. Nach einer Weile murmelte sie etwas in der Sprache von Jûng, allerdings in einer archaischen Form.

»Im nahen Westen liegt die Stadt aus Jade, ein Ort reich an Schätzen, aber mit einer schrecklichen Vergangenheit. Nur Schatten, und nur diese hausen jetzt noch darin. Einwohner von Jûng, hütet Euch!«

Aylis holte tief Luft und schien wieder zu sich zu kommen. »Mehr sehe ich nicht, Liebster. Aber es scheint mir eine sehr deutliche Warnung zu sein.«

Aravan runzelte die Stirn. »Wir wissen jetzt kaum mehr als vorher.«

Aylis nickte. »Vielleicht ist es auch nur eine Legende, die Plünderer fernhalten soll«, meinte sie.

»Möglich.« Aravan dachte angestrengt nach. »Also liegt die Stadt aus Jade irgendwo nahe im Westen von Jûng.«

Er stand plötzlich auf und betrachtete die Markierungen unter dem Fuß der Statuette. »Mich deucht, ich weiß, wo das ist.« Er drehte sich um, hielt Aylis die Hand hin und zog sie vom Boden hoch. »Komm, *chier.* Die Karten auf der *Eroean* werden sagen, ob das stimmt oder nicht.«

Aylis weckte Lissa und Vex. Kurz darauf verließen sie die Bibliothek und gingen zu der gewundenen Straße, die zu den Hafenanlagen führte. Dort stiegen sie in ein Ruderboot, das sie zum Elfenschiff brachte.

Sie brauchten ein paar Tage, bis sie die Mannschaft wieder zusammengetrommelt hatten. Der Lange Tom, Brekk und einige Zwerge durchsuchten alle Tavernen und Bordelle und andere Etablissements nach denen, die nicht auf die Rückruf-Fahne der *Eroean* reagiert hatten. Schließlich jedoch kamen alle an Bord, aber etliche mussten von anderen getragen werden.

Sie segelten mit der Abendflut an einem Frühsommertag, und als das Schiff aus der Hile-Bucht gezogen wurde, fragte der zweite Bootsmann Noddy: »Wohin segeln wir, Kapitän? Auf welchen Kurs sollen wir die Segel ausrichten?«

Aravan sah Noddy und dann den Steuermann Tarley an. »Bei diesem nördlichen Wind möchte ich, dass Ihr die Gestade von Pellar etwa einen Werst an Steuerbord haltet. Wenn wir die Spitze des Thell-Busens passieren, nehmen wir Kurs auf Port Arbalin. Dort halten wir kurz an, aber nur für einen oder zwei Kerzenstriche. Dann stechen wir wieder in See zu unserem nächsten Ziel.«

»Und das wäre, Kapitän?«, erkundigte sich Tarly.

»Darüber reden wir, wenn wir uns Arbalin nähern«, antwortete Aravan. »Denn ich möchte diese Mission der gesamten Mannschaft erklären. Es ist eine Mission mit möglicherweise unbekannten Gefahren. Und wer ein solches Abenteuer auslassen will, kann auf Arbalin an Land gehen. Der Rest segelt weiter.«

Kurz nach Mitternacht des zweiten Tages auf See schlug der Wind langsam um; er wehte nun aus Westen und nach Osten, direkt gegen den Kurs der *Eroean*. Noddy und Tarley waren wieder auf Wache und sahen Nikolai an, der sagte: »Aufkreuzen nach Nordwest, verdammt. Wir halten den Kurs bis zum Morgengrauen, dann nehmen wir Kurs Südwest. Wir müssen viermal kreuzen, bis wir Arbalin erreicht haben.«

»Was ist mit dem Argon, Nick?«, erkundigte sich Tarley. »Seine Strömung ist gegen uns.«

»Aye«, antwortete Nikolai. »Aber nach der nächsten Wende ist er mit uns.«

Also pfiff Noddy den Befehl an die Mannschaft, und Tarley drehte das Ruder auf den neuen Kurs.

Der Morgen graute. Der Fette Jimm übernahm das Ruder und der Lange Tom die Wache. Der Erste Bootsmann James trat ebenfalls seinen Dienst an, wie auch der Rest der Tages-Mannschaft. Aravan kam ebenfalls an Deck, gerade als die Segel auf einen südwestlichen Kurs ausgerichtet wurden und die *Eroean* quer zum Wind ging, um die nächste Etappe anzugehen.

Im zweiten Kerzenstrich nach der Wende schrie der Ausguck vom Vormast: »Da ist was im Wasser, Käpt'n! Direkt vor uns!«

Als Aravan und der Lange Tom zum Vordersteven gingen, setzte der Ausguck hinzu: »Ein bisschen Steuerbord, Sir. Oh, Himmel, es scheint ein Schwimmer zu sein, nein, Moment, es sind zwei Kinder!«

Aravan beugte sich vor, und mit seiner scharfen Elfensicht erkannte er die beiden.

»Käpt'n, sie gehen unter!«

Plötzlich erhob sich ein Falke aus einem hellen Lichtblitz in die Luft und flog dem Schiff voraus über das Wasser, wo die beiden gerade versunken waren. Aus einem weiteren Lichtblitz tauchte Aravan auf und stürzte ins Meer.

»Boot zu Wasser lassen!«, schrie der Lange Tom, während er zu den Steuerbord-Davits rannte. »Los, verflucht! Sofort!«

Während die Seeleute sich beeilten, seinem Befehl Folge zu leisten, schnappte sich der Lange Tom drei Matrosen, schob sie ins Boot und sprang hinterher. »Schneller, verflucht, beeilt euch!«

Noch während das Dingi ins Wasser plumpste, schrie der Lange Tom: »Der Fette Jimm und James sollen in der Nähe kreuzen.« Dann schnappte er sich ein Ruder und drehte sich zu den Seeleuten um, die mit ihm im Boot saßen. »Rudert, ihr Seehunde! Rudert!«

Aravan tauchte ins Meer hinab, immer tiefer. Das klare Meerwasser wurde durch den Abfluss des Argon getrübt. Da! Zwei Gestalten, die sich aneinanderklammerten, tauchten im trüben Wasser auf. Aravan schwamm darauf zu.

Er erwischte sie und schwamm Wasser tretend und mit einem Arm rudernd an die Oberfläche.

Wenige Augenblicke später tauchte er auf, holte tief Luft und sah die Kinder an ... *Nay!* Es waren keine Kinder, sondern zwei junge Waerlinga, Jungbokker. Keiner von beiden atmete.

Der Lange Tom und seine Matrosen ruderten längsseits, und der große Erste Offizier nahm die beiden an Bord. Dann kletterte Aravan über das Dollbord hinter ihnen ins Boot.

Tom kümmerte sich um den einen, Aravan um den anderen Wurrling. Sie legten sie mit dem Gesicht nach unten ins

Boot, um ihnen das Wasser aus den Lungen zu pressen. Dann drehten sie sie um und beatmeten sie.

Der eine Bokker, der mit dem dunklen Haar, den der Lange Tom wiederbelebte, hustete beinahe sofort. Der Blonde, um den sich Aravan bemühte, seufzte einmal, hustete und atmete, kam jedoch nicht zu sich. Der Elf maß den Puls des Wurrlings und zählte seine Atemzüge. Dann legte er den Kopf des Kleinen in seinen Schoß und lehnte sich entspannt zurück.

Der andere Wurrling riss sich vom Langen Tom los und krabbelte vorwärts. »Pip!«, schrie er. »Pip ... Pipper ... geht es ... dir gut?« Seine Worte wurden von keuchenden Hustenanfällen unterbrochen.

Aber Pipper sagte nichts, sondern lag nur schlaff und bewusstlos da.

»Er ist in Sicherheit, mein kleiner Freund«, sagte Aravan. »So wie Ihr auch.«

Bei diesen Worten begann der dunkelhaarige Wurrling wieder zu husten und sank gegen den Langen Tom. Es dauerte eine Weile, bevor er seine Atmung kontrollieren konnte. Dann schloss er seine smaragdgrünen Augen und sackte matt zusammen, als wäre er einer Ohnmacht nahe.

Während Tom den Wurrling stützte, sah er Aravan fragend an. »Was um alles in der Welt, hm, tun die beiden hier draußen wohl, was?« Er deutete mit der freien Hand auf das Wasser. »Ich meine, hm, hier ist nirgendwo Land in der Nähe, und es gibt auch keine Trümmer nicht von einem gesunkenen Boot. Also, wie sind sie hergekommen, hm, und wieso tut der eine da nicht wach werden?«

Aravan betrachtete den blonden Wurrling. »Ich glaube, ich habe einen schwachen Hauch der Nachtlady in seinem Atem gerochen.«

»Nachtlady? Er wurde betäubt?«

Aravan nickte. »So scheint es.«

»Und wer sollte so etwas tun, hm?«

Der dunkelhaarige Wurrling öffnete die Augen nicht, als er murmelte: »Rûck liebende, Ratten fressende Diebe haben das gemacht. Rûck liebende, Ratten fressende ...« Seine Stimme sank zu einem Flüstern herab, und er fiel in einen erschöpften Schlaf.

Nichts konnte ihn oder den anderen Bokker wecken, schon gar nicht das ruhige, gleichmäßige Platschen der Riemen, als die Matrosen zum Schiff zurückruderten.

40. Kapitel

REKRUTEN

Elfenschiff

(Frühsommer, 6E9)

Die Männer, die das Dingi gerudert hatten, befestigten die Haken des Davits an Heck und Bug, und andere Matrosen auf der *Eroean* zogen es hoch. Behutsam hoben Aravan und der Lange Tom die beiden Bokker aus dem Boot und übergaben sie Brekka und Dokan. Diese hielten die beiden Wurrlinge wie kleine Kinder, brachten sie nach unten in das Quartier der Kriegerschar und legten sie in Hängematten. Der Schiffsarzt, ein Gothaner namens Desault, streifte ihnen die durchnässten Hosen herunter, hüllte sie in Decken, maß ihren Puls und hob ihre Lider im hellen Licht der Laternen an. Er lauschte ihrem Atem und tastete ihre kühle blasse Haut ab.

»Wir müssen sie ein bisschen reiben, damit sie warm werden«, erklärte er.

Aylis rieb den dunkelhaarigen Wurrling und Aravan den blonden. Der Arzt deutete auf den hellhaarigen Bokker. »Nach seinen Pupillen zu urteilen, würde ich sagen, dass er betäubt wurde.«

Aravan nickte. »Sein Atem roch leicht nach der Nachtlady, Desault. Was ist mit dem anderen? Er war eine Weile bei Bewusstsein, nachdem der Lange Tom ihn wiederbelebt hat.«

»Der? Ich glaube, er hat sich einfach zu sehr verausgabt, um wach zu bleiben.«

»Ich nehme an, er hat den anderen über Wasser gehalten, hm?«, erklärte der Lange Tom. »Ich meine, der Käpt'n tut sagen, dass er ihn immer noch gehalten hat, als sie untergegangen sind, hm? Also hat er sich selbst und den anderen eine ganze Weile über Wasser gehalten, hat er getan, würde ich denken, denke ich, tu ich.«

»Wenn der andere tatsächlich betäubt worden ist, dann muss das genauso gewesen sein«, meinte Desault. »Und ich würde ebenfalls meinen, dass er ziemlich lange durchgehalten hat, denn er ist vollkommen erschöpft. Sie brauchen beide nur ein bisschen Ruhe. Der eine, um die Wirkung der Nachtlady auszuschlafen, der andere, um sich von seiner Strapaze zu erholen. Wenn sie wach werden, brauchen sie etwas Warmes zu trinken, vielleicht einen Napf mit Brühe und einen kleinen Happen zu essen.«

»Ich sage es dem Koch«, erklärte Dinny, einer der beiden neuen Schiffsjungen, die nach Noddys Beförderung an Bord gekommen waren. Ebert war der andere. »Tee, Honig, Zwieback und Suppe.« Dinny schoss die Leiter hoch und verschwand.

»Ich bleibe noch eine Weile hier«, meinte der Arzt.

»Ich leiste Euch Gesellschaft, Desault«, erklärte Aylis.

»Ich auch«, meinte Lissa. »Obwohl ich keine Ahnung habe, was ich tun kann.«

»Lissa, Ihr könnt uns informieren, wenn sie wach werden«, meinte Aravan.

Der Lange Tom räusperte sich. »Käpt'n«, meinte er, »sollen sie sehen, dass wir eine Pyskie an Bord haben tun? Ich meine, die ganze Mannschaft hat geschworen, es geheim halten zu tun, und die beiden nicht.«

Aravan sah Lissa an. »Wenn sie zu sich kommen, dann kommt zu mir und geht dann in Euer Quartier. Ich glaube zwar, dass wir von den Waerlinga nichts zu fürchten haben, aber ich möchte sie erst einschwören, Eure Existenz geheim zu halten, bevor ich Euch ihnen zeige.«

Lissa grinste und salutierte zackig. »Aye-Aye, Kapitän.«

»Ich glaube, wir haben sie lange genug gerieben«, meinte Desault. »Ihre Hautfarbe ist rosig genug. Wir wickeln sie einfach in ihre Decken, das sollte einstweilen genügen.«

Kurz darauf gingen Aravan und der Lange Tom zur Leiter. »Wie lautet unser Kurs jetzt, Käpt'n?«, erkundigte sich der Erste Offizier.

»Wir segeln immer noch nach Port Arbalin«, erwiderte der Elf.

Es war spät in der Nacht. »Ich muss pinkeln«, murmelte Pipper, stöhnte und schlug seine saphirblauen Augen auf. »Ich muss ...« Er schnappte nach Luft und richtete sich abrupt auf. »Bink! Bink ...! Oh, ist mir schwindlig!«

Im Licht der Laterne erhaschte Pipper einen Blick auf etwas, das aussah wie ein Fuchs, der davonhuschte. Er rieb sich das Gesicht und sah erneut hin, aber von dem Tier war nichts mehr zu sehen. Stattdessen sah er eine wunderschöne Frau neben dem Bett sitzen, die aus tiefem Schlummer zu erwachen schien. War sie ein Mensch? Oder eine Elfe? Etwas dazwischen? Sie öffnete die Augen und lächelte ihn an.

»Was ... was ist passiert?« Pipper warf einen Blick auf die baumelnden Hängematten.

»Ihr wurdet betäubt«, erklärte die Frau.

»Wo bin ...? Auf einem Schiff!«, platzte der Bokker im nächsten Moment heraus.

Aylis stand auf und trat zu ihm. »Auf der *Eroean.*«

»Das Elfenschiff?«

Aylis nickte.

»Oh, meiner Treu, das Elfenschiff«, stieß Pipper hervor. »Das muss ich Bink erzählen. Wo ist Bink?« Seine Stimme nahm einen panischen Unterton an, als er sich hastig umsah. »Wo ist Bink?«

»Euer Freund?«

»Ja, mein ... Ah, da ist er ja. Er ist auch auf der *Eroean?*« Er schlug sich mit der Hand an die Stirn. »Oh, Bink würde sagen, du bist ein Blödmann, Pip. Natürlich ist er auch auf der *Eroean.*«

»Wir haben Euch beide aus dem Meer gefischt«, meinte Aylis.

»Aus dem Meer? Ich erinnere mich nur noch daran, dass Tark und Quieker mich gezwungen haben, etwas von Rackburns widerlichem Trunk zu schlucken.«

»Sie haben Euch gezwungen, Nachtlady zu trinken?«

»Hört, ich erzähle Euch gern alles, aber jetzt muss ich dringend ... Sagt, gibt es einen Abtritt in der Nähe?«

Aylis lachte. »Wir dachten, dass Ihr ihn bald aufsuchen müsstet, deshalb haben wir einen Nachttopf unter Eure Hängematte gestellt.«

»Gut, dann ...« Pipper wollte seine Decke zurückwerfen, zog sie dann jedoch rasch wieder hoch. »Hoy, wo ist meine Kleidung? Ich meine, ich kann ja nicht splitternackt hier herumlaufen.«

Aylis lächelte. »Ich drehe mich herum. Der Nachttopf ist direkt unter Euch.«

Sie hörte, wie er sich aus der Hängematte schwang und auf unsicheren Füßen die paar Schritte zu dem Nachttopf schlurfte. Er ließ eine sehr lange Zeit Wasser, und Aylis wunderte sich, wie jemand, der so klein war, eine so große Blase haben konnte. Aber schließlich stolperte er zurück und kletterte grunzend wieder in die Hängematte. »Wenn es Euch nichts ausmacht«, sagte er einen Moment später, »würde ich mich jetzt gern anziehen und mich davon überzeugen, dass es Bink gut geht.«

Sie drehte sich um. Er lag wieder unter der Decke und hatte die Augen geschlossen. »Bedauerlicherweise«, meinte Aylis, »trugt Ihr nur Eure Hose, als wir Euch fanden.«

»Nur die Hose? Keine Stiefel, kein Wams, kein ...«

»Nur Hosen.«

»Wenn Ihr mir dann ...«

Der Lärm weckte Binkton. »Was zum ...!«, rief er, richtete sich hastig auf und griff dann ins Leere, als die Hängematte umschlug und er mit einem gedämpften Plumps auf das Deck fiel. Er stöhnte, rappelte sich hoch und befreite sich von der Decke, während er knurrte: »Sind wir etwa auf einem verfluchten Ratten fressenden Schiff?«

Mittlerweile hatte Pipper sich weit genug aufgerichtet, um Binkton erkennen zu können, neben dem diese Menschenfrau oder Elfe oder was auch immer kniete. »Seid Ihr verletzt?«, erkundigte sie sich.

»Was?« Binkton fuhr herum. »Ob ich ...?« Auf einmal realisierte er, dass er nackt war und einer knienden weiblichen Person gegenüberstand. »Oh, gute Güte!« Er griff hastig nach der Decke.

In diesem Moment stieg Aravan von der Leiter herunter und wurde von Aylis' perlendem Gelächter, dem keuchenden Lachen des blonden Wurrlings und dem finsteren Blick des dunkelhaarigen Bokkers begrüßt, den dieser auf die beiden Ersteren richtete.

Die Wurrlinge schliefen den Rest der Nacht und fast den ganzen folgenden Tag. Pipper schüttelte die Nachwirkungen der Nachtlady ab, und Binkton erholte sich von seinen Strapazen. Am Abend schilderten sie Kapitän Aravan die Ereignisse, die dazu geführt hatten, dass sie fast im Avagon-Meer ertrunken wären.

»... dann haben sie uns über Bord geworfen und uns vorher aneinandergekettet. Eine schwere Kette zog uns hinab, und Pip war vollkommen bewusstlos. Aber ich habe das Schloss an der Kette aufbekommen und ... Oh, wartet einen Augenblick. Diese schmutzigen Ratten fressenden Mistkerle, Pip. Ich glaube, ich habe unsere eigene Kette auf dem Meeresgrund versenkt.«

»Keine Ahnung, Bink«, nuschelte Pipper, den Mund voller Brot, das er vorher in die Suppe getunkt hatte.

»Und unser Schloss auch!«, fuhr Binkton hoch.

Aravan wartete, bis die Wut des Wurrlings verraucht war. »Und Ihr sagt, dieser Mann, dieser Largo Rackburn, wäre dafür verantwortlich?«

»Allerdings!«, fauchte Binkton wütend. »Er und Tark und Quieker und andere. Aber Rackburn steckt hinter all dem, er und seine Bande von Schlägern. Sie bedrohen Ladenbesitzer und Händler und alle, denen sie etwas wegnehmen können.«

Aravan, Aylis und die beiden Bokker saßen auf dem niedrigen Vordeck der *Eroean*. Pipper und Binkton trugen nur ihre Hosen. Ihre Wämser, Stiefel und Socken waren im Meer verschwunden. Aber die Nacht war mild, und ein leichter südlicher Wind wehte backbords über den Bug und brachte tröstliche warme Luft mit sich. Über ihnen stand ein Halbmond am Himmel, der das Deck in silbriges Licht tauchte.

Der kleiderlose Zustand der Bokker sollte jedoch nicht lange dauern, denn die Segelmacher und Kürschner hatten bereits Maß genommen und waren gerade dabei, Hemden, Hosen und Stiefel zu nähen.

Aylis lächelte den wütenden Bokker an. »Aber Ihr, Binkton, und Ihr, Pipper, habt sie beraubt und es denjenigen zurückgegeben, denen Unrecht geschehen ist? Gut gemacht, sage ich, sehr gut gemacht!«

Binktons Groll schmolz bei ihrem Lächeln dahin, und er nickte. »Es wäre mir lieber, wenn Ihr mich Bink und ihn Pip nennen würdet.«

Pipper nickte, obwohl er gerade einen Schluck Tee trank. Im selben Moment jedoch verschluckte er sich, hustete und würgte, während er die Hand ausstreckte, auf etwas deutete und versuchte, etwas zu sagen, aber es klang erstickt. Schließlich klopfte Aravan dem Bokker auf den Rücken. »Sieh doch, Bink!«, stieß Pipper hervor. »Eine winzige Person.«

Aravan lachte. »Dass ein Waerling jemand anders als winzig bezeichnet, na ja …«

Lissa knurrte und ließ ihren *Wildmagie* Schatten fallen. »Ich habe es vergessen.« Sie drehte sich zu Aravan herum. »Verzeiht.«

»Keine Sorge, Liss«, sagte Aylis. »Sie haben bereits das Gelübde abgelegt, nichts zu verraten, was sie an Bord der *Eroean* sehen oder hören.«

Binkton starrte die Pysk staunend an, aber Pipper, der seinen Hustenanfall überwunden hatte, grinste vor Staunen, jemand so Kleines zu sehen. »Was habt Ihr vergessen?«, fragte er.

»Dass Wurrlinge durch die Dunkelheit der Pysk sehen können.«

Im selben Moment kletterte Vex die Leiter vom Unterdeck hoch und trottete zu Lissa.

»Ich wusste doch, dass ich einen Fuchs gesehen habe!«, rief Pipper. »Und jetzt weiß ich auch, warum.« Er drehte sich zu Aravan herum. »Ihr habt einen Fuchsreiter an Bord.«

»Natürlich hat er einen Fuchsreiter an Bord!«, fuhr Binkton hoch, der den Moment des ehrfürchtigen Staunens überwunden hatte.

»Nein, ich meinte«, erklärte Pipper, »warum habt Ihr einen Fuchsreiter an Bord, wenn ich fragen darf.«

»Ich bin eine Kundschafterin«, erklärte die Pysk. »Und übrigens ist mein Name Aylissa, aber alle nennen mich Liss oder Lissa.«

»Pipper Willowbank, zu Euren Diensten.« Pipper sprang auf und verbeugte sich. »Aber alle nennen mich Pip. Und der andere hier ist Binkton Windrow, aber Ihr könnt ihn Bink nennen.«

Bink stand ebenfalls auf und verbeugte sich, während Lissa knickste.

Als die beiden Wurrlinge sich wieder hinsetzten, kletterte Lissa die Leiter zum Vordeck hoch und setzte sich ebenfalls. Vex rollte sich neben ihr zusammen. »Eine Kundschafterin, sagt Ihr?«, fragte Pipper. »Ich wollte auch immer schon ein Kundschafter auf einem Elfenschiff sein. Ich meine, es gibt die Legende, dass Wurrlinge das früher einmal gemacht haben.«

Aravan nickte. »Aye, das stimmt. Damals in der Ersten Ära des Hochkönigs bin ich mit Waerlinga-Kundschaftern gesegelt, denn niemand kann sich leiser bewegen als sie.«

»Pah!«, meinte Lissa. »Nicht mal Pysks?«

Aravan wedelte mit der Hand. »Wärt Ihr zu Fuß, vielleicht, aber auf einem Fuchs glaube ich nicht.«

Lissa sah ihn skeptisch an, sagte aber nichts.

Aravan betrachtete die beiden Wurrlinge abschätzend. »Ihr sagtet, Ihr wäret als Feuer und Eisen aufgetreten. Ihr, Binkton, könnt Schlösser knacken?«

»Bisher bin ich jedenfalls noch auf keines gestoßen, das ich nicht hätte öffnen können«, meinte Binkton stolz.

Pipper nickte zustimmend. »Es gehörte zu unserer Vorstellung. Sozusagen als Herausforderung. Bink ist sogar aus der Kerkerzelle in Raudhöll ausgebrochen und hat sich von den Handschellen der Zwerge befreit.«

»Ihr habt die Schlösser in Raudhöll geknackt?«

Binkton nickte grinsend.

»Ha!« Aravan hob salutierend die Hand.

»Ist das schwierig?«, meinte Aylis.

»Na ja«, sagte Binkton, »ich prahle nicht gern, aber …«

»Er hat vier Kerzenstriche gebraucht«, platzte Pipper heraus, der immer noch die Geschicklichkeit seines Cousins bewunderte. »In den Zellen der Menschen«, Pipper schnippte mit den Fingern, »brauchte er nur Sekunden.«

Aylis hielt sich die Hand vor den Mund, um ihr Lachen zu verbergen, während ihre Augen fröhlich funkelten. Binkton seufzte. »Pip hat recht. Es dauerte eine Weile, aber schließlich konnte ich mich befreien.«

»Zwergenfesseln und eine ihrer Zellentüren in nur vier Kerzenstrichen zu öffnen, ist ziemlich bemerkenswert«, meinte Aravan.

»Ich hätte es schneller geschafft«, meinte Binkton, »aber nachdem die Zwerge mich durchsucht haben, hatte ich nur noch ein Stück gebogenen Draht.«

Aravan wich verblüfft zurück, während Aylis, Lissa und Pipper applaudierten.

Während Binkton vor Verlegenheit errötete, sah Aravan Pipper an. »Und Ihr seid ein Akrobat?«

Jetzt sprudelte Binkton förmlich über. »Pipper kann jonglieren und über Seile laufen und sich an Trapezen schwingen und die unglaublichsten Sprünge durch die Luft vollbringen. Dabei bleibt Euch die Luft weg, und das alles macht er ohne Netz. Und er hat auch herausgefunden, wie wir an die Orte kamen, wo wir die gestohlenen Münzen wiederbeschafft haben, und einige waren ganz schön schwierig. Und, oh, er denkt sich diese raffinierten Illusionen aus, damit es aussieht, als hätten wir das Unmögliche vollbracht.«

»Schon, aber du bist ein Meister in Taschenspielertricks und kannst unbemerkt allen Leuten etwas stehlen und auch jonglieren, wenn auch nicht gleichzeitig«, meinte Pipper. »Ganz zu schweigen davon, dass du aus den engsten Fesseln entkommst, und Ketten und Schlösser einfach öffnest.« Er drehte sich zu Aravan herum. »Das hat uns unser Onkel Arley beigebracht.«

Aravan hob eine Braue. »Heißt er zufällig Arley Willowbank? Und hat Euer Onkel eine Zeit lang in Caer Pendwyr gelebt?«

Pipper nickte. »Aber auch an vielen anderen Orten.«

Aravan lächelte. »Wenn ich mich nicht irre, war Euer Onkel ein Agent des Hochkönigs.«

Pipper und Binkton sahen ihn staunend an. »Er war ein Agent?«, fragte Pipper, während Binkton gleichzeitig fragte: »Des Hochkönigs?«

Aravan nickte. »Er wurde häufig auf Missionen geschickt, auf denen bestimmte Orte aufgesucht, Schlösser geknackt und Dinge gesucht oder zurückbracht werden mussten.«

Aylis sah Aravan an. »Er war der Dieb des Königs?«

»Allerdings«, meinte Aravan. »Seine öffentlichen Auftritte boten ihm nur die Möglichkeit, jeden Verdacht über seine eigentlichen Unternehmungen zu zerstreuen.«

»Aber wir dachten, er wäre ...« Pippers Stimme verklang zu einem Flüstern. Dann sah er Aravan verwirrt an. »Warum hat er es uns denn nicht erzählt?«

»Weil, meine Freunde«, meinte Aravan, »der Hochkönig keine Diebe unterstützt, ganz zu schweigen davon, eigene Diebe in Lohn und Brot zu haben. Euer Onkel war einer dieser Diebe.«

»Siehst du, Pip?«, meinte Binkton. »Was wir in Flussende getan haben, war doch nicht so schlecht. Ich meine, wie der Onkel, so die Neffen.«

»Schon«, meinte Pipper. »Aber er hat für den König gearbeitet.«

»Und wir nicht?«

Aylis lächelte. »Rein praktisch gesehen habt Ihr das auch getan, jedenfalls auf Eure Art.«

»Was haben sie denn in Flussende gemacht?«, erkundigte sich Lissa neugierig.

»Sie haben den Dieben geraubtes Geld weggenommen und es den rechtmäßigen Besitzern zurückgegeben.«

»Gut«, erklärte Lissa.

»Wo wir von diesen Rûck liebenden, Ratten fressenden Dieben reden«, meinte Binkton, »ich kann es kaum erwarten, zurück nach Flussende zu kommen und es Rackburn, Tark, Quieker und den anderen zu zeigen.«

»Und unser Zeug wieder zu holen«, meinte Pipper.

»Euer Zeug?«, fragte Lissa.

»Die Ausrüstung für unsere Vorstellung«, erklärte Pipper.

»Alles bis auf die Kette und die Schlösser und die Handschellen, die jetzt auf dem Grund des Avagon-Meeres liegen«, knurrte Binkton. »Gebt mir einen Bogen und Pip eine Schleuder, dann werden diese Burschen teuer dafür bezahlen.«

»Ho, einen Moment«, meinte Aravan. »Diebe zu bestehlen ist eine Sache, aber vielleicht solltet Ihr nachdenken, bevor Ihr jemanden umbringt, ohne dass er steckbrieflich gesucht wird. Nicht, dass ich es nicht schon selbst getan hätte, aber ...«

»Aber nichts!«, fuhr Binkton hoch. »Diese Kerle verdienen den Tod ...«

Aravan hob erneut die Hand, um Binkton zu unterbrechen. »Habt Ihr beiden denn schon einmal Briganten getötet?«

Binkton sah Pipper an, und die beiden erbleichten. »Drei, auf der Straße nach Gûnar«, meinte Binkton dann. »Ich habe zwei getötet, Pipper einen. Eine Bande aus fünf Strauchdieben wollte die Rote Kutsche überfallen, in der wir waren. Keiner von ihnen hat überlebt.«

»Es war schrecklich«, gab Pipper zu. Sein Gesicht war aschfahl, und er starrte ins Leere, als er sich daran erinnerte.

»Aye, das ist es. Jemandem das Leben in Notwehr zu nehmen ist eine Sache, aber zu töten eine völlig andere.«

»Und wenn man jemanden tötet, der getötet werden muss?«, fragte Binkton. »Ich meine, Rackburn sollte man doch das Handwerk legen, mit oder ohne Steckbrief.«

»Vielleicht. Ich muss zugeben, dass ich so etwas auch schon gemacht habe. Erst kürzlich, als zwei von deiner Art von einem bösartigen Emir in der Karoo vergiftet wurden. Aber eine solche Entscheidung trifft man nicht so leicht.«

»Ich will jedenfalls, dass Tark und Quieker ihre gerechte Strafe bekommen«, meinte Binkton. »Immerhin hätten sie Pipper und mich ermordet, wenn ich nicht ein Stück Draht bei mir gehabt hätte. Und wir wären trotzdem ertrunken, wenn Ihr nicht gewesen wärt.«

Aravan dachte nach. »Ich möchte Euch Folgendes vorschlagen, meine Freunde. Wir sind in einer Mission unterwegs, die sehr gefährlich sein kann, das will ich gleich klarstellen. Aber wir sind nicht sicher, ob diese Gefahr jemals existiert hat, und wenn ja, ob sie noch existiert. Das können wir nicht sagen. Dennoch, unsere Mission könnte jemanden erfordern, der das nicht zu Öffnende öffnen kann, und vielleicht auch jemanden, der das Unüberwindliche überwinden kann. Ihr beide wurdet vom Besten genau dafür ausgebildet, und wir könnten Eure Fähigkeiten brauchen.«

Binkton wollte protestieren, aber Aravan fuhr fort. »Ich möchte, dass Ihr Euch Folgendes überlegt: Schreibt alles nieder, was Ihr über Rackburns gesetzlose Aktivitäten wisst. Wir geben Euren Bericht über diese Machenschaften in Flussende König Ryons Agenten in Port Arbalin. Er soll den Hochkönig bitten, einzuschreiten.«

»Braucht König Ryon keine Zeugen?«, fragte Aylis. »Zusätzlich zu allen Dokumenten, die Bink und Pip uns liefern, müssen auch einige Leute in Flussende diese üblen Taten bezeugen. Und wenn die Händler und Herbergsbesitzer genügend eingeschüchtert sind, dann ...«

»Die Gassenjungen!«, platzte Pipper heraus. »Tope und Wiesel und Cricket und Hörnchen und all die anderen. Sie werden bezeugen, was da los ist. Oh, und Lady Jane auch!«

»Gassenjungen?«, fragte Lissa.

»Kinder, die auf sich allein gestellt auf den Straßen von Flussende leben«, erklärte Pipper. »Sie waren unsere Verbündeten gegen die Schläger. Sie sind den Eintreibern auf ihrer Runde gefolgt und haben herausgefunden, wo sie wohnen, damit Bink und ich das gestohlene Geld wiederbeschaffen konnten. Die Händler waren so freundlich, uns dafür zu belohnen, und wir haben das meiste von dieser Belohnung für die Gassenjungen ausgegeben, für Essen und Kleidung und andere Dinge. Ich bin sicher, dass sie nur allzu gern gegen Rackburn und seinesgleichen aussagen.«

Binkton stieß die Luft aus. »Aber Pip, ich würde lieber persönlich dafür sorgen, dass Rackburn und die anderen bekommen, was sie verdienen, statt diese Last unseren Freunden aufzubürden.«

»Was ist mit der Stadtwache?«, erkundigte sich Aylis. »Wo war die, wenn diese Schläger unterwegs waren?«

»Ach, Rackburn und seine Bande hatten die Wache in der Tasche«, knurrte Binkton.

»Es wird schon die Königstreuen brauchen, um dort wieder Ordnung herzustellen«, meinte Pipper. »Wir wollten zu Hochkönig Ryon gehen, sobald wir mit Rackburn fertig waren, aber seine Handlanger haben uns erwischt.« Er wandte sich an Binkton. »Verstehst du nicht, Bink, wir wollten den Hochkönig bitten, die Stadt zu säubern, und nach Kapitän Aravans Plan läuft es ganz genauso.«

»Ja, aber wir sind dann nicht dabei, um zu sehen, wie Rackburn und die anderen bekommen, was sie verdienen. Vor allem Tark und Quieker.«

Pipper runzelte die Stirn, doch dann hellte seine Miene sich auf. »Ich sage dir was, Bink, segeln wir mit der *Eroean* auf diese Mission. Ich meine, Kapitän Aravan sagt, er könnte jemanden mit unseren Fähigkeiten gebrauchen, und wer wäre besser dafür geeignet, als die Neffen des Diebes des Königs? Und wenn wir zurückkommen, besuchen wir Tark und Quieker im Verlies des Hochkönigs und zeigen ihnen, dass sie uns nicht haben umbringen können, und sagen ihnen, wie wir sie zur Strecke gebracht haben.«

Binkton lächelte. »Oh, das wäre eine süße Rache. Ich kann mir die Überraschung auf ihren Gesichtern schon vorstellen.«

»Falls sie nicht bereits gehenkt wurden«, meinte Aravan.

»Oh«, erwiderte Binkton. »Ich hatte nicht daran gedacht, dass sie gehenkt werden könnten.«

Aylis lief fast das Herz über, als sie jetzt die Gesichter der Bokker ansah, die bei dem Gedanken, dass jemand gehenkt werden könnte, bleich geworden waren, obwohl die Personen es verdient gehabt hätten.

Schließlich sah Binkton Pipper an und nickte, und Pipper drehte sich zu Aravan herum. »Es sieht so aus, Kapitän, als müsstet Ihr noch zwei Mäuler mehr füttern.«

»Willkommen an Bord«, erwiderte Aravan lächelnd.

Während die Bokker grinsten und Lissa vor Freude in die Hände klatschte, ertönte die Stimme des Ausgucks auf dem Fockmast.

»Land in Sicht, Käpt'n. Port Arbalin liegt direkt vor uns.«

41. Kapitel

FAIRE WARNUNG

Elfenschiff

(Frühsommer, 6E9)

Während die Insel Arbalin langsam in Sicht kam, ordnete Aravan an, den Schleppanker zu werfen. Als das Schiff langsamer wurde und schließlich hielt, ließ er eine allgemeine Versammlung einberufen. Nachdem sich die gesamte Mannschaft auf dem Deck aufgestellt hatte, Matrosen und Kriegerschar, trat Aravan an die Reling des Achterdecks. »Ich möchte Euch an die Gelübde erinnern, die Ihr geleistet habt. Bestätigt Ihr sie?«

Alle bestätigten sie lautstark; unter die Stimmen der Mannschaft mischten sich die einer Pysk, zweier Wurrlinge und einer Magira.

»Dann werde ich Euch Folgendes sagen. In der Stadt Janjong stieß Lady Aylis auf eine Jadestatuette«, Aravan hielt den Turm hoch, »an dessen Fuß ein merkwürdiges Gedicht eingraviert ist, nach der Art Ryodoans, aber die Worte stammen nicht aus dieser Sprache. Der Schnitzer, der diese Statuette geschaffen hat, behauptet, er wüsste nicht, was sie bedeuten, dennoch hat er sie eingraviert, weil sie ihm in einem zwingenden Traum erschienen. Lady Aylis hat die Verse übersetzt. Sie lauten:

Dreimal träumte ich den Traum
Dass ich der Stadt aus Jade entfloh
Wo jetzt nur Schatten hausen.«

Ein Murmeln lief über das Deck, während sich Menschen und Zwerge ansahen und auch die Wurrlinge und die Pysk fragend musterten.

»Was wir wissen, ist dies«, fuhr Aravan fort, nachdem wieder Ruhe eingekehrt war. »Die Stadt aus Jade existiert in alten Legenden; es soll dort reichlich von diesem kostbaren Edelstein geben. Wo genau jedoch die Stadt liegt, scheint niemand zu wissen. Aber unter dem Fuß der Statuette sind Linien eingeritzt, die möglicherweise ihre Lage verraten.

Lady Aylis, Lady Aylissa und ich haben in den Bibliotheken von Caer Pendwyr recherchiert und etwas über die Stadt aus Jade gefunden: auf einer zerbrochenen Tontafel, welche die Bürger von Jûng auffordert, sich vor dieser Stadt zu hüten.«

Er drehte sich zu Aylis herum und nickte. Sie trat vor, neben den Kapitän, und intonierte: *»›Im nahen Westen liegt die Stadt aus Jade, ein Ort reich an Schätzen, aber mit einer schrecklichen Vergangenheit. Nur Schatten, und nur diese, hausen jetzt noch darin. Einwohner von Jûng, hütet Euch!‹«*

Erneut lief ein Murmeln durch die Mannschaft. Als es erstarb, und bevor jemand eine Frage stellen konnte, fuhr Aylis fort: »Wir wissen nicht, warum die Stadt verlassen wurde, ob wegen einer Krankheit, eines Wahnsinns, einer Dürre, eines Krieges oder ähnlicher Dinge. Diese Tontafel könnte auch einfach dem Zweck gedient haben, Plünderer fernzuhalten.«

»Was sind das für Schatten, Kapitän?«, fragte Dinny, der mitten in der Mannschaft stand. »Geister? Ich meine, ein Schatten ist doch ein Geist oder so etwas Ähnliches.«

Etliche Seeleute machten Geister abwehrende Gesten bei seinen Worten.

Aravan sah Aylis an, die mit den Schultern zuckte. »Wir wissen nicht, was mit den Schatten gemeint ist, die darin wohnen«, antwortete Aravan. »Auch der Verweis auf Geister könnte einfach dazu dienen, Plünderer fernzuhalten. Es ist ein Geheimnis, denn wir fanden nichts weiter über die Stadt aus Jade in den Bibliotheken, außer irgendwelchen Ammenmärchen.«

Pipper beugte sich zu Binkton. »Ich glaube, dass Fabeln oft ihre Wurzeln in realen Dingen haben.«

»Pah!«, meinte Binkton spöttisch. »So wie die Flussschlange, was?«

»Oh, die war echt«, meinte Pipper, der die Augen weit aufriss, als er sich erinnerte.

»Pah, das war nur eine besonders gefährliche Woge.«

»Ach ja? Warum hast du dann geschrien wie ein Frischling, Bink?«

»Hab ich nicht.«

»Hast du wohl.«

»Hab ich ...« Binkton verstummte, als Aravan weitersprach.

»Ich erkläre Folgendes: Die *Eroean* wird nach drei Tagen von Port Arbalin in See stechen. Jeder, der diese ernste Warnung nicht ignorieren will, soll zurückbleiben, ohne dass es ihm zur Schande gereicht. Ob Gefahr auf uns wartet oder nicht, kann nicht mit Sicherheit entschieden werden. Wenn nicht, dann wird nichts geschehen, wenn ja, wird sie zuschlagen. Schlägt sie zu, können wir sie vielleicht besiegen, möglicherweise aber auch nicht. Und selbst wenn wir sie besiegen, finden wir vielleicht nichts Wertvolles. Sollten wir diese Gefahr nicht besiegen, werden wir vielleicht alle sterben, obwohl einige möglicherweise fliehen können. Wie Ihr seht, gibt es viele Unwägbarkeiten, und wegen dieses Mangels an Informationen muss jeder innerhalb von drei Tagen entscheiden, ob er mitkommt oder nicht. Eine solche Entscheidung kann nur jeder für sich selbst treffen.

Vergesst nicht Eure Schwüre und schweigt über all das, wenn Ihr in Port Arbalin an Land geht. Und sagt auch nichts in den folgenden Tagen, es sei denn, ich erlaubte es Euch.

Aber wisset dies: Die *Eroean* wird in drei Tagen mit der Abendflut auslaufen.«

Damit schickte er die Mannschaft weg und ließ erneut die Segel setzen. Innerhalb eines Kerzenstriches lief die *Eroean* in den Hafen der Arbalin-Bucht ein und ging im Licht des Mondes vor Anker.

42. Kapitel

SPIONAGE

Finstere Absichten

(Frühsommer, 6E9)

Hat dieser widerliche Dolh *den Köder schon geschluckt? Natürlich, das muss er getan haben! Die Jadeschnitzerei ist in seinen mörderischen Götter schlachtenden Händen, und er wird der Herausforderung nicht widerstehen können.*

Viele Werst entfernt sah ein körperloser Nunde zu, wie die *Eroean* in die Bucht von Port Arbalin einlief.

Er wagte es nicht, näher an das Schiff heranzufliegen, denn Aravans Liebchen konnte die *Sicht* beschwören, und Nunde lief Gefahr, entdeckt zu werden. Oh nein, er würde sich in sicherer Entfernung halten. Er würde sogar von jetzt an dem Schiff in den Kerzenstrichen nach Mitternacht folgen, wenn diese Schlampe vermutlich schlief, oder sich wenigstens mit diesem abscheulichen Dolh auf ihrem Lager wälzte.

Nunde sah zum Halbmond hoch, der zum westlichen Horizont glitt. Die helle Halbscheibe wirkte in seiner aeythyrischen Sicht ebenholzschwarz. Dann wandte er sich um und flog nach Osten, zu dem Ort, wo Malik auf seinen Befehl hin wartete.

Werst um Werst flog er, bis er schließlich an den Ort kam, und tatsächlich warteten dort Malik und die Chûn, genau, wie Nunde befohlen hatte.

Der Nekromant kicherte leise, denn dieser Falle würde niemand entkommen. Und sollten der widerliche Dolh und seine Mannschaft dennoch den Anschlag überleben, war da noch die grauenvolle Kreatur im Turm, und die würde Aravan auf jeden Fall den Garaus machen.

43. Kapitel

PROPHETIE

Elfenschiff

(Frühsommer 6E9)

Mit der Abendflut des dritten Tages, nachdem die *Eroean* in die Arbalin-Bucht eingelaufen war, lichtete sie Anker, setzte Segel und verließ Port Arbalin. Während ihres Aufenthaltes hatten Binkton und Pipper alles, was sie von der Korruption in Flussende wussten, niedergeschrieben. Sie hatten Daten und Orte und Namen aufgelistet, einschließlich derer, die als Zeugen gegen Rackburn und seine Handlanger aussagen konnten, Gassenjungen, Wirte und Kaufleute. Aravan hatte die beiden Wurrlinge persönlich zum Vertreter des Hochkönigs in Port Arbalin begleitet, einem Reichsmann namens Tanner.

Nachdem Tanner die Geschichte der Bokker angehört und ihre Unterlagen entgegengenommen hatte, sagte er: »Wir wussten, dass in dieser Stadt etwas nicht stimmt, aber wir hatten keine Ahnung, dass es schon so schlimm geworden ist. Im Krieg haben wir viele Reichsmänner verloren und waren danach ein wenig knapp an Leuten, und sind es immer noch, ehrlich gesagt. Ich glaube, dass der Posten in Flussende zu denen gehört, die noch nicht neu besetzt sind. Aber wie an anderen solchen Orten obliegt es der Pflicht des Bürgermeisters und der Stadtwache, für Ordnung zu sorgen.«

Binkton schnaubte verächtlich. »Die Stadtwache? Der Bürgermeister? Pah! Ratten fressende Rûck-Liebchen allesamt.«

Tanner lächelte. »Offenbar sind sie, nachdem, was Ihr gesehen habt, der Korruption verfallen.«

»Was jetzt?«, erkundigte sich Pipper.

»Wir werden Eure Unterlagen mit dem nächsten Boten zu König Ryon senden.«

»Und was ist mit den Vögeln?«, erkundigte sich Pipper.

Binkton sah seinen Cousin als, als wäre der verrückt geworden. »Pip, was um Himmels ...?«

»Weißt du nicht mehr, Bink?«, fiel Pipper ihm ins Wort. »Onkel Arley hat uns erzählt, dass die Reichsmänner Botenvögel haben.«

»Oh, richtig.« Jetzt begriff Binkton, wovon Pipper sprach.

Tanner schüttelte jedoch den Kopf und hielt die Unterlagen hoch. »Das ist zu viel, als dass ein Vogel es tragen könnte.«

»Und ein Adler? Könnte der es nicht schaffen?«, wollte Pipper wissen.

Tanner lachte. »Wir haben nur Tauben zur Verfügung, Pipper.«

»Oh. Schade«, murmelte Pipper niedergeschlagen.

Tanner sah Aravan an und schüttelte amüsiert den Kopf. »Dennoch, das Paket mit Euren Unterlagen wird Hochkönig Ryon recht schnell erreichen. Ich danke Euch für alles, was Ihr getan habt. Und was diese Angelegenheit angeht, dass Ihr den Dieben ihre Beute weggenommen und sie den Beraubten zurückgegeben habt, nun, gut gemacht, sage ich, Jungs, gut gemacht. Ich glaube, der Hochkönig wird Euch selbst einen Orden an die Brust heften.«

Pipper sah Binkton grinsend an, der ihn anlächelte.

»Sie haben es verdient, Reichsmann Tanner«, meinte Aravan. »Und erwähnt vor König Ryon, dass ihr Großonkel ein gewisser Arley Willowbank ist. Der König muss vielleicht in den Aufzeichnungen seines Vaters und Großvaters blättern, um diesen Namen zu finden, aber er ist mit diesen beiden hier verwandt.«

Tanner hob eine Braue. »Onkel Arley war der Dieb des Königs!«, platzte Pipper heraus.

Binkton nickte zustimmend.

»Ah, verstehe«, meinte Tanner. »Dann war er ein Reichsmann, vielmehr, ein Reichswurrling.«

Binkton seufzte. »Onkel Arley und seine Geheimnisse«, meinte er zu Pipper. »Er war jedenfalls ein Held, denkst du nicht?«

Pipper riss plötzlich die Augen auf. »Der Reiter!«, sagte er zu Binkton.

Der hob resigniert die Hände. »Was in ganz Mithgar meinst du denn damit schon wieder?«

»Onkel Arleys Pension. Der Mensch, der sie immer auf die Bank in den Waldsenken bringt. Es ist eine Pension des Hochkönigs.«

Binktons Augen leuchteten, als er begriff. »Oh. Ich glaube, Pip, du hast vollkommen recht.«

Noch während die Bokker nickten und sich leise über Onkel Arley und seine Geheimnisse unterhielten, schrieb Reichsmann Tanner eine kurze Mitteilung und legte sie in eine schmale Ledertasche zu den Unterlagen der Wurrlinge, die er anschließend mit Draht und Wachs versiegelte. Dann ging er mit den Wurrlingen und Aravan zum Hafen, wo ein Postschnellboot vor Anker lag, und gab die Tasche dem Kapitän. Er instruierte ihn, sie dem Hochkönig persönlich auszuhändigen.

Danach gingen sie alle vier in den *Roten Slipper*, um bei einem Krug Vornholt Bier zu feiern. Die Wurrlinge und die gesamte Besatzung des Elfenschiffs sowie der Kapitän und seine Lady verbrachten die folgenden zwei Tage und die Nächte dazwischen in dieser Herberge mit dem Bordell. Mitten in der zweiten Nacht nahmen Brekk und Dokan und die Zwerge, und auch Lissa, die Pysk, Binkton und Pipper offiziell in die Kriegerschar der *Eroean* auf.

Am nächsten Tag brummte den beiden Bokkern zwar der Schädel, aber sie grinsten trotz der Schmerzen den ganzen Tag.

Mit der Abendflut des dritten Tages segelten sie davon, und die gesamte Mannschaft, Matrosen und Kriegerschar, kam an Bord. Es fehlte keiner, und trotz der Warnung vor einer unbekannten Gefahr, die auf sie warten mochte, wollten alle unbedingt mitreisen.

Die *Eroean* nahm Kurs nach Westen auf die dunkelblauen Wasser des tiefen Avagon-Meeres. »Wohin tun wir fahren, Käpt'n?«, erkundigte sich der lange Tom.

Er stand an der Karte in der Kapitänskajüte, zusammen mit Nikolai, dem Fetten Jimm, Tarley, James, Noddy, Dokan und Brekk. Die Kundschafter, Lissa, Binkton und Pipper, waren auch da. Lissa stand auf der Karte, die Bokker standen auf Stühlen am Tisch, damit sie besser sehen konnten.

»Hierher.« Aravan deutete mit dem Finger auf die Küstenlinie eines Reiches, dessen Inneres größtenteils schwarz war. »Dieses Land hatte im Laufe der Zeitalter verschiedene Namen: unter anderen Amanar, Dinou und Ladore. Aber wie auch immer sein Name jetzt sein mag, es liegt zwischen dem Reich Jûng im Osten und Bharaq im Westen.«

Er deutete anschließend auf eine Stelle der Karte, an der die Mündung eines Flusses eingezeichnet war, der sich in die Sindhu-See ergoss. Ab hier zeigte die Karte hinter der Flussmündung keinen weiteren Verlauf des Flusses selbst. »Mir scheint, nach den Markierungen unter dem Fuß der Statuette zu urteilen«, er deutete auf den Jadeturm, der in der Mitte des Tisches stand, »dass dieser Fluss gemeint ist, denn die Küstenlinie passt.«

Der Lange Tom nahm die Jadeschnitzerei, drehte sie um und verglich die Gravierungen auf dem Boden mit den Zeichnungen auf der Karte. Nach einer Weile knurrte er zustimmend und gab den Turm nach links weiter an Noddy.

»Aye«, meinte der, nachdem er die Statuette in Augenschein genommen hatte. »Aber woher wisst Ihr, dass es dieser Fluss ist, Käpt'n?«

»Von der Tontafel«, erklärte Aylis. »Erinnert Euch, sie war in uraltem Jûngarisch geschrieben, und darauf stand: ›Im nahen Westen liegt die Stadt aus Jade.‹ Das hier ist der einzige Küstenstrich westlich von Jûng, der zu den Eingravierungen zu passen scheint.«

»Was wissen wir von dem Fluss, Kapitän?«, wollte Nikolai wissen.

Aravan schüttelte den Kopf. »Nicht viel. Nur, dass er Dukong heißt und hier ins Meer fließt.«

»Nach den Markierungen auf der Jade, Käpt'n, das heißt, wenn ich sie richtig gelesen haben tue, müsste diese versunkene Stadt ein Stück flussaufwärts liegen. Ist der Strom denn breit genug, um stromaufwärts zu segeln?«

»Breit ist er, ja, aber ob er auch tief genug ist, ist eine andere Frage.«

»Wir können immer Boote vorausschicken, die die Tiefe ausloten, Kapitän«, meinte Tarley.

»Das können wir. Und falls er tief genug ist und breit genug bleibt, sollten wir am besten mit der *Eroean* stromaufwärts segeln. Es wird die Fahrt zur Stadt und zurück abkürzen. Und sollte das Land günstig liegen, würde es auch den Transport irgendwelcher Güter zum Schiff erleichtern, falls wir welche finden.«

Seine Worte lösten allgemeine Zustimmung aus.

»Und was ist mit den Gefahren?«, erkundigte sich Pipper.

»Oh, Pip, darüber weiß ja niemand etwas«, meinte Binkton.

»Ich meinte, Bink, dass doch bestimmt einer unter uns ist, der etwas über die Gefahren herausfinden kann, denen wir uns in der verschollenen Stadt aus Jade gegenübersehen.«

Binkton seufzte gereizt. »Und wer soll das sein, bitte schön?«

»Ich werde eine erste *Sichtung* vornehmen«, meinte Aylis.

Bei ihren Worten trat Noddy vom Tisch weg, während Pipper Binkton grinsend ansah, als wollte er sagen: *Siehst du?* Binkton erwiderte ebenso lautlos: *Na klar doch!* Dann sah Pipper Aylis an. Er zitterte fast vor Neugier, als er fragte: »Darf ich zusehen?«

Binkton runzelte die Stirn, als überlegte er, ob er Zeuge sein wollte, wie eine Seherin einen Bann wirkte.

»Ich nicht«, meinte der Lange Tom. »So was tut mir immer eine Gänsehaut machen!«

»Mir auch.« Noddy nickte eifrig. »Ich lass diese Demonstration lieber aus, lass ich«, meinte er, während er vor Aufregung in seinen Ost-Lindor Dialekt verfiel.

»Ich möchte alles erfahren, was die Mannschaft in Gefahr bringen könnte«, meinte Brekk mit einem Blick auf Dokan, der zustimmend knurrte. »Also würden wir gern diesem Zauber beiwohnen, wenn wir dürfen.«

»Aber natürlich«, meinte Aylis. »Was jedoch die *Sichtung* von Gefahren angeht, sollte ich den Bann besser in der Nacht wirken.« Sie dachte einen Moment nach. »Am Ende der ersten Wache werde ich die *Sichtung* hier im Kartenzimmer vornehmen.«

»Um acht Glasen«, hauchte Nikolai.

»Aye«, bestätigte Aravan.

»Acht Glasen?«, fragte Pipper.

»Sie zählen die Schläge der Glocke«, erklärte Lissa, die bereits ein alter Hase war, was die Zeiteinteilung auf dem Meer anging. »Wenn die Schiffsglocke achtmal schlägt, dann ist es Zeit.«

»Aber ich habe gerade die Glocke achtmal schlagen hören!«, widersprach Binkton.

»Das war das Ende der Hundewache«, meinte Lissa. »Jetzt fängt die Erste Wache an.«

»Pah!«, blaffte Binkton. »Glasen. Glocken. Wachen. Sagt mir einfach, bei wie viel Kerzenstrichen Lady Aylis ihre *Sicht* wirkt.«

»Alte Kerzenstriche oder neue?«, erkundigte sich Pipper.

»Das ist mir egal!«, rief Binkton frustriert. »Sagt's mir einfach!«

Aylis hob beruhigend die Hand. »Ich werde die *Sichtung* um Mitternacht vornehmen, Binkton.«

»Das ist das Ende der Ersten Wache, wenn die Glocke achtmal schlägt«, meinte Lissa.

In Binktons gereiztes Grollen hinein meinte Pipper: »Liss, vielleicht solltet Ihr uns alles über diese Wachen und Glocken und Glasen lehren.« Er sah seinen Cousin an. »Wir müssen es wissen, Bink. Ich meine, wir gehören jetzt immerhin zur Mannschaft.«

Binkton nickte mürrisch, während Aylis sagte: »Ich heiße jeden willkommen, der an dieser *Sichtung* teilnehmen will.«

»Lady Aylis, darf ich Euch eine Frage stellen?«, erkundigte sich Pipper.

Aylis senkte zustimmend den Kopf.

»Warum jetzt?«, fragte Pipper.

»Sie macht es nicht jetzt, Pip!«, fuhr Binkton ihn verärgert an. »Hast du es nicht gehört? Es passiert um acht Glasen, verdammt!«

»Nein, Bink, was ich meinte, ist, warum Lady Aylis bis jetzt mit dieser *Sichtung* gewartet hat. Ich meine, sie und der Kapitän haben doch schon lange von der Gefahr gewusst, die in der Stadt lauert oder auch nicht. Warum hat Lady Aylis bis zu dieser Nacht damit gewartet?«

»Oh.« Binkton hatte Pippers Gedankensprung nachvollzogen.

»Weil«, sagte Aylis, »es das Beste ist, wenn alle, die an einem Abenteuer teilnehmen, dabei versammelt sind. Seht Ihr, das Verhalten eines Einzelnen mag die Taten vieler beeinflussen; von daher beeinflusst auch die Gegenwart der Mannschaft die Karten. Außerdem werde ich eine weitere *Sichtung* vornehmen, wenn wir die Mündung des Flusses erreichen, um herauszufinden, ob sich etwas geändert hat.«

Mitten in der Nacht schlug die Schiffsglocke acht Glasen, und Pipper, Binkton, Lissa, Nikolai, Brekk, Dokan und Aravan leisteten Aylis im Kartenraum Gesellschaft. Noddy, Tarley, der Fette Jimm und James hatten sich mit einer Verbeugung verabschiedet und überließen es den anderen, Zeuge solcher Dinge zu werden.

Sie saßen um einen Tisch in der Kajüte des Kapitäns. Lissa saß mit gekreuzten Beinen auf der Platte, Vex hatte sich darunter zusammengerollt.

Auf dem Tisch standen auch der Jadeturm und eine kleine Kiste aus Sandelholz, deren Deckel von einer winzigen goldenen Schließe verschlossen wurde. Aylis öffnete sie und hob den Deckel an. In der Kiste lag etwas in ein schwarzes Seidentuch eingewickelt. Aylis hob das Tuch heraus, schlug es auf und enthüllte ein Kartenspiel.

»Das ist das Geschenk der Lady Katlaw«, meinte Aylis.

»Sind das besondere Karten?«, erkundigte sich Pipper.

»Pah!«, murmelte Binkton und betrachtete sie skeptisch.

»Vielleicht, Pipper«, antwortete Aylis, während sie das Tuch ausbreitete. »Man sagt, einige Spiele wären mächtiger als andere, aber für einen Seher ist es die Anordnung der Karten, welche eine mögliche Zukunft enthüllt.« Sie nahm das Spiel in die Hand, mischte die Karten immer wieder, und murmelte beim letzten Mal: *»Simplicia, propinqua futura: Aylis.«* Dann legte sie die Karten vor sich auf den Tisch, fächerte sie auf dem Seidentuch auf, suchte willkürlich eine Karte aus und drehte sie um. Sie zeigte einen Turm, der, von einem Blitz getroffen, zerbarst. Die Steine flogen durch die Gegend, und eine Person stürzte von den Zinnen. Aylis sah die Zuschauer an.

»Was bedeutet das?«, erkundigte sich Lissa.

»Katastrophen?«, platzte Pipper heraus. »Schwierigkeiten?«

Aylis nickte. »In dieser Ausrichtung, ja.«

Nikolai blickte von den Karten zu dem Jadeturm. »Dieser Turm hier, dieser Turm da, sind die gleich?«

Aylis zuckte mit den Schultern. »Vielleicht, Nikolai, möglicherweise.« Sie nahm die letzte Karte und drehte mit ihr das gesamte Spiel um. Es zeigten sich viele Illustrationen, Orte, Menschen, Tiere, Sonne, Mond und Sterne, Kelche, Schwerter, Stäbe, Münzen ... und jede Karte war anders; einige schienen etwas ganz Gewöhnliches zu zeigen, andere etwas Okkultes.

Nikolai wich vor dem Anblick zurück, aber Pipper beugte sich vor, um besser sehen zu können.

Aylis sah Lissa an. »Möchtest du es auch versuchen?«

Lissa holte tief Luft. »Einverstanden.«

Erneut mischte Aylis die Karten und murmelte ihren Spruch: *»Simplicia, propinqua futura: Aylissa.«* Dann breitete sie die Karten aus. Lissa ging hin, zog mühsam eine heraus und drehte sie um.

»Das ist der Ritter der Schwerter, aufrecht«, erklärte Aylis.

»Was bedeutet es?«, wollte Lissa wissen.

»Sieg über einen schrecklichen Feind, in dieser Ausrichtung vielleicht auch unter großer Gefahr.«

Pipper betrachtete nachdenklich die Karten. »Hat er irgendetwas mit dem Turm zu tun?«

»Möglich«, erwiderte Aylis.

Nikolai weigerte sich ebenso wie Brekk und Dokan, eine Karte zu ziehen, aber Aravan, Binkton und Pipper zogen abwechselnd eine. Sie zogen Turm, Stärke und den Narren, allesamt aufrecht.

»Liebster«, meinte Aylis. »Wir beide teilen Schwierigkeiten. Ihr, Binkton, so wie Eure Karte, die Stärke, ausgerichtet ist, dürft nicht aufgeben, sonst wird alles scheitern. Und Eure Karte, Pipper, der Naive oder Narr, bedeutet, dass Ihr an eine Wegkreuzung kommt und eine Entscheidung treffen müsst. Aber Ihr müsst klug entscheiden.«

»Meiner Seel«, meinte Pipper und sah Binkton an. »Wann hätte ich jemals eine kluge Entscheidung getroffen?«

»Oh, Pip«, meinte Binkton und legte seinem Cousin eine Hand auf den Arm. »Dir scheint doch immer etwas einzufallen.«

»Wie das mit den Hühnern?«, fragte Pipper grinsend.

Binkton lachte. »Ja, Pip, wie die Sache mit den Hühnern.«

»Ihr müsst mir von diesen Hühnern erzählen«, meinte Lissa. »Und dann erkläre ich Euch die Wachen und Glocken und Glasen.«

»Einverstanden«, sagte Pipper. »Obwohl meine Idee mit den Hühnern letztlich nicht zu einer unserer Sternstunden geführt hat.«

Aylis sah die anderen an. »Ich suche jetzt das Schicksal von uns allen auf der *Eroean.*« Sie mischte die Karten erneut und murmelte diesmal: »*Propinqua futura* Nautae Eroean.« Dann teilte sie rasch zehn Karten aus und legte jede von ihnen präzise auf eine dafür vorgesehene Stelle auf dem Seidentuch. Dabei murmelte sie okkulte Worte. Als sie den Rest der Karten auf die untere linke Ecke des Tuchs legte, sagte sie: »Das ist die einfachste und vielleicht auch die verlässlichste Verteilung. Man nennt sie das Rwn Kreuz, und sie spricht von der Vergangenheit, der Gegenwart und der Zukunft, von Negativem und Positivem, von Gefährten und Feinden, von Ursachen und Ergebnissen.«

Dann drehte sie die Karten um, jede präzise auf der dafür vorgesehenen Stelle.

Aylis musterte das Arrangement sehr lange, holte schließlich tief Luft und sagte: »Schwerter. In dieser Anordnung sind viele Schwerter, und zwar alle gegenüber, das bedeutet, Konflikte und Kampf. Was die individuellen Karten angeht, so sehe ich ...«

Aylis deutete auf die erste Karte, die sie ausgelegt hatte. »Der Tod liegt über allem. Jemand oder etwas bedroht unsere Existenz.«

»Das haben in der Vergangenheit viele getan«, meinte Aravan. »Wir haben überlebt.«

Aylis lächelte Aravan an und nickte. Dann berührte sie die Karte, die quer zur ersten, dem Tod, lag. »Der König der Schwerter kreuzt uns, und in dieser Ausrichtung ist er eine Person, die intolerant und grausam ist.«

»Modru«, hauchte Pipper.

»Pip, du Idiot!«, schimpfte Binkton. »Modru ist tot.«

»Nein, Bink. Was ich meinte, ist, dass Modru intolerant und grausam war. Also könnte das jemand wie er sein, Lady Aylis?«

Aylis schüttelte den Kopf. »Der König der Schwerter ist nicht mächtig genug. Modru würde von einer Karte wie der des Kaisers bezeichnet, der, wenn er umgekehrt liegt, noch grausamer sein kann als dieser König.«

Sie deutete auf die nächste Karte, die direkt unter den beiden ersten lag. »Die Zehn der Schwerter ist die Grundlage der Situation. Sie bedeutet, dass vereitelte Ziele und tiefste Bestürzung dieser Angelegenheit zugrunde liegen.«

»Vielleicht wurde die Stadt deshalb verlassen«, meinte Lissa.

Aylis schüttelte den Kopf. »Nein; es geht mehr um die Ziele, die der König der Schwerter hatte.«

»Könnte es nicht sein, dass dieser König einst die Stadt aus Jade regiert hat?«, erkundigte sich Dokan.

»Vielleicht«, meinte Aylis. »Aber der König kreuzt uns im Moment, und auch wenn das etwas mit der Vergangenheit zu tun haben könnte, glaube ich eher, dass es um vereitelte Ziele geht, die nicht so lange zurückliegen.«

Sie ging mit der Hand nach unten und nach links. »Hinter uns liegt, was uns vorausging: Mehr Konflikte, wie sie der Wagen zeigt, der einen Triumph in der Vergangenheit repräsentiert. Vielleicht in einem Kampf oder einem Krieg.«

»Die Schwarze Feste?«, murmelte Aravan.

»Vielleicht«, sagte Aylis. »Es könnte auch der Drachenstein Krieg sein, oder der Triumph über Gyphon, oder sogar einer der vielen Kämpfe auf den Ebenen. Es ist unklar, auf welchen Triumph er sich bezieht, obwohl ich aufgrund der vielen Schwerter annehme, dass es ein Sieg in einem Krieg war.«

»Sprich weiter, Liebste«, meinte Aravan.

Aylis deutete auf die nächste Karte. »Gerechtigkeit ist die nächste, und so wie sie liegt, bedeutet sie einen möglichen Verlust.«

Brekk knurrte. »Meine Châkka-Kriegerschar wird dafür sorgen, dass dies nicht geschieht.«

»Wartet einen Moment«, protestierte Binkton. »Eure Kriegerschar beinhaltet auch zwei Wurrlinge und eine Pysk.«

Brekks Falkenblick glitt über Binkton, Pipper und zuletzt Lissa. Dann lächelte er Binkton an. »Verzeiht Ihr diese Auslassung?«

»Nun ja, hm, aye-aye«, erwiderte Binkton besänftigt.

Als niemand etwas sagte, ging Aylis weiter zur nächsten Karte. »Es folgt der Ritter der Schwerter, und in seiner umgekehrten Ausrichtung repräsentiert er jemand Untergeordneten, vielleicht einen Verbündeten des Königs der Schwerter, der auf uns wartet.«

Lissa stand auf und stampfte mit dem Fuß auf. »Aber die Karte habe ich gezogen, und ich bin nicht untergeordnet!«

Aylis lächelte. »Nein, Liss, natürlich nicht. Aber dieser Ritter der Schwerter repräsentiert jemand anderen, jemand, der nicht du bist. In dieser Anordnung und in seiner umgekehrten Ausrichtung ist er vielleicht der Bauer des Königs der Schwerter, der, wie gesagt, jemand Grausames ist.«

Ein wenig besänftigt, aber immer noch leicht verärgert, setzte die Pysk sich wieder hin.

Aylis sah sich auf dem Tisch um und deutete dann auf die nächste Karte, die in einer senkrechten Linie unter den ersten sechs lag. »Das As der Schwerter repräsentiert das Negative, und in dieser umgekehrten Ausrichtung bedeutet es den Keim einer Niederlage, der jetzt Früchte trägt.«

Erneut knurrte Brekk, sagte aber nichts.

Aylis ging zur nächsten Karte in der Reihe. »Das Schicksalsrad repräsentiert die Gefühle von uns allen und bedeutet, dass wir selbst im Angesicht einer drohenden Niederlage stark und mutig bleiben müssen.«

»Châkka shok, Châkka cor!«, murmelte Dokan und setzte hinzu: *»Hai, Pyska, hai Waerans!«*

»Ist das unser Schlachtruf?«, erkundigte sich Pipper. »Ich persönlich würde mich mit *Châkka shok! Châkka cor!* zufriedengeben.«

»Zwergen Äxte, Zwergen Macht?«, fragte Binkton. »Aber wir sind keine Zwerge, Pip. Warum also?«

»Es ist kürzer«, meinte Pip, »und man kann es mitten im Schlachtgetümmel leichter rufen.« Er sah Lissa an.

Die zuckte mit den Schultern. »Einverstanden.«

Aylis lächelte und berührte die dritte Karte in der Reihe. »Jetzt kommen wir zum Eremiten, der aufrecht steht. Er repräsentiert positive Handlungen, als würde eine Tür geöffnet, oder als würde etwas gesucht und gefunden. Im Kontext der anderen Karten denke ich, selbst wenn alles verloren scheint, gibt es einen Weg.«

»Ich kann Türen öffnen«, meinte Binkton. »Glaubt Ihr, es hat etwas mit dem zu tun, was ich tun muss?«

»Vielleicht. Aber es erscheint mir wahrscheinlicher, dass es etwas meint, dessen wir alle uns bewusst sein müssen.«

»Oh.« Binkton war sichtlich enttäuscht.

»Schließlich kommt die zehnte und letzte Karte«, sagte Aylis. »Erneut der Turm, aber diesmal ist er aufrecht. In dieser komplexen Anordnung meint er, dass sich die Dinge rasch ändern. Ich weiß nicht, ob zum Guten oder Schlechten, aber ändern werden sie sich.«

Dann hielt Aylis Aravan den Stoß mit den restlichen Karten hin. »Und jetzt noch eine endgültige Karte: Du, als unser Kapitän, musst eine einzelne Karte ziehen, denn sie könnte uns sagen, was diese Anordnung uns nicht verraten kann, und was wir nicht wissen; sie ist vielleicht der Schlüssel zu all dem.«

Aravan nahm die Karten, während Aylis einen anderen okkulten Satz murmelte. Er mischte sie und sah die anderen an. Pipper und Binkton setzten sich etwas gerader hin, während Nikolai und Lissa aufstanden.

Dann zog Aravan eine Karte aus dem Stapel und legte sie offen auf den Tisch.

»Thaimon!«, fauchte Nikolai und beschrieb mit der Hand einen Schutzkreis um seine Brust, während Lissa erbleichte und ihr Gesicht abwandte. Dokan und Brekk imitierten Nikolais Geste, während Dokan mehrere Worte auf Châkur hervorstieß, unter anderem: *Elwydd.*

»Was denn?«, rief Pipper und beugte sich vor, um besser sehen zu können. »Was ist es denn?«

Aylis seufzte und schüttelte den Kopf. »Der Dämon«, antwortete sie.

44. Kapitel

KREUZEN

Elfenschiff

(Frühsommer bis Mitte Herbst, 6E9)

»Dämon?«, platzte Pipper heraus.

»Hörst du nicht zu, Pip?«, fuhr Binkton ihn an. »Das hat sie doch gerade gesagt.«

»Nein, nein, Bink«, sagte Pipper. »Ich meinte, hat das etwas mit Grygar zu tun?«

»Der Ebene der Dämonen?«, fragte Binkton. »Warum sagst du das denn nicht sofort? Und wieso sollte es etwas damit zu tun haben?«

»Wenn ja«, meinte Pipper mit zittriger Stimme, »wurde die Stadt vielleicht aufgegeben, weil ein Gargon oder so ein Geschöpf dort sein Unwesen trieb.«

Brekk und Dokan sahen sich vielsagend an. Schließlich kamen sie aus Kraggen-cor und wussten um die Macht der Gargons.

»Ich meine«, fuhr Pipper fort, »diese Furchtwirker sind doch auch Dämonen. Jedenfalls habe ich das gehört.«

»Meiner Seel!«, meinte Lissa.

Beide Wurrlinge und die Pysk sahen Aylis Bestätigung heischend an.

»Gargons sind tatsächlich eine Art von Dämonen«, erwiderte Aylis. »Aber diese Karte hier, der Dämon, hat nur wenig damit zu tun. Aufrecht liegend und in Bezug zu dieser Anordnung bedeutet sie nur eine böse äußere Macht, einen bedrohlichen Einfluss, den man brechen muss.«

»Oh, umso besser.« Pipper seufzte erleichtert.

Doch Aylis schüttelte den Kopf. »Lasst Euch nicht von meinen Worten trösten, denn angesichts der Bedeutung dieser Karten könnte es durchaus auf so etwas Widerwärtiges wie einen Gargon verweisen. Obwohl ich es wahrscheinlicher finde, dass es etwas Körperloses ist.«

»Körperlos?«

Binkton stöhnte gereizt, denn er wusste, dass sein Cousin eigentlich etwas ganz anderes fragen wollte, obwohl er nur dieses Wort wiederholte.

»Was ich meine, Bink«, meinte Pipper, der seinem Cousin jetzt ebenfalls einen gereizten Blick zuwarf, »ist, wie etwas Körperloses uns wehtun kann.«

»Die Furcht vor einem Gargon ist ebenfalls körperlos«, meinte Lissa.

Pipper sah die Pysk an und nickte. »Da habt Ihr allerdings recht.«

»Und Furcht kann das Herz eines Lebewesens lähmen«, setzte Binkton hinzu.

»Es gibt noch andere nicht materielle Dinge, die Schaden anrichten können«, meinte Aravan.

»Oh, sagt es mir nicht«, erwiderte Pipper rasch. »Ich bekomme nur Albträume davon, stimmt's, Bink?«

Binkton nickte. »Seit ich Pip kenne, neigt er zu Albträumen, vor allem, wenn man ihm Geschichten über Geister oder schreckliche Drachen oder grauenvolle Taten erzählt.«

»Jetzt werde ich genau davon träumen, Bink. Nur weil du es erwähnt hast.«

»Wenn ja, dann wecke ich dich, wie ich es immer gemacht habe.«

»Geister?«, warf Nikolai ein.

»Ihr meint als körperlose Wesen?«, fragte Aylis.

Nikolai nickte. »Geister, Schatten, wie in dem Gedicht.«

»Es könnte sein«, räumte Aylis ein. »Allerdings habe ich noch nie gehört, dass ein Schatten in der Lage ist, Schaden anzurichten. Außer vielleicht, Unruhe zu stiften.«

»Oh, jetzt habt Ihr es geschafft!«, stöhnte Pipper. »Ich werde die ganze Nacht von Geistern träumen.«

Binkton legte seine Hand auf Pippers Unterarm. »Ich wecke dich.«

Brekk räusperte sich. »Musst du uns noch etwas sagen, Lady Aylis? Enthüllen die Karten noch etwas anderes?«

Aylis betrachtete die Verteilung der Karten und die einzelne Dämonenkarte und seufzte. »Nur, dass offensichtlich dunkle Mächte gegen uns aufmarschieren, und wir mit einem Kampf rechnen müssen, wenn wir die Stadt aus Jade erreichen. Wir müssen sehr gut bewaffnet vorrücken«, sie sah Binkton, Pipper und dann Lissa an, »und gut für das gerüstet sein, mit dem wir es zu tun bekommen.« Sie drehte sich zu Aravan herum. »Dein Schutzamulett, mein Lieber, wird vielleicht der Schlüssel sein, denn es wird uns vor unmittelbarer Gefahr warnen.«

Aravan griff unwillkürlich zu dem blauen Stein, der neben dem Kristall mit dem Falken an seinem Hals hing. »Der Stein warnt aber nicht vor allem, was böse Absichten hat, also brauchen wir die Kundschafter und vielleicht Valké, um Dinge zu entdecken, die dort auf der Lauer liegen.«

»Ihr könnt Euch auf Vex und mich verlassen«, meinte Lissa. »Wenn es etwas gibt, werden wir es finden.«

Als die Füchsin ihren Namen hörte, hob sie den Kopf, doch als kein Befehl folgte, döste sie weiter.

Binkton wollte protestieren. »Pip und ich sind auch Kundschafter ...«

Aber Dokan sagte gleichzeitig: »Sollten es *Grg* sein, werden wir das erledigen.«

Brekk nickte. »Wir werden bereit sein, Kapitän.«

Lissa stand auf. »Gibt es noch etwas?«

Aravan sah Aylis an, die beide Hände hob. »Ich kann nicht mehr sehen.«

»Wir sind fertig.«

»Gut«, meinte Lissa. »Dinny und ich sind nämlich gerade mitten in einem Tokko-Spiel, und ich werde ihn gleich mit dem Zug eines Adlers erledigen.«

Brekk und Dokan standen ebenfalls auf, und Binkton und Pipper sprangen von ihren Stühlen. Als Nikolai Lissa vorsichtig vom Tisch nach unten setzte, sagte er: »Beim Tokko ist Dinny sehr gerissen. Vermutlich weiß er bereits, welchen Zug Ihr machen wollt.«

Lissa rief Vex, stieg auf und erwiderte: »Das werden wir sehen, Nikolai. Warten wir es ab.«

Alle bis auf Aylis und Aravan gingen hinaus. Dabei hörte Pipper, wie Aravan sagte: »Ich wünschte, dass ich Kristallopyr hätte oder ein Schwert, wie Riatha eines trägt. Dann würde ich mich ...«

Pipper war Binkton gefolgt und konnte nicht mehr hören, was der Kapitän noch sagte.

Die *Eroean* segelte nach Südwesten, vorbei an Hoven und Tugal, angetrieben vom frischen Frühsommerwind, der stetig von achtern und Backbord wehte. Sie segelten durch die nördliche Meerenge von Kistan, hatten die Insel der Rover an Backbord und das Reich von Vancha an Steuerbord. Vorbei ging es an der Einfahrt zur Bucht von Castilla, der Hafenstadt, in welcher der berühmte Wein verladen wurde, der Dunkle Vancha, der vielleicht feinste Wein in ganz Mithgar, obwohl die Winzer von den Weinbergen Gothons dem sicher widersprechen würden.

Die Rover flohen vor dem Elfenschiff, denn sie hatten sowohl in der Vergangenheit als auch in der letzten Zeit wieder gelernt, die Feuerkugeln und Speerschleudern dieses schnellsten Schiffes auf allen Meeren zu fürchten.

Schließlich erreichte die *Eroean* die Wasser des Westlichen Ozeans, nahm Kurs nach Süden, auf die Krabben-Kalmen und die Äquatorial-Kalmen, hinter denen die Ziegen-Kalmen warteten. Denn erneut segelte die *Eroean* auf die eisigen Gewässer des Kaps der Stürme zu, die zu dieser Jahreszeit in den Klauen des Winters lagen, der im Südpolarmeer tobte. Doch die Passage durch den Silbernen Isthmus wäre gleichbedeutend mit dem sicheren Tod gewesen. Was nicht bedeuten sollte, dass die Passage um diese Landzunge einfacher gewesen wäre, aber es war ein weit vernünftigerer Kurs.

Also segelten sie durch die Krabben-Kalmen. Der sanfte Wind wehte böig, und sie kamen nur langsam voran. Doch in den Äquatorial-Kalmen erwartete sie ein stürmischer Orkan, der in diesen Breiten sehr selten war und sie schnell vorantrieb. Dennoch mussten sie vier Tage rudern, als sie die Hörner der Ziege passierten, wie die Ziegen-Kalmen manchmal genannt wurden.

Schließlich erreichten sie das Südpolarmeer …

Der brüllende Wind heulte in östlicher Richtung um den unteren Rand der Welt und trieb die *Eroean* mit seiner brutalen Wucht vor sich her. Gewaltige Graubärte erhoben sich aus dem Ozean, und das große Elfenschiff ritt auf jedem turmhohen Kamm; ihr scharfer Bug durchschnitt die Wellen, und ihr Rumpf krachte auf der anderen Seite in den Abgrund, nur um dann wieder hinaufzureiten und auf den Hängen und Kämmen zu segeln. Denn nicht einmal der scharfe Bug der *Eroean* konnte diese gewaltigen Wogen ganz durchtrennen. Ihre Masten knarrten und ächzten, und ihre Rahen heulten im Wind wie ein boshafter Geist, der nach seinem Tribut an Seelen schreit, als der Zyklon das Elfenschiff hin und her warf. Meerwasser rauschte über ihre Decks, und sie hatte nur Royalsegel, Focksegel und die Topsegel gesetzt. Ihre Rollen und die Takelage waren von Eis überzogen. Es war für die Mannschaft zu gefährlich, hinaufzuklettern, und der Fette Jimm und Aravan steuerten das Schiff vom geschlossenen Ruderhaus aus, während die Wellen über diesem sicheren Ort zusammenbrachen.

Das Schlingern und Rollen des Schiffs hatte auf Pipper, der sich im Mannschaftsquartier aufhielt, keine sichtbare Wirkung, Binkton dagegen wurde herumgeschleudert wie ein zusammengeknüllter Ball aus Pergament.

Lissa und Vex blieben in ihrer winzigen Kammer unter Nikolais Koje. Die Füchsin glitt hin und her, zusammengerollt um ihre Herrin.

Aylis lag in ihrem Bett in der Kapitänskajüte, das Kartenspiel in der Hand. Wie sie es häufiger auf der langen Reise getan hatte, murmelte sie auch jetzt ein okkultes Wort und zog eine Karte. *Die Kaiserin. Aufrecht. An diesem Punkt kann das Ganze noch nicht gesehen werden.* Aylis schüttelte leicht frustriert den Kopf. *Wir wissen immer noch nicht mehr, als uns die Karten damals gezeigt haben.* Sie seufzte, legte das Kartenspiel weg und las in dem Licht der schwankenden Laterne weiter in ihrem Buch, während eine Schneewand über das Deck und gegen die Masten, die Segel und die Takelage des prachtvollen Schiffs hämmerte.

Drei Tage später zog die Mannschaft die *Eroean* in Ruderbooten durch eine unheimliche Flaute. Das Meer war eisig, wenn auch friedlich, nur ein sanftes Wogen, in dem sich die Sterne des wolkenlosen Himmels spiegelten. Um diese Zeit war der Tag in diesen Breiten nur sehr, sehr kurz.

An Steuerbord türmten sich so weit das Auge reichte eisige Wände. Angeblich, so wollte es die Kunde wissen, verbarg dieser Gletscher einen ganzen Kontinent.

In den Wanten arbeiteten Matrosen und Zwerge daran, das Eis wegzuhacken, während Pipper, Binkton und Lissa den anderen halfen, das ebenfalls vereiste Deck frei zu hacken. Sie alle waren mit Leinen gesichert, denn ein Sturz in das eisige Meer hätte den sofortigen Tod bedeutet.

Schon bald waren Seile und Segel eisfrei, und die Mannschaft entrollte die Segel und schüttelte sie aus. Noch vor dem nächsten Morgengrauen kehrte der Wind zurück. Er wehte sanft.

Mit Beginn des Herbstes segelte die *Eroean* östlich an Bharaq vorbei, mit Kurs auf einen Punkt, an dem der Dukong sich in die Sindhu-See ergoss. Aravan navigierte, denn wie alle Elfen wusste er stets genau, wo die Sonne und der Mond standen, und er kannte alle Nordlichter und selbst die Positionen der wandernden Sterne.

Sie segelten nach Norden, hatten erneut die Ziegen-Kalmen und die Äquatorial-Kalmen passiert, nachdem sie den Südzipfel der Welt umrundet hatten. Sie erreichten die Krabben-Kalmen jedoch nicht, denn auf dieser Halbkugel lag der Breitengrad weit im Inland, und weit weg von der Stelle, wohin die *Eroean* segelte.

Als die Mitte des Herbstes kam, erreichte das Elfenschiff die breite Mündung des Flusses und ging dort vor Anker.

Kriegerschar und Mannschaft säumten die Reling und betrachteten die Küste, die zu sanft geschwungenen, mit üppigem Grün bewachsenen Hügeln anstieg und schier undurchdringlich schien.

»Dschungel«, meinte Dokan. »Meilen und Meilen von Dschungel.«

Nikolai stöhnte. »Das bedeutet jede Menge Moskitostiche.«

»Allerdings«, pflichtete der Fette Jimm ihm bei. »Schwärme von Stechfliegen und Moskitos und Gnitzen und Mücken. Und wenn wir durch Flüsse hindurch müssen, dann erwarten uns auch jede Menge Blutegel.«

»Ihr solltet besser aufpassen, Liss«, meinte Pipper. »Wenn ein Egel sich an Euch hängt, seid Ihr im Nu verschwunden.«

Lissa schüttelte den Kopf. »Nicht, wenn ich an einen Pfeil komme und das Ding damit steche. Dann ist der Egel erledigt, und zwar weit schneller als im Nu.«

Pipper und Binkton beäugten den kleinen Köcher mit den Pfeilen an Lissas Hüfte. Die tödliche Wirkung dieser winzigen Pfeile war legendär. Und Liss hatte ihnen erzählt, wie ihr Vater Alamar gerettet hatte, in dem er einen wütenden Keiler mitten im Angriff niedergestreckt hatte. Innerhalb von Sekunden war das riesige Wildschwein einfach umgefallen, nur einen Augenblick, nachdem der Pfeil getroffen hatte.

»Lasst alle Dingis zu Wasser und haltet Euch bereit«, sagte Aravan zum Langen Tom. »Wir müssen den Fluss erkunden, um herauszufinden, ob die *Eroean* einen vernünftigen Platz zum Andocken findet. Bis dahin werde ich als Valké stromaufwärts fliegen und überprüfen, ob diese alte Straße vom Fluss zur Stadt tatsächlich immer noch existiert. Obwohl ich angesichts der Vegetation stark vermute, dass sie vollkommen überwuchert sein dürfte.«

»Pass auf dich auf, Liebster«, sagte Aylis und umarmte Aravan. Er küsste sie, ließ sie los, und aus einem silbernen Blitz flog ein Falke in die Luft empor.

»Meiner Seel!«, hauchte Pipper.

Binktons Kiefer sackte ein Stück herunter.

Keiner der Bokker hatte bisher gesehen, wie sich Aravan in Valké verwandelte.

»Wie macht er das?« Pipper sah Aylis fragend an.

Sie schüttelte den Kopf. »Das weiß ich nicht, denn es ist *Wildmagie.*«

Binkton hob fragend eine Braue.

»Wie mein Schatten«, erklärte Lissa. »Oder Eure Fähigkeit, ihn zu durchschauen.«

Aylis nickte. »Meine Gabe ist, wie bei allen Magiern, die Fähigkeit, den Aethyr zu nutzen, um Zauber zu wirken. Aravans Transformation jedoch braucht keinen Aethyr, und wenn doch, kann ich das nicht wahrnehmen. Stattdessen benutzt er den Kristall, den er trägt, um sich von Elf in Falken und wieder zurück zu verwandeln.«

»Ich wünschte, das könnte ich auch«, meinte Pipper, während er dem Vogel nachsah.

Aylis schüttelte den Kopf. »Vielleicht solltet Ihr Euch das nicht wünschen, Pip.«

»Warum nicht?«

»Aravan sagt mir, dass er als Valké wirklich ein wildes Tier ist. Er ist kein Falke, der wie ein Elf denkt, sondern ein echter Raubvogel. Deshalb muss er sich vorher darauf konzentrieren, was der Vogel tun soll, um es dann zu bewerkstelligen. Die Gefahr liegt darin, dass er sich vielleicht niemals in einen Elf zurückverwandelt, sondern immer ein Falke bleibt. Ebenso groß ist die Gefahr für den Falken, dass sich Aravan niemals wieder in den Vogel verwandeln könnte.«

»Ihr meint, er könnte auf immer in der Gestalt eines Falken gefangen bleiben?«, fragte Binkton.

Aylis nickte. »Allerdings«, meinte sie etwas bekümmert.

»Oh, Adon«, sagte Pipper, ohne seinen Blick von dem dunklen Vogel zu nehmen. »Das wäre ja schrecklich. Ich glaube, Ihr habt recht, Lady Aylis. Vielleicht möchte ich mich doch nicht in einen Vogel verwandeln können.«

Valké flog den Strom entlang und beobachtete alles mit seinen scharfen Falkenaugen. Schon bald war er aus dem Blickfeld der Zurückgebliebenen verschwunden. Er flog über den Fluss am Rand des Dschungels entlang und sah sich um. Er sah keine Beute, aber er war auch nicht auf Wild aus. Stattdessen dachte er, was einem Falken gar nicht ähnlich sah, dass er alles beobachten und sich alles einprägen wollte, und dann zu diesem schwimmenden Ding mit den großen Bäumen darauf zurückkehren sollte.

Während der Vogel flog, hatte der Lange Tom befohlen, die Dingis zu Wasser zu lassen, und diejenigen ausgewählt, die ruderten und die, welche die Wassertiefe maßen.

Kaum war er fertig, kehrte der Falke zurück und verwandelte sich wieder in Aravan. »Valké hat den Turm erspäht, genauer, mehrere Türme, dort drüben«, Aravan deutete in die entsprechende Richtung, »und zwei Werst stromaufwärts liegt ein steinerner Pier, an dem wir mit der *Eroean* festmachen können, falls der Fluss schiffbar ist. Von dort führt ein Pfad durch die Hügel auf etwas zu, das die Stadt sein muss, obwohl sie vollkommen überwuchert ist. Tom, ich nehme an, dass der Fluss befahrbar ist, da dort ein Pier liegt. Schickt eine Mannschaft los, die unsere Vermutungen überprüft.«

»Besser auf Nummer sicher gehen, würde ich sagen. Ja, Käpt'n, aye«, antwortete der Lange Tom und gab den Männern in den Dingis das Zeichen, loszurudern.

Sie ruderten mehrere Meter voneinander entfernt und zu viert nebeneinander den Fluss hinauf. Dinny, Ebert, Noddy und Wooly saßen in den Bugs der vier Ruderboote, während sie die Lote ins Wasser vor sich tauchten und laut die Tiefe riefen, damit die Matrosen im Heck der Boote sie notieren konnten. Die *Eroean* brauchte selbst voll beladen nur dreiundfünfzig Fuß Wassertiefe, und sollte sie stromaufwärts segeln, würde sie das mit der Flut tun.

Im Kartenraum der Kapitänskajüte versammelten sich Aylis, Aravan, Pipper, Binkton, Brekk und Dokan um den Tisch herum, während Lissa darauf saß. Erneut legte Aylis das Rwn Kreuz auf dem schwarzen Seidentuch. Nachdem sie die Karten eine Weile gemustert hatte, meinte sie: »Die Anordnung ist fast unverändert, und erneut weisen die vielen Schwerter auf kommende Konflikte hin. Und erneut scheint uns hier jemand entgegenzutreten, aber ich weiß nicht mehr als zuvor. Wir müssen sehr vorsichtig vorgehen und uns sehr klug verhalten, falls uns Gewalt entgegenschlägt. Mehr kann ich nicht sagen.«

Erneut hielt sie Aravan das Kartenspiel hin, und er zog eine Karte.

Und wieder war es der Dämon.

45. Kapitel

HINTERHALT

Finstere Absichten

(Frühsommer bis Mitte Herbst 6E9)

Hoch oben am Nachthimmel triumphierte Nunde in seiner körperlosen aethyrischen Wesenheit, als das Elfenschiff von Port Arbalin aus in See stach.

Vielleicht hat Aravan den Köder geschluckt. Wir werden sehen. Wir werden sehen. Aber selbst wenn nicht jetzt, wird er es eines Tages tun. Und ganz gleich, wie lange es dauert, Malik wird auf ihn warten. Immerhin hat er meine Befehle.

Nunde verfolgte die *Eroean* von Weitem, denn er wusste, welchen Kurs das Schiff nehmen musste, wenn es, wie er, Nunde, es geplant hatte, zur Stadt aus Jade segelte.

Als sie nach Süden segelten, machte sich Nunde jedoch Sorgen. Denn wenn eine Katastrophe das Schiff traf, und es auf den Grund des tosenden Südpolarmeeres sinken würde, dann wäre Aravan tot und Nundes Rache entzogen.

Als das Schiff diese gefährlichen Gewässer erreichte, ließ Nunde die *Eroean* nicht aus den Augen, als sie einen wogenden Wellenkamm nach dem anderen nahm, und das aethyrische Herz des Nekromanten hämmerte vor Furcht, dass vielleicht all seine Pläne vereitelt werden könnten, denn Tonnen von eisigem Meerwasser überfluteten das Schiff, und es verschwand unter den Wogen, nur um immer wieder aufzutauchen.

Schließlich beruhigte sich das Polarmeer, und Nunde schrie vor Freude auf, als die *Eroean* Kurs nach Norden nahm und offenbar in Richtung Bharaq segelte. *Ganz sicher wird dieser widerwärtige Aravan dorthin segeln, wohin ich ihn gelockt habe; wusste ich doch, dass er dem Sirenengesang dieses, wie er glaubt, großen Abenteuers nicht widerstehen konnte. Aber er hat keine Ahnung, was dort auf ihn wartet. Mein Plan trägt endlich Früchte.*

Nunde flog rasch voraus, um zu sehen, ob Malik und die Chûn in Position waren.

Sie waren es.

Und sie hatten auch keine andere Wahl. Nunde hatte es schließlich so entschieden.

Die Reise ging weiter, und schließlich sah Nunde, der es jetzt auch wagte, das Schiff am Tag zu beobachteten, wenn auch aus sicherer Entfernung, wie es an der Mündung des Dukong vor Anker ging.

Und dann, aus einem Lichtblitz ... *Was ist das? Sie haben einen dressierten Vogel an Bord? Eine Taube, nein, ein Raubvogel, vielleicht ein kleiner Habicht. Macht nichts, denn er kann nicht ... Oh, warte, vielleicht sieht diese Schlampe von einer Seherin durch die Augen des Vogels. Dennoch, der Dschungel ist dicht, und Malik und die anderen sind gut versteckt. Was auch immer der Raubvogel und die Schlampe vorhaben, es wird ihnen nichts nützen.*

Zwei Nächte später beobachtete Nunde, wie die *Eroean* unter Segeln mit der nächtlichen Flut stromaufwärts glitt. Einen Kerzenstrich später legte das Elfenschiff an dem steinernen Pier an.

Ich habe triumphiert! Ja! Aravan gehört mir!

46. Kapitel

SCHLACHT

Elfenschiff

(Mitte Herbst, 6E9)

Sie brauchten den Rest des Tages und den ganzen folgenden Tag, um den entscheidenden Teil des Flusses auszuloten. Denn sie mussten nicht nur die Fahrrinne finden und ihre Tiefe messen, sondern auch ihre Breite. Und als die Ruderer den steinernen Pier erreichten, mussten sie über die ganze Länge und noch etwas darüber hinaus die Tiefe des Flusses messen, um herauszufinden, ob die *Eroean* dort sicher anlegen konnte, ohne auf Grund zu laufen.

Die Ergebnisse wurden auf einer Karte eingetragen, und in der abendlichen Flut glitt das Elfenschiff nur unter Stays den Fluss hinauf zum Pier, wo die Mannschaft sie vertäute. Die Segel ließen sie gehisst, wenngleich sie auch Leine gaben, sodass sie schlaff herunterhingen, für den Fall, dass sie rasch von dem Pier ablegen mussten. Aber die *Eroean* glich einer schwimmenden Festung mit ihren Speerschleudern und Katapulten, den Armbrüsten mit den tödlichen Bolzen und den Streitäxten der Kriegerschar sowie den Bogen und Pfeilen und Krummschwertern und Enterhaken der Matrosen.

Eingedenk Lady Aylis' Warnung stellten sie jedoch Wachen auf und bereiteten sich für einen Kampf vor, falls sich ein Feind ihnen näherte.

Am nächsten Morgen marschierten Brekk und eine Abteilung Zwerge über die Laufplanke, vorweg Lissa und Vex. Valké erhob sich hoch in sein natürliches Element; denn der Falke war ein Raubvogel, und es wäre gegen Valkés Natur gewesen, tief unter dem Blätterwald und zwischen Zweigen und Ästen des Dschungels zu fliegen.

Aylis, die Seeleute, Dokan und der Rest der Kriegerschar sahen ihnen nach, ebenso wie Pipper und Binkton. Binkton beschwerte sich mächtig: »Was für eine Ratten fressende Entscheidung war das denn? Brekk lässt uns zurück, obwohl wir Kundschafter sind?«

»Recht hast du, Bink«, pflichtete Pipper ihm bei. »Wir sollten bei Liss sein. Ich meine, was nutzt ein Kundschafter, wenn er nicht herausfindet, was vor ihm liegt?«

Dokan räusperte sich. »Angesichts von Lady Aylis' Wahrsagung ist das nur ein schneller Test, um herauszufinden, ob Feinde vor uns sind. Und ein Pysk auf einem Fuchs ist schneller als Waerans zu Fuß.«

»Sicher, aber ...«, wollte Binkton weiter protestieren, aber Pipper fiel ihm ins Wort. »Er hat recht, Bink. Auch wenn es mir gar nicht gefällt, dass wir hierbleiben mussten, Dokan hat recht.«

Valké flog hoch über die Baumkronen des dichten Dschungels hinweg. Gelegentlich erhaschte der Raubvogel einen Blick auf die Kriegerschar am Boden, denn die Zweige und Blätter der großen, mit Schlingpflanzen überwucherten Bäume ließen kaum einen Spalt offen, durch den man blicken konnte, ganz gleich, wie scharf die Augen waren. Und von der Füchsin und ihrer Reiterin sah er gar nichts.

Valké flog zu den Türmen, die nicht weit von ihm entfernt waren, und als er sich ihnen näherte, spürte der Falke eine Gefahr. Worum es sich handelte, konnte der Raubvogel nicht erkennen, er wusste nur, dass dort eine Gefahr lauerte ... irgendwo.

Tief unten rannten Lissa und Vex durch den grünen, feuchten, dichten Dschungel. Die Füchsin suchte flink und im Zickzacklauf ihren Weg. Sie kamen an riesigen Banyanbäumen vorbei, deren breite Zweige in den Boden wuchsen und dort zusätzliche Stützwurzeln bildeten. Waldgiganten erhoben sich weit in den Himmel; ihre gerillten Stämme wirkten wie Pfeiler. Schlingpflanzen wuchsen aus dem feuchten Lehm, schlangen sich um die Stämme und hingen dann wie Seile herunter. Gewaltige Wurzeln schlängelten sich über die Erde, tief in dem dämmrigen Dickicht, dessen Schatten nur ab und an von einem Sonnenstrahl unterbrochen wurde. Winzige Rinnsale sickerten dem Fluss entgegen, verschwanden jedoch in dem durstigen Blätterwald. Schwärme von Gnitzen und Mücken wirbelten umher, immer auf der Suche nach Warmblütern, und ab und an flog ein Vogel hoch oben durch das Laubwerk. Füchsin und Reiterin liefen zwischen Farnen und breitblättrigen Pflanzen hindurch, vorbei an schlanken Bäumen und Schösslingen, die sich mühten, ans Licht zu wachsen. Das Land stieg langsam an, als sich Lissa und Vex den Hügeln näherten und in einem Zickzackkurs hinaufliefen. Doch unvermittelt erstarrte die Füchsin, die Schnauze witternd in die Luft gestreckt.

»Was hast du, Vex?«

Übel, warnte die Füchsin sie mit dem Spiel ihrer Ohren.

»Was ist es?«

Viele Üble.

»Brut?«

Vex nickte, und bestätigte damit, dass die *Spaunen* irgendwo in der Nähe waren.

»Wo ist die Brut?«

Vex hob die Nase in den Wind, der vom Fluss herüberwehte. Dann witterte sie rechts und links. *Vor uns!,* zeigte sie schließlich an.

Irgendwo voraus lag die Brut auf der Lauer, jedenfalls behauptete die Füchsin das.

Lissa wendete die Füchsin und ritt mit ihr auf ihrer eigenen Spur zurück. Sie erreichte bald die Zwerge, die sich langsam durch das Unterholz kämpften. Als er die Fuchsreiterin sah, bedeutete Brekk den Zwergen, anzuhalten.

»Brut«, erklärte Lissa.

»Wo?« Brekk packte seine Streitaxt unwillkürlich fester.

»Vor uns.«

»Wie viele?«

»Das kann ich nicht genau sagen, obwohl Vex meinte, es wären viele.«

Brekk knurrte. »Also ist das die Gefahr, die Lady Aylis in ihren schwertgespickten Karten sah?«

»Vielleicht.«

Brekk nickte. »Gut, Kundschafterin, dann kehren wir, wie geplant, zur *Eroean* zurück, während du dich ihnen näherst und ihre Zahl herausfindest. Aber wage dich nicht zu nah an sie heran, denn die Bogenschützen der *Ükhs* können tödlich sein.«

Ohne ein Wort wendete Lissa Vex und verschwand, während Brekk mit seiner Abteilung zum Schiff zurückmarschierte.

»Ich habe fast zweihundert *Spaunen* gezählt, darunter vier Trolle. Die anderen sind *Rucha* und *Loka*, fast fünfzig. Und es ist ein Mensch bei ihnen, jedenfalls nehme ich es an, denn ich konnte ihn nicht aus der Nähe sehen.«

Aravan nickte, und Lissa setzte sich auf den Tisch.

»Was unternehmen wir wegen der Trolle, Kapitän?«, erkundigte sich Nikolai.

Brekk nickte. »Sie sind die Gefährlichsten in einer Rotte *Grg.* Sie allein könnten uns vernichten.«

»Mit den *Ükhs* und den *Hröks* kommen wir zurecht, und mit dem Menschen auch, aber die Trolle sind eine andere Angelegenheit«, erklärte Dokan.

»Was die Trolle angeht, habe ich einen Plan«, meinte Aravan. »Aber dieser Mensch ... wenn es stattdessen ein Magus ist?«

Alle sahen Aylis an.

»Magier sind durch Schleudergeschosse, Bolzen, Pfeile und Klingen ebenso verwundbar wie alle anderen auch«, meinte die Seherin. »Wir müssen einfach nur nahe genug an sie herankommen, um sie zu überrumpeln.«

»Der König!«, platzte Pipper heraus.

Binkton stöhnte.

»Ich meinte, Bink«, erläuterte Pipper, »dass dieser Mensch oder Hexer vielleicht der König der Schwerter ist.«

Wieder sahen alle Aylis an. »Möglich.«

»Er könnte auch der Ritter der Schwerter sein«, meinte Lissa.

»Also gut«, mischte sich der Lange Tom ein, der zwar bei Aylis Kartenlegen nicht dabei gewesen war, aber alles darüber gehört hatte. »Und wer, bitte, ist dann der König, wenn das der Ritter ist, hm?«

Aylis hob die Hände. »Wir können nicht mit Sicherheit sagen, wer was ist, oder ob die Karten von dieser Person überhaupt gesprochen haben, die sich bei der Brut aufhält, sei es nun ein Mensch oder ein Magus.«

»Ich glaube, es spielt keine Rolle«, meinte Aravan, »ob er König oder Ritter der Schwerter ist. Wichtig ist nur, dass wir mit dieser Bedrohung fertig werden, und dafür habe ich einen Plan.«

»Hoy, Käpt'n«, stieß der Lange Tom hervor, »dass ist mehr als ich haben tue. Denn ich kann nur daran denken tun, wieder wegzusegeln, einen Tag zu warten und uns dann um sie herumzuschleichen.«

»Onkel Arley!«, platzte Pipper heraus.

»Oh, Pip, du elender Quatschkopf!«, fuhr Binkton ihn an. »Was um alles in der Welt ist dir jetzt wieder in den Kopf geschossen?«

»Verstohlenheit und List«, meinte Pipper. »Das hat Onkel Arley empfohlen. Wir sollten ihnen eines zeigen, aber ihnen etwas vollkommen anderes geben.«

Aravan lachte. »Genau das, Pipper, ganz genau das.«

Dann drehte sich Aravan zum Langen Tom herum. »Wer unter unserer Mannschaft ist, außer mir, am schnellsten zu Fuß? Ich brauche vier Leute.«

»James ist schnell.« Der Lange Tom kratzte sich am Kinn und betrachtete den Bootsmann. »Und dann sind da noch Dinny und Noddy und ich mit meinen langen Beinen.«

Aravan schüttelte den Kopf. »Dinny ist zu jung, Tom, Euch brauche ich an Bord des Schiffs, und ich kann nicht das Leben beider Bootsmänner aufs Spiel setzen.«

»Also gut, ich würde sagen, dass James schneller ist als Noddy.«

Aravan sah den Ersten Bootsmann James an. »Seid Ihr bereit, ein riskantes, vielleicht tödliches Abenteuer einzugehen?«

James nickte. »Bin ich, Kapitän.«

»Also gut. James und ich sind zwei. Wer noch?«

Die Planung kostete den restlichen Tag, doch schließlich war alles entschieden.

In der Dunkelheit ruderten Aravan, der Lange Tom und vier Matrosen in einem Dingi von der *Eroean* weg. Sie zogen ein Tau hinter sich her, dessen eines Ende an der Backbordankerwinde der *Eroean* und dessen anderes Ende an der Schaftöse des Ankers selbst befestigt war, der in dem Boot lag. Sie ruderten siebzig Meter stromaufwärts und vielleicht fünfzehn Meter auf den Fluss hinaus, wo Aravan anhalten ließ. Die sechs hoben den schweren Anker über Bord und ließen ihn hinunterfallen. Seine stumpfen, aber schweren Spitzen drehten sich nach unten, als der Anker sank. Nachdem sie auf das Elfenschiff zurückgekehrt waren, betätigten der Lange

Tom und die Matrosen die Ankerwinde, um sich zu überzeugen, dass der Anker sich tief in den Flussboden eingegraben hatte.

Das Tau spannte sich, und die Leinen, die das Schiff an dem Pier hielten, ächzten unter dem Zug, bis die Männer nicht mehr drehen konnten. »Sie ist gut verankert, Käpt'n«, erklärte der Lange Tom. »Das ist sie, wirklich!«

»Also gut, dann sind wir bereit.«

Im ersten Licht des Morgengrauens ritt Lissa auf Vex über die Laufplanke voran, zeigte den Weg, gefolgt von Aravan, James und Finn. Dinny kam als Letzter. Trotz seiner Jugend hatte Dinny Aravan überzeugt, dass er mitkommen und als Köder dienen sollte, denn er war wirklich schnell. Jeder von ihnen hatte einen Bogen und zwei in Öl getränkte Brandpfeile dabei.

An Bord der *Eroean* machte derweil die Kriegerschar die Speerschleudern und Katapulte fertig. Der Lange Tom und andere Seeleute standen mit Enterbeilen an den Halteleinen und den Stays, sollten sie benötigt werden.

Pipper zählte seine Schleudergeschosse und Binkton seine Pfeile, während Aylis, deren Herz vor Furcht um Aravan heftig pochte, mit einem Bogen in der Hand neben ihnen stand.

Die Matrosen, die nichts zu tun hatten, betasteten die Griffe ihrer Krummschwerter, als wollten sie sichergehen, dass die Waffen einsatzbereit waren, oder überprüften immer wieder ihre Bögen und Pfeile ...

... und sie alle warteten, während Aravan und die drei anderen auf dem Pfad im Dschungel verschwanden, während eine Fuchsreiterin den vieren weit vorauslief.

Vex und Lissa schlichen durch das dichte Unterholz, bis sie die *Spaunen* sehen konnten. Der Ruch, der Wache hielt, benahm sich, als würde er die winzige Kundschafterin nicht bemerken.

Lissa betastete einen tödlichen Pfeil. *Es wäre so leicht, aber nein, er muss Aravan und die anderen sehen, denn wir müssen sie alle zum Schiff locken, vor allem die Trolle.*

Lissa wendete Vex und ritt mit ihr verstohlen zu Aravan und den anderen.

»Es sind kaum mehr als dreißig Eurer Schritte, Kapitän«, flüsterte Lissa und deutete in Richtung der Ruchen-Wache.

»Und die Trolle?«

»Sie sind noch weitere zwanzig Schritte entfernt.«

»Und der Mensch?«

»Ihn sehe ich nicht. Soll ich …?«

»Nein, Lissa. Das genügt. Jetzt kehrt auf das Schiff zurück.«

Lissa und Vex verschwanden im Unterholz, während Aravan mit dem Bogen und einem Pfeil den drei anderen zeigte, wohin und wie hoch sie ihre Pfeile abfeuern mussten. Sie hatten alle zwei Pfeile eingenockt, alle, bis auf Aravan, der den Anzünder hielt. Als sie bereit waren, zündete Aravan den in Öl getränkten Lappen an, der um die Pfeilspitzen gewickelt war, die James hielt, und dann entzündeten Aravan selbst und die anderen ihre Brandpfeile daran.

Sie spannten die Bögen, zielten, schrien und feuerten. Die flammenden Pfeile sausten durch die Luft an Schlingpflanzen und Laubwerk vorbei mitten in die aufgebaute Falle.

Die Trolle brüllten vor Schreck, als das Feuer zwischen sie fiel. Hlöks schrien und Rûcks kreischten. Sie klangen wie Schweine.

Aravan, James, Finn und Dinny brüllten immer noch Schlachtrufe, während sie sich umdrehten und flohen. Der Wachposten der Rûcken schrie auf, und wenige Augenblicke später machte sich der schreckliche Mob heulend und auf

Befehl ihres Anführers auf die Verfolgung der Flüchtenden. Denn ihr Hinterhalt war aufgeflogen und das Überraschungsmoment vertan.

Eroean! Eroean!, schrien die vier, während sie über den Pfad rannten. Das Schiff war eine halbe Meile entfernt.

»Spart Euch den Atem für die Flucht auf!«, rief Aravan, als er das Brüllen der Feinde hörte, die sie verfolgten. »Sie werden uns bald auf den Fersen sein.«

»Nicht auf meinen«, rief Dinny, der die anderen abhängte. Sie rannten so schnell sie konnten, bis auf Aravan, der absichtlich die Nachhut bildete.

Die Rûcks und Hlöks brüllten, während die Trolle ihnen mit dröhnenden Schritten folgten, als sie ihre Beute vor sich sahen.

Etliche Rûcks blieben stehen, legten Pfeile mit schwarzen Federn auf die Bögen und schossen. Die Pfeile verfehlten ihre Ziele.

Als die Pfeile zwischen den Rennenden herunterkamen, rief Aravan: »Wenn Ihr noch etwas zuzusetzen habt, wäre jetzt der richtige Moment.«

James lief tatsächlich schneller, aber Dinny, der weit voraus war, wurde langsamer, während Finn sein schnelles Tempo beibehielt.

Die *Eroean* kam in Sicht. Die Leute an Bord jubelten und schrien anfeuernd, doch ihre Schreie verwandelten sich rasch in solche der Angst, als die Verfolger ebenfalls aus dem Dschungel auftauchten.

Die großen Trolle begannen, mit ihren riesigen Schritten die vier zu überholen. Und weitere schwarze Pfeile zischten um die Läufer.

Dann stürzte James zu Boden, von mehreren Geschossen durchbohrt.

Aravan blieb stehen und kniete sich neben ihn.

Die Trolle rannten auf ihn zu.

Aylis schrie vor Angst und feuerte einen Pfeil ab, der jedoch von der steinartigen Haut des Trolls abprallte, während das Geschöpf mit unverminderter Schnelligkeit auf Aravan zulief.

Dinny stürmte die Laufplanke hoch, gefolgt von Finn.

»Kapitän! Kapitän!«, schrien Matrosen und Kriegerschar, während der gewaltige Troll nach Aravan griff und ...

... aus einem silbernen Blitz Valké in den Himmel schoss, mit rasend schnell schlagenden Flügeln. Im selben Moment drehte sich der Lange Tom zu den Matrosen mit den Enterbeilen um. »Jetzt!«

Wumm. Die Äxte durchtrennten die Halteseile, und die *Eroean* schwang langsam durch die Strömung des Flusses und an den Anker stromaufwärts gebunden von dem Pier weg. Die Laufplanke krachte auf die Steine.

Die Trolle stürmten vor, heulend vor Wut, weil ihnen die Beute verwehrt wurde, als diese sich plötzlich in einen Vogel verwandelte, und liefen auf das Schiff zu.

»Halt!«, schrie Brekk seinen Châkka an den Katapulten zu. »Halt, noch nicht.«

Noch während Brekk den Befehl gab, sank Valké auf das Deck herab, doch es war Aravan, der aus dem silbernen Blitz auf den Planken landete.

Im selben Moment kam die *Eroean* ruckend zum Stehen und war jetzt etwas über fünfzehn Meter von dem Pier entfernt, während sie an dem Tau in der Strömung des Dukong hing.

Aravan rief nach Desault, und als der Arzt angelaufen kam, drehte sich der Elf herum, um zu sehen, wo die Rûpt waren. Die ersten beiden angreifenden Trolle hatten den Pier erreicht, und konnten nicht mehr rechtzeitig bremsen. Sie brüllten vor Furcht, als sie über die Steine rutschten und ins Wasser stürzten.

Sie versanken wie Felsbrocken, denn ihre gewaltigen Knochen waren zu schwer, als dass sie hätten schwimmen können. Das Wasser war dort achtzehn Meter tief, und sie klammerten sich an die senkrechte Mauer des Piers, fanden jedoch keinen Halt. Sie kämpften miteinander, versuchten, auf den Rücken des anderen zu steigen, und ertranken, während sie miteinander rangen.

Während die ersten im Fluss ertranken, gelang es dem zweiten Paar Trolle, rechtzeitig zum Stehen zu kommen.

»Los!«, schrie Brekk.

Die Seile der beiden Katapulte knallten, und Feuerbälle krachten auf die Trolle. Sie setzten sie in Flammen. Brüllend und unfähig, das wie Teer klebende, brennende Pech abzuschütteln, rannten die Trolle auf die heranstürmende Horde los.

»Los!«, schrie Dokan.

Wieder knallten Taue, diesmal von zwei Speerschleudern, deren Speere die beiden flüchtenden Trolle durchbohrten, die, immer noch brennend, zu Boden stürzten.

»So viel zu den Trollen«, knurrte Brekk.

Aber sie hatten noch zweihundert *Spaunen* gegen sich.

Desault erreichte Aravan, seine Medizintasche in der Hand. »Seid Ihr verletzt, Kapitän?«

»*Nay*, Desault, aber James ist verwundet, und wir müssen zu ihm, so rasch wir können.«

»Lebt er denn noch?«

»Aye, er lebt noch. Und wenn die *Spaunen* glauben, er wäre tot, dann hat er sogar eine Chance, diese Schlacht zu überstehen.«

Noch während Aravan sprach, zischten schwarz gefiederte Pfeile und schwere Schleudergeschosse auf die *Eroean* herunter. Das Feuer wurde von Pfeilen und Armbrustbolzen erwidert.

Schleudergeschosse gingen auf die Brut nieder, als Pipper wieder und wieder hinter der Reling hochkam und feuerte. »Hab einen!«, schrie er. »Das macht insgesamt sechs.«

»Pah!«, erwiderte Binkton und feuerte einen Pfeil ab. »Ich hab sieben.«

Als Pipper sich wieder duckte und ein weiteres Geschoss in seine Schleuder legte, ließ er den Blick über das Deck gleiten. »Kundschafter!«, platzte er heraus.

Binkton nockte gerade einen Pfeil ein und knurrte gereizt.

»Was ich meinte, Bink, ist: Wo ist Lissa?«

Jetzt sah sich auch Binkton um. »Ist sie nicht mit Vex die Laufplanke hochgekommen?«

»Das glaube ich nicht.«

»Sie muss hier irgendwo sein«, meinte Binkton, aber sein Blick strafte seine Worte Lügen. Er stand auf und feuerte den nächsten Pfeil ab. Er verfehlte sein Ziel.

Gleichzeitig zischten vergiftete Pfeile der Brut zur *Eroean*, und etliche trafen. Matrosen stürzten verletzt auf das Deck und schrien vor Schreck und Schmerz. Anderen wurden von schweren Schleudern die Knochen gebrochen. Desault und sein Helfer rannten hierhin und dorthin, und Aravan und Aylis halfen dem Arzt. Sie stillten die Blutungen, reinigten die Wunden vom Gift und verabreichten allen, die es benötigten, schmerzstillende Tränke.

Die Luft war erfüllt vom Sausen der Pfeile und Geschosse. Die Katapulte sangen, und die Feuerkugeln landeten zwischen den *Grg*, obwohl diese den brennenden Geschossen meist auswichen.

Dann jedoch erhob sich ein jubelndes Gebrüll unter den *Spaunen.*

»Kapitän!«, schrie Nikolai. »Kapitän! Seht, dort!«

Aravan blickte zu der Stelle, zu der Nikolai zeigte.

Aus dem dichten Blattwerk tauchte plötzlich ein brennender Troll auf. Er brannte am ganzen Körper und war von einer Lanze durchbohrt, rappelte sich jedoch trotzdem hoch.

»Was zum ...?« Der Lange Tom starrte die brennende Erscheinung ungläubig an.

Aylis murmelte ein okkultes Wort und betrachtete den zuckenden Troll mit ihrer *Sicht*, während dieser sich unbeholfen bückte, einen riesigen Felsbrocken aufhob und sich damit dem Schiff näherte.

»Aravan, er lebt nicht mehr!«, rief sie. »Es muss ein Nekromant in der Nähe sein.«

»Wo genau?«, erkundigte sich Aravan.

»Ich kann ihn nicht *sehen*. Vermutlich hat er sich vor meiner *Sicht* abgeschirmt.«

Der Troll, dessen brennende Haut knisterte und knackte und grauen Rauch absonderte, taumelte zum Pier.

»Oh, Gralon, aber ich glaube, dass er diesen dicken Stein nach uns werfen tut, das glaube ich!«, rief der Lange Tom. »Er wird uns ein Loch in den Rumpf werfen.«

Die Châkka spannten die Katapulte. »Ladet Steine!«, befahl Dokan.

»Steine?«, fragte ein Châk, während er nach einer großen Granitkugel griff.

»Weder Feuer noch Speere konnten ihn aufhalten!«, knurrte Dokan. »Vielleicht können wir ihn ja in zwei Teile brechen.«

Erneut jubelte die Brut. »Bei Adon, seht doch!«, stieß Pipper an Bord der *Eroean* hervor, als der zweite brennende Troll sich aus dem Unterholz am Strand hochstemmte.

Pfeile und Schleudergeschosse prasselten auf die Kreaturen nieder, konnten jedoch nichts ausrichten.

Dann knallte das Katapult, und eine Granitkugel fegte durch die Luft und traf den brennenden, von einem Speer durchbohrten Troll an der linken Seite seines Bauchs und schlug ihm eine klaffende Wunde. Als das Monster einen Schritt zur Seite taumelte, glitten Eingeweide aus der Wunde und zischten in den Flammen. Doch trotz ihrer brennenden Eingeweide erholte sich die Kreatur und marschierte weiter.

»Wenn Ihr könnt, dann schießt ihm den Kopf weg«, befahl Aravan.

Die Châkka zielten.

Wumm!

»Kruk! Vorbei!«

Während die Brut jubelte und Pfeile auf das Schiff feuerte, trottete der Troll, dicht gefolgt von seinem brennenden, ebenfalls toten Gefährten, auf den Pier, einen Felsbrocken in den Klauen.

»Kapitän, sollen wir das Tau kappen?«

»*Nay*, Nikolai. Sie werden die Steine schleudern, bevor wir wegkommen.«

Wumm, wumm! Zwei weitere Katapulte feuerten. Eines verfehlte sein Ziel, das andere feuerte eine Granitkugel in die Schulter des toten Trolls. Er ließ den Felsbrocken auf den Pier fallen und bückte sich zuckend, um ihn aufzuheben. Der zweite Troll kam indes immer näher.

Das Monster auf dem Pier hob den Felsbrocken hoch, richtete sich auf und hob den Stein über den Kopf, um ihn zu werfen.

»Oh, Himmel!«, schrie Binkton, während er vergeblich einen Pfeil auf die Kreatur abfeuerte. »Er wird uns versenken.«

In dem dichten Unterholz am Fluss blickte Lissa auf ihren letzten Pfeil, dieses kleine Geschoss mit der dunklen, mit Widerhaken versehenen Spitze, die beinahe sofort tödlich wirkte. Sie hatte achtzehn Rûkhs mit ihren Pfeilen niedergestreckt, allesamt Bogenschützen, denn sie waren für das Schiff im Strom gefährliche Gegner.

Sie hatte Aravans Befehl missachtet, obwohl sie, wenn befragt, sagen konnte, dass er ihr ja nur befohlen hatte, zum Schiff zurückzukehren. Das hatte sie auch getan. Aber sie war weit wertvoller an Land als mitten auf dem Strom, wo ihre tödlichen Pfeile den Feind nicht erreichen konnten. Und so war sie auf Vex durchs Unterholz geglitten und hatte achtzehn Feinde getötet. Einige *Loka* und *Rucha* hatten sie gesehen, und sie und Vex waren geflüchtet, schwarz gefiederten Pfeilen ausgewichen und auch den wilden Schlägen von Krummsäbeln und Keulen. Sie hatten jedes Mal ihre Verfolger abschütteln können, denn niemand von den Rûpt war so schnell wie die Füchsin.

Jetzt lauerten Pysk und Füchsin im Dickicht, und Lissa hatte nur noch einen einzigen Pfeil.

Dann hörte sie die *Spaunen* jubeln, und sie riskierte es, sich auf Vex' Rücken zu stellen, damit sie besser sehen konnte.

Ein brennender Troll? Aber er ist doch tot! Wie kann so etwas ...? Plötzlich wusste sie, warum, und gleichzeitig war ihr klar, wer ihr letztes Ziel sein musste. Sie setzte sich auf Vex und gab ihr Befehle.

Die Füchsin glitt durch das dichte Unterholz, witterte, und wieder brandete Jubel von den Rûpt auf. Die Füchsin suchte weiter. Schließlich beugte sie sich vor, als würde sie anstehen. »Geh«, flüsterte Lissa, und die Füchsin schlich weiter.

Sie glitten unbemerkt hinter die Person, die der Hexer sein musste. Lissa hatte nur noch einen Pfeil, und sie würde ihn auf ihn verschießen, Hexer oder nicht. Denn hatte Aylis nicht gesagt: *»Magier sind durch Schleudergeschosse, Bolzen, Pfeile und Klingen ebenso verwundbar wie alle anderen auch. Es ist einfach nur die Frage, nahe genug an sie heranzukommen, um sie zu überrumpeln.«*

Noch während das Wesen den zwei brennenden Trollen einen Befehl gab, und einer der beiden den Stein hob, um ihn zu schleudern, nockte Lissa den Pfeil ein, zielte und feuerte.

Malik starb zwischen zwei Atemzügen und war tot, noch bevor er auf dem Boden aufschlug.

Der Troll auf dem Pier brach zusammen, und der Felsbrocken landete auf ihm und zermalmte seinen Schädel. Der zweite Troll hinter ihm stürzte ebenfalls zu Boden.

Die Toten waren wieder tot.

Der Jubel der Rûpt verstummte, und ein Hlök neben ihrem soeben gefallenen Anführer heulte vor Bestürzung.

Ohne einen Befehlshaber, der ihnen Kommandos zuschrie, wandte sich die ganze Streitmacht der *Spaunen* plötzlich zur Flucht. Die meisten rannten flussaufwärts, einige stromabwärts. In die Stadt aus Jade jedoch lief keiner, denn was darin lauerte, fürchteten sie mehr als den Tod.

47. Kapitel

ATEMPAUSE

Elfenschiff

(Mitte Herbst, 6E9)

Nachdem die Rûpt geflüchtet waren, schickte der Lange Tom Matrosen in zwei Dingis zum Pier, die Haltetaue vom Schiff zum Ufer zogen. Die Männer vertäuten die *Eroean* erneut an dem Pier. Dann rollten sie mit langen eisernen Stangen den toten Troll ins Wasser, der wie ein Stein versank und wie die beiden ertrunkenen Trolle Futter für die Fische wurde, achtzehn Meter tief im Fluss. Nachdem das Schiff vertäut war, ließ der Lange Tom den im Fluss versenkten Backbordanker von der Mannschaft lösen, sodass die *Eroean* wieder an den Pier gezogen werden konnte. Dann jedoch ließ er die Ankerwinde erneut anziehen, bis das Tau zum Anker gespannt war. »Wenn wir den Trick noch mal machen tun müssen, können wir uns am Anker in den Fluss und weg von dem Pier ziehen lassen«, meinte er.

Sobald die Mannschaft an Land gegangen war, schoben sie die Laufplanke wieder zurück, und Aravan und einige Matrosen mit einer Bahre eilten zu der Stelle, an der James gefallen war. Der Bootsmann atmete noch, aber er war bewusstlos. Ein mit Gift bestrichener schwarzer Pfeil ragte aus seinem Rücken heraus. Die Mannschaft legte James vorsichtig auf die Trage und trug ihn zum Schiff. Als sie den Pfad entlanggingen, tauchten Lissa und Vex auf und folgten ihnen über die Laufplanke.

»Wo wart Ihr?«, erkundigte sich Pipper.

»Ich habe *Spaunen* getötet, hauptsächlich Rucha«, antwortete sie.

»Ich habe sieben mit meiner Schleuder erwischt.« Er lächelte, aber das Lächeln erreichte seine Augen nicht. Denn zu töten, selbst wenn es die Brut war, lag ihm nicht sonderlich. »Und Bink hat acht niedergestreckt.«

»Ich hatte zwanzig Pfeile,« sagte Lissa, »aber ich habe einen an einen Troll verschwendet. Er hat die dicke Haut des Trolls nicht durchdrungen.«

»Und Eure anderen Pfeile?«, erkundigte sich Bink.

»Achtzehn Rûpt und ein Hexer«, erwiderte sie.

Binkton starrte die Pysk staunend an. »Achtzehn?«, fragte er, während Pipper herausplatzte:

»Die Trolle!«

»Pip, sie hat gerade gesagt, dass ihre Pfeile deren Haut nicht durchdringen konnten.«

»Nein, Bink, ich meinte, indem Liss diesen Hexer tötete, hat sie die toten Trolle endgültig erledigt.«

»Oh«, meinte Binkton, als er begriff. »Du hast recht, Pip.« Er sah Lissa an. »Ihr habt uns alle gerettet.«

»Der Ritter!«, rief Pipper. Noch während Binkton stöhnte, fuhr er fort: »Ich meine Lady Aylis' Karten. Lissa hat den Ritter der Schwerter gezogen, aufrecht, und Aylis sagte dazu: ›Sieg über einen schrecklichen Feind, in dieser Ausrichtung, aber vielleicht unter großer Gefahr.‹ Verstehst du nicht, Binkton, Lady Aylis hatte die ganze Zeit recht, denn ein Nekromant ist ein schrecklicher Feind.« Er wandte sich an Lissa. »Und dort zwischen all den Rûcks und ihresgleichen wart Ihr tatsächlich in großer Gefahr.«

»Vex hat mich beschützt«, meinte Lissa und sah sich auf dem Schiff um. »Was ist mit den anderen? Wie ist es der Kriegerschar und den Seeleuten ergangen?«

»Einige wurden verletzt«, erklärte Binkton. »Durch Pfeile und Schleudergeschosse. Die meisten Zwerge sind den Geschossen ausgewichen oder waren durch ihre Rüstungen geschützt. Die Seeleute haben die meisten Verwundeten zu beklagen. Desault hat extra Platz unter Deck beansprucht, wo er ein Lazarett eingerichtet hat und die Verwundeten behandelt.«

»Hoffen wir«, meinte Lissa, »dass er sich mit den Pfeilen der Ruchen auskennt. Sie können ganz schön widerlich sein.«

Während Lissa das sagte, meinte Desault, der in diesem Moment unter Deck vorsichtig den Pfeil aus dem Rücken des Bootsmanns zog: »Es ist sehr wichtig, dass wir die Wunden so sauber machen, wie wir können, denn die Pfeile der Rûcken sind giftig und erzeugen eine eiternde Krankheit. Man kann noch Tage, ja sogar Wochen nach der Verletzung sterben. Das Fleisch wird schwarz, und eine schreckliche Fäulnis setzt ein. Ist die Wunde an einem Arm oder einem Bein, können wir das Körperglied amputieren, aber bei der Art von Verletzung, die James erlitten hat, können wir nur warten. Also lassen wir die Wunde bluten und säubern sie dann so sanft wie möglich, auch wenn der Patient Schmerzen leiden wird.« Desault hielt Phiolen mit einer gelben Flüssigkeit hoch. »Dann gießt ihr etwas von dieser Flüssigkeit auf die Wunde.«

Und so halfen Aylis und andere Desault, begleitet von dem Stöhnen der Verletzten, die Wunden zu behandeln. Sie halfen, sie zu säubern, gaben die Tinktur darauf, bandagierten sie und verabreichten den am schlimmsten Verletzten Mohnextrakt, um die Schmerzen zu lindern. Außerdem richteten und schienten sie die Knochen der fünf Seeleute, die von den großen Steinen aus den Schleudern der Brut getroffen worden waren.

An Deck hielten Matrosen Wache, während am Ufer die Zwerge die toten *Grg* auf einen Haufen schichteten und dabei auf die Warnung der Pysk achteten, keinen ihrer Pfeile zu berühren, die möglicherweise aus den *Ükhs* oder dem Nacken des Hexers herausragten. Um den immer noch brennenden Troll zu dem Haufen zu tragen, mussten fast alle Zwerge mit anfassen. Als sie so weit waren, spritzten sie Öl auf die Leichen, und die züngelnden Flammen auf dem Troll setzten den ganzen Scheiterhaufen in Brand.

Schwarzgrauer Rauch quoll zum Himmel empor.

»Wann gehen wir in die Stadt aus Jade?«, fragte Nikolai Aravan.

»Morgen, Nick. Heute Nacht ruhen wir aus und erholen uns.«

Und so wechselten sich in dieser Nacht alle aus der Mannschaft mit Ruhen und Wachen ab, alle bis auf die Verwundeten, von denen einige bewusstlos waren, andere dagegen vor Schmerzen wach lagen. Der Kapitän, Aylis, Lissa, Binkton, Pipper und andere Kameraden gingen zwischen ihnen umher und redeten ihnen tröstend zu.

Währenddessen wurde der Himmel dunkel, und ein Wind frischte auf, als würde ein Sturm aufkommen.

48. Kapitel

WIDRIGKEITEN

Finstere Absichten

(Mitte Herbst, 6E9)

Bei Anbruch der Nacht flog Nunde zufrieden lächelnd in seiner aethyrischen Gestalt von seinem Turm im Grimmwall zur Stadt aus Jade. Malik hatte mittlerweile gewiss triumphiert und Aravans Leichnam aufgebahrt. *Ich werde meinen loyalen und klugen Schüler belohnen, weil er seine Aufgabe erfolgreich bewältigt hat. Doch halt; soll ich ihn für etwas belohnen, was ich selbst geplant habe? Immerhin ist er nur eine Verlängerung meiner eigenen Hand. Ach, warum nicht? Eine Belohnung wird ihn gewiss verwirren, und damit würde ich zu seiner Bestürzung beitragen, was mich wiederum sehr amüsieren wird.* Also flog Nunde zufrieden dem fernen Land entgegen.

Als er näher kam, sah er mit seinem inversen aethyrischen Blick eine dünne weiße Rauchsäule am Strand emporsteigen. Daneben lag friedlich das Elfenschiff vertäut. Menschen und Zwerge hielten Wache, aber sie fürchtete Nunde nicht, denn sie konnten ihn nicht sehen. Nur dieses Flittchen, das mit Aravan zusammenlebte, vermochte es, da es die *Sicht* besaß. Nachdem er vorsichtig das Schiff abgesucht hatte, erkannte er, dass sie nicht an Deck war. Also glitt Nunde tief über das ersterbende Feuer, wo er in der Asche die gewaltigen Knochen eines *Ogh* sah.

Erschüttert flog er zu der Senke zwischen den Hügeln, wo der Hinterhalt geplant gewesen war. Niemand war dort. Wohin waren sie gegangen? Sie konnten sicher nicht ...

Nunde flog rasch zu dem Scheiterhaufen zurück. Er fand in der Asche nicht nur *Ogh*-Knochen, sondern auch ein Medaillon, das Malik getragen hatte. Malik hatte versagt, war gescheitert! Und Aravan war zweifellos noch am Leben!

Wie hatte er die Falle entdeckt? Der Falke! Das musste die Erklärung sein. Diese Schlampe von einer Seherin war mit dem Vogel unter das Blätterdach geflogen, hatte durch seine Augen geblickt und den Hinterhalt bemerkt. Und dieser Narr von einem Schüler hatte irgendwie alle Verbündeten bei diesem Angriff verloren. Vier *Oghi*, hundert *Drik* und noch einmal hundert *Ghoki*: mehr als zweihundert *Chûn* alles in allem! Wie konnte das sein, wo doch das Schiff an dem Pier vertäut lag und so hilflos war wie ein Baby? Dieser Idiot! Dieser Narr! Möge er für immer verrotten! Hoffentlich war er unter unerträglichen Schmerzen gestorben!

Jetzt muss ich tun, was mich selbst *in Gefahr bringt.*

Nunde flog zu seinem fernen Turm zurück, wo er Hunderten von *Drik* befahl, sich zu sammeln. Und in einem orgiastischen Massaker tötete er sie alle, nicht nur, um seine Wut abzukühlen, sondern auch um sein *Feuer* anschwellen zu lassen. Denn was er jetzt tun musste, wozu er von diesem widerlichen *Dolh* gezwungen wurde, war, einen Bann in seiner aethyrischen Gestalt zu wirken, und das kostete unvergleichlich viel Energie. Also mordete er ohne Unterlass, quälte und verstümmelte, und sog die *Lebenskraft* der Brut auf, die er brauchte, um diese Tat zu vollbringen. Aber selbst jetzt, obwohl er vor Macht förmlich geschwollen war, wusste er, dass er es vielleicht nicht überlebte, wenn er dieses *Ding* freisetzte, damit es sich seinem Willen unterwarf. Denn wenn er es nicht wieder einfangen konnte, würde es als Nächstes ihn vernichten.

49. Kapitel

STADT AUS JADE

Elfenschiff

(Mitte Herbst, 6E9)

Der Morgen graute.

Der Lange Tom blickte zu den Windwimpeln an den Masten und musterte den bewölkten Himmel. Dann betrachtete er die schaukelnden Baumwipfel am Uferrand. »Wir bekommen einen Sturm, denke ich, tue ich«, sagte er zu niemandem im Besonderen.

»Aye.« Nikolai musste die Stimme heben, damit der Lange Tom ihn über das Klatschen der Stays hören konnte. »Glaubt Ihr, dass wir heute in die vergessene Stadt gehen?«

»Aye. Der Käpt'n hat es gesagt, hat er, und zwar, sobald die Kriegerschar ihr Frühstück beendet hat.«

Noddy trat zu ihnen. Seine Miene wirkte finster.

»Hoy, Noddy, was ist dir denn über die Leber gelaufen«, fragte der lange Tom, als der frischgebackene Bootsmann die Heckleiter hinaufstieg.

»Ich wollte mit den anderen in die Stadt gehen«, erklärte Noddy.

»Das kannst du nicht, weil James verwundet ist. Ich meine, wir können schließlich das Schiff nicht ohne einen Bootsmann lassen.«

Nikolai nickte bestätigend, aber das tröstete Noddy nicht. »Es sind doch keine Feinde mehr da, nachdem der Hexer und die Trolle erledigt sind, und die Überlebenden der Brut sind alle geflüchtet.«

Nikolai schüttelte den Kopf. »Lady Aylis hat gestern Nacht gesagt, sie glaubt, der Schwarze Hexer war der Ritter der Schwerter. Wenn das stimmt, ist der König der Schwerter immer noch da draußen, und das Schiff muss vielleicht schnell ablegen.«

»Du hast leicht reden, Nick«, meinte Noddy traurig. »Weil du gehen kannst und den Langen Tom und mich hierlässt, nur für den Fall, dass irgendein entlaufener Rûck auftaucht und das Schiff ablegen muss. Wie groß ist wohl die Chance, dass so etwas passiert, eh? Gleich null, würde ich sagen.«

Nikolai lächelte. »Ich erzähle dir alles, was wir sehen.«

»Das ist nicht dasselbe«, meinte Noddy mürrisch.

Was der Lange Tom mit einem zustimmenden Seufzer bestätigte.

Als Aravan und Aylis auf das Hauptdeck traten, sagte Aylis: »Du brauchst meine *Sicht.* Außerdem, da die Kundschafter vorauslaufen und dein blaues Amulett uns warnt, und die Kriegerschar bei uns ist, bin ich ebenso vorgewarnt, sollte Gefahr im Anzug sein.«

Nikolai beugte sich zum Langen Tom. »Diese Schlacht wird der Käpt'n nicht gewinnen.«

»Aye, das wird er nicht tun«, murmelte der Lange Tom.

Aravan warf einen Blick auf den Dschungel, musterte dann Aylis und sah wieder in den Dschungel. »Also gut«, sagte er. »Hol deine Waffen.«

Aylis lächelte. »Die sind bereits an Deck.« Sie winkte einen Matrosen zu sich, der vortrat und Aylis ihren Bogen und einen Köcher mit grün gefiederten Pfeilen reichte.

»Ich glaube nicht, dass wir Kletterausrüstung brauchen«, meinte Binkton, der in die Luke hinabsah, als er die oberste Sprosse der Leiter zum Hauptdeck erreicht hatte.

»Vielleicht aber doch«, kam Pippers Stimme von unten. »Ich meine, Bink, wer weiß schon, was jenseits dieser Schlucht liegt, in der die Brut kampiert hat? Es könnte Klippen und ...«

»Schon gut, schon gut«, meinte Binkton und kletterte an Deck. »Nimm es mit, wenn du willst. Aber ich finde, es ist nur zusätzliches Gewicht.«

Augenblicke später tauchte auch Pipper in der Luke auf. Er trug einen Rucksack und wie sein Cousin ein kleines Horn, um der Schar ein Signal zu geben, falls es nötig war.

»Du hast deine Schleuder und genug Geschosse dabei?«, fragte Binkton, der selbst mit Bogen und Pfeilen bewaffnet war.

»Klar.« Pipper klopfte auf seine Tasche und auf eine Kugeltasche an seinem Gürtel.

»Man kann nie vorsichtig genug sein«, meinte Binkton. »Wie Onkel Arley immer sagte: ›Sei auf alles gefasst.‹«

»Deshalb«, erwiderte Pipper mit überlegenem Grinsen, »nehme ich ja die Kletterausrüstung mit.«

Binkton knurrte und schüttelte den Kopf.

Brekk und Dokan und die Kriegerschar tauchten ebenfalls auf dem Deck auf. Zwanzig von ihnen würden mitgehen, während die restlichen Zwerge auf der *Eroean* Wache hielten, bis auf die zwei Verwundeten, die unter Deck lagen.

Eine Abteilung von neun bewaffneten Matrosen machte sich bereit, die Kriegerschar zu begleiten. Sie waren Lademeister, Fachleute für den Transport und das Verstauen von Waren. Es konnte ja sein, dass man auf etwas stieß, das der Kapitän in den Frachträumen verstauen wollte.

»Wo ist Lissa?« Pipper sah sich um.

»Sie und ihre Füchsin sind vorausgegangen«, erklärte der Fette Jimm. »Sie sind erst vor einer kurzen Weile aufgebrochen.«

»Diese kleine Schleicherin!«, platzte Binkton heraus. »Komm schon, Pip, gehen wir. Es ist mir egal, ob ihre Füchsin schneller ist als wir; wir werden ihr zeigen, was Wurrling-Kundschafter vermögen.«

»Halt!«, befahl Aravan.

Als die Bokker zu ihm herumfuhren, erklärte Aravan: »Ich möchte, dass Ihr zwei Euch nicht weiter als dreihundert Eurer Schritte von der Kriegerschar entfernt. Bleibt wachsam, denn wir wissen nicht, was uns erwartet.«

»Dreihundert ...?«, wollte Binkton protestieren, aber Pipper schnitt ihm das Wort ab.

»Du hast den Kapitän gehört. Dreihundert Schritte.« Er salutierte. »Aye-aye, Sir.«

Als die Krieger und die Matrosen sich sammelten, gingen Pipper und Binkton mit Aravan und Aylis den Laufsteg hinab. Binkton guckte mürrisch, während Pipper ein fröhliches Lied pfiff.

»Eins zwei drei«, knurrte Binkton.

»Was machst du da?«, erkundigte sich Pipper.

»Ich zähle dreihundert verdammte Schritte ab!«, fuhr Binkton hoch. »Ich will nicht zu weit vorausgehen, weißt du! Wo war ich ...? Ach, wie wäre es mit sechs, sieben, acht ...«

Sie gingen weiter, und Binkton zählte störrisch, während Pipper das ungebührliche Verhalten seines Cousins mit einem Seufzen bedachte.

Als Binkton die dreihundert Schritte abgezählt hatte, blieb er abrupt stehen. Pipper ging noch ein paar Schritte weiter, bevor er ebenfalls stehen blieb. Binkton sah durch das Laub zum Schiff zurück. »Huah, ich kann die Mastspitzen noch sehen, aber sonst nichts mehr«, erklärte Binkton. »Es ist schon ziemlich weit weg.«

»Also«, meinte Pipper, »heb mich hoch, dann kann ich sehen, ob die Kriegerschar uns folgt.«

Binkton legte seine Hände zusammen, und Pipper trat in diesen Haltegriff. »Ah, sie setzen sich in Bewegung. Und du hast recht, wir sind schon ziemlich weit weg.«

Er drehte sich um. »Die Bäume liegen direkt vor uns.«

»Zeit, vorsichtig zu gehen«, meinte Binkton, während Pipper wieder auf den Boden trat. Binkton senkte die Stimme. »Wir trennen uns, behalten aber den Pfad im Auge.«

Binkton schlüpfte von dem überwucherten Pfad nach links, während Pipper sich nach rechts in die Büsche schlug. Dann drangen sie weiter in das Unterholz vor. Um sie herum erhoben sich die Giganten des Regenwaldes, deren Stämme von Kletterpflanzen umschlungen waren. Dazu gab es viele Banyanbäume, deren Wurzelwerk das Gewirr über ihren Köpfen noch verstärkte. Aber der Wald war nicht stumm, denn der Wind ließ die Stämme knarren und die Schlingpflanzen schwanken und die Blätter leise rascheln.

Weder Pipper noch Binkton konnten den anderen sehen oder hören, als sie, der eine rechts und der andere links, lautlos vordrangen und sich nur ab und zu vergewisserten, dass sie nicht zu weit von dem überwachsenen Pfad abgewichen waren.

Hinter ihnen folgten die Kriegerschar und die Matrosen. »Selbst mit meiner *Sicht* kann ich die Wurrlinge nicht mehr erkennen.«

»Sie sind sehr verstohlen, Liebste«, erwiderte Aravan. »Ich glaube, keiner von uns wird sie sehen, bis sie sich absichtlich zu erkennen geben.«

»Glaubst du, dass sie diese dreihundert Schritte Abstand einhalten?«

Aravan lachte. »Vielleicht nicht. Ich habe ihnen den Befehl nur gegeben, damit sie nicht vollkommen willkürlich davonlaufen.«

»Glaubst du, das würden sie tun?«

»Pipper erscheint mir manchmal sehr impulsiv, aber ich glaube, dass auch Binkton nicht abgeneigt wäre, und wenn auch nur, um Lissa zu zeigen, dass er und sein Cousin ebenfalls gute Kundschafter sind.«

»Sind sie denn welche?«

»Ich glaube, sie werden irgendwann sehr gut darin sein, aber wertvoller scheinen sie mir als zwei Wurrlinge zu sein, die an Orte gelangen können, an die andere nicht zu kommen vermögen.«

»Du meinst, weil sie Schlösser knacken und verstohlen und listig vorgehen können?«

»Aye. Immerhin wurden sie in diesem Punkt von einem der Besten unterwiesen.«

Binkton erstarrte, denn er hörte trotz des Windes im Wald ein leises Geräusch. Er nockte einen Pfeil ein und trat lautlos hinter einen Baumstamm.

Das leise Geräusch näherte sich ihm, und Binkton stellte sich eine monströse Schlange oder eine schreckliche Raubkatze vor, die sich an ihn anschlich. Er lauschte, und als es näher kam, wusste er, dass es keine Schlange war, denn es glitt nicht, sondern schritt.

Er wartete ...

Es kam näher ...

Bis ...

... es auf der anderen Seite des Baumstamms innehielt.

»Schießt nicht«, sagte eine Stimme. »Ich bin es.«

Binkton atmete aus. »Lissa?«

»Natürlich.«

Binkton trat um den Stamm herum und sah die Pysk mit ihrem Fuchs. »Woher wusstet Ihr, dass ...?«

»Vex hat es mir gesagt.«

»Ah ... klar.«

»Wo ist Pipper?«

Binkton deutete vage nach rechts. »Auf der anderen Seite des Pfades. Irgendwo da drüben.«

»Ich suche ihn. Oder vielmehr, Vex wird ihn für mich finden«, meinte Lissa.

»Was wollt Ihr ihm denn sagen?«, erkundigte sich Binkton. »Und überhaupt, wieso seid Ihr hier und nicht da drüben?« Er deutete auf den Hügel.

»Ich bin zurückgekommen, um zu sagen, dass der Weg frei ist. Niemand lauert in der Senke, obwohl dort Trollkot und anderer Schmutz von der Brut liegen. Es stinkt bestialisch, vor allem für die arme Vex. Und die Stadt liegt ein Stück weiter entfernt.«

»Wart Ihr da?«

»Nicht in der Stadt, nein. Ich habe sie nur gesehen. Vex fühlte sich unbehaglich, aber warum, das konnte sie mir nicht sagen. Was es auch ist, es ist keine Brut.«

»Wenn keine Brut vor uns liegt, gibt es dann einen Grund, verstohlen weiterzugehen?«

»Nicht, bis Ihr die Stadt erreicht, und vielleicht nicht einmal dann.«

»Was habt Ihr vor, Liss?«

»Ich suche Pipper und sage ihm, was ich auch Euch erzählt habe, und dann bringe ich die Nachricht der Kriegerschar. Wo sind sie übrigens?«

Binkton deutet nach hinten. »Etwa dreihundert verdammte Schritte hinter uns auf dem Pfad.«

»Also gut. Ich suche Pipper und erstatte dann Aravan Bericht.«

»Sagt Pip, dass er mich auf dem Pfad treffen soll. Wir gehen in die Stadt voraus.«

Lissa runzelte die Stirn und wollte etwas sagen, aber Binkton kam ihr zuvor. »Wir schaffen das schon.« Also liefen sie und Vex auf die andere Seite des Pfades, während Binkton ihr langsamer folgte. Als er den überwucherten Pfad erreichte, wartete er.

Kurz darauf erschien Pipper, ein Stück weiter als da, wo Binkton stand. Der trottete zu seinem Cousin, und dann gingen sie zusammen nach Osten, unter dem dämmrigen, schwankenden Blätterdach, durch das ein starker Wind toste, während sich darüber ein düsterer Himmel wölbte.

»Und Binkton und Pipper?«

»Sie sind vorgegangen, Kapitän«, erwiderte Lissa. »Der Weg ist frei von Rûpt. Keine Hinterhalte, keine Rotten oder einzelne Meuchelmörder. Ich glaube, es ist sicher, obwohl Vex etwas Bedrohliches in der Stadt wittert, aber was es ist, weiß sie nicht.«

»Ein merkwürdiger fremdartiger Geruch vielleicht?«, erkundigte sich Nikolai.

»Oder die Tatsache, dass diese Stadt tot ist?«, erkundigte sich Wilfard, einer der Lademeister.

Lissa schüttelte stirnrunzelnd den Kopf. »Nein, es ist mehr wie damals, als wir an diesem Atoll um das blaue Loch an Land gingen. Auch damals schien Vex sich unbehaglich zu fühlen.«

Aravan sah Brekk an. »Bleibt wachsam, Waffenmeister!«

Brekk knurrte zustimmend.

Dann richtete Aravan seinen Blick auf Aylis.

»Meine *Sicht* ist aktiviert«, erwiderte sie, ohne dass er sie hätte fragen müssen.

»Dann wollen wir unsere herumwandernden Waerlinga einholen«, meinte Aravan.

»Soll ich versuchen, sie zu überholen, bevor sie die Stadt erreicht haben, Kapitän? Vex ist sehr schnell.«

Aravan schüttelte den Kopf. »Mir will scheinen, dass sie umsichtig genug sind, als die Kundschafter, die zu sein sie sich rühmen.«

Während Pipper ein fröhliches Lied pfiff und ein paar Zeilen sang, schlenderten Binkton und er unter dem Blätterdach des Dschungels dahin und kamen schließlich an den Rand eines verlassenen Platzes. Pipper hörte schlagartig auf zu pfeifen, und nur das Heulen des Windes störte die Stille.

»Wow!«, meinte Binkton. »Nun sieh dir das an!«

Vor ihnen lagen die Ruinen einer verlassenen Stadt. Einige Gebäude standen noch, während von anderen nur noch Trümmer übrig waren. Zerborstene Steine markierten die Straßen zwischen Gebäuden und Geschäften und einigen Tempeln, und sämtliche Bauwerke waren aus dem gleichen Stein gemacht, allerdings in verschiedenen Farben. Schlingpflanzen wucherten zwischen den Steinen und hingen auch über die Fassaden, wie grüne Wasserfälle. Hier und da hatten Bäume Wurzeln geschlagen und waren im Laufe der Zeit riesig geworden. Ihre mächtigen Wurzeln erstreckten sich über die Straßen, gruben sich in die Erde, zerbrachen die Steine oder bogen sie hoch, hatten sie mit unausweichlicher, stetiger Macht zerstört, während sie gewachsen waren.

»Sieh mal, da drüben«, meinte Pipper und streckte einen Arm aus.

Nicht weit entfernt, im Zentrum der Stadt, standen fünf Türme, neben denen alle anderen Gebäude winzig wirkten. Vier von ihnen umringten einen größeren in der Mitte.

»Der mittlere sieht aus wie Lady Aylis Statuette«, erklärte Binkton.

»Andersherum«, meinte Pipper.

»Was meinst du damit?«, erkundigte sich Binkton.

»Es ist genau andersherum«, meinte Pipper. »Lady Aylis' Statuette sieht genauso aus wie der Turm.«

»Habe ich das nicht gerade gesagt?«

»Nein, Bink, du hast es andersherum gesagt.«

»Habe ich nicht.«

»Hast du wohl.«

Zankend marschierten sie weiter, zwischen den Ruinen hindurch zu den Türmen, während der Himmel über ihnen toste, und der Wind über die Steine, die Wände und um die Ecken pfiff und heulte, als hätten sich Tausende von Geistern in den Spalten der Zeit verirrt.

»Jade«, erklärte Brekk. »Dieser Stein. Es ist alles aus Jade.«

Aravan und Aylis hatten mit Lissa, der Kriegerschar und den Matrosen den Rand der Ruinenstadt erreicht.

»Die ganze Stadt besteht aus Jade?«, erkundigte sich Lissa, während sie sich vorbeugte und Vex beruhigend über den Hals strich. Die Füchsin zeigte ihr, dass sie diesen Ort schleunigst verlassen sollten, obwohl sie nicht wusste, warum es hier so unbehaglich war.

»Wenigstens dieser Teil«, bestätigte Brekk.

»Aber die Steine sind nicht alle grün«, widersprach Nikolai.

»Jade hat viele Farben«, erklärte Aylis. »Grün, gelb, weiß, grau, schwarz, orangefarben, und sogar blassviolett.«

Brekk nickte zustimmend.

»Wo wir gerade von Grün sprechen ...« Nikolai streckte den Arm aus.

»Der Turm!«, stieß Lissa hervor.

»Vermutlich werden wir dort auch Binkton und Pipper finden«, erklärte Aravan und sah die Pysk an. »Geht voran.«

Während Lissa und ihre zögernde Füchsin die Vorhut übernahmen, machte Brekk Zeichen nach rechts und links. Die Zwerge bezogen Positionen auf den Flanken, und dann setzte sich die Gruppe in Bewegung, die Streitäxte, Armbrüste, Bogen und Krummschwerter in den Händen. Nur Aravan war mit einem Speer bewaffnet.

Der heftige Wind wehte Pipper das schulterlange blonde Haar um das Gesicht. »Er hat keine Tür«, erklärte er, nachdem sie den mittleren Turm einmal umkreist hatten, der zwischen den anderen vier Türmen in der Mitte des Platzes stand.

»Keine Türen, Pip? Das ist dir wirklich aufgefallen?«, meinte Binkton spöttisch und grinste. »Gut aufgepasst.«

Pipper sah an dem glatten, scheinbar nahtlosen Stein hoch. »Wie ist dann jemals einer hier hineingekommen?«

»Vielleicht sollte das ja gar keiner«, meinte Binkton.

Pipper strich mit den Fingern über die blassgrüne perlmuttfarben schimmernde Oberfläche. »Ich glaube, dass ich das nicht einmal mit unserer Kletterausrüstung schaffe.«

»Ich habe dir ja gesagt, dass sie nur zusätzliches Gewicht ist«, erklärte Binkton selbstgefällig.

Pipper sah zu einem angrenzenden Turm hinüber. »Der dort hat eine Tür. Vielleicht gibt es ja einen Geheimgang von den vier Türmen zu diesem hier.«

Binkton seufzte. »Warten wir auf ... Oh, da kommt Liss.«

»Da seid Ihr ja«, begrüßte die Pysk sie. »Ich glaube, der Kapitän ist nicht sonderlich erfreut, dass Ihr nicht gewartet habt.«

»Ups«, meinte Pipper und sah Binkton an.

»Das ist bereits Schnee von gestern«, meinte Binkton und sah in die Richtung, aus der Lissa gekommen war. »Wo ist der Kapitän?«

»Er ist mit den anderen auf dem Weg.« Die Pysk deutete mit dem Daumen hinter sich.

Vex wimmerte.

Lissa tätschelte der Füchsin den Hals. »Ist schon gut, Vex.«

»Was hat sie denn?«, erkundigte sich Pipper.

»Wie ich Euch schon auf dem Pfad sagte«, antwortete Lissa, »ist da etwas in der Stadt, das sie beunruhigt.«

»Vielleicht wittert sie etwas, das wir nicht riechen können«, spekulierte Pipper.

»Nein, es ist kein Geruch«, meinte Lissa. »Aber was es ist, kann sie mir nicht begreiflich machen.«

Pipper sah sich um, als suchte er verborgene Feinde. »Vielleicht ist es dieser verdammte Wind«, meinte Binkton, »der um die Ecken heult. Oder diese Dunkelheit mitten am Tag. Ich denke, wir bekommen einen Sturm, und Vex weiß es.«

»Armhaare!«, platzte Pipper heraus.

»Was zum …?«, fuhr Binkton hoch, aber Pipper unterbrach ihn. »Ich meine, manchmal, wenn ein Sturm aufzieht, richten meine Armhaare sich auf. Dann gibt es einen Blitz, es donnert, und der Himmel wird hell.«

Binkton sah Pipper an. »Und was hat das mit dem hier zu tun?«

»Nun, Vex hat ihre Haare gesträubt und …«

»Ich glaube nicht, dass der Sturm der Grund ist, Pip«, fiel Lissa ihm ins Wort.

»Oh.« Pipper dachte nach. »Warum warten wir nicht einfach hier, bis die anderen kommen?«

Lissa wendete die Füchsin. »Ich sage dem Kapitän, wo Ihr seid.«

Als die Pysk auf der Füchsin davonritt, setzten sich Pipper und Binkton auf zwei grüne Jadequader, und Pipper sah sich erneut suchend um. Was er suchte, wusste er selbst nicht.

Lissa, Aylis und Aravan betraten, umringt von der Kriegerschar und den Matrosen, den zentralen Platz. »Da sind sie«, knurrte Brekk und deutete auf die Bokker. Pipper stand auf und trottete auf die Gruppe zu, während Binkton etwas langsamer folgte.

Im selben Moment wurde Aravans steinernes Schutzamulett eiskalt, und Aylis blickte zu dem grünen Turm in der Mitte hoch. Sie rang entsetzt nach Luft. »Aravan, etwas … etwas Dunkles in meiner *Sicht* ist gerade in diesen Turm …«

Bevor sie zu Ende berichten konnte, was sie *gesehen* hatte, explodierte eine gewaltige Menge aethyrischer Energie aus den Öffnungen des Turms. Aylis schützte ihre Augen und wandte ihr Gesicht ab, als eine gewaltige Wolke aus Dunkelheit aus dem Turm quoll und sich auf sie hinabsenkte. *»Châkka shok, Châkka …!«*, schrie Brekk, während Aylis ausrief: »Oh, Adon, es ist nicht lebendig …« und Aravan seinen Speer hob und schrie: »Passt auf …!«

Im nächsten Moment umhüllte die Dunkelheit sie und erstickte ihre Worte. Sie erfasste alle Zwerge, alle Matrosen, Aravan, Aylis, Lissa, Vex und am Rand auch noch Pipper.

Sie sanken auf die Knie, stürzten zu Boden und schrien, als ein unerträglicher Schmerz sie peinigte.

Doch in dieser Qual, umhüllt von Schmerzen, auf den Steinen, gelang es Aravan, seine Hand auszustrecken und die von Aylis zu nehmen, bevor die Qualen ihn überwältigten.

Noch während Binkton auf Pipper zulief, sah er mit seinem Wurrling-Blick in dieser schwarzen Wolke eine schreckliche Form, wie eine monströse, sich windende Schlange aus Schwärze, die auf einen der Seeleute sank. Der Mann kreischte und wand sich, als würde ihm das Leben ausgesogen, und währenddessen wuchs die Schwärze.

Binkton griff nach Pipper und ...

»Ahh!« Er schrie vor Schmerzen, als seine Hand den Schatten berührte, und er zuckte zurück. Aber Pipper schrie vor Qualen. Binkton biss die Zähne zusammen, griff erneut in den Schatten, erwischte Pippers Knöchel, während er vor Pein schrie, und ließ sich zurücksinken, ohne seinen Cousin loszulassen. So zog er Pipper aus diesem *Ding* heraus. Dann saß er schluchzend da, während Menschen und Zwerge und eine Pysk und ihre Füchsin und eine Seherin und ein Elf sich in unerträglichen Qualen wanden.

Dann löste sich diese schwarze Form von dem Matrosen, der regungslos liegen blieb, und glitt zu einem anderen. Erneut umschlang sie ihr Opfer und saugte ihm seine Lebensenergie aus.

Binkton packte Pipper und schüttelte ihn. »Komm schon, Pip, komm, wach auf! Es bringt sie alle um.«

Pipper öffnete erschöpft die Augen. »Was ...?« Dann fuhr er hoch. »Was ist los?«

Binkton drehte ihn herum. »Sieh doch nur! Oh, Adon, sieh doch!«

»Oh nein, nein!«, schrie Pipper. Er sprang auf und wollte zu den anderen laufen, die auf dem Boden lagen. Aber Binkton riss ihn zurück. »Wir können nicht in den Schatten gehen! Er ist tödlich!«

»Tödlich?«

»Er hatte dich gepackt, Pip. Sieh hin, schau dir das Ding in der Mitte an!«

Pipper drehte sich um und sah hin. »Oh, Elwydd!«, schrie er. »Was ist das? Adon, bei Adon! Es bringt sie um.«

»Was sollen wir tun, Pip? Was sollen wir tun?«

Der Knoten aus Schwärze ließ von dem toten Matrosen ab und senkte sich auf einen Zwerg.

»Wir können nicht zulassen, dass es weitermacht«, schrie Pipper. »Was ist das? Woher kommt es?«

Binkton sah sich um, und sein Wurrling-Blick folgte einem dunklen verdrehten Strang, der von dem *Ding* zur Spitze des zentralen Turms führte. »Da!«, schrie er. »Pip, es kommt von da!«

»Wir müssen da hinauf!«, schrie Pipper. »Vielleicht können wir es dann irgendwie aufhalten!«

»Aber wie? Der Turm hat keine Tür!«, schrie Binkton über das entsetzliche Schreien der Opfer und das Heulen des Windes.

Pipper streifte hastig den Rucksack ab und zog Seil und Greifhaken heraus.

»Er ist zu hoch!«, jammerte Binkton.

»Wir gehen zu dem anderen Turm«, rief Pipper, »dem mit der Tür.«

Die schwarze Form in der Dunkelheit ließ von dem toten Zwerg ab und glitt zu einem Seemann, umschlang ihn und begann, auch dessen Lebensenergie auszusaugen. Doch gleichzeitig erhob sich Kalor, ein Nachkomme von Brega, Brekkis Sohn, auf ein Knie, während er vor Schmerzen schrie. Dann hob er seine Streitaxt, brüllte vor Schmerzen und schwang sie gegen den schwarzen Kern in den Schatten. Aber die Klinge glitt widerstandslos und wirkungslos hindurch. Das *Ding* jedoch stürzte sich auf seinen Angreifer und saugte ihm all seine Lebensessenz aus.

Pipper und Binkton rannten zu dem Turm mit der Tür. Binkton drückte die Klinke herunter. »Abgeschlossen!«, schrie er und zog den Draht aus seinem Gürtel.

Der Wind heulte durch die Straßen der Stadt aus Jade, schrillte um die Ecken, fuhr kreischend über Wände und heulte durch zerborstene Fenster.

Das *Ding* in dem schwarzen Nichts saugte einen weiteren Zwerg aus, während die zukünftigen Opfer nur schrien; sie hatten keine Ahnung, dachten nichts, sahen nichts ... und konnten nichts tun als nur schreien.

»Schnell, Bink, beeil dich!«

»Halt die Klappe!«, fuhr Binkton ihn an, bog den Draht anders und versuchte es erneut.

Ein weiterer Zwerg starb, bevor Binkton Erfolg hatte. Doch schließlich gab das Schloss nach, und er und Pipper konnten keuchend und knurrend gemeinsam die Steintür aufstemmen.

Das Innere des Turms war bis auf eine Wendeltreppe vollkommen leer.

»Komm schon!«, schrie Pipper. Sie rannten hinauf, immer weiter hinauf, bis sie ganz oben zu einer Falltür aus Jade kamen. Es gelang ihnen, sie gemeinsam aufzustemmen und zurückzustoßen.

Sie stiegen auf ein flaches Dach mit niedrigen Zinnen rundum und liefen an den Rand, der dem zentralen Turm am nächsten lag. Sie sahen in ihm vier Öffnungen, die nächste war etwa fünfzehn Meter entfernt.

»So weit kann ich nicht werfen!«, sagte Pipper.

»Gib es mir«, sagte Binkton.

Während der Wind heulte und die dunklen Wolken zu kochen schienen, und ein *Ding* unter ihnen einem weiteren Zwerg das Leben aussaugte, wirbelte Binkton den Greifhaken um den Kopf. Er hatte das Seil kurzgefasst, während Pipper das andere Ende des Seils aufgerollt hielt, damit es den Flug des Hakens nicht behinderte.

Binkton warf.

Zu kurz.

Rasch rollte er das Seil auf, wirbelte den Haken erneut um den Kopf und ließ los.

Der Haken prallte gegen die Seite des Turms und fiel hinab.

Erneut rollte Binkton das Seil auf, wirbelte es um den Kopf und schleuderte es hinüber. Diesmal flog der Haken durch eine Öffnung.

Pipper zog das Seil straff und sah sich um. »Oh, Adon!«, rief er. »Es gibt hier nirgendwo eine Möglichkeit, das Seil festzubinden!«

»Doch«, erwiderte Binkton. Er nahm das Seil, wickelte es sich zweimal um die Taille und legte sich dann mit dem Rücken auf das Dach, die Füße gegen die Zinnen gestemmt. Das Seil wurde straff. Er sah Pipper an. »Ich hoffe, ich kann es halten.«

»Vergiss nicht, Binkton, deine Karte, die du für Lady Aylis gezogen hast, war Stärke.«

»Oh, Pip, der Wind ... er ist ...«

»Und meine war der Narr!«, schrie Pipper und trat auf die Zinnen. »Ich muss eine Entscheidung treffen, und das habe ich getan.«

Er schätzte die Kraft des Windes ab und trat auf das Seil.

Als das Seil Pippers Gewicht aufnahm, knurrte Binkton, biss die Zähne zusammen und stemmte sich mit aller Kraft gegen die Zinnen. Seine Beine zitterten vor Anstrengung.

Pipper rannte über das Seil und betete zu Elwydd und Adon, dass Onkel Arleys Training an den Kiefern ihm jetzt zugutekam. *Keinen falschen Schritt, Pip, keinen falschen Schritt!* Der heulende Wind riss an ihm, als wäre er eine Kreatur, die ihn in den Tod stürzen wollte, auf die Jadesteine weit unten.

Währenddessen bewegte sich das schwarze *Ding* in dem Schatten unter ihm zum nächsten Seemann, während daneben Lissa kreischte und eine jaulende Vex sich wand.

Pipper verlor das Gleichgewicht, als er den Bogengang des Turms erreichte, aber mit einem letzten Satz packte er den Sims und zog sich hinein. Er sprang zu Boden und sah sich um. Doch die schattige graue Gestalt, die zusammengesunken an der anderen Wand lehnte, erblickte er nicht. Es war ein Astralwesen, ein aethyrisches Selbst, das sich zu sehr verausgabt hatte, als es die tödliche Kreatur freisetzte, dieses *Ding*, das gerade einem Menschen das Leben ausgesaugt hatte und sich jetzt auf die Pysk stürzte.

Aber hoch oben in dem Turm sah Pipper eine Urne auf einem hohen Podest stehen. Nur, was hatte sie mit ...? In dem Moment erblickte er mit seiner Wurrling-Sicht den dunklen verdrehten Faden, der von der Urne hinaus auf den Platz unter den Turm führte.

Pipper lud ein Geschoss in seine Schleuder; er sah die astrale Gestalt nicht, die sich aufrappelte und zu der Öffnung schlurfte, und er hörte auch den panischen aethyrischen Schrei nicht.

Die Schwärze unten auf dem Platz ballte sich zusammen und flog zu der Öffnung hoch oben im Turm hinauf.

Pipper wirbelte die Schleuder um den Kopf und ließ dann das Geschoss fliegen. Im selben Moment wurde er von Dunkelheit umhüllt und erlitt unerträgliche Qualen.

Aber das Geschoss flog durch die Luft und zerstörte die wundervolle mit Runen verzierte Vase, aus der die Asche eines tödlichen Geistes aufstieg.

Der heulende Wind fegte diese Asche empor, wirbelte sie aus dem Turm, verteilte sie überall, wehte die einzelnen Ascheflocken davon, den schon lange toten Staub. Der Geist wimmerte, während sein unnatürliches Leben im Sturm erlosch.

Pipper wurde ohnmächtig, und die unerträglichen Schmerzen ließen nach.

Und während ein aethyrisches Astralwesen zu einem Turm in einem weit entfernten Gebirgsmassiv flüchtete, riss der Himmel auf, und eine wahre Sintflut prasselte auf die lange verschollene Stadt aus Jade hinunter.

50. Kapitel

FLUCHT

Finstere Absichten

(Mitte Herbst, 6E9)

Nunde verbrauchte fast seine gesamte restliche Essenz, nur um seinen Schlupfwinkel im Grimmwall zu erreichen. Es war sehr knapp, denn er hatte zu viel seiner gestohlenen und auch seiner eigenen *Lebenskraft* verbraucht, nur um den Geist freizusetzen. Ganz sicher hatte er nicht genug *Essenz* zurückbehalten, um den Schatten wieder einzukerkern, und er wusste, dass sich dieses Ungeheuer, sobald es mit Aravan und seiner Gruppe fertig war, auf ihn, Nunde, stürzen würde. Noch während er seine Kraft gesammelt hatte, um zurück zu seinem Turm zu flüchten, wo er mehr Chûn töten und ihr *Feuer* in sich aufsaugen würde, genug, um das Ungeheuer zu besiegen, war dieser Narr von einem Wurrling in das Heiligtum des Jadeturms getreten.

Als der Nekromant gesehen hatte, wie der Wurrling die Schleuder lud, um die Urne zu zerstören, war ihm klar geworden, dass nur der Schatten den Eindringling stoppen konnte. Nunde hatte eine Warnung geschrien und damit sein eigenes Leben riskiert. Aber der Wurrling hatte Erfolg gehabt, und obwohl Aravan höchstwahrscheinlich tot war, hatte sein Flittchen vielleicht überlebt. Nunde konnte nicht riskieren, dass diese Hure von einer Seherin herausfand, wer er war, sonst würde sie ihm Legionen von Magiern auf den Hals hetzen, und er würde den Rest seines Lebens auf der Flucht verbringen.

Also war Nunde geflohen, in seinen eigenen Körper zurückgekehrt, und rang jetzt mühsam um Atem, während er in seinen sicheren Gemächern ruhte, sicher vor *Ghoki* und *Driki* und *Oghi* und allen anderen *Chûn*, von denen jeder Einzelne den günstigen Moment nutzen und ihn umbringen würde, denn er war ja noch so schwach.

Es war ein gebrechlicher, stark gealterter Nekromant, der sich jetzt von seinem dunklen Thron erhob, zu seinem Bett schwankte und dort zusammenbrach. Morgen würde er viele *Drik* schlachten und ihnen ihr *Feuer* entreißen, um seine Jugend und seine Essenz wiederzuerlangen. Jetzt jedoch war er vollkommen ausgelaugt und brauchte Ruhe. Er fiel in einen tiefen, schwarzen und traumlosen Schlaf.

51. Kapitel

WUNDEN LECKEN

Elfenschiff

(Mitte bis Ende Herbst, 6E9)

Aravan erwachte in strömendem Regen, während jemand in weiter Ferne schrie und ein Fuchs neben ihm jaulte. Langsam rollte er sich auf die Seite und sah Aylis, die wie tot dalag. Er fuhr hoch, kroch zu ihr und nahm sie in die Arme. *Sie atmet!* Er sah sich um. Die Zwerge lagen herum wie Kegel, ebenso die Matrosen. Brekk bewegte sich jedoch, ebenso wie andere Angehörige der Kriegerschar. Überall schien Wasser zu fließen, und Vex leckte winselnd das Gesicht von Lissa. Die Pysk rührte sich nicht. Aravan sah sich um und versuchte, herauszufinden, wer da eigentlich schrie.

Auf der Spitze eines Turms, aus dessen Abflüssen das Wasser rauschte, sah er Binkton. Der Wurrling schien am Rand einer Zinne zu stehen und hielt ein Seil, das sich lose zu einer der Öffnungen hoch oben in dem zentralen Turm spannte. Aravan begriff, dass Binkton nach Pipper rief, aber das Heulen des Sturms und der prasselnde Regen übertönten alle Worte.

Aravan sah auf Aylis herab. Ihre Lider zuckten, aber sie wurde noch nicht wach.

Brekk richtete sich auf die Knie auf, packte seine Doppelaxt und sah sich finster nach Feinden um. Aber er sah nur tote Zwerge und Seeleute. Dann richtete er seinen Blick auf Aravan. »Kapitän?«

»Kümmert Euch um die anderen«, meinte Aravan, während er Aylis umklammerte. Der kalte Regen prasselte auf ihr Gesicht, und er beugte sich vor, um sie zu schützen, aber es war, als versuchte er, sich gegen eine Flut zu stemmen.

Während Brekk sich langsam zwischen den anderen bewegte, kamen einige zu sich.

Es regnete unaufhörlich.

»Sucht uns einen Unterschlupf«, meinte Aravan. »Einer dieser Türme dürfte genügen.«

Brekk sah sich um. »In dem einen Turm ist eine Tür geöffnet.« Er blickte hoch. »Und was macht Binkton da oben auf dem Dach?«

»Ich weiß es nicht«, meinte Aravan, der sich mit Aylis in den Armen erhob.

Nikolai kam ebenfalls zu sich und kniete sich hin.

Aravan blieb neben seinem Stellvertreter stehen. »Kümmert Euch um Lissa, Nick.« Er deutete mit einem Nicken auf die Pysk. »Bringt sie in den Turm, in den auch ich gehe.« Aravan trug Aylis über die Schwelle in den Turm.

Nikolai stand auf und ging zu Lissa, neben der Vex stand und jaulte. »*Aylos* Garlon!«

»Was ist denn?«, erkundigte sich Brekk.

»Seht Ihr nicht?«

Brekk sah genauer hin. Die Pysk lag auf einem gelben Jadestein, der mit metallischen Streifen gemasert war.

Verwirrt sah Brekk zu Nikolai hoch. »Ich verstehe nicht ...«

»Lissas braunes Haar ist jetzt goldblond«, sagte Nikolai, während er sich hinhockte und die Pysk in die Arme nahm. Er drückte sie an die Brust, um sie vor dem Regen zu schützen, und ging mit ihr in den Turm, begleitet von Vex, während ein erstaunter Waffenmeister ihm nachsah.

Der Regen rauschte immer noch vom Himmel, und Brekk schickte Bruki hinauf in den Turm, damit er nachsah, warum

Binkton so schrie. Manchmal blickte er hoch, und eine Weile später sah er, wie Binkton sich an dem Seil zum zentralen Turm hinüberhangelte. Dann erblickte der Waffenmeister Bruki, der am Rand der Zinnen stand, und das Seil um seine Taille geschlungen hatte.

»Pip, Pip, wach auf, Pip!«, rief Binkton, der bis auf die Haut durchnässt war und seinen Cousin an sich drückte.

Pipper stöhnte, wurde aber nicht wach.

»Komm schon, Pip, komm.« Binkton streichelte Pips Gesicht, und seine kalten Hände schienen den Bokker endlich zu wecken. Also zog Binkton ihn zu einer der Öffnungen, wo der Regen im Wind wirbelte.

Pipper keuchte und wachte auf. »Oh, Bink. Ich hatte einen schrecklichen Traum. Da war diese Dunkelheit und ...« Er sah sich um. »Es war kein Traum, stimmt's? Meiner Seel ...« Angst zuckte über sein Gesicht, und er setzte sich hastig auf. »Wir müssen hier ...!«

»Nein, Pip, schon gut«, beruhigte Binkton ihn und drückte ihn sanft zurück. »Du hast das *Ding* getötet. Es ist weg, vom Winde verweht.«

»Es ist weg?«

Binkton lächelte und nickte.

»Tot?«

»Vom Winde verweht.«

»Gut«, erwiderte Pipper. »Aber sag, wie bist du hierhergekommen?«

»Über das Seil.«

»Aber du konntest es doch nirgendwo festbinden.«

»Bruki hält es«, meinte Binkton und ließ Pipper los.

Sie standen auf. »Sollen wir jetzt von hier verschwinden?«

»Ja«, meinte Binkton. »Aber pass auf, das Seil ist nass und glitschig.«

»Acht Châkka und fünf Menschen, Kapitän«, meinte Brekk. »So viele hat dieses *Ding* getötet.«

»Wo liegen sie?«

»Wir haben sie aus dem Regen geschafft und in ein anderes Gebäude gelegt, ein niedrigeres mit einem Dach.«

Aravan nickte und betrachtete die Überlebenden. Brekk sah Aylis an, die neben Lissa kniete. »Weißt du, was dieses dunkle Ding war?«

»Ein Geist, glaube ich«, erwiderte Aylis. »Manche nennen es auch einen Schatten.«

»›Nur Schatten, und nur diese, hausen jetzt noch darin‹«, zitierte Aravan den Satz von der Tontafel, die sie in den Archiven von Caer Pendwyr gefunden hatten.

Pipper und Binkton waren von dem Turm heruntergekommen, indem sie sich an dem Seil entlanggehangelt hatten. Jetzt saßen sie zitternd vor Kälte da, und Pipper zitierte die Inschrift der Statuette:

»Dreimal träumte ich den Traum
Dass ich der Stadt aus Jade entfloh
Wo jetzt nur Schatten hausen.«

Er sah Aravan an. »Vielleicht hätten wir auch fliehen sollen.«

Noch während Aravan finster nickte, schüttelte Aylis den Kopf. »Es war eine aethyrische Wesenheit, die den Schatten freigelassen hat.«

Alle, die ihre Worte hörten, sahen sie erstaunt an. »Eine aethyrische Wesenheit?«, fragte Aravan.

»Aye. So wie ich eine aethyrische Astralform annahm, um die Schwarze Feste zu erkunden, hat jemand den Turm betreten und den Schatten auf uns gehetzt.«

»Wer?« Binktons Augen funkelten vor Wut.

»Der König«, meinte Pipper, und als Binkton ihn gereizt ansah, führte er aus: »Der König der Schwerter.«

Aylis sah den Wurrling an. »Sehr wahrscheinlich, Pipper. Höchstwahrscheinlich.«

»Kapitän.« Nikolai kniete neben Aylis bei Lissa. Sein Gesicht wirkte ebenso besorgt wie das der Seherin. »Die Kleine, sie wacht nicht auf.«

»Wir müssen zum Schiff zurück«, erklärte Aravan. »Dort ist es warm, es gibt Nahrung, und wir können uns erholen. Außerdem kann sich dort Desault um sie kümmern.«

»In diesem Regen, Kapitän?«, erkundigte sich William, einer der Lademeister.

Aravan sah die zitternden Wurrlinge an. »Wir müssen. Der Wald ist nass, und selbst wenn wir Holz finden, ist nicht sicher, ob wir damit ein Feuer entzünden können.«

»Im schlimmsten Fall ist es unmöglich«, meinte Binkton.

»Und in dieser Stadt aus Stein gibt es kein Holz«, sagte Tarley.

»So weit ist es nicht«, meinte Pipper, »und außerdem schützt uns das Laubdach vielleicht vor dem schlimmsten Regen.«

Aravan sah die anderen der Reihe nach an. »Wir kehren zurück, sobald der Sturm nachgelassen hat, und werden dann unsere Gefallenen anständig bestatten.«

»Stein oder Feuer«, verkündete Brekk. »Nichts anderes.« Dann zog er seine Kapuze über den Kopf, und die überlebenden Zwerge folgten seinem Beispiel.

So marschierten sie alle zurück zur *Eroean.* Nikolai trug Lissa, und Vex lief neben ihm her.

Pipper hatte recht. Das Laubdach schützte sie vor dem Regen, obwohl der Weg knöchelhoch unter Wasser stand, und das Prasseln des Wassers jedes Gespräch unmöglich machte. Es war eine grimmige, durchnässte Gruppe, welche die Laufplanke hinaufmarschierte.

Vex mitgezählt waren fünfunddreißig zur Stadt aufgebrochen, und nur zweiundzwanzig zurückgekehrt.

Nachdem alle sich aufgewärmt, gegessen und trockene Sachen angezogen hatten, rief Aravan die Mannschaft zusammen und schilderte ihnen die schrecklichen Ereignisse in der Stadt. Binkton und Pipper berichteten, was sie getan hatten, um den fürchterlichen Schatten zu vernichten. Alle trauerten um ihre Kameraden, um Matrosen und Zwerge, aber ihnen war klar, dass der Tod ein Risiko war, das sie alle treffen konnte. Obwohl das ihre Trauer nicht schmälerte, half es ihnen irgendwie, damit klarzukommen. Aravan traf sich mit seinen Maaten, und sie beschlossen, was sie in den folgenden Tagen tun würden. Es war Nacht geworden, und es regnete noch, aber der Wind hatte nachgelassen. Nachdem er während der Ersten Wache seine Runde gedreht und mit den Verwundeten gesprochen hatte, betrat Aravan sein Schlafquartier. »Ist sie schon aufgewacht?«

»Nein, mein Liebster«, erwiderte Aylis. »Und ich mache mir Sorgen.«

Aravan seufzte und blickte auf die winzige Pysk, die in einem weichen Bett aus Daunen lag, und der Aylis die Wetterkleidung ausgezogen hatte. »Was sagt Desault?«

»Dass er ihr nicht helfen kann. Und er sagt, dass auch andere, die verletzt wurden, nicht aufgewacht sind. Er vermutet, dass ihr Geist geflohen ist. Oh, Aravan, vielleicht hat der Schatten ihr dauerhaften Schaden zugefügt. Vielleicht wird sie nie wieder aufwachen.« Aylis begann zu weinen.

Als würde sie Aylis' Worte verstehen, jaulte Vex. Die Füchsin lag auf dem Kabinenboden am Fußende des winzigen Bettes.

Aravan zog Aylis aus dem Stuhl, in dem sie gesessen hatte, umarmte sie und streichelte ihr Haar. Aylis schlang ihre Arme um ihn und legte ihren Kopf an seine Brust. »Kannst du nicht mittels deiner Magie ihren verlorenen Geist finden und sie aus diesem Schlaf wecken?«, fragte er nach einer Weile.

»Nein, ich …« Aylis keuchte, drehte sich von Aravan weg und sah Lissa an. »Oh, Liebster, du hast vielleicht genau ins Schwarze getroffen!«

Aravan hob fragend eine Hand.

»Sie schläft«, sagte Aylis.

»Gewiss.« Aravan konnte ihr nicht folgen.

»Und ich bete, dass sie träumt. Wenn ja, dann kann ich …«

»Traumwandeln«, sagte Aravan, »und …«

»Vielleicht ihre Seele finden«, beendete Aylis den Satz.

Aravan sah sie besorgt an. »Wirst du in Gefahr geraten?«

»Das glaube ich nicht«, meinte Aylis.

»Dein Mentor, Ontah, wurde getötet, als er traumwandelte, und Jinnarin und du, ihr habt denselben Gargon in Farrix' Träumen getroffen. Wenn du nun in Lissas Schlaf den Schatten triffst?«

Aylis dachte einen Moment nach und schüttelte dann den Kopf. »Dieses Risiko muss ich eingehen, Aravan, sonst ist sie vielleicht für immer verloren.«

In der Kabine brannte nur eine einzige Kerze. Lissa lag in ihrem Daunenbett, Vex am Fußende. Aravan saß im Schatten, lautlos bis auf leises Atmen. Aylis saß mit gekreuzten Beinen an der Wand, hatte die Hände auf die Knie gelegt, war entspannt und ruhig. Sie beobachtete die Pysk. Als Lissas Augen sich unter ihren geschlossenen Lidern hin und her bewegten, sagte Aylis leise *Anu*, eines von Ontahs *Worten* der *Einflüsterung*.

Aylis versank in tiefe Trance und benutzte ein anderes *Wort* der *Einflüsterung*, das Ontah sie gelehrt hatte, und begann zu träumen.

Sie saß auf einem Felsen hoch oben in den Bergen. Weit unten stürzte sich ein Wasserfall in die Tiefe und wurde zu einem Fluss, der sich durch ein Tal wand. Aber dies hier war ein Traum, den Aylis kontrollierte, also murmelte sie ein *Brü-*

ckenwort, das ihr erlaubte, in den Traum einer anderen Person zu schlüpfen. Sie trat durch einen Spalt in eine flache gelbe Ebene, denn das war die Landschaft aus Lissas Traum. Der Himmel über ihr war golden, und überall schwebten glitzernde metallische Strähnen umher, wie Spinnweben im Wind, jedoch aus Gold. Eine bernsteinfarbene Sonne schien auf die Ebene hinab, die aus kostbarem Stein bestand, aus gelber Jade, wie es schien, und die sich bis zum Horizont erstreckte.

»Nikolai sagte, dass er Aylissa auf einem gelben Jadestein gefunden hätte, der mit metallischen Adern durchsetzt gewesen wäre. Vielleicht hat der Schatten ihren Geist ja in den Stein getrieben. Aber wo ist sie?«

Aylis erhob sich in den goldenen Himmel und drehte sich langsam um sich selbst, suchte ...

Da! Bewegung!

Aylis flog los, um die Gestalt einzuholen.

Es war Aylissa. Sie trottete durch das Land aus Jade und schluchzte.

Aylis landete vor der Pysk. Sie und Aylissa waren gleich groß.

Lissa sah sie durch ihre Tränen hindurch an. »Ich habe mich verirrt«, sagte sie. »Kannst du mir helfen?«

»Weißt du, wer ich bin?«, fragte Aylis.

Lissa schüttelte den Kopf.

»Einige nennen mich Glanzfeder«, erwiderte Aylis.

Trotz ihrer Tränen runzelte Lissa die Stirn. »Meine Mutter hat mir von jemandem namens Glanzfeder erzählt.«

»Ich kenne deine Mutter«, meinte Aylis. »Ich nannte sie Sperling.«

»Kannst du mir helfen, Glanzfeder? Ich habe mich verirrt.«

»Ja, ich kann dir helfen, und das will ich auch tun. Nimm meine Hand.«

Die Pysk nahm Glanzfeders Hand, und gemeinsam erhoben sie sich in den Himmel.

»Meiner Seel!«, meinte Lissa. »Ich fliege.«

»Ich werde dich Wren nennen«, meinte Glanzfeder.

»Wohin fliegen wir?«, fragte Wren.

»Wir besuchen eine Füchsin«, erwiderte Glanzfeder.

»Wo?«

»Hinter einer Brücke«, antwortete Glanzfeder. »Aber zuerst musst du ein besonderes *Wort* lernen.«

»Was für ein *Wort*?«

»Ein *Wort* der *Einflüsterung*.«

»Also gut.«

Glanzfeder verriet Wren das *Wort* und ließ sie es mehrmals wiederholen. Als Glanzfeder schließlich zufrieden feststellte, dass Wren alle Nuancen gelernt hatte, sagte sie ein anderes *Wort*, und in dem gelben Himmel bildete sich ein Loch ...

... in das sie hineinflogen und ...

... in einer von einer Kerze erhellten Kajüte landeten.

»Da ist die Füchsin«, meinte Glanzfeder. »Ihr Name ist Vex.« Sie deutete auf die Füchsin, die zu ihnen hochblickte und leise jaulte.

»Und da bist du, Wren«, sagte Glanzfeder und deutete auf die Pysk.

»Bin ich das? Bin ich gefunden worden?«

»Du brauchst nur das *Wort* zu sagen, das ich dich gelehrt habe.«

So sprach Wren das *Wort* der *Einflüsterung* aus und verschwand ...

... und Aylissa öffnete die Augen.

Dann öffnete auch Aylis die Augen und weinte, als sie Lissa sah, die sich aufsetzte, und Vex, die vor Freude um sie herumsprang.

»Was ist passiert?« Lissa warf einen prüfenden Blick in den kleinen Silberspiegel, den Aylis ihr vorhielt. Die Pysk zog eine Haarsträhne vor ihre Augen. »Warum ist es goldblond?«

»Ich weiß es nicht.« Aylis zuckte mit den Schultern. »Vielleicht hat es etwas mit dem Stein zu tun, auf dem du gelegen hast, als der Schatten, aufgebläht mit dem *Feuer* derer, die er ermordet hatte, sich auf dich gestürzt hat.«

»Stein?«

Aylis nickte. »Gelbe Jade mit goldenen Adern.«

»Was sollte das mit meinem Haar zu tun haben?«

Erneut zuckte Aylis mit den Schultern. »Man sagt, Jade wäre ein besonderer Edelstein, aber von seinen Eigenschaften weiß ich nichts. Die Leute aus Jinga nennen es *Yu*, und sie weisen den verschiedenen Farben unterschiedliche Kräfte zu. Ich glaube, gelbe Jade hat etwas mit Freude und Vermögen zu tun.«

»Und mein Haar ist golden geworden, nur weil ich auf einem gelben Jadestein gelegen habe.«

»Nein. Wenn ich raten sollte, würde ich vermuten, dass es daran lag, dass dein Geist von dem *Feuer* hineingetrieben wurde, das der Schatten geraubt hatte.«

In dem Moment stürmten Pipper, Binkton und Nikolai in das Kapitänsquartier. »Liss! Wir haben gehört, dass du wach bist!«, schrie Pipper.

»Ich würde Euch ja umarmen, aber vermutlich würde ich Euch zerquetschen«, meinte Nikolai.

»Das ist ein Grund zum Feiern«, stellte Binkton fest und lächelte. Binkton lächelte selten.

»Ich bin so froh, dass du überlebt hast«, meinte Pipper.

»Ich auch«, sagte Lissa. »Ich meine, ich bin froh, dass ihr überlebt habt. Und Aylis sagte, ihr beide hättet uns alle gerettet.«

Pipper grinste. »Nicht schlecht für zwei Hühnerdiebe, was?«

Lautes Gelächter erfüllte die Kapitänskajüte.

Am nächsten Tag hörte es auf zu regnen, und der Dschungel verwandelte sich in ein dampfendes Dickicht. Die toten Matrosen und Zwerge wurden aus dem Jadegebäude geholt und auf einen freien Platz neben das Schiff gebracht. Noch während die Matrosen die fünf toten Seeleute in steinerne Gräber legten, schlugen die Zwerge totes Holz, auch wenn es nass vom Sturm war, schichteten es auf und fügten totes Holz aus den Vorräten des Schiffes hinzu. Sie kippten Lampenöl über alles und legten dann ihre Toten auf den Scheiterhaufen.

Alle Verwundeten, die transportfähig waren, wurden auf Deck getragen, damit sie das Ritual verfolgen konnten. Der Kapitän hielt eine feierliche Rede an den Gräbern, und viele weinten. Dann sprach er über die, die auf dem Scheiterhaufen lagen, und rief laut die Namen jedes der Gefallenen – Kameraden, Schiffsgefährten, Matrosen und Krieger, damit jeder von ihnen in Ehren im Logbuch der *Eroean* aufgeführt wurde. Schließlich schoben Zwerge auf Brekks Zeichen hin brennende Fackeln in den Scheiterhaufen. Als die Flammen züngelten und Rauch aufstieg, sangen Aravan und Aylis die Seelen der Gefallenen in den Himmel. Als sie schwiegen, war kein einziges Auge trocken.

Der Fluss schwoll im Laufe der nächsten vier Tage an und fand seinen Weg in den Dukong, und in diesen vier Tagen luden Matrosen und Krieger die kostbare Jade in die Frachträume des Schiffs.

Die *Eroean* lief am nächsten Morgen mit dem ablaufenden Wasser des geschwollenen Flusses aus.

Dann war sie auf dem Weg nach Arbalin.

52. Kapitel

HEIMWÄRTS

Elfenschiff

(Ende Herbst 6E9 bis Frühlingsanfang, 6E10)

James erlag seinen Verletzungen, sechs Tage, nachdem sie die Stadt aus Jade verlassen hatten. Der Pfeil der Rûcken hatte eine eiternde Verletzung verursacht, und eine schreckliche Wundfäule hatte eingesetzt. Desault hatte nichts tun können, um den Verfall aufzuhalten, obwohl Mohnextrakt wenigstens die Schmerzen etwas lindern konnte. Bevor James zu schwach war, um sprechen zu können, hatte er zu Aravan gesagt: »Käpt'n, ich habe fast mein ganzes Leben auf dem Meer verbracht, also soll mich die See bekommen, wenn ich nicht mehr bin.« Als er starb, nähten sie James in eine Segeltuchleinwand ein, die sie mit einem Gewichtstein der *Eroean* beschwerten, und übergaben ihn dann Gralon, dem Gott der Meere, denn genau das hatte er gewollt.

Noddy war am Boden zerstört. »Er hat mich alles gelehrt, was ich weiß«, meinte er während der Zeremonie, »angefangen damit, wie man die Segel so setzt, dass man den Wind so gut wie möglich ausnutzt, bis dahin, wie man die Pfeife bläst. Auch wenn ich der Erste Bootsmann auf der *Eroean* werden wollte, dachte ich, ich würde es erst werden, wenn James sich zur Ruhe setzte, aber nicht so, oh nein, nicht so.«

In derselben Zeit verlor ein Matrose einen Fuß wegen der Wundfäule, und ein anderer seinen linken Arm. Desault rettete ihnen das Leben, weil er ihre entzündeten Gliedmaßen mit der Knochensäge amputierte.

Der Wind war zu stark, sodass nicht einmal die *Eroean* um das Kap der Stürme segeln konnte, also nahm sie Kurs auf den Silbernen Isthmus, der zu dieser Jahreszeit befahrbar war, denn im Süden herrschte jetzt die warme Jahreszeit.

An der Großen Insel in der Silbernen See legten sie an, um frisches Wasser und Vorräte an Bord zu nehmen. Dann segelten sie weiter und erreichten am Wintertag das Südpolarmeer.

Matrosen warnten die Wurrlinge vor der *Grauen Lady*, und Binkton höhnte, während Pipper staunte. »Oh, Bink«, meinte er dann, »jetzt bekomme ich Albträume wegen des Geisterschiffs und werde träumen, dass sie mit zerfetzten Segeln daherkommt und eine Mannschaft aus verlorenen Seelen an Bord hat.«

»Pip, du hast bereits dem schlimmsten Geist getrotzt, den du jemals zu Gesicht bekommen wirst. Und was hast du gemacht? Also, wenn jemals ein Geist versucht, dich zu holen, denk einfach nur an das Schicksal des Schattens, dann wird dieser Geist schreiend vor Angst davonlaufen.«

Sie passierten den Silbernen Isthmus ohne Zwischenfälle.

An den Ziegen-Kalmen mussten sie jedoch fast drei Wochen lang durch eine Flaute rudern, zwei Wochen brauchten sie, um die Äquatorial-Kalmen zu überqueren, und dann hingen sie weitere drei Wochen an den Krabben-Kalmen fest.

Schließlich jedoch kehrte der Wind zurück, und die *Eroean* flog förmlich über das Wasser, bis sie schließlich die Meerenge von Kistan und das Avagon-Meer erreichte.

Sechs Tage später segelte das Elfenschiff *Eroean* getrieben von einem Westwind und unter allen Segeln, die es an Bord hatte, über das Avagon-Meer. Es hielt Kurs Ost-Nordost, und die Winde trieben es voran. Kein anderes Schiff in den Gewässern von Mithgar war schneller, ja, es kam ihr nicht einmal eines auch nur nahe.

Über der Wasserlinie wies ihr blauer Rumpf schwarze Flecken auf, als hätte sie Schaden bei einem Überfall von Piraten erlitten, als wäre sie unter dem Beschuss von Feuerbällen gewesen. Und tatsächlich hatte eine Flotte der Rover von Kistan ihr in der gefährlichen nördlichen Meerenge aufgelauert. Aber sie hatten besser ausgeteilt, als sie hatten einstecken müssen, denn drei dieser mit roten Segeln ausgestatteten Dhaus lagen jetzt auf dem Meeresgrund, zwei weitere trieben ziellos durch das Meer, Masten und Segel und der größte Teil ihrer Decks waren zerstört, und ihre törichten Kapitäne tot.

Doch das war zweitausend Meilen entfernt geschehen, vor nur sechs Tagen.

Am Steuer stand Aylis, braunhaarig, groß und schlank und mit Sommersprossen auf den Wangen.. Ab und zu korrigierte sie sacht das Ruder, als kaum merkliche Reaktion auf eine leichte Bewegung des Windes.

Der Fette Jimm stand am Heck und beobachtete, wie die Steuerfrau das Schiff auf Kurs hielt. Sein linker Arm lag in einer Schlinge, denn er war von einem Stein aus einer Schleuder zerschmettert worden. Dennoch zuckten seine Hände synchron mit jeder kleinen Korrektur, welche die Lady machte, und er nickte eifrig bei jeder kleinen Drehung des Ruders.

Hinter ihnen beiden, mit einem Ellbogen auf die Heckreling gestützt, lehnte Aravan. Er hatte den Kopf geneigt, und seine saphirblauen Augen funkelten, während er die beiden lächelnd beobachtete.

Der Lange Tom kam an Deck, als die Nachmittagsonne sich auf den ruhigen Wellen spiegelte. Er war groß und blond und breitschultrig wie ein Bulle. »M'lady Aylis« sagte er, als er am Ruder vorbeiging, aber sie war nur auf den Wimpel konzentriert, der hoch oben am Besanmast die Windrichtung anzeigte. Sie antwortete nicht, sondern machte erneut eine winzige Korrektur.

»Fetter Jimm.« Der Lange Tom nickte dem korpulenten Pellarier zu, dem Ersten Steuermann der *Eroean*.

»Tom«, antwortete der, ohne den großen Mann anzusehen. Stattdessen löste er den Blick von dem Windwimpel und beobachtete die Korrekturen der Lady am Ruder.

»Käpt'n Aravan«, meinte der Hüne.

»Langer Tom.« Aravan richtete seine Aufmerksamkeit auf den ersten Maat.

»Käpt'n«, sagte der Lange Tom, »die Mannschaft hat den letzten Schaden beseitigt, den die Decks abgekriegt haben, und die beiden Segel ersetzt, die von den verdammten Feuerkugeln der Kistaner zerstört wurden. Brekk sagt, die Katapulte sind so gut wie neu. Er hat sie mit seinen Zwergen neu justiert, hat er. Das Einzige, was noch gemacht werden muss, ist, am Rumpf den Ruß von den Feuerkugeln wegzumachen. Wir müssen ihn beseitigen und neu streichen tun, sobald wir in Port Arbalin vor Anker gehen tun.«

Aravan schüttelte den Kopf. »*Nay*, Tom. Sobald die Verletzten von Bord gebracht und den Heilern übergeben worden sind, und die Fracht gelöscht ist und wir das Schiff vertäuen, werden wir alle eine Weile an Land gehen, mindestens anderthalb Monate, vielleicht sogar mehr. Denn diese Reise hat uns alle angestrengt, und wir haben uns eine ausgiebige Ruhe verdient und brauchen Zeit, unsere Wunden heilen zu lassen. Sowohl die, die man sehen kann, als auch die unsichtbaren. Von daher werden wir der Mannschaft Landurlaub geben, bis auf eine Wache, die aber immer wechselt, bis alle sich ein nettes Mädchen gesucht haben, und bis diejenigen mit den schlimmsten Verletzungen eine Chance gehabt haben, sich zu erholen, damit sie, wenn sie wollen, weiter mit uns segeln können.

Außerdem müssen wir abwarten, bis Brekk zu den Roten Hügeln geritten und mit acht Zwergen zurückgekommen ist, die unsere Gefallenen ersetzen. Allein der Ritt dorthin und zurück wird mindestens sechs Wochen dauern.«

»Käpt'n, ich würde gern dabei helfen tun, die Männer anzuheuern, die wir brauchen tun, um die Mannschaft aufzufüllen.«

»Keine Sorge, Tom, wenn es dazu kommt, dass wir neue Leute für die Mannschaft rekrutieren, will ich Euch und Aylis an meiner Seite haben, denn ich will nur die Besten. Deshalb werde ich Euch rechtzeitig benachrichtigen.

Aber an Bord braucht Ihr nicht zu bleiben, denn ich weiß, dass Ihr gern zu Eurer rothaarigen Frau wollt, und zu Eurem Kleinen Tom, und das will ich Euch auch nicht verwehren.«

»Käpt'n, Larissa versteht, dass ich eine Pflicht auf der *Eroean* haben tu.«

»Schon möglich. Aber ich glaube, der Kleine Tom versteht das nicht.«

Ein erleichtertes Lächeln zeichnete sich auf dem Gesicht des Langen Tom ab. »Hoi, tja, ich tu glauben, dass Ihr damit recht habt, Käpt'n, ja, das glaube ich.«

Aravan trat vor und betrachtete das Hauptdeck, auf dem es von Matrosen und Kriegern wimmelte, die ihre letzten Pflichten erledigten; einige, wie der Fette Jimm, mit sichtbaren Spuren ihrer Verwundungen. Binkton, Pipper und Lissa waren ebenfalls an Deck und halfen so gut sie konnten bei der Säuberung und der Reparatur. Und unter Deck waren in Desaults Obhut einige der Verletzten geblieben, die sich nicht von den Pfeilen der Brut erholen konnten, obwohl sie keinen Wundbrand hatten. Aber etliche bekamen immer noch nicht richtig Luft, und andere hatten taube Arme und Beine. Außerdem gab es auch noch die, deren Knochen noch zusammenwachsen mussten. Aber der größte Teil der Verwundungen, welche die Mannschaft bei dem Kampf davongetragen hatte, war während der Heimreise geheilt.

»Wir werden im *Roten Slipper* absteigen«, erklärte Aravan an den Langen Tom gewandt.

»Oh, das wird der Mannschaft gefallen tun«, antwortete der. »Ich meine, wir waren ziemlich lange auf See, also werden sie die Ladys im *Slipper* sicherlich sehr zu schätzen wissen.«

»Mich deucht, die Ladys werden das auch sehr begrüßen«, meinte Aravan und warf Aylis einen kurzen Blick zu.

Ein leises kehliges Lachen war ihre Antwort, aber sie nahm den Blick nicht vom Windwimpel, während sie den Kurs korrigierte. Der Fette Jimm hinter ihr machte mit zuckenden Händen dieselbe winzige Korrektur. Der korpulente Steuermann hatte die Lippen vor Konzentration gespitzt.

»Außerdem«, fuhr der Lange Tom fort und trat vor, »könnten sie ein bisschen Freude gebrauchen«, sein Blick glitt über das Deck, »um ihnen über die Trauer hinwegzuhelfen, ich meine, über den Verlust ihrer guten Kameraden.«

»Land ahoi!«, rief der Ausguck. »Port Arbalin voraus!«

Der zweite Maat Nikolai kam die Leiter zum Achterdeck hinauf. »Haltet Euch bereit, alle Segel zu reffen«, sagte Aravan zu ihm. »Wir bringen sie nur mit den Stays hinein.«

»Aye, Kapitän«, erwiderte Nikolai und gab den Befehl an Noddy weiter, den Bootsmann auf dem schnellsten Schiff der Welt, der den Befehl mit seiner Pfeife an alle weitergab.

Während die Mannschaft sich bereit machte, teilte die *Eroean* immer noch die blauen Wasser des Avagon-Meeres.

Im Zwielicht glitt die elegante *Eroean* in den Hafen, nur unter Stays, und selbst diese waren gelockert. Dingis wurden zu Wasser gebracht und die Leinen an Land gerudert, um das Elfenschiff an den Pier zu ziehen.

Dort gaben sie ihre Verwundeten in die Obhut der Heiler und löschten auch die schwer erkämpfte Fracht aus ihren Laderäumen: kostbaren, wertvollen, fast durchscheinenden Stein, den die Mannschaft einem geisterhaften Feind in der lange verschollenen Stadt aus Jade abgerungen hatte.

53. Kapitel

DER ROTE SLIPPER

Elfenschiff

(Frühling 6E10)

Die Mannschaft stieg im *Roten Slipper* ab, der großen, lauten Herberge mit dem Bordell, dem bevorzugten Sammelplatz für Krieger und Matrosen und Reisende aller Art. Manchmal kamen sogar Kriegertrupps der Elfen auf der Durchreise oder kampferprobte Zwerge in den *Roten Slipper*, ebenso wie Fjordleute, Männer aus Gelen, manchmal sogar dunkelhäutige Seeleute aus dem Fernen Süden sowie aus anderen Nationen. Sie alle schienen sich hier zu sammeln, wenn sie aus fernen Reichen zurückkehrten oder bevor sie sich dorthin aufmachten. Kaufleute, Pelzhändler, Knechte, Schiffer, Händler, Minnesänger, Magier, sogar Adlige, sie alle schienen gern eine Weile hier abzusteigen oder zumindest hereinzuschauen. Und wann immer die *Eroean* im Hafen lag, kamen selbst die Einheimischen und verbrachten hier einen Abend, um die Besatzung zu sehen und von ihren Abenteuern zu hören.

Die Ladys des *Roten Slippers*, die Gelbe Nell, die Dunkeläugige Lare, die Lachende Jane und all die anderen, genossen die Gesellschaft dieser Männer, vor allem die der *Eroean*, denn sie schienen die besten von allen zu sein.

Der Stämmige Jack, der Besitzer und Schankwirt, hatte für diese Mannschaft immer ein Fass des Dunklen Vancha in Reserve, und er hatte immer einige Fässer Bier aus Vornholt vorbestellt, die sofort geliefert wurden, sobald das Elfenschiff einlief.

Die ansässigen Schnorrer waren ebenfalls sehr froh, wenn die *Eroean* in der Bucht vor Anker ging, denn Kapitän Aravans Mannschaft war allgemein sehr großzügig. Und als das Elfenschiff diesmal gesichtet wurde, drückte sich Dabby, der Schnorrer, um eine Rauferei im Schankraum des *Roten Slippers* herum und meldete das Einlaufen der *Eroean* dem Stämmigen Jack als Erster. Für diese willkommene Nachricht bekam er einen Humpen Vornholt Bier.

Nachdem sie also an diesem Abend ihre Verwundeten von Bord gebracht, ihre Fracht gelöscht und das Elfenschiff im Hafen vertäut hatten, stürmte die Mannschaft den *Roten Slipper*, mietete sich in den Räumen ein, nahm heiße Bäder und lachte und trank und genoss auch die anderen Vorzüge dieser großartigen Herberge.

Aber auch wenn sie sich zu freuen schienen, wieder im Hafen zu liegen, konnte man in den Augen der Matrosen, der Zwerge, der beiden Wurrlinge und auch in den Augen des Kapitäns und seiner Lady manchmal eine schmerzliche Erinnerung aufglimmen sehen. Den einzigen Hinweis darauf, was das sein mochte, gab der Kapitän, als er zwischendurch um Ruhe bat, und als es still geworden war, das Glas hob und sagte: »Auf die abwesenden Freunde.«

Die anderen stimmten alle in diesen Trinkspruch ein.

Einige der anderen Gäste fanden es merkwürdig, dass Kapitän Aravan einen Fuchs als Haustier hielt. »Ein großartiger Ratten- und Mäusejäger«, erklärte der Stämmige Jack. »Damit meine ich nicht«, fuhr er hastig fort, »dass es im *Roten Slipper* etwa Ratten gäbe.« Ab und zu blickten einige, die in der Herberge arbeiteten, von dem Fuchs zu einem kleinen Schatten, der manchmal hier und manchmal dort zu sein schien, nickten einander zu und sagten den anderen nichts davon.

Die Mannschaft erholte sich fast den gesamten Frühling über, entspannte sich und feierte. Und jede Nacht, so schien es, versammelte sich eine Gruppe von ihnen um den Kamin und erzählte sich bis in die frühen Morgenstunden Geschichten. Am nächsten Tag hörten die Gäste Anspielungen auf »Gelvins Untergang«, oder einen Wyrm in einer Zisterne, und andere geheimnisvolle Dinge, aber worum es sich handelte, schienen nur wenige aus der Mannschaft zu wissen.

Vier bedeutsame Ereignisse fanden während des Aufenthaltes des Kapitäns statt, von denen jedes für viel Aufregung in der Stadt sorgte. Das erste war, dass Bair und seine Eltern und seine Liebste im Hafen anlegten. Denn Bair war der Reiter der Morgendämmerung, der das Silberne Schwert nach Mithgar gebracht hatte, dasselbe Schwert, mit dem Aravan Gyphon tötete. Sein Vater und seine Mutter, Urus, der Baeron und Riatha, die legendäre Dara mit ihrem Schwert aus dunklem Sternensilber, waren ebenfalls Berühmtheiten aus den Legenden Mithgars, und Jaith, Bairs Liebste, war eine unvergleichliche Sängerin. Der *Rote Slipper* war jede Nacht bis zum Bersten gefüllt, weil die Leute ihren Geschichten lauschen und Jaith singen hören wollten. Und viele Bürger von Port Arbalin gingen in den folgenden Tagen einfach so dort vorbei, um vielleicht einen Blick auf die Berühmtheiten zu erhaschen.

Das zweite bemerkenswerte Ereignis war die Ankunft von Dalavar, dem Wolfsmagier und seinem Rudel Draega. Die Silberwölfe waren so groß wie Ponys. Er blieb jedoch nur zwei Tage, und er und der Kapitän hockten den ganzen Tag zusammen. Sie saßen mit wenigen anderen in einer ruhigen Ecke und unterhielten sich. Was sie besprachen, wusste niemand, aber als Dalavar und seine Silberwölfe gingen, nahmen sie Bair und Jaith mit. Und kurz, nachdem sie sich verabschiedet hatten, segelten auch Urus und Riatha weiter, angeblich nach Caer Pendwyr.

In den nächsten Tagen unterhielten sich der Kapitän und ein kleiner Kreis von Vertrauten weiterhin, während die Mannschaft der *Eroean* sich entspannte und stritt und spielte und sang und trank und sich mit den Ladys des *Roten Slippers* vergnügte.

Die Freunde vor dem Kamin jedoch versammelten sich jeden Abend und verbrachten einen Monat und eine Woche damit, sich in dem schwachen Licht der Kerzen und der Glut Geschichten zu erzählen. Mitten in dieser Zeit kehrten Urus und Riatha aus Caer Pendwyr zurück und gesellten sich dieser Gruppe am Kaminfeuer zu.

Das nächste Ereignis war, dass Aravan, Aylis und der Lange Tom Nachmittage mit den Männern verbrachten, die an Bord der *Eroean* anheuern und die Lücken in der Mannschaft ausfüllen wollten. Einer nach dem anderen trat in den kleinen Raum, wo der Lange Tom und Aravan ihnen Fragen nach ihrer Erfahrung und ihrem Können stellten. Aylis saß daneben und machte sich Notizen, während sie jeden Bewerber eindringlich musterte. Jeder einzelne von ihnen berichtete später, er hätte das Gefühl gehabt, sie hätte ihm in die Seele geblickt.

In das Ende dieser Gespräche fiel das vierte bedeutsame Ereignis: Eine Fähre von Händlermark traf ein. Auf ihr befanden sich Brekk und acht Zwerge, die die Kriegerschar auf der *Eroean* auf ihre alte Stärke von vierzig Zwergen brachten. Einen der Zwerge von den Roten Hügeln schienen die beiden Wurrlinge zu kennen, es war der Châk namens Brekka, offenbar ein alter Bekannter.

Schließlich wählte Aravan mit der Hilfe des Langen Tom und auf den Rat von Aylis hörend die Männer aus, welche die Mannschaft ergänzen sollten.

Die schrecklichen Ereignisse in der Stadt aus Jade hatten ihren Tribut gefordert, aber jetzt war die Mannschaft des Elfenschiffs wieder komplett.

Aravan beglich die Rechnung beim Stämmigen Jack, eine deftige Summe, und er ließ trotzdem ein großzügiges Trinkgeld für jeden Angestellten der berühmten Herberge da, Köche, Zimmermädchen und Flaschenwäscher, einschließlich natürlich der Ladys des *Roten Slippers*.

Die nächsten Tage verbrachte die gesamte Mannschaft, Krieger, Matrosen und Kundschafter, auf dem Schiff.

Nach ihrer Ankunft auf der *Eroean* versammelte der Lange Tom alle Mann an Deck. Während Aylis zusah und Aravan den Text vorsprach, schworen alle Seeleute und die gesamte Kriegerschar, nichts von den Geheimnissen des Elfenschiffs zu verraten. Die alte Besatzung erneuerte ihren Schwur, die neuen Mitglieder leisteten ihn zum ersten Mal. Dann schworen alle ein zweites Mal, dass sie niemandem verraten würden, dass sie mit einer Pysk segelten, denn sie war eine der Verborgenen, und sie wollte es auch dabei belassen. Schließlich leisteten Zwerge und Menschen einen dritten Schwur: dass sie mit niemandem, der nicht zur Mannschaft gehörte, über die folgende Reise reden würden. Als die Schwüre geleistet waren, sah Aravan Aylis an, die zufrieden nickte.

Unter Anleitung von Nikolai und Brekk machten sich die neuen Mannschaftsmitglieder mit dem Schiff und ihren Pflichten vertraut, während die anderen das Schiff auf Vordermann brachten. Einige entfernten auch die Rußspuren am Rumpf, die von dem Kampf mit den Rovern von Kistan stammten, und trugen frische Farbe auf.

Während die Mannschaft das Schiff bereit machte, verbrachte Aylis ihre Zeit damit, die Geschichten in ihre Tagebücher einzutragen, die sie einander in den Nächten vor dem Kamin erzählt hatten. Die Kriegerschar der Châkka nahm die Katapulte und Speerschleudern auseinander, reinigten und fetteten sie, bauten sie wieder zusammen, luden Feuerbälle und runde Steine und Wurfspeere an Bord, schärften ihre doppelschneidigen Äxte und Streithämmer oder ölten ihre Armbrüste. Die Seeleute machten sauber, strichen, wickelten

Taue zusammen oder übten, Segel zu reffen und zu setzen und andere Seemannspflichten.

Während sie sich mit dem Elfenschiff vertraut machten, fragte einer der neuen Matrosen Aravan: »Entschuldigt, Kapitän, aber was bedeutet der Name *Eroean* eigentlich?«

»Das ist ein Elfenwort, Jules, und es ist schwer, das in Gemeinsprache zu übersetzen. Aber es bedeutet so ungefähr: *Tänzer im Wind.*«

»Ah, dann wäre ihr Name *Windtänzer*, eh?«

Aravan lächelte. »Nicht ganz, aber fast.«

Innerhalb von sieben Tagen war alles bereit. Aravan ließ die *Eroean* von Ruderern in Dingis an einen Pier ziehen, wo er sie vertäute. Dann herrschte geschäftiges Treiben am Dock, als die Ladung in den Räumen des Schiffs verstaut wurde, und große Ladenetze hin und her schwangen, mit Bierfässern, Kisten, Fässern mit Nahrungsmitteln und Wasser und anderen Gütern für die lange Reise, die vor ihnen lag. Als alle Vorräte in den Laderäumen verstaut waren, gab Aravan der Mannschaft einen letzten Tag Landgang, denn am nächsten Abend würden sie in See stechen, und es würden viele Monate vergehen, bevor sie diese Gestade wiedersahen.

Seeleute und Krieger gingen zum *Roten Slipper*, während Aravan, Aylis, Urus und Riatha an Bord blieben, zusammen mit Pipper, Binkton, Aylissa und Vex.

Noch während die Mannschaft von Bord ging, ruderte ein Mann in einem Dingi zum Schiff. »Ahoi an Deck!«, rief er.

Aravan trat an die Reling.

Es war Reichsmann Tanner.

»Ich habe ein Geschenk für zwei von Euren Schiffskameraden!«, rief der Reichsmann hinauf.

»Und das wären ...?«

»Binkton und Pipper.«

Als die Wurrlinge ihre Namen hörten, traten sie ebenfalls an die Reling.

»Reicht es hoch«, meinte Aravan und ließ ein Seil und eine Leiter hinab. »Und dann willkommen an Bord.«

Tanner hob eine große Truhe hoch, auf deren Seiten Flammen gemalt waren. »Sie ist leer, fürchte ich.«

Aravan beugte sich hinab, packte einen Griff und zog die Truhe an Deck.

»König Ryon!«, platzte Pipper heraus.

Binkton seufzte gereizt. »Was ich meinte, Bink«, fuhr Pipper rasch fort, »ist, dass der Hochkönig Flussende ausgeräuchert haben muss, sonst hätten wir unsere Truhe nicht zurückbekommen.«

»Ah«, meinte Binkton.

»Der Hochkönig hat genau das getan«, meinte Tanner, als er an Bord kam. »Er hat Rackburn, den Bürgermeister und den größten Teil der Stadtwache verhaftet. Jetzt regieren Königstreue die Stadt.«

»Und was ist mit diesem Ratten fressenden Tark und seinem Handlanger Quieker?«

»Tut mir leid, aber ich fürchte, sie sind beide entkommen«, erwiderte Tanner.

»Was?«, fuhr Binkton hoch. »Welcher Rûck liebende Idiot hat sie denn entkommen lassen?«

»Ich glaube, sie waren gerade nicht da, als der Hochkönig persönlich den Angriff anführte«, antwortete Tanner ungerührt.

»Ich würde den Hochkönig keinen Rûck liebenden Idioten schimpfen, wenn ich du wäre, Bink«, flüsterte Pipper.

»Ach was!« Binkton atmete einmal tief durch.

Tanner und Aravan lachten.

»Sie werden doch sicher steckbrieflich gesucht, stimmt's?«, maulte Binkton.

»Allerdings.« Tanner versuchte, seine Heiterkeit zu verbergen.

Binkton drehte sich zu Pipper herum. »Wenn wir von dieser Reise zurückkommen, Pip, bringen wir sie selbst zur Strecke, falls sie noch frei herumlaufen. Immerhin haben sie versucht, uns umzubringen.«

Pipper seufzte. »Oh, Bink.«

»Wollt Ihr einen Branntwein?«, fragte Aravan.

»Allerdings«, sagte Tanner.

Als die beiden zur Kapitänskajüte gingen, drehte sich Pipper zu Binkton herum. »Komm, Binkton, schaffen wir unsere Truhe nach unten, auch wenn sie leer ist.«

Die Mannschaft kehrte am späten Nachmittag des nächsten Tages zurück. Einige von ihnen mussten andere stützen. Die Ladys des *Roten Slippers* kamen ebenfalls zum Pier, viele mit Tränen in den Augen, denn sie wollten die Mannschaft verabschieden. Der Lange Tom war mit seiner Familie da, und der Kleine Tom bestaunte das wundervolle Schiff. Der Lange Tom umarmte den Kleinen Tom und küsste ihn, dann nahm er seine winzige Frau Larissa hoch und umarmte und küsste sie ebenfalls. Schließlich stellte er sie wieder ab und ging als Letzter von der Mannschaft an Bord der *Eroean*.

Als die Sonne unterging und die Flut allmählich wieder abfloss, gab Aravan den Befehl zum Auslaufen, nachdem sich der Hüne bei ihm gemeldet hatte.

»Aye-aye, Käpt'n«, antwortete der Lange Tom.

Er drehte sich zu Noddy und Nikolai herum. »Bug und Heck Leinen los, zieht die Laufplanke ein, und Ruderer an die Riemen!«

Die beiden gaben die Befehle weiter. Die Hafenarbeiter, die am Pier warteten, lösten die Leinen, die von der Mannschaft eingezogen und auf dem Deck zusammengerollt wurden. Andere zogen die Laufplanke ein und verstauten sie an ihrem Platz unter Deck. Die Ruderer in den Dingis zogen das Schiff vom Kai weg und drehten seinen Bug zum Ausgang der Arbalin-Bucht.

Noch während die Dingis zu den Davits hochgezogen wurden, pfiff Noddy den Befehl, die Stays zu setzen. Sie allein setzten das Schiff in Bewegung. Im Zwielicht riefen die Menschen auf dem Pier dem Schiff Lebewohl zu und warfen ihnen Küsse zu, die von einigen aus der Mannschaft erwidert wurden.

Als das Elfenschiff den Hafen verließ und in das Avagon-Meer segelte, fragte der Fette Jimm, dessen Arm nicht mehr in einer Schlinge lag, und der wieder als Steuermann fungierte: »Welchen Kurs, Kapitän? Wohin geht es?«

Aravan ließ seinen Blick über das weite Avagon-Meer gleiten, deren kühler Wind die Segel blähte. Dann trat er hinter Aylis an die Heckreling und zog sie an sich. Sie lehnte sich gegen ihn. Während die Männer an Deck standen und zu ihrem Kapitän hochsahen, der seine Lady umarmte, nahm dieser ihre rechte Hand in seine und deutete mit ihrem Finger und ihrem erhobenen Arm auf einen hellen Punkt am westlichen Himmel. »Haltet Kurs auf den Abendstern dort drüben, mit allen Segeln! Denn wir segeln zum Rand der Welt und darüber hinaus.«

Der Bootsmann schaute den Langen Tom an und pfiff, als dieser nickte, die Befehle. Die Matrosen kletterten die Wanten hinauf und zu den Rahen, wo sie die Seide entrollten, die in gewaltigen Kaskaden von Himmelblau nach unten fielen und sich bauschten, während andere Mannschaftsmitglieder an den Winschen und Leinen standen. Als es vollendet war, schritt Noddy über das Deck. »Glotzt nicht so, Leute. Ihr habt den Käpt'n gehört. Setzt die Segel, denn wir brechen auf zu einem Abenteuer, wie die Welt es noch nie erlebt hat!«

Und unter vollen Segeln und mit in dem dunklen Avagon-Meer perlmuttfarben schäumendem Kielwasser fuhr es nach Westen, das Elfenschiff *Eroean*, das schnellste Schiff auf allen Meeren.

Es nahm Kurs auf den Rand der Welt und darüber hinaus ...

... auf den Rand der Welt ...

... und darüber hinaus ...

54. Kapitel

FINSTERE ABSICHTEN

(Frühling, 6E10)

In einem hohen Turm, der tief im Grimmwall versteckt lag, dieser langen, übel beleumundeten Gebirgskette, die sich durch einen großen Teil von Mithgar zieht, saß ein Schwarzer Hexer in seinem grässlichen Refugium und brütete dunkle Rachepläne aus.

Ein einziger Gedanke beschäftigte ihn in all seinen wachen Stunden ...

... Aravan muss sterben.

Nicht schlecht für zwei Hühnerdiebe, was?

Pipper Willowbank
Mitte Herbst, 6E9

Nachwort

Für diejenigen, die sich vielleicht wundern mögen: Der größte Teil dieser Geschichte spielt in der Zeit zwischen dem Ende von *Drachenzorn und Drachenkrieg* und dem Beginn des Erzählbandes *Red Slippers – More Tales of Mithgar.* Um das klarzustellen, habe ich ein bisschen aus dem *Drachenkrieg* »gestohlen«, um diese Geschichte zu beginnen, und ein bisschen aus *Red Slippers*, um sie zu beenden. Und am Ende der Geschichte bin ich auch ein bisschen über *Red Slippers* hinausgegangen.

Ich spiele außerdem auf einige Ereignisse an, die irgendwo anders in der Serie gespielt haben, aber *Elfenjäger* steht für sich allein, wie es alle Bücher in der Reihe tun, außer den Trilogien oder Dilogien. Sie müssen natürlich als Ganzes gelesen werden.

Für alle, die neu in Mithgar sind und sich für die gesamte Saga interessieren, ist am Anfang dieses Buchs eine Liste der bisher veröffentlichten Bücher abgedruckt.

Danksagungen

Ich danke Martha Lee McKiernan für ihre nie versiegende Unterstützung, ihr sorgfältiges Gegenlesen, ihre Geduld und ihre Liebe. Meine große Wertschätzung und Dankbarkeit gilt außerdem den Tanque Wordies, John, Frances und Duana, für ihre Ermutigung während des Schreibens von *Elfenjäger*. Zuletzt möchte ich noch anmerken, dass alle Fehler in den Sprachen, die in diesem Buch benutzt wurden, und von denen einige meine Erfindungen, andere die Sprachen bekannter Nationen sind, allein auf meine Kappe gehen.